LES VIVANTS ET LES MORTS

"Actes noirs"

DU MÊME AUTEUR

FLÉTRISSURE, Actes Sud, 2011 ; Babel noir n° 66.
BLANCHE-NEIGE DOIT MOURIR, Actes Sud, 2012 ; Babel noir n° 99.
UNE VIE AU GALOP, Actes Sud Junior, 2012.
VENT DE SANG, Actes Sud, 2013 ; Babel noir n° 124.
MÉCHANT LOUP, Actes Sud, 2014 ; Babel noir n° 148.

Titre original :
Die Lebenden und die Toten

ISBN 978-2-330-05785-5

NELE NEUHAUS

Les vivants et les morts

roman traduit de l'allemand
par Juliette Aubert

ACTES SUD

Pour Matthias.
Forever *et* for always.

Mercredi 19 décembre 2012

Température extérieure : 3 °C. Pas de vent. Les prévisions n'avaient pas annoncé de pluie. Des conditions parfaites.

8 h 21.

Il la vit arriver. Son bonnet rose vif rayonnait tel un signal dans la pénombre ardoise de cette matinée d'hiver. Elle était seule, comme chaque matin. Le chien trottinait à ses côtés, ombre sombre et souple entre les buissons nus. Son itinéraire était toujours le même. Elle descendait la Lahnstraße, passait devant l'aire de jeux, puis traversait la passerelle en bois qui enjambait le Westerbach, elle tournait à droite et suivait le chemin bitumé parallèle au cours d'eau, jusqu'à ce qu'il débouche à gauche sur une école. L'école constituait l'apogée de sa promenade matinale. À partir de là, elle revenait par le Dörnweg qui traversait les champs en ligne droite d'Eschborn à Niederhöchstadt et, au bout d'un kilomètre environ, elle tournait à gauche et reprenait la passerelle en bois pour rentrer chez elle.

Le chien fit ses besoins sur l'espace vert devant les balançoires de l'aire de jeux, elle ramassa le legs avec soin et jeta le sac dans la poubelle au croisement. Elle passa à moins de vingt mètres de lui, mais ne le remarqua pas. Il la suivit du regard depuis sa planque, la vit traverser la passerelle dont le bois brillait d'un éclat sombre dans l'humidité, puis disparaître derrière les troncs d'arbre. Il se prépara à un temps d'attente d'une trentaine de minutes, confortablement allongé sous la cape de pluie vert foncé. Si nécessaire, il pourrait rester des heures ainsi. La patience était un de ses points forts. Le cours d'eau, un simple ruisselet en été, grondait et gargouillait à ses pieds. Deux corneilles se mirent à sautiller autour de lui avec curiosité et l'examinèrent d'un œil critique avant de se lasser. Le froid pénétrait à travers son pantalon technique. Un pigeon roucoulait sur les branches nues du chêne au-dessus de sa tête. Une jeune femme passa à petites foulées sur l'autre rive, son pas leste peut-être entraîné par la musique qu'elle écoutait dans son casque. Il entendit au loin le grondement d'un train de banlieue et la tierce mélodieuse d'un gong.

Dans les mornes teintes marron, noires et grises de l'hiver, il aperçut un point rose vif. Elle arrivait. Son rythme cardiaque s'accéléra, il regarda dans sa lunette de tir, contrôla sa respiration, remua les doigts de la main droite. La femme s'engagea sur le chemin qui menait à la passerelle en faisant un coude. Le chien trottinait quelques mètres derrière elle.

Son doigt reposait sur la détente. Il laissa errer son regard à titre de vérification, mais il n'y avait personne en vue. À part elle. Elle suivait la boucle du chemin, lui présentant son profil gauche, exactement comme il l'avait prévu.

Le silencieux rendait certes l'arme un peu moins précise, mais cela ne posait aucun problème à une distance d'à peine quatre-vingts mètres. Le bruit du coup de feu aurait inutilement attiré l'attention. Il inspira, expira, devint très calme et concentré. Son champ visuel se resserra pour se focaliser sur sa cible. Il appuya doucement sur la détente. Le recul auquel il s'attendait toucha sa clavicule. Quelques fractions de seconde plus tard, la Remington Core-Lokt fit sauter le crâne de la femme. Elle s'effondra en silence. En plein dans le mille.

La douille expulsée fumait sur la terre humide. Il la ramassa et la fourra dans la poche latérale de son blouson. Ses genoux étaient un peu raides après le temps passé dans le froid. En quelques gestes, il démonta le fusil, le glissa dans son sac de sport, replia la cape qu'il fourra aussi dans le sac. Après s'être assuré qu'il n'y avait personne aux environs, il sortit des buissons, traversa l'aire de jeux et emprunta le chemin qui menait à la piscine de Wiesenbad, où il avait garé sa voiture. Il était 9 h 13 lorsqu'il quitta le parking et tourna à gauche dans la Hauptstraße.

AU MÊME MOMENT…

L'officier de police judiciaire Pia Kirchhoff était en congé. Depuis le jeudi de la semaine précédente et jusqu'au 16 janvier 2013. Quatre semaines entières! Ses dernières longues vacances remontaient presque à quatre ans : Christoph et elle étaient allés en Afrique du Sud en 2009, après quoi ils n'avaient trouvé le temps que pour de brèves escapades, mais cette fois ils iraient quasiment à l'autre bout du monde, en Équateur, d'où un bateau les emmènerait jusqu'aux îles Galápagos. L'organisateur de ces croisières de luxe avait souvent engagé Christoph comme guide, et c'était la première fois qu'elle l'accompagnait – en tant qu'épouse.

Pia s'assit sur le rebord du lit et contempla rêveusement le mince anneau doré à sa main. L'officier d'état civil avait été un brin déconcerté en voyant Christoph lui passer l'alliance à la main gauche, mais elle lui avait expliqué que, le cœur se trouvant justement de ce côté, ils avaient décidé de porter leur alliance à la main gauche. Ce n'était qu'à moitié vrai, leur décision reposant aussi sur des éléments tout à fait pragmatiques. D'une part, Pia, durant son premier mariage avec Henning, avait porté son alliance à droite, comme le voulait l'usage en Allemagne. Elle n'était pas outre mesure superstitieuse et savait que cela n'expliquait en rien l'échec de son mariage, mais elle ne voulait pas braver le destin pour autant. D'autre part – et c'était là la raison principale – la moindre poignée de main un peu ferme manquait de lui écraser le doigt et la faisait souffrir le martyre.

Christoph et elle s'étaient mariés en catimini le vendredi précédent à la mairie de Höchst, située dans le pavillon des jardins du palais Bolongaro. Sans amis, sans famille ni témoins, et sans le dire à personne. Ils ne l'annonceraient qu'à leur retour d'Amérique du Sud et organiseraient une grande fête l'été prochain à la ferme du Birkenhof.

Pia se détacha de la contemplation de son alliance et se remit à fourrer dans deux valises le linge entassé sur le lit en tentant de gagner un maximum de place. Ils n'auraient pas besoin de gros pulls, ni de blousons. Plutôt des affaires d'été. Tee-shirts. Shorts. Maillot de bain. Elle était contente d'échapper à l'hiver et aux festivités de Noël qui ne lui procuraient pas de joie particulière, et de pouvoir somnoler au soleil, lire et s'adonner pour une fois au farniente sur le pont d'un bateau de croisière. Christoph aurait certes beaucoup de choses à faire, mais aussi du temps libre, et les nuits n'appartiendraient qu'à eux. Elle enverrait peut-être des cartes postales à ses parents, sa sœur et son frère – oui, surtout à lui et à son arrogante épouse – pour leur annoncer son mariage. Elle avait encore dans l'oreille le commentaire réprobateur de sa belle-sœur Sylvia en apprenant qu'elle s'était séparée d'Henning. "Une femme au-delà de trente ans a plus de chances d'être foudroyée que de retrouver un mari", avait-elle prédit avec pessimisme. Et, de fait, Pia avait eu un coup de foudre par une matinée ensoleillée de juin, six ans plus tôt, devant l'enceinte des éléphants du zoo Opel. C'est là qu'elle et Christoph Sander, le directeur du zoo, s'étaient rencontrés pour la première fois, s'éprenant aussitôt l'un de l'autre. Voilà quatre ans qu'ils vivaient ensemble à la ferme du Birkenhof à Unterliederbach et ils en étaient vite venus à la conclusion que c'était ce qu'ils voulaient faire jusqu'à la fin de leur vie.

Le téléphone portable, resté en bas sur la table de la cuisine, se mit à faire des trilles. Pia descendit l'escalier, alla dans la cuisine et regarda l'affichage avant de prendre la communication.

— Je suis en congé, dit-elle. En quelque sorte, c'est comme si je n'étais déjà plus là.

— "En quelque sorte", voilà bien une expression complètement floue, répliqua Oliver von Bodenstein, son supérieur, qui avait parfois l'agaçante habitude de prendre tout au pied de la lettre. Je suis vraiment désolé de te déranger. Mais j'ai un problème.

— Ah.

— Nous avons un cadavre tout près de chez toi, poursuivit Bodenstein. Je suis encore sur une affaire d'incendie. Cem est en déplacement, Kathrin s'est fait porter pâle. Tu pourrais peut-être aller jeter un œil et t'occuper des formalités. Kröger et son équipe sont déjà en route. Je vous rejoins et je prends le relais dès que j'en ai fini ici.

Pia passa rapidement en revue sa liste de choses à faire. Elle était dans les temps, avait déjà tout prévu pour une absence de trois semaines. Il ne lui faudrait pas plus d'une demi-heure pour boucler les valises. Bodenstein ne la solliciterait pas s'il n'avait pas réellement besoin d'aide en urgence. Elle pouvait lui prêter main-forte quelques heures sans prendre de risques.

— OK, finit-elle donc par dire. Je dois aller où ?

— Merci, Pia, c'est vraiment sympa de ta part. Le soulagement était perceptible dans la voix de Bodenstein. Tu vas en direction de Niederhöchstadt. Le mieux, c'est de quitter la grand-rue au niveau de Steinbach. Au bout de huit cents mètres environ, tu verras le départ d'un chemin à droite, tu t'y engages. Les collègues sont déjà sur place.

— C'est noté. Pia mit un terme à la conversation, retira l'alliance et la posa dans le tiroir de la cuisine. On se voit plus tard, dit-elle.

Pia ignorait comme souvent ce qui l'attendait sur le lieu du crime. Le policier du poste de garde s'était contenté de mentionner un cadavre de femme découvert à Niederhöchstadt quand Pia lui avait dit qu'elle était en route. Peu après la sortie de la localité, elle bifurqua à droite dans un chemin bitumé et vit de loin quelques voitures de police et une ambulance. En s'approchant, elle reconnut le van Volkswagen bleu de la police scientifique et d'autres véhicules civils. Elle se gara sur une petite zone herbeuse devant un fourré, attrapa sa veste beige en duvet sur la banquette arrière et sortit de voiture.

— Bonjour, madame Kirchhoff, la salua un jeune collègue de la police qui se tenait devant le barrage. Il vous suffit de descendre le chemin. C'est derrière les buissons à droite.

— Bonjour et merci, répondit-elle avant de suivre le chemin indiqué. Les buissons formaient comme un petit bois au milieu des champs. Pia tourna à l'angle et croisa d'abord l'officier de police judiciaire Christian Kröger, chef de la police scientifique de la section K11 du commissariat d'Hofheim.

— Pia! s'écria Kröger tout étonné. Qu'est-ce que tu fabriques ici? Je te croyais en…

— … congé, l'interrompit-elle en souriant. Oliver m'a demandé de commencer. Dès qu'il nous aura rejoints, je m'éclipse. De quoi s'agit-il?

— Sale affaire, répondit Kröger. Une femme a été tuée. D'une balle dans la tête. En plein jour et à moins d'un kilomètre du poste de police d'Eschborn.

— Ça s'est passé quand? se renseigna Pia.

— Juste avant 9 heures, dit Kröger. Un cycliste l'a vue s'effondrer. Comme ça. Il n'a pas entendu de coup de feu. Mais le légiste est d'avis qu'elle a été abattue d'un coup de fusil et que l'arme était située à une certaine distance.

— Ah, Henning est là? Je n'ai pas vu sa voiture.

— Non, heureusement, il y a un nouveau venu. Depuis que ton ex a accédé au fauteuil de chef, le temps doit lui manquer pour intervenir sur le terrain. Kröger ricana. Ce n'est pas moi qui vais m'en plaindre.

Il éprouvait une aversion profonde envers Henning Kirchhoff, que celui-ci lui rendait de tout cœur et les deux hommes se montraient souvent aussi lunatiques que des divas, ce qui ne nuisait en rien à la qualité de leur travail. Voilà pourquoi tout le monde tolérait depuis des années la puérile lutte de pouvoir du duo, dont les joutes verbales disputées sur diverses scènes de crime étaient devenues légendaires.

Après le départ en retraite du Pr Thomas Kronlage durant l'été, Henning était devenu directeur de l'institut médicolégal. L'université avait initialement prévu d'ouvrir le recrutement aux candidatures externes, mais les compétences d'Henning dans le domaine de l'anthropologie médicolégale étaient si précieuses qu'on lui avait confié la direction pour ne pas le perdre.

— Comment s'appelle le nouveau? demanda Pia.

— Désolé, j'ai oublié, murmura Kröger.

L'homme en combinaison blanche accroupi à côté du cadavre enleva sa capuche et se releva. Plus vraiment jeune, constata Pia, le crâne rasé et l'épaisse moustache rendaient une estimation difficile. Une calvitie vieillissait souvent un homme.

— Dr Frederick Lemmer. Le médecin légiste retira son gant droit et lui tendit la main. Enchanté de faire votre connaissance.

— Moi aussi, répliqua Pia en prenant sa main. Je m'appelle Pia Kirchhoff et je travaille à la K11 d'Hofheim.

Une scène de crime ne se prêtait guère à un échange de politesses et Pia s'en tint donc à cette brève présentation. Elle s'arma intérieurement contre le spectacle qui l'attendait et elle s'approcha du cadavre. Le bonnet de laine rose et les cheveux blancs de la morte formaient des taches de couleur irréelles sur le bitume gris, la boue marron et une mare de sang noirâtre.

— *La Liste de Schindler*, murmura Pia.

— Pardon ? demanda Lemmer, un brin décontenancé.

— Le film avec Liam Neeson et Ben Kingsley, expliqua Pia.

Le médecin légiste comprit aussitôt l'allusion et sourit.

— Exact. Ça y ressemble. Le film était en noir et blanc, sauf le manteau de la petite fille qui était rouge.

— J'ai une mémoire visuelle. La première impression d'une scène de crime est toujours cruciale pour moi, expliqua Pia. Elle enfila des gants et s'accroupit, Lemmer l'imita. Au cours de ses nombreuses années à la K11, Pia avait appris à prendre du recul. C'était la seule façon de supporter la vue de cadavres cruellement mutilés et défigurés.

— La balle est entrée par la tempe gauche. Lemmer désigna le point d'impact bien net dans la tête de la morte. En ressortant, dit-il, elle a emporté presque toute la moitié droite du crâne. Typique d'une balle expansive de gros calibre. Pour ce qui est de l'arme du crime, je pense qu'il s'agit d'un fusil et que le coup a été tiré à bonne distance.

— Et comme il peut difficilement être question d'un accident de chasse, vu l'endroit, je dirais que c'était un tir ciblé, ajouta Kröger dans leur dos.

Pia acquiesça et contempla d'un air songeur ce qu'il restait du visage de la défunte. Pourquoi une femme entre soixante et soixante-dix ans avait-elle été abattue en pleine rue ? Était-ce une victime aléatoire, simplement au mauvais endroit au mauvais moment ?

Quelques personnes de l'équipe de Kröger, vêtues de leurs combinaisons blanches et munies d'un détecteur de métaux, sillonnaient les buissons et la prairie environnante à la recherche du projectile, d'autres prenaient des photos et faisaient des mesures à l'aide d'un appareil électronique afin de localiser la provenance du tir.

— On connaît son identité ? Pia se releva et regarda Kröger.

— Non, elle n'avait rien sur elle, à part un trousseau de clés. Ni portefeuille ni téléphone portable, répondit-il. Tu veux parler au témoin oculaire ? Il est dans l'ambulance.

— J'y vais.

Pia regarda autour d'elle et fronça les sourcils. Des champs et des prairies déserts. Au loin étincelaient la tour de télévision et les gratte-ciel de Francfort dans le pâle soleil d'hiver qui s'était frayé un chemin à travers l'épaisse couche nuageuse. À une quarantaine de mètres de là, de grands arbres bordaient un cours d'eau. Au-delà des branches nues, elle vit une aire de jeux et, derrière, les premières maisons de Niederhöchstadt, un quartier d'Eschborn. Des chemins bitumés et équipés de réverbères traversaient prairies et champs. Une zone de promenade qui ressemblait à un parc, idéale pour faire du vélo, du jogging, de la marche et…

— Où est le chien ? demanda soudain Pia.

— Quel chien ? répondirent Kröger et Lemmer, surpris.

— C'est une laisse, ça. Pia se pencha et désigna une lanière marron foncé déjà bien usée que la femme s'était mise en bandoulière. Elle se promenait avec son chien, dit Pia. Et comme nous n'avons pas trouvé de clé de voiture sur elle, elle doit habiter tout près d'ici.

— Je suis si contente d'avoir trois semaines de vacances. Karoline Albrecht poussa un soupir de satisfaction et étendit les jambes. Elle était assise à la table du salon dans la maison de ses parents avec une tasse de son thé préféré – rooibos vanille – et elle sentait le stress des semaines et des mois précédents se dissiper et faire place à un sentiment de calme profond.

— Greta et moi allons nous détendre à la maison, reprit Karoline, ou alors on viendra squatter ici et s'empiffrer de biscuits de Noël.

— Vous êtes les bienvenues. Sa mère lui adressa un sourire par-dessus le bord de ses lunettes de lecture. Mais, au fait, vous n'aviez pas prévu de vous envoler quelque part au soleil ?

— Ah, maman, je crois que cette année j'ai pris plus souvent l'avion que Carsten, et il est pilote ! Karoline ricana tout en sirotant son thé. Mais sa gaieté n'était qu'apparente.

Cela faisait huit ans qu'elle était cadre supérieure associée dans une société internationale de consulting, responsable de la restructuration et de l'internationalisation des entreprises et, il y a deux ans, on lui avait confié la direction du conseil en management. Elle passait désormais sa vie dans les hôtels, les avions et les salons VIP des aéroports. Elle était l'une des rares femmes à occuper un tel poste et elle gagnait tellement d'argent que cela lui semblait presque immoral. Greta fréquentait un internat, son mariage s'était soldé par un échec et toutes ses amitiés, à défaut d'être entretenues, s'étaient enlisées au fil du temps. Son travail avait toujours été prioritaire pour elle et depuis son bac, obtenu avec la mention très bien, elle voulait être la meilleure. Par la suite, de brillantes études de gestion dans des universités prestigieuses en Allemagne et aux États-Unis avaient placé sa carrière sur orbite.

Or, depuis quelques mois, elle se sentait vide et exténuée, l'épuisement conduisant à une remise en cause du bien-fondé de son travail. Était-ce vraiment si important, tout ça, plus que de passer du temps avec sa fille et de profiter un peu de la vie ? Elle avait quarante-trois ans et n'avait jamais vécu pour de bon. Voilà vingt ans qu'elle enchaînait les rendez-vous, ne défaisait jamais ses valises et s'entourait de gens qui lui étaient complètement indifférents et vice-versa. Greta se sentait bien dans la nouvelle famille de Carsten, elle appréciait d'avoir une fratrie, un chien et une mère de remplacement dont elle se sentait plus proche que de sa mère biologique ! Karoline était en passe de perdre sa fille et ne pouvait s'en prendre qu'à elle-même, sa présence étant devenue superflue dans la vie de Greta.

— Mais ton travail te plaît toujours, n'est-ce pas ?

La voix de sa mère arracha Karoline Albrecht à ses pensées.

— Je n'en suis plus très sûre, répondit-elle en reposant sa tasse sur la table. C'est pour ça que je vais faire une pause l'année prochaine. J'aimerais passer plus de temps avec Greta. Et je me demande si je ne vais pas vendre la maison.

— Ah ! Margarethe Rudolf haussa les sourcils sans paraître ébranlée pour autant. Pourquoi donc ?

— Elle est beaucoup trop grande, répliqua Karoline. Je cherche pour Greta et moi quelque chose de plus petit, plus intime. Une maison dans le genre de celle-ci.

C'est elle qui avait voulu la sienne ainsi : stylée, luxueuse et peu gourmande en énergie, quatre cents mètres carrés de surface habitable, des sols en béton brut et tout le confort possible et imaginable. Mais elle ne s'y était jamais sentie bien et elle rêvait en secret de la vieille villa de ses parents dans laquelle elle avait grandi – avec ses escaliers en bois qui craquent, les hauts plafonds, le carrelage en damier usé à la cuisine, les pièces en encorbellement et les salles de bains désuètes.

— C'est l'occasion de porter un toast, proposa sa mère. Qu'en dis-tu ?

— Bien sûr, je suis en vacances, après tout. Karoline sourit. Tu as une bouteille au frais ?

— Évidemment. Du champagne, qui plus est. Sa mère lui adressa un clin d'œil.

Peu après, toutes deux étaient assises l'une en face de l'autre et trinquaient à Noël et à la décision de Karoline d'apporter un changement radical à sa vie.

— Tu sais, maman, dit-elle, je me forçais beaucoup trop, je voulais à tout prix correspondre à l'image parfaite que tout le monde avait de moi : disciplinée, raisonnable, parfaitement organisée. Mais ça m'a stressée parce que je ne le faisais pas par réelle conviction, juste par conformisme.

— Tu viens de te libérer, constata sa mère.

— Oui. Oui, c'est ça. Karoline saisit les mains de sa mère. Je vais enfin pouvoir respirer et dormir, maman ! C'est comme si, après avoir vécu des années sous l'eau, je refaisais surface d'un coup et je me rendais compte de la beauté du monde ! Il n'y a pas que le travail et l'argent dans la vie.

— Non, ma petite Karoline, c'est vrai. Margarethe Rudolf afficha un sourire triste. Ton père n'est jamais parvenu à cette conclusion, hélas. Cela arrivera peut-être le jour où il sera à la retraite.

Karoline en doutait.

— Tu sais quoi, maman ? On va faire les courses toutes les deux, dit-elle d'un ton résolu. On cuisinera ensemble pour la veillée de Noël, comme autrefois.

Sa mère, émue, sourit et acquiesça.

— D'accord. Et demain soir, tu viens avec Greta pour préparer les biscuits de Noël. Comme ça vous aurez de quoi grignoter pour les fêtes.

Une demi-heure plus tard, Oliver von Bodenstein arriva sur le lieu du crime.

— Merci de m'avoir remplacé, dit-il à Pia. Je vais pouvoir prendre la suite.

— Oh, je n'ai rien d'autre à faire aujourd'hui, de toute façon, répondit-elle. Je peux rester si tu veux.

— Ce n'est pas de refus.

Il ricana et Pia songea combien son supérieur avait changé ces deux dernières années. Souvent distrait par l'échec de son mariage, il avait fini par retrouver son assurance et sa perspicacité, tout en devenant plus indulgent envers lui-même. Si c'était autrefois Pia qui aimait faire des suppositions hasardeuses et activer les choses, tandis qu'il s'en tenait aux règles, aux lois et qu'il la freinait dans ses ardeurs, elle avait parfois l'impression que les rôles étaient désormais inversés.

Seul celui qui a vécu et survécu à une perte existentielle est capable de mûrir et de changer. Pia avait lu cette phrase quelque part et c'était valable non seulement pour son chef, mais aussi pour elle. Dans une relation, on pouvait très longtemps se duper, refuser de voir la réalité en face et faire comme si tout allait bien. Mais l'illusion éclatait tôt ou tard, telle une bulle de savon, et on se retrouvait confronté à un choix : partir ou rester, se contenter de *sur*vivre ou revivre pour de bon.

— Tu as déjà parlé au témoin ? demanda Bodenstein.

— Oui, répondit Pia en relevant sa capuche, car le vent était glacial. Il arrivait à vélo sur le Dörnweg, dit-elle, ce chemin qui relie les deux communes, il venait d'Eschborn et allait vers Niederhöchstadt. À peu près au niveau de ce poteau électrique, là-bas, il a vu la femme s'effondrer. Il a cru qu'elle avait eu une crise cardiaque, ou un truc dans le genre, et il a pédalé jusqu'à elle. Il n'a pas entendu de coup de feu.

— A-t-on déjà des éléments sur l'identité de la morte ?

— Non. Mais je pense qu'elle doit habiter dans le coin, car elle promenait un chien et n'avait pas de clé de voiture sur elle.

Ils s'écartèrent pour laisser passer le fourgon mortuaire.

— Nous avons aussi retrouvé le projectile, poursuivit Pia. Assez déformé, mais provenant clairement d'un fusil. Lemmer dit qu'il s'agit d'une balle expansive. C'est le genre de munitions qu'utilisent les chasseurs, et nous aussi, pour son pouvoir d'arrêt. Dans l'armée, elles sont néanmoins interdites par la convention de La Haye.

— C'est Lemmer qui t'a appris tout ça ? demanda Bodenstein avec une pointe de moquerie. Qui est ce type, d'ailleurs ?

— Non, figure-toi que je le savais déjà avant, riposta Pia. Frederick Lemmer est le nouveau médecin légiste.

Un sifflement retentit. Pia et Bodenstein se retournèrent et virent Kröger gesticuler au bord du cours d'eau.

— Christian a trouvé quelque chose, dit Pia. Ne le faisons pas attendre.

Ils traversèrent peu après une passerelle en bois et accédèrent à la partie inférieure d'une aire de jeux. Balançoires, bascules, portiques multicolores, une tyrolienne, des bacs à sable et des jeux d'eau étaient répartis sur le vaste terrain en amont du Westerbach.

— Là ! s'écria Kröger tout excité, comme chaque fois qu'il faisait une découverte. C'est sûrement là, dans ces buissons, qu'il était allongé ! L'herbe est encore aplatie et là… là-bas… regardez… la trace d'un bipied. Un peu effacée, certes, mais très reconnaissable.

Pia dut avouer qu'elle ne reconnaissait strictement rien, à part des touffes d'herbe mouillée, des feuilles mortes et de la terre humide.

— Tu veux dire que le meurtrier était planqué ici et guettait sa victime ? s'assura Bodenstein.

— Exact. Kröger opina plusieurs fois de la tête. Quant à savoir s'il avait cette femme en vue ou voulait juste abattre quelqu'un, je n'en ai bien sûr aucune idée, mais je peux vous dire une chose : ce gars n'est pas un amateur qui tire quelques coups à droite et à gauche. Il était à l'affût, il a utilisé un silencieux et une saleté de munition…

— Une balle expansive, lança nonchalamment Bodenstein en adressant un clin d'œil à Pia.

— Bingo ! Je vois que tu es déjà au courant, dit Kröger, irrité par l'interruption. Bref, je pense qu'il était installé là, sans doute vêtu d'une tenue Ghillie.

— Une tenue quoi ? demanda Bodenstein.

— Bon sang, Oliver, tu joues encore à celui qui n'y comprend rien ! s'énerva Kröger. Une tenue Ghillie est un vêtement de camouflage utilisé par les chasseurs ou les tireurs d'élite parce qu'il dissimule les formes du corps et fait disparaître le tireur dans son environnement. Mais peu importe. Il y avait en tout cas ici un type armé d'un fusil reposant sur un support à deux pieds, ce qui améliore la précision du tir. Pour le reste, c'est à vous de jouer. Et maintenant, faites en sorte que les gens du coin nous laissent travailler en paix.

Il tourna les talons et les laissa en plan.

— Il croit que tu t'es fichu de lui, dit Pia à son supérieur.

— J'ignorais réellement ce qu'est une tenue Ghillie ! dit Bodenstein pour se justifier. Je veux dire que, maintenant qu'il me l'a expliqué, je me rappelle que je le savais, mais avant, je ne le savais pas.

— Pour faire court : ça t'est sorti de la tête, dit Pia en guise d'aide.

— Une fois de plus, tu résumes parfaitement les choses.

Le portable de Bodenstein se mit à sonner.

— Je m'en charge. Pia désigna d'un signe de tête l'attroupement qui s'était déjà formé sur le chemin et grossissait sans cesse. Certains élevaient même leurs téléphones portables pour prendre des photos, bien qu'il n'y eût rien à voir, excepté la rubalise rouge et blanche et les techniciens de la police scientifique ; d'autres se contentaient d'observer en bavardant, mus par l'attrait ancestral de l'homme pour l'horreur. La fascination qu'une mort violente exerçait sur autrui surprenait toujours autant Pia.

Elle se dirigea vers un policier qui était en train d'empêcher deux mères et plusieurs jeunes enfants d'accéder à l'aire de jeux.

— Mais nous venons ici tous les mercredis matin, se plaignait une des deux mères. Les enfants s'en font une joie une semaine à l'avance !

L'agent en uniforme grimaça, l'air agacé.

— D'ici quelques heures vous pourrez à nouveau fréquenter l'aire de jeux, dit-il. Pour le moment, elle est bloquée.

— Pourquoi ? Et la passerelle ? Pourquoi est-elle bloquée, elle aussi ? s'enquit l'autre mère. Et le cours d'eau, on le traverse comment, maintenant ?

— Il vous suffit de prendre le chemin qui mène à la piscine. Il y a une autre passerelle là-bas, leur conseilla le policier.

— C'est scandaleux ! s'emporta la mère n° 1, tandis que la deuxième, devenue elle aussi agressive, brandissait les notions d'État policier et de liberté de mouvement.

— Élargissez, s'il vous plaît, la zone interdite jusqu'au croisement et la route du haut, dit Pia au policier. Et demandez des renforts en cas de problème.

La mère frondeuse profita d'un instant d'inattention pour franchir le barrage avec sa poussette.

— Stop ! dit Pia en lui barrant la route. Quittez la zone interdite, s'il vous plaît.

— Mais pourquoi ? Les yeux de la femme lançaient des éclairs, elle avança le menton, prête à en découdre. Ça dérange qui, hein, si nos enfants creusent dans le sable ?

— Ça *nous* dérange pendant le travail, répondit froidement Pia. Je vous prie poliment de partir.

— En Allemagne nous avons droit, que je sache, à la liberté de mouvement ! fulmina la mère. Regardez ce que vous avez fait ! Les enfants sont totalement perturbés, parce que *la police* les empêche d'utiliser l'aire de jeux ! Ils sont trop jeunes pour comprendre !

Pia fut brièvement tentée de lui dire que c'était elle qui, par son manque de compréhension, avait entraîné une escalade qui perturbait bien plus les enfants qu'une rubalise rouge et blanche, mais elle n'avait pas le temps et cela ne servirait à rien.

— Pour la dernière fois, dit-elle donc avec insistance. Veuillez quitter la zone interdite. Si vous ne le faites pas, vous entravez une enquête de police. Auquel cas nous relèverons votre identité et dresserons un procès-verbal. Je suis sûre que vous ne voudriez pas montrer le mauvais exemple à vos enfants, ou bien si ?

— Nous faisons la route depuis Kronberg pour venir ici tous les mercredis, et maintenant ça ! La mère lui lança un regard noir, souffla d'un air furieux en voyant que Pia n'affichait plus aucune réaction et finit par battre en retraite, non sans râler. Nous allons nous plaindre ! Mon mari connaît des gens haut placés au ministère de l'Intérieur !

Une femme qui devait absolument avoir le dernier mot. Pia le lui laissa et plaignit en secret le mari.

— Incroyable, dit le policier à côté de Pia en secouant la tête. C'est vraiment de pire en pire. Les gens pensent qu'ils n'ont que des droits ! Le mot prévenance ne veut plus rien dire aujourd'hui.

Bodenstein attendait à quelque distance de là. Pia laissa la foule curieuse à ses collègues et retourna auprès de son supérieur. Ils retraversèrent l'aire de jeux, la pelouse humide faisait splash sous leurs chaussures.

— Nous allons sonner à toutes les portes et demander aux gens s'ils connaissent une femme à cheveux blancs avec un chien, dit Bodenstein. Si tant est que les riverains soient encore chez eux et pas déjà là-bas à regarder le spectacle bouche bée.

Ils commencèrent par la première maison d'une série de logements mitoyens. Avant que Bodenstein ait eu le temps d'appuyer sur la sonnette, Pia remarqua un labrador marron foncé, anxieux, tapi entre deux voitures garées de l'autre côté de la rue.

— Je parie que c'est le chien de la morte, dit-elle. Je vais peut-être arriver à l'attraper.

Elle se dirigea à pas lents vers le chien, s'accroupit et tendit la main. Le chien n'était plus tout jeune, vu son museau grisonnant. Et il ne s'intéressait pas particulièrement aux inconnus. Il se leva d'un bond, se faufila à travers les buissons derrière la voiture et fila dans la rue voisine. Bodenstein et Pia le suivirent mais, lorsqu'ils tournèrent au coin de la rue, le chien avait disparu.

— J'ai plus qu'à sonner n'importe où, dit Bodenstein en ouvrant le portail de la première maison. Personne. Nul ne réagit non plus dans la deuxième maison, et c'est seulement à la troisième qu'il eut du succès.

La porte s'entrouvrit et une femme entre deux âges jeta un regard méfiant par-dessus la chaîne de sécurité.

— Oui, c'est pour quoi ?

— Nous sommes de la police judiciaire. Pia, qui avait l'habitude qu'on les prenne pour des témoins de Jéhovah ou des représentants indésirables, avait sa carte professionnelle sous la main. Une voix masculine se fit entendre à l'arrière. La femme se retourna.

— La police ! s'écria-t-elle, puis elle referma la porte, enleva la chaîne et ouvrit en grand.

— Savez-vous par hasard si un habitant de la rue possède un labrador marron foncé, déjà âgé ? demanda Pia.

Derrière la femme surgit un homme à cheveux blancs, portant un cardigan et des pantoufles.

— C'est p'têt' bien Topsi, le chien à Renate, dit la femme. Pourquoi donc que vous voulez le savoir ? S'est passé quelque chose ?

— Connaissez-vous également le nom de famille de Renate et savez-vous où elle habite ? demanda Bodenstein en ignorant sa question.

— Ben bien sûr. Renate, son nom de famille, c'est Rohleder, répondit la femme avec empressement. Faut espérer que Topsi a pas eu d'accident, parce que sinon, ça va sacrément lui briser le cœur, à Renate !

— Elle habite au 44, ajouta l'homme. Faut monter la rue. La maison jaune, celle qu'a un banc blanc à l'avant du jardin.

— Pour dire vrai, c'est au mari qu'elle appartenait, c'te maison. La femme baissa la voix pour prendre un ton confidentiel, ses yeux étincelaient. Mais quand il l'a quittée, à l'époque, y a sept ans de ça, trois jours avant Noël, c'est sa mère qu'est venue habiter chez elle.

— C'est pas ça qui intéresse la police, dit le mari en houspillant son épouse encline aux commérages. Les Rohleder, y possèdent une boutique de fleurs dans l'Unterortstraße, là en bas. Mais Ingeborg, y a des chances qu'elle soit à la maison. C'est toujours à c't'heure-là qu'elle va promener le clebs.

— Merci pour ces informations, dit poliment Bodenstein. Vous nous avez beaucoup aidés. Ce serait très aimable à vous de ne pas appeler tout de suite à la boutique.

— Ben bien sûr que non, assura la femme avec une pointe d'indignation. C'est pas comme si on était copains comme cochons, avec Renate.

Bodenstein et Pia prirent congé et remontèrent la rue. Le numéro 44 était une maison mitoyenne d'angle que la joyeuse peinture jaune soleil faisait ressortir de l'ensemble monolithique. Un auvent de bois clair abritait une vieille Opel bien entretenue, le petit jardin de devant était soigneusement préparé pour l'hiver. On avait enveloppé quelques plantes dans des sacs de jute pour les protéger de la neige et du froid, suspendu des boules de Noël à un buisson et entouré un buis d'une guirlande lumineuse. Devant la porte d'entrée ornée d'une couronne de sapin, Topsi, tout tremblant, attendait en vain que quelqu'un lui ouvre la porte.

La clochette de la porte tinta, l'air chaud et humide ainsi que l'odeur écrasante des fleurs et des branches de sapin leur arrivèrent en pleine figure quand ils entrèrent dans la boutique dont les vitrines étaient surmontées d'un panneau démodé portant l'inscription *Fleurs Rohleder – depuis 50 ans*.

Les vitres embuées masquaient une boutique pleine à craquer. Des gens, des fleurs et toutes sortes de bibelots dans des vitrines ouvertes, sur des étagères en bois et dans des paniers. Derrière un long comptoir, trois femmes étaient occupées à confectionner des bouquets.

Bodenstein, qui associait inévitablement cette odeur aux funérariums des cimetières, dut redoubler d'efforts pour ne pas tourner aussitôt les talons. Les fleurs dans les jardins et les prairies, c'était joli, mais il ne les aimait pas coupées dans des vases, cela l'écœurait presque.

Il coupa la file d'attente malgré les protestations d'une petite vieille qui attendait d'être servie, un minuscule poinsettia à la main.

— Voilà qui ne se fait pas, jeune homme, le blâma la vieille dame d'une voix chevrotante en lui assénant un coup ferme avec sa canne.

— Merci pour le *jeune* homme, répliqua sèchement Bodenstein qui, les jours comme celui-ci, se sentait particulièrement vieux. Annoncer à quelqu'un la mort violente d'un proche lui semblait aussi difficile que la première fois, même après vingt-cinq ans dans la police judiciaire.

— J'ai quatre-vingt-seize ans ! dit la vieille dame avec un rien de fierté. Par rapport à moi, vous venez à peine de quitter le nid !

— Eh bien dans ce cas, je vous laisse passer. Bodenstein fit un pas de côté et attendit patiemment que le poinsettia soit emballé et payé. Pia, qui avait fait le tour de la boutique, le rejoignit.

— Vous désirez ? La blonde plantureuse aux yeux un tantinet trop maquillés et aux mains gercées par l'eau et le temps consacré aux fleurs le regardait en souriant gaiement.

— Bonjour. Je m'appelle Bodenstein, police judiciaire d'Hofheim, et voici ma collègue Pia Kirchhoff, répondit-il. Nous aimerions parler à Renate Rohleder.

— C'est moi. Que puis-je faire pour vous ? Le sourire disparut et Bodenstein songea malgré lui qu'elle ne sourirait sans doute plus pendant longtemps.

La clochette de la porte annonçait de nouveaux clients. Mme Rohleder ne les salua pas, son regard s'était ancré dans le visage de Bodenstein et elle semblait pressentir le malheur qui allait transformer sa vie.

— Est-ce que… est-ce qu'il s'est passé quelque chose ? chuchota-t-elle.

— Nous pourrions peut-être parler ailleurs, suggéra Bodenstein.

— Bien… bien sûr. Venez. Elle leur tint ouvert le battant en bois au bout du comptoir, Bodenstein et Pia s'avancèrent et la suivirent dans un petit bureau plein comme un œuf au fond du couloir.

— Je crains d'avoir une très mauvaise nouvelle, commença Bodenstein. Ce matin vers 9 heures on a trouvé le cadavre d'une femme dans un champ entre Eschborn et Niederhöchstadt. Elle avait des cheveux blancs, portait une veste vert olive et un bonnet rose vif…

Renate Rohleder devint blanche comme un linge, l'incrédulité se dessina sur son visage. Elle ne pipait mot, elle était immobile, les bras ballants. Elle serra les poings.

— La femme avait une laisse de chien sur elle, poursuivit Bodenstein.

Renate Rohleder recula d'un pas et s'effondra sur une chaise. L'incrédulité fit place au déni – *ce n'est pas possible, il y a sûrement erreur sur la personne*!

— Après la balade avec Topsi, elle voulait passer à la boutique pour m'aider. Il y a toujours tellement à faire avant Noël. Je voulais l'appeler, mais je n'ai pas eu le temps, murmura-t-elle d'une voix blanche. Ma mère a un bonnet de laine rose. Je le lui ai offert pour Noël il y a trois ans, avec une écharpe rose. Et quand elle va promener le chien, elle met toujours sa vieille parka, cet horrible machin puant…

Ses yeux se remplirent de larmes.

Venait à présent le choc, quand on comprenait le caractère définitif d'un événement.

Bodenstein et Pia échangèrent un bref regard. Le bonnet rose vif, le labrador, la veste vert olive. Il ne faisait plus aucun doute que la morte était bien Ingeborg Rohleder.

— Que s'est-il passé ? Elle a eu… elle a eu une crise cardiaque ? chuchota Renate Rohleder en regardant à nouveau Bodenstein. Les larmes coulaient sur ses joues, se mélangeaient à l'eye-liner noir et au mascara. Il faut que j'y aille ! Il faut que je la voie !

Elle se leva d'un bond, saisit au vol son portable et ses clés de voiture sur le bureau et arracha une veste du portemanteau près de la porte.

— Madame Rohleder, attendez ! Bodenstein retint doucement par les épaules la femme tremblante. Nous allons vous conduire chez vous. Vous ne pouvez pas aller voir votre mère.

— Pourquoi pas ? Peut-être qu'elle n'est pas morte, mais juste… juste inconsciente ou bien… dans le coma !

— Je suis navré, madame Rohleder. Votre mère a été assassinée.

— *Assassinée ?* Ma mère a été *assassinée* ? chuchota-t-elle, stupéfaite. Mais ce n'est pas possible ! Qui ferait une chose pareille ? Ma mère était la personne la plus gentille et la plus serviable au monde !

Renate Rohleder chancela et tomba à genoux. Bodenstein eut juste le temps de l'asseoir sur la chaise avant qu'elle ne craque. Elle le dévisagea et sa bouche s'ouvrit pour lâcher un cri horrible, strident, désespéré qui allait encore résonner des heures aux oreilles de Bodenstein.

Les personnes présentes dans la salle de réunion de la K11 formaient un petit comité. Bodenstein et Pia étaient assis d'un côté de la table ovale, Nicole Engel à un bout et Kai Ostermann à l'opposé pour ne contaminer personne avec ses germes. Il reniflait et toussait sans arrêt, il se trouvait vraiment dans un piteux état. Il faisait déjà nuit derrière les fenêtres lorsque Bodenstein acheva son compte rendu et se tut.

— Il faudrait songer à rendre l'affaire publique, dit Nicole Engel qui réfléchissait à voix haute. Peut-être que quelqu'un a vu le tireur venir de l'aire de jeux. Grâce au témoin, nous avons une idée très précise du timing.

— Je trouve que c'est une bonne idée, mais nous sommes nettement en sous-effectif, objecta Bodenstein. Pia est, à vrai dire, en congé et n'est intervenue que pour aujourd'hui. Et si nous mobilisons des collègues pour un numéro d'urgence, je n'ai plus qu'à faire cavalier seul.

— Qu'est-ce que tu proposes à la place ? Nicole Engel haussa ses sourcils finement épilés.

— Nous ignorons encore si Ingeborg Rohleder était visée ou s'il s'agit d'une victime aléatoire, répliqua Bodenstein. Il faut que nous en sachions davantage sur son entourage avant de rendre l'affaire publique. Les entretiens avec la fille de la victime, les employés de la boutique et quelques voisins semblent indiquer que la morte était une dame estimée de tous, sans ennemi apparent. Il n'y a pour l'instant aucun mobile identifiable.

— Rappelez-vous du cas de Vera Kaltensee. C'était pareil, fit remarquer Pia. Au début aussi, elle nous paraissait aimée, appréciée et au-dessus de tout soupçon.

— Ce n'est pas comparable, la contredit Bodenstein.

— Pourquoi pas ? Pia haussa les épaules. Une personne de soixante-dix ans a un long passé au cours duquel il a pu se produire beaucoup de choses.

— Je pourrais faire quelques recherches sur la victime, dit Ostermann d'une voix rauque.

— Absolument. Bodenstein acquiesça. Et peut-être que l'analyse balistique nous en apprendra davantage sur l'arme du crime.

— Bien. Nicole Engel se leva. Tiens-moi au courant, s'il te plaît, Oliver.

— Ce sera fait.

— Eh bien, bonne chance. Elle se dirigea vers la porte, puis se retourna une dernière fois. Merci de nous avoir prêté main-forte aujourd'hui, madame Kirchhoff. Je vous souhaite de belles vacances et un joyeux Noël.

— À vous aussi, répondit Pia. Merci.

Ostermann recula sa chaise et se traîna en toussant dans son bureau, suivi par Pia. Son plan de travail arborait toute une rangée de médicaments, une bouteille thermos remplie de tisane et une boîte de mouchoirs.

— Ça fait longtemps que je n'ai pas eu une crève pareille, gémit Ostermann. S'il n'y avait pas eu un meurtre, je resterais carrément chez moi demain. Tu ferais mieux de déguerpir, Pia, avant que je te contamine et que tu te retrouves coincée sur ton bateau de croisière avec un bon rhume.

— Mon Dieu, Kai, j'ai vraiment mauvaise conscience de te laisser seul maintenant, dit Pia.

— Tu parles. Ostermann éternua et souffla dans un mouchoir.

Pour ma part, je n'aurais aucun remords à t'abandonner ici à moitié morte si j'avais prévu des vacances.

— Merci. Tu es toujours aussi charmant. Pia mit son petit sac à dos en cuir sur l'épaule et ricana. Dans ce cas je te souhaite un bon rétablissement et un joyeux Noël ! *Ciao*, collègue !

— Passe le bonjour au soleil de l'Équateur ! Kai Ostermann lui fit un signe avant d'éternuer de plus belle. Et maintenant fiche-moi le camp !

Jeudi 20 décembre 2012

Bodenstein avait mal dormi. Après s'être tourné et retourné dans son lit pendant une demi-heure, les yeux grands ouverts, il décida de se lever pour ne pas réveiller Inka qui dormait à poings fermés à côté de lui et ronflait doucement. Il sortit de la chambre sans allumer la lumière, enfila une veste polaire par-dessus son pyjama et descendit l'escalier. À la cuisine, il actionna la toute nouvelle cafetière semi-automatique qu'il s'était offerte en avance pour Noël et il posa une tasse sous le jet.

Deux malades à la K11, Cem Altunay et Pia en congé, et une affaire d'homicide qui n'allait sûrement pas se résoudre illico. L'épidémie de grippe avait fait des ravages parmi les policiers, si bien qu'il ne pouvait guère compter sur des renforts en provenance d'autres commissariats.

Le broyeur crissa et le café se mit à couler dans la tasse en répandant un arôme divin. Bodenstein glissa ses pieds nus dans ses bottines fourrées en peau d'agneau et il sortit sur le balcon. Il prit une gorgée de café – il n'en avait jamais bu de meilleur –, s'assit sur le canapé en rotin tressé sous l'avancée du toit et s'enroula dans une des couvertures de laine soigneusement pliées sur un des fauteuils. L'air était glacial, mais si transparent que Bodenstein pouvait distinguer à l'œil nu les feux de position d'un avion en train d'atterrir. La vue qui embrassait la plaine du Rhin-Main depuis Francfort jusqu'à l'aéroport en passant par la zone industrielle de Höchst était toujours aussi spectaculaire – jour et nuit, été comme hiver. Il adorait rester assis dehors et s'abandonner à ses pensées en laissant errer son regard. Il n'avait d'ailleurs pas regretté une seule seconde l'achat de cette maison mitoyenne à Ruppertshain, un quartier de Kelkheim, signifiant pour lui le retour à la vie normale qui avait volé en éclats après la séparation d'avec Cosima voilà quatre ans. Le seul élément stable dans cette période chaotique était son métier et, s'il l'avait encore, c'était grâce à Pia qui lui avait sauvé plusieurs fois la mise. Son inattention lui avait fait commettre plus d'une erreur grossière dont il eut honte par la suite, or Pia ne les avait jamais mentionnées, ni tenté de le compromettre en vue de lui piquer son poste de directeur de la K11. Elle était sans aucun doute la meilleure collègue qu'il ait jamais eue, et la perspective de devoir se passer d'elle pour élucider le meurtre de la vieille dame d'Eschborn l'angoissait davantage qu'il n'avait bien voulu l'admettre jusque-là. La porte coulissante s'ouvrit. Il tourna la tête et s'étonna de voir Rosalie, sa fille aînée.

— Alors, ma grande, pourquoi es-tu déjà debout ?

— Je n'arrivais plus à dormir, dit-elle. J'ai tant de choses qui me passent par la tête.

— Viens par là. Bodenstein se décala un peu. Elle s'assit à côté de lui. Le père et la fille profitèrent un bon moment de la vue et du calme de cette matinée d'hiver. Elle avait quelque chose sur le cœur, il le sentait, mais il voulait attendre qu'elle aborde elle-même le sujet. Sa décision d'aller, à vingt-quatre ans, travailler comme sous-chef de cuisine dans l'un des meilleurs hôtels de New York était courageuse, surtout pour Rosalie qui, depuis sa plus tendre enfance, avait mal au ventre dès le moindre changement. Elle avait terminé l'année passée sa formation de cuisinière dont elle était sortie major et son formateur, le chef étoilé Jean-Yves Saint-Clair, lui avait conseillé de passer du temps à l'étranger pour acquérir de l'expériencc.

— Je n'ai jamais quitté la maison plus d'une semaine ou deux, dit-elle à voix basse. D'ailleurs je n'ai jamais vécu seule. Juste chez maman et chez toi. Et d'un seul coup l'Amérique, New York !

— Les uns prennent leur envol plus tôt, les autres plus tard, répondit Bodenstein en passant le bras autour de l'épaule de sa fille qui ramena ses jambes vers elle et se blottit contre lui sous la chaude couverture. Beaucoup de jeunes quittent la maison pour leurs études, dit-il, mais restent aux crochets de leurs parents pendant des années. Alors que tu gagnes toi-même ton argent depuis longtemps et tu es très indépendante. Et puis c'est toi qui as quasiment pris en charge l'entretien de la maison. Tu ne sais pas à quel point ça va me manquer !

— Toi aussi, tu vas me manquer, papa. Tout ici va me manquer. À vrai dire, je ne suis pas du tout une citadine. Rosalie appuya sa tête contre l'épaule de son père. Je ferai quoi quand j'aurai le mal du pays ?

— D'abord, je pense que tu n'auras pas vraiment le temps d'avoir le mal du pays, répliqua Bodenstein. Mais, si c'était le cas, tu n'auras qu'à skyper avec les gens qui te manquent, ou passer un coup de fil. Le week-end, ou quand tu auras quelques jours de libre, tu pourras faire un saut à Long Island ou dans les Berkshire Hills. C'est à deux pas de New York. Et, telle que je connais ta mère, elle te rendra sûrement visite de temps à autre.

— Je crois aussi, dit Rosalie en soupirant. Et j'ai hâte d'aller à New York, de commencer ce job et de rencontrer des gens nouveaux. Mais j'ai quand même le trac.

— Le contraire serait anormal, répondit-il. En tout cas, je suis très fier de toi. Quand tu as débuté ton apprentissage, à l'époque, j'étais convaincu que ce n'était que par défi et que tu laisserais bientôt tout tomber. Mais tu t'es accrochée et tu es même devenue une cuisinière hors pair.

— Parfois, j'étais réellement sur le point d'abandonner, avoua Rosalie. Je ne pouvais jamais accompagner mes copines aux soirées, aux concerts ou en boîte. Mais elles étaient toutes, comment dire… sans perspective. Je suis plus ou moins la seule à avoir trouvé le métier de ses rêves.

Bodenstein sourit dans la pénombre. Rosalie lui ressemblait vraiment beaucoup, et pas juste en ce qui concernait son attachement au pays et son sens de la famille. Comme lui, elle était capable de prendre ses responsabilités et de renoncer à certaines choses au profit d'autres qui lui tenaient à cœur. Sa mère, quant à elle, lui avait transmis ce qui lui faisait un peu défaut à lui, à savoir une forte ambition lui permettant de surmonter bien des obstacles.

— C'est précieux. Quand on est passionné, on connaît le succès et l'épanouissement dans son travail, dit Bodenstein. Je suis persuadé que tu as pris la bonne décision. Cette année en Amérique te fera évoluer sur tous les plans. Il tourna la tête et posa sa joue sur les cheveux de Rosalie. Si ta vie devient compliquée par moments et qu'il te faut un havre de tranquillité, tu auras toujours ta place ici, dit-il à voix basse.

— Merci, papa, murmura Rosalie en bâillant. Je me sens déjà mieux. Je crois que je vais dormir encore un peu.

Elle se releva, lui donna un baiser sur la joue et disparut dans la maison.

Les enfants grandissent, songea Bodenstein avec une légère mélancolie. Le temps passait si vite ! Lorenz et Rosalie étaient adultes depuis longtemps, et Sophia venait d'avoir six ans il y a quelques semaines ! Dans dix-huit ans, quand elle aurait l'âge de Rosalie aujourd'hui, il en aurait presque soixante-dix ! Serait-il satisfait de la vie qu'il aurait vécue ? Voilà un an et demi, il avait refusé de conserver le poste de Nicole Engel qu'il avait remplacée pendant sa suspension. Trop de tâches administratives, trop de politique. Il voulait travailler comme enquêteur et non comme gratte-papier. Son refus, il ne s'en était rendu compte qu'après coup, signifiait que Pia n'obtiendrait jamais la moindre promotion au sein de la brigade criminelle régionale. Officier de police judiciaire depuis deux ans, elle avait toutes les qualités et les compétences requises pour devenir une excellente directrice de la K11. Mais, tant qu'il occupait cette fonction, Pia devrait se contenter d'être un simple élément de son équipe. Cela lui suffirait-il à la longue ? Et si, un jour, elle demandait une mutation pour faire avancer sa carrière ? Bodenstein but la dernière gorgée de café, froid depuis longtemps. Il repensa au meurtre qu'il devait élucider. Il verrait bien dans les prochains jours quel effet cela ferait de devoir se passer de Pia.

Pour des raisons similaires à celles de son supérieur, Pia Kirchhoff ne ferma quasiment pas l'œil de la nuit. L'homicide de la veille ne lui sortait pas de la tête. Contrairement à certains de ses collègues qui prétendaient parvenir à faire la coupure et oublier le travail dès qu'ils rentraient chez eux, elle n'y arrivait que rarement. Elle finit par se lever, descendit sur la pointe des pieds et s'habilla. Les deux chiens sortirent en bâillant de leurs paniers au salon et la suivirent, plutôt par devoir que par enthousiasme, dehors dans le froid. Pia alla voir les deux chevaux qui dormaient debout dans leurs box et elle s'assit sur le banc devant l'écurie.

D'après les premières informations, Ingeborg Rohleder était une gentille vieille dame ayant travaillé toute sa vie dans l'entreprise familiale et unanimement appréciée dans sa commune. Ni les voisins interrogés, ni les employées de la boutique, encore sous le choc, ne pouvaient imaginer quelqu'un ayant une raison de tirer une balle dans la tête d'Ingeborg Rohleder. S'agissait-il d'une méprise ou la femme était-elle réellement une victime aléatoire du tireur ? Cette idée était bien plus angoissante que toutes les autres. Environ soixante-dix pour cent des affaires criminelles en Allemagne présentaient un lien entre le meurtrier et sa victime, le meurtrier venant même souvent de l'entourage proche. La plupart du temps, le passage à l'acte était motivé par des émotions fortes, telles que la jalousie ou la colère, ou encore la peur qu'un autre délit soit découvert. L'envie de tuer pure et simple était très rare. Et les cas en question étaient extrêmement difficiles à résoudre car, en l'absence de lien entre le meurtrier et sa victime, on était soumis au hasard sous la forme d'un témoin, d'une empreinte génétique ou d'un autre détail. Pia avait récemment participé à un séminaire où il était question de l'évolution des crimes violents avec usage d'armes à feu, et elle s'était étonnée du faible nombre d'homicides – seulement quatorze pour cent – commis par le biais d'armes à feu en Allemagne.

Pia frissonnait. À cette heure matinale il n'y avait pas encore beaucoup de circulation sur l'autoroute voisine, située au-delà du petit manège ; seules quelques lumières éparses de phares surgissaient ici et là. Cela allait changer d'ici deux heures au plus tard. Le regard de Pia tomba sur les deux chiens, assis à ses pieds, qui tremblaient pitoyablement, regrettant à l'évidence d'avoir quitté leurs confortables paniers.

— Allez, venez, on rentre, dit-elle en se levant. Les chiens filèrent devant elle et se glissèrent dans la maison dès qu'elle eut ouvert la porte. Pia enleva sa veste et ses bottes, remonta à l'étage et se pelotonna dans le lit.

— Hou, c'est quoi, ce bloc de glace? murmura Christoph lorsqu'elle se blottit contre son corps chaud de sommeil.

— J'ai juste fait un tour dehors, chuchota Pia.

— Il est quelle heure?

— 5 h 20.

— Qu'est-ce qu'il se passe? Il se tourna vers elle et la prit dans ses bras.

— La morte d'hier ne me sort pas de la tête, répondit Pia.

La veille au soir, elle avait expliqué à Christoph la raison pour laquelle elle était allée travailler bien qu'étant en congé. Personne ne se montrait à cet égard plus compréhensif que Christoph, qui exerçait lui-même son métier de directeur du zoo Opel avec passion et engagement et qui, si nécessaire, ne connaissait ni week-end ni jour férié.

— Cette femme était une gentille grand-mère, aimée de tous, poursuivit Pia. Le tueur a utilisé un fusil muni d'un silencieux.

— Et qu'est-ce que tu en déduis? Christoph réprima un bâillement.

— On n'en est qu'au début de l'enquête, mais j'ai comme l'impression qu'il s'agit d'une victime aléatoire, expliqua Pia. Ce qui voudrait dire qu'on a affaire à un sniper qui tire au hasard.

— Et tu t'inquiètes parce que tes collègues sont malades ou en congé.

— Oui, c'est ça. Je partirais bien plus tranquille en vacances si Cem et Kathrin étaient là.

— Écoute-moi, ma douce. Christoph la prit dans ses bras et l'embrassa sur la joue. Je comprendrais que tu préfères rester ici dans une situation pareille. Pour moi, de toute façon, ce sera davantage du travail que des vacances…

— Je ne vais quand même pas te laisser partir seul en lune de miel! protesta Pia.

— La lune de miel, ça se rattrape, répliqua Christoph. Ce ne sera pas vraiment reposant pour toi si la mauvaise conscience te torture sans arrêt.

— Bah ! Ils s'en sortiront bien sans moi, dit Pia sans grande conviction. Peut-être que tout sera élucidé aujourd'hui.

— Tu peux encore y réfléchir. Christoph l'attira à lui. La chaleur de son corps avait un effet apaisant et Pia sentit la fatigue l'envahir.

— Oui, murmura-t-elle. Je peux.

Après quoi elle sombra à nouveau dans un demi-sommeil.

Il feuilleta le journal, lut chaque page avec attention. Rien. Pas un mot sur le meurtre d'Eschborn. Il n'avait rien trouvé non plus sur Internet – ni aux informations, ni dans les rapports de police. De toute évidence, la police préférait ne pas divulguer l'affaire pour le moment, ce qui lui convenait tout à fait. Dans quelques jours, ce serait différent. Mais d'ici là, l'ignorance générale permettait d'éviter les témoins accidentels et il pouvait se déplacer à sa guise.

Il était satisfait de sa stratégie. Tout s'était déroulé exactement comme prévu. Sur le parking de la piscine de Wiesenbad à Eschborn, il y avait certes quelques mères avec leurs enfants, mais personne n'avait fait attention à lui lorsqu'il avait mis son sac de sport contenant le fusil dans le coffre de sa voiture et qu'il était parti.

Il consulta le site de la météo allemande sur son iPad. C'est ce qu'il faisait plusieurs fois par jour depuis des semaines et des mois, car le temps était un facteur déterminant.

— Mince, murmura-t-il.

Les prévisions pour les trois prochains jours avaient changé depuis la veille. Il fronça les sourcils en lisant qu'on annonçait de fortes chutes de neige, même en vallée, à partir de vendredi soir.

La neige, ce n'était pas bon. On laissait des traces. Que faire ? Un plan parfaitement élaboré, prenant en compte et minimisant le moindre risque, était la condition nécessaire à la réussite de son entreprise. Rien n'était plus dangereux que la spontanéité. Or, cette saleté de neige menaçait de tout faire rater. Il resta assis un long moment, pensif, se remémorant son plan en détail. Cela ne servait à rien. La neige représentait une menace sérieuse, ce qui l'obligeait à revoir son timing. Sur-le-champ.

— Mon Dieu, Kai, tu devrais être au lit, dit Bodenstein en entrant dans la salle de réunion de la K11 et en voyant la tête de l'ultime membre de son équipe.

— C'est là que les gens meurent. Le lieutenant de police Kai Ostermann déclina l'offre. Je me sens mieux que j'en ai l'air.

Il ricana et toussa, ce qui lui valut un regard sceptique de Bodenstein.

— Je te suis en tout cas reconnaissant de ne pas me laisser tomber, toi aussi, dit-il en prenant place à la grande table.

— Le rapport de la balistique est arrivé il y a quelques minutes, dit Ostermann d'une voix rauque, et il tendit à son supérieur quelques pages agrafées ensemble. Pour ce qui est de la balle, dit-il, il s'agissait d'une cartouche de calibre .308 Winchester, un calibre plutôt répandu, hélas, et utilisé par l'armée, les chasseurs, les tireurs amateurs et nous. N'importe quel fabricant de munitions en vend et, qui plus est, avec différentes charges propulsives.

Le chauffage tournait à plein régime et Bodenstein était déjà en nage, mais Ostermann, qui s'était enroulé une écharpe autour du cou et portait une veste en duvet par-dessus son pull, ne semblait pas remarquer la fournaise.

— La cartouche provient d'une Remington Core-Lokt 11,7 g, c'est la cartouche à percussion centrale la plus vendue au monde dans le domaine de la chasse. L'arme du tir n'est pas répertoriée chez nous.

— Donc, pas de vraie piste. Bodenstein enleva sa veste et la posa sur le dossier de la chaise. Les collègues de la police scientifique ont du nouveau ?

— Non, rien de plus, hélas. Le tir a eu lieu à environ quatre-vingts mètres de distance. Ostermann toussa, glissa un bonbon à la sauge dans sa bouche et continua en chuchotant. Aucun problème pour un tireur entraîné. Sur le lieu du crime et à l'endroit d'où il a tiré, on n'a retrouvé aucun indice en lien avec les faits, mis à part l'empreinte effacée du bipied. Il a dû ramasser et emporter la douille. Les enquêtes faites auprès des voisins et des employées de la boutique révèlent qu'il ne s'est rien passé d'anormal ces derniers jours et semaines, Ingeborg Rohleder était égale à elle-même et ne donnait pas l'impression de se sentir menacée.

Bodenstein eut peu à peu le sentiment déprimant qu'ils ne disposaient d'aucun élément, excepté le calibre de l'arme du crime et le type de cartouche. Étant donné le nombre de policiers malades, il allait bien être obligé, qu'il le veuille ou non, de demander à Nicole Engel des renforts provenant d'autres commissariats.

— Je me demande sérieusement comment nous…, commença-t-il, lorsque la porte s'ouvrit derrière lui. Ostermann écarquilla les yeux.

— Coucou, dit Pia dans son dos, et il se retourna vers elle.

— Mais qu'est-ce que tu fais ici ? demanda-t-il, tout surpris.

— Je dérange ? Pia regarda Ostermann.

— Oh que non, absolument pas ! s'empressa d'assurer Bodenstein. Viens, assieds-toi.

— Tu n'as rien de mieux à faire la veille de ton départ en vacances ? chuchota Ostermann de sa voix enrouée.

— Non. Pia enleva sa veste, s'assit et partit d'un petit rire. J'ai tout fini. Alors je me suis dit que j'allais vous aider à résoudre le cas en vitesse avant de filer au soleil pour trois semaines.

Kai Ostermann fit la moue, tandis que Bodenstein enlevait son pull et résumait brièvement les faits pour Pia.

— On n'a pas grand-chose, en effet, constata Pia. On a visiblement peu de chances de découvrir où et quand la munition a été achetée, n'est-ce pas ?

— Oui, dit Ostermann. Elle est vendue dans chaque armurerie et chaque catalogue de chasse partout dans le monde. Hélas.

— Et, pour l'instant, nous n'avons pas non plus de mobile, ajouta Bodenstein. Il pourrait s'agir d'un sniper qui tue des gens par simple envie de meurtre.

— À moins qu'Ingeborg Rohleder n'ait quand même eu quelques secrets bien sombres et ignorés de tous, répliqua Pia.

Nous devrions interroger précisément l'entourage et fouiller le passé de la victime.

— D'accord. Bodenstein acquiesça et se leva. Allons chez Renate Rohleder. Puis à l'institut médicolégal. L'autopsie est fixée à 11 h 30.

Renate Rohleder semblait à peine plus maîtresse d'elle-même que la veille. Assise à la table de la cuisine, les yeux rougis par les larmes, elle malaxait un mouchoir dans sa main gauche et caressait machinalement de l'autre le vieux labrador blotti contre sa jambe. Sa chevelure blonde, artistement relevée en chignon la veille, pendait inerte sur ses épaules, son visage non maquillé était boursouflé, comme si elle avait pleuré toute la nuit.

— Pourquoi n'y a-t-il rien dans le journal ? demanda-t-elle avec une nuance de reproche dans la voix, ignorant la salutation polie de Bodenstein. Elle effleura un quotidien ouvert. Je n'ai rien entendu non plus à la radio. Comment ça se fait ? Qu'est-ce que vous faites pour retrouver le meurtrier de ma mère ?

Les visites aux proches d'une victime assassinée n'étaient jamais une partie de plaisir et Bodenstein, en vingt-cinq ans passés à la K11, avait déjà assisté à tous types de réactions. En général, l'entourage du défunt finissait par retrouver une vie relativement normale, mais les premiers jours étaient toujours marqués par la torpeur du choc, le chaos, l'effondrement. Il n'était pas rare que lui et ses collègues fassent office de paratonnerre dans cet état second, et Bodenstein s'était endurci depuis belle lurette.

— Il est encore trop tôt pour rendre l'affaire publique, répondit-il donc avec calme. Nous ne disposons pas encore d'éléments suffisants pour solliciter la population. Un simple article dans la presse à sensation ne serait guère dans votre intérêt.

Renate Rohleder haussa les épaules et regarda son smartphone qui produisait un bip mélodieux toutes les quelques secondes.

— C'est juste, chuchota-t-elle. Je ne peux même pas me rendre à la boutique ! Les gens sont pleins de bonnes intentions, mais je… je ne les supporte pas, ces condoléances.

D'un seul regard, Bodenstein remarqua l'état de la cuisine et devina qu'Ingeborg Rohleder s'occupait de l'entretien de la maison, tandis que sa fille gérait le magasin. Son absence se faisait déjà sentir au bout de vingt-quatre heures. Sur la table se trouvaient les restes d'un petit-déjeuner, une assiette pleine de miettes, un pot de confiture ouvert avec une cuillère dedans, des sachets de thé ramollis sur une soucoupe. Dans l'évier s'entassaient de la vaisselle sale et une casserole au fond brûlé.

— Nous sommes vraiment désolés de vous déranger dans votre deuil, dit maintenant Pia. Nous devons en apprendre davantage sur votre mère et son entourage. D'où était-elle originaire ? Depuis quand vivait-elle ici, à Eschborn… ?

— Niederhöchstadt, corrigea Renate Rohleder, qui se moucha à nouveau et jeta un œil sur l'écran de son portable.

— … à Niederhöchstadt ? Avait-elle des ennemis, des difficultés particulières au sein de la famille ? Avait-elle changé ces derniers temps, était-elle tendue ou se sentait-elle menacée ?

— Vous ne croyez quand même pas sérieusement qu'on a abattu ma mère exprès ! Le ton était presque hostile. Je vous l'ai déjà dit : ma mère n'avait *aucun* ennemi ! Je ne connais personne qui ne l'aimait pas. Elle était originaire de Sossenheim, elle est arrivée ici au début des années 1960, elle a ouvert la boutique de fleurs et la jardinerie avec mon père, et depuis elle vivait ici. Dans la sérénité et le bonheur – pendant plus de cinquante ans ! Elle prit son portable qui vibrait et s'illuminait toutes les minutes et elle le tendit à Pia. Regardez ! Tout le monde, mais vraiment *tout le monde* m'envoie ses condoléances, y compris le maire ! Ses yeux se remplirent de larmes. Vous pensez que ce serait le cas si ma mère n'était pas appréciée ?

— Il est fort possible que la vie de votre mère dissimule un secret, quelque chose qui remonte très loin, insista Pia qui, comme le savait Bodenstein, songeait encore à l'affaire Kaltensee. Ce n'était pas absurde et il fallait envisager toutes les hypothèses, surtout au début d'une enquête, lorsqu'on avançait dans le brouillard. C'est pourquoi Bodenstein n'avait pas contredit Pia quand elle avait déclaré plus tôt dans la voiture que, contrairement à lui, elle ne croyait pas à un pur hasard.

Les statistiques de la délinquance lui donnaient raison. Les crimes commis par simple pulsion, sans mobile véritable, étaient rarissimes.

— Madame Rohleder, nos questions ne visent pas à ternir le souvenir de votre mère, ajouta Bodenstein d'un ton conciliant. Il s'agit uniquement pour nous de retrouver son assassin. La procédure veut qu'on commence par interroger la famille et l'entourage proche de la victime à la recherche du mobile.

— Il n'y a pas de mobile, insista Renate Rohleder. Vous perdez votre temps en essayant de faire porter le chapeau à ma mère.

Pia voulait encore poser une question, mais Bodenstein lui signala d'un bref signe de tête qu'il jugeait inutile de prolonger l'entretien.

— Merci, madame Rohleder, dit-il. Si jamais quelque chose vous revenait, quoi que ce soit qui puisse nous aider, n'hésitez pas à nous appeler.

— Oui. Oui, bien sûr. Renate Rohleder souffla un bon coup dans son mouchoir déjà trempé. Bodenstein, par mesure de précaution, fourra les mains dans ses poches avant que la femme n'ait l'idée de lui tendre la sienne en guise d'au revoir. Mais elle ne s'intéressait qu'aux condoléances qui affluaient chaque seconde sur son portable.

Ils sortirent de la cuisine et traversèrent le couloir jusqu'à la porte d'entrée. Bodenstein releva le col de son manteau. Ils avaient laissé leur voiture sur le parking du poste de police d'Eschborn le long de la grand-rue.

— *Niederhöchstadt*, pas Eschborn ! enragea Pia. Grand Dieu ! À quand remonte la réforme territoriale ? Cinquante ans ?

— 1971. Bodenstein sourit d'un air amusé. Les gens sont fiers de leur village et veulent conserver leur identité.

— Quelle foutaise. Pia secoua la tête. Tous ces bleds seraient fauchés depuis longtemps s'ils étaient restés autonomes.

Plus haut, à l'angle de la rue, quelques personnes âgées s'étaient regroupées et les observaient sans cacher leur curiosité. Bodenstein les salua d'un hochement de tête.

— Maintenant, au moins, ils ont de la matière pour leurs ragots, ironisa Pia. Peut-être qu'Ingeborg Rohleder a été abattue parce qu'elle a dit à quelqu'un qu'elle habitait Eschborn.

— Pourquoi est-ce que sa remarque t'énerve à ce point? Bodenstein lança un regard en biais à sa collègue. Tu espérais que Renate Rohleder nous donnerait un nom et qu'on allait pouvoir coffrer quelqu'un?

Ils avaient atteint le parking du poste de police, et il déverrouilla les portières de la voiture de service avec l'émetteur de la clé.

— Bien sûr que non! Pia s'arrêta. Elle eut un sourire embêté, puis elle haussa les épaules et ouvrit la portière du côté passager. Quoique, dit-elle, peut-être que si. Je partirais soulagée en vacances si l'affaire était réglée.

À 11 h 30 précises, ils entrèrent dans la salle de dissection II au sous-sol de l'institut médicolégal situé Kennedyallee. Le corps d'Ingeborg Rohleder, lavé et déshabillé, était étendu sur la table métallique, le Pr Henning Kirchhoff et Frederick Lemmer avaient déjà procédé à l'examen externe du cadavre.

— Pia! s'écria Henning, étonné. Qu'est-ce que tu fais ici? Je te croyais en congé?

— C'est exact, répliqua-t-elle. Mais tout le monde ou presque est malade chez nous, donc je suis là pour la journée.

— Ah ah. Henning baissa son masque chirurgical et haussa les sourcils en laissant entendre un petit rire. Un rien moqueur, trouva Pia.

— On s'envole demain soir à 19 h 45, lui assura-t-elle. Les valises sont bouclées.

— Ça ne veut strictement rien dire, dit Henning. Je parie cent euros que tu ne partiras pas.

— Pari perdu, répondit Pia d'un ton mordant. Et pendant que vous serez tous en train de vous geler les fesses ici, je lézarderai au soleil en pensant à vous.

— Jamais de la vie. Je te connais, lança Henning. Donc, au cas où tu laisserais Christoph partir seul, nous t'invitons volontiers à la maison pour Noël. Nous avons même un sapin.

— Je prends l'avion demain! fulmina Pia.

Elle détestait le fait qu'Henning la connaisse si bien et la perce à jour si facilement. Elle aurait effectivement préféré annuler ce voyage dont elle s'était fait une joie depuis longtemps, mais elle ne voulait pas se l'avouer. Et encore moins l'entendre de la bouche de son ex-mari.

Bodenstein tendit la main en souriant au nouveau collègue d'Henning, qui avait suivi l'altercation avec un brin d'étonnement.

— C'est souvent comme ça chez ces deux-là. Ils étaient mariés autrefois, expliqua-t-il. Oliver von Bodenstein, K11 Hofheim.

— Frederick Lemmer, répondit le nouveau. Enchanté.

— On peut commencer ? demanda Pia, pleine de rage. On n'a pas toute la journée.

— Comment ça ? Tu ne prends l'avion que demain, dit Henning pour la taquiner et, voyant son regard méchant, il ricana et se pencha vers le cadavre.

L'autopsie n'apporta aucune information déterminante. Ingeborg Rohleder était une femme en parfaite santé qui aurait pu vivre encore de nombreuses années si elle n'avait pas été tuée. Le projectile était entré dans son crâne au-dessus de l'oreille gauche et ressorti quelques centimètres plus haut à travers le pariétal droit, ce qui confirmait la théorie de Kröger quant à la trajectoire de la balle. Le tireur était posté près du cours d'eau. Venu de nulle part, il s'était volatilisé après les faits.

— Comment tu la trouves, celle-ci, maman ? Greta avait enfilé une courte veste ornée de fourrure tissée, et elle se tournait et se retournait devant le miroir d'un œil critique. Étant mince et dotée de jambes interminables, elle portait très bien ce genre de vestes, à l'inverse de nombreuses filles de sa génération qui, dès l'âge de Greta, étaient horriblement potelées.

— Elle te va très bien ! confirma Karoline.

Greta, rayonnante, chercha l'étiquette du prix qui pendait à une manche.

— Oh non ! Elle écarquilla les yeux, consternée. Ce n'est pas possible !

— Comment ça ?

— Elle coûte cent quatre-vingts euros !

— Je te l'offre pour Noël, si elle te plaît.

La jeune fille la regarda d'un air dubitatif, se retourna vers le miroir, hésitant entre l'attitude raisonnable et l'envie de céder. La veste finit par atterrir dans le sac de courses avec trois jeans, un pull-over et un sweat-shirt à capuche. Greta était aux anges et cela ravissait Karoline. Quand était-elle allée pour la dernière fois faire les courses en ville quatre jours avant Noël ? Cela devait faire vingt ans, voire plus ! Autrefois, elle adorait se faufiler dans la cohue avec sa meilleure amie, elle aimait la décoration kitsch de Noël, les cantiques en fond sonore, les stands à chaque coin de rue et la bonne odeur de pralines dans l'air froid du mois de décembre. Quand elle était allée chercher Greta à l'internat en début d'après-midi pour aller faire du lèche-vitrine, elle avait plutôt songé à la Goethestraße, mais Greta avait *absolument* voulu aller dans les galeries commerciales de la Zeil. Voilà trois heures qu'elles se frayaient un chemin à travers des magasins surchauffés et surpeuplés. Karoline était néanmoins heureuse de voir sa fille parcourir les boutiques les yeux brillants, à la recherche de cadeaux de Noël pour ses amies, pour Nicki, papa et sa nouvelle fratrie, ou essayer avec enthousiasme des vêtements que Karoline trouvait pour la plupart immettables. À sa grande surprise, même l'affluence lui plaisait car elle évoquait des souvenirs de jeunesse oubliés depuis longtemps. À l'époque, elle avait tout son temps. Sa mère s'était toujours montrée généreuse et ne l'avait jamais grondée quand elle rentrait trop tard à la maison. Quelle chance de ne pas crouler sous les rendez-vous ! Son smartphone était resté dans la boîte à gants et il ne lui manquait même pas !

À 5 heures, elles traînèrent leur butin dans quantité de sacs jusqu'à la voiture garée dans un parking souterrain et elles se mirent en route pour Oberursel. Préparer des biscuits de Noël avec sa grand-mère, voilà qui faisait toujours envie à Greta, fût-ce à treize ans.

— Tu vas vraiment arrêter de travailler ? voulut-elle savoir, tandis que Karoline manœuvrait la Porsche pour sortir du créneau.

— Tu ne me crois pas, hein ? Karoline jeta un bref regard de biais à sa fille et lut le doute dans ses yeux.

La jeune fille soupira.

— J'aime bien l'internat, mais ce serait tellement mieux si je pouvais rester avec toi et papa durant la semaine. Mais…

— Mais quoi ? Karoline glissa le ticket dans le lecteur et la barrière se souleva.

— Papa a dit qu'il faudrait que le monde s'écroule pour que tu arrêtes de travailler, répliqua Greta.

Bodenstein et Pia étaient revenus au commissariat d'Hofheim plutôt frustrés. Dans la salle de réunion, une photo d'Ingeborg Rohleder était accrochée au tableau blanc, Ostermann avait noté à côté son nom et l'heure du crime. C'était tout ce dont ils disposaient. L'enquête menée auprès du voisinage par quelques collègues n'avait rien donné et les déclarations du témoin n'étaient utiles que dans la mesure où elles permettaient de déterminer l'instant précis du tir. Le témoin n'avait vu personne non plus. Les techniciens de la police scientifique avaient soigneusement ratissé le lieu du crime dans un rayon de un kilomètre carré, mais sans rien trouver, excepté la trace effacée du bipied : ni fibres textiles, ni empreintes de pas dans le sol gelé, pas de douille, pas de particule de peau et pas de cheveu. Le meurtrier demeurait un fantôme et son mobile, une énigme.

— On fait quoi, maintenant ? demanda Ostermann, en proie à une toux sifflante.

— Ma foi ! Bodenstein étudia la carte placée au mur et se frotta la nuque d'un air pensif. Par où s'était enfui le tueur ? Était-il assez culotté pour traverser l'aire de jeux, remonter la Rheinstraße et passer devant le poste de police d'Eschborn avant de s'éclipser ? Ou avait-il emprunté la Lahnstraße, puis le sentier jusqu'à la rue Schöne Aussicht, où il aurait pris une voiture ? C'étaient à l'évidence les deux chemins les plus courts, mais les alternatives ne manquaient pas. Il aurait pu aller à pied jusqu'au parking de la piscine, par exemple, ou plus loin encore, au-delà des courts de tennis et jusqu'à la place des fêtes, utilisée comme parking par les employés des nombreuses entreprises environnantes. Depuis n'importe quel endroit, il aurait pu monter discrètement dans un véhicule et disparaître.

— On devrait informer l'opinion publique et demander aux gens leur soutien, dit Pia, et Ostermann hocha la tête en signe d'approbation. Nous n'aurons sans doute pas davantage d'éléments en lien avec l'affaire.

Bodenstein refusait encore cette idée dans son for intérieur car il craignait les appels habituels des frimeurs, ainsi que les fausses pistes qu'il fallait néanmoins filtrer et vérifier avec un grand gaspillage de moyens. Or, il ne pouvait pas se permettre une telle perte de temps, étant donné le manque criant de personnel, mais il ne voyait pas d'autre solution. Pia avait raison – il ne fallait pas espérer davantage d'éléments à l'heure actuelle. Et, avec un peu de chance, quelqu'un aurait peut-être observé quelque chose qui lui avait semblé insignifiant de prime abord.

— OK, finit par dire Bodenstein. On en parle à la presse. Et on espère que tout se passe pour le mieux.

L'endroit était idéal. Les branches de sapin descendaient bas au-dessus du toit plat et moussu, et la rue était une impasse. À 6 heures du soir, il faisait nuit noire. Du côté droit de la rue, il n'y avait que des champs et la maison de la femme était la dernière, située à la lisière du petit bois entre la sortie du village et l'ancienne nationale qui menait à Königstein. Dix minutes plus tôt, elle avait allumé la lumière à la cuisine avant de monter à l'étage. La vieille villa possédait de grandes fenêtres démodées à croisillons, équipées non pas de volets roulants mais de battants qui semblaient réduits à une fonction décorative et condamnés à rester ouverts depuis des décennies. De là où il se trouvait, la demeure ressemblait à une maison de poupée. Il pouvait regarder dans chaque fenêtre et suivre précisément ce que la femme faisait. Il connaissait très bien son emploi du temps qui ne changeait que rarement. Dans dix minutes au plus tard, elle descendrait à la cuisine et se mettrait à préparer le dîner pour elle et son mari.

Depuis la veille, les températures avaient baissé de quelques degrés. Les chutes de neige annoncées pour la fin de soirée n'allaient plus tarder. Le froid ne le gênait pas, il était vêtu en conséquence. Il jeta un bref coup d'œil à sa montre. L'affichage digital passa à 18:22. À ce moment-là, elle entra dans la cuisine. À travers la lunette Kahles ZF 69, il la voyait aussi bien que si elle se tenait devant lui. Elle se baissa, se retourna et sortit quelque chose d'un placard. Ses lèvres bougeaient. Peut-être écoutait-elle de la musique tout en chantant, comme le font beaucoup de gens quand ils sont seuls. Son index reposait sur la détente. Il inspira, puis expira à fond, se concentrant sur sa cible. Puis, lorsqu'elle se retourna vers lui, il appuya sur la détente. À la seconde où la balle traversa la vitre et fit exploser son crâne, son regard se déporta instinctivement vers la droite et il aperçut une deuxième personne dans la cuisine. Grand Dieu – elle n'était pas seule ! Un cri perçant arriva à son oreille.

— Merde ! murmura-t-il. L'adrénaline se déversa dans son corps, son cœur battait la chamade. Il ne s'attendait pas à ce qu'il y ait quelqu'un d'autre dans la maison. La femme n'était pas en train de chanter, elle parlait à quelqu'un ! En quelques gestes il démonta son arme et la glissa dans son sac. Puis il fourra la douille, expulsée pendant le tir, dans la poche de son blouson et il rampa jusqu'au rebord du toit. Caché par les branches de sapin, il se laissa glisser du haut du transformateur et disparut sans bruit dans l'obscurité.

Toute la cuisine se transforma en gigantesque carnage. Le liquide chaud jaillit comme une fontaine et les giclures atteignirent son visage, ses mains et ses bras.

— Bon sang !

Elle regarda ses vêtements pour constater qu'elle était constellée de taches orange. Rien ou presque n'était plus difficile à enlever que du potiron et de la carotte sur le cachemire gris clair de son pull préféré ! Pia lança quelques jurons, énervée parce qu'elle avait oublié d'enfiler un tablier avant de plonger le mixeur dans le faitout et de le mettre en route. Malheureusement, elle avait aussi oublié de recouvrir le faitout, c'est pourquoi la plaque vitrocéramique, le sol et la moitié de la cuisine étaient eux aussi sinistrés. D'habitude, Pia n'était pas si maladroite aux fourneaux, mais elle avait l'esprit ailleurs et c'était la première fois qu'elle préparait une soupe de potiron au gingembre et au lait de coco. La recette semblait bonne et très facile, or Pia avait déjà failli déclarer forfait à cause du potiron, dont la découpe s'était révélée bien plus coriace que sur le papier. Après avoir passé un bon moment à triturer en vain sa chair avec un couteau à viande, manquant de se couper le doigt au passage, elle était sortie au pas de charge avec la sphère récalcitrante qu'elle avait posée sur le billot près de la grange, puis attaquée d'emblée à la hache. Quant aux finitions, elle les avait effectuées à la cuisine.

— Ce serait bien le diable si je ne réussissais pas une simple soupe de potiron, murmura Pia en débranchant le mixeur. Hélas, la feuille de la recette avait plutôt souffert elle aussi, si bien que Pia n'arrivait plus à déchiffrer la quantité nécessaire de lait de coco.

Une voiture s'arrêta au-dehors, la porte d'entrée s'ouvrit peu après et les chiens accueillirent Christoph par de joyeux aboiements.

— L'épouse aux fourneaux, s'écria-t-il d'un air enjoué en entrant dans la cuisine. Excellent début de vacances !

Pia se retourna, rayonnante. Encore maintenant, au bout de quatre ans, son cœur bondissait de joie lorsqu'elle voyait Christoph.

— À vrai dire, je comptais avoir fini depuis longtemps et te surprendre avec une délicieuse soupe. Selon la recette, c'était censé être très facile et ne prendre que vingt minutes. Mais ça s'est corsé dès le début, quand il a fallu que je fasse violence au potiron pour en venir à bout.

Christoph laissa errer son regard dans la cuisine, transformée par Pia en champ de bataille. Il sourit, puis éclata de rire. Il l'enlaça sans tenir compte des éclaboussures de carotte et de potiron, et il l'embrassa.

— Humm ! Il se lécha les lèvres. C'est délicieux !

— Il ne manque plus que le lait de coco. Et la coriandre.

— Tu sais quoi ? Christoph lui enleva le mixeur des mains. Je termine vite la soupe pendant que tu ranges et mets la table.

— Oh, j'espérais tant cette réponse de vous, très cher époux.
Pia ricana, lui donna un baiser et se mit à nettoyer le chaos engendré par ses expériences culinaires.

Un quart d'heure plus tard, ils étaient à table et la soupe se révéla divine. Contrairement à son habitude, Pia parlait à tort et à travers de choses insignifiantes, juste pour éviter que Christoph ne lui demande si elle était allée travailler aujourd'hui. Elle était partagée entre l'envie de partir trois semaines en vacances avec lui et le sentiment douloureux d'abandonner son supérieur et toute l'équipe. Son indécision la torturait car, en temps normal, elle n'était pas du genre à reporter les décisions pénibles. Christoph se laissa d'abord entraîner dans sa tentative de diversion, puis il finit par aborder le sujet délicat.

— As-tu déjà décidé si tu prends l'avion avec moi ou si tu restes ici ? lui demanda-t-il incidemment, tandis qu'ils débarrassaient la table.

— Bien sûr que je prends l'avion ! répondit-elle. Les valises sont bouclées.

— Vous avez coincé le meurtrier ?

— Non, hélas. Pia secoua la tête. On n'a ni indices, ni témoins, ni mobile apparent. Peut-être que cette femme était juste au mauvais endroit au mauvais moment, et qu'il n'y a de fait aucun lien entre le tueur et sa victime.

— Tu veux dire qu'elle aurait été abattue au hasard ?

— Possible. C'est assez rare, mais ça arrive.

— Et maintenant ?

Pia commença à ranger la vaisselle sale dans la machine.

— Le patron veut informer l'opinion publique dans l'espoir que quelqu'un ait vu quelque chose. Je n'ai donc aucune raison de rester ici, dit-elle avec une gaieté forcée, bien qu'elle pensât exactement le contraire. Et, si l'enquête piétine, ça ne fait aucune différence que je sois là ou pas.

— Je reviens tout juste de Wiesbaden, annonça Nicole Engel en s'asseyant sur l'une des deux chaises placées devant le bureau de Bodenstein. À la PJ je suis tombée par hasard sur le chef de l'ACO*. Il m'a proposé de nous envoyer éventuellement quelqu'un de son équipe. En guise de renfort et pour une nouvelle perspective.

— Ah ! ah ! Bodenstein enleva ses lunettes de lecture et regarda sa supérieure en attendant la suite. Nicole ne croisait jamais personne "par hasard" et l'utilisation du mot "éventuellement" n'était qu'une astuce rhétorique pour lui faire croire qu'elle lui demandait son avis. En réalité, elle avait sûrement déjà tout réglé – sans le consulter.

— Andreas Neff est un analyste criminel expérimenté, dit Nicole, confirmant aussitôt son hypothèse. Il a passé du temps aux États-Unis, où il a découvert les toutes dernières méthodes de profilage.

— Ah ! ah ! répéta Bodenstein. L'idée de collaborer avec des inconnus sur ce cas ne lui plaisait pas mais, si Pia partait le lendemain en vacances et que Fachinger était toujours portée malade, il aurait besoin d'aide en urgence.

— Ça veut dire quoi, ce "ah ! ah !" ? demanda Nicole Engel. Je pensais que tu serais content d'avoir des renforts.

Bodenstein contempla d'un air songeur sa supérieure qui avait été sa fiancée des années auparavant. Il s'était passé beaucoup de choses depuis les incidents de l'été deux ans plus tôt, qui avaient entraîné l'arrestation et la suspension de Nicole à la suite de graves accusations de Frank Behnke, son collègue de longue date. Behnke avait prétendu que, lors d'une intervention remontant maintenant à quinze ans, Mme Engel lui avait donné l'ordre de liquider un agent infiltré pour l'empêcher de révéler les liens unissant quelques personnalités haut placées et un réseau de pédophiles. L'arrestation de la directrice de la police judiciaire avait provoqué des remous et la presse s'était bien sûr jetée sur l'affaire.

Mais Nicole Engel n'avait pas encaissé l'accusation. Elle avait fini par raconter à Bodenstein, qui travaillait lui aussi à la K11 de Francfort en 1997 et avait suivi les événements de loin, tout ce qu'elle avait passé sous silence jusque-là. Car en réalité, ce n'était pas Frank Behnke, mais elle qui avait été victime d'une

* Analyse criminelle opérationnelle. *(N.d.T.)*

intrigue impliquant les plus hautes sphères politiques. Lorsque les tireurs de ficelle s'étaient sentis en danger, on l'avait soumise à des menaces constantes et mutée à Wurtzbourg. Sachant qu'en Allemagne, la prescription n'existe pas pour un meurtre, Nicole Engel avait décidé en secret d'oublier l'affaire pour l'exposer plus tard au grand jour.

Ses déclarations devant une commission d'enquête avaient conduit au suicide de l'ancien sous-préfet de police et d'un juge retraité de la cour du Land, d'autres personnes mises en cause et arrêtées étaient passées aux aveux, ce qui avait enfin permis, après quatorze ans, d'élucider les homicides d'Erik Lessing et des deux membres des Road Kings de Francfort. Nicole Engel, réhabilitée, retrouva ses fonctions, tandis que Frank Behnke était condamné à perpétuité pour triple meurtre.

Après le retour de Nicole Engel à la brigade criminelle régionale d'Hofheim, dirigée par Bodenstein durant son absence, elle avait remercié expressément, dans un long discours, Pia et Bodenstein pour leur intervention. Le soulagement d'être débarrassée de ce fardeau au bout de quinze ans se lisait sur son visage. Dès lors, Nicole avait changé. La collaboration avec elle était différente, plus affable, voire amicale par moments.

— J'aurais aimé avoir mon équipe au complet, répliqua Bodenstein en éteignant son ordinateur. Mais ce n'est peut-être pas une mauvaise idée d'avoir recours à un analyste criminel. On est dans le brouillard et on n'a pas avancé d'un iota depuis hier.

Nicole se leva et il l'imita.

— Je te donne carte blanche, lui assura-t-elle. S'il te faut plus de monde, dis-le-moi, je m'en charge.

Le portable de Bodenstein se mit à sonner.

— Ça marche. Il fit un signe de tête à sa supérieure. Elle quitta le bureau et il prit la communication.

— Papa ! s'écria Rosalie à son oreille. Maman vient de me déposer la naine, alors que ce n'était pas prévu avant demain !

— Je suis pas une naine ! protesta Sophia, indignée, à l'arrière-plan, et Bodenstein ne put réprimer un ricanement.

— Tiens-toi tranquille, dit Rosalie à sa sœur cadette avant de s'adresser de nouveau à son père. Maman doit aller dès aujourd'hui à Berlin parce que quelque chose a, paraît-il, changé dans son planning. Et je fais quoi, moi, maintenant? J'ai encore un tas de trucs à finir, et je ne peux pas laisser Sophia toute seule! Alors qu'est-ce que je dois...?

— Je serai à la maison dans une demi-heure, dit Bodenstein en interrompant sa fille aînée. Comme ça tu pourras vaquer à tes affaires.

Il prit son manteau au vestiaire, attrapa son attaché-case et éteignit la lumière dans son bureau. En partant il parcourut la liste de ses contacts sur son portable et sélectionna le numéro de son ex-femme. C'était une fois de plus typique de Cosima! Avec ses projets et ses idées de dernière minute, elle n'avait jamais beaucoup tenu compte des autres, ni de lui, ni de leurs enfants.

Pia reposa son portable vibrant après avoir vu que son correspondant avait masqué le numéro. À 19 h 30, il ne pouvait s'agir que d'un inconnu ou de la centrale d'intervention. Dans vingt-quatre heures, ils seraient dans leur avion à destination de l'Équateur et elle ne voulait pas que quoi que ce soit puisse ébranler la décision qu'elle avait enfin prise.

— Tu ne réponds pas? demanda Christoph.

— Non.

Elle venait de donner aux chevaux leur foin du soir et comptait se blottir sur le canapé pour regarder un DVD avec Christoph tout en vidant au moins une bouteille de vin. Tu as déjà choisi un film?

— Que dirais-tu de *Bons baisers de Bruges*? proposa Christoph. Ça fait un moment qu'on ne l'a pas revu.

— J'aimerais autant un truc sans flingues ni macchabées, répondit Pia.

— Alors toute notre vidéothèque ou presque passe à la trappe, dit-il d'un ton moqueur. Malgré tout l'amour qu'il lui portait, il se laisserait difficilement tenter par *Potins de femmes* ou *Le diable s'habille en Prada* et, avant qu'il ne découvre un match de foot sur Sky ou un documentaire à mourir d'ennui sur Arte, Pia se décida pour un James Bond. C'était toujours un bon choix et cela lui changeait les idées.

Son portable vibrait sans relâche.

— Vas-y, réponds, dit Christoph. On dirait que c'est important.

Pia soupira, saisit son téléphone et se présenta.

— Madame Kirchhoff, pardon de vous déranger, dit le policier de garde. Je sais que vous êtes en congé, mais je n'arrive à joindre personne à la K11. On a un nouveau cadavre. À Oberursel, cette fois.

— Merde, murmura Pia. Et Bodenstein ?

— Il ne répond pas au téléphone. Mais je vais réessayer.

— Je dois aller où ? Elle croisa le regard de Christoph et haussa les épaules en guise d'excuse.

— 12, An der Heide, à Oberursel, répondit le policier de garde. J'ai déjà informé la police scientifique.

— C'est noté. Merci.

— Merci aussi. Il eut au moins la décence de ne pas lui souhaiter une bonne soirée, car cela n'avait plus de sens.

— Qu'est-ce qu'il se passe ? s'enquit Christoph.

— Je n'aurais pas dû répondre. Pia se leva. On a un cadavre à Oberursel. Je suis vraiment désolée. J'espère que mon chef va bientôt rappliquer et que je pourrai vite déguerpir.

Bodenstein était trop heureux de ne plus jouer qu'un rôle secondaire dans la vie chaotique de son ex-femme. Il lui avait fallu des années pour reconnaître que ses incessants changements de programme n'étaient pas "exaltants" mais tout simplement épuisants. Cosima annulait des rendez-vous fixés depuis des semaines, comme ça, juste parce qu'autre chose lui passait par la tête, et elle s'attendait à ce que son entourage accepte ses brusques revirements sans broncher. Flexibilité et spontanéité, deux termes qu'elle présentait comme des qualités, ne faisaient que confirmer, selon Bodenstein, son manque d'organisation.

— Je voulais prendre un taxi mais ils ne pouvaient m'en envoyer un que dans une heure ! dit Cosima, tandis que Bodenstein chargeait ses bagages dans le coffre de son break garé sur le parking du Zauberberg à Ruppertshain. On croit rêver !

— Si tu l'avais commandé hier, je suis sûr que ça n'aurait posé aucun problème, répliqua-t-il en refermant le coffre. Tu as toutes tes affaires ?

— Mince, mon sac à main ! Je l'avais sur moi ou pas ? Elle rouvrit le coffre. Bodenstein s'installa au volant et se retourna vers Sophia qui était assise dans son siège auto.

— Tu es attachée ? lui demanda-t-il.

— Bien sûr ! C'est un jeu d'enfant, répondit sa cadette.

— Ah, le voilà ! s'écria Cosima en refermant la malle arrière, puis elle se laissa tomber sur le siège avant droit. Ah, quel stress !

Bodenstein s'abstint de tout commentaire et démarra. Certaines choses ne changeraient jamais.

Cosima parla durant tout le trajet, pendant qu'ils traversaient Fischbach et Kelkheim, descendaient la B8, et elle ne se tut que lorsqu'il longea le centre commercial du Main-Taunus et s'engagea sur l'A66 en direction de Wiesbaden. Bodenstein tourna la tête à droite et aperçut dans l'obscurité les lumières de la ferme du Birkenhof où Pia vivait avec son compagnon. Peut-être que le profileur imposé par Nicole allait les aider à résoudre rapidement l'affaire, mais le fait est qu'il se sentait plutôt perdu sans Pia, Cem et Kathrin. Au cours de sa carrière à la PJ, il n'avait vu que très peu de cas restés sans suite et il avait le mauvais pressentiment que le meurtre d'Ingeborg Rohleder pourrait lui aussi atterrir un jour aux archives dans le carton des affaires classées, car on avait rarement disposé d'aussi peu d'indices que cette fois-ci.

— Quand est-ce qu'on arrive, papa ? demanda Sophia à l'arrière.

— Tout de suite, répondit-il en mettant le clignotant à droite. Quelques minutes plus tard surgirent devant lui les lumières de l'aéroport de Francfort. Il avait conduit Cosima ici des milliers de fois, dès qu'elle partait en voyage, et il connaissait la route par cœur. Comme d'habitude, c'était la cohue à l'aéroport en début de soirée, mais Bodenstein eut la chance de trouver une place au dépose-minute devant le hall de départ. Il descendit de voiture et chercha un chariot sur lequel il chargea sacs et valises, tandis que Cosima disait au revoir à Sophia.

Puis ils se retrouvèrent l'un en face de l'autre.

— C'est un peu comme autrefois, non ? Cosima eut un sourire gêné. Joyeux Noël, Oliver. Et merci pour tout.

— De rien, répondit Bodenstein. Joyeux Noël à toi aussi. Fais-nous signe le soir de Noël, on sera tous ensemble chez moi.

— Ah, j'aimerais bien y être, dit Cosima à sa grande surprise, et elle soupira. Elle ne semblait pas particulièrement heureuse. Elle n'avait plus cette euphorie fébrile qui s'emparait d'elle jadis quand elle partait en voyage pour un projet de film prévu de longue date.

Elle fit soudain un pas vers Bodenstein et l'enlaça. C'était la première fois depuis des années qu'elle le touchait et cela lui semblait étrangement familier. Elle utilisait encore le même parfum.

— Tu me manques, chuchota-t-elle en l'embrassant sur la joue. L'instant d'après, elle saisit la barre de son chariot, envoya un baiser de la main à Sophia et s'en alla. Bodenstein la suivit des yeux avec stupéfaction jusqu'à ce que les portes vitrées du hall de départ se referment derrière elle et qu'elle disparaisse dans la marée humaine.

Lorsque Pia, guidée par le GPS, arriva à l'adresse indiquée, elle se douta que la soirée serait longue, car l'ensemble de la cavalerie était déjà réuni dans la calme impasse en bordure du champ : plusieurs véhicules de police, un urgentiste, une ambulance, la police scientifique et une équipe d'intervention de crise. Les gyrophares clignotaient sans bruit dans l'obscurité. Pia gara sa voiture derrière une Porsche sombre immatriculée à Francfort et traversa le mince rideau de neige jusqu'au van Volkswagen bleu dont la porte latérale était ouverte.

— Bonsoir, dit-elle à ses collègues qui étaient en train d'enfiler leur combinaison et de décharger l'équipement nécessaire à l'enquête de terrain.

— Salut, Pia. Christian Kröger sortit du bus d'un bond.

— Que s'est-il passé ? s'enquit-elle.

— Une femme a été abattue, l'informa Kröger. Sa petite-fille était debout à côté d'elle. Sa fille aussi est dans la maison. Elles sont toutes les deux sous le choc et reçoivent en ce moment un soutien psychologique.

Cela n'annonçait rien de bon. Vraiment rien.

— Qui est la morte ?

— Margarethe Rudolf, soixante-quatre ans. Son mari doit être médecin. Kröger rabattit la capuche sur sa tête. Le légiste vient d'arriver, dit-il. Deux de nos collègues sont encore à l'intérieur, mais je veux finir le boulot dehors avant que la neige ou quelques voisins curieux ne nous cochonnent les traces.

Il saisit deux mallettes en métal.

— Pourquoi dehors ? demanda Pia, surprise. Je croyais que ça s'était passé dans la maison.

— La femme se trouvait à la cuisine, répliqua Kröger. Mais le tueur a tiré à travers la fenêtre depuis l'extérieur. Une balle dans la tête, avec un gros calibre. Si tu veux mon avis, on dirait bien que notre meurtrier a remis ça. Excuse-moi, il faut qu'on se dépêche.

Pia se contenta d'acquiescer et prit une grande inspiration. Pas de drame familial, donc. C'était déjà assez horrible en soi, mais l'alternative était sans doute encore pire. Elle contempla la vieille villa à travers les flocons tourbillonnants. Qu'est-ce qui l'attendait à l'intérieur ? Pourquoi diable avait-elle pris l'appel sur son portable ? À l'heure qu'il était, elle pourrait être tranquillement installée sur le canapé à regarder un film mais, au lieu de ça, son satané sens du devoir l'avait traînée jusqu'ici. Elle finit par se ressaisir, traversa la rue et suivit l'allée pavée jusqu'à la porte d'entrée restée entrouverte.

— Je dois aller où ? demanda-t-elle à un des policiers debout dans le hall.

— Tout droit, puis à droite. Dans la cuisine, répondit-il. La fille et la petite-fille de la victime sont dans la maison. Le mari de la morte, le Pr Dieter Rudolf, n'est pas arrivé et, autant que je sache, pas encore informé. Juste pour vous prévenir.

— Merci, dit Pia. Mener l'enquête dans un endroit quelconque, ou alors en présence de l'entourage sous le choc, ce n'était pas du tout la même chose. Elle était soulagée de savoir qu'une équipe d'intervention de crise était là, avec un psychologue et un prêtre.

— Bonsoir. Elle entra dans la cuisine.

— Bonsoir, madame Kirchhoff. Frederick Lemmer leva les yeux et lui fit un signe de tête. Elle est décédée depuis une heure environ, dit le médecin légiste. Le tir l'a touchée à la tête, du côté droit. Elle a dû se tourner vers la gauche à ce moment-là. La balle est ressortie presque à la même hauteur de l'autre côté et elle a traversé le placard de la cuisine. À mon avis, il s'agit du même calibre qu'hier.

La femme gisait sur le dos. Elle portait un tablier rayé bleu et blanc sur un pull marron et une fine veste tricotée. Les traits de la défunte étaient presque méconnaissables, tant la balle avait fait de dégâts. Le sang et la masse cérébrale étaient étalés sur les placards et même au plafond. Dans son quotidien d'enquêteuse et dans de nombreux séminaires et formations, Pia avait appris à faire travailler sa tête et à fermer son cœur dans des instants comme celui-ci, mais elle dut ravaler sa salive en apercevant un sachet de farine dans la main gauche de la morte. Pia laissa errer son regard dans la pièce. Sur le plan de travail sous la fenêtre se trouvaient du sucre et du beurre, des œufs, des pépites de chocolat et de la noix de coco râpée, un bol, un mixeur et des emporte-pièces en métal – sapins de Noël, animaux, étoiles.

— Elle s'apprêtait à faire des biscuits de Noël, constata Pia d'une voix rauque. La colère jaillit en elle. Comment pouvait-on être insensible au point de faire une chose pareille, juste avant Noël et en présence d'un enfant ?

Un téléphone se mit à sonner quelque part dans la maison, mais personne ne répondit.

— Vous avez terminé ? demanda Pia en s'adressant à ses collègues de la police scientifique.

— C'est réglé pour le cadavre, confirma un des policiers.

— Vous aussi, docteur Lemmer ?

— Oui. Le médecin légiste referma ses mallettes et se leva.

— Dans ce cas, j'aimerais que le corps soit enlevé sur-le-champ, ordonna Pia. Et faites venir au plus vite une entreprise de nettoyage, s'il vous plaît. C'est déjà suffisamment horrible pour la famille.

— Ça marche, acquiesça un de ses collègues. Je préviens les pompes funèbres dehors.

Pia resta seule dans la cuisine. Elle contempla la vitre manquante dans un des carrés en bois de la fenêtre à croisillons, qui laissait entrer l'air froid dans la pièce. La mort était survenue en une fraction de seconde, Margarethe Rudolf n'avait rien senti – ni angoisse ni douleur. Sa vie s'était achevée d'un instant à l'autre. Mais sa petite-fille, elle, avait été contrainte d'assister à tout cela.

Pia jeta un coup d'œil à sa montre. 20 h 30. Que fabriquait Bodenstein ?

Il fallait qu'elle parle à l'enfant et à sa mère, même si elle aurait préféré s'en passer. Cela n'avait aucun sens de retarder encore l'entretien.

Des voix se firent entendre au-dehors. Pia sortit de la cuisine, alla dans le couloir et vit un homme mince à cheveux blancs, vêtu d'un manteau sombre, qui tentait en vain de se faufiler devant deux policiers.

— Laissez-moi passer tout de suite ! C'est ma maison ! protesta l'homme en colère. Mais qu'est-ce qu'il se passe ici ?

Pia se dirigea vers lui, les deux policiers s'écartèrent.

— Monsieur Rudolf ?

— Oui. Et vous, vous êtes qui ? Que s'est-il passé ? Où est ma femme ?

Les employés des pompes funèbres arrivant avec le cercueil de zinc pour emporter le cadavre s'arrêtèrent en signe de respect.

— Je m'appelle Pia Kirchhoff, je suis officier de police judiciaire, dit Pia. Pourrions-nous avoir un échange en tête à tête…

— Je veux d'abord savoir ce qu'il se passe ici ! l'interrompit le professeur. Une lueur d'angoisse vacilla dans son regard derrière les lunettes à monture dorée. La voiture de ma fille est garée dehors ! Où est-elle ?

Dans l'embrasure de la porte du salon apparut une femme à la chevelure blond foncé que Pia estimait entre quarante et quarante-cinq ans. Elle avait les traits figés, les yeux vitreux et vides à cause d'un sédatif qu'on avait dû lui administrer ou de l'état de choc dans lequel elle devait forcément se trouver.

— Karoline ! Le Pr Rudolf passa devant Pia. Pourquoi est-ce que personne ne répond au téléphone dans cette maison ?

— Maman est morte, dit la femme d'une voix blanche. Quelqu'un l'a… abattue à travers la fenêtre de la cuisine.

— Comment a-t-il réagi ? s'enquit Bodenstein vingt minutes plus tard. Il s'était excusé parce qu'il avait dû s'occuper de sa fille cadette.

— Il s'est complètement effondré. Pia était encore ébranlée par la violence de la réaction du professeur en apprenant la terrible nouvelle.

— A-t-il vu le cadavre de sa femme ?

— On n'a pas pu l'en empêcher, hélas. Pia grelottait de froid. Il a forcé le passage pour aller à la cuisine, dit-elle. Il a fallu quatre hommes pour l'éloigner de la morte. Sa fille a quand même réussi à l'empêcher de s'enfermer dans son bureau et de commettre un geste désespéré.

Ils se tenaient devant le van Volkswagen de la police scientifique sous une neige de plus en plus abondante. Le corps avait été emmené, les nettoyeurs venaient d'arriver et s'affairaient à la cuisine. L'ambulance et le médecin urgentiste s'en allèrent, quelques voisins curieux s'étaient regroupés sur le trottoir à la lueur d'un réverbère et regardaient la fille de la défunte quitter la maison et se diriger vers la Porsche immatriculée à Francfort. Sur le conseil du psychologue, elle n'avait pas permis à Pia de parler à Greta qui, à treize ans, avait été témoin du meurtre de sa grand-mère. Pia l'avait accepté. De toute façon, la jeune fille ne pouvait pas avoir vu grand-chose, rien en tout cas qui puisse leur être utile.

— Elle laisse son père seul, remarqua Pia. Bizarre.

— À moins qu'il ne veuille rester seul, répliqua Bodenstein. Chacun réagit à sa manière devant une telle catastrophe. Et puis c'est sûrement mieux pour la petite de ne pas s'attarder dans cette maison. Où est l'enfant, d'ailleurs ?

— Son père est venu la chercher tout à l'heure. Ses parents sont séparés, il habite à Bad Soden, dit Pia. Au fait, j'ai envoyé les collègues chez tous les voisins, pour le cas où quelqu'un aurait remarqué quelque chose.

— Parfait. Bodenstein se frotta les mains et les fourra dans les poches de son manteau.

Kröger vint vers eux.

— On a trouvé l'endroit d'où le tueur a tiré, dit-il. Vous voulez jeter un œil ?

— Bien sûr. Bodenstein et Pia le suivirent et contournèrent la villa. La forêt commençait juste derrière. À l'angle se trouvait un transformateur dont le toit abritait une tente éclairée par des projecteurs.

— Il était allongé là-haut, expliqua Kröger. Par chance, nous avons pu monter la tente avant l'arrivée de la neige, histoire de protéger les traces éventuelles. Et, de fait, nous avons trouvé les empreintes d'un corps allongé sur la mousse du toit. Cette fois aussi, il a utilisé un bipied.

— On peut monter ? demanda Bodenstein.

— Pas de problème. Nous avons déjà tout balisé. Kröger acquiesça et désigna l'échelle apposée contre le mur du transformateur. Pia grimpa derrière son supérieur. Accroupis l'un à côté de l'autre, ils regardaient la maison. En été, la haie de charmes protégeait bien des regards mais, en cette saison, on voyait à travers elle jusque dans chacune des grandes fenêtres de la villa.

— Sans aucun doute l'endroit idéal, mais pas facile à trouver, remarqua Bodenstein. Il a dû examiner le coin à fond.

— Le tir a été porté à une distance d'environ soixante mètres, dit Kröger lorsque Bodenstein et Pia furent redescendus à ses côtés. Après quoi, il a dû fuir en empruntant le chemin entre les jardins et la lisière de la forêt, puis rejoindre le parking du centre de formation de l'Agence fédérale pour l'emploi, ou alors il est passé par en bas et il a franchi la barrière pour arriver à l'hôtel Heidekrug. Celui-ci étant fermé depuis dimanche dernier et jusqu'à fin janvier, sa voiture serait passée totalement inaperçue. De là, on se retrouve en quelques secondes sur la Königsteiner Straße qui mène à la B455. Un plan parfait pour s'évader. Seul un promeneur aurait pu le voir par hasard.

— Tu es sûr qu'il s'agit du même tueur qu'hier ? demanda Bodenstein.

— Plutôt sûr, répliqua Kröger. La balle que nous avons retirée du placard de cuisine avait en tout cas le même calibre. Et nous n'avons pas retrouvé de douille ici non plus. Il a dû l'emporter pour ne pas laisser de traces.

Ils retournèrent lentement vers les véhicules.

— On dirait que tout cela a été minutieusement planifié, dit Pia.

— Tu as raison, approuva Bodenstein d'un air pensif. Il y a peu de chances que cette femme soit une victime aléatoire. Retournons à l'intérieur. On va essayer de parler au professeur. Et demain, on s'occupera de la petite.

Vendredi 21 décembre 2012

Le parking du centre commercial de Seerose n'était pas encore très fréquenté. Mis à part le supermarché, le discounter et la boulangerie, les magasins n'ouvriraient que dans une heure, et les employés de la zone industrielle voisine venaient de préférence pendant leur pause de midi ou après le travail. Tôt le matin, on ne croisait que des retraités ou des gens qui allaient travailler à Francfort et s'arrêtaient ici pour prendre un petit-déjeuner ou un café. Il attendit patiemment dans la queue qui s'était formée devant le comptoir de la boulangerie et laissa même quelqu'un passer devant lui car il voulait être servi par la jeune et gentille Turque qui travaillait dans l'équipe du matin. Contrairement à ses collègues renfrognés, elle faisait toujours semblant d'être de bonne humeur. Elle était en train de plaisanter gaiement avec les deux hommes en veste orange qui avaient garé leur camion poubelle à la va-vite sur plusieurs places de parking. Qui savait ce qu'elle pensait en réalité ?

— Bonjour ! Elle lui offrit un sourire aussi charmant que factice. Comme d'habitude ? Un pain de campagne tranché ?

En bonne vendeuse, elle connaissait les goûts de ses clients les plus fidèles.

— Bonjour, répondit-il. Oui, c'est ça. Et un bretzel bien salé, s'il vous plaît.

Le pain allait rassir et durcir, comme tous ceux qu'il avait achetés chez elle ces dernières semaines. Il ne venait pas pour le pain, mais elle ne pouvait pas le savoir.

— Volontiers ! Une mèche sombre s'était détachée de sa queue de cheval stricte et ondulait sur son front. Elle avait des traits réguliers, des lèvres charnues et des dents très blanches. Une belle jeune femme. Un peu trop maquillée à son goût, alors qu'elle aurait pu s'en passer. Mais c'était surtout une femme ayant des habitudes bien établies et un emploi du temps immuable, ce qui lui facilitait la tâche.

— Vous prenez des congés entre les fêtes ? se renseigna-t-il mine de rien, tandis qu'elle glissait le bretzel dans un sachet.

— Non, hélas. Elle fit une brève grimace de chagrin avant de rayonner à nouveau. Par contre, on partira en vacances pour le Nouvel An. Vous allez devoir vous passer de moi pendant trois semaines.

En deux phrases, elle avait écourté sa vie d'au moins trois jours. À vrai dire, il avait eu l'intention de lui laisser Noël et le Jour de l'an, mais les projets de vacances de la jeune femme le forçaient une nouvelle fois à modifier son plan. Il y incluait désormais une certaine flexibilité.

— Ça va être en effet un vrai défi pour moi. Il posa un billet de dix euros sur le comptoir et sourit, sachant bien qu'elle ne comprenait pas l'ambiguïté de ses propos.

— Bon, d'ici là, vous me verrez encore un certain nombre de fois. Elle lui tendit les sachets contenant le pain et le bretzel encore chaud avec un petit rire de coquetterie, et elle lui rendit la monnaie.

— À demain ! Elle lui adressa un clin d'œil avec une familiarité feinte, avant d'envoûter le client suivant par son rire. Sa gentillesse ne lui était pas destinée personnellement. Mais, même dans le cas contraire, cela ne lui aurait servi à rien.

Pia Kirchhoff sortit de la douche et envoya la main pour récupérer sa serviette. Christoph avait quitté la maison un quart d'heure plus tôt. Il avait emporté sa valise en lui assurant qu'elle ne devait pas s'inquiéter pour lui, Antonia et son compagnon Lukas le conduiraient à l'aéroport en fin d'après-midi et ramèneraient sa voiture au Birkenhof un de ces jours.

— Bien sûr que je comprends, avait-il dit la veille au soir. J'aurais pris la même décision à ta place.

Il savait depuis longtemps qu'il partirait seul. De même qu'Henning le savait. À vrai dire, Pia était forcée de l'admettre, ils étaient bien pareils tous les trois. Ils se dévouaient corps et âme à leur métier. À l'époque où Pia était encore mariée avec Henning, elle s'énervait justement parce qu'il faisait passer son travail avant sa vie privée. Henning ne voulant pas qu'elle travaille, elle restait des jours et des semaines à tourner en rond dans leur appartement de Sachsenhausen, ou alors elle passait ses soirées et week-ends dans l'une des salles de dissection de l'institut médicolégal, histoire d'apercevoir au moins son conjoint. C'est un accident de téléphérique en Autriche qui avait entraîné leur rupture en mars il y a huit ans ou, plus exactement, le fait qu'Henning ait oublié de lui dire au revoir avant de partir en mission. Elle avait déménagé – et il ne s'en était aperçu que quinze jours plus tard. Les deux meilleures décisions de sa vie avaient certainement été d'acheter la ferme du Birkenhof et de reprendre du service au sein de la police judiciaire. Elle avait voulu être libre, et elle s'était juré de ne plus jamais faire passer ses propres besoins en second. Elle avait ensuite rencontré Christoph et elle était tombée follement amoureuse de ses yeux chocolat, puis de cet homme incroyable, même si, à sa manière, il était aussi cinglé qu'Henning. La grande différence avec autrefois, c'est qu'elle aussi avait désormais un métier dans lequel elle s'épanouissait. Elle allait presque toujours volontiers au travail et il y avait souvent des phases où elle finissait tôt et pouvait se consacrer à ses animaux et à la ferme. Mais, de temps à autre se présentaient des situations telles que celle-ci, et Christoph ne lui faisait jamais la moindre remarque lorsqu'elle travaillait quasiment vingt-quatre heures sur vingt-quatre. De même, Pia n'imaginait pas l'accabler de reproches quand le zoo réclamait sa présence, comme cela avait été le cas ces derniers temps, car on construisait la nouvelle enceinte pour les éléphants.

Pia contempla son visage dans le miroir et poussa un soupir.

Oui, elle savait qu'il se montrerait compréhensif, ne serait pas furieux ou déçu mais, malgré le soulagement qu'elle éprouvait devant sa réaction, elle se sentait déprimée. Pour la première fois, ils auraient pu passer Noël et le Jour de l'an ensemble en tant que mari et femme – et voilà qu'elle resterait seule au Birkenhof, tandis que Christoph passerait les fêtes avec des inconnus à des milliers de kilomètres.

Lorsqu'il était parti tout à l'heure après qu'ils se furent longuement enlacés, elle avait eu la sensation qu'on lui arrachait le cœur, et elle avait tôt fait de douter du bien-fondé de sa décision. Deux femmes décédées qu'elle ne connaissait pas et qui ne signifiaient rien pour elle pouvaient-elles avoir davantage d'importance que l'homme qu'elle aimait plus que tout ? Et s'il arrivait quelque chose à Christoph pendant le voyage, si l'avion s'écrasait ou le bateau coulait et qu'elle ne le revoyait jamais ? Comment le supporter ? Christoph lui manquait déjà tellement qu'elle en éprouvait une douleur physique. Jamais ils n'avaient été séparés aussi longtemps depuis qu'ils se connaissaient !

Pia s'habilla et releva ses cheveux dans la nuque pour en faire un chignon. Bodenstein ignorait encore tout de sa décision. Aucun de ses collègues ne s'attendait à ce qu'elle sacrifie ses vacances pour une enquête criminelle et, excepté son supérieur, aucun d'eux ne serait allé jusque-là. Il n'était pas trop tard pour appeler Christoph et lui dire qu'elle prenait quand même l'avion avec lui ! Elle éteignit la lumière dans la salle de bains et descendit. Son portable reposait sur la table de la cuisine. Il suffisait de le prendre et de composer le numéro de Christoph.

Mais elle songea au mari et à la fille de la morte de la veille au soir. Et à Renate Rohleder. La stupeur, l'effroi. Pia repensa à la jeune fille qui avait vu exploser la tête de sa grand-mère. Nom d'un chien.

La salle située derrière le poste de garde, au rez-de-chaussée de la brigade criminelle régionale, était remplie jusqu'à la dernière place. Nierhoff, le prédécesseur de Nicole Engel à la tête de la brigade criminelle, aimait bien jadis utiliser cette salle pour ses nombreuses conférences de presse, car c'était la plus spacieuse de tout le bâtiment. Ce matin se trouvait réunie ici pour la première fois la commission spéciale "sniper", et la pièce était déjà équipée de tables, d'une installation téléphonique, des inévitables tableaux blancs, d'ordinateurs, d'imprimantes et d'un fax. On comptait vingt-cinq policiers détachés de leurs commissariats respectifs et mis à disposition de la commission, serrés les uns contre les autres, assis ou debout, ainsi que Nicole Engel, le chef de la police locale, l'analyste Andreas Neff de la PJ, sans oublier Bodenstein et Ostermann, la réserve ultime de la K11.

Après une très brève déclaration à la presse faite par Bodenstein la veille au soir, les journaux et les agences d'information en ligne arboraient des unes tapageuses, telles que : DÉJÀ LE DEUXIÈME MEURTRE DU SNIPER ! UN TUEUR FOU SERAIT-IL EN LIBERTÉ ?, ce qui ne faisait qu'accroître le sentiment d'insécurité de la population. Les gens appelaient même le 110 pour obtenir des informations, ce qui exaspérait les policiers, c'est pourquoi il fallait créer en priorité un numéro d'urgence. Ostermann étant quasiment aphone, Bodenstein se chargea de décrire la situation à l'assemblée.

— Mercredi matin, vers 8 h 45, on a abattu Ingeborg Rohleder, soixante-quatorze ans, dans la commune de Niederhöchstadt, commença-t-il. Nous n'avons pour l'instant aucun mobile. Le tueur a utilisé un fusil et une munition de calibre .308 Winchester. Un calibre courant, hélas, qui ne nous permet pas de savoir où, quand et auprès de qui la munition a été achetée. Nous avons d'abord supposé que Mme Rohleder était une victime aléatoire mais, hier soir vers 19 h 30, à Oberursel, un deuxième homicide a été commis de façon très similaire…

On frappa à la porte, quelqu'un entra. Tous se mirent à chuchoter.

— Eh ! Pia, lança Matuschek de la section des fraudes. Qu'est-ce que tu fais là ?

— Tu peux pas te passer de nous, hein ? dit un autre.

Quelques rires se firent entendre.

— Mais tu es en congé ! ajouta un troisième collègue.

Pia posa son sac à dos sur le bureau auquel était installé Bodenstein.

— Pourrait-on se mettre d'accord, dit-elle d'un ton glacial en regardant à la ronde, pour que vous rayiez provisoirement de votre vocabulaire un certain mot qui commence par la lettre *c* ?

Il y eut un acquiescement général en guise de réponse et Bodenstein, qui avait de nouveau à peine fermé l'œil de la nuit, ressentit un profond soulagement en comprenant que Pia avait décidé de ne pas partir.

— T'es quand même bien bête, murmura quelqu'un. Trimer au lieu de partir en voyage, ça me viendrait pas à l'idée.

— C'est précisément pourquoi, Probst, tu es là où tu es, rétorqua Pia d'un ton cinglant. Et il y a de fortes chances que tu y restes jusqu'à la retraite.

Le regard de Bodenstein croisa celui de Nicole Engel, et il vit un bref sourire glisser sur son visage.

— Pardon, chef, tu peux reprendre. Pia fit un signe de tête à Bodenstein et s'assit sur la chaise réquisitionnée par Ostermann d'un claquement de doigts auprès d'un autre collègue.

— Merci, répondit-il, avant de se tourner à nouveau vers l'assemblée. Il décrivit avec concision le déroulement des deux homicides et résuma les faits. Les deux victimes étaient des femmes à l'âge de la retraite. À l'heure actuelle, il ne semble pas y avoir de points communs dans leur environnement familial, conclut-il au bout de quelques minutes. Le mari de la victime n° 2 est médecin, la fille de la victime n° 1 est fleuriste. C'est tout ce que nous avons pour l'instant.

— Merci bien, cher collègue, intervint l'officier de police judiciaire Neff. C'est plutôt mince, en effet, mais nous devons partir du principe que nous n'aurons sans doute pas grand-chose de neuf. Les deux situations me paraissent indiquer clairement que le tireur procède de façon aléatoire. Je vois là quelques parallèles avec le cas que j'ai contribué à résoudre pendant mon séjour aux États-Unis. En octobre 2002, deux hommes ont tiré au hasard sur des gens et ils ont abattu dix personnes en l'espace de trois semaines dans le district de Washington. Le choix des victimes était totalement arbitraire. Ils tuaient par simple envie de tuer.

— C'est qui, ce type ? chuchota Pia, tandis que Neff pérorait au sujet de John Allen Muhammad et Lee Boyd Malvo.

— L'arme secrète venue tout droit de Wiesbaden, répliqua Ostermann en roulant les yeux. Du soutien pour les flics ruraux que nous sommes.

— C'est Andreas Neff, analyste criminel de la PJ, ajouta Bodenstein à voix basse.

— Un *profileur*? Pia fronça les sourcils. En quoi est-il censé nous aider?

Ostermann haussa les épaules sans rien dire.

— Mme Engel en a décidé ainsi, répondit Bodenstein. Et j'accepte toute l'aide qu'on me propose.

Pia attendit que Neff ait terminé son exposé.

— Depuis hier au plus tard, je ne crois en aucun cas que notre tueur tire au hasard, dit-elle en le contredisant. Le lieu du crime d'hier réfute à lui seul la thèse de l'acte aléatoire. La maison de la victime est située derrière une haute haie au bout d'une impasse. Il a fallu que le tueur repère un endroit approprié pour tirer, mais aussi qu'il trouve un itinéraire précis pour s'enfuir. Il y a forcément un lien entre les deux victimes, même s'il reste encore obscur pour nous. C'est pourquoi nous devrions examiner de très près l'environnement et le passé des deux victimes.

Neff l'avait écoutée et il affichait un sourire d'approbation.

— Bien sûr que vous devriez, dit-il. Je n'ai fait que formuler mon avis quant à la situation. Il est fort possible que je me trompe, mais…

— Merci beaucoup pour cette première impression, cher collègue, dit Bodenstein en l'interrompant, et il se leva. Mme Kirchhoff et moi-même irons aujourd'hui nous entretenir avec les proches de Mme Rudolf. Vous êtes le bienvenu si vous voulez nous accompagner.

Puis il répartit les tâches aux policiers et mit un terme à la réunion. Kai Ostermann ne cachait pas ce qu'il pensait de Neff.

— Amusez-vous bien avec M. Je-sais-tout, dit-il, s'attirant un regard sévère de Bodenstein.

Pia n'avait rien contre le fait que Neff les accompagne. Elle-même n'avait jamais travaillé avec un analyste criminel, mais elle avait souvent entendu dire que les profileurs avaient remarqué des détails ayant contribué de façon décisive à élucider une affaire. Une chose était sûre : le temps pressait. Le tueur pouvait frapper à tout moment.

— C'est souvent le temps qui manque aux enquêteurs pour l'analyse criminelle d'une affaire, vous connaissez sûrement cela. C'est pourquoi il est tout à fait judicieux de m'associer à l'enquête dès ce stade précoce. L'officier de police judiciaire Andreas Neff fit le tour de la voiture de service, ouvrit la porte du côté passager et s'apprêtait tout naturellement à s'asseoir à l'avant.

— Votre place est à l'arrière, dit Pia en se postant devant lui.

Neff l'examina brièvement, puis haussa les épaules en souriant. C'était un homme chétif, plus petit que Pia de quelques centimètres, avec un visage ordinaire qu'on oubliait vite. Mais sa courte stature ne nuisait en rien à son assurance.

— Voyez-vous, chère collègue, voilà bien une chose que je vis sans arrêt. Il s'assit sur la banquette arrière. En tant qu'analyste criminel à la police judiciaire, je ne fais pas partie d'une équipe fixe. Nous n'intervenons en effet que lorsque les gens n'ont plus d'idées. Ce qui explique bien sûr pourquoi nous ne sommes pas forcément appréciés de prime abord, car personne n'accepte volontiers son propre échec.

Pia ne voyait pas où il voulait en venir.

— Qu'est-ce que vous vivez sans arrêt, au juste ? demanda-t-elle.

— On me signale de façon plus ou moins subtile que ma présence ici est gênante, répliqua-t-il. J'ai étudié le comportement humain pendant de nombreuses années. L'acte de communication ne se compose qu'à huit pour cent du langage en soi et à quatre-vingt-douze pour cent du langage corporel. Le vôtre révèle votre manque d'assurance face à moi. Ce manque d'assurance, dont vous n'avez peut-être même pas conscience, vous le masquez derrière l'agressivité. C'est d'ailleurs ce que font beaucoup de femmes policiers qui se sentent inférieures, ne serait-ce qu'à cause de la répartition des rôles, mais aussi sur le plan physique. Le fait que je sois assis derrière et vous devant est un geste de domination de votre part, censé me remettre à ma place et me rappeler clairement ma position subalterne dans l'équipe.

— Ah bon ? Pia était stupéfaite. Je ne me sens pas inférieure à vous physiquement. Et je ne manque pas non plus d'assurance.

— Mais si, affirma Neff. Je connais ça et je comprends votre attitude. Voyez-vous, quand on doit sans cesse, comme moi, observer et analyser tout dans les moindres détails, on développe à la longue une compréhension intuitive des structures de pouvoir qui régissent une équipe. Aux États-Unis, ils sont en avance sur nous pour ce qui est de l'égalité des sexes et du statut des femmes dans la police. En Allemagne, nous avons des décennies de retard sur le sujet.

Pia vit que Bodenstein riait sous cape.

— Vous prétendez donc que je manque d'assurance du simple fait que je suis assise à l'avant ? dit-elle en interrompant le flot de paroles de Neff. Ou que je manque de toute façon d'assurance parce que je suis une femme ?

— Les deux.

Pia crut d'abord qu'il plaisantait, mais Neff acquiesça avec sérieux.

— Cela tient aussi à la *manière* dont vous avez démontré votre position de force. Avec la phrase *Votre place est à l'arrière*, vous avez exprimé un ordre et non une demande polie. En outre, vous avez forcé le passage, ce qui signifie que vous avez utilisé votre présence physique pour appuyer votre ordre.

— Tss, fit Pia en secouant la tête. N'en rajoutez pas. Je suis assise à l'avant parce que cette voiture n'a pas de GPS et que je connais la route menant au lieu du crime, contrairement à vous. Et puis je m'assois toujours à l'avant.

— Je vois, dit Neff. Je m'assois *toujours* à l'avant. Que révèle cette phrase *a priori* anodine sur vous et votre attitude ? Vous êtes rigide. Vous privilégiez la routine parce qu'elle implique la sécurité. Si on pousse l'analyse plus loin, cela signifie que vous avez peur du changement et des innovations. Je pourrais approfondir bien davantage le sujet, mais restons-en là.

Pia ne dit rien, bien qu'elle eût une réplique cinglante sur le bout de la langue. Le fait est qu'elle se sentait soudain mal à l'aise et cela l'énervait. Neff semblait prendre son silence pour une confirmation. Il se mit à parler des dernières méthodes de profilage qu'il avait découvertes pendant son travail au FBI.

— Chez les tueurs en série, notamment, on retrouve certains schémas qui, d'un point de vue statistique, peuvent et doivent être rapprochés de caractéristiques socioéconomiques bien spécifiques, déclama-t-il depuis la banquette arrière. Nous tirons nos conclusions sur la base de l'analyse criminalistique à partir d'indices, de traces relevées sur le terrain et des circonstances du drame. En ce sens, il est fort regrettable que je ne connaisse les scènes de crimes que d'après photos. En général, j'aime autant pouvoir me pénétrer de l'atmosphère.

Bodenstein mit le clignotant et tourna en direction de Kronberg au rond-point de Königstein. Ils passèrent devant le zoo Opel et, l'espace de quelques secondes, Pia songea à demander à son supérieur de la laisser descendre ici. Elle pouvait encore s'envoler avec Christoph vers l'Équateur et les îles Galápagos, au lieu de se laisser humilier par M. Je-sais-tout.

— Excusez-moi de vous interrompre dans votre exposé, dit-elle à Neff. Vous avez peut-être des questions à nous poser ? J'étais hier sur le lieu du crime, à peine trois quarts d'heure après les faits.

— Je le sais pertinemment. J'ai lu le rapport, rétorqua Neff, un brin vexé. Bien sûr que j'ai des questions, et je compte bien les poser. Je fais partie de l'équipe, après tout.

Sur le papier, peut-être, songea Pia en doutant qu'Andreas Neff soit un jour capable de s'intégrer à une équipe.

— Mais vous nous laisserez parler aux proches de la victime, s'il vous plaît, dit Bodenstein, qui intervenait enfin après un quart d'heure de silence.

— Comment ça ? protesta Neff. Il faut quand même que je…

— Nous sommes les policiers chargés de l'enquête, vous êtes l'analyste externe. Cela signifie que vous êtes une sorte d'observateur et, à ce titre, vous analysez ce que vous voyez, affirma Bodenstein d'une voix posée, et Pia aurait pu l'embrasser sur les deux joues pour avoir fait en sorte que Neff, consterné, ferme son clapet.

Margarethe Rudolf était originaire d'Oberursel, où elle avait passé toute sa vie. La belle et vieille villa était la maison familiale dans laquelle elle et son mari avaient emménagé juste après la mort prématurée de ses parents. À l'instar d'Ingeborg Rohleder, Margarethe Rudolf était une femme aimée et estimée de tous, investie dans la paroisse, le club de sport et le centre culturel, elle jouait au bridge, animait un cercle littéraire et prenait part aux activités des dames du Lions Club. Dans l'ensemble de ses relations, il ne se trouvait personne qui aurait pu attenter à ses jours, ainsi que l'avaient sans cesse souligné son veuf et sa fille. Tous deux étaient sous le choc et on ne pouvait pas leur en vouloir.

— Je vous proposerais bien un café, mais… ma fille et moi… nous sommes incapables d'aller dans la… Le Pr Dieter Rudolf, mince, une petite soixantaine, les cheveux blancs comme neige, n'acheva pas sa phrase, mais Bodenstein et Pia comprirent ce qu'il voulait dire. Malgré le bon travail des nettoyeurs dans la cuisine où on n'apercevait plus la moindre éclaboussure de sang, cela devait être horrible pour eux d'entrer dans la pièce.

Le professeur répondit calmement à toutes les questions en faisant de gros efforts pour maintenir une apparence de normalité, tout comme sa fille. Deux personnes ayant l'habitude de maîtriser à la fois leur propre personne et leur entourage. Karoline Albrecht portait néanmoins les mêmes vêtements que la veille, ce qui laissait supposer qu'elle n'avait pas fermé l'œil de la nuit.

La maison était déjà parée avec amour pour les fêtes. Sur un buffet se côtoyaient tout un orchestre d'angelots sculptés à la main et un bonhomme à encens avec une barbe teinte en jaune, un grand vase en verre posé à même le sol contenait des branches de sapin ornées de décorations de Noël. L'imposante table était dominée par une couronne de l'Avent faite avec goût et dont la dernière bougie restait à allumer. Devant la fenêtre à croisillons qui allait jusqu'au plafond et donnait sur le jardin enneigé étaient posés des poinsettias rouges et blancs de toutes tailles.

Dehors, sur la terrasse couverte, un majestueux sapin Nordmann attendait en vain d'être décoré. Plus rien dans cette maison ne serait comme avant. C'était déjà assez affreux de perdre un être cher à la suite d'un infarctus ou d'une grave maladie, mais un meurtre était sans commune mesure.

— Madame Albrecht, dit Pia avec ménagement, nous aimerions parler à votre fille Greta.

— Quel intérêt ? répliqua Karoline Albrecht. Il faisait nuit à l'extérieur, la lumière était allumée à la cuisine. Elle n'a vu personne.

— Où se trouve votre fille actuellement ?

— Chez son père et sa famille à Bad Soden. Un environnement familier et un peu de normalité, c'est crucial pour elle en ce moment.

Elle se tut et serra les lèvres. Son père effleura son bras, Karoline Albrecht posa un instant sa main sur la sienne. Bien qu'étant assis à côté, ils semblaient étrangement perdus et pas très proches l'un de l'autre. Une mort soudaine dans une famille, surtout un meurtre, faisait souvent oublier à ses membres leur animosité et les rapprochait afin qu'ils se consolent et se soutiennent mutuellement, mais elle pouvait tout aussi bien faire ressurgir de vieux conflits latents et anéantir la famille. Pia décida de ne pas insister pour parler à Greta. D'un bref hochement de tête, elle signala à son supérieur qu'il pouvait prendre la suite.

— Avez-vous constaté ces dernières semaines un changement chez votre épouse ? demanda Bodenstein. Aurait-elle éventuellement remarqué quelque chose, ou se sentait-elle menacée ?

— Non. Le professeur secoua la tête d'un air absent. Il était assis là, très raide, ses mains d'une grande finesse jointes comme pour prier. Ses joues étaient parsemées de picots de barbe, le regard qui émanait de ses yeux sombres était voilé, son visage fermé.

— Y avait-il un ouvrier dans la maison que votre femme ne connaissait pas, ou une personne venue relever le compteur électrique ou le compteur d'eau ? demanda Bodenstein avec tact. Y avait-il quoi que ce soit de différent, y a-t-il eu un incident quelconque ?

Le professeur réfléchit avant de répondre par la négative.

— Pas que je sache.

— Est-ce que le nom d'Ingeborg Rohleder vous dit quelque chose ? s'enquit de nouveau Pia. Originaire de Niederhöchstadt ?

Le professeur fronça les sourcils, l'air songeur.

— Non, finit-il par dire. Non, désolé. Je n'ai jamais entendu ce nom.

— Madame Albrecht, est-ce que votre mère se serait confiée à vous si elle avait eu des problèmes ? demanda Bodenstein en s'adressant à la fille. Comment étaient vos rapports avec votre mère ?

— Bons. Et très chaleureux, répondit Karoline Albrecht. J'ai toujours beaucoup travaillé, mais j'appelais maman tous les jours. Parfois en vitesse, mais parfois nous parlions une heure ou plus. Elle est… elle a toujours été l'élément de stabilité dans ma vie. La voix de Karoline Albrecht se mit à trembler, mais elle avait une parfaite maîtrise de ses sentiments. Je… je suis sûre qu'elle m'en aurait parlé si quelque chose l'avait préoccupée ou inquiétée.

Pia devinait ce qu'il en coûtait à cette femme de sauvegarder les apparences. Au deuil de sa mère s'ajoutait le souci lié à l'état psychologique de sa fille. Tôt ou tard, elle n'aurait plus de force et les vannes du désespoir s'ouvriraient. Pia espérait pour Mme Albrecht et pour eux que cela n'allait pas arriver maintenant, car les éclats émotionnels rendaient toute rencontre ultérieure nettement plus difficile. La femme aurait honte de son attitude et cela ne leur faciliterait pas la tâche.

Bodenstein, Pia et Andreas Neff, qui l'avait bel et bien mise en veilleuse, se levèrent. Karoline Albrecht les imita.

— Ma mère était un ange qui n'a jamais fait de mal à qui que ce soit. Personne n'avait de raison de l'assassiner ! Elle produisit un son inarticulé, entre le rire et le sanglot, puis son père perdit lui aussi son calme olympien et se mit à pleurer. Il y a des milliers de gens, reprit-elle, qui auraient mérité d'être abattus à la place de ma mère !

Pia prit le volant pour le trajet du retour. Elle ne voulait pas repasser devant le zoo et elle bifurqua donc après

Bommersheim. De là, la L3004 menait directement à la bretelle de l'A66 au bout de la Miquelallee et on évitait les villages avec des feux et des automobilistes qui se traînaient à trente kilomètres-heure sur des pneus été.

D'ordinaire, après un entretien de ce genre, elle et Bodenstein échangeaient leurs impressions sur les réponses, les réactions et le comportement des personnes interrogées mais, cette fois, Andreas Neff torpilla leur routine. Il commença à parler dès qu'il fut installé sur la banquette arrière, il disséquait chaque phrase entendue dans le moindre détail et ne semblait jamais reprendre son souffle.

— Nom d'une pipe, votre baratin m'empêche d'avoir les idées claires ! finit par le houspiller Pia, hors d'elle. Vous êtes psychologue en prime ?

— Personne n'a encore taxé de baratin mes observations et mes analyses, répondit Neff, vexé. L'expérience montre qu'un échange immédiat entre collègues permet de replacer les choses dans leur contexte cognitif.

— Figurez-vous que nous avons fait cette expérience sidérante il y a belle lurette, rétorqua sèchement Pia. Ce serait donc très aimable de votre part si vous pouviez la boucler pour les dix prochains kilomètres.

Avant qu'il puisse répondre quoi que ce soit, le téléphone sonna et Bodenstein appuya sur la touche mains libres, puis il reconnut le nom du correspondant sur l'écran et il prit la communication sur son portable. Il écouta, émit quelques grognements d'approbation et termina la conversation sans autre forme de procès.

— Engel ? se renseigna Pia.

— Hum.

— Alors ?

— Plutôt très.

— Parce que ?

— Pression du MI.

— La presse, hein ?

— Bingo.

Au bout de sept ans de collaboration, Pia et Bodenstein ressemblaient à un vieux couple et ils se comprenaient parfois en style télégraphique, comme tous ceux qui passent beaucoup de temps ensemble.

— Cette forme rudimentaire de communication est sans doute faite pour m'exclure, soupçonna Neff depuis l'arrière.

— Absolument pas, répondit Bodenstein, surpris par cette insinuation. Mme Engel a appelé pour nous informer que l'alarmisme de la presse provoque l'agitation du grand public et que le ministère de l'Intérieur s'en inquiète. En clair, cela veut dire qu'on a la pression d'en haut. Satisfait ?

— Hum, grogna Neff.

Le regard de Pia s'arrêta sur le cadran du tableau de bord. 16 h 43. Christoph devait maintenant être en route pour l'aéroport et elle ne le verrait plus. Pendant trois interminables semaines.

— Il n'y a pas grand monde sur la route, constata Bodenstein. D'habitude, un vendredi à cette heure-ci, on reste bloqué des lustres dans les bouchons.

— Tu as raison, confirma Pia. Tu penses que c'est lié à... ?

— Possible, hélas, acquiesça Bodenstein.

— C'est dramatique, cette façon dont vous massacrez tous les deux la syntaxe de notre belle langue, râla Andreas Neff.

— Sérieux ? Pia fit mine d'être étonnée.

— Grave, dit Bodenstein d'un ton moqueur.

Sur quoi ils éclatèrent de rire, alors que vraiment rien ne s'y prêtait.

Les policiers qui avaient cherché en vain des témoins ou tenté d'arracher des informations aux voisins et connaissances des victimes à Oberursel et Niederhöchstadt étaient frustrés. Ils avaient passé leur journée à aller d'une porte à l'autre, ne récoltant que réponses négatives et haussements d'épaules. Aucun indice sérieux n'avait été relevé non plus sur la ligne d'urgence.

Le Pr Rudolf n'avait jamais entendu le nom d'Ingeborg Rohleder et, inversement, le nom de Margarethe Rudolf ne disait strictement rien à Renate Rohleder. Le seul vague parallèle entre les deux victimes, c'était qu'il s'agissait de femmes et qu'elles avaient chacune une fille.

Quant aux résultats de l'enquête de terrain à Oberursel, ils s'étaient révélés aussi médiocres que la veille à Niederhöchstadt.

— Aucune trace sur les projectiles, ni douilles, ni empreintes de pieds, aucun indice concernant le meurtrier qui reste un fantôme, dit Christian Kröger pour clore son compte rendu d'une brièveté décevante.

— Je ne peux que me rallier à cet avis, hélas, finit par dire Bodenstein. Il n'y a eu, paraît-il, rien d'inhabituel chez les deux victimes avant les faits, pas de menace, pas d'appel anonyme ou de trucs dans le genre. On a visiblement là deux cas insolubles et on n'a plus qu'à espérer que le hasard fasse bien les choses. Ou que le meurtrier ait l'envie soudaine de nous en dire plus.

Le silence tomba dans l'assemblée.

— Pour ma part, je ne considère pas la situation comme étant *aussi* désespérée que le disent mes collègues, intervint Andreas Neff.

— Génial, murmura Pia en levant les yeux au ciel, tandis qu'il se mettait debout, rajustait sa cravate et reboutonnait son veston.

— Selon moi, reprit Neff, un schéma bien précis se dessine déjà. Le tueur procède de façon aléatoire, certes, mais planifiée. Nous devons donc partir du principe qu'il s'agit d'une personne extrêmement intelligente, impulsive, mais qui maîtrise son impulsivité. Il n'est plus tout jeune, mais il n'a pas beaucoup plus que la trentaine, car il doit être capable de courir vite et d'escalader. En outre, un profil de victime se détache aussi : des femmes entre soixante et soixante-quinze ans. Et bien qu'une analyse criminelle ne repose pas sur la psychologie, mais sur la criminalistique et la criminologie, j'ose néanmoins affirmer que notre homme souffre d'un complexe maternel exacerbé.

Il afficha un sourire d'autosatisfaction et lança un regard plein d'espoir à la ronde.

— Et ça nous sert à quoi, tout ça ? chuchota Ostermann à l'oreille de Pia. On devrait peut-être pondre une mise en garde : *Attention, toutes les femmes de plus de soixante ans ! Ne restez pas dehors et baissez tous les volets roulants quand vous êtes chez vous* ?

Pia se contenta de secouer la tête en faisant la moue. Il fallait espérer que sa supérieure, qui était malheureusement en train de téléphoner dans le couloir, allait bientôt s'apercevoir que ce type n'était qu'un crâneur bouffi d'orgueil. Pia ne l'écoutait que d'une oreille car elle attendait avec impatience que Christoph la contacte une dernière fois.

— Si vous permettez, cher collègue, dit Christian Kröger à cet instant. Ce sont des foutaises. Les quelques indices dont nous disposons ne nous permettent pas d'établir le profil du tueur.

— Vous, peut-être pas, rétorqua Neff, toujours souriant. Mais moi, si. J'ai appris auprès du FBI que…

— Moi aussi, j'ai passé deux ans aux États-Unis et j'y ai appris un tas de trucs, l'interrompit Kröger, les nerfs à vif. Et, avant toute chose, qu'on ne doit pas avancer d'hypothèses hasardeuses avant de connaître la totalité des faits. On ne peut considérer le tableau d'ensemble qu'après avoir tout examiné dans le moindre détail.

— C'est bien pour cela qu'on m'a fait venir, dit Neff d'un ton affable. Pour garder une vue d'ensemble, parce que les gens comme vous ont vite fait de se perdre dans les détails.

Kröger devint écarlate. Un brouhaha mécontent se répandit dans l'équipe. Christian Kröger avait beau se conduire parfois en diva, nul ne remettait en cause ses compétences. Sa minutie au travail et sa perspicacité avaient souvent contribué de façon déterminante à résoudre une affaire.

— Bon, ça suffit maintenant, intervint Bodenstein en voyant que Neff était allé trop loin. Neff, j'aimerais vous parler immédiatement dans mon bureau. Je souhaite une bonne soirée à tous les autres. Restez prêts à intervenir, s'il vous plaît. Rendez-vous demain matin à 10 heures pour faire le point.

— Aïe, aïe, aïe, chuchota Kai Ostermann. V'là que l'arme secrète s'est mis Christian à dos.

— Pareil pour moi, dit Pia. Dommage que ce soit un tel macho imbu de sa personne. Parce que je crois qu'on aurait bien besoin d'un profileur.

Samedi 22 décembre 2012

Kathrin Fachinger donnait l'impression d'avoir échappé de justesse à la mort. Son visage fin était livide, elle avait des cernes violets sous les yeux. Elle se traîna dans la salle de réunion et s'affala sur une chaise.

— Prends garde de ne pas te faire descendre par le tireur embusqué, dit Kröger avec cynisme. Tu ressembles à ta propre grand-mère.

— Regarde-toi dans le miroir. T'as pas l'air frais non plus, riposta Kathrin, agacée. Je viens spécialement pour vous aider et je me fais insulter d'emblée.

— Ce n'était pas une attaque personnelle de la part de Christian. Ostermann ricana. Mais l'arme secrète d'Engel a avancé une thèse hier soir.

— Qui ? demanda Kathrin en éternuant.

— La sommité du FBI venue de Wiesbaden, dit Kröger sur un ton méprisant. Qui sait tout mieux que les autres, fait tout mieux que les autres et qui, à l'en croire, a élucidé les meurtres du sniper de Washington en solo il y a des années.

— Andreas Neff, un analyste criminel de la PJ. Il est censé nous aider dans l'enquête, expliqua Pia. Il a analysé les deux affaires et il est persuadé que le tueur vise les femmes âgées.

— Eh bien, merci pour moi ! Kathrin foudroya Kröger du regard.

Elle était la plus jeune à la K11 et semblait avoir nettement moins de vingt-six ans avec son visage enfantin aux traits réguliers, ses lunettes carrées et sa silhouette gracile. Mais son apparence innocente était trompeuse. Kathrin était sûre d'elle et intrépide. C'était elle qui, à l'époque, avait hardiment tenu tête à Frank Behnke et fait en sorte qu'il soit suspendu.

— C'est quel genre de personnage ? s'enquit-elle.

— Tu vas bientôt le savoir, répondit Kai qui, appuyé à la fenêtre, regardait vers le parking. Le Dale Cooper pour fauchés est en train de rappliquer.

— Dans ce cas, laissez-moi vite vous communiquer les maigres résultats qui nous sont parvenus de la balistique, dit Kröger en feuilletant ses papiers. L'analyse des deux projectiles permet d'établir de façon certaine qu'ils proviennent de la même arme. Malheureusement, elle n'a jamais été répertoriée, donc nous ne l'avons pas dans notre système informatique.

— Ce qui prouverait qu'il s'agit du même tueur dans les deux cas, commenta Ostermann.

— Celui qui souffre du complexe maternel, ajouta Pia.

— Grand-maternel. Kröger lui fit un clin d'œil et quitta la salle de réunion.

Les pensées de Pia allèrent à Christoph. Ils s'étaient appelés la veille avant son vol. Il avait maintenant dû atterrir à Quito. Le décalage horaire étant de six heures, il était donc 4 heures du matin chez lui. Trop tôt pour un coup de fil. Mais elle pouvait lui envoyer un message pour lui dire à quel point il lui manquait déjà. Après l'appel de la veille, elle avait défait sa valise et s'était couchée tôt. Chose étonnante, c'était la première fois depuis une semaine qu'elle dormait d'un sommeil aussi profond. Peut-être était-ce le signe qu'elle avait pris la bonne décision en restant ici.

Andreas Neff entra dans la pièce. Costume sombre, chemise blanche, cravate noire. Ses cheveux noirs et coupés court étaient coiffés à la perfection, ses chaussures noires étincelaient. Il tenait à la main une tasse de café qu'il avait dû prendre à la kitchenette située au bout du couloir.

— Bonjour ! lança-t-il avec entrain. Son regard glissa sur Kai et Pia pour s'arrêter sur Kathrin. Ah, à qui avons-nous affaire ?

— Kathrin Fachinger, dit Kathrin d'une voix rauque. Restez de préférence là où vous êtes si vous ne voulez pas que je vous contamine.

— Je m'appelle Neff. Je suis de la PJ. Il l'examina à la va-vite et se désintéressa aussitôt d'elle. Je suppose que vous êtes la secrétaire de la section ?

Kathrin plissa les yeux.

Kai échangea un regard avec Pia et se détourna pour ricaner. Certaines personnes avaient le chic pour mettre les pieds dans le plat.

— Donc, dit Neff en s'adressant à Ostermann. J'ai encore un peu réfléchi dans la nuit. Il ne se passera plus rien durant les fêtes de Noël. Notre meurtrier est bien intégré socialement, il a…

— Vous avez ma tasse, l'interrompit Kathrin.

— … une famille et il est peut-être même parti en vacances. Neff ignora Kathrin. Il fit lentement le tour de la table en buvant une gorgée de café. C'est ce que nous indique clairement son timing, reprit-il, puisqu'il a agi avant les fêtes.

Kathrin Fachinger se leva, lui barra le chemin et désigna de l'index la tasse dans sa main.

— C'est ma tasse, répéta-t-elle avec insistance. C'est écrit dessus. Vous voyez ? *La tasse de Kathrin.*

— Ah oui. Neff fronça les sourcils. Il faut dire que les autres étaient tellement sales. Vous devriez les nettoyer mieux que ça. Un peu de produit vaisselle, ça fait des miracles.

— Rendez-moi tout de suite ma tasse, rétorqua Kathrin, furieuse. Apportez la vôtre à l'avenir.

— Il faut toujours rester en bons termes avec les secrétaires. Neff eut un sourire indulgent et lui tendit la tasse en porcelaine. Faute de quoi le café n'a aucun goût, dit-il.

— Je ne suis pas la secrétaire, aboya Kathrin. Je m'appelle Kathrin Fachinger et je suis lieutenant de police.

Andreas Neff ne parut nullement gêné et il ne s'excusa pas non plus.

— Si vous le dites. Où en étais-je ? Ah oui. Donc, revenons-en au profil du tueur.

— Comment parvenez-vous à de telles conclusions à partir d'informations aussi succinctes ? s'enquit Kai Ostermann.

— C'est que nous avons nos méthodes, répondit Neff, plein de supériorité. Et, bien sûr, une longue expérience.

Le téléphone placé au milieu de la table se mit à sonner. Pia, qui était la plus proche, se pencha et décrocha. Elle écouta pendant dix secondes.

— On arrive, lança-t-elle avant de raccrocher.

— Que se passe-t-il ? demanda Kathrin.

— Des coups de feu au centre commercial du Main-Taunus, répondit Pia et elle se leva d'un bond. Kai, essaie de joindre le patron, s'il te plaît. Kathrin et moi y allons sur-le-champ.

— Je viens avec vous, dit Andreas Neff, les yeux brillants.

— Non, vous ne venez pas. Pia attrapa sa veste et son sac à dos. Si on a besoin de vous, on vous fait signe.

— Et je fais quoi ici ?

— Gardez une vue d'ensemble, lui conseilla Pia. Vous êtes là pour ça, après tout.

— Je vais t'aider, papa ! annonça Sophia en traînant le petit tabouret en plastique de la salle de bains jusqu'à la cuisine. Je sais exactement ce qu'il faut mettre dans un bouillon de volaille.

Elle plaça le tabouret juste à côté de lui.

— C'est vrai ? Bodenstein avait la tête ailleurs et il se força à sourire. À savoir ?

— Alors, d'abord, de l'eau. Du sel, du poivre, un bouquet garni, dit l'enfant en comptant sur ses doigts et en s'appuyant sur le plan de travail. Et puis du poulet. Mais un poulet bio, pas bas de gamme. Ah oui, et des champignons ! J'adore les champignons !

— Ça m'a l'air bien, approuva Bodenstein. On va faire comme ça.

— Je veux couper les carottes, exigea Sophia qui ouvrit soudain un tiroir et en sortit un des plus grands couteaux.

— Il vaut peut-être mieux que tu prépares les champignons. Bodenstein lui enleva des mains le couteau géant.

— C'est pas drôle ! Chez maman, j'ai le droit de couper les carottes. La petite fit la moue et gigota dans tous les sens.

— Pas chez moi, répondit Bodenstein.

— Mais je sais le faire !

— Les champignons ou rien.

— Alors rien. Sophia sauta du tabouret et donna un coup de pied dedans, si bien qu'il vola à travers la cuisine. Elle croisa les bras sur sa poitrine et s'assit par terre en boudant ostensiblement.

Bodenstein décida de la laisser bouder et il l'ignora. Les week-ends avec sa fille cadette devenaient de plus en plus éreintants. Elle exigeait son attention du matin au soir, se montrait excessivement jalouse de Rosalie ou d'Inka, et elle était insolente. Cosima devait sans doute tout lui passer, ou presque, pour avoir la paix. Comme avec Lorenz et Rosalie à l'époque. Dans la vie quotidienne, il s'était davantage occupé des enfants qu'elle, qui était toujours en déplacement ou au bureau. Lorsqu'elle restait un certain temps à la maison, elle avait du mal à trouver sa place, car les deux enfants étaient habitués à vivre sans leur mère. Pour se faire aimer d'eux, elle les gâtait et leur permettait tout ce que Bodenstein leur interdisait d'habitude. Ils avaient tôt fait de mener leur mère par le bout du nez, sans la respecter. Cosima avait tenté d'être sévère, mais jamais dans la continuité. Durant cette période, Bodenstein avait rétabli l'équilibre en apaisant les conflits et en imposant des règles.

Quant à Sophia, on voyait bien à quel point elle en manquait. À six ans, la petite n'avait jamais appris à renoncer à quoi que ce soit, ni à accepter les contraintes. Elle mettait facilement les grands-parents et les nounous dans sa poche, mais son charme n'opérait guère chez son père. Il percevait l'ampleur du problème qui se profilait derrière son joli minois et se demandait comment y remédier. Était-ce à cause de Sophia qu'Inka n'avait toujours pas emménagé chez lui, comme c'était pourtant prévu ? Inka ne lui en avait jamais parlé, mais cela faisait un bon bout de temps qu'elle ne venait plus lors de ses week-ends de garde, et il se sentait abandonné. Quand il avait abordé le sujet, elle avait répondu qu'il ne lui accordait aucune attention quand Sophia était là, et qu'elle pouvait donc aussi bien rester chez elle ou à la clinique équine.

Cela n'avait pas donné lieu à un conflit ouvert entre eux, ce qui n'arrivait jamais avec Inka, mais la quintessence du propos revenait implicitement à “elle ou moi”, et cela décevait Bodenstein tout en le soulageant, car Inka avait décidé à sa place. C’était peut-être lâche de sa part, égoïste ou un peu facile, mais il savait au fond de lui-même qu’il n’avait plus ni l’envie, ni la force de faire des compromis pendant des années et d’élever un troisième enfant.

À l’époque, la grossesse tardive de Cosima l’avait pris au dépourvu. Ce fut le début de la fin. Le bébé n’avait pas suffi à Cosima pour satisfaire son besoin de se sentir à nouveau jeune. Elle s’était jetée dans une liaison sans tenir compte de sa famille. Elle avait tout détruit. Non seulement leur mariage, mais aussi la possibilité pour leur fille cadette de grandir entourée d’un père et d’une mère. Pourquoi, ne cessait-il de se demander, devrait-il payer les pots cassés par Cosima dans son égocentrisme sans bornes ? Sa liaison avec l’aventurier russe était brisée depuis longtemps. L’homme recherchait une amante fougueuse, et non une mère épuisée par un enfant en bas âge.

En achetant la maison de Ruppertshain, Bodenstein avait aussi songé à Sophia et au fait qu’il pourrait la prendre chez lui entre ses week-ends de garde, si nécessaire. Mais il n’était pas prêt pour autant à subordonner toute sa vie à l’enfant ou à compromettre sa relation avec Inka.

Son portable se mit à sonner, alors qu’il venait de s’asseoir à table et de manger une assiette de soupe. C’était Pia, sa voix était tendue.

— Nous sommes en route pour le centre commercial du Main-Taunus, dit-elle. Des coups de feu viennent d’être tirés et c’est visiblement le chaos total. On ignore encore s’il y a des morts ou des blessés.

À ces mots, Bodenstein eut une frayeur et il sentit la panique l’envahir. Rosalie était allée là-bas il y a une heure et demie pour faire quelques derniers achats avant son départ pour New York !

— J’arrive dès que j’ai casé la petite quelque part, dit-il en vitesse, et il se leva. Tenez-moi au courant !

Puis il composa le numéro de Rosalie, les doigts tremblants. Ça sonnait, mais elle ne répondit pas. Il tenta de garder les idées claires. Un jour comme aujourd'hui, des milliers de gens parcouraient la galerie commerciale. Pourquoi lui arriverait-il justement quelque chose à elle ? Mais n'était-ce pas ce que tout le monde pensait et espérait en cas de catastrophe ? Cela tombait sur une personne quelconque et toutes les autres étaient heureuses d'avoir été épargnées par le destin.

Bodenstein appela Inka qui répondit aussitôt.

— Il faut que j'aille travailler, hélas, dit-il. Je peux te déposer Sophia ?

— Je suis encore chez un patient, dit-elle après une brève hésitation. Emmène-la à la clinique. Mme Wagner s'occupera d'elle en attendant mon retour.

— Je ne sais pas quand je pourrai la récupérer. Bodenstein éteignit la cuisinière. Il y a eu des coups de feu au centre commercial du Main-Taunus et je m'inquiète pour Rosalie. Elle avait l'intention d'y aller et je n'arrive pas à la joindre.

— C'est sûrement la confusion générale là-bas, supposa Inka. Rosalie ne doit pas entendre la sonnerie de son portable. Ne t'inquiète pas. Et ce n'est pas grave si tu rentres tard.

Voilà ce qu'il appréciait chez Inka. Comme lui, elle prenait chaque problème qui se présentait de façon pragmatique et directe. Elle était le contraire de Cosima qui, dès qu'il proposait quelque chose, s'imaginait toujours combien ce serait délicat, compliqué et désagréable.

— Et la soupe, alors ? demanda Sophia. Ses yeux reflétaient une intention malveillante qui déplaisait à Bodenstein.

— Je suis désolé. Il secoua la tête. C'est trop tard maintenant. Je dois partir. Dépêche-toi, s'il te plaît, je t'emmène chez Inka.

— Mais je…

— Fin de la discussion, dit-il en la coupant. Mets ta veste et tes chaussures. Tout de suite.

Sophia le regarda sans comprendre.

— Mais j'ai faim !

— Je suis désolé. Il enfila son écharpe, son manteau et lui tendit sa doudoune. Viens, maintenant.

— Non. La petite fille croisa les bras et s'assit par terre d'un air déterminé. Bodenstein sentit ses nerfs lâcher.

— Sophia, ça suffit, dit-il sévèrement. Je dois aller travailler et je n'ai pas le temps de discuter avec toi. Si tu n'es pas habillée dans trois minutes et en route vers la voiture, je vais vraiment m'énerver.

— Et il se passera quoi ? demanda-t-elle sur le même ton que sa mère.

— Pas de cadeaux de Noël. Plus de télévision. Et je suis sérieux.

— Tu es méchant ! cria Sophia et les larmes jaillirent de ses yeux. Je te déteste !

Le chaos régnait au centre commercial du Main-Taunus. Tout le monde n'avait pas entendu les tirs dans la partie supérieure de la galerie commerciale, mais la rumeur d'un attentat, de morts et de blessés, s'était répandue comme une traînée de poudre. Les gens affolés tentaient de trouver refuge dans les boutiques déjà pleines ou de s'enfuir du complexe, tandis que les unités d'intervention de la police, qui avaient bouclé tout le secteur juste après l'appel d'urgence, les en empêchaient.

Pia et Kathrin, vêtues de leur gilet pare-balles en Kevlar, arpentaient la galerie déserte avec une unité de cent policiers. Personne ne savait au juste où était posté le tireur, s'il était encore sur place ou s'il avait réussi à s'échapper depuis longtemps. Mieux valait rester en planque. Le sol était jonché de sacs de courses et de vêtements que les gens avaient abandonnés dans leur fuite ou qu'on leur avait arrachés dans la bousculade. Plusieurs commandos envoyés de Francfort ratissaient les lieux à la recherche du tireur et des victimes. Tous croyaient être aux trousses du sniper, mais Pia avait le sentiment que quelque chose clochait. Le fait que le tueur passe à l'acte dans un centre commercial surpeuplé ne collait pas. Quelqu'un comme lui étudiait d'emblée les possibilités de fuite. Le risque était très élevé de se faire repérer et d'être ralenti par la panique générale à laquelle il devait s'attendre. D'un autre côté, la foule lui offrait une protection car il pouvait aisément se fondre dans la masse. Mais, à l'inverse, il était forcé d'emporter l'arme avec lui.

La musique de Noël s'était tue et il régnait un silence inquiétant, troublé uniquement par le bruit de l'hélicoptère qui tournoyait au-dessus des bâtiments. Les gens étaient acculés derrière les vitrines des magasins, tels des poissons apeurés dans des aquariums bondés.

— Il y a beaucoup de blessés dont il faudrait s'occuper, dit le directeur du centre commercial à Pia. On ne pourrait pas laisser passer au moins les ambulances ?

L'homme mince et grand, âgé d'une cinquantaine d'années et qui avait visiblement connu l'enfer durant l'heure précédente, marchait à côté de Pia. Impuissant, il avait été contraint de voir son personnel de sécurité, pourtant formé pour un scénario catastrophe de ce genre, se faire tout bonnement piétiner par la foule. Des centaines de gens, morts de peur, avaient tenté de franchir les portes donnant accès au parking couvert, ce qui avait entraîné de nombreux blessés ; sur les parkings couverts et la grande aire de stationnement, des voitures s'étaient encastrées les unes dans les autres. Certains avaient même profité de la confusion pour piller les étalages des magasins. L'intervention des agents de sécurité avait provoqué des rixes et d'autant plus de blessés. Cela aurait dû être le meilleur jour de l'année pour son centre commercial, mais ce fut de loin le pire.

— Nous avons des fractures, des coupures et des contusions, dit le directeur à Pia. Des enfants ont été piétinés et une femme a fait une crise cardiaque aiguë. Il leur faut un médecin de toute urgence !

— Je sais bien ! Mais il y a sans doute un type qui se balade encore avec un fusil ! Pia s'arrêta et scruta avec irritation le visage livide mais déterminé de cet homme. Que faire à présent ? Refuser de l'aide médicale aux blessés et mettre ainsi en danger la vie d'autrui ? Ou donner la possibilité au sniper de s'échapper ?

Ce manque d'assurance, dont vous n'avez peut-être même pas conscience, vous le masquez derrière l'agressivité. Les paroles d'Andreas Neff lui vrillaient la tête. Bon sang !

Reste calme, se dit Pia. Bodenstein n'étant pas là, elle était la policière la plus haut gradée sur place. Elle devait établir des priorités et prendre une décision. Sur-le-champ.

— Kathrin, dit Pia à sa collègue. Donne l'ordre de laisser passer les urgentistes et les ambulances, s'il te plaît.

— OK. Kathrin acquiesça et prit son talkie-walkie.

— Merci, dit le directeur, réconforté, puis il tourna les talons et détala.

Le talkie-walkie de Pia se mit soudain à grésiller.

— Opération réussie! s'écria le chef de la brigade d'intervention spéciale d'une voix forte et distincte, et une vague de soulagement envahit le corps de Pia. Au premier étage du parking couvert, devant la gare routière, ajouta-t-il. Nous avons aussi saisi l'arme.

— On arrive, dit Pia, et elle se mit à courir.

Un bruit de verre brisé, un coup sourd, puis un cri déchirant la firent tressaillir et lui donnèrent des frissons dans le dos.

Greta, songea-t-elle aussitôt. Elle laissa tomber le stylo-bille dont elle s'était servi pour écrire la liste des courses, se leva d'un bond de la table du salon et courut à la cuisine. Greta était là, et l'espace d'un instant, elle fut soulagée de voir que son enfant n'avait rien, mais elle remarqua ensuite que le visage de Greta et son nouveau pull-over, qu'elle avait sorti du sac de courses et déjà enfilé dans la voiture, étaient maculés de sang. Son cœur s'arrêta quelques secondes. Greta avait cessé de crier, elle fixait le sol de ses yeux écarquillés et Karoline suivit son regard. Ce qu'elle vit fit s'écrouler les fondations de son existence. Sur le sol aux dalles usées de couleur noire et crème gisait maman, une mare de sang s'était formée autour de sa tête. Du sang, il y avait du sang partout, où se mêlaient des éclats d'os clairs et une masse jaunâtre, le liquide coulait le long des joints et avait éclaboussé les placards blancs de la cuisine. Karoline tomba à genoux et effleura la main de maman. Sa peau était encore chaude. Peut-être s'était-elle juste évanouie et cogné la tête contre le placard!

— Maman! chuchota-t-elle. Maman, réveille-toi!

Elle lui toucha l'épaule, la secoua légèrement. La tête de maman se renversa sur le côté mais son visage avait été remplacé par une masse sanglante.

Karoline Albrecht se réveilla en sursaut. Son cœur battait si vite qu'il lui faisait mal. Elle était trempée de sueur, tout en étant gelée.

Maman était morte.

Ce n'était pas un cauchemar.

Elle s'affala sur le lit et ferma les yeux en espérant se rendormir pour retarder encore un peu la confrontation avec une réalité qu'elle n'était pas prête à affronter. Si seulement elle pouvait se débarrasser de ces images ! Dans son rêve elle avait tout vu avec une netteté effrayante, le moindre détail, elle avait revécu l'effroi et la peur. Ce soir-là, elle avait saisi Greta, prise de sanglots hystériques, et elle l'avait sortie de la cuisine. Quant à la suite, elle n'en avait plus qu'un souvenir fragmentaire. À un moment, Carsten était arrivé et aussi la police, puis papa… le voir crier ainsi de désespoir, c'était presque aussi horrible que le spectacle du visage ravagé de maman. Karoline poussa un soupir torturé. Comment faire pour que la vie continue ? Quelle attitude adopter quand on avait vu sa propre mère se faire assassiner ? Qu'est-ce que les autres attendaient d'elle ? Sa vie durant, elle avait abordé les problèmes avec logique et pris des décisions rationnelles en essayant de trouver des solutions mais, cette fois-ci, ça ne marchait pas. Son cœur se serra. Ne pas pleurer. Il ne fallait surtout pas qu'elle cède à la tristesse maintenant, sinon elle allait s'effondrer.

Elle s'assit tant bien que mal. Ses bras et ses jambes lui faisaient mal et tout son corps était lourd comme du plomb. Les images cauchemardesques s'imposaient à elle, telle l'eau qui s'infiltre inévitablement par de minuscules fentes, jusqu'au moment où elle fissure les murs, inonde et détruit tout. Son univers avait perdu ses couleurs et sa vie se scinderait désormais en un avant et un après.

Karoline se leva en s'appuyant sur le bord du lit et se traîna à la salle de bains. Elle portait les mêmes vêtements depuis deux jours, ne s'était pas douchée et n'avait presque rien mangé. Elle avait téléphoné plusieurs fois à Carsten et à Greta, s'était occupée de son père qui n'avait quasiment plus ouvert la bouche, pris dans le même enfer d'incompréhension et d'effroi qu'elle. La nuit dernière, elle était rentrée chez elle parce qu'il lui fallait des vêtements propres, mais elle s'était laissée tomber sur son lit et endormie. Le téléphone sonna alors qu'elle se trouvait sous la douche. Peu importe, qui que ce soit, elle rappellerait plus tard. Un jour ou l'autre. À présent, elle devait se montrer forte. Pour Greta et surtout pour papa. Il avait besoin d'elle, plus que jamais.

Pia était assise à son bureau et entrait les derniers mots du rapport d'intervention dans le fichier TAJ sur son ordinateur, puis elle le sauvegarda. On avait cru que le sniper était à portée de main, mais la tension et l'attente avaient fait place à la déception. Trois adolescents avaient simplement voulu s'amuser avec le pistolet d'alarme d'un père, une mauvaise blague ayant eu de lourdes conséquences. Bodenstein, soulagé qu'il ne soit rien arrivé à sa fille, avait passé un savon aux trois coupables tout penauds en leur expliquant la gravité de leur situation. La seule intervention de la police coûterait à leurs parents quelques milliers d'euros, auxquels s'ajoutaient les demandes éventuelles de dommages et intérêts. Dans la panique générale, trente-quatre personnes avaient été blessées, dont certaines gravement, et une femme souffrant d'une crise cardiaque était entre la vie et la mort. Pia se leva et alla à la kitchenette où elle retrouva Bodenstein et Nicole Engel.

— Ils n'ont pas du tout réfléchi, dit Bodenstein en secouant la tête, puis il se versa un café. Ils croyaient que ce serait vachement chouette de tirer quelques coups de feu par-ci, par-là. Incroyable !

— Pas étonnant. Nicole Engel buvait son café à petites gorgées. Beaucoup de jeunes n'ont plus de conscience morale de nos jours, dit-elle. Ils passent leur temps devant leurs ordinateurs et flinguent des gens comme on éjectait autrefois un joueur aux petits chevaux.

— Ce sont leurs parents qui vont être contents, grommela Pia. Surtout le père qui ne ferme pas correctement son armoire à fusils. Je n'arrive pas à croire que des tueries comme celles de Winnenden ou d'Erfurt ne fassent pas réfléchir les gens.

— On aime se dire que son propre enfant ne ferait jamais une chose pareille, répliqua Bodenstein.

— Ma foi ! Nicole Engel nettoya sa tasse et la mit à sécher sur l'égouttoir à côté de l'évier. En tout cas, vous vous en êtes bien tirée. Bon travail, madame Kirchhoff.

— J'ai déjà rédigé le rapport, s'empressa d'ajouter Pia pour devancer l'inévitable question de sa supérieure.

Nicole Engel l'examina et acquiesça.

— Je n'en attendais pas moins de vous, se contenta-t-elle de dire. Puis elle s'adressa à Bodenstein : Tu as quelques minutes à m'accorder ? Il y a quelque chose dont j'aimerais te parler.

— Bien sûr. Bodenstein quitta la kitchenette avec Nicole Engel.

Pia traversa le couloir et entra dans le bureau qu'elle partageait avec Kai Ostermann. À son grand énervement, Andreas Neff était installé à son bureau.

— Qu'est-ce que je disais ? Il avait posé les pieds sur le bord de la table et affichait un rictus d'autosatisfaction. J'étais certain que cela ne pouvait pas être le sniper aujourd'hui, dit-il. Il ne passera plus à l'acte avant Noël.

— J'aimerais bien m'asseoir à mon bureau. Pia agita la main. Il y a une place libre en ce moment dans le bureau de Mme Fachinger, ajouta-t-elle.

— Ici aussi. Neff désigna l'ancien bureau de Frank Behnke, utilisé pour le stockage provisoire des rapports et pièces à conviction par Kai Ostermann, qui était en charge des dossiers sur les affaires criminelles et les suspects. Je vais donc m'installer là, dit Neff, si cela vous convient.

— Si j'étais vous, je ne toucherais pas à ce bureau et je n'y mettrais pas le bazar, lui conseilla Pia. Son téléphone sonna. Vous êtes dur d'oreille ou vous tenez à m'énerver ? demanda-t-elle. Neff prit tout son temps pour enlever ses pieds, se leva avec une lenteur provocante et traversa la pièce d'un pas nonchalant. Pia prit le combiné et se laissa tomber sur sa chaise.

— J'ai un collègue de Niederhöchstadt au téléphone, dit Kathrin de sa voix rauque. Il veut parler au patron ou à toi.

— Passe-le-moi, répondit Pia.

Neff s'était mis à parcourir d'un œil avide les tas de dossiers et de papiers superposés avec soin sur l'ancien bureau de Behnke.

Kai allait sûrement péter un plomb en voyant que quelqu'un avait mis le désordre dans ses documents.

— Rothaus, poste de police d'Eschborn, annonça le collègue que Pia connaissait bien. Nous avons reçu aujourd'hui au courrier une lettre anonyme qui devrait vous intéresser. C'est un faire-part de décès pour Ingeborg Rohleder.

Pia sursauta comme si elle avait reçu une décharge électrique.

— Un faire-part de décès ? s'assura-t-elle.

— Oui, une bordure noire, une croix, mais le texte est bizarre, répondit l'officier de police Rothaus. Il est écrit : "In memoriam *Ingeborg Rohleder. Ingeborg Rohleder devait mourir parce que sa fille s'est rendue coupable de non-assistance à personne en danger et de complicité d'homicide involontaire."* Et en dessous, il est écrit *"Le Juge."*

Pia remarqua qu'elle avait retenu sa respiration, tant elle était tendue, et elle expira. Voilà qui était tout à fait intéressant ! Les noms des deux victimes du sniper n'étaient pas connus du grand public, et pourquoi un proche des Rohleder aurait-il rédigé un texte pareil ? C'était une information que pouvait seul détenir le tueur, c'était même la révélation du mobile !

Pia remercia son collègue et promit de le rejoindre d'ici une demi-heure au plus tard.

— Il y a du nouveau ? s'enquit Neff, piqué par la curiosité.

Pia ignora sa question, se leva d'un bond et se mit à la recherche de Bodenstein. Elle le trouva devant la porte du bureau de Nicole, s'apprêtant à partir.

— Bon, je vais relayer Inka, dit-il. Tu n'as qu'à m'appeler si…

— Il faut qu'on aille à Niederhöchstadt, dit Pia en l'interrompant, tout excitée. Les collègues ont reçu au courrier une lettre anonyme contenant un faire-part de décès pour Ingeborg Rohleder et qui révèle sans aucun doute des informations détenues par le tueur ! À savoir le nom de la victime et…

Elle se tut car Neff arrivait dans le couloir.

— Continuez, ne vous gênez pas pour moi, dit-il en l'encourageant par un sourire.

— Pas tant que vous fourrerez votre nez partout en ouvrant grandes vos oreilles, répondit brutalement Pia. Le sourire disparut du visage de l'analyste criminel, même si ce fut de courte durée. De toute évidence, Andreas Neff s'était forgé une solide carapace.

— Tu ne peux pas l'exclure, dit Bodenstein, une fois Neff disparu. La patronne souhaite qu'on coopère avec lui, elle me l'a redit on ne peut plus clairement.

— Mais c'est un crétin ! rétorqua Pia, têtue. Et il m'énerve avec ses bavardages stupides.

Bodenstein soupira et sortit son portable de sa poche.

— Nous allons à Niederhöchstadt, dit-il en sélectionnant un numéro et en collant le téléphone à son oreille. En compagnie de Neff et Kröger.

— Ça s'impose vraiment ? Neff, je veux dire ? demanda Pia, mécontente.

— Pas de discussion, répliqua Bodenstein. Essaie de t'entendre avec lui. S'il te plaît.

Rien dans la vie n'est gravé dans le marbre, songea-t-il. Il fallait parfois se montrer flexible. Les scénarios les mieux élaborés ne servaient à rien, tant qu'il existait des facteurs impondérables. Il avait initialement prévu un ordre de passage différent, mais qui pouvait savoir quand la vendeuse de la boulangerie rentrerait de vacances ?

Il mordit dans son sandwich au fromage et se repencha sur les plans d'un bâtiment et les quelques photos étalés sur la table. Lorsqu'il s'était rendu à la boulangerie la veille au matin, il avait été forcé de constater qu'en une journée, on avait posé le revêtement extérieur sur le bâtiment nu d'où il comptait tirer. C'était plus qu'énervant, car il avait vite dû se mettre en quête d'un nouvel emplacement. Il venait de trouver l'endroit idéal par hasard et il vérifiait maintenant avec l'aide de Google Maps le chemin d'évasion qu'il avait déjà repéré la veille.

La télévision diffusait de nouveaux reportages sur les tirs qui avaient eu lieu ce matin au centre commercial du Main-Taunus et engendré le chaos. Il prit la télécommande et mit le son.

“… il ne s'agirait pas, selon la police, du tireur embusqué qui a abattu deux femmes à Eschborn et Oberursel ces derniers jours, mais de trois adolescents qui se sont servis d'un pistolet d'alarme… ”

Il secoua la tête avant d'éteindre la télévision.

Il avait disposé sur la toile cirée de la table de cuisine tous les ustensiles nécessaires au nettoyage complet de son fusil. Il était crucial de nettoyer une arme après chaque utilisation. Des résidus de plomb dans le canon diminuaient la précision du tir et il fallait enlever les dépôts de poudre dans la culasse avant de l'enduire légèrement d'huile. Ici, il était sûr de ne pas être dérangé dans son travail. Il enleva la joue de crosse et pressa sur l'arrêtoir pour retirer la culasse. Puis il pulvérisa avec précaution un peu d'huile dans le canon à l'aide d'une petite tige et y installa la fausse bouche de nettoyage. Il sourit d'un air rêveur tout en introduisant la brosse en laiton à l'intérieur du canon, du chargeur jusqu'à la bouche. Il dévissa habilement la brosse avant de retirer la baguette de nettoyage. Pour finir, il glissa un cordon dans le canon et répéta l'opération jusqu'à ce que le dernier cordon ne présente plus aucune impureté. Cela avait été deux bons tirs. Il n'avait effectivement rien oublié depuis tout ce temps.

— Voilà qui explique tout, dit Neff pendant qu'ils examinaient la lettre anonyme dans le bureau du chef de service du poste de police d'Eschborn. Le tueur veut obtenir l'attention qu'il mérite selon lui. À l'époque, John Allen Muhammad a appelé l'enquêteur chargé de l'affaire en prétendant être Dieu. Cette prise de contact avec la police est tout à fait symptomatique d'un trouble de personnalité narcissique.

Depuis qu'ils avaient quitté le commissariat, Andreas Neff parlait quasiment sans interruption et Pia avait peu à peu l'impression d'être soumise à un lavage de cerveau. Elle était incapable de se concentrer et elle avait un mal fou à respecter la demande de son supérieur, alors que Christian Kröger ne cachait pas son aversion pour "l'arme secrète".

— Une feuille d'impression standard. 80 grammes, DIN A4, blanche, constata-t-il sans tenir compte des déclarations de Neff. Combien de personnes l'ont touchée ?

— Juste le collègue qui a ouvert le courrier, répondit l'officier de police Rothaus.

— OK, nous pourrons donc facilement isoler ses empreintes

digitales. Kröger examina l'enveloppe qui, comme la lettre, se trouvait dans une pochette plastifiée.

— Le faire-part semble plutôt professionnel, dit Bodenstein.

— Ça ne pose aucun problème de nos jours, répliqua Kröger. Sur les sites d'annonces des quotidiens, on peut créer des faire-part en quelques clics et les publier aussitôt en ligne.

— Notre homme doit avoir dans les trente ans, affirma Neff. Il connaît bien Internet, il sait comment créer un faire-part électronique et…

— J'ai quarante-six ans et je sais le faire aussi, répliqua Kröger avec irritation. Même mes parents le savent et ils ont plus de soixante-dix ans.

— Vos parents sont-ils également capables d'escalader un transformateur dans l'obscurité et d'abattre quelqu'un à quatre-vingts mètres de distance par mauvaise visibilité ? riposta Neff d'un ton sarcastique.

— Vous avez déduit le profil du meurtrier d'après sa capacité à concevoir des faire-part en ligne, lui rappela Kröger, mais Neff se contenta de balayer l'argument par un sourire.

— Si ce faire-part est bel et bien un message du tueur à notre intention, dit Bodenstein qui réfléchissait tout haut, alors Ingeborg Rohleder n'est pas une victime aléatoire.

— "Non-assistance à personne en danger et complicité d'homicide involontaire", dit Pia. Qu'est-ce que cela peut signifier ?

— En tout cas, le meurtrier nous révèle une information déterminante, répondit Bodenstein en fronçant les sourcils, l'air pensif. Ingeborg Rohleder devait mourir parce que *sa fille* a fait ou n'a pas fait quelque chose. L'affaire apparaît donc sous un tout autre jour.

— C'est bien la preuve que le sniper ne tue pas ses victimes au hasard, confirma Pia. Il procède de façon ciblée, considère que son acte est légitime et se voit lui-même comme un juge.

— Allons-y, dit Bodenstein. Nous allons chez Renate Rohleder pour la confronter à ce reproche.

Il remercia le chef de service et quitta le bureau. Kröger, Neff et Pia le suivirent.

— Un psychopathe, dit Neff en donnant son avis sur la dernière affirmation de Pia, sans qu'on le lui demande. C'est évident. Il a été offensé et maintenant il se venge. En s'attaquant non pas aux coupables, mais aux proches parents. C'est particulièrement perfide.

— Hier encore, vous prétendiez le contraire, dit Pia. Vous croyiez dur comme fer que le sniper tirait au hasard.

— Mais hier, nous ne savions pas encore ce que nous savons aujourd'hui, rétorqua Neff en se dérobant.

Pia en eut assez.

— Vous avez toujours réponse à tout, pas vrai ? Elle secoua la tête avec mépris. C'est aussi aux États-Unis que vous avez appris cette méthode de travail librement inspirée d'Adenauer : "Je me contrefous de mon baratin d'hier ?" Vos changements d'avis permanents vous disqualifient, alors ne vous étonnez pas si personne ici ne vous prend au sérieux.

Kröger afficha un rictus amusé, car c'était la première fois que Neff restait sans voix, mais cela ne dura pas, hélas.

— C'est justement au début d'une enquête qu'il faut émettre toutes les hypothèses possibles et imaginables, même si elles paraissent confuses au premier abord, dit Neff pour justifier son virage à cent quatre-vingts degrés.

— Dans ce cas, vous devriez à l'avenir formuler vos vagues suppositions comme telles, dit froidement Pia. Sinon, ce que vous débitez n'est qu'une tentative délibérée de nous induire en erreur.

— Je ne m'attendais pas à ce qu'une dilettante comme vous puisse suivre mes raisonnements, répondit-il. Mais cela n'a rien d'étonnant ! Jamais je n'ai vu une structure aussi chaotique et inefficace que votre K11.

Pia ouvrait déjà la bouche pour lancer une répartie cinglante, mais Christian Kröger la devança.

— Il n'y a qu'une seule personne ici qui se conduit en dilettante, et c'est vous, dit-il en le prenant de haut, au vrai sens du terme, car Neff lui arrivait à peine au menton. C'est vous et vous seul qui engendrez le chaos avec vos théories pondues à la va-vite et votre obsession du profilage. Vous feriez mieux de la fermer et d'écouter ; avec un peu de chance, vous pourrez même apprendre des choses.

— Qu'est-ce que vous vous imaginez ? Neff, enragé, s'apprêtait à enchaîner, mais Kröger passa devant lui en l'ignorant.

— Absolument rien. Ce n'est pas la peine, dit-il sans lui accorder un regard de plus. Ah, Pia, je viens d'avoir une idée. On devrait appeler les collègues d'Oberursel pour voir s'ils ont reçu une lettre du même genre.

Le carton qu'il tendit à Neff était plus rouge que rouge et Pia eut du mal à ne pas éclater de rire en voyant l'expression furieuse sur le visage de Neff.

Bodenstein les attendait déjà devant le sas de sécurité.

— Qu'est-ce que vous fabriquez ? demanda-t-il.

— Le petit Napoléon de la PJ a une fois de plus mal choisi ses mots ; nous avons eu une discussion à ce sujet, répondit Kröger. Écoute, Oliver, il est très possible à mon avis que nos collègues d'Oberursel aient reçu un faire-part similaire. Je suppose en effet que le tueur ignore encore qui est chargé de l'enquête et qu'il s'adresse donc chaque fois à l'antenne locale de la police.

— Pourquoi penses-tu à Oberursel ? demanda Bodenstein.

— C'est là qu'habitait Margarethe Rudolf.

Bodenstein réfléchit un instant avant d'acquiescer.

— On va vérifier ça tout de suite. Il alla au poste de garde et parla au policier de service.

— Mais tu ne doutes pas de l'authenticité du faire-part, n'est-ce pas ? demanda Pia à Kröger.

— Non, je pense que c'est un vrai, dit Kröger. De ce point de vue, je donne raison à Napoléon : le tueur nous révèle son mobile, à savoir la vengeance.

— *Comment* vous m'avez appelé ? s'enquit Neff, en rogne.

— Quel est le problème avec Napoléon ? Kröger eut un sourire innocent et Pia dut se détourner pour ne pas rire au visage de Neff.

— Je refuse d'entendre ça !

— Ma collègue n'a pas non plus à accepter d'être traitée de dilettante, dit Kröger en le rabrouant.

— Elle ne peut pas se défendre toute seule ? répliqua Neff. Elle a besoin de quelqu'un tel que vous comme porte-parole ? Ou y aurait-il une raison bien précise expliquant que vous vous mettiez en quatre pour elle ? Neff partit d'un ricanement équivoque.

Bodenstein sortit du poste de garde d'un pas rapide.

— Christian, tu es un as! dit-il avec excitation. Ils ont effectivement reçu un faire-part au courrier aujourd'hui! Nous allons d'abord chez Mme Rohleder, puis on enchaîne sur Oberursel!

— Ma foi, la non-réponse est une réponse, dit Neff. C'est bien ce que je pensais.

— Qu'est-ce que vous pensiez? voulut savoir Bodenstein.

— Napoléon croit que Pia et moi avons une liaison parce que j'ai pris parti pour elle lorsqu'il l'a humiliée, répondit Kröger, sur quoi le visage de Neff s'empourpra.

— Qu'est-ce que c'est que ces bêtises? demanda Bodenstein d'une voix sévère. Nous avons deux affaires de meurtre à élucider et pas le temps pour les états d'âme. Je veux une équipe soudée et non une stupide lutte de pouvoir!

— On me tient exprès en dehors de tout, se plaignit Neff. Et voilà que mon *collègue* m'interdit de m'exprimer, en plus!

— Parce que vous débitez des âneries du matin au soir, dit Kröger en ouvrant la porte vitrée.

— Des dilettantes! Tous autant que vous êtes! fulmina Neff.

— Sale teigne! rétorqua Kröger en le narguant.

Pia, tâchant de s'entendre avec Neff, comme le souhaitait son supérieur, n'ajouta rien. Elle jeta un bref regard en coin à Bodenstein et vit qu'une ride verticale s'était formée au-dessus de son nez. Elle le connaissait suffisamment bien pour savoir qu'il était sur le point de perdre son sang-froid.

— Je ne vous permets pas de me parler sur ce ton! Je m'en vais! Neff, vexé, passa à grands pas devant eux et personne ne chercha à le retenir.

— L'arrêt de bus est juste là, à droite! s'écria Pia dans son dos. C'était tout bonnement plus fort qu'elle.

— C'est quoi, ce numéro digne d'un jardin d'enfants? lui reprocha Bodenstein.

— Ce type te casse les pieds autant qu'à moi! répondit Pia. Quand il est là, je n'arrive plus à réfléchir!

— Il est parti, à présent. Bodenstein ne semblait pas le regretter non plus. Allez, en route. Nous avons encore du pain sur la planche.

Renate Rohleder n'étant pas chez elle, Bodenstein avait décidé de lui rendre visite plus tard et d'aller d'abord à Oberursel. En son for intérieur, il n'était pas mécontent non plus du départ de Neff, qui semait la pagaille dans son équipe. Il n'avait visiblement pas été assez clair lors de son premier entretien avec le profileur. Il devait lui faire comprendre que son attitude arrogante était totalement contre-productive.

Son portable sonna. Mme Wagner, l'assistante vétérinaire d'Inka, voulait rentrer chez elle et Inka n'était pas encore de retour. Bon sang de bonsoir.

— Je vais appeler mon père pour qu'il vienne chercher Sophia, dit Bodenstein. Merci beaucoup en tout cas.

Il composa le numéro fixe de ses parents en espérant qu'ils pourraient s'occuper de l'enfant, le temps que sa journée de travail s'achève. Par chance, son père était disponible et il promit de partir tout de suite chercher sa petite-fille à la clinique équine.

— Je risque de finir tard, dit Bodenstein.

— Eh bien, elle n'a qu'à dormir chez nous, répondit son père à son grand soulagement. Ce ne serait pas la première fois. Et tu viens la récupérer demain matin.

Bodenstein le remercia et rangea son portable. Il n'aimait pas devoir la confier sans arrêt aux uns et aux autres, mais quelle alternative avait-il ? Cosima n'en faisait-elle pas autant ? Après le conflit de midi à la cuisine, il avait eu l'intention d'en reparler calmement avec Sophia, mais son métier était prioritaire et il ne pouvait en aucun cas emmener la petite pour une enquête criminelle.

Ils se rendirent directement au poste de police d'Oberursel où ils se firent remettre la lettre anonyme. Tout comme le faire-part de décès d'Ingeborg Rohleder, il était imprimé sur un simple papier blanc et se trouvait dans une enveloppe sans fenêtre, sur laquelle figuraient un timbre et un autocollant avec l'adresse, elle aussi tapée à l'ordinateur. Christian Kröger enfila des gants en latex avant de prendre la lettre et de l'examiner soigneusement.

"In memoriam *Margarethe Rudolf*", lut-il à voix haute. *"Margarethe Rudolf devait mourir parce que son mari s'est rendu coupable de meurtre par avarice et orgueil. Le Juge."*

— Je suis curieux de voir ce qu'en dit le Pr Rudolf. Bodenstein consulta sa montre. Peu avant 18 heures. Pas encore trop tard pour une visite. Quelques minutes après, ils s'arrêtèrent devant la maison du Pr Rudolf, qui était plongée dans l'obscurité. Kröger resta dans la voiture, Pia et Bodenstein traversèrent le mince rideau de neige et remontèrent la petite allée. Un spot s'illumina au-dessus du garage, déclenché par un détecteur de mouvement.

— Espérons qu'il soit là. Pia appuya sur la sonnette.

Il fallut un moment pour que le professeur leur ouvre la porte. Son visage émacié était blême et non rasé, on aurait dit qu'il avait vieilli de dix ans au cours des dernières quarante-huit heures.

— Qu'est-ce que vous voulez ? demanda-t-il sans autre forme de procès.

— Bonsoir, dit poliment Bodenstein. Nous aimerions vous montrer quelque chose. Pouvons-nous entrer ?

Le professeur hésita, puis il reprit ses esprits.

— Bien sûr, finit-il par dire. Je vous prie de m'excuser.

Ils le suivirent dans le hall d'entrée et la salle à manger. Le parquet craquait sous leurs pieds. L'intérieur sentait le renfermé, une odeur de cigarette refroidie et de nourriture flottait dans l'air.

— Votre fille n'est plus là ? s'enquit Pia.

— Karoline doit s'occuper de Greta. Surtout en ce moment. Le Pr Rudolf appuya sur un interrupteur. Je m'en sors à peu près, dit-il. Que faire d'autre, de toute façon ?

La lampe suspendue au-dessus de la table plongea la salle dans une lumière blafarde qui s'intensifia peu à peu. Le professeur s'arrêta au milieu de la pièce et esquissa un geste vague en direction de la table, sur laquelle se trouvaient des verres et des assiettes sales.

Personne ne s'assit.

— Monsieur Rudolf, commença Bodenstein en dépliant la copie de l'annonce de décès. Ce faire-part est arrivé aujourd'hui au poste de police d'Oberursel. Nous supposons qu'il vient du tueur. Jusqu'ici, nous étions partis du principe que le meurtre de votre épouse était un acte aléatoire, mais le contenu de cette lettre fait apparaître l'affaire sous un autre jour.

Bodenstein lui tendit la feuille. Le professeur survola la phrase et son visage prit un aspect cendreux. Puis il leva les yeux.

— Qu'est-ce que… ça veut dire? chuchota-t-il d'une voix rauque. Je travaille depuis plus de vingt ans dans la chirurgie transplantatoire. Je sauve des vies! Voilà des décennies que je passe mes vacances dans des hôpitaux en Afrique où j'opère à titre bénévole!

Il tira une chaise de dessous la table et se laissa tomber dessus. Il relut le faire-part et secoua la tête, stupéfait. Ses mains tremblaient.

— Peut-être qu'un jour, une personne est morte après que vous lui avez greffé un nouvel organe, supposa prudemment Pia. Et les membres de sa famille vous jugent responsables de sa mort.

— Chaque patient qui accepte une greffe sait que la seule alternative, c'est la mort, répliqua le professeur d'une voix presque inaudible. Il repoussa un peu la feuille, enleva ses lunettes et se frotta les yeux avec le pouce et l'index de la main droite.

— Monsieur le professeur, nous aimerions que vous réfléchissiez pour savoir d'où pourrait venir un tel reproche, dit Bodenstein.

Le professeur ne réagit pas.

— Ma femme, que j'aimais plus que tout, est morte, finit-il par murmurer. Ma fille et ma petite-fille sont gravement traumatisées. Nous avons perdu notre pilier. Laissez-moi tranquille, s'il vous plaît. Je suis… Je ne suis pas en état de répondre à vos questions.

Sa voix se brisa, il releva lentement la tête, comme si cela lui demandait un effort considérable. Il ne restait rien de l'homme agile et sûr de lui que Pia avait vu pour la première fois le soir du meurtre de sa femme. Devant eux se trouvait un homme brisé, qui devait affronter la perte de sa femme et le fait d'être tenu pour responsable de sa mort.

— Allez-vous-en. Je vous en prie.

— Bien sûr. Nous retrouverons le chemin tout seuls, dit Bodenstein. Dans l'embrasure de la porte, Pia jeta un dernier coup d'œil au professeur qui avait posé la tête sur ses bras et pleurait.

Renate Rohleder ne se trouvant ni chez elle, ni à la boutique de fleurs, ils retournèrent au commissariat. Bodenstein prit congé d'eux en bas sur le parking et Kröger porta directement les deux lettres anonymes au laboratoire d'analyses criminelles de Wiesbaden pour les faire examiner à la recherche d'empreintes digitales et de traces d'ADN, c'est pourquoi Pia entra seule dans le bâtiment. Les bureaux de la K11 étaient vides. Kathrin avait sagement regagné son lit et Andreas Neff ne semblait pas avoir refait surface. Pia alla dans son bureau où elle tomba sur Kai qui était de sale humeur.

— Neff, ce sagouin, a farfouillé dans la totalité de mes dossiers ! Gare à lui s'il me tombe entre les mains ! se plaignit-il. Il m'a fallu deux bonnes heures pour remettre de l'ordre dans mon classement.

Kai Ostermann, avec sa queue de cheval, ses lunettes à monture métallique et sa tenue décontractée avait beau ressembler à un geek désordonné, c'était la personne la plus méticuleuse que Pia ait jamais rencontrée.

— Je l'avais prévenu, dit Pia. Mais il a absolument voulu établir son campement dans notre bureau.

— Il n'a pas intérêt à revenir ici, râla Kai dans son coin. Pour le dérider un peu, Pia lui raconta l'incident qui avait eu lieu au poste de police d'Eschborn, entraînant le départ volontaire de Neff.

— Napoléon ! Ça lui va comme un gant, ricana Kai. S'il continue comme ça, on va lui faire revivre Waterloo.

Pia mentionna les deux faire-part de décès et l'entretien infructueux avec le Pr Rudolf. Elle avait tout juste fini quand son portable se mit à sonner.

— Salut, Henning, dit-elle à son ex-mari. Quoi de neuf ?

— Il semblerait que j'aie gagné notre pari, dit-il avec un sous-entendu moqueur qui fit aussitôt enrager Pia. Tu as laissé Christoph faire le tour du monde en solitaire.

— Quel pari ? rétorqua-t-elle froidement. Je n'ai jamais parié quoi que ce soit.

— Peu importe : notre invitation tient toujours. Miriam serait heureuse si tu venais chez nous pour la veillée de Noël.

C'était certes sympathique de sa part, mais Pia ne ressentait pas la moindre envie de fêter Noël dans cet appartement où elle-même avait vécu de nombreuses années avec Henning et où, après leur séparation, elle l'avait surpris en flagrant délit avec Mme le procureur Löblich sur la table basse. L'endroit recélait trop de souvenirs, plus de mauvais que de bons.

— C'est très gentil, dit-elle donc. Mais je vais profiter de l'occasion pour revoir toute ma famille. Ma sœur et mon frère seront chez nos parents pour les fêtes.

— Alors amuse-toi bien et salue tout le monde de ma part, répondit Henning.

Ils évoquèrent brièvement le vaste déploiement policier dans le centre commercial et Pia lui parla des faire-part envoyés par le sniper. Même si Henning, en tant que directeur de l'institut médicolégal, ne faisait pas partie de la police, c'était un membre important de l'équipe, dont l'expérience et la perspicacité faisaient un précieux conseiller.

— Donc ça ne vous fait pas beaucoup avancer dans l'enquête, constata-t-il.

— Si l'on veut. En tout cas, les faire-part nous en disent plus sur le mobile du sniper, dit Pia. Puis une idée lui traversa l'esprit. Dis-moi, connais-tu par hasard un certain Pr Dieter Paul Rudolf? Il est chirurgien en transplantation cardiaque.

— Euh… Henning prit un instant de réflexion. Non, *a priori* le nom ne me dit rien. Mais je peux me renseigner, si tu veux. Ces chirurgiens ne sont pas légion.

Pia, qui avait eu autrefois l'occasion d'apprécier le talent d'investigation de son ex-mari et de sa femme, sa meilleure amie Miriam, jugea la proposition excellente.

— Toute aide est la bienvenue, dit-elle. Ce crétin de profileur, qu'Engel a lâché sur nous, crée plus de perturbation qu'il ne nous aide.

Ils finirent par se souhaiter un bon week-end et Pia raccrocha.

— Tu as une famille? s'enquit Kai avec curiosité.

— Bien sûr que oui, rétorqua Pia. Tu crois que j'ai été trouvée dans le caniveau?

— Désolé, je ne voulais pas te froisser, répondit Kai. Mais, depuis que je te connais, tu n'as jamais parlé de tes parents ou de frères et sœurs.

— Non, c'est moi qui m'excuse d'avoir réagi au quart de tour, dit Pia. La famille, c'est malheureusement un sujet difficile pour moi. Cela fait des années qu'on ne s'est pas revus.

En effet, Kai ne pouvait pas savoir quoi que ce soit sur la famille de Pia, qui n'évoquait presque jamais sa vie privée, contrairement à Cem Altunay, dont le bureau arborait toute une série de photos de famille. Les parents de Pia, qui vivaient à Igstadt, une banlieue de Wiesbaden, n'avaient jamais compris pourquoi elle avait abandonné la sécurité de son mariage, préférant vivre seule dans une ferme et retourner travailler au sein de la police judiciaire. Le père de Pia avait travaillé comme ouvrier aux trois-huit chez Hoechst AG pendant quarante ans et, depuis qu'il était en retraite, leur vie se limitait à l'église, au jardinage et au club de quilles. Lorsque Pia avait parlé de Christoph à sa mère pour la première fois, celle-ci s'était simplement inquiétée de ce que "les gens" en diraient, Pia n'ayant pas encore divorcé. Mais le vrai désaccord remontait en réalité à plus de vingt ans. À l'époque, Pia avait été harcelée pendant des mois, puis brutalement violée dans son propre appartement par un homme qu'elle avait connu lors de vacances en France. Ses parents s'étaient contentés d'afficher un silence gêné, sans jamais mentionner l'incident par la suite. Lors de son mariage avec Henning quelques années plus tard, Pia s'était rendu compte qu'elle n'avait plus rien à dire à ses parents. Ils vivaient dans leur microcosme petit-bourgeois qui lui était devenu étranger.

Lars, son frère aîné, s'était mué en inénarrable donneur de leçons. Pia se l'était mis à dos depuis qu'elle avait ignoré ses conseils prudents en matière de placement et investi quelques milliers d'euros dans des actions du nouveau marché à la fin des années 1990. Le produit de la vente lui avait permis d'acheter la ferme du Birkenhof après la séparation d'avec Henning. Cela avait tellement agacé Lars, qui se prenait pour un pro de la Bourse, qu'il ne lui avait quasiment plus adressé la parole. La seule avec laquelle Pia entretenait des rapports sporadiques était sa sœur cadette Kim, qui travaillait comme psychiatre en milieu pénitentiaire à Hambourg – un métier aussi mal vu que celui de Pia dans la famille Freitag.

— Eh oui, on ne choisit pas sa famille, répondit Kai. Je n'ai presque plus de contacts non plus avec mes parents. Je reçois toujours une carte fabriquée maison à Noël et pour mon anniversaire. Il croisa les bras derrière la tête et se mit à rire. Ce sont de vieux soixante-huitards typiques qui crèchent maintenant dans une vieille ferme de la région du Rhön, sans chauffage ni électricité, et qui cultivent leurs propres légumes. Pour eux, mon entrée dans la police représentait une trahison absolue et ils me considèrent comme la brebis galeuse. Je me souviens encore de la honte que j'ai ressentie quand je faisais partie de la police d'intervention et que j'ai dû encadrer une manif contre les transports Castor, pendant laquelle mes parents et leurs copains activistes s'étaient attachés aux rails.

Pia ricana.

— Un jour, mon père m'a même dit que si j'étais kidnappé, il ne paierait pas le moindre pfennig pour la rançon, dit Kai. Tellement il était déçu par moi.

— C'est dur, commenta Pia. Mais il ne le pensait pas pour de bon, n'est-ce pas ?

— Oh que si. Kai haussa les épaules. Ça a facilité mon départ. Mes parents n'acceptent que leur propre vérité, c'est le genre de personnes qui me répugnent. Ils jouent aux bons citoyens éclairés mais, en réalité, ce sont les ignorants les plus butés et les plus intolérants que j'aie jamais rencontrés.

— Mes parents sont juste des gens étriqués qui n'ont jamais osé regarder au-delà de la clôture de leur jardin, dit Pia. Ils n'évoluent que dans leur petit univers et craignent le moindre changement. Pia fronça les sourcils. Ces derniers jours, je me suis demandé comment je réagirais si mes parents ou mon frère étaient abattus.

— Et alors ? Kai la regarda avec curiosité.

— Hum. Ça semble plutôt insensible de ma part, mais je crois que ça ne me toucherait pas particulièrement. Ce sont des étrangers pour moi et je n'ai rien à leur dire.

— *Idem* pour moi. Hélas, approuva Kai. Mais pourquoi aller chez eux à Noël, alors ?

— Peut-être justement pour cette raison, lui avoua Pia. J'ai eu peur de mes propres pensées. Je veux leur donner une dernière chance, c'est ma famille, après tout.

— Tu leur es indifférente, affirma Kai. Tu as bien le droit d'éprouver la même chose à leur égard. À notre âge, Dieu sait qu'on n'est plus obligé de courber l'échine pour plaire aux parents ou aux frères et sœurs.

Lundi 24 décembre 2012

Rien n'avait changé au cours des vingt dernières années, ni la maison, ni ses parents. Au bout de dix minutes, Pia regrettait déjà sa décision de passer la veillée de Noël ici.

— Vous pourriez au moins aller à l'église pour Noël, leur avait lancé d'emblée leur mère, à Kim et à elle, sur un ton réprobateur, dissipant la dernière once de bonne volonté dont Pia avait fait preuve en venant à Igstadt.

Mal à l'aise, elle était assise, raide comme un piquet, sur le canapé en cuir dans ce salon des années 1970, coincée entre sa belle-sœur Sylvia et sa sœur Kim qui était arrivée d'Hambourg deux heures plus tôt et logerait chez elle au Birkenhof.

Pia s'était efforcée d'engager la conversation, elle avait poliment demandé de leurs nouvelles à ses parents, son frère et sa femme, donnant ainsi l'occasion à sa belle-sœur de leur imposer un monologue de plusieurs minutes qui ne contenait que de banales vantardises. Sa mère, une femme rondelette aux joues rouges, n'écoutait pas, comme d'habitude, car tout ce qui ne concernait pas ses propres relations lui était égal. Le père de Pia était assis sans mot dire dans son fauteuil, le regard vide.

— Il faut que j'aille à la cuisine. Leur mère profita d'un instant où Sylvia reprenait son souffle.

— Tu as besoin d'aide ? demandèrent Pia et Kim d'une seule voix.

— Non, non, tout est déjà prêt, telle fut la réponse.

Sans Sylvia, la conversation se serait sûrement tarie. On n'avait tout bonnement rien à se dire. Pia sirotait son riesling, si aigre qu'elle ressentait de douloureuses crampes d'estomac.

— La plupart des gens qui font des études de psycho n'ont en secret qu'une seule envie, c'est de se guérir eux-mêmes, affirma Sylvia en reposant son verre de vin sur le dessous-de-verre. Durant les cinq années où Pia ne l'avait pas revue, Sylvia avait terriblement enflé, tout comme Lars qui, en matière d'arrogance, aurait même pu en remontrer à Napoléon Neff.

— Tu sais, Sylvia, moi au moins, j'ai un boulot et je ne suis pas obligée de me faire entretenir par un mari, répliqua Kim. Mon travail me plaît et je le fais bien.

Elle était tout le contraire de Sylvia : grande, très mince et jamais maquillée.

— Je me demande si, un jour, ton chemin croisera encore celui d'un homme qui te supporterait, rétorqua Sylvia avec un sourire hypocrite qui n'atténuait en rien la méchanceté de ses propos. Tu as déjà quarante-trois ans. Ton horloge biologique sonne aussi fort que Big Ben !

Sa propre blague la fit partir d'un rire tonitruant.

— Je n'ai jamais compris pourquoi les femmes comme toi pensent qu'un mari et des enfants représentent le bonheur absolu, répliqua Kim avec flegme. À mon avis, c'est de la poudre aux yeux. Je suis sûre que la plupart des femmes au foyer préféreraient cent fois vivre comme moi : indépendante financièrement, épanouie dans son métier, et libre de faire la grasse mat' le dimanche…

Kim adressa un clin d'œil à Pia qui s'efforça de ne pas ricaner.

— Tu te sens évidemment obligée d'enjoliver ta triste vie de célibataire. Sylvia eut un rire moqueur. Mais c'était un rire forcé, Kim ayant touché un point sensible chez sa belle-sœur. Les enfants, c'est merveilleux ! Un véritable accomplissement. Mais on ne peut pas le savoir quand on n'en a pas.

— Voilà encore une illusion classique, répartit Kim. Les enfants sont de petits monstres égoïstes qui détruisent la plupart des relations. Et, le jour où ils s'en vont, les parents restent seuls et n'ont plus rien à se dire parce que, pendant des années, ils n'ont parlé que de leurs gosses.

Pia se boucha les oreilles en espérant qu'on allait bientôt passer à table et qu'elles pourraient déguerpir juste après. Ses pensées vagabondèrent. Les incidents des derniers jours avaient sérieusement plombé les affaires pour les commerçants de la région. Les places de parking des grandes surfaces étaient vides, les marchés de Noël de Francfort et Wiesbaden avaient fermé un jour plus tôt que prévu, faute de monde – et il fallait s'en prendre à la télévision. Elle diffusait en boucle des reportages sur les meurtres du sniper, en alternance avec des images d'archives provenant des États-Unis, et tout cela inquiétait la population. Les gens restaient chez eux de peur d'être abattus par un tireur embusqué. Les médias leur laissaient croire qu'un fou rôdait dans les parages et tirait au hasard sur la foule.

L'hypothèse était crédible au début mais, depuis qu'on avait reçu les faire-part de décès, dont personne ne remettait en cause l'authenticité, on savait que le tueur agissait avec préméditation. Durant la réunion de ce lundi matin, à laquelle manquait Neff, Pia avait proposé de fournir davantage de précisions à la presse. Mais son supérieur et Engel jugeaient trop risqué de bercer les gens dans une sécurité trompeuse en leur disant que l'alerte était levée.

Fort heureusement, le dimanche s'était déroulé sans nouvel incident, Renate Rohleder et son chien avaient passé les fêtes chez une amie à Cologne et, au laboratoire d'analyses criminelles, on n'avait hélas retrouvé sur les deux faire-part que les empreintes digitales des collègues ayant ouvert le courrier. L'enquête piétinait et cela n'avait aucun sens de tourner en rond au commissariat, c'est pourquoi, vers midi, ils s'étaient tous souhaité "joyeux Noël" avant de rentrer chez eux en espérant que les prévisions de Neff se révéleraient exactes.

— Tu nous le présentes quand, au fait, ton homme du zoo? dit Sylvia en s'adressant cette fois à Pia. C'est quand même un peu bizarre qu'il parte sans toi pour les vacances de Noël. À ta place, je me poserais des questions.

— Il n'est pas en vacances, répondit Pia. Il travaille.

Le vin dans son verre était maintenant tiède et encore plus infect qu'avant.

— Tu t'es encore trouvé un bourreau de travail, comme ton ex, intervint Lars. Il faut dire que toi aussi, tu es toujours de service, pas vrai ?

— En effet, je suis d'astreinte aujourd'hui, confirma Pia en songeant qu'elle n'aurait rien contre une intervention le soir de Noël, si cela n'impliquait pas la mort d'une personne.

Ni ses parents ni Lars ne lui avaient demandé comment elle allait ou si ça se passait bien au travail. Ils s'en fichaient tellement qu'ils ne se donnaient même pas la peine de faire semblant, par politesse. *Tu as bien le droit d'éprouver la même chose à leur égard*, les paroles de Kai résonnaient à son oreille. Elle arriverait bien à surmonter cette soirée et elle ferait ensuite une croix sur sa famille. Pour toujours.

— Il est hors de question que tu prennes un taxi. Bodenstein enleva en douceur, mais avec fermeté, le combiné des mains de son ex-belle-mère. Je vais te reconduire chez toi.

Tout comme Pia, il se tenait en permanence sur le qui-vive et n'avait rien bu de la soirée, à part un verre de champagne avant le repas.

— Mais uniquement si cela ne te dérange pas, dit Gabriela. Il est déjà tard et tu as une longue journée derrière toi.

— Cela ne me dérange pas du tout, au contraire, assura Bodenstein.

— Eh bien dans ce cas ! Gabriela, comtesse Rothkirch, leva son verre de vin en direction de Rosalie. Merci pour ton fantastique repas de Noël et de départ, mon ange !

— Oui, c'était formidable, une fois de plus ! renchérit Inka. Les Américains ignorent encore quelle perle ils sont sur le point d'accueillir.

— Merci, répondit Rosalie, émue. Vous êtes adorables. Ah, vous allez me manquer !

Elle essuya une larme sur sa joue.

— Toi aussi, tu vas nous manquer, dit Bodenstein en faisant la moue. Dès demain on sera de nouveau au pain et à l'eau.

— Papa ! J'ai noté pour toi toute une série de recettes rapides et faciles à préparer, rappela Rosalie à son père. Gare à toi si j'entends dire que tu te nourris à nouveau de pizzas surgelées !

— Jamais plus de toute ma vie ! promit Bodenstein en souriant. Cela avait été une belle soirée, joyeuse et sereine. Son fils Lorenz et Thordis, la fille d'Inka, étaient venus de Bad Vilbel et dormiraient chez Inka. Sophia s'était bien conduite, comparé à d'habitude, mais elle avait été déçue que Cosima n'appelle pas, comme promis.

— Alors allons-y, Gabriela. Bodenstein se leva. D'ici mon retour, les enfants auront sûrement rangé la cuisine.

— Les enfants ! Lorenz eut un petit rire amusé. Je ne vois qu'un enfant ici, et il pionce comme un loir sur le canapé.

— Quelle chance, ajouta Rosalie qui, par le passé, n'avait eu que trop souvent l'occasion de jouer à la baby-sitter pour sa petite sœur.

— Vous avez beau être adultes depuis longtemps, vous resterez toujours mes enfants, dit Bodenstein.

— Ah, papa ! Rosalie se leva d'un bond et lui sauta au cou. Tu es vraiment le papa le plus gentil et le meilleur du monde ! Tu me manques déjà !

Après des adieux pleins de tendresse et de larmes, Bodenstein et Gabriela quittèrent la maison. Il lui ouvrit la portière côté passager, puis s'installa au volant. La nuit était claire et glaciale, les rues quasiment désertes.

— Quelle belle soirée ! dit Gabriela. Je suis heureuse d'être encore la bienvenue chez toi.

— Pourquoi ne serait-ce pas le cas ? répondit Bodenstein. Tu n'es pas juste la mère de Cosima et la grand-mère de mes enfants, tu es aussi une femme exceptionnelle que j'estime de tout cœur !

— Merci, Oliver. C'est joliment dit. Gabriela était touchée.

Ils roulèrent en silence pendant un temps.

— Tu sais que je désapprouve totalement la conduite de Cosima, finit par dire Gabriela. Je la juge d'un œil critique, même si c'est ma fille. Votre séparation m'a beaucoup marquée.

— Je sais bien, mais je…, commença Bodenstein qui croyait devoir se justifier d'une façon ou d'une autre, mais Gabriela effleura sa main qui reposait sur le levier de vitesse.

— Non, non, tu n'as rien fait de mal, mon cher, dit-elle. À ta place, je l'aurais sans doute mise à la porte beaucoup plus tôt. Ce soir, justement, je me suis rappelé toutes les fois où elle t'a laissé seul avec les enfants pour parcourir le monde. Et elle fait pareil aujourd'hui, au lieu de s'occuper de Sophia. Je n'ai peut-être pas été assez sévère avec elle autrefois. Elle poussa un profond soupir. C'est une bonne chose que nous soyons seuls tous les deux, poursuivit-elle, tandis que Bodenstein descendait l'Ölmühlweg à Königstein. Il faut en effet que je te parle d'une chose. Cela me pèse sur le cœur depuis votre rupture. J'ai modifié mon testament il y a quelques mois. Cosima recevra la part qui lui est due le jour où je fermerai les yeux, mais j'ai gardé la plus grande partie pour mes petits-enfants et je t'ai désigné comme héritier grevé.

Bodenstein n'en croyait pas ses oreilles.

— Mais tu…, voulut-il répliquer, or sa belle-mère ne le laissa pas poursuivre.

— Si, si, j'ai bien réfléchi et j'ai consulté mes avocats. Je vais te léguer ma maison en donation, dit-elle. J'aime autant transmettre de mon vivant et, avec un peu de chance, je vivrai assez longtemps pour t'éviter de payer des droits de succession.

— Mais Gabriela, je… je ne peux pas accepter! Rien ou presque ne pouvait ébranler Bodenstein, mais cette annonce inattendue le déstabilisa. La villa de sa belle-mère se trouvait sur un immense terrain dans le domaine du Hardtwald, le plus beau quartier de Bad Homburg, et elle valait plusieurs millions! Gabriela possédait en outre des appartements et des maisons, une vaste collection d'objets d'art, une fondation reconnue d'utilité publique et une grande quantité d'actions en Bourse. Bodenstein avait le tournis rien qu'à s'imaginer, lui, modeste flic, en train de gérer tout cela!

— Regarde la route! lui conseilla Gabriela en riant. Oliver, tu es le fils que j'ai toujours voulu avoir. Tu as le sens de la famille et des valeurs que tu défends envers et contre tout. Tu es chaleureux, réfléchi, prévenant et digne de confiance. Je ne vois personne plus à même d'administrer ma succession et de la préserver pour mes petits-enfants. Tu recevras bien entendu une rémunération adéquate pour cette tâche et, après mon décès, tu pourras gérer ma fortune comme bon te semble. Je serais par ailleurs très heureuse si tu te faisais plaisir dès à présent en t'offrant deux ou trois choses qui te tiennent à cœur. Tu as toujours été bien trop modeste. Qu'est-ce que tu en dis ?

Elle lui adressa un sourire dans l'obscurité.

— Je… je ne sais pas quoi dire, balbutia Bodenstein. C'est… c'est…

— Ne me laisse pas tomber maintenant ! dit Gabriela d'un ton amusé. Tous les papiers sont prêts et il ne manque plus que ta signature.

— Mais Cosima et ses sœurs ! Elles… elles ne seront jamais d'accord ! Bodenstein se remettait peu à peu du choc initial.

— Elles n'auront pas le choix, répliqua Gabriela. C'est ma volonté. Et puis Cosima, Raffaela et Laetitia ont déjà hérité une bonne somme d'argent de leur père. Vos trois enfants sont mes seuls petits-enfants et je veux que l'héritage des Rothkirch reste dans la famille. Alors ? Je peux compter sur toi ?

Bodenstein tourna la tête et lui sourit.

— À une seule condition, dit-il.

— Laquelle ?

— Que tu vives encore de très nombreuses années.

Gabriela, comtesse Rothkirch, éclata de rire.

— Je ne peux rien te promettre, mais je vais faire de mon mieux, dit-elle en serrant sa main.

Mardi 25 décembre 2012

Il avait de nouveau neigé dans la nuit. On trouverait ses empreintes, mais cela ne l'inquiétait pas. En achetant ses chaussures, il avait pris soin d'en choisir une paire passe-partout, rien d'extravagant. Il n'eut pas à attendre longtemps, sa cible était aussi ponctuelle en ce matin de Noël que tous les autres matins. Et il l'atteignit exactement là où il avait prévu de l'atteindre. Sa circulation sanguine s'arrêta net. Son cœur à lui, non, son cœur à elle cessa de battre. Comme il aurait déjà dû le faire voilà dix ans si on n'avait pas empiété sur le domaine de la nature. Il aurait tant aimé voir le visage du vieux, son choc et sa douleur en comprenant que tout cet argent ne lui avait apporté qu'un sursis de dix ans. Mais il ne pouvait pas prendre le risque de rester là, même si la tentation était grande. Il se pencha et ramassa la douille qu'il glissa dans la poche de son blouson. Puis il rangea le fusil, mit son sac sur l'épaule et sortit du fourré qui lui avait fourni une planque idéale. L'obscurité de la nuit fit place à une pénombre grise, tandis qu'il montait l'escalier et disparaissait. L'hiver avait toujours été sa saison préférée.

L'appel arriva à 8 h 50 et arracha Pia à un sommeil profond. La veille, elle et Kim avaient quitté la maison de leurs parents juste après le repas, avant que la dispute entre Kim et la belle-sœur de Pia ne dégénère. Lars et Sylvia avaient voulu bluffer tout le monde en inondant leurs enfants de cadeaux ruineux, s'attirant même les foudres du père de Pia, d'ordinaire taciturne. Les sœurs étaient rentrées au Birkenhof et avaient embelli leur soirée grâce à deux petites bouteilles d'excellent vin rouge, tout en papotant jusqu'au matin.

— Faut que j'aille où ? marmonna Pia d'une voix endormie dans le combiné.

— 47, Fasanenstraße à Kelkheim, répéta patiemment le policier de garde à la voix si réveillée que c'en était écœurant. J'envoie la police scientifique et je fais venir un médecin légiste.

— Peux-tu également appeler Bodenstein, s'il te plaît ? Pia roula sur le côté pour s'extraire du lit et bâilla. Je pars tout de suite, ajouta-t-elle.

Elle alla en chancelant jusqu'à la salle de bains, se brossa les dents en vitesse et s'habilla. Elle n'avait plus le temps de se doucher.

— Eh, tu es déjà debout ! constata-t-elle avec étonnement en descendant l'escalier et en apercevant Kim, une cigarette entre les doigts, assise à la table de la cuisine devant une tasse de café et son iPad inséré dans l'étui-clavier. Les chiens bondirent de leurs paniers et accueillirent Pia en agitant la queue.

— Bonjour, répondit sa sœur en faisant la moue. Hélas, ma satanée horloge interne me réveille à 7 heures précises, même les jours fériés. Et bien que je sois en fait une lève-tard.

— Le petit-déj' va malheureusement tomber à l'eau, annonça Pia qui caressa la tête des chiens et se versa elle aussi un café. On vient de trouver un cadavre à Kelkheim.

— Oh, tu m'emmènes ? Kim referma son iPad. Je peux être prête en deux minutes.

Depuis des années, Kim était directrice médicale adjointe du pôle de psychiatrie médicolégale dans un hôpital pénitentiaire aux environs d'Hambourg, et elle s'était taillé en outre une solide réputation en tant qu'experte pour les tribunaux et le parquet. Neff était parti en vacances pour Noël et ne serait sûrement pas sur le lieu du crime, il ne serait donc pas inutile d'avoir sur place quelqu'un ayant une perspective différente de celle de la police judiciaire.

— Bien sûr, pourquoi pas ? Pia but une gorgée de café, qui était dégoûtant. Cela ne la gênait pas, car le goût lui importait peu de toute façon, seul comptait l'effet de la caféine, et elle en avait plus que besoin.

Quelques minutes après, les deux sœurs quittèrent l'enceinte du Birkenhof. Le 4×4 cahota sur la voie ferrée.

— Les amortisseurs sont foutus, constata Kim.

— Toute la voiture est foutue, répliqua sèchement Pia. Il va bientôt falloir que je m'en trouve une autre, avant que celle-ci ne s'effondre sous mes fesses.

— Tu crois que le sniper a encore frappé ? voulut savoir Kim. Pia lui avait parlé la veille des deux affaires sur lesquelles elle travaillait.

Cette fois, la victime n'était pas une femme entre deux âges, mais un jeune homme, abattu à Noël. S'il s'agissait bel et bien du même meurtrier, cela prouvait l'absurdité des affirmations de Neff.

— Possible, se contenta de répondre Pia, puis elle bifurqua sur la B8 et accéléra. À hauteur de la sortie vers Bad Soden, un break Mercedes argenté klaxonna et passa en trombe devant elles sans tenir compte des limitations de vitesse.

— Ah, Henning est déjà en route, lui aussi, dit-elle en adressant un salut sous forme d'appel de phares à la voiture de son ex-mari qui rapetissait à vue d'œil. Elle enfonça la pédale de l'accélérateur jusqu'au plancher. Le vieux moteur poussa un hurlement rauque, mais l'aiguille tremblante du compteur restait obstinément sur cent quarante. La bagnole n'avait pas davantage sous le capot.

— Quel effet cela te fait de te rendre sur une scène de crime ? lui demanda Kim avec curiosité. Tu trouves ça palpitant ?

— Plutôt stressant, répondit Pia. On ne sait jamais ce qui nous attend.

— Et quand tu circules dans la région, tu repenses toujours aux cadavres que tu as vus ?

— Oui, tout juste. Pia acquiesça. Mon cerveau a mémorisé une sorte de carte des scènes de crime. Je me souviens encore des années après de l'endroit où une maison a brûlé ou de là où gisait un mort.

Elle réduisit la vitesse et rétrograda. À l'intersection où finissait la nationale, Pia tourna à droite, puis à gauche au bout de quelques centaines de mètres.

— C'est là devant. Elle freina et s'arrêta derrière un véhicule de police. Et mon chef est déjà là.

— Le mort s'appelle Maximilian Gehrke et il avait vingt-sept ans, dit la jeune policière arrivée en premier sur les lieux avec son collègue. Il venait rendre visite à son père, comme chaque matin à 8 heures. C'était apparemment un rituel fixe, au dire de la voisine qui a découvert le corps.

— A-t-elle observé quoi que ce soit ?

— Non, hélas. Elle est sortie avec son chien et elle l'a vu là. Elle n'a pas entendu de coup de feu.

— Merci. Bodenstein regarda autour de lui. Le mort était allongé à plat ventre, les jambes sur le chemin pavé qui menait à la porte d'entrée d'un bungalow, le torse sur la pelouse jaunie par l'hiver. Le tir avait dû le tuer sur-le-champ, il n'avait même pas eu le temps de retirer les mains de ses poches pour les tendre par réflexe.

— Pas de balle dans la tête, constata Bodenstein. Il enfila des gants et effleura avec sa paume la nuque du mort. Sa peau n'était pas encore refroidie. Du côté gauche du dos, à hauteur de la poitrine, se trouvait le point d'impact, autour duquel une tache rouge foncé s'était répandue sur le blouson gris clair.

— Un tir par-derrière, en plein cœur, remarqua quelqu'un dans son dos.

— Bonjour, Henning. Bodenstein se retourna et se demanda s'il devait souhaiter "joyeux Noël" au médecin légiste, mais cela lui semblait vaguement déplacé. C'est bien que tu aies pu venir aussi vite, dit-il. À Noël, c'est plutôt dur de trouver des gens disponibles.

— Pas de problème. On surestime totalement l'importance des jours fériés. Henning Kirchhoff ouvrit sa mallette en aluminium, en sortit une combinaison, des gants et des sur-chaussures, puis rabattit la capuche sur sa tête. Qu'est-ce que tu en penses ? Le même criminel qu'à Niederhöchstadt et Oberursel ?

— Je n'en suis pas sûr. Bodenstein recula d'un pas. Jusqu'à présent, il a tué ses victimes d'un tir en pleine tête. Pourquoi changerait-il de mode opératoire ? Cela dit, le meurtrier a visiblement utilisé un silencieux, tout comme le sniper.

Le vieux 4×4 de Pia tourna dans la rue et s'arrêta derrière un des véhicules de police. Bodenstein vit Pia traverser la rue en compagnie d'une autre femme et se diriger vers le petit portail qu'avait aussi emprunté Maximilian Gehrke avant que le tir mortel ne le projette en l'air.

— Bonjour, patron, le salua Pia. Et joyeux Noël.

— Merci, à toi aussi. Bodenstein fit un signe de tête.

— Puis-je te présenter ma petite sœur ? Elle est en visite chez moi.

— Enchanté. Bodenstein lui tendit la main. Oliver von Bodenstein.

— Katharina Freitag, mais je préfère qu'on m'appelle Kim.

Une poignée de main ferme, un regard gris-bleu scrutateur, entouré de cils épais. La ressemblance entre les deux sœurs était frappante : les mêmes pommettes hautes, la large bouche aux lèvres charnues, le front haut, davantage mis en valeur chez la sœur cadette qui avait coiffé ses cheveux naturellement blonds en arrière, tandis que Pia portait une frange.

— Je sais que ce n'est pas courant de traîner un membre de sa famille sur une scène de crime, dit Pia. Mais Kim est psychiatre médicolégale et elle pourrait nous aider.

— Je ne peux pas en décider, répliqua Bodenstein. Mais je n'ai rien contre le fait que vous nous observiez.

Quelques curieux étaient en train de se rassembler de l'autre côté de la rue. De toute évidence, la nouvelle du meurtre commis le matin de Noël avait déjà fait le tour du quartier résidentiel.

— Je comptais aller parler au père du défunt, dit Bodenstein à Pia, après lui avoir raconté ce qu'il savait sur la victime. Henning avait presque fini d'inspecter le corps et il salua son ex-belle-sœur d'un air surpris et joyeux.

Le van Volkswagen bleu de la police scientifique arriva et les techniciens en sortirent. Un sourire triomphant se dessina sur les lèvres d'Henning lorsqu'il aperçut Christian Kröger.

— 5 à 7. Je rattrape mon retard, dit-il à Pia et Kim. Cette année, Kröger s'est retrouvé à sept reprises avant moi devant un cadavre. Si le sniper continue sur sa lancée, j'ai une vraie chance de rééquilibrer les choses.

— Non mais enfin, Henning ! Pia secoua la tête en signe de désapprobation. C'est dingue que vous n'arriviez pas à abandonner cette compétition stupide !

— C'est pour ça que tu fonçais autant sur la nationale ? se renseigna Kim.

— Hum. Ma foi. Henning Kirchhoff semblait quand même un brin gêné de l'avouer.

— Entrons dans la maison, dit Bodenstein à Pia. Avant que ces deux-là ne se volent à nouveau dans les plumes.

Dans son métier, Pia croisait jour après jour quantité de gens, jeunes ou vieux, intelligents ou stupides, pragmatiques ou détachés, doux ou agressifs, honnêtes ou hypocrites. Elle voyait une bonne partie d'entre eux dans un état émotionnel altéré qui faisait souvent tomber leur masque, offrant à Pia – involontairement et parfois juste l'espace de quelques secondes – un aperçu de leur vie intérieure. Son travail exigeait une attitude objective, mais Pia n'était pas immunisée contre le risque de trouver certaines personnes plus sympathiques que d'autres.

Fritz Gehrke lui faisait vraiment de la peine. Le vieil homme, bien qu'étant anéanti, s'efforçait de répondre correctement aux questions de Bodenstein. Comme beaucoup de gens de sa génération, il lui répugnait de se laisser aller. Contrairement aux plus jeunes, qui pleuraient souvent de façon hystérique avant de s'effondrer, il mobilisait son énergie pour avoir réponse à tout.

Depuis la mort de sa femme en 1995, l'homme de quatre-vingt-un ans vivait seul dans la grande maison qu'il avait été un des premiers à faire construire dans ce quartier voilà plus de cinquante ans. Il souffrait de diverses maladies liées à l'âge et qu'il ne détailla pas, mais il parvenait encore à se débrouiller seul. Une femme de ménage entretenait la maison quotidiennement, sauf les dimanches et jours fériés, un service d'aide à domicile s'occupait de Fritz Gehrke deux fois par jour et

Maximilian, son fils unique, venait chaque matin lui apporter des petits pains et lui lire le journal.

— Je ne comprends pas que quelqu'un ait pu avoir l'intention de tuer Maximilian, dit-il d'une voix chevrotante. Le vieil homme les avait conduits au salon où il s'assit dans un fauteuil, ses cheveux blancs clairsemés soigneusement divisés par une raie, et il était vêtu d'une chemise, d'une cravate et d'un pull-over en laine bordeaux. Sa main parsemée de taches de vieillesse serrait le pommeau d'une canne. La maison était ancienne, mais impeccablement rangée et bien tenue. Le parquet flottant étincelait et même les franges des tapis ne rebiquaient pas.

— Max était un jeune homme si modeste et gentil. Des larmes brillaient dans les yeux du vieil homme derrière les lunettes à monture dorée. Max a fait des études de musicologie et il enseigne à l'école de musique, ici à Kelkheim. Il dirige aussi le chœur de l'église Saint-François et joue de l'orgue.

Il savait que son fils n'était plus en vie, mais il n'arrivait pas à parler de lui au passé.

— Où habitait votre fils ? demanda Bodenstein.

— Il a un appartement dans le bas de Kelkheim, dans la Frankfurter Straße. Fritz Gehrke se moucha dans un mouchoir en tissu d'un blanc éclatant. Je lui avais proposé d'habiter ici. Cette maison possède un joli logement séparé ayant sa propre entrée, mais Max tenait à son indépendance. Il est né avec une grave malformation cardiaque, il a passé de nombreuses années à l'hôpital et il a toujours été fragile. Il n'a jamais pu se défouler ou jouer au foot comme les autres garçons de son âge. Mais il a toujours eu beaucoup d'amis parce qu'il est… il était… excusez-moi, je vous prie.

Sa voix se brisa, il secoua la tête en silence et lutta un instant pour redevenir maître de lui.

On frappa à la porte. Pia s'excusa et traversa le vestibule jusqu'à la porte d'entrée pour ouvrir.

— On a terminé avec le corps. Christian Kröger portait encore sa combinaison à capuche. Et on a trouvé l'endroit d'où est parti le coup de feu. Tu veux jeter un œil ?

Pia acquiesça. Elle suivit Kröger dehors et salua les hommes des pompes funèbres en train de déposer le cadavre dans un linceul pour le transporter à l'institut médicolégal de Francfort.

— Regarde là-bas. Kröger désigna le terrain bordé par une haute haie d'ifs de l'autre côté de la rue et qui surplombait la maison de Gehrke. C'est sûrement là qu'il était posté.

— Ce ne serait pas trop risqué ? Pia était sceptique. Les habitants de la maison auraient très bien pu le repérer.

— Non, c'est parfait. Tu vas voir.

Pia suivit son collègue, traversa la rue et remarqua l'étroit escalier qui longeait le terrain entouré d'ifs et menait à la rue du dessus. Depuis l'escalier, Kröger enjamba un grillage bas et se faufila à travers la haie.

— Viens ! lui dit-il. Mais reste juste derrière moi. Car cette fois, il a laissé des traces ! Nous avons retrouvé les empreintes de ses chaussures dans la neige !

Pia le suivit et constata que la haie n'était pas aussi dense qu'elle le semblait de prime abord. D'ici, on ne pouvait effectivement pas voir la maison située plus haut sur le terrain, car un imposant rhododendron protégeait des regards.

— Là. Kröger désigna un endroit par terre. C'est là qu'il était planqué. Il a fait un trou dans la haie. Il y a des branches partout sur le sol.

Pia arriva à son niveau et bénéficia d'une vue directe sur la maison de Fritz Gehrke.

— Nous allons bien sûr analyser la trajectoire de la balle, dit Kröger, mais je suis sûr à cent pour cent que le coup de feu est parti d'ici. Après quoi le tireur a rebroussé chemin, il a grimpé l'escalier et il s'est éclipsé. Peut-être avait-il garé sa voiture dans le Nachtigallenweg ou plus loin dans le lotissement mais, comme il n'y avait malheureusement pas assez de neige, la trace se perd. De là, il n'était plus qu'à quelques secondes de la B8 et il s'est volatilisé.

Ils gravirent l'escalier et Pia regarda autour d'elle.

— Tu as raison, confirma-t-elle. C'est le chemin idéal pour s'enfuir.

Son portable se mit à vibrer dans la poche de sa veste. Elle le sortit. Le numéro qui s'affichait sur l'écran était masqué, mais elle prit quand même la communication.

— Hähnel, poste de police de Kelkheim. Une voix masculine, jeune et tremblante d'excitation. On vient de nous remettre une lettre pour vous.

— Pour nous ? Pia effleura le bras de Kröger en lui signifiant de s'arrêter.

— Oui, l'adresse indique : Brigade criminelle d'Hofheim.

— Et qui a apporté la lettre ?

— Une femme âgée avec un chien, répondit le policier. Un homme lui a remis la lettre là-haut, au niveau du monastère.

— Vous avez le nom et l'adresse de cette femme ?

— Évidemment ! Le ton était presque vexé.

— OK. On arrive tout de suite. Pia appuya sur la touche raccrocher.

— Que s'est-il passé ? Kröger la regarda avec curiosité.

— C'était un policier du poste de Kelkheim, répondit Pia d'un ton rageur. Une femme a déposé une lettre qui nous est destinée. Si elle provient bel et bien du sniper, c'est franchement culotté de sa part !

Maximilian Gehrke devait mourir parce que son père s'est rendu coupable de mise en danger de la vie d'autrui et de corruption. Pia accrocha l'impression du faire-part sur le tableau et inscrivit au-dessus le nom de la victime avec la date et l'heure du décès. Les collègues informés par le policier de garde arrivèrent au compte-gouttes et se rassemblèrent dans la salle de réunion de la K11. Pia et Bodenstein étaient allés chez la dame qui avait remis la lettre au poste de police, mais son témoignage ne les avançait pas beaucoup. L'homme, qui lui avait fichu une sacrée trouille, ressemblait selon elle à un joggeur, elle n'avait pas vu grand-chose de son visage car il portait un bonnet, des lunettes de soleil et une écharpe remontée jusqu'au nez. Il n'avait pas ouvert la bouche.

— Il y a trois choses dont nous sommes à peu près sûrs, dit Pia. Notre sniper a sévi une troisième fois, il connaît la région et il tue par vengeance.

— Malheureusement, on ignore de quoi il veut se venger, ajouta Kai.

— En tout cas, il nous fournit des raisons précises dans les faire-part, dit Bodenstein, qui réfléchissait tout haut. Se prend-il pour une sorte de Robin des Bois ?

— Non, répondit Kim à l'instant précis où Nicole Engel entrait dans la pièce. Il chercherait à se faire connaître du grand public, or ce n'est pas le cas. Le motif est d'ordre privé.

— Intéressant, dit Nicole Engel en scrutant Kim. Et vous êtes qui, si je peux me permettre ?

Kim et Pia se levèrent en même temps.

— Je m'appelle Kim Freitag, dit la sœur de Pia en tendant la main à Nicole Engel qui la saisit après une brève hésitation. Je suis la sœur de Mme Kirchhoff et je suis en visite chez elle pour Noël.

— Ah ah. Il n'est pas fréquent chez nous que la famille de nos collègues participe à une enquête criminelle. La patronne de la brigade criminelle régionale lança à Pia un regard réprobateur. Est-ce qu'on aura bientôt droit aussi aux mères, frères et grands-parents qui s'ennuient à la maison pendant les fêtes ?

Le ton corrosif n'annonçait rien de bon et Pia, qui pensait que sa supérieure serait contente d'avoir de l'aide qualifiée, perdit courage.

— Je… euh… je, bégaya-t-elle.

— Votre nom ne m'est pas inconnu, dit Engel sans tenir compte des balbutiements gênés de Pia, et elle inclina la tête pour examiner Kim.

— Je suis directrice médicale adjointe du pôle de psychiatrie médicolégale à la clinique Ochsenzoll à Hambourg et on me convoque dans tout le pays en tant qu'experte pour les tribunaux et le parquet. Kim sortit comme par magie une carte de visite de la poche intérieure de sa parka vert olive. La dernière fois, dit-elle, c'était sur l'affaire du meurtrier de l'autoroute de Karlsruhe. On fait surtout appel à moi pour les tueurs en série, les violeurs et les cas de maltraitance.

— Vous avez donné une conférence sur les caractéristiques psychobiologiques des criminels lors d'un congrès à Vienne début décembre, n'est-ce pas ?

— En effet. Le symposium de psychiatrie médicolégale au palais de justice. Kim sourit. Quand ma sœur m'a parlé hier brièvement de l'affaire actuelle, je me suis souvenue d'un cas similaire aux États-Unis, sur lequel j'ai travaillé.

— Pas John Allen Muhammad, par pitié ! s'écria Kai Ostermann sans lever les yeux de son ordinateur portable.

— Si, c'était lui, justement, répondit Kim, surprise. Pourquoi ?

— Parce que Neff, notre vénéré collègue de la PJ, nous bassine avec ça depuis des jours, expliqua Ostermann. À l'entendre, on est forcé de croire qu'il a résolu l'affaire en solo quand il était au FBI.

— Ah bon ? Kim paraissait un peu étonnée. J'ai passé deux ans à Quantico, mais je ne me souviens pas qu'un policier allemand ait participé à l'enquête.

— Peu importe, dit Nicole Engel en mettant un terme à la discussion. On reprend le travail et après j'aimerais vous parler, madame Freitag.

— Très bien. Kim sourit.

— Madame Kirchhoff, informez-moi s'il vous plaît au sujet du dernier homicide, dit sa supérieure en s'asseyant sur la chaise de Pia.

Pia énuméra rapidement les faits, esquissa le lieu du crime sur le tableau blanc et le chemin sans doute pris par le tueur pour s'enfuir.

— Pour ce qui est de la munition, il s'agit à nouveau d'une balle expansive de gros calibre et le tireur s'est encore servi d'un silencieux, dit-elle pour clore son exposé. Cette fois, il a laissé des traces, à savoir ses empreintes de chaussures, et il a été vu par la femme à laquelle il a remis la lettre. Malheureusement, la description du témoin est très vague.

— J'ai trouvé le père de notre victime sur Wikipédia, dit Ostermann. Friedrich Gehrke, né à Cologne en 1931. Études de médecine, mariage avec Marianne Seitz en 1953, doctorat en 1955, entrée dans l'entreprise de son beau-père en 1958. *Et cætera et cætera…* épouse décédée, la société devient un grand groupe… blabla… remariage en 1982. En 1998, l'entreprise est cédée à un investisseur américain. Quantité de décorations, parmi lesquelles la croix fédérale du Mérite de première classe.

— Le blabla m'intéresse, l'interrompit Bodenstein. C'était quel genre de société ?

— À l'origine, une usine qui fabriquait des comprimés contre les maux d'estomac, dit Ostermann qui lisait toujours. Seitz & fils. Seitz n'ayant visiblement plus de fils, c'est devenu Seitz & gendre. Et Gehrke n'a pas ménagé sa peine, il a fait de cette boîte une grande entreprise pharmaceutique nommée Santex et spécialisée dans les génériques, qu'il a ensuite vendue en 1998 à un groupe américain pour deux milliards de dollars. Autant dire que l'homme n'est pas fauché.

— Il y a encore une chose qui mérite réflexion, à mon avis, intervint Kim. Le sniper a tué ses deux premières victimes d'une balle dans la tête, Maximilian Gehrke a été tué par un tir en plein cœur. Or son père a dit que Maximilian avait le cœur malade.

Bodenstein leva les yeux.

— Jusqu'à ce qu'il reçoive une greffe de cœur il y a quelques années, dit-il.

— Peut-être que le meurtrier le savait et qu'il voulait justement détruire la greffe, supposa Kim. Comme symbole de sa toute-puissance.

Personne ne dit rien pendant un temps.

— Voilà qui ferait le lien entre les victimes ! Bodenstein se leva d'un bond pour aller au tableau. Ses yeux brillaient d'excitation. Une première piste !

Il montra le nom de Margarethe Rudolf.

— Son mari est chirurgien en transplantation cardiaque et notre dernière victime a reçu une greffe de cœur ! Cela ne peut pas être un hasard !

Les doigts d'Ostermann pianotèrent sur le clavier.

— Pr Dieter Paul Rudolf, né à Marbourg en 1950, lut-il peu après, et il émit un sifflement. L'homme est une simagrée, euh… une sommité ! Il a travaillé entre autres avec Christiaan Barnard au Cap, puis à l'hôpital universitaire de Zurich et au centre hospitalier d'Hambourg-Eppendorf. Il a élaboré plusieurs nouvelles techniques et il est considéré comme un des meilleurs spécialistes d'Allemagne en transplantation cardiaque. Depuis 1994, il était chef de service à la clinique de traumatologie de Francfort. En 2004, il a quitté son poste pour une clinique privée à Bad Homburg où il travaille encore aujourd'hui, dirait-on. Il a écrit une tonne de bouquins et récolté une montagne de décorations.

— Je me demande combien d'hôpitaux dans le coin font des greffes cardiaques, dit Bodenstein en se parlant à lui-même. On devrait aller parler au Pr Rudolf. Peut-être se souviendra-t-il d'un patient nommé Maximilian Gehrke.

La matinée grise avait fait place à une journée tout aussi grise et calme. Bodenstein s'était fait remettre la clé d'une voiture de service au parc automobile et il traversait maintenant la cour à pas lents, plongé dans ses pensées, en direction des garages. Il chercha le véhicule qui correspondait à sa clé, l'ouvrit et s'installa au volant en attendant Pia et sa sœur qui étaient encore dans le bureau de Nicole Engel.

Depuis l'entretien de la veille au soir avec la mère de Cosima, Bodenstein ne savait plus où il en était. La confiance de Gabriela l'honorait et lui faisait plaisir, tout en l'angoissant. L'argent n'avait jamais coulé à flots dans la maison Bodenstein ; excepté le manoir entre Schneidhain et Fischbach, la famille ne possédait presque aucun bien matériel. Bodenstein n'y connaissait rien en gestion d'entreprise ni en transactions financières, mais il allait devoir s'en charger, même s'il n'approuvait pas la décision de Gabriela qui, l'ayant désigné dans son testament comme héritier grevé pour ses enfants, lui avait mis sur le dos la responsabilité de gérer sa fortune. Ses avocats, ses banquiers et les employés de sa fondation qui travaillaient pour elle depuis des années se rendraient vite compte qu'il était novice, ils détourneraient sans doute une partie des fonds et l'embobineraient. En outre, il ne pouvait pas du tout prévoir la réaction de Cosima vis-à-vis des intentions de sa mère. Il avait souvent cru qu'elle ne s'intéressait pas aux questions d'argent, mais il était facile de faire comme si l'argent ne comptait pas quand on en possédait autant que les Rothkirch. À la mort de son père, Cosima avait touché une grosse somme provenant d'une fiducie, qui lui avait permis de financer ses projets de films, ses voyages et sa vie. Quant à lui, son salaire de fonctionnaire était ridicule. Il est évident qu'il n'aurait jamais pu se payer la maison qu'ils avaient fait construire il y a vingt ans dans un des plus beaux quartiers de Kelkheim, ni les écoles privées ruineuses des enfants. Il n'était facile pour aucun homme d'être marié à une femme qui pouvait tout se permettre, mais Bodenstein n'en avait jamais souffert, grâce à une éducation stricte à la sobriété. Or, cela risquait de changer. Il ne serait plus obligé de travailler dans la police. Mais que faire s'il abandonnait son métier qui représentait pour lui bien plus qu'une simple occupation ? En tout cas – c'est ce qu'il avait décidé en rentrant de Bad Homburg la veille au soir – il n'en parlerait à personne pour l'instant, même pas à Inka. Surtout pas à elle. Elle affichait souvent de vives réactions quand il appelait Cosima ou la croisait en ramenant Sophia. Il avait beau répéter à Inka que c'était terminé entre lui et Cosima, elle ne semblait pas vraiment le croire. S'il acceptait la proposition de Gabriela, il serait plus que jamais lié à la famille de son ex-femme.

— Nous voilà ! Pia ouvrit d'un coup la portière avant droite, arrachant Bodenstein à ses réflexions. Les téléphones chauffent et Kai commence à jurer, dit-elle. La presse a eu vent du crime, une fois de plus.

— Je ne trouve pas ça si gênant. Bodenstein démarra. Avec un peu de chance, il y aura dans le tas quelqu'un qui a observé quelque chose.

Il jeta un coup d'œil dans le rétroviseur.

— Alors, madame Freitag ? Que dit la patronne ?

— Elle me considère comme assez compétente pour vous aider, dit Kim en souriant. Mais elle m'a bien fait comprendre que je ne suis qu'en visite pour l'instant. Ni salaire, ni aucun droit à rien tant que le ministère de l'Intérieur n'a pas validé ma présence en tant que consultante externe. Mais ça me va. J'ai encore plein de congés à prendre et je n'ai rien de mieux à faire de toute façon.

— Eh bien, félicitations et bienvenue dans l'équipe, dit Bodenstein d'un ton affable. Nicole Engel n'est pas facile à convaincre.

Kim lui plaisait. Elle était aussi perspicace que sa sœur, elle avait de l'assurance et une bonne dose d'humour.

— C'est une pro et moi aussi, répondit Kim. Et les cas particuliers nécessitent des mesures particulières.

— Écoutez-moi ça ! approuva Bodenstein, tandis qu'ils quittaient la cour et s'engageaient sur la route inhabituellement déserte.

Vingt minutes plus tard, Bodenstein, Pia et Kim se trouvaient face à la fille du Pr Rudolf. Elle était toute vêtue de noir et on voyait qu'elle n'avait plus trouvé le repos depuis jeudi soir. Elle avait la peau blême et marquée, les yeux gonflés et rougis.

— Bonjour, madame Albrecht. Bodenstein lui tendit la main. Comment allez-vous ? Et comment va votre fille ?

— Elle ne parle plus depuis que c'est arrivé. À personne, répondit la femme. Mon ex-mari l'a emmenée ce matin avec sa famille chez ses parents au bord du lac de Starnberg.

— Bonne décision, dit Bodenstein. Est-ce qu'un changement de décor ne serait pas tout indiqué pour vous aussi ?

— Non, je ne peux pas laisser mon père seul maintenant. Karoline Albrecht resserra son cardigan autour de sa poitrine et croisa les bras. Et puis il faut que j'organise les obsèques de maman.

Ses yeux verts exprimaient un désespoir abyssal, tel que Bodenstein en avait rarement vu. Sa douleur et sa profonde tristesse le touchèrent avec une intensité à laquelle il ne s'attendait pas. D'habitude, face à la victime et à ses proches, il parvenait sans peine à maintenir cette distance professionnelle qu'il avait acquise dans son métier au fil des ans. Mais quelque chose l'émouvait chez cette femme qui, le dos droit et l'expression figée, mobilisait toute l'énergie qu'il lui restait afin de rester forte pour les autres.

— Vous n'avez pas d'amie qui pourrait vous soutenir en ce moment ? demanda Bodenstein avec douceur.

— C'est Noël, lui rappela-t-elle. Je ne peux et ne veux exiger cela de personne. Je vais y arriver. La vie doit continuer.

Bodenstein posa sa main sur le bras de la femme et le serra brièvement. Oui, elle y arriverait. Karoline Albrecht était solide.

Ce coup du sort ne la briserait pas, même si c'est l'impression qu'elle devait avoir à l'heure actuelle.

— Nous devons parler à votre père, dit Bodenstein. Auriez-vous l'amabilité de nous annoncer ?

— Certainement. Entrez.

Ils la suivirent dans la maison où l'air était plus respirable que lors de leur précédente visite. La table du salon était dégagée, la décoration de Noël enlevée. Karoline Albrecht passa par une des portes qui partaient de la salle à manger et elle revint peu après.

— Mon père vous attend dans son bureau, dit-elle en faisant un geste de la main.

Il était évident que le professeur avait lui aussi souffert ces derniers jours. Assis à son bureau entouré d'étagères de livres jusqu'au plafond, il n'était plus que l'ombre grise de lui-même et ne se leva pas pour les accueillir.

— Pourrais-tu nous laisser seuls ? demanda-t-il à sa fille qui quitta la pièce et referma discrètement la porte derrière elle. Bodenstein parla au professeur du meurtre qui avait eu lieu à Kelkheim au petit matin.

— La victime est un jeune homme d'à peine vingt-sept ans, dit-il. Son père nous a raconté qu'il était malade du cœur depuis sa naissance et qu'une greffe l'avait sauvé.

— Tragique. Le Pr Rudolf le regarda sans grand intérêt.

— Nous avons pensé que vous le connaissiez peut-être. Il s'appelait Maximilian Gehrke.

— Gehrke ? Cela ne me dit rien, *a priori*. Le professeur secoua la tête d'un air las. Les transplantations sont mon pain quotidien depuis plus de vingt ans. On ne se rappelle pas les cas individuels.

— Mais vous vous rappelez sûrement les cas particuliers, inhabituels, intervint Kim. Maximilian devait être très jeune à l'époque, un garçon ayant une malformation cardiaque congénitale. Réfléchissez encore, s'il vous plaît.

Le professeur enleva ses lunettes, frotta ses yeux rougis et fit un effort de concentration.

— Ah, si, finit-il par dire en levant les yeux. Je me souviens de ce garçon. Il est né avec une tétralogie de Fallot qui a entraîné une hypertrophie ventriculaire droite, associée à d'autres facteurs défavorables. Plusieurs opérations ont échoué et le garçon n'avait quasiment plus aucune chance de survie, mis à part la HTx. La transplantation cardiaque.

Bodenstein et Pia échangèrent un regard. Était-ce la percée qu'ils attendaient ? Cela faisait-il le lien entre deux victimes du sniper ?

— Vous êtes-vous à nouveau demandé si le nom d'Ingeborg Rohleder vous disait quelque chose ? l'interrogea Pia.

— C'est censé être qui ? Le professeur remit ses lunettes.

— La première victime, répondit Pia. Elle avait soixante-quatorze ans, elle vivait à Esch... euh... Niederhöchstadt.

— Ah oui, vous m'avez déjà posé la question. Non, désolé. Je n'ai vraiment jamais entendu ce nom. C'est tout ?

— Pas encore. Bodenstein cherchait les mots justes pour aborder ce sujet délicat. Qu'a pu vouloir dire le tueur dans sa lettre ?

— Croyez-moi, j'y pense jour et nuit depuis que vous m'en avez parlé. Les épaules de l'homme s'affaissèrent. Je n'y comprends rien, même avec la meilleure volonté du monde. Durant toutes ces années où j'ai pratiqué des greffes, je n'ai jamais rencontré de problème avec l'entourage des patients.

Ils prirent congé et quittèrent la maison sans recroiser Mme Albrecht.

— C'était génial, la façon dont tu l'as incité à se creuser la tête, dit Pia à sa sœur, tandis qu'ils traversaient la rue pour rejoindre leur voiture.

— J'ai repensé à cette carte géographique dans ta tête. Kim sourit. Au fait que tu n'oublies jamais un cadavre ou une scène de crime. J'espérais qu'il en irait peut-être de même pour un médecin.

— En tout cas, on a maintenant un lien entre deux victimes. Pia remonta la fermeture éclair de sa doudoune jusque sous le menton. Mais qu'est-ce qu'il signifie ? C'est fou qu'on ne dispose d'aucun indice valable ! Le tueur a vraiment dû bien espionner ses victimes, il connaît leurs habitudes, leur style de vie et il trouve des endroits d'où il peut tranquillement les guetter et disparaître après le meurtre, ni vu ni connu. Comment est-il possible que personne ne le voie jamais ?

— Peut-être que les gens le voient mais ne se posent pas de questions, répliqua Kim. Comme cet homme avec son chien, devant nous. Tu le vois et tu l'oublies dix secondes après, parce qu'il ne fait rien d'anormal. Le meurtrier est un homme qui sait s'adapter et se déplacer en passant inaperçu.

— Ça me turlupine, le coup de la lettre ce matin, dit Pia. Il doit se sentir très sûr de lui pour prendre le risque de se faire repérer.

— Le risque était minime, la contredit Bodenstein. Je suis certain qu'il a choisi cette femme avec soin. Elle était âgée et peureuse, et il a bénéficié de l'effet de surprise. Ne sous-estimez pas le tueur ! Il ne laisse rien au hasard.

— Tôt ou tard, il commettra une erreur, dit Pia.

— Je n'ai pas l'intention d'attendre. Bodenstein ouvrit le verrouillage central de la voiture. Nous avons chaque jour davantage de pression, dit-il, les gens sont paniqués.

— Et le tueur ne va pas s'en tenir à trois victimes, prédit Kim. Il veut de l'attention.

— Eh bien, qu'il en reçoive ! lança Pia. Nous n'avons qu'à révéler tous les détails à la presse. Cela calmera aussi un peu les gens quand ils comprendront qu'ils ne sont pas directement en danger.

— Nous ne pouvons pas prendre ce risque. Bodenstein fit non de la tête et mit le moteur en marche. Cela pourrait entraîner un dommage collatéral dont nous serions responsables.

— Le seul qui en porterait la responsabilité, dit Kim, c'est le tueur.

Elle ouvrit le congélateur et elle eut aussitôt les larmes aux yeux en voyant toutes les boîtes en plastique. Maman avait toujours été si économe ! Elle ne jetait presque jamais rien. Les pots de confiture ou les bocaux de cornichons étaient rincés pour faire plus tard des fruits en conserve, les bacs à glace servaient à congeler les aliments dans la maison Rudolf depuis des décennies et tout était scrupuleusement étiqueté. *Goulasch de Szeged*, lut Karoline en déchiffrant l'écriture soignée de sa mère sur un bac, *12. 9. 2012*.

— Ah, maman, murmura-t-elle en essuyant une larme. Tu sais à quel point je suis mauvaise cuisinière.

Elle sortit la goulasch, referma la porte du congélateur et remonta l'escalier raide de la cave. Papa n'était plus sorti de son bureau depuis l'entretien avec la police et cela lui convenait parfaitement, car sa présence la gênait dans son dialogue muet avec maman. Il n'avait pas sa place ici, voilà tout. Pas dans la journée, du moins. Aussi loin que Karoline s'en souvenait, son père quittait la maison à 7 heures du matin et revenait rarement avant 10 heures du soir. Maman ne s'en était jamais plainte et elle avait avoué à Karoline qu'elle craignait presque le jour où il serait en retraite et à la maison du matin au soir. Elle avait organisé sa vie, s'adonnant à de nombreuses activités et ayant des centres d'intérêt qu'il ne partageait pas. Il ne pensait qu'à son travail et à rien d'autre.

Comme moi, songea Karoline en luttant de nouveau contre les larmes. Elle n'arrivait presque plus à comprendre pourquoi elle avait passé les vingt dernières années à travailler comme une dingue, au lieu de consacrer davantage de temps à sa famille et ses amis. Tout ce qui lui paraissait si important auparavant lui semblait désormais tellement banal. Dans des entretiens avec des top managers aux quatre coins du monde elle avait parlé valeurs, identification des points d'amélioration, gestion du temps et stratégies pour booster la culture d'entreprise et développer la personnalité de chacun et, ce faisant, elle avait piétiné toutes les valeurs qui lui tenaient à cœur. Sa course au succès et à la reconnaissance avait conduit non seulement à l'échec de son mariage, mais aussi à celui de sa vie sociale. *Vous n'avez pas d'amie qui pourrait vous soutenir en ce moment?* lui avait demandé le commissaire. Non, elle n'en avait pas. C'était la douloureuse vérité. Sa seule confidente était sa mère, et elle n'était plus là. La mort de maman avait ouvert la porte sur un vide en elle, un espace rempli chez les autres de beaux souvenirs et de belles expériences, d'amour, de bonheur, de partenaires et d'amis, de gens pour lesquels ils comptaient. Dans la vie de Karoline, très peu de choses valaient la peine qu'elle s'en souvienne. Au deuil s'ajoutait l'accablement de s'apercevoir qu'elle avait mené jusque-là une vie si superficielle, vide de sens et tournée uniquement vers l'extérieur !

Karoline s'obligea à pénétrer dans la cuisine. Elle adorait jadis cette pièce qui était le centre névralgique de la maison. Le royaume de maman, dans lequel il y avait toujours quelque chose qui mijotait sur la plaque ou exhalait un arôme divin en provenance du four. Sur les larges rebords de fenêtres proliféraient des herbes en pot, de l'ail et des oignons reposaient sur une étagère en bois. La cuisine avait perdu tout son charme en devenant le lieu du drame. La fenêtre traversée par la balle avait été recouverte provisoirement d'un morceau de carton. Hormis cela, plus rien n'évoquait ce jeudi soir, l'entreprise de nettoyage avait bien travaillé. Karoline prit une casserole dans le tiroir, y versa la goulasch congelée et la posa sur la plaque. Puis elle ouvrit un paquet de spaetzles et mit de l'eau salée à chauffer dans une deuxième casserole. Seul le repli dans la routine l'empêchait de s'écrouler comme un château de cartes et de sombrer dans les flots noirs de l'effroi. Karoline ne prenait pas les calmants prescrits par le médecin mais elle se sentait néanmoins comme enivrée. De même, elle avait refusé avec politesse, mais détermination, de s'entretenir avec le psychologue de l'équipe d'intervention de crise. Elle ne voulait pas parler parce qu'il n'y avait rien à dire. Elle devait surmonter le choc seule. Tout ce dont elle avait besoin maintenant, c'était du temps. Elle devait comprendre et accepter ce qui était arrivé, puis réfléchir à la suite.

Karoline regarda le jardin enneigé par la fenêtre à croisillons. C'est là, derrière la haie nue de charmes, que la mort était à l'affût. Les policiers avaient dit que le tireur était allongé sur le transformateur, d'où il avait tiré. Mais… pourquoi ? La presse prétendait que le "sniper" abattait les gens au hasard. Sa première victime était une femme qui promenait son chien. Ce matin, il avait encore frappé et, cette fois, la victime était un homme en train de traverser un jardin. *Eux* étaient peut-être des victimes aléatoires, des gens qui se trouvaient simplement au mauvais endroit au mauvais moment. Mais sa mère se trouvait dans la cuisine, dans sa maison, dissimulée par des haies et des arbres au bout d'une impasse ! Personne ne venait ici par hasard ! Le meurtrier avait dû tout bien planifier.

L'eau qu'elle avait mise à chauffer pour les spaetzles déborda et se transforma en vapeur dans un grésillement. Karoline sortit de sa léthargie et alla jusqu'à la plaque pour réduire la température.

Le brouillard diffus, mélange de tristesse et d'incompréhension, qui l'avait enveloppée et paralysée ces derniers jours, se dissipa tout à coup : sa mère n'avait pas été assassinée par hasard ! Mais *pourquoi* avait-il fallu qu'elle meure ? Maman lui aurait-elle quand même caché quelque chose ? Un secret, une vieille faute dont Karoline ne savait rien ? Il fallait qu'elle le découvre. À tout prix. Sinon elle ne connaîtrait plus jamais le repos.

Les techniciens de la police scientifique avaient soigneusement fouillé l'appartement de Maximilian Gehrke et emporté plusieurs cartons de déménagement dans lesquels se trouvaient des carnets, des lettres et autres souvenirs. Tandis que Bodenstein s'apprêtait à retourner voir Fritz Gehrke, Pia, Kim et Ostermann s'attaquaient au contenu des caisses. Pour un garçon, Maximilian était très assidu dans l'écriture de son journal intime, et cela se comprenait. Sa grave maladie l'avait contraint à passer son enfance et sa jeunesse dans une cage dorée et, à l'âge de dix ans, comme si cela ne suffisait pas, il avait perdu sa mère. Ce n'était pas une vie facile pour un jeune homme, mais Maximilian ne semblait pas aigri. Il avait une passion pour la musique et les livres ; il jouait du piano, de l'orgue et c'était un grand lecteur. Ses carnets contenaient des critiques d'ouvrages et de concerts.

— *Je sais que je ne vivrai pas vieux*, lut Pia à voix haute dans un carnet datant de l'année 2000. *Donc je profite de la vie au maximum. Papa espère qu'un jour on trouvera un cœur compatible pour moi et que, d'ici là, le reste de mon corps sera encore assez en forme pour une greffe. Je ne sais pas si je dois espérer une occasion pareille, parce que cela signifie que quelqu'un d'autre doit mourir, une personne jeune, car on ne greffe pas le cœur des gens âgés.*

— Pas bête pour un gamin de quinze ans, trouva Kai.

— Pas étonnant, répliqua Kim. Il a dû se confronter au problème toute sa vie. C'est d'autant plus tragique qu'il n'ait pas eu le droit de vivre plus longtemps.

Chaque homicide les mettait au défi d'établir un lien logique entre des éléments en apparence disparates. Il fallait s'intéresser à la victime, à son parcours et à sa vie pour découvrir le mobile et l'identité du tueur. À la fin de ses recherches, Pia en savait souvent davantage sur la victime que ses meilleurs amis et ses proches, elle devait néanmoins éviter de s'apitoyer sur son sort. Des émotions telles que la pitié pour la victime et la colère envers l'assassin pouvaient influer sur son objectivité. Grâce aux heures innombrables passées à la médecine légale, elle était capable de considérer une victime non pas uniquement comme une personne, mais comme un objet servant à la recherche d'indices. Or, cette fois, elle n'y arrivait pas et cela devenait de plus en plus évident au fil des pages du carnet. Maximilian Gehrke était certes une victime au même titre qu'Ingeborg Rohleder et Margarethe Rudolf, mais tous les trois n'étaient pas la vraie cible du tueur. Ils avaient dû mourir parce que les agissements d'un membre de leur famille avaient suscité le désir de revanche du meurtrier.

— Là ! s'écria soudain Kim, tout excitée. J'ai trouvé quelque chose ! Maximilian écrit le 16 septembre 2002 qu'il y a un cœur compatible et qu'il doit se rendre le soir même à l'hôpital !

Kai et Pia levèrent les yeux. Kim survola plusieurs pages, continua de feuilleter le carnet, puis leur lut quelques passages. Le jeune homme de dix-sept ans était inquiet à l'idée d'avoir l'organe de quelqu'un d'autre dans son corps. Même s'il se sentait nettement mieux quelques semaines après l'intervention, l'origine de son nouveau cœur le préoccupait beaucoup. Qu'était-il arrivé au donneur, pourquoi était-il mort si jeune ? Maximilian Gehrke avait tout fait pour connaître son nom et il avait fini par y arriver.

— Son cœur provenait d'une femme nommée Kirsten Stadler, lut Kim à voix haute. Il l'a appris auprès d'une collaboratrice de la clinique de traumatologie de Francfort, mais il ne mentionne son nom nulle part, hélas.

Ostermann approcha son ordinateur portable et entra le nom sur Polas, la base de données de la police allemande, puis sur Google.

— Il y a un tas de Kirsten Stadler sur Internet, mais pas celle que nous cherchons, grogna-t-il. Rien que sur Facebook, on trouve quatorze femmes inscrites sous ce nom.

— Vous croyez que le père de Maximilian n'était pas au courant ? demanda Pia, sceptique.

— Possible. Kim acquiesça. En Allemagne, le receveur n'obtient aucune information sur l'identité du donneur, contrairement aux États-Unis. Là-bas, il est même fréquent que le receveur se mette en lien avec la famille du donneur.

— Et je ne crois pas non plus que Maximilian en ait parlé à son père, dit Kai. Il l'a appris de façon illégale, et il ne voulait pas en savoir davantage. Il n'avait pas l'intention de contacter les membres de la famille.

Pia replaça le carnet qu'elle avait lu dans le carton et prit le téléphone pour appeler Bodenstein. Le nom de Kirsten Stadler était une nouvelle piste et toute nouvelle piste était prometteuse, même si elle devait se révéler être une impasse au cours de l'enquête.

Il descendit la porte du garage et la ferma à clé. Puis il s'assit dans sa voiture, dont le moteur tournait déjà, et il longea l'interminable rangée de garages jusqu'à la rue. Les routes étaient désertes à cause de Noël et de la peur du sniper. Il ne croisa aucun véhicule jusqu'à l'autoroute. Il avait initialement prévu de se laisser davantage de temps entre les différentes exécutions, mais la théorie différait toujours de la pratique. La police avait désormais formé une commission spéciale baptisée du nom original de "sniper" et il ne doutait pas qu'ils le coinceraient un jour ou l'autre. Le crime parfait n'existait pas et il ne faisait pas d'effort particulier pour y parvenir. Chaque mort impliquait de nouvelles traces, de nouveaux risques, et la police comprendrait tôt ou tard de quoi il s'agissait. C'est pourquoi il ne pouvait pas se laisser trop de temps, car il avait encore un certain nombre de choses à faire. Hélas, la météo allait lui compliquer la tâche pour les deux jours à venir, car les prévisions annonçaient de la pluie et du vent, des conditions particulièrement défavorables pour un tir à plus de huit cents mètres de distance. On annonçait cependant une accalmie pour vendredi, c'était parfait. D'ici là, il allait mener sa vie tranquillement et discrètement. Malgré les indices qu'il avait donnés dans les faire-part de décès, la police semblait toujours être dans le brouillard. Et, avec un peu de chance, cela durerait encore un moment.

Jeudi 27 décembre 2012

La K11 était de nouveau au complet pour la réunion matinale de la commission spéciale “sniper” le lendemain de Noël. Cem Altunay avait écourté ses vacances en Turquie et même Kathrin Fachinger, à peu près rétablie, était là.

— Pourquoi n'ai-je pas été informé du meurtre commis le jour de Noël ? se plaignit Andreas Neff auprès de Bodenstein. Comment puis-je collaborer de façon constructive si on me harcèle ?

— Personne ne vous harcèle, dit Bodenstein. Vous auriez dû nous laisser un numéro de téléphone où vous joindre pendant les fêtes.

— C'est ce que j'ai fait !

— Eh bien, j'ai essayé plusieurs fois de vous appeler, riposta Ostermann. Mais votre portable était éteint et vous n'avez visiblement pas de boîte vocale. Et je n'avais aucune envie de vous contacter sur Facebook.

Il y eut quelques ricanements. Neff vérifia la liste des appels sur son portable et fit profil bas.

Nicole Engel entra dans la salle de réunion et toutes les conversations cessèrent. La commissaire divisionnaire se plaça à côté du tableau blanc et regarda à la ronde.

— J'espère que vous avez tous passé de bonnes fêtes et que vous êtes prêts à vous remettre au travail, commença-t-elle. J'aimerais tout d'abord vous présenter un nouveau membre de notre équipe : Kim Freitag, directrice adjointe du pôle de psychiatrie médicolégale à la clinique Ochsenzoll à Hambourg et experte de longue date pour les tribunaux, sera à notre disposition en tant que consultante.

— Combien de consultants nous faut-il encore ici ? grogna Neff.

— Vous êtes analyste criminel, Mme Freitag est psychiatre médicolégale, rétorqua froidement Nicole Engel. Vos approches sont radicalement différentes pour une affaire comme celle-ci.

Bodenstein haussa les sourcils d'un air étonné. Il n'avait encore jamais vu sa supérieure prendre la défense d'un consultant externe avec une telle véhémence ! Il remarqua un regard de connivence qui dura une fraction de seconde entre Nicole et Kim Freitag. Que se passait-il ici ? La sœur de Pia ne seraitelle pas là par hasard ?

— Le fait est que nous avons besoin de toutes les aides possibles, vu qu'au ministère de l'Intérieur et au parquet, ils ne sont pas franchement ravis que nous ayons un troisième meurtre sur les bras et pas la moindre piste. Nicole Engel fit un signe de tête à Kim. Mme Freitag a déjà travaillé sur plusieurs cas similaires et elle va maintenant vous en dire plus.

Kim se leva et se racla la gorge.

— Les trois cas actuels, dit-elle, se différencient nettement de la plupart des homicides dont vous vous occupez d'ordinaire. Étant donné que le meurtrier ne s'approche pas de ses victimes, les cadavres ne présentent pas ces traces typiques qui contribuent souvent à identifier l'assassin. Nous allons donc devoir renoncer à trouver des indices. Le mobile du tueur en ce qui concerne ses victimes directes est lui aussi inhabituel. Sa vengeance ne s'adresse pas à ceux qu'il tue, mais à leurs proches. Nous devons partir du principe que les victimes ne connaissaient pas leur assassin et n'ont sans doute jamais eu affaire à lui. En nous fournissant des indications sur son mobile, le tueur nous révèle un pan de sa personnalité. Ce n'est pas un psychopathe qui agit par pure envie de meurtre, bien au contraire : il considère sa démarche comme légitime et équitable, tout en ayant un sentiment d'injustice. Si on en juge par son comportement…

Son regard tomba sur Andreas Neff qui, adossé au mur, bras croisés, fermait les yeux et faisait non de la tête à chacune de ses paroles. Elle s'arrêta.

— Vous avez un autre avis, cher collègue ? demanda-t-elle.

— Continuez, madame, je vous en prie, répondit Neff avec un sourire condescendant. Je vois les choses un peu autrement.

— M. Neff est une sommité dans le domaine de l'analyse criminelle et il dispose d'une expérience internationale, notamment pour les meurtres en série commis par des tireurs embusqués, observa Ostermann. Il a en effet coopéré avec le FBI.

— Ah, c'est vrai ? Kim regarda Neff avec un intérêt grandissant. Vous y étiez quand et dans quelle section ?

— Je ne vois pas le rapport avec notre affaire, s'empressa de dire Neff.

— Il a résolu le cas du sniper de Washington. Quasiment en solo, ajouta Ostermann qui récolta un regard assassin de Neff et lui renvoya un sourire innocent.

— J'ai travaillé à la BAU à Quantico en 2002. Et vous ? se renseigna Kim en plissant le front. J'ai une très bonne mémoire des noms et des visages, mais je ne me souviens pas de vous.

Ostermann ricana et Pia fit un gros effort pour ne pas pouffer de rire.

— Je faisais partie de l'équipe du procureur de district. Ainsi acculé, Neff avait le visage qui passait du rouge au blanc.

Bodenstein regarda Nicole Engel qui suivait d'un œil curieux la joute verbale entre ses deux consultants externes et ne faisait aucune tentative pour intervenir afin d'éviter à Neff de se faire ridiculiser en public.

— Nous nous éloignons du sujet, dit-il donc. Bodenstein voulait du calme et de la concentration dans son équipe, pas de chaos et certainement pas de rivalité. Merci pour vos explications, madame Freitag, dit-il. J'aimerais maintenant vous exposer tous les faits et les résultats dont nous disposons.

— Ingeborg Rohleder sera enterrée cet après-midi, dit Andreas Neff, une fois que Bodenstein eut fini. Il s'était remis de sa frayeur et semblait avoir retrouvé son assurance. Je suis persuadé que le tueur sera présent.

— Je ne crois pas, riposta Kim.

— Bien sûr que si. Neff avait visiblement perdu son sourire pendant les fêtes. Il semblait désormais acharné. Le tueur, dit-il, a besoin de se faire valoir, il recherche les sensations fortes et l'aventure. Il est relativement jeune, agile, sportif, et il a une nette tendance narcissique. Ses meurtres lui procurent une grande satisfaction.

— Je ne vois pas les choses ainsi, le contredit Kim. Nous avons affaire à un pro.

— Un pro du carnage, c'est ça ? Neff partit d'un rire sarcastique.

— Vous ne m'écoutez pas vraiment, dit Kim sur un ton aimable. Je pense que c'est un professionnel. Un tueur d'élite ou un tireur de précision expérimenté. Il a peut-être travaillé dans la police ou l'armée.

— Peu importe. D'un geste, Neff écarta l'hypothèse. L'assassin sera présent aux funérailles de ses victimes, dit-il. Possible qu'il soit déguisé, mais il voudra à coup sûr savourer son œuvre.

— Jamais de la vie. Kim fit non de la tête. Il fait une croix sur sa victime dès qu'elle est morte et il passe à la suivante.

— Merci pour vos estimations, dit Bodenstein en étouffant une deuxième fois le conflit naissant entre experts. Il faut que nous en sachions davantage au sujet de Kirsten Stadler, dont le cœur a été transplanté à Maximilian Gehrke en septembre 2002 par le Pr Rudolf, le mari de notre deuxième victime. Ce parallèle entre les victimes Gehrke et Rudolf est notre principale piste pour le moment. Pia, tu retournes parler à Mme Rohleder. Nous devons découvrir s'il existe un lien entre Ingeborg Rohleder et les deux autres victimes. Kathrin et Cem, vous allez à la clinique de traumatologie à Francfort et demandez à consulter les dossiers médicaux. Vous vous heurterez sûrement à un refus, c'est pourquoi Kai se chargera en amont d'obtenir un mandat du procureur. Tous les autres vont à Kelkheim interroger les habitants du quartier où habite Gehrke. Ah, encore une chose. Les consultants externes sont là pour apporter leur soutien à l'enquête en cours. Nous sommes une équipe et nous avons besoin de toute notre énergie et notre concentration pour résoudre ces affaires aussi vite que possible. Je souhaite, non, *j'exige* que nous ayons le même objectif, comme c'est généralement le cas dans la maison. J'espère que c'est bien clair pour tout le monde.

Bodenstein avait prononcé ces dernières phrases avec une sévérité inaccoutumée et chacune des personnes présentes acquiesça.

— La réunion est terminée. Au travail, conclut Bodenstein, sur quoi l'assemblée se sépara dans un bruit de chaises et de murmures.

— Et moi, je fais quoi ? demanda Andreas Neff, mécontent.

— Il me semble que vous vouliez aller à l'enterrement, lui rappela Bodenstein, puis il désigna le carton posé sur une des tables et contenant les carnets de Maximilian Gehrke. Vous vous occuperez ensuite des documents personnels que nous avons trouvés dans l'appartement de la victime, dit-il. Tout ce qui s'est passé depuis 2002 nous intéresse. Vous arriverez peut-être à établir un lien entre Maximilian Gehrke et notre tueur.

— Ma mère n'est jamais allée à la clinique de traumatologie de Francfort. Renate Rohleder, déjà vêtue de noir pour l'enterrement, se tenait derrière le comptoir de sa boutique de fleurs, déserte mis à part Pia, Kim et elle-même. Et je suis sûre qu'elle n'a jamais donné ou reçu d'organe. Je serais au courant, quand même !

— Est-ce que le nom de Kirsten Stadler vous dit quelque chose ? s'enquit Pia.

— Oui. Renate Rohleder acquiesça, un rien étonnée. Nous étions presque voisins, autrefois, les Stadler habitaient trois maisons plus loin. Jusqu'à ce tragique accident. Après, ils ont déménagé.

— Quel accident ? demanda Pia.

— Ah ! un beau matin, Kirsten s'est effondrée dans le champ pendant son jogging, raconta Renate Rohleder. Elle a eu une hémorragie cérébrale. Comme ça, sans signe avant-coureur. Je me souviens bien de cette journée, j'étais moi aussi dehors pour promener mon chien et plutôt à la bourre parce qu'il avait coursé un lièvre, une fois de plus. Soudain, la fille de Kirsten, Helen, a surgi devant moi. Elle était très agitée, elle s'est écriée que sa mère avait un problème et elle m'a demandé si je pouvais l'aider.

Le langage corporel de Renate Rohleder en révélait nettement plus à Pia. Renate Rohleder était nerveuse. Elle tripotait sans cesse son nez, passait la main dans ses cheveux et tiraillait le lobe de son oreille – de toute évidence, elle était mal à l'aise.

— Et alors ? insista Pia. Qu'est-ce que vous avez fait ? Avez-vous aidé votre voisine ?

— Je… je n'avais pas de portable ce jour-là. Renate Rohleder eut un sourire hésitant. Mon chien s'était jeté sous une voiture. J'avais promis à Helen d'appeler les urgences depuis chez moi, mais j'ai… enfin bref, j'ai oublié. Le chien saignait, la conductrice m'a hurlé dessus. J'étais déjà très en retard de toute façon, et je me suis dit que d'autres personnes passeraient près du champ. Je… je ne pouvais pas savoir que Kirsten se trouvait dans un état critique.

— C'est de la non-assistance à personne en danger, remarqua Pia.

— Oui, oui, peut-être. La fleuriste évoquait l'incident avec une grande réticence. Je me suis fait beaucoup de reproches par la suite, dit-elle. Kirsten était si sympathique, je l'appréciais énormément. Croyez-moi, ça me poursuit depuis jusque dans mes rêves. Six mois après ce malheur, les Stadler ont quitté Niederhöchstadt, je ne sais pas où ils sont allés. À un moment donné, je n'y ai plus pensé tous les jours et puis… et puis j'ai presque oublié cette affaire. La vie continue, voilà tout.

— Il faut que je vous montre quelque chose. Pia sortit de son sac à dos une copie du faire-part et la tendit à Mme Rohleder.

— Qu'est-ce que c'est ? La femme hésita.

— C'est ce que nous a envoyé l'assassin de votre mère, répondit Pia.

Mme Rohleder lut le faire-part. Son visage perdit toutes ses couleurs. Elle laissa tomber la feuille comme si elle venait de se couper avec.

— Non ! chuchota-t-elle, horrifiée. Non ! Ce… ce n'est pas possible ! Madame Kirchhoff, vous… vous ne croyez quand même pas que j'ai…

Elle n'osa pas prononcer la phrase qui la rendait responsable de la mort de sa mère.

— Nous tenons l'information pour authentique, répondit Pia d'un ton neutre. Nous avons reçu un faire-part similaire pour chaque victime.

La clochette de la porte tinta, une cliente entra dans la boutique.

— Repassez plus tard, merci, lui dit Mme Rohleder. Elle sortit une clé de la poche du tablier vert qu'elle portait sur ses vêtements de deuil et elle alla jusqu'à la porte vitrée qu'elle ferma à clé. Puis elle s'y adossa, posa la main sur sa poitrine et ferma un instant les yeux.

— C'est une insinuation infâme. Je refuse d'entendre ça. Je vais porter plainte contre X pour calomnation et diffamie. Dans sa rage, elle mélangea quelques syllabes. Rien que l'idée d'être responsable de la mort de ma mère… non !

— Le seul responsable de la mort de votre mère, c'est celui qui l'a abattue, répliqua Pia. Il a déjà tué trois personnes innocentes et nous craignons qu'il ne continue. Le tueur pourrait venir de l'entourage de Kirsten Stadler. Madame Rohleder, vous connaissiez les Stadler et vous pouvez peut-être nous aider. Qui serait susceptible de faire une chose pareille ?

Renate Rohleder avala sa salive avec peine. Elle se passa la main sur le visage pour reprendre ses esprits.

— Elle était… si… si froide, dit-elle à voix basse. Elle m'a fait vraiment peur quand elle m'a dit en face qu'elle s'arrangerait pour que je ne sois plus jamais heureuse de ma vie.

— Qui était-ce, madame Rohleder ? voulut savoir Pia.

Renate Rohleder soupira.

— Helen. La fille de Kirsten, répondit-elle. Il y a quelques mois, elle est venue à la boutique avec un homme. Je ne l'ai pas reconnue au début. Elle m'a reproché d'être responsable de la mort de sa mère. Ce n'est pas de ma faute, moi, si Kirsten a eu une hémorragie cérébrale !

— Connaissiez-vous l'homme qui l'accompagnait ? demanda Pia.

— Non. Il ne s'est pas présenté. Renate Rohleder secoua la tête.

— Il ressemblait à quoi et il avait quel âge ?

— Aucune idée, peut-être entre trente-cinq et quarante ans. Elle frissonna. C'était un très bel homme. Mais il avait un je-ne-sais-quoi de… sinistre et de fanatique. J'avais peur de lui, même s'il n'a pas ouvert la bouche.

— Crois-tu que le tueur puisse être une tueuse ? demanda Pia lorsqu'ils quittèrent la boutique de fleurs pour rejoindre leur voiture.

— Si tu penses à la fille Stadler, je dirais que non, répondit Kim qui était restée en retrait pendant l'échange entre Pia et Mme Rohleder. Elle semble assez impulsive et contrôle mal ses émotions. Ce type de personnes aurait plutôt tendance à commettre des crimes passionnels, qui ne correspondent pas au comportement du sniper. Les meurtres sont clairement signés de la main d'un homme. Les femmes ne tuent pas de la même manière, mais je ne t'apprends rien. Depuis vingt ans que j'exerce ce métier, j'ai déjà vu quantité de choses horribles et sordides, mais jamais de femme qui tue des tierces personnes.

— Les exceptions confirment la règle, répondit Pia. Pense aux femmes kamikazes du Proche-Orient. Elles sont même prêtes à accepter la mort d'enfants innocents.

— Je considère que c'est exclu. Vraiment, Pia, oublie la fille. Kim secoua la tête. Pour faire une chose pareille, il faut des nerfs d'acier et une patience infinie.

— Qui pouvait être l'homme en question ? Pia s'arrêta à côté de leur véhicule.

— Tu devrais poser la question à Helen Stadler, suggéra Kim. Viens, rentrons dans la voiture, sinon je vais me geler les fesses.

Pia pouffa et ouvrit la voiture. D'habitude, sa sœur n'était pas le genre de femmes à employer de telles expressions.

— En tout cas, je parie que c'est un pro, dit Kim. Vous devriez vraiment vous renseigner auprès de l'armée et de la police.

— Et on recherche quoi ? Nous n'avons tout simplement pas assez d'éléments pour poser des questions ciblées.

Le portable de Pia se mit à sonner. C'était Ostermann lui annonçant qu'il avait trouvé le mari de la défunte Kirsten Stadler en adressant une demande au bureau de déclaration de domicile. Il s'appelait Dirk Stadler et habitait à Liederbach.

— Il faut que tu viennes, dit Kai. Le patron est en route, lui aussi.

— C'est noté. On arrive, répondit Pia.

L'adresse donnée par Kai s'avéra être un lotissement de maisons mitoyennes déjà anciennes, dont les urbanistes avaient tenté de contrebalancer l'uniformité par une disposition décalée et un revêtement extérieur en bois. Bodenstein les attendait déjà au coin de la rue. Pour se protéger du vent glacial, il avait relevé le col de son manteau et enfoui les mains dans ses poches. Pia se gara derrière son véhicule de service.

— Mme Rohleder était complètement choquée quand je lui ai montré le faire-part, raconta-t-elle à son supérieur. Kirsten Stadler était une de ses voisines, elle la connaissait visiblement très bien. Elle a un souvenir précis du jour de sa mort et une mauvaise conscience latente parce qu'elle ne lui est pas venue en aide. Elle était pressée, son chien s'était échappé et jeté sous une voiture. Il est fort probable qu'elle n'aurait rien pu faire de toute façon, même en se rendant sur place ou en appelant les urgences, du fait que Kirsten Stadler souffrait d'une hémorragie cérébrale. Mais sa fille, Helen Stadler, a dû voir les choses sous un autre angle.

— Elle est d'ailleurs venue à la boutique il y a quelques mois en compagnie d'un homme, et elle a fait des reproches à Renate Rohleder, ajouta Kim. Si le tueur connaît ce genre de détails, c'est qu'il doit venir de l'entourage proche de la famille.

— Eh bien, écoutons un peu ce qu'en dit le veuf de Kirsten Stadler. Bodenstein s'assura qu'ils s'engageaient dans la bonne allée et appuya peu après sur la sonnette de la maison portant le numéro 58f. Un homme mince, voire maigre, avec des cheveux gris coupés court et un front dégarni, leur ouvrit la porte.

— Je m'appelle Bodenstein, police judiciaire d'Hofheim. Bodenstein présenta sa carte professionnelle à l'homme. Voici mes collègues, Mmes Kirchhoff et Freitag. Nous aimerions parler à Dirk Stadler.

— C'est moi. L'homme les contemplait avec ce mélange caractéristique de suspicion et de réserve qui assaillait presque tous ceux qui découvraient la police judiciaire sur le seuil de leur porte.

— Pouvons-nous entrer ?

— Oui, bien sûr. Je vous en prie.

Il avait environ cinquante-cinq ans, portait un pantalon gris en velours côtelé et un pull vert olive avec un col en V sur une chemise, et il était forcé de lever la tête pour voir le visage de Bodenstein.

— Mon fils est là pour midi, dit Dirk Stadler en s'excusant. Depuis le couloir, on apercevait une grande pièce ouverte qui faisait office de salle à manger, salon et cuisine. À la table était installé un homme d'une trentaine d'années qui leva brièvement les yeux de sa tablette et les salua d'un signe de tête, tout en restant assis.

— Mon fils Erik, dit Dirk Stadler en guise de présentation. De quoi s'agit-il ?

— Il s'agit, au sens large, de votre défunte épouse, répondit Bodenstein.

— Kirsten ? L'homme regarda Bodenstein, puis Pia et Kim, sans comprendre. C'est sûrement une erreur. Ma femme est morte depuis dix ans.

— Vous avez dû entendre parler des meurtres de ces derniers jours, poursuivit Bodenstein. À Niederhöchstadt et Oberursel, deux femmes ont été abattues par un tireur embusqué, ainsi qu'un jeune homme le matin de Noël à Kelkheim.

— Oui, j'ai lu des articles sur le sujet dans la presse, confirma Dirk Stadler. Et ça passe bien sûr en boucle à la radio et à la télé.

Son fils se leva et vint se placer à côté de son père. À peine plus grand que lui, il avait les mêmes yeux enfoncés et les mêmes traits. Le tueur s'est mis en lien avec nous, dit Bodenstein. Après chaque meurtre, il a rédigé un faire-part de décès dans lequel il justifie son acte. Dans les carnets de sa dernière victime, nous sommes tombés sur le nom de votre défunte épouse. Le mort, Maximilian Gehrke, avait vingt-sept ans. En temps normal, il n'aurait sans doute pas pu vivre aussi longtemps, ayant une insuffisance cardiaque congénitale. Mais il y a dix ans, on lui a greffé le cœur de votre épouse.

Père et fils devinrent livides et échangèrent un bref regard.

— La femme assassinée à Oberursel était l'épouse du professeur qui a effectué la transplantation cardiaque à l'époque.

— Oh, mon Dieu, murmura Dirk Stadler, consterné.

— Et la première victime du tireur embusqué était la mère d'une de vos anciennes voisines à Niederhöchstadt.

— Ce… ce n'est pas possible ! balbutia Dirk Stadler. Mais pourquoi ? Après toutes ces années !

— C'est bien sûr la question que nous nous posons, approuva Bodenstein. Au début, les crimes nous semblaient être sans rapport, mais il semble que le lien soit votre défunte épouse.

— Je… il faut que je m'assoie, dit Dirk Stadler. Entrez donc, je vous en prie… mettez-vous à l'aise.

Pia s'aperçut que l'homme boitait et avait une démarche un peu penchée. Comme s'il avait une jambe plus courte que l'autre. Il s'assit à la table de la salle à manger où s'installèrent aussi Bodenstein, Pia et Kim.

Erik Stadler enleva la vaisselle sale et l'emporta dans la cuisine américaine. Elle était d'un blanc brillant avec un plan de travail en granit sombre et beaucoup d'acier inoxydable. Un petit sapin de Noël trônait devant la grande baie vitrée du salon et une coupelle de biscuits reposait sur la table basse. Toute la maison était décorée sobrement, mais avec goût, dans les tons noirs, blancs et gris. Mais, contrairement à la villa du Pr Rudolf et toutes ses fleurs, ses rideaux en velours, ses dessins et petits mots d'enfants jaunis et fixés sur le frigo à l'aide d'aimants, il manquait ici la touche féminine. Le seul meuble qui sortait du lot était un imposant buffet ancien sur lequel se trouvait une photo dans un cadre argenté, où l'on voyait une femme blonde qui souriait gaiement face à l'appareil. Dirk Stadler avait remarqué le regard de Pia.

— C'était Kirsten, ma femme, expliqua-t-il d'une voix rauque. La photo a été prise l'été avant sa mort. C'étaient nos dernières vacances sur la côte atlantique française.

Son fils vint s'asseoir à côté de lui.

— Je… je n'arrive pas à croire que des gens aient dû mourir à cause de ma femme. Dirk Stadler se racla la gorge, luttant visiblement pour reprendre le dessus. Pourquoi ? Avec quelle justification ?

— Selon nous, tout semble converger vers un mobile très personnel, répondit Bodenstein. On dirait que le tueur cherche à venger la mort de votre épouse. Il doit donc s'agir de quelqu'un qui était très proche d'elle.

— Mais ma femme est morte d'une hémorragie cérébrale, dit Dirk Stadler, perplexe. C'était un accident tragique, dont personne n'est responsable. Elle avait un anévrisme au cerveau, et il s'est rompu. Cela aurait pu arriver n'importe où et n'importe quand.

Il mangea peu, puis reposa ses couverts sur son assiette.

— Ça ne te plaît pas ? demanda Karoline.

— Si. Beaucoup, même. Son père esquissa un bref sourire. Mais je n'ai pas faim.

C'était pareil pour elle, mais elle se forçait à manger. Tout comme à rester en vie.

— Merci de t'occuper de moi, Karoline. J'apprécie ton soutien.

— Je le fais volontiers. Elle parvint à sourire, elle aussi.

Voilà deux jours et deux nuits qu'elle se creusait la tête pour savoir comment aborder ce qui la tracassait. Pourquoi avait-elle tellement de mal à parler de ses soupçons à son père ? Où étaient donc passés son éloquence et son courage ? Ils n'avaient quasiment pas échangé un mot depuis la mort de maman et elle s'était rendu compte que cela avait toujours été ainsi. Si un semblant d'harmonie avait pu s'installer entre eux, c'était uniquement grâce à maman car, sans son intermédiaire, le silence régnait entre elle et papa. Karoline n'avait jamais entretenu de rapports chaleureux avec son père, sans doute parce qu'il n'avait joué presque aucun rôle dans son enfance et sa jeunesse. C'était un génie, l'un des meilleurs dans sa branche, et il accomplissait de grandes choses en sauvant la vie de personnes condamnées à mourir. Elle avait toujours été très fière de lui et elle était contente d'entendre les autres parler de son père sur un ton admiratif mais, avec les années, le fossé s'était creusé. Elle avait déçu son père en choisissant de ne pas suivre la même voie que lui, provoquant une distance, une singulière tension qui n'admettait que la dispute ou le silence.

La mort de maman leur offrait une occasion de se rapprocher, mais c'était comme si son père ne tenait pas à saisir cette chance. Chaque conversation tendait vers un bavardage insignifiant qui dénotait un certain malaise.

— Il faut que je te demande quelque chose, papa, finit-elle par dire avant qu'il ne se lève et ne se retranche à nouveau dans son bureau.

— Quoi donc ?

— On prétend dans la presse que maman était une victime aléatoire de ce sniper. Karoline évitait de le regarder et choisissait ses mots avec soin, s'efforçant de ne pas lui donner de fausse impression. Mais quand je pense aux circonstances, je n'y crois pas.

Elle leva la tête et constata que, pour la première fois depuis des jours, il la regardait vraiment.

— Alors, qu'est-ce que tu crois ? demanda-t-il.

— Personne ne passe par hasard devant chez nous, répondit-elle en reposant ses couverts. La fenêtre de la cuisine donne sur le jardin et aucun chemin ne longe la haie. Le meurtrier a dû repérer la maison, les environs, et c'est comme ça qu'il a découvert le transformateur. Cela n'a pas pu se faire par hasard.

Il l'examina avec attention.

— Je pense qu'il visait maman, dit Karoline. Mais je n'arrive pas à comprendre pourquoi. À moins que…

Elle se tut et secoua la tête.

— À moins que… quoi ?

— À moins que maman n'ait eu un secret dont personne ne savait rien. Pas même toi et moi, dit Karoline en achevant sa phrase. Même avec la meilleure volonté du monde, je n'arrive pas à imaginer de quoi il peut s'agir, mais c'est sûrement ça.

Son père la dévisageait toujours, puis il prit sa fourchette et se mit à farfouiller dans sa nourriture sans lui donner de réponse. Les secondes s'écoulèrent et se transformèrent en minutes.

Encore ce satané silence ! Par le passé, cela l'avait intimidée mais, cette fois, elle ne le laisserait pas s'en tirer à si bon compte.

— Que voulait savoir la police avant-hier ? insista-t-elle.

— Ils cherchent à établir un lien entre les différents crimes, finit par répondre son père.

— Et donc ? Est-ce qu'ils soupçonnent quelque chose ? Est-ce qu'il y a un lien ? s'enquit-elle.

L'hésitation de son père dura un instant de trop.

— Non. Ils sont encore dans le brouillard. Il soutint son regard sans sourciller et Karoline, en comprenant qu'il mentait, eut l'impression de recevoir un coup de poing dans le ventre.

— Je ne te crois pas. Le ton était plus cassant qu'elle ne l'aurait voulu, mais elle détestait qu'on la prenne pour une idiote. Pourquoi est-ce que tu mens ?

— Pourquoi crois-tu que je mens ?

— Parce que tu m'évites, répliqua-t-elle. Je sais très bien quand quelqu'un ne dit pas la vérité. Que voulait la police ? Pourquoi m'as-tu fait sortir de ton bureau comme si j'étais une gamine ?

À sa surprise, il avança la main au-dessus de la table et la posa sur la sienne.

— Parce que je voulais te protéger et te garder encore un peu à distance de tout cela, dit-il d'une voix douce. Je sais à quel point tu tenais à ta mère et combien tu t'inquiètes pour Greta.

Elle y crut, l'espace de quelques secondes, parce qu'elle voulait y croire. Avant de percer à jour sa tentative de manipulation. La colère se mêla à la déception lorsqu'elle se rendit compte avec amertume qu'elle n'avait plus le moindre confident sur cette terre.

— Tu me caches quelque chose et je me demande ce que c'est et pourquoi tu le fais. Karoline retira sa main et se leva. Mais je vais le découvrir.

— Vous pourriez peut-être nous décrire brièvement les circonstances de sa mort, proposa Pia à Dirk Stadler. Que s'est-il passé à l'époque ?

Le père et le fils évoquèrent à tour de rôle la journée du 16 septembre 2002. Kirsten Stadler, trente-sept ans à l'époque, en parfaite santé et sportive, était sortie faire son jogging avec le chien, comme chaque matin. Après quoi elle avait prévu d'emmener ses enfants à l'école. Leur mère n'étant toujours pas revenue au bout d'une heure, Erik et sa sœur Helen étaient partis à sa recherche et l'avaient découverte sans vie sur le sentier. Le chien était assis à côté d'elle.

— Les urgences l'ont transportée à la clinique de traumatologie, où on a diagnostiqué l'hémorragie cérébrale, conclut Dirk Stadler. À ce moment-là, j'étais en déplacement en Asie et difficilement joignable. Mes beaux-parents sont allés à la clinique pour soutenir Erik et Helen.

— C'était horrible, se souvint Erik. Maman était aux soins intensifs et elle paraissait endormie, mais les médecins nous ont dit qu'elle se trouvait en état de mort cérébrale. Selon eux, les pertes de sang massives avaient causé des dommages irréversibles au cerveau.

Personne ne dit rien pendant un moment. Le vent hurlait dans la cheminée et secouait les branches nues d'un arbre fruitier rabougri planté sur les quelques mètres de pelouse au-dehors.

— Quand je suis rentré de Chine deux jours plus tard, mes enfants étaient complètement traumatisés, reprit Dirk Stadler. Et mes beaux-parents n'allaient pas beaucoup mieux. Sous la forte pression des médecins, ils avaient accepté le prélèvement d'organes sur leur fille.

Il se racla la gorge.

— Ma femme était contre le don d'organes pour diverses raisons, elle avait même rédigé un testament de fin de vie, chose inhabituelle à l'époque. Les médecins auraient dû attendre mon retour, mais ils étaient très pressés. À tel point qu'on n'a pas respecté le délai légal entre les deux diagnostics de mort cérébrale. Les indications temporelles ont été falsifiées dans le procès-verbal. Et ils ont également prélevé plus d'organes que prévu. Pas seulement le cœur et les reins, mais tous les organes et même les yeux, les os, la peau et les tissus. Voilà pourquoi j'ai engagé des poursuites contre la clinique par la suite.

Il s'interrompit et jeta un regard triste au portrait de sa femme sur le buffet.

— Aujourd'hui encore, c'est une consolation pour moi de savoir que Kirsten a pu sauver la vie d'autres personnes grâce à cela, dit-il à voix basse. Mais mon beau-père était effondré et hors de lui. Il était persuadé qu'on l'avait pris au dépourvu et trompé parce qu'il n'avait jamais signé de consentement au don d'organes, juste une autorisation de soins pour sa fille. Puis il arriva ce qui arrive toujours quand on porte plainte contre un hôpital : la clinique m'a proposé un arrangement extrajudiciaire en me versant des dommages et intérêts. J'ai accepté parce que je ne pouvais plus payer les frais d'avocats. Et j'ai mis le reliquat de côté pour les études de nos enfants.

Pia observait les deux hommes avec attention, enregistrant chaque geste et chaque formulation, mais elle ne trouva rien de suspect. Dirk Stadler faisait l'effet d'un homme ayant subi une lourde perte et vécu l'enfer, mais en paix avec son passé. Et Erik Stadler semblait lui aussi calme et pragmatique. Il mit des mots sur ce que pensait Pia.

— Il nous a fallu beaucoup de temps pour surmonter tout ça, dit-il. Mais maman n'aurait pas voulu que nous pleurions sur notre sort. C'était une personne gaie, voilà l'image que nous gardons d'elle. Et aujourd'hui, nous parvenons à vivre une vie normale. Toutes les blessures, même les plus profondes, guérissent un jour ou l'autre, du moment qu'on le veut bien.

— Je n'arrive pas à croire qu'on puisse faire payer des gens qui ont un lien avec la mort de Kirsten, ajouta Dirk Stadler. Je veux dire, j'aurais compris que quelqu'un ait disjoncté à l'époque. Mais maintenant, au bout de dix ans ?

— Je dois partir, hélas. Erik Stadler jeta un œil à sa montre et prit sa tablette. J'ai une entreprise à Sulzbach et il y a toujours beaucoup à faire entre les fêtes. Appelez-moi si vous avez d'autres questions. Il sortit une carte de visite de la pochette de sa tablette et la tendit à Bodenstein. Celui-ci donna sa carte aux deux Stadler.

— Nous n'allons pas vous déranger plus longtemps. Bodenstein se leva également, suivi de Pia et Kim. S'il vous revient quoi que ce soit qui puisse nous aider, faites-nous signe, s'il vous plaît.

Dirk Stadler les raccompagna jusqu'à la porte.

— Vous vous êtes blessé à la jambe ? s'enquit Pia.

— Oui, répondit Stadler père en souriant. Mais cela fait déjà quinze ans, sur un chantier à Dubaï. J'étais autrefois ingénieur des travaux publics et je voyageais dans le monde entier. Malheureusement, ma jambe ne s'est jamais bien remise et elle me pose toujours problème, surtout quand il fait froid et humide.

— Quelle est votre activité professionnelle aujourd'hui ?

— Après la mort de ma femme, j'ai dû abandonner mon métier pour me consacrer aux enfants, répondit Stadler. J'ai pris un an de congé sans solde, puis on m'a trouvé une place à la direction de l'Équipement de la ville de Francfort. Où je remplis le quota d'emplois réservés aux handicapés.

Erik enfila son blouson et mit un bonnet sur sa tête.

— Merci pour le repas, papa. Il effleura l'épaule de son père et lui fit un clin d'œil. Ça change de la saucisse grillée au snack du coin.

— De rien, répondit son père. On s'appelle pour samedi. Et passe le bonjour à Lis, s'il te plaît.

— Ça marche. À plus tard.

Dirk Stadler regarda en souriant son fils s'éloigner, mais le sourire s'effaça une fois Erik parti.

— Encore une chose, dit-il à Bodenstein et Pia. Mes beaux-parents n'ont jamais accepté de perdre Kirsten. C'était leur fille unique. Depuis, ils sont actifs dans un groupe d'entraide pour les proches des donneurs d'organes, et d'autre part…

Il s'interrompit en secouant la tête.

— D'autre part ? insista Pia.

Stadler eut soudain l'air triste.

— Je ne devrais pas le dire, mais je ne veux pas non plus le passer sous silence. Il serra les lèvres, hésita et prit une grande inspiration. Mon beau-père était autrefois un tireur et un chasseur hors pair.

— Quelle horreur, dit Pia quand ils retournèrent vers les voitures. D'un instant à l'autre, rien n'est plus comme avant.

Dirk Stadler leur avait noté l'adresse de ses beaux-parents à Glashütten, mais ils voulaient d'abord déposer un des deux véhicules de service à Hofheim avant de se rendre dans le Taunus.

— Que pensez-vous des deux Stadler ? demanda Bodenstein à Kim.

— En tant que mari, Dirk Stadler a subi la plus grosse perte, répondit-elle d'un air songeur. Mais j'ai l'impression qu'il a surmonté la mort de sa femme et qu'il s'en sort bien. Ni lui ni son fils n'étaient nerveux ou tendus pendant notre échange, contrairement à ceux qui ont des choses à cacher. Leur stupeur et leur désarroi ne me semblaient pas feints non plus. Ils ont en tout cas une relation très proche.

— Ah, mince ! Pia s'arrêta. On a complètement oublié de les interroger à propos de la fille !

— Oublie-la en tant que meurtrière. Kim fit non de la tête. C'est un homme que vous recherchez.

— Mais on pourrait au moins lui parler, insista Pia. En plus, elle est venue à la boutique de Renate Rohleder en compagnie d'un homme.

Son portable se mit à sonner.

— Salut, Henning, dit-elle en voyant le numéro de la médecine légale s'afficher sur l'écran. Je…

— Il est deux heures et quart, dit-il froidement en la coupant. Ou 14 h 15, si tu préfères. Quand est-ce que les sous-fifres des bas-fonds de la médecine légale pourront compter sur la présence de la police judiciaire ?

— Comment ça ? Pia s'étonna. On avait rendez-vous ?

— Ton patron a spécialement demandé une autopsie express du cadavre de Noël et, vu le manque de personnel, c'est moi qui m'y colle, dit Henning d'un ton sarcastique. Comment se fait-il que le très honorable von Bodenstein ne réponde pas sur son portable ? J'ai essayé de le joindre plusieurs fois.

— On se met en route, dit Pia d'un ton conciliant. Un quart d'heure, OK ?

Henning Kirchhoff termina la conversation comme il l'avait entamée.

— Nom d'une pipe ! L'autopsie ! Bodenstein sortit son smartphone de la poche de son manteau pour vérifier. Je ne comprends pas pourquoi ça ne marche pas ! J'avais programmé un rappel. Regarde toi-même !

Il le tendit à Pia.

— Tu n'aurais peut-être pas dû mettre ton portable en mode silencieux, dit-elle, moqueuse. Du coup, tu aurais sans doute entendu le signal sonore.

— Cette technique et moi, on ne sera jamais copains, grogna Bodenstein en faisant la moue. On laisse ma voiture ici, on la reprendra au retour. Et on en profitera pour interroger Stadler au sujet de sa fille.

Ils choisirent la voiture utilisée par Pia et Kim à l'aller parce qu'elle était un peu plus confortable, et Bodenstein envoya une patrouille à Glashütten chez Joachim et Lydia Winkler, les beaux-parents de Dirk Stadler.

— Je trouve que les deux Stadler ont réagi de façon adéquate quand tu leur as parlé des faire-part et des victimes, dit Pia, et elle ajouta en guise d'explication pour sa sœur : Depuis que j'ai suivi ce séminaire sur la communication non verbale en situation d'interrogatoire, je suis très attentive au langage corporel des gens.

— Rien n'est à exclure, répliqua Kim. Il y a des gens qui parviennent à feinter un détecteur de mensonges. Mais j'ai du mal à imaginer Dirk Stadler, handicapé comme il est, escalader un transformateur ou enjamber un grillage dans le jardin du voisin de Gehrke. Et il ne passerait pas inaperçu du fait qu'il boite.

— Ce serait trop simple, dit Bodenstein.

Ils roulaient sur une autoroute déserte en direction d'une ville qui ne l'était pas moins. La hantise du tireur embusqué avait transformé la région en un amas de villes mortes.

— Regardez-moi ça ! Pia désigna au passage les quelques taxis qui attendaient les clients devant la gare, là où d'ordinaire, des centaines de gens faisaient la queue. Ça ne peut pas continuer ainsi !

— Je crains qu'il ne soit pas encore au bout de son expédition vengeresse, dit Bodenstein d'un ton morne.

— Mais il faut faire quelque chose ! Cette panique n'est pas justifiée !

— On en a déjà parlé. Bodenstein fit clairement non de la tête. Ce serait irresponsable de bercer les gens dans un sentiment de sécurité qui n'existe pas.

— De toute façon, il n'y aura pas d'autre crime tant que le vent souffle, fit remarquer Kim. Le tueur évite d'être en contact direct avec ses victimes, il ne tire qu'à distance. Mais ce n'est possible que si les conditions sont optimales.

Pia commençait à ressentir un sentiment d'impuissance d'une rare intensité. Ils étaient à la recherche d'un fantôme, d'un meurtrier intelligent et sans scrupules qui ne laissait rien au hasard, ne commettait pas d'erreur et avait toujours une longueur d'avance sur eux. Kirsten Stadler était leur seule piste à peu près concrète et ce, après trois morts ! Comme Kim l'avait dit ce matin, ils étaient face à une situation inédite. La personnalité des victimes, si décisive en temps normal dans une enquête, n'avait ici aucune importance, car elles n'étaient pas les vraies cibles du tueur, mais un simple moyen pour atteindre son objectif. Ils n'avaient ni traces, ni indices, ni témoins. Seulement trois morts, trois faire-part, des empreintes de chaussures qui s'étaient vendues à près de cent mille exemplaires en Allemagne, une description du meurtrier si vague qu'elle correspondait à un homme sur trois, et le nom de Kirsten Stadler ! Que se passerait-il s'ils n'arrêtaient pas ce cinglé ? Combien de noms s'inscriraient sur sa liste noire ?

— En tout cas, ce n'est pas son frère qui était avec elle chez Renate Rohleder, dit soudain Kim. Il ne correspond pas à l'âge et, même avec la meilleure volonté du monde, je ne dirais pas que c'est "un très bel homme".

— Hum, se contenta de dire Pia, après quoi personne ne parla jusqu'à ce qu'ils soient arrivés à destination et que Bodenstein s'engage sur le parking de l'institut. Pia avait chaque fois la sensation d'être en terrain connu lorsqu'elle franchissait la lourde porte en bois de la villa Art nouveau sur la Kennedyallee, qui abritait le département de médecine légale de l'université de Francfort depuis les années 1940. À une période de sa vie, elle avait passé plus de temps ici que dans son propre appartement. Ils suivirent un couloir lambrissé de bois sombre, au bout duquel un escalier menait au sous-sol de l'institut. Dans la première des deux salles de dissection les attendait déjà le corps lavé et dévêtu de Maximilian Gehrke.

— *Hello!* Ronnie Böhme, l'assistant du département, sortit du petit bureau qui faisait aussi office de kitchenette. Vous voilà. J'appelle le chef.

— Merci, Ronnie. Pia sourit et accrocha sa doudoune sur le portemanteau. Bodenstein et Kim gardèrent les leurs. Il faisait toujours froid dans la salle d'autopsie.

— Le café vient d'être passé. Servez-vous. Böhme esquissa un sourire, le combiné à l'oreille. Au même moment, des pas se rapprochèrent et il raccrocha.

— Je ne veux entendre aucune excuse! Henning apparut dans l'embrasure de la porte, suivi par un jeune homme qui ressemblait à un étudiant, et le procureur Heidenfelder. Pia se souvint de la première autopsie à laquelle ce dernier avait assisté, sept ans plus tôt ; il s'était trouvé si mal qu'il avait vomi. La morte s'appelait Isabel Kerstner et c'était la première affaire que Pia avait résolue avec Bodenstein.

— Je n'avais pas l'intention de m'excuser, rétorqua Bodenstein. Allons-y.

— Merci, je n'ai pas besoin de ton invitation pour commencer, aboya Henning.

La lumière crue de la lampe d'opération soulignait les dégâts causés par le projectile de la Core-Lokt en ressortant du corps de la victime. Il avait démoli les côtes et creusé un large trou dans la chair. Pia examina le visage fin de Maximilian Gehrke. On aurait dit qu'il dormait paisiblement. Elle avait presque l'impression de le connaître par la lecture de ses carnets. Elle fut soudain submergée par la colère envers celui qui croyait que son acte perfide était justifié et qui s'érigeait en juge et en bourreau.

— C'est une honte qu'un si jeune homme, ayant traversé tant d'épreuves, ait dû mourir de mort violente, dit-elle avec compassion. Au moins il n'a pas souffert.

— Il était déjà mort quand il a heurté le sol, confirma Henning. Son cœur a été littéralement déchiqueté.

— Alors que ce n'était même pas le sien.

— Pardon? Henning lui lança un regard interrogateur pardessus son masque chirurgical.

— Il a reçu une greffe cardiaque il y a dix ans, expliqua Pia.

Son ex-mari baissa les mains et enleva son masque.

— Très franchement, dit-il en laissant errer son regard de Pia à Heidenfelder en passant par Bodenstein, vous savez tous que je suis un fervent défenseur de l'autopsie – mieux vaut une de plus qu'une de moins. Mais j'aimerais bien savoir ce que vous espérez découvrir. C'est déjà le troisième cadavre qui atterrit sur ma table et dont la cause du décès pourrait être établie par un étudiant en première année.

— Nous prenons tout ce qui se présente, admit Bodenstein. À l'heure actuelle, il semblerait que la donneuse du cœur reçu par Maximilian Gehrke soit à l'origine des trois homicides. Mais nous n'avons rien de tangible, aucune empreinte, strictement rien.

— Il ne s'agit pas en premier lieu de déterminer la cause du décès, ajouta Pia. Peut-être que l'autopsie nous fournira un nouvel élément.

Henning soupira et haussa les épaules.

— J'aimerais pouvoir vous aider. Il remonta son masque. Mais je crains de vous remettre le même procès-verbal insignifiant que pour les deux autres victimes du sniper.

Le sentiment que son père lui cachait quelque chose préoccupait Karoline Albrecht et elle n'osait pas en parler au sympathique commissaire, même si c'était la solution la plus évidente. Sa mère était morte et elle craignait de perdre aussi son père si elle parlait en secret avec la police. Mais ce qu'elle craignait encore davantage, c'était une vérité qui risquait d'anéantir l'image qu'elle avait de sa mère. Peut-être que papa avait raison en disant qu'il voulait la protéger. Karoline ne se reconnaissait plus elle-même. Sa vie durant, elle n'avait jamais hésité à affronter et résoudre les problèmes – pourquoi hésitait-elle à présent et errait sans but en voiture, incapable de prendre une décision ? Étaient-ce encore les répercussions du choc qu'elle avait subi jeudi soir ? La veille, elle avait parlé presque une heure au téléphone avec Carsten et un petit moment avec Greta. Elle allait bien, compte tenu des circonstances, et elle ne faisait pas de cauchemars la nuit grâce à un léger sédatif.

— Elle va s'en tirer, avait dit Carsten. Il faut juste lui laisser le temps. Et le changement de cadre lui a fait du bien. Chez les grands-parents à la ferme, le monde tourne encore rond.

— Merci de vous occuper tous aussi bien d'elle, avait répondu Karoline. Dis-le aussi à tes parents et à Nicki, s'il te plaît.

— D'accord. Mais ça me semble évident. Carsten avait eu un instant d'hésitation. Et toi, comment vas-tu ? Tu t'en sors à peu près ?

Par simple habitude, elle avait failli répondre à sa question prudente par un cliché du genre : *Bien sûr que je m'en sors, ça va aller*, mais le mensonge lui était resté dans la gorge. Cette fois-ci, il ne s'agissait plus d'une grippe ou d'une affaire qui lui avait filé entre les doigts. C'était une question existentielle, certes liée à la mort de maman, mais aussi à la crise profonde qu'elle traversait.

— Je ne vais pas bien, avait-elle dit à son ex-mari. Maman me manque beaucoup. J'aimerais me recroqueviller dans mon lit et y rester pour pleurer.

Elle lui avait fait part de ses doutes quant au caractère aléatoire du tir et dit qu'elle croyait que papa lui mentait.

— Je dois découvrir ce qui se cache là-dessous, avait-elle dit. Je n'arrive pas à croire que maman ait pu faire quelque chose qui aurait incité quelqu'un à l'abattre.

— Ah, Karo, avait dit Carsten en soupirant. Je te comprends. Mais ne fais rien qui puisse te mettre en danger, s'il te plaît. Tu me le promets ?

Elle le lui avait promis.

— Si tu as besoin de nous, nous sommes là pour toi, avait-il dit à la fin. Tu es toujours la bienvenue ici.

Elle avait réussi avec peine à articuler un "merci" avant de raccrocher. À l'heure qu'il était, elle aurait pu être à la place de Nicki, confortablement installée avec Carsten et une ribambelle d'enfants chez ses beaux-parents dans leur ferme au bord du lac de Starnberg, mais elle s'était privée elle-même de cette possibilité.

Karoline orienta ses pensées dans une autre direction. C'était Carsten qui – sachant bien qu'elle ne suivrait pas son conseil de laisser l'affaire à la police – lui avait suggéré de prendre contact avec les proches des autres victimes, et voilà pourquoi elle était maintenant en route pour Eschborn. La première victime du "sniper", comme la presse avait baptisé le tueur fou, était une dame âgée de Niederhöchstadt. Karoline ignorait certes comment elle s'appelait et où trouver des membres de sa famille, mais l'endroit où elle avait vécu lui semblait être le meilleur point de départ pour son travail de détective. Le témoin de la réserve d'essence se mit à clignoter lorsqu'elle traversa Steinbach en direction de Niederhöchstadt, et elle s'arrêta à la première station-service. Bien que le carburant fût étonnamment bon marché, elle était la seule cliente.

— Il n'y a pas un chat depuis ce matin, confirma la femme à la caisse, la cinquantaine trapue, et elle désigna du doigt la une du *Bild*. Là, vous avez lu ? Tout le monde a peur de ce barjo qui flingue n'importe qui. On ne parle plus que de ça.

— Ça s'est passé tout près d'ici, non ? Karoline trouvait ce genre de commérages répugnant, mais la fin justifie les moyens, comme chacun sait. Vous connaissiez cette femme ?

— Bien sûr, Mme Rohleder mère. Elle venait souvent ici. Pour faire le plein ou juste pour acheter le journal. Vraiment horrible, toute cette histoire.

La caissière, qui n'avait rien d'autre à faire, se révéla une excellente source d'information. Quand Karoline paya peu après et retourna à sa voiture, elle connaissait le nom du chien de la victime, la marque de son véhicule, elle savait que sa fille possédait une boutique de fleurs dans l'Unterortstraße à Eschborn et que l'enterrement avait eu lieu au cimetière de Niederhöchstadt. En outre, et c'était sans doute l'information la plus importante, elle savait où avait vécu Ingeborg Rohleder avec sa fille.

Le téléphone de bord sonna lorsque Bodenstein longea le stade de la Commerzbank-Arena en direction de l'autoroute. Ostermann avait des nouvelles qui n'en étaient pas. Malgré des interrogatoires approfondis auprès des voisins à Kelkheim, personne n'avait vu ou remarqué quoi que ce soit le matin du jour de Noël. N'ayant pas trouvé le couple Winkler dans sa maison de Glashütten, la patrouille avait laissé un message, leur demandant de contacter la K11 à Hofheim. Les spécialistes du laboratoire d'analyses criminelles n'avaient retrouvé ni empreintes digitales, ni traces d'ADN sur les enveloppes ou les faire-part, et Napoléon Neff n'avait pas rapporté lui non plus d'informations intéressantes de l'enterrement d'Ingeborg Rohleder.

— Chou blanc, dit Ostermann. Hélas, il n'y a plus aujourd'hui de cachet de la poste qui révèle l'endroit d'où est partie une lettre. Tout a été imprimé sur une imprimante à jet d'encre, la marque de l'encre est standard, le papier aussi.

— Autrefois, on retrouvait des traces de salive sur les enveloppes et des lettres agglutinées par la machine à écrire, fit remarquer Kröger à l'arrière-plan. Ou un type de papier fabriqué à une époque bien précise. De nos jours, n'importe quel polar à la télé donne aux tueurs des tuyaux sur ce qu'ils doivent faire pour ne pas laisser de traces.

— Kathrin et Cem ont-ils réussi à obtenir quelque chose à la clinique de traumatologie ? voulut savoir Bodenstein.

— Non. Ostermann réduisit à néant la dernière lueur d'espoir de Bodenstein. Apparemment, il n'y a personne dans la maison qui puisse leur donner accès aux dossiers. Le mandat du procureur n'est pas encore arrivé.

Le trajet du retour se déroula dans le même silence déprimant qu'à l'aller. Henning Kirchhoff avait parfaitement raison, une autopsie avait aussi peu d'intérêt dans le cas de Maximilian Gehrke que dans celui d'Ingeborg Rohleder et de Margarethe Rudolf. Ce n'était rien d'autre que de l'agitation inutile. Bodenstein avait la sensation d'être dans un véhicule dont le réservoir d'essence se vidait peu à peu.

— Ta voiture se trouve encore à Liederbach, lui rappela Pia à hauteur du centre commercial du Main-Taunus, alors qu'il s'apprêtait à rester sur la voie du milieu en direction d'Hofheim. Il mit le clignotant juste à temps et donna un grand coup de volant à droite. Au moins, Rosalie était bien arrivée à New York et la douleur de la séparation avait fait place à l'enthousiasme devant cette ville où elle allait vivre et travailler pendant un an. Quand devait-il parler à Inka de la proposition de la mère de Cosima ? Comment allait-elle réagir ? L'occasion ne s'était pas encore présentée. Dans la journée, ils étaient tous les deux occupés et, la nuit, elle restait dormir chez elle parce que Sophia logeait chez lui. Voilà des jours qu'il se demandait comment lui expliquer tout cela sans qu'elle lui reproche une fois de plus, et de façon injustifiée, de s'accrocher à Cosima. La dernière chose dont il avait besoin dans cette situation tendue, c'était d'une dispute avec Inka.

Bodenstein s'arrêta à côté de son véhicule de service, détacha sa ceinture et descendit.

— À tout de suite, dit-il à Pia qui s'installa au volant.

— Ça marche. Tu as les clés de la voiture ?

Il tapota la poche de son manteau, puis il longea les garages jusqu'à l'allée dans laquelle habitait Dirk Stadler. À la tombée de la nuit, les volets roulants étaient descendus dans les maisons où les habitants étaient déjà rentrés. Une faible lueur filtrait ici et là à travers les éléments en verre des portes d'entrée mais, sinon, tout était soigneusement barricadé. La maison de Dirk Stadler n'était pas éclairée. Bodenstein appuya sur la sonnette, attendit un instant et sonna à nouveau, mais personne n'ouvrit. Le vent violent secouait les deux petits buis qui encadraient la porte d'entrée et il fit voler un tourbillon sonore de feuilles mortes sur l'allée. La température avait baissé de quelques degrés et le froid pénétrait à travers le pantalon de Bodenstein. Il aimait sans aucun doute son métier, qu'il exerçait depuis une bonne trentaine d'années, même si c'était souvent pénible et usant. Mais il adorait les défis qu'apportait chaque affaire, ce sentiment de satisfaction lorsqu'un criminel était confondu et justice rendue à la victime et à sa famille. Bodenstein ne s'imaginait pas faire autre chose et, pour être honnête, il ne s'en sentait pas capable. Son métier avait toujours été une vocation, bien plus qu'une simple activité professionnelle où on finissait à 17 heures. Mais il comportait aussi des phases comme celle-ci, où rien ne semblait avancer. Au cours de sa carrière, il n'avait connu que très peu d'affaires restées sans suite et régulièrement ressorties des archives pour être réexaminées. La criminologie moderne permettait de faire des analyses toujours plus poussées et apportait des résultats toujours plus précis, sans compter la précieuse coopération transfrontalière. Décontraction et patience étaient deux qualités requises pour un policier mais, en ce moment, Bodenstein avait la sensation désagréable que l'attente était la pire des alternatives possibles. Il rebroussa chemin et revint vers sa voiture.

Tu recevras bien entendu une rémunération adéquate pour cette tâche. Cette phrase de Gabriela ne lui sortait pas de la tête. Son statut de fonctionnaire ne lui permettait pas de toucher des revenus annexes illimités. Cela signifiait-il qu'il devrait démissionner ? Était-il même en mesure de répondre aux exigences de sa belle-mère ?

Bodenstein mit le moteur en route et régla le chauffage au maximum. Un courant d'air glacial lui arriva en plein visage, il orienta la buse en jurant à voix basse, actionna les essuie-glaces et démarra.

Sur la route qui reliait Liederbach à Hofheim, il réfléchit aux avantages de la proposition de Gabriela. Il ne serait plus jamais réveillé au milieu de la nuit ou le dimanche matin parce qu'un cadavre gisait quelque part. Il n'aurait plus à se soucier du manque de personnel, des querelles entre collègues, de toutes les directives, restrictions et de cette maudite paperasserie. Plus de cadavres calcinés, décomposés, boursouflés, plus d'interrogatoires interminables où on lui débitait des histoires aussi rocambolesques que mensongères, plus de stress, d'agitation, de nuits blanches. Est-ce que la tension qu'il ressentait chaque fois qu'on l'appelait sur une scène de crime allait lui manquer ? L'adrénaline de la traque, le sentiment d'accomplir une tâche importante et de faire le bien, le travail d'équipe ? Quels succès pouvait-il encore espérer s'il se contentait de gérer la fortune de sa belle-mère ? Non, se dit-il à voix haute. Non, je ne vais pas le faire.

Et, tout d'un coup, il se sentit un peu mieux.

Karoline Albrecht était restée un bon moment assise dans sa voiture, se demandant si elle devait descendre et sonner à la porte de la maison mitoyenne. À vrai dire, elle ne voulait rien savoir de cette femme dont un cruel coup du sort avait fait une compagne d'infortune. Elle-même était tellement submergée par la douleur, la colère et la tristesse qu'elle ne savait pas si elle pouvait en supporter davantage. Les invités au repas d'enterrement s'étaient peu à peu éclipsés et Karoline s'était ressaisie avant qu'il ne soit trop tard et que sa visite ne devienne impolie.

— Oui ? Renate Rohleder la scruta d'un œil méfiant à travers la porte entrebâillée. Qu'est-ce que vous voulez ?

— Je m'appelle Karoline Albrecht, dit-elle. Excusez-moi de me présenter comme ça devant chez vous, mais je… je voulais vous parler. Ma mère a été… assassinée la semaine dernière, à Oberursel. Par le même… meurtrier que celui de votre mère.

— Oh ! Les yeux rougis de la femme s'agrandirent de surprise, la retenue fit place à la curiosité. Elle ne demanda pas à Karoline comment elle avait trouvé son nom et son adresse, elle enleva la chaîne de sûreté et ouvrit la porte en grand. Entrez, dit-elle.

Dans la maison flottaient un parfum douceâtre, une odeur de renfermé et vaguement de chien mouillé. Les deux femmes restèrent un instant debout dans le couloir étroit, sans rien dire, et elles se regardèrent, un peu gênées. Le chagrin avait fait des ravages sur le visage de Renate Rohleder : de profondes rides s'étendaient du nez à la commissure des lèvres, ses paupières étaient gonflées et des cernes bleuâtres s'étaient formés sous ses yeux. Elle avait beau être à peine plus âgée que Karoline, elle ressemblait à une vieille femme.

— Je… je suis désolée de ce qui est arrivé à votre mère, dit Karoline pour briser le silence, sur quoi Renate Rohleder éclata en sanglots et la prit dans ses bras. Et Karoline qui, d'ordinaire, n'appréciait pas beaucoup le contact physique, se sentit attirée contre une poitrine tendre et elle remarqua que l'étau de glace qui enserrait son cœur se brisa en mille morceaux. Elle ne chercha pas à faire bonne figure et laissa libre cours à ses larmes, comme cette étrangère à l'âme tout aussi endommagée que la sienne.

Plus tard, elles se retrouvèrent au salon à boire du thé. Elles étaient convenues de se tutoyer mais, pendant un temps, elles ne surent pas comment aborder le sujet. Le vieux labrador marron, couché dans son panier, les observait de ses yeux sombres et tristes, dans lesquels flottait une lueur bleuâtre.

— Topsi ne mange quasiment plus depuis que maman est partie, dit Renate en soupirant. Il était là quand… ça s'est passé.

Karoline ravala sa salive.

— Ma fille Greta se trouvait à côté de ma mère quand elle a été abattue à travers la fenêtre de la cuisine, répondit-elle en s'étonnant d'avoir autant de facilité à prononcer ces mots pour lesquels elle et son père avaient employé quantité d'euphémismes ces derniers jours.

— Oh mon Dieu ! Renate esquissa une grimace de compassion. C'est encore pire ! Comment s'en sort-elle ?

— Ma foi. Elle est dans la famille de son père. Elle a l'air d'aller plutôt bien. Karoline mit les mains autour de sa tasse. Je n'arrive pas à croire que ce type a abattu ma mère délibérément ! La maison de mes parents est située en lisière de forêt, au bout d'une impasse. Personne ne passe là par hasard.

Renate se redressa et lança un regard scrutateur à Karoline.

— Ce ne sont pas des hasards, dit-elle à voix basse. C'est ce qu'ils écrivent dans les journaux parce que la police ne dit rien.

— Pardon ? demanda Karoline sans comprendre.

— La police pense que c'est lié à Kirsten, Kirsten Stadler. La voix de Renate trembla et ses yeux se remplirent de larmes. C'est la dernière victime qui leur a permis de remonter jusqu'à elle. Et aussi ces… ces faire-part de décès. Elle se remit à sangloter. Ah, c'est tellement affreux ! Nous étions presque voisines, Kirsten et moi. Je la voyais souvent et on allait parfois courir ensemble. Kirsten avait un chien elle aussi, un hovawart qui s'appelait Spike.

Karoline ignorait totalement qui était cette Kirsten et de quoi parlait Renate.

— Quels faire-part de décès ? demanda-t-elle en l'interrompant.

— Attends. Renate se leva d'un bond, quitta le salon et revint peu après avec un papier qu'elle tendit à Karoline. Ça a été envoyé à la police d'Eschborn.

Un faire-part de décès, imprimé sur une feuille blanche.

Ingeborg Rohleder devait mourir parce que sa fille s'est rendue coupable de non-assistance à personne en danger et de complicité d'homicide involontaire. Le Juge, lut-elle.

— Qu'est-ce que ça signifie ? chuchota Karoline. Et quel rapport avec ma mère ?

— Je ne sais pas non plus. Renate se moucha. Puis elle raconta à Karoline ce qui s'était passé le matin du 16 septembre 2002. Je n'arrive toujours pas à croire que *je* puisse être tenue pour responsable de la mort de ma mère. Qu'est-ce que j'ai fait de si grave ? Je ne pouvais pas savoir ce qui arriverait à Kirsten. Qui aurait pu penser qu'une jeune femme en bonne santé soit tout d'un coup en état de mort cérébrale ? Qu'est-ce que j'aurais pu faire, d'ailleurs ?

Renate resta un moment assise là, regardant droit devant elle et chiffonnant son mouchoir entre ses doigts. Karoline mesura ce qu'il en coûtait à Renate d'évoquer cette histoire. Elle devait être rongée par les remords.

— Est-ce que je comprends bien ? s'assura Karoline. Ce Juge a assassiné ta mère parce que tu n'as pas apporté ton aide à l'époque ?

Renate acquiesça tristement en haussant les épaules.

— C'est insensé. Pourquoi est-ce qu'il ne m'a pas tuée, moi ? Ma mère était… une personne si bonne ! Elle… elle était si généreuse et serviable, elle avait une oreille attentive pour chacun. Le chagrin l'envahit et elle sanglota de nouveau. C'est si vieux, tout ça, poursuivit Renate d'une voix larmoyante. Je n'y pensais plus du tout, jusqu'au jour où… Helen est venue à la boutique, avec un homme.

— Helen ?

— La fille de Kirsten. Elle m'a demandé pourquoi je n'avais pas aidé sa mère ce jour-là, et tout a ressurgi en moi.

— C'était quand ? Qu'est-ce qu'elle voulait ?

— Il y a quelques mois. Pendant l'été. Helen m'a demandé si j'avais conscience des dégâts que j'avais causés à l'époque et si je regrettais. Le type n'a pas pipé mot pendant tout ce temps, il s'est contenté de me regarder d'un air bizarre. Ça m'a vraiment fait peur.

Où Renate voulait-elle en venir ?

— La police m'a interrogée à son sujet, mais j'étais si perturbée que je ne me suis plus souvenu de rien. Par la suite, quelque chose m'est revenu. Renate saisit un journal posé sur la table du salon et le tendit à Karoline. J'ai vu cette annonce par hasard avant-hier et, du coup, ça m'est revenu. Elle montra du doigt l'annonce. Ce symbole se trouvait sur la voiture avec laquelle ils sont venus. Elle était garée juste devant ma vitrine.

Le "symbole" en question était le logo d'une orfèvrerie à Hofheim.

— Tu comprends, Karoline? chuchota Renate d'une voix implorante. La crainte se lisait soudain dans son regard. Je crois que le Juge, ça pourrait être lui!

Karoline la dévisagea, tandis que son cerveau essayait désespérément de relier toutes les pièces du puzzle. Faire-part de décès. Kirsten Stadler. Non-assistance à personne en danger. *Mort cérébrale!* Karoline eut soudain l'impression d'être une funambule en équilibre, sans filet ni garde-fou, sur une fine corde, vestige de la confiance enfantine, au-dessus des ténèbres.

— Renate, te rappelles-tu dans quel hôpital on a amené Kirsten Stadler et ce qui s'est passé là-bas? Ses cordes vocales lui faisaient mal, tant elles étaient tendues, ses paumes étaient moites et son cœur battait la chamade face à l'angoisse de ce qu'elle craignait d'entendre.

— Je… je ne sais pas, il faut que je réfléchisse. Renate se frotta les tempes et serra les paupières. C'était un hôpital de Francfort, la clinique de traumatologie, je crois. Mais ils n'ont pas pu l'aider, son cerveau a manqué trop longtemps d'oxygène…

Les pensées se bousculaient dans la tête de Karoline, elle n'écoutait plus ce que lui disait Renate. Elle réussit tant bien que mal à prendre congé et se retrouva à l'air libre. Elle descendit la rue obscure d'un pas incertain jusqu'à sa voiture.

Elle monta, posa les mains sur le volant et respira plusieurs fois à fond. Tout en elle refusait l'idée que son père puisse avoir un lien avec l'affaire Kirsten Stadler. Et d'ailleurs, elle ne voulait pas le savoir. Maman était morte et plus rien ne la ramènerait à la vie.

— On pourrait difficilement vivre de façon plus différente l'une de l'autre. Kim s'était confortablement installée sur le clic-clac. Moi, dans un loft au cœur d'Hambourg et toi, dans une ferme.

— C'est ce que j'ai toujours voulu ! Pia laissa échapper un petit rire et leva son verre de vin blanc à la santé de sa sœur. J'ai vécu suffisamment longtemps en ville et j'en avais marre de passer des heures à chercher une place de parking ou de devoir me garer dans un parking souterrain.

— Mais tu n'as pas de voisin ! répondit Kim. S'il t'arrive quelque chose, personne n'en saura rien.

— En général, Christoph est là, et mon plus proche voisin n'habite qu'à cinq cents mètres, répliqua Pia. Je me sens en tout cas bien plus en sécurité ici qu'en ville, où il n'y a plus aucun contrôle social. Sais-tu le nombre de fois où nous trouvons des morts qui sont restés des semaines dans leur logement et ne manquaient à personne ? Ça te sert à quoi d'habiter dans un immeuble avec dix ou vingt locataires, si personne ne s'intéresse à toi ? Ici, à la campagne, chacun est attentif aux autres.

— Je ne sais pas si je pourrais vivre aussi isolée. Kim but une gorgée de vin.

— Isolée ? Pia ne put s'empêcher de rire. L'autoroute la plus fréquentée d'Allemagne passe à moins de cent mètres d'ici !

— Tu sais à quoi je pense, dit Kim. Au fait que cette solitude ne te dérange pas, après ce qui t'est arrivé à l'époque.

— Ça s'est passé dans un appartement avec des voisins à gauche et à droite, lui rappela Pia. Et ça ne m'a servi à rien.

Après le travail, les deux sœurs avaient fait les courses ensemble, s'étaient occupées des chevaux, puis Pia avait préparé le repas : des filets d'agneau à l'ail, à l'huile d'olive et aux herbes fraîches, accompagnés d'une polenta au parmesan et de carottes revenues au beurre. Elles avaient savouré le festin avec un gavi di gavi, ouvrant même une deuxième bouteille dans la foulée.

— Vous cuisinez comme ça tous les soirs ? demanda Kim.

— Oui, confirma Pia. C'est Christoph qui s'en charge, d'habitude. C'est un vrai cordon-bleu. Moi, j'ai toujours été plutôt celle qui glisse au four une pizza au thon pour le dîner et qui bouffe des kebabs, de la saucisse grillée ou des hamburgers dans la journée. Mais, maintenant, je m'en sors pas trop mal pour certains plats. Excepté la soupe de potiron.

— *Pas trop mal?* C'était excellent!

— Merci. Pia sourit et se resservit du vin. Un feu crépitait dans la cheminée et répandait une chaleur agréable. Depuis que, trois ans plus tôt, la maisonnette avait été rénovée de fond en comble, la qualité de vie au Birkenhof s'était nettement améliorée : fenêtres à triple vitrage, un nouveau toit surélevé et vraiment isolé, un chauffage central moderne à la place des vieux radiateurs à accumulation qui n'avaient jamais bien fonctionné, tout en consommant beaucoup d'électricité. Le premier étage comportait désormais une grande chambre à coucher avec un balcon, une superbe salle de bains et une autre pièce que Christoph et elle utilisaient comme dressing. La vieille chambre du rez-de-chaussée était devenue une chambre d'amis ayant sa propre salle de bains.

— J'ai hâte de faire la connaissance de Christoph, dit Kim. Ah, comme je suis contente d'être venue!

— Je le suis aussi. Pia regarda sa sœur cadette. Autrefois elles étaient inséparables, elles avaient tout fait ensemble. Mais Pia avait tôt développé un fort besoin de liberté et, une fois son bac en poche, elle avait quitté la maison familiale qui lui semblait de plus en plus morne et sinistre. Elle avait emménagé avec une amie, entamé des études de droit, en exerçant toujours un petit boulot à côté pour être indépendante de ses parents. Kim, la benjamine, avait longtemps trouvé plus confortable de rester chez leurs parents. Elle était plus délicate et réservée que Pia, plus ambitieuse et déterminée. Les parents, voyant qu'aucun de leurs enfants ne voulait aller en apprentissage chez Hoechst AG, avaient fini par accepter d'avoir un employé de banque et deux étudiantes dans la famille. Mais, tandis que Lars et Kim avaient suivi sans faillir la voie qu'ils s'étaient tracée, Pia avait laissé tomber ses études pour entrer dans la police, une honte aux yeux de leurs parents qui se vantaient déjà de leur future avocate au club de quilles et à la chorale de l'église. Et lorsque, comble absolu, elle avait épousé Henning Kirchhoff

– un découpeur de cadavres –, ses parents n'avaient plus mentionné son nom dans la conversation. Plus tard, la même chose s'était produite avec Kim. La sœur cadette, qui n'avait affaire qu'à de dangereux criminels et autres psychopathes, avait été tacitement rayée de la chronique familiale. Mais, contrairement à Pia qui avait coupé tous les ponts le cœur léger, Kim avait été profondément blessée par la désapprobation explicite de ses parents. Elle était partie à Hambourg et, pendant dix ans, elle ne leur avait fait signe que par le biais de cartes de vœux impersonnelles.

— Qu'est-ce qui t'a incitée à retourner voir nos parents cette année ? voulut savoir Pia.

— Je n'en sais rien. Kim haussa les épaules. Je sens que ma période à Hambourg touche à sa fin. Au bout de onze ans, mon boulot ne présente plus aucun défi, d'autant que je n'ai pas le moindre espoir d'obtenir le poste de directrice médicale. J'ai toute une série de propositions, y compris une ici à Francfort.

— Ah ! Pia était étonnée. Dis donc, ce serait génial si tu habitais à nouveau dans le coin.

— Oui, l'idée me plaît aussi, avoua Kim en tournant le pied de son verre de vin entre ses doigts d'un air songeur. Plus que d'aller à Berlin, Munich, Stuttgart ou Vienne. Francfort est au cœur de tout, j'aime ça. On est vite partout.

— Est-ce que tu as un homme dans ta vie, au fait ? demanda Pia.

— Non, répondit Kim. Plus depuis longtemps. Et ça me va très bien. Et toi et Christoph ? Ça fait combien de temps que vous êtes ensemble ?

— Six ans. Pia sourit.

— Je ne savais pas. C'est du sérieux, alors ?

— Je crois que oui, dit Pia en affichant un large sourire. On s'est mariés il y a dix jours.

— Pardon ?! Kim ouvrit de grands yeux. Et tu dis ça, l'air de rien ?

— Personne n'est au courant, pas même ses filles. Christoph et moi voulions faire ça entre nous. Mais on va organiser une grande fête au Birkenhof cet été.

— Waouh, c'est génial ! Kim laissa échapper un petit rire. Maintenant j'ai d'autant plus envie de le connaître !

— Tu vas le connaître. Je suis sûre qu'il te plaira. Il est merveilleux ! Et à l'autre bout de la planète, songea-t-elle. À la seconde, elle fut submergée par l'envie de le revoir, cette envie qu'elle parvenait plus ou moins à refouler dans la journée.

Les sœurs se turent pendant un moment. Une bûche craqua dans la cheminée et se fendilla en produisant une gerbe d'étincelles. Un des chiens rêvait dans son panier. Ses pattes et son museau tressaillaient, il aboyait et gémissait dans son sommeil.

— Ton boss me plaît, dit soudain Kim.

— Quoi ? Bodenstein ? demanda Pia, toute surprise.

— Non. Kim eut un sourire rêveur. Pas Bodenstein. Je pense à Nicole. Nicole Engel.

— P… pardon ? Pia sursauta et écarquilla les yeux. Tu ne dis pas ça sérieusement !

— Si. Kim fixait le verre de vin dans sa main. Elle a un je-ne-sais-quoi qui me plaît.

— Engel mange de la chair fraîche, une poignée d'ongles et, si nécessaire, un d'entre nous en guise de petit-déjeuner, répondit Pia, encore abasourdie par l'aveu surprenant de sa sœur cadette. C'est une dure à cuire, totalement blindée. Pourquoi veux-tu t'embarquer avec une femme pareille ?

— Aucune idée. Kim haussa les épaules. Elle m'a impressionnée. Et ça fait un bon bout de temps que ça ne m'était pas arrivé.

Vendredi 28 décembre 2012

C'est le silence qui le réveilla. Toute la nuit, la tempête avait fait rage autour de la maison, hurlé dans le conduit de cheminée et malmené les volets roulants, mais c'était maintenant le calme plat. Il étendit le bras et chercha à tâtons le réveil sur la table de chevet. 5 h 50. Parfait pour démarrer la journée. Une journée qui allait défrayer la chronique, bien au-delà de l'échelle régionale. Depuis son premier tir, il était au cœur de l'actualité dans les journaux, à la télévision et à la radio, et il ferait en sorte que cela ne change pas. Mais il n'appréciait pas qu'on le décrive comme un tueur fou qui massacrait les gens au hasard. Ce n'était pas le cas, et il fallait que le grand public le sache. L'idée des faire-part était bonne, la police ne semblait pourtant pas disposée à diffuser ses informations, c'est pourquoi il avait recherché le nom d'un journaliste sérieux, qui avait déjà rédigé plusieurs articles sur ses meurtres des derniers jours, et auquel il avait envoyé des copies des faire-part. Il retira la couette et alla uriner à la salle de bains. Il prit ensuite une longue douche très chaude, à la limite du supportable. C'était peut-être sa dernière douche, voire sa dernière nuit dans cette maison. Il devait s'attendre à être pincé d'un jour à l'autre. Chaque journée pouvait être sa dernière en liberté. Comme il en avait conscience, il gardait ses sens en éveil pour apprécier les plus petites choses du quotidien. Le lit moelleux avec le matelas à ressorts ensachés, la couette bien chaude en duvet et la housse de couette damassée ; le gel douche hors de prix, la serviette souple, les sous-vêtements qui sentaient bon l'adoucissant. Il se rasa avec soin, en utilisant beaucoup de mousse. Il ne connaîtrait plus un tel luxe une fois derrière les barreaux. Il n'était pas exclu que tout s'arrête dès ce soir. Ou seulement dans trois jours, ou dans deux semaines. L'incertitude le stimulait et lui donnait des sensations qu'il n'avait pas connues depuis longtemps. Or ce n'étaient que les effets secondaires de la mission qu'il s'était fixée. Il n'avait pas le choix, c'était la seule façon d'atteindre ces gens. Ils n'avaient aucun sentiment d'injustice, aucune mauvaise conscience, ils s'en tiraient toujours. Aucun d'eux n'avait eu de remords. Pas un seul. Il allait leur apprendre à se repentir.

Il s'habilla tranquillement et vérifia son apparence dans le miroir.

S'ils l'arrêtaient aujourd'hui, il serait prêt, tout était en ordre. Il ne renierait rien. Il n'avait pas besoin d'avocat, car il avouerait sans hésiter. Cela faisait partie de son plan. 7 h 23. Six heures à peine avant qu'il replie son doigt sur la détente. Il enfila son blouson et se mit en route pour acheter un pain et un bretzel chez elle pour la dernière fois.

Bodenstein avait lui aussi remarqué que le vent était tombé. Debout sur le balcon avec une tasse de café, il contemplait d'un œil inquiet le drapeau qui pendait dans le jardin de son voisin de gauche.

Force du vent : nulle.

Des conditions idéales pour le tireur embusqué.

Bodenstein laissa errer son regard au loin. À gauche clignotait le signal rouge de la tour de télévision, à côté scintillaient les gratte-ciel des banques du centre-ville. Au milieu, la zone industrielle de Höchst et, à droite, l'aéroport de Francfort. Dans cet ensemble vivaient environ deux cent cinquante mille personnes, dont chacune pouvait être la prochaine victime. Les unités de police étaient en état d'alerte maximale, on avait reporté les congés et demandé des renforts en provenance d'autres Länder, mais il était impossible de surveiller toute la région Rhin-Main. L'augmentation drastique de la présence policière et les efforts de la population pouvaient tout au plus contrecarrer les projets de fuite du sniper après son prochain meurtre, mais difficilement l'empêcher de faire une nouvelle victime. Bodenstein but une gorgée de café.

Kirsten Stadler.

La mort de cette femme voilà dix ans expliquait-elle réellement les homicides ? Bodenstein, ne voulant pas être accusé de négligence, avait ordonné la mise sous surveillance de Dirk et Erik Stadler, par mesure de précaution. Pas vingt-quatre heures sur vingt-quatre, cela allait au-delà de leurs possibilités, mais des patrouilles sillonnaient à intervalles réguliers les rues de Liederbach et du quartier de Nordend à Francfort, où habitaient le père et le fils. Bodenstein voulait être informé dès qu'ils sortaient de chez eux.

L'air était glacial et transparent, Bodenstein frigorifié.

La nounou qui devait s'occuper de Sophia pour la journée n'arriverait qu'à 8 heures, il ne pouvait partir avant, donc il décida de lire dès maintenant le journal qu'il emportait d'ordinaire au bureau. Il descendit, le prit dans la boîte aux lettres, s'assit à la table de la cuisine avec une deuxième tasse de café et manqua de s'étrangler. Le titre tapageur lui sauta d'emblée aux yeux : *Les meurtres du sniper. Ce que la police passe sous silence.* Bodenstein s'empressa de tourner les pages jusqu'à l'article annoncé en page 3 et révélant paraît-il des informations confidentielles, et il se mit à lire. Les premiers paragraphes contenaient surtout des conjectures et diverses suppositions mais, ensuite, Bodenstein vit rouge. L'auteur de l'article, qui se cachait derrière l'abréviation KF, citait les prénoms des victimes et les initiales de leur nom de famille, suivis de leur âge entre parenthèses, et il affirmait que la police savait depuis longtemps que le tueur agissait de façon très ciblée, mais qu'elle le cachait à la population, sans doute pour ne pas nuire à l'enquête. Où diable ce type avait-il dégoté les noms ? Y avait-il dans les rangs de la police une taupe qui fournissait des informations à la presse ? À moins que le tueur n'ait lui-même pris contact avec elle ?

Il avait fallu à Karoline Albrecht toute une bouteille de vin rouge et la moitié de la nuit pour établir un lien à peu près logique entre les faits dont elle disposait. Elle devait confronter son père à ce qu'elle savait, même si cela impliquait le risque de tomber en disgrâce *ad vitam æternam*. Sa propre irrésolution, qui lui correspondait si peu, l'agaçait car elle l'empêchait de réfléchir et la maintenait dans l'angoisse. Durant le trajet entre Kelkheim et Oberursel, Karoline transpirait tout en étant gelée, elle avait l'estomac noué et les paumes moites. La dernière fois qu'elle avait connu ces sensations, c'était il y a vingt-quatre ans, le matin où elle avait passé le permis ! Lorsqu'elle s'arrêta devant la maison de ses parents et vit la voiture de son père garée dans l'allée, elle fut tentée de faire demi-tour et de repartir ni vue, ni connue.

— Lance-toi, poule mouillée, s'exhorta-t-elle. Elle descendit de voiture, respira à fond et se dirigea vers l'entrée. Au moment où elle s'apprêtait à glisser la clé dans la serrure, la porte s'ouvrit.

— Bonjour, Karoline, dit son père. Tu arrives tôt, dis donc !

Il était fraîchement rasé et bien coiffé, portait un manteau et son attaché-case à la main.

— Bonjour, papa. Karoline fut surprise de le voir ainsi. Tu t'en vas ?

— Oui, je dois me rendre à la clinique, répondit-il. Je tourne en rond ici, et le travail reste encore le meilleur remède.

— Il faut que je te parle, dit Karoline avant qu'il n'ait le temps de passer devant elle pour monter dans sa voiture.

— Ça ne peut pas attendre ce soir ? J'ai une opération importante à 10 heures et je dois…

— Tu as toujours eu une opération importante dès que je voulais te parler, dit-elle en interrompant son père. Mais, cette fois, ça presse.

— Il s'est passé quelque chose ?

Posait-il la question sérieusement ?

— Je sais que tu ne me dis pas tout, répliqua-t-elle. Et je me demande pourquoi. Est-ce réellement par pur altruisme, ou plutôt parce que tu as quelque chose à cacher ?

— Je n'ai rien à cacher ! Quelle était cette lueur qui avait surgi un instant dans ses yeux ? De l'énervement ? De la gêne ? Ou de la peur ?

— Vraiment ? Dans ce cas, tu n'as certainement rien contre le fait que je demande à la police s'ils ont aussi reçu un faire-part de décès pour maman.

Son hésitation en disait long et l'ultime espoir de s'être peut-être trompée partit en fumée. Son propre père lui avait menti, non pour l'épargner, mais parce que – comme Renate Rohleder – il se sentait coupable !

— Quel était le contenu du faire-part ? insista-t-elle. Qu'a écrit le Juge ? Dis-le-moi ! J'ai le droit de savoir pourquoi maman a dû mourir et pourquoi ma fille est gravement traumatisée !

— Ah, Karoline ! Il posa son attaché-case, s'apprêtant à mettre la main sur le bras de sa fille, mais elle recula. Je n'avais pas l'intention de te cacher quoi que ce soit, je voulais juste qu'on en parle tranquillement, pas entre deux portes.

— Et tu comptais le faire quand ? Bon sang, voilà qu'elle avait de nouveau envie de pleurer ! Or les larmes la désavantageaient sur le plan psychologique, et elle n'avait pas besoin de ça. Pas maintenant ! Tu es au courant depuis que la police est venue ici, n'est-ce pas ?

— Oui, c'est vrai. Mais je voulais attendre que tu ailles un peu mieux. Crois-moi, depuis, je ressasse des idées noires et je m'accable de reproches ! Son père poussa un soupir et laissa tomber les épaules, sans toutefois détacher son regard du sien. Ce faire-part me rendait responsable de la mort de ta mère parce que j'avais, paraît-il, *assassiné* quelqu'un ! C'est complètement aberrant et c'est d'ailleurs ce que j'ai dit à la police. Mon métier consiste à sauver des vies mais, malheureusement, je me situe toujours à la frontière ténue entre la vie et la mort, l'espoir et la déception.

— Maman n'était donc pas une victime aléatoire de ce… de ce sniper. Karoline croisa les bras sur sa poitrine. Est-ce en rapport avec la dénommée Kirsten Stadler ? demanda-t-elle. C'était quoi, cette histoire, au juste ?

— Je viens de te dire que ces reproches n'ont aucun sens, rétorqua son père avec cette pointe d'exaspération qui se glissait dans sa voix chaque fois qu'un sujet l'embêtait et qu'il voulait mettre un terme à la discussion. Karoline se rappela à quel point cela déplaisait à maman autrefois. Elle jugeait très impoli de laisser clairement entendre à son interlocuteur qu'on rêvait d'en finir. Mais elle avait toujours trouvé une bonne excuse à son mari : ce n'est pas ce qu'il pense, disait-elle, il est déjà auprès de ses patients mentalement.

Maman a enjolivé tant de choses, songea Karoline, et cette pensée lui donna un coup au cœur. *Aussi en ce qui me concerne.*

Peut-être était-ce la seule solution qu'avait trouvée sa mère pour supporter d'avoir comme mari et fille deux bourreaux de travail égocentriques.

— Que s'est-il passé à l'époque ? insista-t-elle.

— Rien d'inhabituel. La routine, assura son père, mais Karoline voyait cela autrement. Son métier représentait peut-être la routine à ses yeux mais, pour ses patients et leurs proches, le simple fait d'être opéré par le Pr Dieter Rudolf marquait un tournant décisif. Il était leur ultime espoir dans une situation sans issue. En avait-il jamais eu conscience ? Percevait-il encore la destinée d'une personne au-delà du résultat médical ?

— Papa ! Karoline baissa la voix. Si tu as fait quelque chose qui a entraîné la mort de maman, je ne te le pardonnerai jamais !

Son cœur tambourinait contre ses côtes. Elle n'avait jamais parlé ainsi à son père ! À la lueur de la lampe d'extérieur, il lui parut soudain vieux, bien loin du père tout-puissant et hautain dont elle avait désespérément tenté d'obtenir l'attention et l'affection durant son enfance.

— Tu me prends pour qui ? Comment aurais-je pu souhaiter qu'il arrive quelque chose à ta mère ? dit-il d'un ton sec. Je n'ai pas conscience d'avoir commis de faute, crois-moi ! Ce cas, hélas, n'avait rien d'exceptionnel. Une femme a été admise à la clinique en état de mort cérébrale après une hémorragie et plusieurs heures sans apport d'oxygène. Toute aide est arrivée trop tard. Les membres de la famille ont donné leur accord au prélèvement d'organes, les examens de rigueur ont été effectués, les paramètres transmis à Eurotransplant, où on a informé les patients en attente de greffe et dont les données étaient compatibles. La femme a été explantée dans la nuit. Une procédure tout à fait normale ! Sûrement une tragédie pour la famille mais, pour moi, c'était le quotidien.

— Quelque chose a dû mal tourner ! dit Karoline, qui ne voulait pas lâcher prise. Sinon, un type ne se pointerait pas dix ans plus tard pour tuer des innocents par vengeance !

— Rien n'a mal tourné, je te le jure ! rétorqua son père. Il saisit son attaché-case et se retourna pour partir. Le spot audessus de la porte du garage s'illumina et plongea l'allée dans une lumière aveuglante.

— On se voit ce soir ? demanda-t-il, comme elle ne pipait mot.

— Peut-être, répondit Karoline en suivant du regard son père qui allait à sa voiture. Elle n'avait jamais mis en doute sa parole, de même qu'elle s'était rarement posé de questions sur le métier de son père. Maintenant, elle s'en posait. Et elle pressentait qu'il ne disait pas la vérité. Quelque chose s'était mal passé à l'époque et voilà pourquoi sa mère avait dû mourir.

Bodenstein, seul dans la salle de réunion déserte, le menton dans la main, regardait d'un air abattu le tableau recouvert de noms et de photos des scènes de crime et des victimes. Le sniper allait de nouveau passer à l'acte, peut-être dès aujourd'hui, et on n'avait aucun moyen de l'en empêcher. Bodenstein avait beau considérer les choses sous différents angles, il ne voyait pas bien ce qu'il pouvait faire, en l'absence d'éléments permettant d'identifier les critères de sélection des victimes.

Il s'est produit une grande injustice. Les coupables doivent ressentir la même douleur que celle qu'ils ont causée par leur indifférence, leur avarice, leur orgueil et leur inconscience. Ceux qui se sont rendus coupables doivent vivre dans la peur et l'effroi, car je suis venu pour juger les vivants et les morts.

Bodenstein replia la copie de la lettre que le Juge avait envoyée à la rédaction du *Taunus Echo*. L'original était déjà en route pour le laboratoire d'analyses criminelles. Un coup de fil au porte-parole de la brigade criminelle régionale ce matin avait suffi pour découvrir qui se cachait derrière les initiales "KF" au journal, mais il avait ensuite fallu une bonne heure à Bodenstein pour parvenir à joindre Konstantin Faber au téléphone. Le journaliste s'était montré plutôt grossier lorsque

Bodenstein lui avait reproché de compromettre une enquête de police en faisant des conjectures hâtives et en citant des noms.

— En Allemagne, la liberté de la presse est une réalité, avait-il dit. Et mon devoir, en tant que journaliste, c'est d'informer les lecteurs.

Bodenstein avait déjà une réplique cinglante sur le bout de la langue, mais il avait fait machine arrière dans son for intérieur. Cela ne servait à rien d'indisposer la presse, une collaboration lui serait beaucoup plus utile. Faber avait en effet reçu les trois faire-part par la poste, accompagnés d'une lettre évidemment anonyme, mais il ne faisait aucun doute que l'expéditeur était bien le Juge autoproclamé. En se rendant au commissariat, Bodenstein avait fait un détour par la rédaction du *Taunus Echo* à Königstein pour parler à Konstantin Faber. Il avait saisi comme pièce à conviction la lettre du Juge avec l'enveloppe et les faire-part, et accepté de fournir au journaliste des informations exclusives, en échange desquelles Faber devait le prévenir aussitôt si le Juge reprenait contact avec lui.

L'article avait déclenché un flot d'appels de panique sur le numéro d'urgence créé à cette fin, parmi lesquels se trouvaient, semblait-il, quelques éléments exploitables, à vérifier au plus vite. La réunion matinale avait donc été brève et factuelle, Bodenstein avait une nouvelle fois étouffé dans l'œuf un différend entre Neff et Kim Freitag, puis envoyé ses collègues en mission avec des consignes claires, dans l'espoir de trouver enfin la piste prometteuse dont ils avaient tant besoin.

Il fallait retrouver Joachim Winkler, le beau-père de Dirk Stadler, ainsi que l'homme qui avait accompagné Helen Stadler chez Renate Rohleder. Quelqu'un devait aussi s'entretenir avec les enfants Stadler, Erik et Helen, ainsi qu'avec les anciens voisins des Stadler à Niederhöchstadt. Ils devaient en outre découvrir quels employés de la clinique de traumatologie étaient impliqués dans l'affaire Kirsten Stadler il y a dix ans. Ils avaient besoin d'une autorisation pour consulter les pièces du litige entre Dirk Stadler et la clinique. Qui représentait juridiquement l'établissement ? Comment s'appelait l'avocat des Stadler ? Qui avait été soi-disant soudoyé à l'époque par le père de Maximilian Gehrke ? Était-ce lié à la transplantation cardiaque de son fils ? Pouvait-on d'ailleurs soudoyer une personne pour recevoir un organe ?

Bodenstein avait passé la moitié de la nuit à faire des recherches sur Internet et découvert qu'il était plutôt difficile de trouver un donneur compatible avec un patient cardiaque, car il fallait tenir compte de toute une série de paramètres médicaux pour que le receveur ne rejette pas le cœur du donneur. Eurotransplant, une fondation d'utilité publique ayant son siège aux Pays-Bas, coordonnait la répartition des greffons aux patients inscrits sur son registre. Elle avait néanmoins connu quelques scandales récents, certains patients s'étant retrouvés sur la liste d'attente à la suite de données falsifiées. Bodenstein avait lu des articles de presse là-dessus, sans jamais approfondir le sujet.

— Ah, tu es encore là. La voix de Pia l'arracha à ses pensées. Je te dérange ?

— Mais non, entre, répondit-il. Et ferme la porte, s'il te plaît.

Depuis le début de toute cette agitation, il avait eu du mal à échanger un mot avec elle sans que quelqu'un ne les interrompe.

Pia approcha une chaise et s'assit en face de lui.

— Comment le Juge est-il tombé sur Konstantin Faber ? demanda-t-elle. J'ai vérifié sur le site web du *Taunus Echo*, et j'ai vu qu'il est chargé des services culture et économie.

— Sans doute un hasard, supposa Bodenstein. Faber est d'astreinte pendant les fêtes, voilà pourquoi ce courrier a dû atterrir sur son bureau. En tout cas, ça aurait pu être pire. Au moins, Faber est coopératif et il ne travaille pas pour la presse à sensation.

Ils se turent un moment.

— Il va se passer quelque chose aujourd'hui, dit soudain Pia. J'ai un mauvais pressentiment.

— Moi aussi, hélas, confirma Bodenstein.

— La pagaille qui règne dans la maison me tape sur les nerfs, dit Pia. Je n'arrive pas à réfléchir calmement. Il y a sans arrêt quelqu'un pour avancer une idée, une théorie, proposer une nouvelle approche, reconnaître un mode opératoire ou un profil de tueur !

— Pareil pour moi. Bodenstein soupira. En ce moment, nos assistants sont plutôt des freins que des catalyseurs.

— Je n'aurais pas pu dire mieux. Pia fit la moue. J'ai l'impression d'être de retour à l'école de police. Je dois expliquer et justifier le moindre de mes faits et gestes. Il y a beaucoup trop de blabla.

— Alors, qu'est-ce qu'on fait ? demanda Bodenstein.

— On se débarrasse d'eux, suggéra Pia. Napoléon Neff et ma sœur. Ils sont censés analyser nos résultats, pas nous perturber.

— D'accord.

Étant donné le large intérêt public suscité par l'affaire, le ministère de l'Intérieur exerçait chaque jour davantage de pression sur Nicole Engel, qu'elle reportait directement sur Bodenstein, mais ce n'était pas la première fois qu'il devait coordonner et diriger une équipe nombreuse. Il fallait simplement qu'il resserre les rênes. Les gens à l'ego surdimensionné, tels qu'Andreas Neff, devaient être freinés, faute de quoi ils semaient la zizanie dans tout le groupe. Quant à la sœur de Pia, elle n'avait pas non plus l'esprit d'équipe, étant habituée à donner son avis et à être écoutée en sa qualité d'experte.

— On a du nouveau concernant le père et le fils Stadler ? demanda Bodenstein.

— Erik Stadler était hier à son entreprise et il est rentré chez lui vers 19 heures. Ce matin, il a quitté son domicile à 8 h 07 pour aller courir, répondit Pia. Stadler père est allé chercher le journal et il n'a pas bougé de chez lui depuis.

— Dans ce cas, on commence par Erik, puis on enchaîne avec Dirk Stadler, décida Bodenstein en se levant. Juste toi et moi.

Quantité de gens avaient des habitudes si rigides que c'en était à peine croyable. La vendeuse de la boulangerie, par exemple. On pouvait réellement régler sa montre d'après le déroulement de sa journée. À la minute près. Ces quinze derniers jours, il n'avait constaté aucun changement, aucune spontanéité. Elle quittait son appartement à 5 h 45 tous les matins pour se rendre sur son lieu de travail, la boulangerie voisine du supermarché Rewe, dans la zone commerciale de Camp Phoenix Park à Eschborn. Elle garait toujours sa voiture à la même place, derrière Aldi. Elle travaillait de 6 heures à 13 heures, avec une seule pause pour le petit-déjeuner dont l'horaire, lui, pouvait varier. En sortant du travail, elle allait faire les courses à Rewe, ce qui lui prenait rarement plus d'un quart d'heure. De là, elle rentrait chez elle en empruntant la Berliner Straße en direction de Schwalbach, où elle habitait avec son mari, qui était souvent déjà là. Mais il repartait toujours avant 14 h 30, ce qui devait correspondre à la fin de sa pause méridienne. À 16 heures, la vendeuse de la boulangerie reprenait sa voiture pour se rendre à son deuxième travail à Bad Soden, dans un salon de manucure où elle travaillait cinq jours par semaine jusqu'à 18 h 30. Le couple n'avait pas d'enfants, peut-être en voudrait-il par la suite, la femme était encore jeune, après tout.

— Bonjour ! Elle lui adressa un sourire rayonnant lorsque ce fut son tour, saisissant déjà le pain avec zèle. Comme d'habitude ?

— Non, pas aujourd'hui. Il sourit aussi.

— Ah ! Le pain de campagne ne vous plaît plus ?

— Il m'en reste encore assez. Mais j'aimerais bien un sandwich garni.

— Volontiers ! Elle avança sa main droite gantée dans la vitrine et prit un des sandwichs fromage-salade-œuf dur qu'elle glissa dans un sachet avec une serviette.

— Et donc ? demanda-t-il d'un ton anodin. Les valises sont déjà bouclées pour les vacances ?

— Non, pas encore, dit-elle en souriant. Je ferai ça ce weekend, au calme. Deux soixante-dix, s'il vous plaît.

Il lui tendit un billet de cinq euros.

— Gardez le reste, dit-il. Ce sera pour les vacances.

— Oh – merci ! Une joie sincère étincela sous son amabilité professionnelle. Bonne année à vous ! On se revoit bientôt !

Oui, pensa-t-il. On se revoit bientôt.

Il lui souhaita à elle aussi une bonne année, de belles vacances, et il quitta la boulangerie pour la dernière fois.

Le parking de l'ancienne usine au bout de la Wiesenstraße à Sulzbach était presque désert. La cour semblait à l'abandon.

Le bitume était fissuré et constellé de nids-de-poule, des pneus usés s'entassaient à côté de caisses métalliques remplies de sacs-poubelles, et un conteneur maritime mis au rancart rouillait tout seul dans un coin de la cour.

— Il y a vingt ans, un des plus gros employeurs de la région se trouvait ici, affirma Bodenstein en prenant garde de ne pas tomber dans les cratères remplis de neige fondue. Jusqu'au jour où le fils du patron s'est tiré une balle en pleine tête dans son bureau. Après quoi l'entreprise est vite devenue insolvable. Aucune autre boîte n'a voulu s'installer ici.

— Je peux comprendre. Pia leva les yeux vers la morne façade. Ce bâtiment paraît chargé d'ondes négatives. On ne se serait pas trompé d'adresse ?

Elle frissonna.

— La tristesse des lieux n'a pas l'air de gêner Erik Stadler. D'un signe de tête, Bodenstein indiqua l'enseigne rectangulaire en plexiglas fixée à côté de la porte d'entrée. SIS – *Services Internet Stadler.*

La porte vitrée était si sale qu'elle ressemblait à du verre dépoli et personne ou presque ne semblait se donner la peine d'utiliser la poignée, comme en témoignaient les traces de doigts sur le verre et le cadre. Bodenstein et Pia s'avancèrent dans le hall d'accueil. Dalles rouges usées, papiers peints jaunâtres et portes fermées avec des inscriptions vieillottes : bureau, comptabilité, WC, production. Une pancarte plastifiée indiquait aux visiteurs de la SARL SIS la direction du premier étage. Là-haut, on entrait dans un autre monde et Pia lança des regards ébahis autour d'elle.

— On dirait que quelqu'un a drôlement investi dans cette vieille bicoque ! constata Pia, impressionnée. Il y a même du parquet !

— Du vinyle, corrigea la femme qui sortait avec trois classeurs de la pièce située en face de l'escalier et portant l'inscription "archives". Imitation parquet, dit-elle. Pas vraiment bon marché, mais inusable et surtout antistatique. Ce qui n'est pas négligeable dans une entreprise remplie d'ordinateurs. Je peux vous aider ?

— Je m'appelle Bodenstein. Police judiciaire d'Hofheim.

Bodenstein tendit sa carte à la femme et présenta Pia. Nous aimerions parler à M. Stadler.

— Désolée. Le patron n'est pas là. Le sourire affable sur le joli visage parsemé de taches de rousseur s'effaça au profit d'une expression rébarbative. Je ne peux pas non plus vous dire quand il repassera, hélas. Ces temps-ci, il fait surtout du télétravail.

— Et qui êtes-vous, si je puis me permettre ? se renseigna poliment Bodenstein.

— Franka Fellmann. Assistante de direction. Elle tendit les épaules et, mine de rien, elle bomba sa poitrine arrondie, roula les yeux et soupira d'un air théâtral. Je suis aussi comptable, hôtesse d'accueil, secrétaire et femme de ménage. Au choix.

La nuance d'amertume était perceptible dans sa voix. Bodenstein, sachant très bien les avantages qu'il pouvait tirer d'un ego blessé mêlé au besoin de s'épancher, prit un ton compatissant.

— On dirait que vous avez beaucoup de travail, dit-il avec gentillesse. Et juste avant le réveillon, en plus.

— Il me laisse tout le bilan comptable ! se lamenta Franka Fellmann en soulevant les trois classeurs. Il a fait une brève apparition ce matin parce qu'il me fallait quelques signatures en urgence. Mais il s'est éclipsé aussitôt après, et c'est à moi de me dépatouiller ici toute seule.

Tandis que l'assistante frustrée se plaignait auprès de Bodenstein, le regard de Pia errait sur les photographies encadrées qui étaient accrochées aux murs moka. Parapentiste. Base-jumpeur. Parachutiste. Biathlète et vainqueur sur la ligne d'arrivée.

— C'est le patron lui-même, expliqua Mme Fellmann de sa propre initiative. Il vit pour ça, pour cette folie.

— Erik Stadler fait du *base jump* ? demanda Pia d'un air étonné.

— Et pas que. Il pratique toutes les activités où il peut risquer sa vie, répondit son assistante sur un ton qui oscillait entre fierté et désapprobation. Un accro à l'adrénaline, comme on dit joliment. Il a même gagné une médaille de bronze en biathlon aux Jeux olympiques, pendant qu'il faisait son service en Bavière.

— Intéressant. Bodenstein acquiesça. Au cas où vous voyez votre patron ou lui parlez aujourd'hui, dites-lui de se mettre en contact avec nous, s'il vous plaît.

— De quoi s'agit-il ? Mme Fellmann, redevenue l'assistante de direction, haussa ses sourcils épilés avec soin.

— Il le saura, dit Bodenstein en restant vague. Merci beaucoup.

Ils se retournèrent pour partir, lorsque Pia eut une dernière idée.

— Ah, madame Fellmann, pouvez-vous nous dire où trouver la sœur de votre patron ? demanda-t-elle.

Franka Fellmann regarda d'abord Pia, puis Bodenstein d'un air stupéfait.

— Helen est morte, répondit-elle. Elle s'est suicidée il y a quelques mois. Depuis, le patron n'est plus le même.

Pia se remit du choc en premier.

— Nous n'étions pas au courant. Merci pour ces renseignements. Au revoir.

Ils descendirent l'escalier et quittèrent le bâtiment en silence.

— Pour quelle raison les Stadler nous ont-ils caché ça ? demanda Pia sur le chemin de la voiture.

— On ne les a pas interrogés au sujet d'Helen, lui rappela Bodenstein.

— Et alors ? Pia s'arrêta. C'est quand même bizarre. Pendant une demi-heure, ils nous racontent comment la mère est morte, ils mentionnent sans arrêt le nom d'Helen, et ils oublient de nous dire qu'elle s'est suicidée ?

— Hum, se contenta de dire Bodenstein.

— Tu penses comme moi ? demanda Pia.

— Qu'Erik Stadler pourrait être notre homme ? répliqua Bodenstein.

— Tout juste. Pia mordilla sa lèvre inférieure d'un air songeur. Un sportif de l'extrême. Quelqu'un qui adore le risque. Et qui, en tant que biathlète et ancien soldat, sait tirer.

— On va à Francfort et on lui parle, proposa Bodenstein. S'il est là.

— Je mettrais ma main à couper qu'il n'y est pas, craignit Pia.

Le cœur battant et avec mauvaise conscience, Karoline Albrecht fit quelque chose qu'elle n'avait encore jamais fait : elle fouilla dans le bureau de son père, où elle n'avait d'ordinaire pas le droit de mettre les pieds. Depuis qu'il l'avait surprise, voilà trente ans, assise à son bureau en train de téléphoner à une amie, la pièce avec ses oriels, son imposant coffre-fort et ses étagères de livres allant jusqu'au plafond était devenue pour elle une zone interdite. De sa propre initiative, elle n'avait plus jamais pénétré dans cet espace qui ne recélait que des souvenirs déplaisants, divers sermons et leçons de morale pour lesquels on l'avait convoquée dans le sanctuaire. En quittant la maison, son père avait l'habitude de fermer la porte de son bureau à clé, prétendument pour tenir la femme de ménage à distance, mais Karoline savait grâce à sa mère où se trouvait le double de la clé. Elle était restée un temps au milieu de la pièce, indécise. Où commencer et que chercher au juste ? Elle finit par surmonter ses réticences et elle commença par la corbeille à papier qui ne livra guère d'indices. Avec la minutie d'un contrôleur fiscal, elle procéda de façon systématique, en allant du nord au sud. Son espace de travail ne dissimulait aucun secret, comme prévu, et le mot de passe du vieil ordinateur s'avéra un obstacle insurmontable. Le téléphone n'avait en mémoire qu'un seul appel récent, un numéro avec l'indicatif de Kelkheim, composé le 25 décembre. Depuis le jeudi de la semaine précédente, son père n'avait passé ni reçu aucun appel, ce que Karoline trouvait étrange. Pendant presque une demi-heure, elle se demanda où son père pouvait bien conserver la clé de son antique coffre-fort. Elle retourna les tableaux accrochés aux murs, regarda sous le tapis et dans un vase de fleurs, sortit un par un les livres de la bibliothèque et trouva effectivement la clé dans un des manuels scientifiques rédigés par lui, intitulé *Chirurgie du thorax*, et demeurant un ouvrage de référence pour les étudiants en médecine. Sa mauvaise conscience s'était dissipée, faisant place à une frénésie salutaire qui la forçait à se concentrer et la détournait de ses idées noires. Elle ouvrit le coffre-fort et poussa avec peine la porte en plaques de béton et en acier qui pesait un demi-quintal. À côté des passeports de ses parents, elle tomba sur plusieurs coffrets contenant les bijoux de sa mère, la collection de montres de son père, de l'argent liquide, des papiers de voitures, des pièces d'or, le livret de famille, des papiers d'assurance, deux manuscrits pour de nouveaux ouvrages scientifiques, les déclarations d'impôts de ces dernières années et des classeurs contenant les dossiers des biens immobiliers achetés peu à peu par son père pour financer sa retraite. Ce qu'elle espérait trouver, à savoir le faire-part de décès, dont la teneur exacte l'intéressait au plus haut point, ne se trouvait pas dans le coffre-fort.

À l'instant où elle s'apprêtait à refermer le monstre, un téléphone émit une faible vibration. Karoline tendit l'oreille et localisa la sonnerie à l'intérieur du coffre-fort. Elle s'empressa d'ouvrir les écrins à bijoux les uns après les autres et trouva l'appareil, redevenu silencieux, dans un des coffrets contenant les montres. Il s'agissait d'un smartphone, un modèle plutôt récent, et il était rechargé. Pourquoi son père conservait-il un téléphone dans son coffre-fort ? Et pour quelle raison utilisait-il un vieux portable alors qu'il en avait un bien plus moderne ?

Karoline le soupesa un moment, pensive, puis elle appuya sur la touche "accueil" et effleura l'écran. Le menu principal s'afficha et signala deux appels en absence. Elle se mordit la lèvre. Si elle parcourait la liste des appels, le signal disparaîtrait. Son père connaissait-il suffisamment bien l'appareil pour s'en apercevoir ? Il n'avait pas installé de mot de passe, peut-être parce qu'il n'emportait jamais son smartphone. La curiosité finit par l'emporter sur ses scrupules. Elle consulta d'abord la liste des appels entrants et ne fut pas peu étonnée. Rien que pour la journée de la veille, son père avait eu plusieurs conversations, chacune ayant duré plus d'une heure ! Il avait appelé quelques vieux amis, des collègues et des compagnons de route, ce qui n'était pas étonnant dans sa situation. Mais pourquoi avoir utilisé ce portable et non le téléphone fixe qui se trouvait sur son bureau ? Une question à laquelle Karoline n'avait pas de réponse.

C'est par hasard que son regard était tombé sur cet immeuble quelques semaines plus tôt, sans doute parce qu'une immense affiche illuminée le faisait ressortir parmi toutes les façades de verre et de béton armé des immeubles du quartier d'affaires d'Eschborn sud. Il était situé à environ un kilomètre à vol d'oiseau du centre commercial de Seerose, une distance qui, pour une journée sans vent, n'était pas rédhibitoire. Il s'était rendu deux fois sur place pour examiner le bâtiment en cours de rénovation. Sans jamais se faire remarquer, il était monté sur l'échafaudage pour accéder au toit. Les ouvriers rencontrés n'avaient guère fait attention à lui. De toute évidence, les entreprises travaillant sur le site étaient si nombreuses qu'un visage inconnu de plus ne choquait personne. Même pour les habitants des trois cent douze logements, qui vivaient depuis des mois avec les travaux, la vue d'un homme sur l'échafaudage n'avait rien d'inhabituel. Il avait repéré l'accès au toit. La première fois, il avait gravi l'échafaudage, mais c'était plutôt fatigant avec son sac lourd, c'est pourquoi il était passé par l'intérieur la deuxième fois. Entrer dans le bâtiment ne posait aucun problème. Cette fois encore, il appuya sur une des nombreuses sonnettes en disant "Le facteur!" Le bip sonore de la porte retentit, il pénétra dans l'immeuble. Dans le hall et sur le trajet des ascenseurs se trouvaient des caméras et, le sachant, il avait relevé sa capuche et mis par-dessus un casque de chantier. L'ascenseur lui permit d'arriver directement au vingt-troisième étage. Là, il ouvrit la porte vitrée qui donnait sur le balcon, enjamba le garde-fou et se retrouva sur l'échafaudage. Quelques minutes plus tard, il était sur le toit et escaladait une échelle fixe. De là-haut, entre une forêt d'antennes et de paraboles, on pouvait certes l'apercevoir depuis l'immeuble de la Bourse, mais un homme portant un casque n'attirait pas l'attention. Il avança sur le mur en béton, puis se laissa glisser dans l'espace entre le local technique et la façade latérale du premier appartement en attique. Ici, il était à l'abri des regards, il pouvait tranquillement monter son arme et il avait une vue dégagée qui allait du bâtiment de Mann Mobilia jusqu'au supermarché Rewe. Ce serait à coup sûr son tir le plus spectaculaire, celui dont un maximum de gens entendraient parler. Il faisait froid là-haut, mais, comme il s'y attendait, il portait des sous-vêtements techniques et un blouson matelassé. Il assembla le fusil avec soin, introduisit une cartouche dans le canon et se positionna. Il étendit une couverture grise sur lui et l'arme en guise de camouflage. À présent, même un satellite ne pouvait plus le repérer depuis l'espace. Il regarda dans la lunette, régla la netteté. Les drapeaux publicitaires de Mann Mobilia pendaient, immobiles. Aucune brise. Parfait. Il observa les gens, les voitures, les réclames de chez Aldi. L'optique, excellente, lui permettait de déchiffrer le sceau d'approbation sur les plaques d'immatriculation des voitures – à presque un kilomètre de distance. La voiture de la femme se trouvait sur le parking. Tout était prêt. Il jeta un œil à sa montre. 11 h 44. Il lui avait fallu onze minutes de la porte d'entrée de l'immeuble jusqu'ici. Il allait maintenant devoir attendre une heure et vingt-cinq minutes, mais cela ne le gênait pas. Il avait beaucoup de patience.

Il n'y avait pas âme qui vive dans l'appartement d'Erik Stadler dans le quartier de Nordend à Francfort et il ne répondait pas non plus sur son portable.

— On s'est déplacés pour rien, grogna Pia. Télétravail, tu parles ! Qui sait où il traîne en ce moment !

Ils marchèrent plusieurs minutes pour rejoindre leur voiture qu'ils avaient laissée sur l'Oeder Weg. C'était comme toujours la croix et la bannière pour trouver une place de parking dans le Nordend, surtout en soirée, le week-end et maintenant, entre les fêtes, quand la plupart des gens avaient pris des vacances et n'étaient pas contraints d'aller au travail.

— Stadler senior travaille pour la ville de Francfort, non ? demanda Bodenstein en s'asseyant sur le siège avant droit.

— Oui, mais à cette heure-ci, tu ne joindras sûrement plus personne, répondit Pia. Tu ferais mieux d'appeler Mme Fellmann. Tu lui as tapé dans l'œil, elle te donnera à coup sûr le numéro de portable de Stadler père.

— Qu'est-ce qui te fait croire que je lui ai tapé dans l'œil ? Bodenstein fronça les sourcils d'un air étonné.

Chez n'importe quel autre homme, Pia aurait supposé que la question n'était qu'une façon un peu balourde d'aller à la pêche aux compliments, mais pas chez son supérieur. En ce qui concernait les femmes, Bodenstein était vraiment bouché à l'émeri, il ne reconnaissait même pas les signes les plus évidents. Cela lui avait souvent joué des tours par le passé et c'était sans doute aussi une des raisons de l'échec de son mariage. Il ne savait tout bonnement pas comment s'y prendre face aux ruses féminines, c'est pourquoi la prosaïque Inka Hansen était peut-être la femme qui lui convenait. Pia évoquait rarement la vie privée avec son supérieur mais, parfois, elle aurait bien aimé savoir s'il était heureux avec cette ennuyeuse vétérinaire étrangement dépourvue d'émotions, qu'elle avait tant de mal à cerner.

— Eh bien, la façon dont elle a mis sa poitrine sous ton nez, c'était de la drague pure et simple. Et puis ce stupide battement de cils, dit-elle d'un ton méprisant, en imitant de façon exagérée le regard de l'assistante. Cette femme est d'ailleurs follement amoureuse de son patron. Mais il semblerait que la réciproque ne soit pas vraie.

— Et tu déduis tout ça à partir d'un entretien de trois minutes. Bodenstein fit claquer sa langue, mit ses lunettes de lecture et composa le numéro d'Erik Stadler inscrit sur sa carte de visite. Pia ne s'était pas trompée. Franka Fellmann se fit un plaisir de lui donner le numéro de portable souhaité et Bodenstein appela le père d'Erik Stadler.

— Stadler, dit peu après sa voix dans le haut-parleur.

— Bodenstein, police judiciaire d'Hofheim. Monsieur Stadler, où êtes-vous en ce moment ?

— Au cimetière principal de Francfort, répondit Dirk Stadler avec étonnement.

— Sur la tombe de votre fille ? demanda Bodenstein.

Le silence régna quelques secondes.

— Non. La voix de Stadler parut soudain étouffée. Ma fille repose au cimetière de Kelkheim. Je suis ici pour le travail. Nous vérifions la stabilité des pierres tombales.

— Pourquoi nous avoir caché le suicide de votre fille ? s'enquit Bodenstein.

— Je ne pensais pas que c'était pertinent, répondit Stadler après une autre courte pause. Il se racla la gorge. C'est toujours très douloureux pour moi. Ma fille et moi, nous avons vécu une période difficile après la mort de ma femme et nous étions très proches.

Bodenstein, qui s'attendait à un mensonge cousu de fil blanc, fut désarmé par l'honnêteté de Stadler.

— Désolé de m'être montré aussi direct, dit-il d'une voix nettement plus douce. J'étais agacé parce que vous n'en avez pas parlé hier.

Voilà encore quelque chose qui forçait l'admiration de Pia pour son supérieur. S'il avait commis une erreur, il avait assez de force de caractère et de grandeur d'âme pour l'avouer.

Stadler accepta ses excuses.

— Vous êtes sûrement sous pression en ce moment, dit-il.

— Nous aimerions vous parler.

— Bien sûr, répondit Dirk Stadler. Je finis le travail à 16 heures.

— Alors nous serons chez vous à 16 h 30. Merci beaucoup.

Bodenstein mit un terme à la communication.

— Est-ce que je le crois ou pas ? demanda-t-il, davantage à lui-même qu'à Pia.

— Quelle autre raison aurait-il de nous cacher le suicide de sa fille ? répondit Pia.

— C'est la question que je me pose. Bodenstein appuya sa tête contre le repose-tête, ferma les yeux et sombra, pensif, dans le silence.

Celina Hoffmann poussa un juron. Elle parcourut une troisième fois les allées du parking, mais il n'y avait de place nulle part ! Il était déjà une heure moins une et, si elle ne se garait pas tout de suite, elle serait en retard à son poste. Elle allait rater Hürmet ! Or, elle voulait absolument rendre à sa collègue avant le changement d'année les cinquante euros empruntés il y a deux semaines. Celina n'avait pas beaucoup de principes mais elle était superstitieuse, et sa grand-mère lui avait toujours dit qu'il ne fallait pas commencer la nouvelle année avec des dettes, car cela entraînait le malheur, et encore plus de dettes.

— Ben voilà, murmura-t-elle lorsque, juste devant elle, une Opel manœuvrait pour sortir d'un créneau. Celina mit le clignotant et recula un peu. Le grand-père tournait le volant dans tous les sens et la grand-mère, censée le guider, était debout à côté, désemparée. Ça pouvait durer encore un moment !

Bon sang ! Aujourd'hui était encore une de ces journées où tout, mais vraiment tout, allait de travers ! Elle avait commencé par se réveiller trop tard, pour constater que le réservoir de sa voiture ne contenait plus une goutte d'essence. Elle était certes arrivée jusqu'à la station-service mais, après avoir fait le plein, elle s'était rendu compte qu'elle avait oublié son portefeuille à la maison. Par chance, elle connaissait le jeune gars qui servait à la pompe. Il lui avait avancé l'argent, elle avait foncé chez elle et grimpé jusqu'au septième étage parce que l'ascenseur était une fois de plus en panne. Non, ce n'était clairement pas son jour de chance !

Le grand-père avait enfin réussi à sortir du créneau. La grand-mère gravit le siège avant droit et Celina put garer sa voiture. Elle traversa le parking à toutes jambes et vit de loin la file d'attente devant le comptoir de la boulangerie. La vieille Asunovic était dans la même équipe qu'elle – il ne manquait plus que ça ! Elle irait bien sûr raconter au chef que Celina était arrivée en retard. Elle se faufila entre les clients qui attendaient et ouvrit la porte près du comptoir, qui menait à la salle de repos et à la réserve.

— Hürmet est déjà partie ? s'écria-t-elle à bout de souffle, puis elle lança blouson et sac à main sur une chaise et enfila sa blouse.

— T'es encore en retard, râla sa collègue plus âgée, tout en retirant du four une plaque recouverte de bretzels. Bien sûr qu'Hürmet est partie. Il est 1 h 05 !

— Oui, la poisse, j'ai pas trouvé de place de parking. Celina passa devant sa collègue pour retourner dans le magasin.

— Eh ben, pas trop tôt ! la salua Özlem, son autre collègue de l'équipe du midi, aussi aimable que l'autre. C'est l'enfer ici.

— Hé, si tu vois par hasard Hürmet sortir de Rewe, tu me le dis, OK ? lui demanda Celina. Faut que je lui rende les cinquante euros. En échange, c'est moi qui fais le nettoyage ce soir.

— Ça marche. Özlem acquiesça et servit le client suivant.

Cela faisait quatorze minutes qu'elle avait quitté la boulangerie pour disparaître comme d'habitude dans le supermarché. Il attendait patiemment. La zone commerciale était aussi bondée que d'ordinaire. Les nombreux employés de bureau avaient beau ne pas être là entre les fêtes, le parking était plein et l'effervescence régnait. Les gens entraient et sortaient des magasins, certains affairés et nerveux, d'autres calmes et détendus. Vus de là-haut, ils ressemblaient à des fourmis. Il n'y avait toujours presque pas de vent, seule une légère brise soufflait à cette hauteur, mais il en avait tenu compte. À une telle distance, une certaine déviation de la trajectoire était inévitable, même avec une arme de haute précision comme la sienne. Cette fois, il avait renoncé à utiliser un silencieux, qui aurait réduit la vitesse de la balle. À une distance inférieure, cela ne faisait presque aucune différence, mais, à partir de six cents mètres, rien ne devait freiner le projectile. Il contrôla sa respiration, se concentra sur la sortie du supermarché. La voilà ! Son panier à provisions sous le bras, elle longea d'un pas déterminé le magasin de vêtements et la boutique de chaussures en direction d'Aldi, où elle avait garé sa voiture. Inspirer. Expirer. La tête de la femme se trouvait au centre du viseur, il replia son doigt. Stop ! Elle s'arrêta et se retourna. De toute évidence, quelqu'un venait de l'interpeller. Peu importe, il ne l'aurait plus jamais aussi bien en ligne de mire. Il appuya sur la détente, le coup partit et le recul fit cogner l'arme contre sa clavicule.

Assise à table dans la cuisine de sa maison, Karoline contemplait en fronçant les sourcils la présentation PowerPoint qu'elle avait installée sur son ordinateur portable, et elle tentait de comprendre les tenants et les aboutissants de cette affaire. Les informations dont elle disposait étaient plutôt minces pour l'instant, mais elle avait quand même découvert l'identité de la troisième victime du Juge. La presse et Internet ne mentionnaient certes que les prénoms et les initiales des noms de famille, mais ces indications, ainsi qu'un message sur le téléphone secret de son père, lui avaient permis de tirer une conclusion qui semblait logique. Elle ignorait néanmoins quel lien unissait Renate Rohleder et son père à Friedrich Gehrke. Karoline connaissait vaguement Gehrke, il faisait partie des relations éloignées de ses parents et il devait avoir dans les quatre-vingts ans aujourd'hui.

— Maximilian a été abattu, avait dit le vieux monsieur de sa voix chevrotante de vieillard sur la boîte vocale de son père. Appelle-moi, s'il te plaît.

Il n'avait rien dit d'autre. Les rapports entre Gehrke et son père n'étaient donc pas aussi superficiels qu'elle l'avait supposé, Gehrke possédant le numéro secret de son père, contrairement à elle.

Karoline avait appelé Renate pour qu'elle lui donne le nom de l'entreprise dont elle avait repéré le logo sur la camionnette de l'homme qui accompagnait Helen Stadler, puis elle avait recherché sur Google l'orfèvrerie Hartig à Hofheim. Le propriétaire s'appelait Jens-Uwe Hartig, il possédait une boutique avec un atelier dans la Hauptstraße à Hofheim, le site Internet était insignifiant. Quelques reproductions d'objets qu'il avait créés lui-même et, à part cela, des informations sur les horaires, le numéro de téléphone et le numéro d'identification fiscale. Pas même une photo du patron au travail, ni de CV. Quel était le lien entre le dénommé Jens-Uwe Hartig et la fille de la défunte Kirsten Stadler ? Était-il possible que lui et la fille soient responsables des meurtres ?

Karoline se massa la nuque, perdue dans ses pensées, et mordit dans le sandwich au salami qui faisait office de petit-déjeuner et de repas de midi. Quelque chose clochait, et elle avait trop peu d'éléments à sa disposition. Elle rabattit l'écran de son ordinateur et parcourut la liste de tous les contacts dont elle avait recopié les noms sur le smartphone de son père avant de reposer l'appareil dans le coffret des montres, de refermer le coffre-fort et de remettre la clé dans sa cachette. Puis elle avait refermé le bureau, tout en conservant la clé. Au cas où. Une impatience fébrile avait remplacé la tristesse paralysante, et Karoline avait dû quitter la maison de ses parents, qui regorgeait de souvenirs de sa mère. Depuis la voiture, elle avait appelé Greta qui, à son grand soulagement, semblait aller un petit peu mieux. Au moins, elle ne pleurait plus au téléphone et elle lui avait même raconté qu'elle était allée dans l'étable avec sa cousine Dana et qu'elle voulait désormais son propre cheval. Après le Nouvel An, Carsten avait prévu d'emmener toute sa famille faire du ski en Autriche, comme chaque année, et Greta avait hâte d'y aller.

Tout en mâchant, Karoline parcourut la liste et buta de nouveau sur le nom qui ne lui disait strictement rien. Peter Riegelhoff, l'indicatif de Francfort et un numéro de téléphone à rallonge, qui correspondait visiblement à une extension, car la recherche sur l'annuaire inversé en ligne n'avait donné aucun résultat. Ces derniers jours, son père avait appelé plusieurs fois le dénommé Riegelhoff. Karoline consulta Internet et constata que plusieurs hommes portaient ce nom à Francfort : un importateur de vins bio, un publicitaire, un dentiste et un avocat. Pour découvrir duquel il s'agissait, elle allait devoir leur téléphoner, bon gré, mal gré. Cela la mettait plutôt mal à l'aise de fouiner dans la vie de son père, mais il ne lui laissait pas le choix.

— Hürmet ! Attends ! Celina surgit de la porte latérale de la boulangerie et courut après sa collègue. Hürmet s'arrêta. Elle se retourna et sourit.

— Je ne veux pas commencer l'année avec des dettes ! Celina eut un petit rire et agita le billet de cinquante euros qu'elle avait glissé tout à l'heure dans la poche de son tablier. Elle tendit le bras, lorsque la tête d'Hürmet explosa. Comme ça. Une fontaine rose de sang et de masse cérébrale jaillit dans les airs. Une détonation se fit entendre au même moment et la vitrine d'une boutique trembla à côté d'elle. Le temps se figea. Celina ouvrit la bouche et voulut crier, mais aucun son n'arriva jusqu'à ses lèvres. Debout là, elle regarda, incrédule, Hürmet s'effondrer à moins d'un mètre d'elle. Elle s'affaissa en silence, comme si son corps était du flan. Celina tenait toujours le billet à la main et contemplait avec stupéfaction sa collègue qui n'avait soudain plus de visage. La panique éclata autour d'elle. Des gens hurlaient, des parents plaquaient leurs enfants au sol, certains se mettaient à courir, d'autres cherchaient refuge derrière les voitures garées. Celina ne vit pas les véhicules s'entrechoquer et les gens se bousculer. Elle fixait sans comprendre la masse sanglante qui était jadis la tête d'Hürmet, et elle entendit un cri perçant et hystérique. Quelqu'un la saisit par le bras, elle se débattit, n'arrivait pas à détourner le regard de cet horrible spectacle. C'est seulement lorsqu'un homme la gifla qu'elle retrouva ses esprits.

Celina avait mal à la gorge. C'était elle qui avait crié ainsi ! Que s'était-il passé ?

— Où… où est Hürmet ? bégaya-t-elle, déconcertée. Je… je dois encore lui rendre les cinquante euros !

Ses genoux s'affaissèrent, elle tituba et le noir se fit d'un coup autour d'elle.

Ils reçurent l'appel d'urgence au moment où ils quittaient l'A66 au niveau de la sortie d'Hofheim.

— Où précisément ? s'informa Bodenstein.

— Eschborn, centre commercial de Seerose, répondit par radio l'agent du poste de police. Pia réagit au quart de tour. Elle mit le clignotant à gauche, fit demi-tour et accéléra. Quelques secondes plus tard, ils roulaient en direction opposée sur l'autoroute.

Bodenstein demanda plus de détails.

— Une femme a été abattue devant un supermarché, dit le policier de garde. Je n'en sais pas plus. Tout le complexe a été bouclé, un hélico survole la zone.

— Quand avez-vous reçu l'information ?

— À 13 h 37.

Il y avait trois minutes, donc. Difficile de faire plus vite, et Bodenstein avait pourtant le sentiment qu'ils arriveraient trop tard. Le meurtrier aurait filé depuis longtemps. À moins qu'il ne soit encore là, se mêlant hardiment à la foule et parvenant ainsi à s'échapper.

Bodenstein connaissait le centre commercial. Il comportait des supermarchés et des magasins de meubles, deux fast-foods et quantité d'entreprises et de commerces, une sortie vers l'A66 et une autre qui conduisait à la L3005, d'où l'on pouvait aller dans le Taunus, mais aussi en direction de l'A5. En outre, des sentiers et des pistes cyclables, ainsi qu'un chemin de terre menant à Schwalbach offraient des possibilités de fuite idéales. Mais la meilleure planque, c'était sans aucun doute la foule amassée dans ce genre de complexe un vendredi midi entre les fêtes.

— Tu penses que c'était le sniper ? Pia regardait attentivement la route, dépassait par la droite à un train d'enfer, tout en ignorant les klaxons d'automobilistes en rogne.

— Oui, c'est certain. Bodenstein approuva avec colère.

— Mais ça ressemble tellement à l'incident de la semaine dernière au centre commercial du Main-Taunus. On percevait dans la voix de Pia l'espoir ténu qu'il puisse à nouveau s'agir d'une fausse alerte, mais Bodenstein, pour sa part, craignait le pire.

— Non, l'autre fois, il n'était pas question d'une morte, mais de simples tirs, la contredit-il. C'est lui, ce fumier. Et il a choisi l'endroit et le timing parfaits.

Qui était la nouvelle victime de ce tueur sans scrupule qui passait à l'acte en plein jour et se volatilisait sans laisser de traces ? Quel malade devait-ce être pour exécuter des innocents afin de se venger de leurs proches ? De quoi se vengeait-il, d'ailleurs ? Que voulait-il obtenir, quel était son but ? Et comment diable était-il possible qu'ils fassent du surplace depuis dix jours ? L'absence de résultats, l'attente épuisante et la pression grandissante du ministère de l'Intérieur, de la presse et du grand public portaient un coup fatal au moral de son équipe. Dans ces circonstances, même le plus serein des policiers finissait par perdre son calme et son objectivité. On commettait des erreurs parce qu'on tirait des conclusions erronées ou prenait des décisions hâtives, juste histoire de faire quelque chose.

Pia quitta l'autoroute et donna un bon coup de frein. La circulation était déjà ralentie sous le pont autoroutier.

— Il nous faut le gyrophare, sinon on n'avancera pas, dit-elle. Bodenstein attrapa la lampe avec sa base magnétique derrière son siège, baissa la vitre et posa le gyrophare sur le toit.

— C'est déjà barré là-devant, constata Pia. On va peut-être pouvoir le coincer, cette fois.

La Sossenheimer Straße, qui desservait la zone commerciale, était entièrement bloquée par des véhicules de police garés en travers, leurs gyrophares clignotant. Un policier déplaça un des véhicules pour laisser passer Pia et Bodenstein. Pia baissa la vitre.

— On doit aller où ? demanda-t-elle.

— À gauche au feu, puis toujours tout droit et, devant le Kentucky Fried Chicken, à gauche sur le parking ! L'agent de patrouille dut crier pour couvrir le claquement des pales de l'hélicoptère qui volait à basse altitude.

— Merci. Pia démarra et ils se retrouvèrent coincés quelques mètres plus loin, des centaines de gens tentant de fuir le centre commercial, la plupart en voiture, beaucoup aussi à pied.

Elle finit par tourner brusquement le volant à droite, roula un temps sur le trottoir, bifurqua sur le parking de Mann Mobilia et contourna le magasin de meubles.

— Continuons à pied, dit-elle en détachant sa ceinture. Sinon, on ne passera pas.

Bodenstein acquiesça. Ils traversèrent la rue désespérément engorgée. L'accès à la L3005 était lui aussi contrôlé. Les policiers, vêtus de gilets pare-balles, leur arme en évidence, vérifiaient chaque voiture avant de la laisser franchir le barrage.

— Totalement inutile, dit Bodenstein à Pia. Notre gaillard a déjà pris le large.

Le grand parking devant le supermarché Rewe était en grande partie dégagé et interdit d'accès. Urgentistes et secouristes s'occupaient de quelques personnes choquées ou blessées par des éclats de verre. L'hélicoptère de la police tournoyait dans le ciel nuageux, des gyrophares clignotaient partout.

Pour la victime, en revanche, toute aide arrivait trop tard. Le projectile avait d'abord perforé la tête de la jeune femme, puis la vitrine du magasin de chaussures derrière elle. Comme Ingeborg Rohleder, Margarethe Rudolf et Maximilian Gehrke, elle était morte avant même que son corps ne heurte le sol. Une jeune vie – anéantie d'une seconde à l'autre. Parce qu'un illuminé en avait décidé ainsi.

— Connaît-on l'identité de la victime ? se renseigna Pia auprès des policiers arrivés sur place en premier, quelques minutes après le tir mortel.

— Elle travaillait dans la boulangerie, là-bas, et elle allait vers sa voiture, répondit une policière. Sa collègue se trouvait juste à côté d'elle quand elle a été abattue. Elle est en état de choc, le médecin l'a prise en charge.

Elle tendit à Pia le sac à main de la victime, la copie bas de gamme d'une marque connue et qui contenait, en plus d'un portefeuille, un portable, un jeu de clés et toutes sortes de babioles. Pia remercia pour les renseignements et sortit de la poche de sa doudoune une paire de gants en latex qu'elle enfila. Elle trouva la pièce d'identité de la victime dans le portefeuille.

— Hürmet Schwarzer, lut-elle en contemplant la photo. Quelle jolie femme ! Vingt-sept ans à peine. Habite à Schwalbach.

— Pourquoi ? demanda Bodenstein. Pourquoi liquider une vendeuse de boulangerie âgée de vingt-sept ans ?

— Si c'était le sniper, nous le saurons bientôt, répondit Pia. Il prend de plus en plus de risques, en tout cas.

— Parce qu'il veut attirer l'attention, supposa Bodenstein. Il ne tue pas pour le simple plaisir de tuer. Il y a d'autres enjeux.

— Quoi qu'il en soit, une chose est sûre, dit Pia. Il se joue de nous et il accomplit sa tâche jusqu'au bout, sans aucune pitié.

Bodenstein observa les alentours. D'où le sniper avait-il tiré ? En face, de l'autre côté de la rue se trouvait un chantier. Était-il planqué là-haut, sur le toit du bâtiment nu ? Comment parvenait-on jusque-là ? Le parking du magasin de meubles était-il équipé de caméras de surveillance qui avaient peut-être filmé le meurtrier ?

Bodenstein s'était rarement senti aussi démuni. C'était comme s'il voulait ouvrir un coffre au trésor à l'aide d'un pied-de-biche, mais qu'il ne trouvait pas d'endroit où placer le levier.

Karoline Albrecht quitta la rédaction du *Taunus Echo* à Königstein et remonta la Limburger Straße jusqu'à la zone piétonne, où c'était d'ordinaire la cohue dans les jours qui suivaient Noël. Cette fois, nombre de magasins étaient fermés. Tout ça à cause d'un homme qui avait tiré trois coups de feu ! Mais le bar, dont elle avait obtenu le nom à la rédaction du journal, était ouvert. Karoline entra et écarta le rideau brise-vent. Quelques hommes étaient assis au comptoir dans la pénombre et buvaient du café. Aucun d'eux ne ressemblait à la photo de Konstantin Faber qu'elle avait trouvée sur le site Internet du *Taunus Echo*. Ne voulant pas les interroger directement, elle décida d'attendre un peu. À la rédaction, la dame de la réception lui avait dit qu'il venait ici presque tous les matins. Karoline commanda un café et s'installa à l'une des rares tables sous les regards curieux des hommes au comptoir. Au moment où elle s'apprêtait à payer et à s'en aller, la porte s'ouvrit. Le rideau se sépara en deux, laissant passer un courant d'air glacé. Karoline reconnut l'homme aussitôt, même s'il était nettement plus enrobé et moins chevelu que sur la photo.

— J'espère que tout le monde a passé un bon Noël ! lança Konstantin Faber à la ronde avant de rejoindre les autres au comptoir.

— Arrête ça, répondit un des hommes. J'ai jamais eu un chiffre d'affaires aussi pourri avant Noël.

— Moi non plus, renchérit un autre. On mise une année entière sur les ventes de Noël et ce satané tueur nous fiche tout en l'air.

Les deux autres hommes acquiescèrent d'un air déprimé. De toute évidence, ils étaient restaurateurs, car ils parlaient de réservations annulées et d'employés qui se faisaient porter pâles en avançant des prétextes cousus de fil blanc. Karoline faisait semblant d'être occupée avec son téléphone, alors qu'elle écoutait attentivement leur conversation.

— Les gens ont commandé leurs cadeaux à la dernière minute sur Internet, dit le deuxième homme, dépité. En janvier, je vais devoir licencier deux personnes, c'est déjà certain.

— Moi, je reste fermé tant que c'est le *casino*, dit un des restaurateurs. On rentre au pays demain. Dix jours *di più ou di meno*, c'est égal, non ?

Quelqu'un rapporta que les conducteurs de bus et de train faisaient grève depuis la veille. À Francfort, les trams ne roulaient plus et les chauffeurs de taxi restaient chez eux.

— Espérons qu'ils vont bientôt le coincer, ce cinglé, dit le tenancier en tendant une tasse de café à Konstantin Faber. Toute l'économie de la région Rhin-Main va s'effondrer si ça continue comme ça.

— Nous aussi, ça nous pose problème, dit ce dernier. Beaucoup d'abonnés s'étaient plaints auprès de la rédaction de ne plus recevoir leur quotidien. De nombreux porteurs de journaux s'étaient mis en arrêt maladie et on ne pouvait même pas leur en vouloir.

Pendant que les hommes discutaient au comptoir de ce que pouvait et devait faire la police, Karoline aurait aimé leur dire que la panique était très exagérée, dans la mesure où le meurtrier ne tirait pas sur les livreurs de journaux et les conducteurs de bus. Elle n'avait pas encore réfléchi à cet aspect de la question, mais le fait est que les agissements du Juge mettaient nombre d'entreprises et de gérants de la région en grande difficulté matérielle.

Karoline se leva et alla au comptoir.

— Excusez-moi de m'adresser à vous comme ça, dit-elle au journaliste. Vous vous appelez bien Faber et travaillez au *Taunus Echo* ?

— Qui veut le savoir ? Faber lui lança un regard méfiant. Vous êtes de la police ?

— Non. Une de vos collègues m'a dit que je vous trouverais sans doute ici, répliqua-t-elle. J'aimerais vous parler. Mais pas ici.

— Oh ! oh ! Tu te fais draguer, Faber ! le taquina un de ses copains, tandis que les autres rigolaient, mais il ne fit pas attention à eux. La suspicion se dissipa sur son visage.

— OK. Il se leva de son tabouret de bar et saisit son blouson. Tu le mets sur mon ardoise, Willi ?

— Ça roule, répondit le tenancier.

Karoline paya son café et suivit Konstantin Faber dans la rue.

Pia n'avait pas l'habitude de travailler sous les yeux du grand public. La plupart du temps, on retrouvait les cadavres dans un logement, une forêt ou tout autre endroit à l'abri des regards. Pia avait alors affaire à un ou deux témoins, ainsi qu'à ceux qui avaient découvert le corps. Or, cette fois, des dizaines de personnes avaient vu Hürmet Schwarzer se faire abattre. Dans un pays où les armes à feu étaient rares et quasiment absentes de la vie quotidienne, l'événement était d'autant plus traumatisant. C'était particulièrement dur pour un jeune garçon de sept ans qui se trouvait avec ses parents, ses frères et sœurs dans le magasin de chaussures dont la vitrine avait été transpercée par le projectile. Sa sœur aînée était en train d'essayer une paire de chaussures et il regardait dehors d'un air las, lorsque l'horreur s'était produite juste devant lui. Le garçon avait néanmoins eu de la chance dans son malheur, car la balle ayant tué Hürmet Schwarzer l'avait frôlé de quelques millimètres avant de s'encastrer dans une étagère.

L'enfant était dans une des ambulances et un urgentiste s'occupait de lui. Bodenstein s'entretenait avec ses parents, tandis que Pia recherchait la jeune femme qui se trouvait à côté de la victime au moment du drame.

— Je peux lui parler ? demanda-t-elle à l'urgentiste.

— Vous pouvez toujours essayer, répondit-il. La fille est encore en état de choc. Elle ne nous a pas dit un seul mot pour l'instant.

Celina Hoffmann, une jeune femme blonde d'une petite vingtaine d'années, était avachie sur le marchepied de l'autre ambulance et fixait ses mains. Elle portait sa blouse de travail, quelqu'un lui avait mis une couverture de survie sur les épaules. Pia crut d'abord que la femme avait des taches de rousseur, avant de s'apercevoir que son visage, ses cheveux, sa blouse et ses mains étaient éclaboussés de sang.

— Bonjour, madame Hoffmann, dit Pia. Je m'appelle Pia Kirchhoff, police judiciaire d'Hofheim. Puis-je m'asseoir un instant à vos côtés ?

La jeune femme leva la tête, contempla Pia, le regard vide, et haussa les épaules. Elle tremblait de tout son corps, elle avait le teint gris. Même si le choc allait s'atténuer avec le temps, elle n'oublierait jamais ce qu'elle avait vécu aujourd'hui. Certaines personnes étaient plus solides que la moyenne et parvenaient à surmonter une telle horreur, qui laissait chez d'autres des traces indélébiles.

— Je… je voulais rendre les cinquante euros à Hürmet avant qu'elle parte en vacances, chuchota Celina Hoffmann en tendant un billet froissé à Pia. Une larme coula sur sa joue. Elle m'avait prêté l'argent avant Noël et je ne voulais pas… je… ça porte malheur de commencer l'année avec des dettes.

— Hürmet et vous étiez collègues, n'est-ce pas ? demanda Pia.

— Oui. On… on travaillait toutes les deux à la boulangerie, répondit Celina d'une voix tremblante, en regardant ses mains éclaboussées de sang. Elle est toujours dans l'équipe du matin, moi je n'arrive souvent qu'à midi. Et aujourd'hui… aujourd'hui j'étais un peu en retard parce que… parce que ma voiture n'avait plus d'essence. Hürmet était déjà partie, mais elle va toujours faire ses courses après le travail et, du coup, j'ai regardé si je la voyais. Et puis elle est sortie de Rewe. Je… j'ai vite couru et je l'ai appelée. Elle s'est arrêtée et… et… elle s'est retournée vers moi et là… là…

Elle se tut et fondit en larmes. Mais parler lui faisait du bien, cela dissipait le choc. Celina Hoffmann sanglotait avec désespoir. Pia lui tendit en silence un paquet de mouchoirs et attendit patiemment que la jeune femme se ressaisisse et poursuive son récit.

— Je… je n'ai pas compris ce qui s'était passé, reprit-elle au bout d'un moment. Hürmet était par terre et j'ai crié comme une folle, jusqu'à ce qu'un type m'en colle une et m'entraîne.

— Est-ce que vous avez vu d'où venait le tir ? s'enquit Pia.

— Non. Je… je n'ai fait que regarder Hürmet. Elle s'interrompit et renifla. Mais ça venait sûrement de derrière, d'en haut à droite. Parce que… parce que… elle se tenait plus ou moins dos au parking et… et son visage… il a éclaté, en quelque sorte.

La jeune femme plaqua les mains sur son visage tandis qu'elle évoquait l'effroi de la dernière demi-heure, que son cerveau aurait tant voulu occulter. Pia était impressionnée. Il était extrêmement rare qu'un témoin oculaire se rappelle ce genre de détails. Interroger sur-le-champ une personne qui avait vécu ou vu quelque chose d'épouvantable paraissait souvent insensible. Or, plus on pouvait s'entretenir tôt avec un témoin, plus on avait de chances d'obtenir une déclaration impartiale et donc proche de la vérité. Si le témoin avait eu le loisir de réfléchir et de parler à des tiers, ce qu'il avait vu se mêlait à toutes sortes de déductions et d'émotions. Le cerveau humain était fait de telle sorte que, pour protéger l'âme, il effaçait les événements traumatisants ou les réduisait à l'état de fragments. C'est pourquoi la plupart des gens ne se souvenaient pas d'incidents qu'ils avaient vus ou même vécus, ce genre d'amnésie étant le plus souvent permanente.

— Je sais que ce n'est pas facile pour vous, dit Pia d'un ton compatissant. Mais il faudrait que vous parliez à mes collègues de la police scientifique.

Celina Hoffmann acquiesça. Pia nota son nom, son adresse et son numéro de téléphone, puis elle fit en sorte que ses collègues parviennent jusqu'à elle. Christian Kröger et son équipe venaient d'arriver et ils étaient déjà en train d'examiner la scène de crime.

— D'après le témoin, le tir venait de derrière et d'en haut à droite, dit Pia à Kröger et Bodenstein. Donc, si le témoin se trouvait là, la balle devait venir de quelque part là-bas.

Pia indiqua la direction du magasin de meubles.

— Hum, j'aurais plutôt misé sur le toit de ce bâtiment nu, là-bas, répliqua Bodenstein.

— Non, l'angle de tir ne colle pas. Kröger regarda autour de lui et secoua la tête. Le témoin a bien observé les choses. La balle est entrée dans le crâne au-dessus de l'oreille gauche. Je penche donc pour le toit de Mann Mobilia. On va monter là-haut tout de suite pour faire une analyse balistique.

— Le téléphone sonne ! s'écria un des collègues de Kröger en tendant le sac à main d'Hürmet Schwarzer à Pia. Celle-ci échangea un regard avec Bodenstein, puis elle plongea la main dans le sac et en retira le portable.

Patrick, pouvait-on lire sur l'écran. Qui que ce soit, c'était sûrement une personne proche d'Hürmet Schwarzer, si elle n'avait enregistré que son prénom. Pia prit l'appel.

— Hürmet, qu'est-ce que tu fabriques ? s'écria l'homme. Pourquoi est-ce que tu ne réponds pas ?

— Pia Kirchhoff, police judiciaire d'Hofheim, dit Pia. Qui est à l'appareil, je vous prie ?

— Où est ma femme ? demanda l'homme après une courte pause. Voilà qui clarifiait d'emblée son lien avec la défunte. Que se passe-t-il ? Pourquoi est-ce qu'elle ne répond pas au téléphone ?

— Monsieur Schwarzer, où êtes-vous en ce moment ? Pia répondit à sa question par une question. Difficile d'imaginer ce que la nouvelle du décès de sa femme pouvait engendrer si l'homme se trouvait au volant d'un quarante tonnes !

— Je… je suis à la maison, dit Patrick Schwarzer, et il lui donna son adresse. Sa voix, pleine d'assurance un instant plus tôt, se mit à trembler. Je vous en prie, qu'est-il arrivé à ma femme ?

— Nous arrivons chez vous tout de suite, répondit Pia, puis elle mit un terme à la communication et tendit l'appareil à son collègue qui le fit glisser dans un sachet destiné aux pièces à conviction.

Pia ressentait une telle répugnance à l'idée d'être confrontée, pour la quatrième fois en quelques jours, à l'incompréhension et au désespoir d'un proche qu'elle aurait aimé pouvoir se défiler, mais il n'y avait personne à qui déléguer la tâche.

— Viens, lui dit Bodenstein, qui savait parfaitement ce qu'elle ressentait. On s'en débarrasse illico.

— Que dit le mari de la victime ? s'enquit Nicole Engel lors de la réunion improvisée une heure plus tard dans le bureau de Pia et Ostermann. Existe-t-il un lien entre sa femme et les autres victimes ? Connaissait-il Kirsten Stadler ?

— Nous n'avons pas eu l'occasion de lui poser de questions, dit Bodenstein en faisant signe que non. Il travaille en tant que conseiller clientèle dans une Caisse d'Épargne d'Hattersheim et il est rentré chez lui pour le repas de midi, comme d'habitude. N'ayant pas écouté la radio, il ignorait ce qu'il s'était passé à Eschborn. Il a reçu la nouvelle de plein fouet.

— Est-on sûr qu'il s'agit bien du sniper ? demanda Nicole Engel.

— À cent pour cent. C'est la même munition que pour les trois autres victimes, dit Pia.

— Pourquoi a-t-il soudain pris contact avec la presse ? La commissaire divisionnaire était absente ce matin lorsque Bodenstein avait présenté la lettre envoyée par le Juge à Konstantin Faber. Quel jugement portez-vous sur la lettre et son contenu ?

"Il s'est produit une grande injustice. Les coupables doivent ressentir la même douleur que celle qu'ils ont causée par leur indifférence, leur avarice, leur orgueil et leur inconscience. Ceux qui se sont rendus coupables doivent vivre dans la peur et l'effroi, car je suis venu pour juger les vivants et les morts", relut Andreas Neff à voix haute, appuyé contre un meuble-classeur.

— Un psychopathe, dit-il en rendant son jugement. Un mégalomane qui s'octroie le droit de vie et de mort sur autrui. Le message du tueur nous en dit long sur lui, cela nous montre par exemple qu'il est croyant. La dernière phrase de son mail provient en effet du Credo catholique. Il se sent investi d'une mission et il veut en même temps mettre au défi ceux qui le traquent. C'est un jeu pour lui. Notre assassin est un aventurier. Il regarda à la ronde, avide d'obtenir un assentiment. Vous me croyez maintenant, quand je vous disais que mon profil collait parfaitement ?

La question s'adressait à Kim, debout à côté de lui.

— Croire signifie ne rien savoir, répondit-elle sans accorder un regard à Neff. Lui, en revanche, l'examinait avec un intérêt non dissimulé. Il était évident pour tout le monde qu'elle lui plaisait. Comme il était évident pour tous, sauf pour Neff, que Kim ne s'intéressait pas à lui pour deux sous. Elle ne fit aucun commentaire sur sa théorie, elle mordillait sa lèvre inférieure, perdue dans ses pensées.

— Quelqu'un a-t-il déjà parlé à Helen Stadler ? demanda-t-elle soudain. Pourquoi est-elle allée chez Renate Rohleder ?

Bodenstein et Pia échangèrent un bref regard. Dans la fébrilité des dernières heures, ils avaient complètement oublié de raconter à l'équipe ce qu'ils avaient appris ce matin.

— Helen Stadler, la fille de Kirsten Stadler, s'est suicidée il y a quelques mois, dit Bodenstein. C'est ce que nous a dit aujourd'hui une employée d'Erik Stadler, et son père a confirmé.

— Erik Stadler a été biathlète. Il pratique le *base jump* et d'autres sports extrêmes, ajouta Pia à contrecœur, car cela semblait étayer la thèse de Neff. Il a même gagné une médaille de bronze à des JO. Et il était aussi dans l'armée. Ce qui veut dire qu'il sait tirer, très bien sans doute. Et aujourd'hui à midi, il n'était ni à son entreprise ni chez lui.

— Eh bien voilà. Andreas Neff acquiesça, satisfait. C'est lui. Il a en plus le mobile adéquat, étant le fils de Kirsten Stadler.

— Comment vois-tu la chose, Oliver ? demanda Nicole Engel.

— Le fait est qu'Erik Stadler remplit à peu près toutes les conditions, concéda Bodenstein en frottant son menton non rasé.

— Dans ce cas, tu devrais lancer un avis de recherche contre lui, conseilla Nicole Engel.

— La police de Francfort surveille déjà son logement, fit remarquer Kai Ostermann. Je vais envoyer une autre patrouille à son entreprise. Il finira bien par refaire surface quelque part.

— Les parents de Kirsten Stadler n'ont pas encore fait signe, eux non plus, observa Cem. Ils ont un mobile au moins aussi solide que le veuf et le fils.

Nicole Engel réfléchit un instant, puis elle se leva de sa chaise.

— On contacte la presse, annonça-t-elle. Avec tout ce que nous savons pour l'instant. Quatre morts en une semaine ! Cette affaire secoue toute la région. Nous en sommes réduits à demander l'aide de la population, nous allons donc faire connaître les lieux et les heures des crimes. Quelqu'un a forcément vu quelque chose. Je veux pour la presse et la télévision des reconstitutions détaillées, incluant les différentes possibilités de fuite du tueur.

— Je m'en charge, confirma Ostermann.

— Les journalistes devront aussi indiquer que le tueur avait sûrement sur lui un sac de sport ou un grand sac de courses, ajouta Cem Altunay. C'est là-dedans qu'il transportait l'arme une fois démontée.

— Je veux des résultats, dit Nicole Engel d'un ton énergique, et il ne manquait plus qu'elle frappe dans ses mains. Allez, au travail !

— Le mobile du tueur semble être les représailles et non la simple vengeance, fit remarquer Kim.

— Quelle différence ? demanda Kathrin Fachinger, sceptique. Ça revient au même – le lynchage !

— Les représailles répondent à un préjudice et requièrent une sanction équivalente au délit sur le plan qualitatif, répondit Kim. Je te rends ce que tu m'as fait – au sens négatif ou positif, car il peut aussi s'agir de renvoyer l'ascenseur. Au point de vue éthique, les représailles fondent le principe de la justice sociale. La vengeance est une forme extrême de représailles, telle que la vendetta. Le vengeur choisit d'ignorer les moyens légaux de réparation parce qu'il les juge inadaptés.

— Je ne vois toujours pas la différence, dit Ostermann. Le paragraphe 211 du Code pénal définit la vengeance comme un mobile classique pour un homicide.

— C'est exact, approuva Kim. En fin de compte et en termes d'effet, cela ne change rien. La différence réside dans la motivation. Je pense que nous avons affaire ici à un profil rarissime. C'est tout sauf un psychopathe et un mégalomane. Il ne cherche pas à jouer avec nous comme le ferait quelqu'un qui a le goût des sensations fortes ou du défi. Il choisit ses emplacements pour leur aspect pratique, sans vouloir provoquer personne. Perspective optimale, possibilité de fuite optimale. Je suis toujours d'avis que c'est un professionnel que vous recherchez.

Margarethe Rudolf devait mourir parce que son mari s'est rendu coupable de meurtre par avarice et orgueil.

Karoline Albrecht lutta de toutes ses forces contre les larmes, reconnaissante à Faber de lui laisser le temps nécessaire pour se ressaisir. Debout à la fenêtre de la salle de réunion au premier étage de la rédaction, il lui tournait le dos.

— Pourquoi vous envoie-t-il cela à vous ? demanda-t-elle d'une voix étouffée.

— Très franchement, je n'en ai aucune idée. Faber se retourna. Peut-être qu'il lit notre journal. Ou qu'il me connaît personnellement.

Il prit une chaise et s'assit en face d'elle. La rédaction n'était pas très animée, la plupart des bureaux de l'*open space* désertés.

— Ou alors c'est le hasard, dit-il. Presque tous mes confrères sont en vacances pour Noël et le Jour de l'an. J'ai accepté d'être d'astreinte, d'autant que c'est d'ordinaire la période creuse entre les fêtes.

Karoline Albrecht le contempla. Il l'avait tout de suite crue quand elle lui avait dit qu'elle était la fille de la deuxième victime du sniper, ne demandant même pas à voir sa carte d'identité où figurait son nom de jeune fille. On devait sûrement lire sur sa figure dans quel sale état elle se trouvait.

— Que savez-vous de toute cette histoire ? demanda-t-elle.

— Strictement rien. Faber haussa les épaules. C'est bien le problème. Mon article n'est qu'une série d'hypothèses. C'est d'ailleurs ce qui a mis la police en rogne, mais je suis d'avis qu'il faut informer le public.

Sa réponse la déçut, ce journaliste en savait moins qu'elle.

— Pourquoi ne pas vous adresser à la police ? voulut-il savoir. Vous faites partie de la famille d'une des victimes, on vous tiendra au courant.

Karoline Albrecht resta de nouveau silencieuse.

— Mon père est un médecin très réputé, répondit-elle. Dans son domaine, il compte parmi les meilleurs au monde. Il représente l'ultime espoir pour beaucoup de gens et il a déjà sauvé un nombre incalculable de vies. Et voilà que quelqu'un l'accuse de meurtre et tue ma mère en conséquence ! Je n'arrive pas à y croire.

— Vous voulez savoir si votre père est réellement coupable.

— Exact, confirma-t-elle. Je veux découvrir pourquoi il a fallu que ma mère meure. Mais ça n'intéresse la police qu'à titre secondaire, au mieux. Ce qu'ils veulent, c'est coffrer l'assassin. Et ça ne me suffit pas.

— Je ne vois pas bien comment je pourrais vous aider. Je ne suis que le correspondant local d'un journal régional, en charge de l'économie et de la culture. Pas le genre de gars qui décèle des complots.

Karoline Albrecht remarqua sa gêne et acquiesça. Le petit homme corpulent aux cheveux clairsemés, vêtu d'un cardigan gris et ressemblant à un prof sans illusions à la veille de la retraite, n'avait effectivement rien d'un Bob Woodward ou d'un Carl Bernstein. Peut-être était-il simplement trop âgé et indolent pour reconnaître la chance professionnelle qui s'offrait à lui du simple fait que le sniper l'avait contacté. Konstantin Faber était un indécis et il ne l'aiderait pas.

— Puis-je faire une copie des faire-part et de la lettre ? demanda-t-elle.

— Oui, bien sûr, s'empressa-t-il de répondre. Ils se levèrent, Karoline prit son sac à main, les quatre feuilles et le suivit dans un couloir à moquette jusqu'à la pièce de la photocopieuse.

— Appelez-moi si vous avez d'autres questions, lui proposa-t-il lorsqu'ils prirent congé. Il était clairement soulagé de voir qu'elle n'insistait pas pour obtenir son soutien.

— Merci. Karoline lui tendit une de ses cartes de visite. Et vous pouvez peut-être me contacter si vous avez du nouveau.

— Je n'y manquerai pas, assura-t-il en évitant son regard. Sans doute lui aurait-il promis n'importe quoi pour se débarrasser d'elle aussi vite que possible.

Dirk Stadler arriva à la même seconde que Bodenstein et Pia. Il les salua d'un signe de tête, s'engagea dans un des nombreux garages et vint ensuite vers eux en boitant légèrement.

— Ça a duré un peu plus longtemps que prévu, hélas, dit-il en tendant la main d'abord à Pia, puis à Bodenstein.

— Chez nous aussi, répondit celui-ci. Vous avez sans doute entendu dire qu'il y a eu une nouvelle victime.

— Oui, ils en ont parlé à la radio, confirma Dirk Stadler. Venez, entrons dans la maison. Il fait un peu plus chaud à l'intérieur.

Juste avant d'atteindre la porte, ils furent retenus par une voisine qui avait gardé un colis pour Stadler et le lui remit.

— J'ai vraiment de gentils voisins, dit Stadler en souriant. On peut parfois très mal tomber. Dans un lotissement comme celui-ci, on vit tous les uns sur les autres.

Il pria Pia de lui tenir le colis pour qu'il puisse ouvrir la porte d'entrée.

— Maintenant, j'achète presque tout sur Internet, expliqua Stadler en poussant la porte. Ce n'est pas très sympa pour le commerce de proximité, mais c'est pratique quand on a du mal à se déplacer.

Ils entrèrent dans la maison, il alluma la lumière et enleva son manteau. Pia posa le colis sur le petit buffet du vestibule avant de suivre Stadler et son supérieur dans la grande pièce qui servait de salon et de salle à manger. Stadler leur proposa à boire, ils refusèrent poliment.

— Qu'est-ce qui vous fait dire que ces meurtres pourraient avoir un lien avec ma défunte épouse ? s'enquit Dirk Stadler lorsqu'ils s'assirent à la table du salon.

— Renate Rohleder, la fille de la première victime, était une de vos voisines quand vous habitiez encore à Niederhöchstadt. Le jour où votre femme est morte, votre fille lui a demandé son aide, mais elle a refusé, commença Bodenstein.

— Je me souviens d'elle. Stadler acquiesça. Elle a une boutique de fleurs à Eschborn, n'est-ce pas ? Et elle avait aussi un chien. Ma femme allait de temps à autre se promener avec elle.

— Exact, répondit Bodenstein. Le mari de la deuxième victime était chef du service de chirurgie transplantatoire dans la clinique contre laquelle vous avez porté plainte après le décès de votre femme. La troisième victime a reçu le cœur de votre épouse décédée. Un jeune homme atteint d'une malformation cardiaque congénitale.

— Oh mon Dieu, murmura Stadler, ébranlé.

— Et maintenant, poursuivit Bodenstein, nous avons une quatrième victime. Une jeune femme de vingt-sept ans. Nous ignorons encore le contexte, mais j'ai bien peur qu'on ne découvre un lien entre son mari et les événements du 16 septembre 2002.

Bodenstein ne mentionna pas les faire-part, ni la lettre.

— Pourquoi ne pas nous avoir dit l'autre jour qu'Helen était morte ? demanda Pia.

— Comment savoir que cela jouait un rôle ? À l'évidence, Dirk Stadler faisait de gros efforts pour rester maître de lui. Et c'est… c'est encore si récent, tout ça. Pendant des années, je me suis fait beaucoup de souci pour Helen mais, depuis un an, j'étais persuadé qu'elle avait retrouvé son équilibre et enfin surmonté son sentiment de culpabilité et sa dépression. Ses études étaient presque terminées, elle avait un gentil petit ami avec lequel elle s'était fiancée durant l'été. Ils voulaient se marier début octobre, les faire-part étaient déjà envoyés. Et puis… et puis… elle se jette sous un train. Sans rien dire.

— Ça s'est passé où ? se renseigna Pia. Et quand ?

— À Kelsterbach, répondit Dirk Stadler d'une voix étouffée. Le 16 septembre, le jour du dixième anniversaire de la mort de sa mère.

— Pourquoi votre fille était-elle dépressive ? insista Pia. De quoi s'accusait-elle ?

Dirk Stadler ne répondit pas tout de suite. Il était en lutte avec lui-même, son chagrin était si manifeste que Pia ressentait presque le besoin de le consoler.

— Ma femme allait courir chaque matin avec le chien, finit-il par dire. Par tous les temps. Elle était très sportive, elle s'entraînait pour le marathon de New York. L'Amérique, c'était son grand rêve, elle aurait voulu vivre là-bas. Helen allait souvent courir avec elle mais, ce matin-là, elle n'avait pas envie, elle voulait rester encore un peu au lit. Elle venait d'avoir quatorze ans. Kirsten n'étant toujours pas revenue au bout d'une heure pour les conduire, elle et Erik, à l'école, puis se rendre à son travail, les enfants se sont inquiétés. Ils n'arrivaient pas à la joindre sur son portable et ils sont partis à sa recherche. Ils connaissaient bien son parcours préféré. Et c'est comme ça… qu'ils l'ont trouvée. Elle n'avait pas eu le temps d'aller très loin, elle avait dû rester là au moins une heure. Erik a appelé les urgences sur le portable de Kirsten et il a tenté de la ranimer, Helen est vite partie chercher de l'aide. Plus tard, à la clinique, ils ont diagnostiqué une hémorragie cérébrale qui, en soi, n'était pas mortelle. Si on l'avait trouvée et ranimée plus tôt, on aurait pu l'opérer et elle ne serait pas morte.

Il leva les yeux. Ils étaient brillants, une larme coula sur sa joue.

— Ma fille s'est fait des reproches toute sa vie parce que ce matin-là elle était trop bien dans son lit pour accompagner sa mère. La voix de Stadler menaça de se briser. Les muscles de ses mâchoires se contractèrent, les ailes de son nez frémirent. Vous comprenez ? demanda-t-il. Helen était persuadée qu'elle aurait pu sauver sa mère si elle était sortie avec elle à l'époque.

— Quelle horreur ! dit Pia sur le chemin du retour au commissariat. D'abord l'épouse meurt, puis la fille se suicide après s'être accablée de reproches pendant dix ans ! Le destin s'acharne vraiment contre certaines personnes.

Il s'était mis à pleuvoir. Un mélange de pluie et de neige.

Muni de ses lunettes de lecture, Bodenstein feuilletait à la lueur blafarde de l'éclairage intérieur les pièces du litige remises par Dirk Stadler.

— C'est vraiment une tragédie, dit-il.

Il espérait y trouver les noms d'autres personnes ayant été en contact avec Kirsten Stadler à la clinique dix ans plus tôt. Peut-être pourraient-ils ainsi découvrir et avertir des victimes potentielles du tueur.

— Il faut absolument qu'on parle au fiancé d'Helen Stadler, dit Pia qui réfléchissait à voix haute, et elle actionna la commande du lave-glace. L'eau projetée par les voitures de devant, mélangée au sel de la route, rendait le pare-brise graisseux et opaque en un rien de temps. C'est une bonne chose, dit-elle, que le père d'Helen soit aussi coopératif. Sinon on n'aurait pas avancé d'une semelle.

Bodenstein marmonna quelque chose. Il avait le dos courbé, son nez touchait presque la page qu'il était en train de lire.

— On arrive au bureau dans dix minutes. Pia laissa échapper un petit rire. Et tu y seras sûrement plus à l'aise pour lire que dans la voiture.

— Tu as raison. Il referma le classeur. Puis il soupira et fixa la route détrempée à travers le pare-brise. Ses doigts tambourinaient sur le dessus cartonné du classeur et il affichait une moue songeuse. Pia connaissait cet air tendu. Quelque chose tracassait son supérieur, mais il n'était pas prêt à se confier. Elle quitta l'autoroute et, deux kilomètres plus loin, elle s'engagea dans la cour de la brigade criminelle régionale. Ostermann les intercepta juste après le sas de sécurité.

— La patronne a fixé un débriefing, dit-il en leur indiquant la salle de réunion. Une grande conférence de presse est prévue ce soir à 19 heures à la salle municipale.

— Pas trop tôt ! Pia se débarrassa de sa doudoune mouillée.

— Toujours aucune nouvelle d'Erik Stadler, mais les Winkler nous ont contactés, poursuivit Ostermann.

Bodenstein acquiesça et lui tendit le classeur donné par Stadler.

— Les pièces du litige entre Stadler et la clinique, dit-il. On va peut-être tomber sur de nouveaux noms.

— Je vérifie ça tout de suite, promit Ostermann.

— Après la conférence de presse, nous irons à Glashütten parler au couple Winkler, décida Bodenstein. Ça te va, Pia ?

— Bien sûr. Personne ne m'attend à la maison, répondit-elle. Mais ne serait-ce pas plus judicieux que j'en profite pour rendre visite au fiancé d'Helen Stadler ? On n'a pas besoin de moi à la salle municipale. Et je pourrais aussi reparler au mari de la morte d'aujourd'hui.

— La décision revient à Mme Engel, dit Bodenstein en voyant sa supérieure arriver dans le couloir. Les talons de ses escarpins martelaient le carrelage dans un staccato agressif.

— Déjà en tenue de combat et les couteaux aiguisés, remarqua Ostermann.

— J'ai entendu. Mme Engel passa en trombe devant eux, laissant flotter un léger nuage de parfum, mélange de verveine et de citron. Qu'est-ce que vous fichez encore là ? Allez, allez, dépêchez-vous d'entrer !

Depuis sa conversation de la veille avec Kim, Pia se demandait ce qui fascinait tant sa sœur chez Nicole Engel. Même après une longue journée éreintante, cette femme débordait encore d'énergie. Elle était comme toujours tirée à quatre épingles : des ongles vernis avec soin, un maquillage discret et une coiffure impeccable, laissant croire qu'elle sortait de chez le coiffeur. Elle portait un tailleur d'un vert étincelant, un collier de perles à rang simple, un foulard coloré et des escarpins vernis assortis d'au moins douze centimètres. Pia avait beau savoir qu'autrefois, dans la nuit des temps, elle et Bodenstein formaient un couple et qu'ils étaient même fiancés, elle n'arrivait pas à imaginer Nicole Engel dormant ailleurs que sur une sorte de chaise électrique qui lui permettait de repartir à la bataille, batteries rechargées, dès le lendemain matin. Jamais cette femme ne se vautrerait sur un canapé, vêtue d'un jogging déformé, d'un tee-shirt délavé, et sans maquillage ! Bodenstein semblait avoir un net penchant pour ce genre de femmes exigeantes qui traversaient la vie plein pot : Cosima von Bodenstein était du même calibre et, en fin de compte, Inka Hansen était elle aussi une bosseuse froide et déterminée.

— Installez-vous, s'il vous plaît, messieurs dames ! leur enjoignit la commissaire divisionnaire. Ça commence dans trente minutes à la salle municipale et j'aimerais bien ne pas être en retard.

Le groupe comptait, en plus de Bodenstein, Ostermann, Altunay et Fachinger, également Kim, Andreas Neff et quelques policiers venus d'autres commissariats et collaborant avec la commission spéciale "sniper". Bodenstein et Pia évoquèrent à tour de rôle les événements et les conclusions de la journée.

Nicole Engel était d'accord pour que Pia, Cem et Kim se rendent directement chez le fiancé de la défunte Helen Stadler, qui possédait une orfèvrerie dans la Hauptstraße à Hofheim.

— Eh bien, c'est parti, dit-elle en regardant sa montre, et elle se mit en route. Ostermann, où est le communiqué de presse ?

— Là. Cinquante copies. Kai lui tendit une épaisse liasse de feuilles dans un dossier qu'elle remit aussitôt à Bodenstein.

— J'ai, pour ma part, rassemblé les éléments les plus importants concernant le profil du tueur, s'empressa de dire Neff en rajustant sa cravate. Je dirais que j'interviens juste après vous et…

— Vous n'intervenez pas. Du moins pas devant la presse, dit Nicole Engel en lui assénant une douche froide avant d'enfiler son manteau.

— Mais j'ai les compétences nécessaires pour…, commença Neff, indigné.

— Nous sommes suffisamment compétents pour l'instant. Mme Engel ne daigna pas le regarder. Sur l'estrade il y aura Bodenstein, qui dirige l'enquête, le chef de la police, le porte-parole, un représentant du parquet et moi-même.

— Dans ce cas, je peux aussi bien rentrer chez moi, rouspéta Neff qui ne cachait pas sa déception. De toute évidence, personne ici n'apprécie mes talents à leur juste valeur.

— J'apprécie que quelqu'un s'intègre à l'équipe et fasse le boulot pour lequel on l'a recruté, rétorqua Nicole Engel devant la porte vitrée du sas de sécurité et elle lui adressa un regard dur. Vous êtes, autant que je sache, analyste criminel. Votre tâche consiste à analyser le déroulement des faits à partir d'indices relevés sur les scènes de crime et à établir des parallèles avec les autres homicides, en complément du travail de mes enquêteurs. Vous n'êtes pas qualifié pour avancer des hypothèses sur la psychologie de l'assassin. Au mieux, cela revient à la psychiatre médicolégale.

— Je n'ai jamais fait grand cas d'un quota féminin, aboya Neff, vexé. Mais ici, tout est clairement entre les mains des bonnes femmes.

— Allons-y, messieurs dames ! Je ne veux pas faire attendre les journalistes pour rien. Nicole Engel fit signe au policier à l'entrée d'actionner l'ouverture automatique de la porte. Elle franchit le sas et remarqua la pluie. Bodenstein, vous avez un parapluie ?

— Une poule de combat rouquine, lança Neff dans son dos. Elle a vraiment besoin d'un mec, celle-là.

— Et vous, ça vous ferait parfois du bien de confier vos glandes à des mains féminines, dit Kim en passant devant lui.

Neff devint rouge comme un coq. Nicole Engel, qui avait entendu, se retourna et ricana.

— Attendez ! Stop ! C'est important ! Christian Kröger, tout excité, déboula dans le couloir.

— On est à la bourre, Kröger, dit Nicole Engel. Quoi de neuf ?

— Nous savons maintenant d'où le tueur a tiré sur Hürmet Schwarzer ! s'écria-t-il hors d'haleine. Nous avons pu reconstituer la scène sur l'ordinateur à partir des données dont nous disposons. Taille de la victime, angle de tir, et ainsi de suite.

— On connaît le principe, l'interrompit Nicole Engel, impatiente. Venez-en au fait !

— Nous n'avons pas affaire à un bon, voire un très bon tireur, mais... Kröger ne se laissa pas bousculer. Pas impressionné du tout, il s'autorisa même une pause pour l'effet rendu. Mais… à un tireur *hors pair*, sûrement un tireur d'élite ou de précision expérimenté, parce qu'un amateur qui tire quelques coups de feu dans la nature n'arriverait jamais à ça ! Il a tiré depuis le toit d'un immeuble situé dans la Bremer Straße à Eschborn ! À presque un kilomètre de distance !

— C'est sûr ? Nicole Engel était sceptique.

— Oh que oui ! À cent pour cent ! Aucun doute là-dessus. Kröger acquiesça vigoureusement. Aucun autre bâtiment n'est assez haut pour un angle de tir pareil. Nous sommes allés sur le toit pour faire une mesure au laser : 882,9 mètres – c'est dingue !

— On devrait vérifier les clubs de tirs de la région, suggéra Ostermann. Un type aussi doué est connu dans ces milieux. Sans oublier l'armée et nos propres gens : les actifs, les anciens, les réservistes.

— Bien. Nicole Engel fit un petit signe de tête. Faites ça, Ostermann.

— Et envoie des gens dans l'immeuble en question, ajouta Bodenstein qui avait déjà ouvert le parapluie. Qu'ils sonnent à toutes les portes, parlent avec les habitants. Et vois s'il y a des caméras.

— Ce sera fait. Ostermann les salua.

La voiture de service arriva au bas des marches.

— Bon travail, Kröger, dit Nicole Engel, puis elle se détourna, dévala l'escalier et s'élança sous la pluie.

— Quelle femme, murmura Kim en adressant un clin d'œil à Pia.

— Viens, on y va aussi, se contenta de dire celle-ci. On arrivera peut-être à mettre la main sur M. Hartig.

Bodenstein n'avait jamais vu une telle affluence pour une conférence de presse. Devant la salle municipale étaient stationnées les voitures de reportage de toutes les chaînes de télévision allemandes, et les journalistes se pressaient devant l'espace d'accréditation dans le hall. Des policiers en uniforme firent passer Mme Engel, Bodenstein, le chef de la police et le porte-parole devant la foule. Le procureur Rosenthal les attendait déjà dans une petite pièce pour être mis au courant des derniers éléments.

— Nous avons énuméré dans le communiqué l'ensemble des lieux de crime avec la date et l'heure, dit Nicole Engel pour conclure le bref exposé de Bodenstein. Si nous demandons de l'aide à la population, les informations doivent être précises, sinon ça n'a aucun intérêt.

— Je vois les choses comme vous, acquiesça le procureur.

Le portable de Bodenstein se mit à sonner. Cosima ! Depuis toujours, elle avait le don de l'appeler au plus mauvais moment.

— Excusez-moi, dit-il, puis il se retira dans un coin de la pièce et prit la communication.

— Bonjour, Oliver ! lui lança son ex-femme. Je voulais juste te dire que je suis dans le train à destination de Königstein. À l'aéroport, je n'ai pas trouvé de chauffeur de taxi pour me conduire dans le Taunus, hélas.

— Je te croyais en route pour la Sibérie, répondit Bodenstein, surpris.

— Ah, trop froid pour moi. Cosima partit d'un rire forcé. Mon équipe continue mais, pour ma part, je n'ai plus envie. Tu veux que je passe chercher Sophia chez toi tout à l'heure ?

— Je n'ai rien contre. Elle est chez Inka. Je suis empêtré dans une affaire plutôt épineuse et il faut que je file à une conférence de presse, dit-il.

— Ce tueur embusqué ? Ça rend les gens complètement hystériques.

— Il faut que j'y aille, ché… Il se mordit la langue juste à temps. Le mot "chérie" avait bien failli lui échapper ! Au bout de quatre ans ! Grand Dieu, il fallait espérer qu'elle n'avait rien remarqué !

— Pas de problème, répondit Cosima. J'irai la chercher chez Inka, du moins si je trouve le moyen d'aller de Königstein à Ruppertshain.

— OK, je préviens Inka que tu passes, promit-il.

— Merci. À demain alors, dit-elle avant de raccrocher.

En vingt-cinq ans, Bodenstein n'avait jamais vu Cosima interrompre un tournage de film – et surtout pas pour des circonstances extérieures. Quelque chose ne collait pas ! Avait-elle entendu parler de la modification du testament de sa mère et cela expliquait-il son retour ? Il se dépêcha d'écrire un SMS à Inka. Elle ne serait sûrement pas mécontente d'apprendre que Sophia retournait chez sa mère trois semaines plus tôt que prévu. Cette pensée lui donna un coup au cœur.

Son portable se remit à sonner, cette fois c'était Ostermann.

— Erik Stadler vient de rentrer chez lui, dit celui-ci. Qu'est-ce qu'on fait ?

— Une seconde. Bodenstein alla vers Nicole Engel et se concerta avec elle et le procureur.

— Avez-vous assez d'indices pour un mandat d'arrêt ? s'enquit Rosenthal.

— Rien de vraiment concret, concéda Bodenstein. Je crains que ça ne suffise pas pour le juge d'instruction.

— Mais ça suffit en tout cas pour la détention préventive, dit Mme Engel.

— D'accord, alors arrêtez-le pour l'interroger, approuva le procureur, puis il consulta sa montre. Nous devons y aller.

— Kai, dit Bodenstein à son collaborateur, on garde la maison de Stadler sous surveillance pour l'empêcher de s'éclipser. Quand j'en aurai fini ici, je file à Francfort et je l'arrête.

En allant vers l'estrade sur laquelle se trouvaient une table et cinq chaises, il envoya un SMS à Pia avant de mettre son smartphone en mode silencieux.

— Fermeture à 18 h 30 ! Quelle poisse !

Pia regarda à travers la vitrine sombre de l'orfèvrerie et toqua à la porte vitrée. Peut-être que Jens-Uwe Hartig, le fiancé de la défunte Helen Stadler, se trouvait dans une pièce du fond. Mais rien ne bougeait, tout restait plongé dans l'obscurité.

— Il a fermé pile à l'heure, constata Cem. Avons-nous l'adresse privée de M. Hartig ?

— Hélas, non. Pia sortit une de ses dernières cartes de visite et s'assit dans la voiture pour écrire un message au verso. La longue journée, la tension permanente et le froid humide lui donnaient du fil à retordre, elle était énervée, elle avait mal partout et elle aurait tout donné pour pouvoir rentrer chez elle et se blottir confortablement sur le canapé. Au moment où elle ressortait avec peine de la voiture, un homme déjà âgé surgit. Il se dirigea droit vers elle et se campa devant elle.

— Dites donc, ma p'tite dame, vous voyez pas les panneaux, là-bas ? C'est une zone piétonne, ici ! dit-il en l'enguirlandant. Sa réserve de politesse et de patience était épuisée pour aujourd'hui.

— Achetez-vous donc une nouvelle paire de lunettes, lui conseilla-t-elle. L'interdiction de stationner est valable de 9 heures à 18 heures, or il est 18 h 30.

Elle le laissa en plan, passa devant lui et glissa sa carte de visite dans la boîte aux lettres de la boutique.

— Allons voir les Winkler à Glashütten, dit-elle à Cem et Kim. C'est ça qui compte.

Le vieux venait de sortir tant bien que mal son portable de la poche de son blouson, il se plaça bien en face de leur véhicule et photographia la plaque d'immatriculation. Pia l'ignora et donna la clé de la voiture à Cem.

— Tu peux conduire ? J'en ai ma claque aujourd'hui.

— Bien sûr. Son collègue prit la clé et s'assit au volant. Pia s'installa sur le siège avant droit, Kim sur la banquette arrière. Personne ne parla pendant le trajet, et Pia était reconnaissante pour le silence. Les rues étaient désertes, la pluie se transformait en épaisses chutes de neige sur les hauteurs de Königstein. Pia découvrit alors le SMS de Bodenstein. *Erik Stadler a refait surface. Je vais chez lui après la conf. de presse.*

Erik Stadler. Avait-il aimé sa sœur ? Quel effet cela lui avait-il fait de la voir se torturer pendant des années ? Le suicide de sa sœur expliquait-il la série d'homicides ? Erik Stadler et son père avaient une double raison de détester Renate Rohleder, Dieter Rudolf et Fritz Gehrke. Pia bâilla. La chaleur dans la voiture commençait à la fatiguer. À cette heure-ci, elle pourrait être en bateau avec Christoph et lézarder au soleil sans se tracasser. Au lieu de ça, elle roulait dans l'obscurité et la neige tout en n'avançant pas d'un pouce dans son travail ! Quelle plaie d'en être réduit à réagir au lieu d'agir. Quatre morts ! Et ils étaient toujours en plein brouillard.

— Nous y sommes, dit soudain Cem, faisant tressaillir Pia. La lumière est allumée, dit-il, on dirait qu'ils sont là.

Kim referma son iPad, ils descendirent de voiture, sonnèrent à la grille et marchèrent à pas lourd dans la neige qui leur arrivait aux chevilles, pour atteindre la porte d'entrée des Winkler.

La mère de Kirsten Stadler, Lydia Winkler, était une femme chétive aux cheveux coupés court et teints en rouge foncé, avec un visage marqué et couvert de rides.

— Entrez, je vous en prie, dit-elle d'un ton aimable. Désolée de vous obliger à venir jusqu'ici par un temps aussi affreux.

— Pas de problème. Pia s'efforça de sourire. Par chance, dit-elle, le Land de la Hesse offre les pneus d'hiver pour les véhicules de service.

La maison était plus grande qu'elle ne le paraissait de l'extérieur. Construite dans le style typique des années 1970, avec ses poutres sombres, ses tapis persans sur un carrelage marron, ses rideaux vieillots et ses fenêtres surdimensionnées et cerclées de métal, elle ressemblait au palace de Fritz Gehrke. Mme Winkler les conduisit dans un salon aussi vaste que le rez-de-chaussée de la ferme de Pia, mais rendu exigu par la teinte foncée du plafond.

— Attendez un instant, s'il vous plaît, je vais chercher mon mari. La femme disparut sans leur proposer de prendre place. Pia, Cem et Kim échangèrent un regard, puis ils examinèrent discrètement la pièce. Sur un buffet se trouvaient des quantités de photos encadrées que Pia contempla avec curiosité. Elles montraient Kirsten Stadler ou ses enfants à différents âges, leur gendre, lui, n'apparaissant nulle part. Les murs arboraient eux aussi des photos de leur fille décédée. Kirsten Stadler avait été une jolie demoiselle et, par la suite, une femme séduisante avec un sourire chaleureux.

Il fallut un bon moment pour que Mme Winkler resurgisse avec son époux à la traîne. Nettement plus grand que sa femme, il avait un crâne dégarni et un visage émacié avec un pli d'amertume autour de la bouche. Ses yeux clairs abritaient une susceptibilité prête à jaillir à la moindre provocation. Pia le trouva d'emblée antipathique.

— Ah, la police. J'imagine que vous ne pouviez pas venir encore plus tard, grommela Joachim Winkler en guise d'accueil, et il mit ostensiblement les mains dans les poches de son pantalon. Pia ne réagit pas et, l'espace d'un instant, il régna un silence gêné. Il faisait très chaud dans la maison, elle sentit qu'elle transpirait. Elle avait la bouche sèche comme du plâtre et un début de migraine.

— Que voulez-vous de nous ? demanda sèchement Winkler.

— Vous savez peut-être déjà par Dirk Stadler, votre gendre, que les meurtres du sniper de ces derniers jours sont très certainement liés à la mort de votre fille, commença Pia en entrant dans le vif du sujet. Le visage fermé de Winkler s'assombrit lorsqu'elle mentionna le nom de son gendre.

— Non, on ne savait pas, grogna Joachim Stadler. Nous n'avons plus de contact avec le mari de notre fille.

Ni lui, ni sa femme ne tenaient à découvrir le lien, ils semblaient tendus, mais pas particulièrement surpris, ni même intéressés. Une réaction surprenante.

— On assassine les proches de gens qui peuvent être mis en rapport avec la mort de votre fille, poursuivit Pia. M. Stadler nous a dit qu'il croit possible que vous ayez quelque chose à voir là-dedans.

Elle capta le regard ébahi de Cem et comprit trop tard son erreur.

— Pardon ?! explosa Joachim Winkler qui s'empourpra, furieux. Comment ce type en vient-il à prétendre un truc pareil ?

L'entretien avait tourné court avant même de commencer. La formulation maladroite de Pia, qui avait hérissé Winkler, était due à sa fatigue extrême ou à son aversion instinctive pour le beau-père de Stadler. Or, fatigue ou pas, cela ne devait pas lui arriver en tant que professionnelle ! Le mieux était de laisser parler Cem, bien plus diplomate qu'elle.

— Ne t'énerve pas, Jochen. Sa femme voulut prendre le bras de son mari pour le calmer, mais il se dégagea sans douceur.

— Je refuse d'écouter ces balivernes ! dit Winkler qui écumait de rage. Fichez-moi la paix avec ça !

Il tourna les talons et s'en alla d'un pas guindé, après quoi un téléviseur s'alluma quelque part dans la maison, le volume à fond.

— Excusez-moi. Pia haussa les épaules en signe de regret. C'était un peu maladroit de ma part, mais cela fait des jours que nous subissons une pression énorme.

— Je comprends. Lydia Winkler afficha un sourire forcé. Mon mari est toujours très susceptible quand il s'agit de Kirsten. Il se sent encore coupable de tout.

Helen Stadler, déjà, se croyait responsable de la mort de sa mère. Et maintenant son grand-père ?

— Mais votre fille est morte d'une hémorragie cérébrale, dit Pia. Personne n'y peut rien.

— Nous avons tous vécu une période difficile. La mort de notre fille a brisé la famille. C'est toujours dur d'affronter une mort soudaine et inattendue mais, dans un tel contexte, c'est une véritable épreuve.

— De quel contexte parlez-vous ? s'enquit Cem.

— C'est une longue histoire. Lydia Winkler poussa un soupir et leur indiqua le canapé. Venez, asseyez-vous.

Karoline Albrecht avait déjà assisté à un certain nombre de conférences de presse, mais en étant toujours sur l'estrade. Maintenant, elle se trouvait dans la foule des journalistes, caméramans et photographes avides d'un scoop et elle attendait de voir ce qu'allait révéler la police. Konstantin Faber lui avait effectivement envoyé un mail annonçant la tenue impromptue de la conférence de presse, tout en précisant qu'il ne viendrait pas. L'affluence était grande et, comme personne ne contrôlait les accréditations et les cartes de presse, elle n'avait eu aucune difficulté à pénétrer dans la salle.

Peu après 19 heures, les policiers et le procureur montèrent enfin sur l'estrade et s'installèrent à la grande table, devant laquelle s'étalait une forêt de micros. Des projecteurs s'illuminèrent, un orage de flashs éclata. La patronne de la police judiciaire d'Hofheim, une rousse énergique en tailleur vert bouteille, prit la parole en premier et exposa l'intégralité des faits, à la grande surprise de Karoline. Elle s'attendait à ce que la police continue à cacher son jeu en dissimulant son manque de résultats, et non à cette franchise brutale.

— Vous n'êtes pas obligés de tout noter, dit Nicole Engel aux journalistes présents. Nous avons préparé un communiqué de presse détaillé, dans lequel vous trouverez l'ensemble des données et des faits. Merci pour votre attention. Vous pouvez maintenant poser vos questions.

Cela entraîna une véritable tornade, tous bondirent, criant à tort et à travers. Les deux jeunes préposées aux micros étaient débordées, jusqu'à ce que la rousse intervienne et distribue la parole à tour de rôle aux journalistes.

— Avez-vous déjà une piste sérieuse ? demanda quelqu'un.

Le silence tomba dans la salle, où l'on ne percevait que le cliquetis des déclencheurs et le scintillement des flashs.

— Hélas non, répondit le commissaire von Bodenstein d'une voix posée. Nous vous avons présenté ce soir tous les éléments dont nous disposons. Vous serez tenus informés dès que nous saurons quelque chose qui pourrait calmer les angoisses de la population. Mais nous n'en sommes pas encore là, malheureusement. C'est pourquoi nous prions tous les habitants de la région Rhin-Main de rester très vigilants. Ce que nous pouvons affirmer avec certitude, c'est que le tueur ne choisit pas ses victimes au hasard. À l'heure actuelle, nous ne pouvons pas vous en dire plus.

La conférence de presse s'était terminée à huit heures moins le quart. La salle se vida en un clin d'œil, seules restaient quelques personnes de la télévision qui rangeaient leurs caméras. Karoline se demanda pourquoi elle était venue. Elle avait l'impression que cela entachait le souvenir de sa mère, désignée uniquement comme "victime n° 2". Elle aurait aimé s'emparer d'un des micros pour enguirlander cette meute avide d'infos exclusives et lui apprendre le respect, mais la meute se serait sans doute jetée sur elle, la fille de la "victime n° 2", pour lui arracher des informations confidentielles ou des photos, histoire d'en tirer – pire encore – une histoire larmoyante.

Karoline traversa le hall de la salle municipale et vit le commissaire Bodenstein assailli par un journaliste. Sa sacoche portait l'inscription *Taunus Echo* et cela attisa sa curiosité. Faber, ce lâche, avait donc envoyé un sous-fifre à sa place ! Elle ralentit le pas et ouvrit grandes ses oreilles.

— Vous croyez peut-être qu'on reste là à se tourner les pouces ? était en train de dire le commissaire, et l'expression de son visage ne révélait pas s'il était juste énervé ou vraiment en colère. Une dizaine de nos hommes s'occupent de la ligne d'urgence et, grâce à l'article de votre collègue, ils croulent sous les appels.

Il avait employé le génitif, c'était plutôt rare en allemand et cela faisait plaisir à Karoline. Elle appréciait que les gens s'expriment correctement.

— Jusqu'à cet après-midi, l'assassin aurait, paraît-il, été vu par environ deux cents personnes, à tous les endroits possibles et imaginables. Chacun de ces indices doit être vérifié. Vous imaginez ce que cela représente en termes d'hommes et de moyens.

— Mais ça pourrait vous mener à une vraie piste, répliqua le journaliste sur un ton presque frondeur.

— Non, ce n'est qu'une perte de temps. Le commissaire von Bodenstein regarda son portable en fronçant les sourcils. Croyez-moi, ce n'est pas la première fois de ma vie que j'enquête sur une affaire de meurtre. Je sais quelles informations on peut et doit révéler, et à quel moment. Liberté de la presse ou pas. Dites à M. Faber de m'informer dès qu'il aura du nouveau et ce, avant de le publier dans votre journal.

— Le fait est que j'ai une nouvelle info pour vous, entendit Karoline de la bouche du collègue de Faber au moment où le commissaire s'apprêtait à partir. Il y a un avocat qui a représenté la clinique contre la famille Stadler à l'époque. Il s'appelle Peter Riegelhoff. Peut-être en sait-il davantage sur ce qui s'est passé.

Karoline en eut le souffle coupé. C'était une information qu'*elle-même* avait donnée à Faber aujourd'hui, après qu'il lui eut assuré que tout ce qu'elle lui confiait resterait strictement confidentiel ! Quel type sournois ! Elle eut soudain un mauvais pressentiment. Qu'avait-elle raconté d'autre au journaliste ? Lui avait-elle donné d'autres noms ? Et si cela mettait la police en difficulté ?

— J'espère que M. Faber ou vous-même n'êtes pas en train d'enquêter de votre côté, dit le commissaire au journaliste. Cela pourrait avoir des conséquences désastreuses. Et c'est dangereux. Dites à M. Faber de s'en tenir à notre accord. Bonne soirée.

Après quoi le commissaire tourna les talons et s'en alla d'un pas leste.

Karoline le suivit des yeux. Devait-elle lui dire qu'elle avait parlé à Faber ? Mais que lui annoncer qu'il ne sache déjà depuis belle lurette ? Toutes ses informations provenaient de Renate Rohleder, qu'elle-même tenait de la police. Karoline sortit à l'air libre, releva la capuche de son manteau, puis regarda Bodenstein et sa patronne rousse monter dans une voiture sombre.

Non. Il était encore trop tôt pour enquiquiner le commissaire stressé avec une vague histoire.

C'est avec soulagement que Pia s'installa sur le canapé entre Cem et sa sœur, tandis que Lydia Winkler s'assit en face d'eux sur un fauteuil. D'une voix posée, elle leur raconta ce qui s'était passé ce fameux 16 septembre 2002, l'appel désespéré de son petit-fils Erik, s'écriant entre deux sanglots que sa maman était tombée et ne se réveillait pas.

— Mon mari et moi sommes aussitôt partis chercher les enfants à Niederhöchstadt, dit-elle. Puis nous sommes allés à la clinique où ils avaient transporté Kirsten. Erik et Helen étaient dans un état second, Dirk était à l'étranger et injoignable par téléphone. À la clinique, on nous a annoncé que Kirsten avait eu une hémorragie cérébrale et qu'elle était restée trop longtemps sans apport suffisant d'oxygène. Elle se trouvait en état de mort cérébrale. Nous étions sous le choc, incapables de comprendre ce que les médecins nous disaient. Kirsten se trouvait aux soins intensifs, on aurait dit qu'elle dormait. Elle était sous respiration artificielle, mais sa peau était chaude, elle transpirait même et… et son système digestif fonctionnait.

Lydia Winkler fit une courte pause et avala sa salive avec peine. Elle prit ensuite une grande inspiration et continua son récit.

— On nous a dit très clairement que l'hémorragie avait causé des dégâts irréversibles dans de larges zones du tronc cérébral et du cerveau, et ils se sont mis à nous harceler. Ils voulaient qu'on prenne la décision d'autoriser le prélèvement d'organes. Pour nous c'était... comme un meurtre d'inciser son corps et de lui enlever ses organes, parce qu'elle... elle paraissait si vivante.

La voix de la femme se brisa à nouveau, elle luttait contre les larmes. La douleur était profondément ancrée en elle, les événements vécus aussi présents que s'ils avaient eu lieu la veille. Dirk Stadler était à l'autre bout du monde et les Winkler complètement dépassés par la décision que les médecins de la clinique voulaient leur imposer. Ils n'avaient jamais évoqué le don d'organes avec leur fille et ne savaient pas si elle possédait une carte de donneur ou si elle avait rédigé un testament en ce sens.

— Nous avons demandé aux médecins d'attendre le retour de Dirk, mais ils se montraient de plus en plus insistants. Ils ont exercé sur nous une pression morale, nous ont parlé de patients qu'on pourrait aider. Ils ne reculaient devant rien.

Lydia Winkler faisait tourner ses lunettes entre ses doigts et tentait de s'en tenir aux faits. Pour comble de malheur, Erik, alors âgé de dix-sept ans, avait surpris une conversation entre deux médecins et compris que l'équipe médicale avait abandonné sa mère depuis longtemps. Les mesures prises aux soins intensifs ne visaient plus qu'à préserver ses organes.

— Il a vraiment disjoncté, se souvint Lydia Winkler. Il était déchaîné, il criait, impossible de le calmer. À un moment donné, on nous a renvoyés chez nous. Et quand mon mari et moi sommes arrivés à la clinique le lendemain matin, on nous a mis devant le fait accompli. Dans la nuit même, ils avaient prélevé tout ce qu'ils pouvaient sur notre enfant, y compris... y compris les yeux et les os ! Kirsten était littéralement vidée.

Elle marqua une courte pause et fit la moue. De toute évidence, elle avait du mal à garder contenance.

— La vue de son corps gisant dans la chambre froide, telle une dépouille vide, était atroce. On avait collé du scotch sur ses orbites, dit-elle d'une voix tremblante. Et elle semblait avoir beaucoup souffert. Nous aurions souhaité pour elle une mort paisible, qu'elle s'endorme dans le cercle familial, une fois les appareils débranchés, mais on ne lui a pas accordé cette faveur.

Dirk Stadler était revenu d'Asie le lendemain et on lui avait présenté la déclaration d'accord pour le prélèvement d'organes, signée par son beau-père. Joachim Winkler ne cessa d'affirmer qu'il n'avait jamais signé un tel accord, juste une autorisation de soins pour sa fille, Kirsten Stadler n'étant plus à même de décider pour elle lors de son admission à la clinique.

— Or sa signature était là, noir sur blanc, poursuivit Lydia Winkler. On nous avait clairement trompés mais, en fin de compte, c'était leur parole contre la nôtre. Par la suite, ils ont prétendu que mon mari, dans cette situation émotionnelle extrême, n'avait pas bien écouté. Ça l'a complètement aigri, car il était incapable de prouver le contraire.

— Est-ce la raison pour laquelle votre gendre a porté plainte contre la clinique ? s'enquit Cem.

— Oui, c'était une des raisons. Lydia Winkler acquiesça. Mais le pire pour nous, c'est la manière dont ils ont traité Kirsten. À partir du moment où il a paru évident qu'elle allait mourir, les médecins ont cessé de la considérer comme un être humain. Ils se sont comportés en vautours. C'était écœurant, la façon dont ils ont dépouillé son cadavre. Ça manquait totalement de… de respect !

— Comment s'est terminé le litige ? demanda Cem.

— Dirk et la clinique ont fini par trouver un accord en dehors des tribunaux. Il a reçu des dommages et intérêts, ils ont pris en charge ses frais d'avocat. Selon moi, cela revient à avouer leur faute.

Pia révisa son jugement prématuré sur Joachim Winkler, tout en reconnaissant que l'homme avait le mobile idéal pour les meurtres. Restait à savoir si un homme de soixante-dix ans était réellement en mesure de commettre ces crimes.

— Votre gendre nous a raconté que vous et votre mari étiez actifs dans un groupe d'entraide, dit Pia.

— Oui, c'est exact, confirma Lydia Winkler. La mort de Kirsten nous a laissés comme pétrifiés. Nous n'avions personne à qui parler de nos doutes et de notre sentiment de culpabilité. Notre petite-fille a découvert ce groupe sur Internet. HAMO est une communauté d'intérêts regroupant des proches qui ont vécu des choses similaires aux nôtres. Des parents ayant accepté le prélèvement d'organes sur leur enfant mineur après un accident, des couples, des parents d'enfants déjà adultes. Personne n'est préparé à une situation dans laquelle il faut prendre une décision lourde de conséquences. Voir l'être aimé ne plus être considéré par les médecins comme une personne mourante, mais comme du… matériel, un simple dépôt de pièces de rechange, c'est la pire chose qu'on puisse vivre. La mort est déjà assez horrible en soi, mais lorsqu'elle survient de façon aussi indigne, ça vous hante pour toujours. Encore aujourd'hui, dix ans après, j'en rêve presque chaque nuit, et ça ne m'aide pas de savoir que Kirsten a pu sauver quelques vies. La sienne n'a pas été sauvée et, en fin de compte, cela a détruit aussi celle d'Helen.

Les chaînes de télévision jugeaient enfin sa quatrième victime digne d'une édition spéciale. Elles diffusaient un reportage en direct sur la conférence de presse donnée par la police. La presse le surnommait depuis peu le "sniper du Taunus". Qui donc avait eu l'idée d'un nom aussi tapageur et pathétique ? Il écouta avec intérêt et constata que les policiers étaient malins.

*— Nous pensons désormais que les meurtres sont liés, dit le responsable de l'enquête, un bel homme au visage bien dessiné et à la voix sonore de baryton, qui aurait été parfait dans une de ces séries américaines du genre d'*Esprits criminels *ou* Cold Case : Affaires classées. *Le mobile du tueur est la vengeance, poursuivit-il, or les vraies cibles ne sont pas ses victimes, mais leur entourage proche.*

— Félicitations, monsieur von Bodenstein ! Vous êtes sur la bonne piste ! Il leva, moqueur, sa bouteille de bière à la santé du commissaire à l'écran, but une grande gorgée et mordit dans son sandwich au fromage.

La police faisait enfin ce à quoi il s'attendait depuis longtemps : elle demandait l'aide de la population, cherchait des témoins et dévoilait donc un nombre étonnant d'informations sur les quatre victimes, les circonstances exactes des meurtres avec la date, l'heure et le lieu, ils montraient même des détails de Google Maps, comme à la télé dans le magazine de société Aktenzeichen XY *!*

Il se cala dans son siège, songeur. Ses poursuivants se rapprochaient, mais ils ne savaient pas encore grand-chose et c'était bien ainsi. Ils ne le coinceraient sans doute pas de sitôt, même si l'air se raréfiait chaque jour autour de lui et qu'il allait devoir se montrer encore plus prudent à l'avenir. À vrai dire, il avait prévu de se laisser davantage de temps. Ce à quoi il n'avait pas du tout pensé, c'était la panique de la population. Pour le générique de l'émission, les gens de la télé avaient interviewé une hôtelière, un commerçant, le directeur d'un supermarché et un conducteur de bus. De peur d'être victimes d'un cinglé, taxis et bus ne circulaient quasiment plus, les restaurants fermaient, faute de clients, les colis s'entassaient dans les sociétés d'expédition parce que les routiers refusaient de rouler. Toute cette affaire avait pris des proportions qu'il n'avait pas anticipées, mais cela le laissait aussi indifférent que les surnoms dont on l'affublait. Peu importe qu'on le prenne pour un fou, un psychopathe ou un tueur sans scrupule. Un jour, il expliquerait ses motivations, au plus tard devant le tribunal. Il saisit la télécommande et éteignit le téléviseur. Dans le silence soudain, il entendit la pluie marteler les vitres. Il mènerait l'opération à son terme. Il avait donné sa parole.

Joachim Winkler avait le mobile parfait, cela ne faisait aucun doute. Plus sa femme dévoilait de choses au sujet de son mari et de son profond désespoir, plus Pia se disait qu'il était peut-être leur homme. Rongé par les remords, la douleur et une rage impuissante, il souffrait encore aujourd'hui d'un sentiment irrationnel de culpabilité. Rien ne prouvait qu'on l'avait trompé à la clinique à l'époque, lorsqu'il avait paraît-il signé une autorisation de soins. Pour un esprit pinailleur et sûr de lui comme Winkler, il n'y avait sûrement pas de défaite plus cruelle. Et il connaissait tous les gens en rapport avec la mort de Kirsten. Lydia Winkler avait confirmé que le litige était devenu une véritable obsession pour son mari. Toute sa vie était marquée depuis par le désir de revanche.

— Merci pour votre franchise, dit Cem d'un ton aimable et compatissant, comme à son habitude. J'imagine à quel point cela doit être dur d'évoquer tout ça.

— J'espère vous avoir aidés, répondit Lydia Winkler en souriant tristement.

Ils se levèrent du canapé. Le téléviseur se tut dans l'une des pièces voisines, mais Joachim Winkler ne refit plus surface.

— Votre mari possède-t-il une arme, au fait ? demanda Pia en suivant une inspiration soudaine.

— Oui. Plusieurs. Lydia Winkler acquiesça d'un air hésitant. Il était bon tireur et passionné de chasse autrefois. Mais ça remonte à loin.

— Pouvons-nous jeter un œil aux armes ?

— Bien sûr.

Ils suivirent la femme à travers la cuisine et jusqu'à un grand garage double qui abritait une seule voiture, une Mercedes blanche d'un modèle déjà ancien. À côté d'un établi et d'un congélateur se trouvait une armoire en métal. Mme Winkler sortit une clé d'un tiroir de l'établi et ouvrit l'armoire. Cinq fusils. Quatre à répétition et un autre à air comprimé. Pia enfila des gants en latex, prit chaque arme en main, examina les canons, les chargeurs et huma les fusils. Mme Winkler l'observait d'un air de plus en plus mécontent.

— Vous ne croyez quand même pas que mon mari a quelque chose à voir avec ces meurtres ? demanda-t-elle avec irritation lorsque Pia replaça le dernier fusil en secouant la tête. Aucune de ces armes n'avait été utilisée récemment.

— Nous ne croyons rien du tout, s'empressa de dire Cem. Mais nous sommes tenus de ne négliger aucune piste.

Mme Winkler referma le placard à clé et jeta un regard noir à Pia.

— Mon mari est atteint de la maladie de Parkinson. Sans ses cachets, il ne peut même pas se raser lui-même. Elle appuya sur un interrupteur, la porte du garage s'ouvrit avec fracas. Vous retrouverez sûrement le chemin seuls, dit-elle. Au revoir.

— Au revoir, répondit Cem. Et merci encore.

Lydia Winkler fit un signe de tête, la main sur l'interrupteur. À peine avaient-ils quitté le garage que la porte se referma derrière eux.

— Elle l'a mal pris, constata Kim tandis qu'ils peinaient à descendre l'allée pleine de neige.

— Rien à cirer, répondit Pia. Le vieux a un mobile et il

bouillonne de haine. Ça ne m'étonnerait pas qu'il soit impliqué d'une manière ou d'une autre.

— Il a Parkinson, lui rappela Cem.

— Et alors ? Ça veut simplement dire qu'il ne peut pas tirer lui-même. Mais il peut tout à fait échafauder des plans et espionner les gens.

Ils étaient arrivés à leur véhicule. Cem sortit une raclette du coffre et enleva la neige sur le pare-brise et la lunette arrière, tandis que Pia et Kim montaient en voiture.

— Le tueur doit *forcément* venir de l'entourage proche de Kirsten Stadler, dit Pia une fois Cem installé et prêt à démarrer. Le veuf, le fils, les parents. Ils ont tous un mobile, voire deux depuis le suicide d'Helen. Il faut qu'on vérifie les alibis de chacun.

— Il est là depuis 19 h 14 et il n'a plus quitté son appartement, rapporta un des deux policiers qui observaient la maison d'Erik Stadler, située sur l'Adlerflychtstraße dans le Nordend.

— Est-il seul ? demanda Bodenstein.

— Aucune idée, répondit le policier en uniforme. Dix locataires habitent dans l'immeuble, ça rentre et ça sort sans arrêt.

— Il est arrivé comment ? En voiture, à pied ?

— À pied. Il était en tenue de jogging.

— OK. Bodenstein leva les yeux vers l'appartement en attique illuminé. Alors on y va.

Ils traversèrent la rue et allèrent jusqu'à la porte d'entrée. Bodenstein, qui ne voulait pas avertir Stadler et lui laisser la possibilité de s'enfuir, appuya sur une des sonnettes du bas en espérant que les étiquettes correspondaient à la disposition des appartements dans l'immeuble. Et c'est en effet une femme habitant au rez-de-chaussée qui leur ouvrit. Après avoir vu la carte professionnelle de Bodenstein et les policiers en uniforme, elle acquiesça d'un air indifférent et referma la porte. Ils prirent l'ascenseur jusqu'au septième étage, puis montèrent les quelques marches qui menaient à l'attique. On entendait de la musique techno à plein volume à travers la porte. Bodenstein sonna.

La musique s'arrêta, des pas se rapprochèrent et la porte s'ouvrit. Erik Stadler portait un simple boxer et un maillot blanc qui laissait entrevoir son corps de sportif. Un tatouage raffiné recouvrait son épaule gauche. Il haussa les sourcils en apercevant les policiers.

— Les bourges d'en bas se sont encore plaints de la zique, c'est ça ? dit-il avant de reconnaître Bodenstein. Une expression craintive passa dans son regard, son sourire parut soudain forcé. Et ça fait même venir la police judiciaire !

— Bonsoir, monsieur Stadler, répondit Bodenstein. Nous ne sommes pas là à cause de la musique. Pouvons-nous entrer ?

— Oui. Je vous en prie. Il s'écarta d'un pas pour les laisser passer.

À l'instar de son père, Erik Stadler semblait avoir le goût des grands espaces. La plupart des murs porteurs avaient été remplacés par des piliers, ce qui créait une pièce immense. Des fenêtres qui descendaient jusqu'au sol offraient une vue dégagée qui allait des toits des maisons voisines aux gratte-ciel du quartier des affaires. À l'avant se trouvait une cuisine américaine, où un escalier conduisait à une mezzanine. Un bel appartement, sûrement pas donné dans ce coin de Francfort.

— De quoi s'agit-il ? s'enquit Erik Stadler. Il faisait tout son possible pour paraître détendu, en pure perte. La gêne sortait de chaque pore de son corps.

— Ou étiez-vous aujourd'hui vers 13 heures ? voulut savoir Bodenstein.

— Ici, prétendit Stadler. J'ai travaillé. Je fais ça souvent. J'arrive mieux à me concentrer ici qu'au bureau.

— Y a-t-il des témoins qui peuvent le confirmer ? Au fil du temps, Bodenstein avait contemplé le visage de nombre de gens qui tentaient de lui mentir. Tous se croyaient capables de jouer la comédie, mais seule une minorité y parvenait.

— Non. Pourquoi ? Erik Stadler n'était pas un menteur chevronné et il avait mauvaise conscience. Il avait du mal à regarder Bodenstein.

— Où étiez-vous mercredi 19 décembre vers 8 heures du matin ? insista celui-ci, sans répondre à la question de Stadler.

Jeudi 20 décembre à 19 heures et mardi 25 décembre à 8 heures du matin ?

Stadler fit semblant de ne pas comprendre.

— Le 25 ? C'était Noël. Il se gratta la tête, tirailla le lobe de son oreille, se toucha le nez et croisa les bras sur sa poitrine. Je suis allé courir tôt le matin, dit-il. Je fais beaucoup de sport pour contrebalancer le stress de mon métier.

— Où êtes-vous allé courir, et de quand à quand ? Quelqu'un vous a-t-il aperçu ? Avez-vous parlé à des gens ?

— Je ne m'en souviens plus. Je cours tous les jours. Pourquoi est-ce important ?

Bodenstein ne se laissa pas perturber par ces questions incidentes. Il remarqua la transpiration qui coulait sur le front de l'homme, l'agitation de ses mains, son regard fuyant. Nul ne restait serein lors d'un interrogatoire par la police judiciaire, Bodenstein le savait, mais la nervosité de Stadler dépassait le niveau habituel.

— Vous êtes biathlète ? se renseigna-t-il. C'est plutôt rare pour quelqu'un qui habite dans le coin.

— J'ai fait mon service militaire dans l'infanterie de montagne, répondit Stadler qui, cette fois, ne mentait pas. C'est comme ça que j'ai découvert le biathlon. Aujourd'hui, j'ai rarement le temps de faire du ski.

— Mais vous avez du temps pour d'autres sports extrêmes qui sortent de l'ordinaire.

— Parfois. Où voulez-vous en venir ?

— Êtes-vous bon tireur ?

— Oui. J'étais plutôt doué autrefois. Stadler acquiesça. Mais ça remonte à quelques années.

Bodenstein l'interrogea sur les noms des victimes du sniper, mais Stadler ne connaissait soi-disant qu'Ingeborg Rohleder, la mère de son ancienne voisine, et le Pr Rudolf. Il prétendit n'avoir jamais entendu parler de Maximilian Gehrke ni d'Hürmet Schwarzer.

— Monsieur Stadler, ce serait bien si vous aviez des alibis pour les horaires en question, dit Bodenstein. Vous êtes soupçonné d'avoir commis quatre meurtres. Je vous prie donc de nous suivre au commissariat d'Hofheim.

— Vous n'êtes pas sérieux, protesta Erik Stadler. Je ne suis pas un meurtrier !

— Alors dites-moi ce que vous avez fait à l'heure où les meurtres ont eu lieu, répliqua Bodenstein.

— Je… je ne peux pas. Stadler se passa une nouvelle fois la main sur la tête. Il faut que je réfléchisse.

— Chez nous, vous aurez tout le temps de la réflexion, dit Bodenstein. Habillez-vous, s'il vous plaît, et prenez quelques affaires. Mon collègue vous accompagne.

— Vous m'arrêtez ?

— Détention préventive, répondit Bodenstein en récitant la leçon de rigueur lors de l'arrestation d'un suspect.

— Vous vous trompez. Je n'ai rien à voir dans cette affaire, affirma Erik Stadler.

— Je l'espère pour vous. Bodenstein se détourna. Dépêchez-vous, s'il vous plaît.

Dix minutes plus tard, ils redescendirent en ascenseur jusqu'au rez-de-chaussée. Une femme vint à leur rencontre dans le hall de l'immeuble. Elle avait des cheveux noirs coupés court et portait une tenue de sport sous un imperméable clair.

— Erik ! s'écria-t-elle en reconnaissant l'homme encadré par les deux policiers. Qu'est-ce que… ça signifie ?

— Lis, je… commença Stadler et il voulut s'arrêter, mais les deux policiers l'entraînèrent sans se laisser démonter.

— Qu'est-ce que ça veut dire ? La femme laissa tomber son sac de sport. Je veux parler à mon compagnon ! Pourquoi l'emmenez-vous ? Où allez-vous ?

Bodenstein barra le chemin à la femme.

— À Hofheim, dit-il. Nous devons lui parler.

— Oui, mais… quoi… ? Elle s'interrompit et le fixa de ses yeux écarquillés. Vous êtes… je vous ai vu tout à l'heure à la télé, non ?

Il acquiesça et perçut l'effroi dans ses yeux, au moment où elle assembla les pièces du puzzle et comprit. Ses épaules s'affaissèrent, elle se retourna, s'assit sur l'escalier et se mit à pleurer.

Il était 11 heures du soir lorsqu'elles arrivèrent à la maison. Bodenstein ayant offert la pizza à tout le monde au bureau, elles étaient rassasiées et Kim monta directement dans sa chambre en bâillant. Pia en profita pour parler un petit moment *via* Skype avec Christoph, qui avait accès au réseau wifi sur son bateau de croisière. Pendant quelques minutes, elle parvint à oublier les déboires de sa journée en riant de ses portraits fidèles de passagers pour certains assez cocasses.

— Tu as l'air épuisée, constata-t-il.

— J'ai eu une dure journée, répliqua-t-elle. Il y a eu une quatrième victime aujourd'hui, et nous sommes toujours dans le brouillard. Les choses n'avancent pas. Parfois j'aimerais pouvoir me téléporter jusqu'à toi.

— Ça me plairait aussi. Il sourit d'un air compatissant avant de reprendre son sérieux. C'est bien que tu ne sois pas seule à la ferme.

— Oui, je suis contente d'avoir Kim avec moi, avoua Pia.

Quel réconfort de parler à Christoph. Bien qu'ils fussent séparés par des milliers de kilomètres, elle se sentait très proche de lui.

— Tu me manques, lui dit-il en la quittant. Sans toi, tout est deux fois moins bien.

À ces mots, Pia eut chaud au cœur. Ses yeux se remplirent de larmes. Une fois son image disparue, elle referma son ordinateur portable et regarda dans le vide un bon moment. Avait-elle déjà aimé quelqu'un autant que Christoph ? Avec Henning, à l'époque, c'était très différent. Même quand il partait des journées entières et qu'elle ne savait pas exactement où il se trouvait, il ne lui avait jamais manqué à ce point. Il lui arrivait même d'être heureuse qu'Henning ne soit pas là.

Ses pensées allèrent à Dirk Stadler. Christoph avait jadis perdu sa première femme, la mère de ses trois filles, de façon similaire à celle de Dirk Stadler. Un AVC. Complètement inattendu. Il avait évoqué son désespoir en se retrouvant seul avec trois enfants en bas âge, forcé d'enterrer son rêve de vivre en Afrique avec sa femme. La présence de ses enfants l'avait incité à aller de l'avant. Grâce à eux, il avait surmonté la perte de sa femme et repris goût à la vie, tout comme Dirk Stadler. Or celui-ci avait aussi perdu sa fille dix ans plus tard. Comment allait-il s'en sortir s'il s'avérait que son fils avait commis un quadruple meurtre? Était-il d'ailleurs au courant des agissements d'Erik? Tout concourait en effet à désigner Erik Stadler comme le coupable. Bodenstein était persuadé d'avoir arrêté le sniper aujourd'hui, mais Pia n'en était pas si sûre. Le fait qu'il n'ait pas voulu d'avocat prouvait-il son innocence? Ils en apprendraient sans doute davantage le lendemain.

Kai avait étudié de près le gros classeur mis à leur disposition par Dirk Stadler mais, à sa grande déception, il n'était tombé que sur le nom du Pr Rudolf et sur celui du directeur de la clinique, le Pr Ulrich Hausmann. Patrick Schwarzer, quant à lui, n'apparaissait nulle part. Kathrin avait reparlé ce soir au mari de la vendeuse décédée, mais il ne se rappelait pas avoir jamais entendu le nom de Kirsten Stadler. On lui avait administré des calmants puissants qui rendaient ses réponses inexploitables.

Le portable de Pia fit entendre un bip. Elle l'approcha et lut le message envoyé par Kai. *Tu es encore debout? Viens de faire des recherches sur HAMO. Plutôt flippant.* Il lui avait joint un lien vers un site. Sa fatigue s'étant envolée après la conversation avec Christoph, elle rouvrit son ordinateur et entra le lien sur la barre de navigation. Elle arriva sur le site d'HAMO, abréviation qui signifiait *Aide aux proches des victimes du trafic d'organes.*

— Grand Dieu, murmura-t-elle, et elle se mit à lire.

HAMO avait été fondé en 1998 par plusieurs personnes qui, sous le choc et la pression, avaient autorisé le prélèvement d'organes sur leur enfant, pour se rendre compte *a posteriori* que ces derniers, déclarés en état de mort cérébrale par les médecins, n'étaient pas morts, mais mourants. Pia cliqua sur l'icône "Qui sommes-nous?" et apprit qu'HAMO comptait désormais trois cent quatre-vingt-douze membres, parmi lesquels les familles des défunts, mais aussi des gens confrontés au sujet à titre professionnel ou sceptiques vis-à-vis de la médecine transplantatoire pour d'autres raisons. Sur les pages suivantes, les gens les plus divers évoquaient la perte de leur enfant et des employés d'hôpitaux décrivaient le déroulement d'une greffe d'organe. Pia, qui ne s'était jamais vraiment penchée sur le sujet et qui, quelques années plus tôt, avait rempli une carte de donneur sans trop se poser de questions, était ébranlée. Elle composa le numéro de portable de Kai, qui répondit au bout d'une seconde.

— C'est grave, dit-elle.

— Lydia Winkler a rédigé un compte rendu, elle aussi, répondit Kai.

— J'ai vu. Pia fit défiler la page. C'est atroce ! Je vais détruire ma carte de donneur sur-le-champ !

— Je trouve que le don d'organes n'est pas une mauvaise chose en soi – au contraire ! répliqua Kai. Dans la mesure où, en tant qu'adulte, on est bien informé et qu'on accepte de ne pas mourir entouré de ses proches, c'est une bonne chose, cela permet quand même de sauver des vies.

— Tu voudrais mourir de cette façon ? Pia était horrifiée. Imagine un peu que tu ne sois pas encore mort, comme cette femme aux États-Unis qui s'est réveillée sur le chemin de la salle d'opération !

— Il existe des directives précises pour le diagnostic de mort cérébrale, dit Kai. Les médecins doivent prouver les symptômes cliniques, mais aussi le caractère irréversible de l'état du patient.

— Et tu crois qu'on peut leur faire confiance là-dessus ? Pia frissonna.

Kai ne répondit pas à sa question.

— Je trouve intéressant de voir ce qui importe aux gens dans ce forum, dit-il à la place. Ils se plaignent surtout d'avoir subi, dans un moment de choc émotionnel, une pression morale pour autoriser le don d'organes.

— Comme c'est le cas pour les parents de Kirsten Stadler, dit Pia. Les médecins leur ont parlé de patients qui mourraient s'ils ne recevaient pas immédiatement un nouveau cœur ou un nouveau rein. Mme Winkler nous a dit tout à l'heure qu'on leur avait littéralement fait du chantage en leur demandant s'ils voulaient être responsables de la mort d'autrui à cause de leurs hésitations ! C'est un comble !

— Il faut dire aussi qu'une personne en état de mort cérébrale n'a pas l'air morte, ajouta Kai. Pia entendit ses doigts pianoter sur le clavier. Ces gens en état de choc ne comprennent pas que leur proche est mort et ils espèrent bien sûr qu'il va se réveiller. D'un autre côté, on ne peut pas attendre éternellement, car les organes doivent être prélevés sur des vivants. Cela dit, une personne en état de mort cérébrale est par définition considérée comme morte. Un lien hypertexte mène au compte rendu d'une séance du Conseil d'éthique sur le thème "Morale et dignité humaine face à la définition usuelle de la mort cérébrale", et on peut y lire ceci : "L'individu en état de mort cérébrale a une existence physique sur le plan cellulaire, mais sans faculté d'entendement ni interaction sociale – ce qui implique un état végétatif et non la vie." Les intérêts de la médecine transplantatoire, ajouta Kai, semblent avoir toujours joué un certain rôle dans la définition de la mort cérébrale.

Pendant qu'il parlait, Pia cliqua sur les mentions légales du site.

— Joachim Winkler est vice-président, Lydia Winkler secrétaire, dit-elle en coupant son collègue. Le président s'appelle Mark Thomsen et il habite à Eppstein. C'est là aussi que se trouve le siège officiel de l'association. Il y a même un numéro d'urgence. Les gens d'HAMO sont disponibles vingt-quatre heures sur vingt-quatre pour apporter leur soutien aux personnes en situation de crise.

— Est-ce qu'Erik Stadler et son père en font partie? demanda Kai.

— Pas dans le comité de direction, du moins, répondit Pia. C'est le silence radio entre Dirk Stadler et ses beaux-parents, et il a tenu des propos plutôt défavorables sur HAMO. Je doute qu'il y participe. Sans doute que le débat est clos pour lui depuis longtemps. Il est impossible de s'en détacher si on y pense sans arrêt. Or, Dirk Stadler me donne l'impression d'avoir surmonté la perte de sa femme. En tout cas, il n'a rien d'un sociopathe solitaire, il a par exemple un bon contact avec ses voisins.

— Hum, se contenta de dire Kai.

— Après réflexion, je trouve que les meurtres d'Hürmet Schwarzer et de Maximilian Gehrke n'entrent pas dans le même schéma, dit Pia en changeant de sujet. Pourquoi Gehrke devait-il mourir ? Parce qu'il a reçu le cœur de Kirsten Stadler ?

— Non, parce que le tueur voulait punir son père, répliqua Kai.

— Le punir pour quoi ? demanda Pia. Qu'a donc fait son père ?

— Il était influent et plein aux as, répondit Kai. Possible qu'il ait acheté quelqu'un pour que son fils reçoive un nouveau cœur plus rapidement.

— Mais ça ne marche pas ainsi. Pia fit non de la tête. C'est Eurotransplant qui décide de l'attribution des organes. Et il faut en plus que les paramètres correspondent. Tout le monde ne tolère pas n'importe quel organe.

— Tu ne lis pas les journaux ? demanda Kai, un brin moqueur. Il y a de nouveau un gros scandale parce que les hôpitaux ont magouillé et que des patients qui n'auraient pas dû recevoir de nouveau foie en ont reçu un malgré tout.

— Je sais. Pia ne put s'empêcher de bâiller. Il faudrait qu'on demande à un spécialiste comment ça se passe. Mais je crains qu'ils ne soient tous sur la défensive si on leur pose ce genre de questions.

— Alors interroge ton ex, proposa Kai en bâillant lui aussi. Il est peut-être au courant, lui. Bon. Je crois que je vais rentrer chez moi. Demain on remet ça.

Ils se souhaitèrent une bonne nuit mais Pia, malgré sa fatigue, était trop bouleversée pour songer à dormir. Elle surfa sur Internet longtemps après minuit et elle apprit des choses qui lui firent comprendre pourquoi tant de gens préféraient ne pas remplir de carte de donneur.

Samedi 29 décembre 2012

Il avait cessé de neiger dans la nuit et la température avait monté de quelques degrés. Dans l'obscurité du petit jour, Bodenstein suivait la route sinueuse qui reliait Ruppertshain à Fischbach. Ostermann lui avait envoyé tard la veille l'adresse de Jens-Uwe Hartig à Kelkheim-Münster. L'appartement d'Hartig se trouvait sur le chemin du commissariat, c'est pourquoi il avait décidé de faire une visite matinale au fiancé de la défunte Helen Stadler, avant de parler au frère de celle-ci. Cosima était venue chercher Sophia la veille, mais Inka n'avait pas dormi chez lui pour autant. Elle devait vérifier à intervalles réguliers l'état de santé d'un cheval opéré à la suite d'une colique, avait-elle déclaré, et elle trouvait plus pratique de dormir chez elle. Il avait songé à lui proposer de la rejoindre – peut-être l'espérait-elle même en secret – mais il était content d'être seul et de ne plus être obligé de parler après cette journée harassante. Dans la vallée de Kelkheim flottait un épais brouillard et il faisait un peu plus froid qu'à Ruppertshain. Inversion de température, c'était fréquent après plusieurs journées d'hiver sans vent. Bodenstein trouva l'adresse sans l'aide du GPS, descendit de voiture et sonna chez Hartig, en vain. Juste au moment où il s'apprêtait à rebrousser chemin, la porte de l'immeuble s'ouvrit et une femme avec une poussette et un chien en laisse vint vers lui.

— Attendez ! Il lui tint gentiment la porte jusqu'à ce qu'elle ait fait sortir le chien et la poussette, puis il lui montra sa carte professionnelle et lui demanda où se trouvait Jens-Uwe Hartig.

— Il vient de partir en voiture, dit la femme. Sûrement pour le cimetière. Depuis que ça s'est passé, il y va chaque matin avant le travail.

— Depuis qu'il s'est passé quoi ? s'enquit Bodenstein.

— Eh bien, depuis que sa petite amie s'est suicidée. Deux semaines avant leur mariage. Ça l'a complètement ébranlé.

Le chien sautait dans tous les sens, tirait impatiemment sur sa laisse et s'empêtra dans une des roues de la poussette.

— Vous connaissiez sa petite amie ? Bodenstein se pencha et dégagea la laisse.

— Merci. La femme sourit. Oui, bien sûr que je connaissais Helen. Elle était chez lui de temps à autre.

— Mais elle n'habitait pas là tout le temps ?

— Non. Ils voulaient déménager après le mariage, dit la voisine bien informée. À Hofheim. Jens-Uwe a une maison là-bas. Mais, sans elle, j'imagine qu'il ne voudra pas y habiter.

— Ah ah. Savez-vous par hasard dans quel cimetière est enterrée Helen ?

— Le cimetière principal. La femme fit un pas vers lui et baissa la voix. Le père d'Helen habite à Liederbach, mais Jens-Uwe voulait qu'elle repose à Kelkheim. Pour qu'il puisse *s'occuper* d'elle. C'est un peu bizarre, non ?

Bodenstein était à vrai dire du même avis. Il remercia la généreuse voisine et se mit en route pour le cimetière.

— C'était comment il y a dix ans ? voulut savoir Pia. Était-ce aussi encadré qu'aujourd'hui ?

Kim et elle étaient assises en face d'Henning qui, installé à son bureau dans l'institut médicolégal, venait de leur décrire le prélèvement d'un organe, les conditions à remplir pour le receveur et les procédures, contrôlées de près par la Fondation pour le don d'organes, surtout depuis les scandales de ces dernières années, qui avaient nettement réduit le nombre de donneurs potentiels en Allemagne.

— Oui, les procédures étaient déjà très strictes à l'époque, dit Henning. Peut-être pas autant qu'aujourd'hui, mais les erreurs permettent de s'améliorer et il existe de nouvelles directives.

— Peux-tu imaginer que quelqu'un paie afin d'obtenir un traitement de faveur pour lui ou un proche ? demanda Pia.

— Où veux-tu en venir ? Henning enleva ses lunettes, les nettoya et regarda Pia en fronçant les sourcils.

— Nous nous demandons pourquoi le sniper a abattu Maximilian Gehrke, répondit Pia. C'est lui qui a reçu le cœur de Kirsten Stadler. Son père est très riche. Peut-être a-t-il manigancé quelque chose avec les médecins de la clinique.

Henning remit ses lunettes et réfléchit.

— On peut bien sûr signaler un patient à Eurotransplant en disant qu'il s'agit d'un cas particulièrement urgent, finit-il par dire. Même si, dans la pratique, on ne tient déjà plus compte que des patients en super-urgence. Lorsque le patient se trouve par hasard à proximité de l'endroit où un cœur de donneur est disponible et que les paramètres histologiques et immunologiques correspondent, alors le cas peut se présenter.

— Tu en connais ? demanda Kim.

— Pas pour un cœur, mais la greffe de foie est un sujet qui fait à nouveau couler beaucoup d'encre dans la presse, répliqua Henning. Pour un cœur, il faut en outre que le donneur et le receveur soient compatibles physiquement, la différence de taille et de poids ne devant pas dépasser quinze pour cent. Et il faut bien sûr que le groupe sanguin corresponde. Il est impossible de faire une greffe en franchissant la barrière des groupes sanguins. On en a des exemples par le passé aux États-Unis et en Suisse. Ça a marché une fois à Berne en 1997 mais, en 2004, une patiente est morte à Zurich parce que les médecins avaient, paraît-il, confondu le groupe sanguin du donneur et de la receveuse.

— Confondu, comment ça ? demanda Kim avec étonnement.

— Le cœur d'un donneur ayant le groupe sanguin universel O est compatible avec tous les autres groupes sanguins, expliqua Henning sur le ton du parfait professeur. Mais, à l'inverse, le cœur d'un donneur ayant le groupe sanguin A, B ou AB ne convient pas à un receveur du groupe O.

— Il est donc plutôt improbable que quelqu'un paie pour recevoir un organe. Pia était déçue, car elle pensait avoir trouvé le mobile du sniper concernant le père de Maximilian Gehrke.

— Assez improbable, mais pas complètement exclu, répondit Henning. En Allemagne, des centaines de gens sont en attente d'un greffon, mais les donneurs potentiels ne sont pas légion, comparés à tous les autres pays européens. Cela signifie qu'un grand nombre de patients se retrouvent sur une liste d'attente pendant des mois et sont pris en charge médicalement pendant ce temps. Les médecins de l'hôpital où ils sont soignés connaissent évidemment bien ces patients et leur dossier médical. Si un donneur potentiel arrive dans cet établissement, les données sont transmises à Eurotransplant, qui envoie plusieurs propositions pour des patients en super-urgence, mais si l'hôpital leur signale qu'ils ont un receveur potentiel sur place, celui-ci peut fort bien bénéficier d'un traitement de faveur. Un cœur prélevé sur le corps d'un donneur doit être greffé en l'espace de quatre heures, sinon il ne fonctionne plus.

— D'où sais-tu tout ça ? s'étonna Kim.

— Comme toi, je sers régulièrement d'expert pour le parquet ou les hôpitaux. Henning sourit. Si vous voulez, je peux essayer de me renseigner sur le sujet.

— Ce serait extra. Pia finit son café, regarda sa montre et se leva. Chez nous, la clinique n'abat pas son jeu. Comme s'ils avaient quelque chose à cacher.

— C'est possible, confirma Henning. Il a dû se produire un incident qu'ils veulent passer sous silence.

— La plainte déposée par la famille de Kirsten Stadler contre la clinique s'est terminée à l'époque par une transaction et le versement de dommages et intérêts, l'informa Pia.

— Quantité d'enquêtes pénales contre des médecins censés avoir commis des fautes professionnelles se terminent par un non-lieu, sans que le grand public soit mis au courant, confirma Henning en se levant lui aussi. Mais je dois quand même prendre la défense du corps médical. À vrai dire, c'est surprenant qu'il n'y ait pas plus d'accidents dans les hôpitaux quand on voit à quoi sont soumis les médecins et le personnel, c'est inhumain. Tout le monde sait qu'après dix, douze heures de travail, on est incapable de se concentrer sur quoi que ce soit. Or un chirurgien ou un anesthésiste ne peuvent pas se permettre de fautes d'étourderie. Un carrossier peut toujours appliquer une nouvelle couche de laque, mais un chirurgien n'a pas de seconde chance. La pression est énorme, la responsabilité immense.

Ils étaient arrivés dans le couloir lorsque Pia eut une autre idée.

— Pourrais-tu vérifier si une certaine Helen Stadler a été autopsiée chez vous après un suicide en septembre dernier ? demanda-t-elle à son ex-mari, qui semblait particulièrement bien disposé aujourd'hui. Elle s'est jetée sous un train le 16 septembre 2012 à Kelsterbach.

— Je m'en charge, dit Henning. Et je te tiens au courant.

Sur le parking du cimetière de Kelkheim ne se trouvait à cette heure matinale qu'une seule voiture, une Volvo sombre portant le logo de l'orfèvrerie Hartig à Hofheim. Bodenstein se gara à côté, descendit et gravit les marches jusqu'à la grille dans l'obscurité brumeuse. La dernière fois qu'il était venu ici, c'était il y a quelques années, par une radieuse journée d'été, pour l'enterrement de Hans-Ulrich Pauly, l'enseignant assassiné. Il tourna à gauche devant le funérarium et suivit l'allée principale. Il appréciait les cimetières, le calme, le silence et la paix. Où qu'il aille en vacances avec sa famille, il visitait chaque fois les églises et faisait de longues promenades dans les cimetières. Il aimait lire les inscriptions sur les pierres tombales et il se demandait qui étaient les gens qui avaient trouvé là leur dernier repos. Les vieux cimetières, en particulier, convenaient bien à son tempérament mélancolique et même les railleries de Cosima ne l'avaient jamais détourné de son habitude.

Cosima. Qu'avait-il donc bien pu se passer ? Pourquoi avait-elle interrompu si brusquement ce tournage prévu de longue date ? Était-ce lié à un homme, à une déception amoureuse ? Il avait beau être divorcé depuis longtemps, il remarqua que sa femme ne lui était pas totalement indifférente et qu'il éprouvait de la colère envers celui qui l'avait peut-être offensée. Tout en longeant les allées de tombes dans la brume, sous des arbres nus dont l'humidité dégoulinait des branches, il songea à quel point l'âme humaine était étrange et imprévisible. Personne ne l'avait autant blessé et déçu que la mère de ses trois enfants et voilà qu'il s'apitoyait sur son sort !

Bodenstein perçut dans l'aube naissante un mouvement sur sa gauche, loin devant. Dans une rangée de tombes plutôt récentes, n'ayant pour certaines qu'une croix provisoire en bois à la place d'une stèle, se tenait un homme, tête baissée et mains jointes. Bodenstein resta à distance respectueuse, mais l'homme semblait sentir sa présence. Il leva les yeux, se retourna et vint lentement vers Bodenstein.

— Jens-Uwe Hartig ? dit Bodenstein en s'adressant à lui.

L'homme acquiesça. Il était à la fin de la trentaine ou au début de la quarantaine, et il avait la mine défaite. Yeux rougis, pas rasé, des cheveux noirs en bataille. Bodenstein se présenta.

— Je lui rends visite tous les matins, dit Hartig d'une voix rauque. Nous voulions nous marier. Les faire-part étaient déjà envoyés. Tout était prêt, y compris le menu pour le repas de mariage. Nous avions réservé notre voyage de noces. Trois semaines en Californie, c'était le grand rêve d'Helen. Mais ils ont quand même fini par la tuer.

— Qui a tué votre fiancée ? Bodenstein était déconcerté.

Hartig s'arrêta et se passa la main sur les yeux.

— Ses démons, répondit-il à voix basse. Ses démons étaient plus forts que mon amour. Ils l'ont terrassée et je dois continuer à vivre, même si la vie sans Helen n'a plus aucun sens pour moi.

— Joachim Winkler était chimiste autrefois, il a travaillé quarante ans chez Hoechst AG. Kai Ostermann avait fait des recherches approfondies. Par la suite, dit Kai, il a travaillé dans une des entreprises qui lui ont succédé. Il n'a jamais été en conflit avec la loi, mais il a un permis de détention d'armes et possède plusieurs fusils de chasse.

— On les a vus, confirma Pia. Mais ils n'ont pas servi depuis des années. Comment savoir s'il est vraiment atteint de la maladie de Parkinson ?

— Je peux m'en charger, proposa Andreas Neff.

Après l'échange houleux qui avait précédé la conférence de presse la veille au soir, Pia ne comptait plus sur sa présence, mais il était arrivé à l'heure et semblait avoir réfléchi durant la nuit. Pour la première fois, il ne portait pas de costume, mais un simple jean et un pull comme tous les autres, son arrogance avait disparu en même temps que sa cravate, et il était allé jusqu'à s'excuser pour son attitude.

— OK. Pia, pas rancunière, était prête à lui laisser une seconde chance au sein de l'équipe. C'était un policier expérimenté et, vu leur situation, ils avaient besoin de tout le monde.

Ils avaient déjà entamé la réunion, Bodenstein ayant expliqué à Pia par SMS que son entretien avec Jens-Uwe Hartig risquait de durer encore un moment. Cem fit le compte rendu de leur visite chez les Winkler, Pia et Kim racontèrent ensuite ce qu'elles avaient appris auprès d'Henning le matin.

— Quel était le groupe sanguin de Kirsten Stadler, au fait ? voulut savoir Pia.

— Je n'ai pas fait attention, répondit Kai.

— Passe-moi le dossier, demanda Kim. Je vais voir si je trouve quelque chose.

Il lui tendit le classeur que Dirk Stadler avait remis à Bodenstein.

— J'ai essayé de joindre ce Pr Hausmann, dit-il. Il est toujours directeur médical de la clinique. Mais il est malheureusement parti pour les fêtes, loin, paraît-il, et il n'est pas joignable. La direction de la clinique est toujours aussi peu coopérative et ne nous a pas encore fait parvenir la liste des employés de 2002.

— Alors il va falloir se débrouiller autrement. Je propose qu'on forme deux groupes ayant chacun une approche différente. Pia lança un coup d'œil à Nicole Engel, qui l'écoutait depuis l'embrasure de la porte et lui fit signe de continuer. D'un côté, poursuivit Pia, la traque du meurtrier et, de l'autre, la recherche des futures victimes potentielles du tueur.

— Pourquoi ne pas faire surveiller tout le monde ? demanda Cem. Les Winkler, Dirk Stadler et son fils ? On est à peu près sûr que le tueur doit venir de l'entourage familial de Kirsten Stadler.

— Rien que pour des questions de personnel et de moyens, ce n'est pas faisable, remarqua Nicole Engel depuis la porte. Et puis nous n'avons pas assez d'indices. Aucun juge au monde ne validera une surveillance.

— On continue d'envoyer des patrouilles en renfort, dit Pia. C'est tout ce que nous pouvons faire.

Ils se répartirent les tâches, puis Pia mit un terme à la réunion.

— Je vais interroger Erik Stadler, annonça-t-elle. Kim, j'aimerais bien que tu suives l'entretien depuis la pièce voisine.

— Je vous accompagne, proposa Nicole Engel, et Pia acquiesça d'un air surpris. Vous menez l'interrogatoire et j'écoute.

Il était extrêmement rare que la patronne prenne part à l'interrogatoire d'un suspect. Mais il faut dire que cette affaire était des plus embrouillées.

— Pas de problème, dit-elle. Alors allons-y.

Bodenstein contempla les bijoux dans les vitrines du petit magasin. Bagues, broches, colliers, montres et barrettes en argent, or et platine, ornés de perles, diamants et pierres précieuses, certains très simples, d'autres plus raffinés en filigrane.

— Vous avez fabriqué tout ça vous-même ? demanda-t-il, impressionné.

— Bien sûr. C'est mon métier. Hartig sourit. Les réparations aussi, évidemment, mais c'est bien plus intéressant de créer des bijoux soi-même.

— Et vous faites ça où ? Bodenstein regarda autour de lui.

— Venez, je vais vous montrer l'atelier. Hartig disparut derrière un rideau et Bodenstein le suivit dans un couloir qui menait à une pièce étonnamment vaste. Quatre établis, des étagères recouvertes de modèles, de produits chimiques, d'étaux, de boîtes en plastique pleines d'outils, de bouteilles de propane.

— Nous faisons tout nous-mêmes, expliqua Jens-Uwe Hartig en passant la main sur la plaque en bois usée d'un des établis. La création individuelle sur demande du client, la refonte, la rénovation de bijoux anciens, le nettoyage et la réparation. Mais nous galvanisons aussi, nous forgeons, laminons, soudons.

— Nous ? demanda Bodenstein en regardant les pinces, limes, scies et marteaux accrochés avec soin devant chaque poste de travail.

— J'ai deux employés et une apprentie, expliqua Hartig. L'orfèvrerie est un des artisanats métallurgiques les plus vieux au monde et un métier vraiment fascinant qui exige de la créativité, mais aussi de la patience et de bonnes compétences manuelles. Bien sûr, nous avons maintenant des lasers à souder et utilisons la CAO, mais j'apprécie surtout les méthodes de travail traditionnelles. Ça, par exemple, c'est un chalumeau à bouche.

— Intéressant. Et où entreposez-vous la matière première que vous utilisez ? Tout ça a une certaine valeur, non ?

— Elle retourne dans le coffre-fort le soir, répondit Hartig. Les résidus sont triés par alliage et recyclés.

Il quitta l'atelier et pénétra dans une petite pièce qui servait visiblement de kitchenette, de salle de repos et de bureau.

— Du café ? demanda Hartig en mettant une cafetière en marche.

— Volontiers, répondit Bodenstein en s'asseyant. Noir, dit-il, sans rien dedans.

Le broyeur se mit à crisser et Bodenstein regarda autour de lui. Au mur était affiché le portrait plus grand que nature, en noir et blanc, d'une ravissante jeune femme.

— C'était Helen, expliqua Hartig qui avait suivi le regard de Bodenstein. Mon grand amour. Mon âme jumelle.

— Elle vous manque beaucoup, n'est-ce pas ?

— Depuis sa mort, je ne suis plus que la moitié de moi-même, avoua Hartig en tendant une tasse de café à Bodenstein. Je me demande parfois si ça changera un jour.

Bodenstein lui épargna les formules toutes faites et les conseils pseudo-psychologiques. Au lieu de cela, il expliqua à l'orfèvre la raison de sa venue, sa crainte que le tueur vienne de l'entourage des Stadler et se venge de ceux qui avaient causé souffrance et douleur à leur famille.

Hartig, appuyé contre l'évier, la tasse de café à la main, l'écoutait avec attention, mais sans rien dire.

— Où et quand avez-vous connu Helen ? demanda Bodenstein.

— C'était il y a environ quatre ans. J'ai fait une conférence dans un groupe d'entraide où Helen accompagnait régulièrement ses grands-parents.

Bodenstein tendit l'oreille.

— Et pourquoi y étiez-vous ? Vous avez également perdu un membre de votre famille ?

Hartig soupira et s'assit à la table en face de Bodenstein. Il écarta un tas de notices et posa sa tasse.

— Pire encore, dit-il avec amertume. J'étais un de ceux qui ont tué.

— Ah ! fit Bodenstein, surpris.

— J'étais médecin. Hartig se recala sur sa chaise. Je suis issu d'une véritable dynastie de médecins. Arrière-grand-père, grand-père, père, oncle, cousins – tous médecins. Pas de simples docteurs, mais de vraies pointures. Des pionniers dans leur domaine. Tenus en haute estime. J'ai grandi dans ce milieu, je n'ai rien connu d'autre. Le Bon Dieu m'a donné les compétences nécessaires à un chirurgien. Les études me semblaient faciles, mon nom m'a ouvert des portes qui restaient fermées aux autres. Mais il me manquait la trempe et le sang-froid requis pour devenir excellent. J'ai commencé à douter de ce que je faisais. J'étais trop sensible, trop compatissant.

— Alors vous avez laissé tomber pour devenir… orfèvre ?

— La dextérité dont on a besoin dans ce métier est la même que pour un chirurgien. Hartig sourit, avant de reprendre aussitôt son sérieux. Sauf qu'on n'est pas obligé d'endurer la souffrance des gens, ces tortures et ces douleurs, le désespoir des patients et de leurs proches quand on doit leur annoncer qu'il n'y a plus d'espoir. Et puis je n'aimais pas l'atmosphère de travail. Il règne encore aujourd'hui dans beaucoup d'hôpitaux une culture de la hiérarchie, comme autrefois dans l'armée. Il est interdit de faire des objections ou des propositions. Peut-être que tout aurait été différent si mon père n'avait pas eu l'ambition de faire de moi un cardio-chirurgien. Il m'a envoyé chez un ami spécialisé en chirurgie transplantatoire. J'ai vécu un traumatisme lors du premier prélèvement multi-organes auquel j'ai assisté. Vous savez comment ça se passe ?

Bodenstein fit non de la tête.

— Le patient, jusque-là pris en charge aux soins intensifs, se transforme d'un instant à l'autre en dépôt de pièces de rechange. Cœur, poumons, foie, reins, pancréas, une partie de l'estomac, des os, des tissus, les yeux – on a besoin de tout. Et il faut que ça aille vite. Des équipes de médecins venus de toute l'Allemagne se ruent sur le corps. Les prélèvements ont toujours lieu la nuit, pour ne pas gêner le planning de la clinique. Le patient arrive au bloc, il est incisé, on verse de l'eau glacée dans l'orifice pour refroidir les organes, puis on le vide de son sang. C'est l'agitation générale, tout le monde circule dans la salle d'opération en téléphonant à tue-tête. On baigne dans le sang jusqu'aux chevilles. Un anesthésiste est présent au cas où, car les patients en état de mort cérébrale réagissent encore – leur tension monte, ils tressaillent, transpirent, comme des vivants dans leur sommeil. Et puis c'est terminé. Ils ont tous disparu, je me suis retrouvé seul avec cette dépouille vide d'un être qui respirait encore une heure avant. Tout le monde s'en fichait et j'ai fait le tour de la clinique pour trouver quelqu'un qui puisse au moins recoudre le cadavre saigné et refroidi.

— Dans quelle clinique avez-vous travaillé ? se renseigna Bodenstein.

— Au centre de cardiologie de Dortmund, répondit Hartig en se passant la main sur le menton. Ce que je trouvais insupportable, c'est cette façon méprisante de traiter le corps mort du donneur, le manque d'égards et l'insensibilité envers les collaborateurs. Ce n'est pas le don d'organes en soi qui me posait problème. Il peut sauver des vies et je sais qu'il faut aller vite dans ces moments-là. C'est la *manière* de faire qui me gênait. C'est… indigne. La plupart des médecins n'ont aucun respect envers celui qui accepte d'aider les autres en donnant ses organes après son décès et qui renonce à mourir dans l'entourage familial. La pratique est totalement dépourvue d'éthique.

Les médecins n'ont aucune humilité. Ils ont comme seule ambition de gagner en rapidité et en efficacité chaque fois. Cela leur fait commettre des erreurs. Certains organes sont abîmés et deviennent inutilisables, il y a des conflits, des luttes de pouvoir. C'est écœurant.

— C'est la raison pour laquelle vous avez renoncé au métier ? demanda Bodenstein. Vous auriez simplement pu choisir une autre branche.

— Je n'ai pas songé à cette option à l'époque, répondit Hartig en se levant. Au lieu de ça, je me suis attaqué au système dont je faisais partie, parce que je croyais vraiment pouvoir changer les choses. Vous revoulez du café ?

— Non, merci.

— Il faut suivre des directives strictes avant de pouvoir déclarer une personne en état de mort cérébrale, poursuivit l'orfèvre après s'être resservi un café et avoir repris place. Des directives qui sont fixées par la Chambre fédérale des médecins et la Fondation pour le don d'organes. Chaque intervention doit être précisément documentée car la définition de la mort cérébrale est toujours aussi contestée. Deux médecins indépendants, qui ne participent pas au prélèvement, doivent pratiquer certains examens sur le patient à douze heures d'intervalle. C'est seulement lorsqu'on constate par deux fois que le cerveau a subi des dommages irréversibles et que le patient ne peut plus respirer de façon autonome qu'on le déclare définitivement en état de mort cérébrale. Évidemment, on procède au préalable à des tests pour voir si le patient est susceptible d'être donneur : détermination du groupe sanguin, dépistage de maladies contagieuses, et ainsi de suite. Mais l'hôpital est aussi une entreprise et les cliniques spécialisées, notamment, attachent beaucoup d'importance à leur renommée. Les médecins veulent se faire valoir, ils ont besoin d'opérations pour leur CV. Le prélèvement d'organes reste la discipline reine de la chirurgie. C'est pourquoi on fait de plus en plus d'entorses aux procédures, hélas, avec l'accord tacite de la direction et de l'administration des hôpitaux. J'ai été plusieurs fois témoin de la façon dont les chefs de service aux soins intensifs, en neurochirurgie et en chirurgie transplantatoire raccourcissent les délais de rigueur entre deux examens et les falsifient après coup. J'ai averti mon chef et je me suis fait enguirlander. J'en ai parlé à la direction qui m'a muselé. Mais ma conscience m'interdisait de continuer ainsi. Si ces procédures existent, ce n'est pas pour rien. J'ai donc signalé l'irrégularité suivante à la Chambre fédérale des médecins. Sur quoi on m'a menacé, mais je m'en fichais. J'avais vingt-six ans à l'époque et j'étais assez idiot pour me confronter à un système plus puissant que moi au nom de la justice et de la morale. En fin de compte, aucun des médecins n'a été inquiété. Ils ont juste continué comme avant. Sans aucune conséquence pour eux. Quant à moi, je me suis retrouvé dehors et je suis tombé au plus bas dans l'estime de mon père. À ses yeux, j'ai terni la réputation de la famille, je suis celui qui a enfreint les règles non écrites de la profession, un traître.

— Que savez-vous du cas de Kirsten Stadler ? demanda Bodenstein en buvant la dernière gorgée de café à peine tiède.

— Les choses ont dû se passer de façon très similaire, répondit Hartig. Des erreurs ont été dissimulées, des expertises falsifiées, des dossiers ont disparu. Le rapport d'anesthésie s'est évaporé. On prétend qu'il n'y en avait pas, étant donné qu'on ne pratique officiellement pas d'anesthésie lors d'un prélèvement d'organes, le patient étant considéré comme mort. Il manquait aussi d'autres documents relatifs à l'opération, soi-disant parce qu'ils concernaient des équipes externes.

Bodenstein contempla l'homme d'un air songeur en tentant de le cerner. Ses paroles exprimaient une certaine résignation, mais il ne paraissait pas aigri, ni même vindicatif. Bien au contraire, il semblait heureux d'avoir échappé à une situation qu'il ne supportait plus. La tristesse dans son regard était sans doute due à la perte de son grand amour, plutôt qu'au fait d'avoir échoué si magistralement dans son métier à son âge. D'un autre côté, il existait peut-être un lien non négligeable entre les deux. Jusqu'où était-il mêlé au drame des Stadler ? Dans quelle mesure s'était-il approprié leur malheur ? Hartig n'était certes pas un membre officiel de la famille, mais presque. Connaissait-il les noms des employés de la clinique qu'ils recherchaient de toute urgence ? Étaient-ils sur le point de faire une avancée décisive dans cette affaire ?

Personne ne dit rien pendant un instant.

— J'ai connu à HAMO beaucoup de gens dont la vie a été détruite par ce genre d'incidents, finit par dire Hartig. J'ai décidé de m'engager pour ces personnes.

— En étant contre le don d'organes ? demanda Bodenstein.

— Non, pas en soi, répliqua Hartig. Mais contre les procédures dans les cliniques. Contre la façon dont on fait pression sur les proches, dépassés par la décision qu'ils doivent prendre pour leur enfant ou leur partenaire victimes d'un accident. J'ai vu plus d'une fois des gens en état de choc qui ne supportaient plus la pression qu'on leur faisait subir en leur demandant d'accepter le don d'organes en faveur d'autres patients, et qui finissaient par accepter à contrecœur, juste pour ne pas être tenus pour responsables de la mort d'autrui. Après quoi leur vie a été détruite. Les cliniques et les médecins doivent s'en tenir aux directives, respecter des principes éthiques et moraux. Ils doivent laisser davantage de temps aux proches et leur donner des informations approfondies, tout en acceptant le risque qu'ils se déclarent *contre* un prélèvement sur le patient. La pénurie d'organes est certes déjà fatale à ceux qui en ont besoin d'urgence, mais ce genre de scandales ne fait que réduire le nombre de gens prêts à donner leurs organes.

— Helen partageait-elle votre avis ?

— Non. Hartig secoua la tête et tourna son regard vers le poster affiché au mur. Helen était incapable de faire la part des choses, dit-il. Elle avait une opinion radicale. Elle trouvait le don d'organes contre nature. Elle n'a jamais accepté les circonstances de la mort de sa mère, c'était une personne déchirée. Je n'ai pas pu la guérir.

Karoline Albrecht s'arrêta devant la maison de Fritz Gehrke à Kelkheim et descendit de voiture. Un brouillard bas flottait entre les maisons, la température avait encore baissé de quelques degrés. Elle franchit le portail du jardin et suivit l'allée de dalles en béton lavé qui menait à la maison. Une haie de thuyas au feuillage persistant, une pelouse recouverte de restes de neige et parsemée de feuilles marron. Elle frissonna en apercevant la tache sombre sur les dalles. Maximilian était parvenu jusqu'ici avant que le tir mortel ne l'atteigne. Maman était certes morte sur-le-champ, mais à quelle vitesse s'éteignait donc la vie lorsqu'une cartouche de fusil explosait dans le corps et déchiquetait le cœur ? Maximilian avait-il eu le temps de sentir ou de penser quoi que ce soit ? Une dernière idée lui ayant traversé l'esprit – ou un simple black-out et puis terminé ?

Plus elle s'approchait de la porte d'entrée, plus elle doutait du bien-fondé de son initiative. Pourquoi fallait-il qu'elle dérange en plein deuil un vieil homme qui venait de perdre son fils unique ? Pour lui dire qu'il en était lui-même responsable ? Ce que Fritz Gehrke avait sans doute fait il y a dix ans n'était-il pas compréhensible ? Qui ne privilégierait pas son enfant malade s'il en avait les moyens et l'occasion ? Elle aurait fait la même chose pour Greta ! Elle resta une minute entière devant la porte. Aurait-elle dû lui annoncer sa visite ? Ou l'effet de surprise était-il préférable ?

Karoline prit une grande inspiration et appuya sur la sonnette. Un moment passa avant qu'on lui ouvre. Elle reconnut à peine cet homme qu'elle n'avait pas revu depuis si longtemps et qui, dans son souvenir, était quelqu'un de très dynamique. Friedrich Gehrke, jadis un personnage-clé de l'économie allemande, membre de plusieurs conseils de surveillance, était devenu une ombre triste, voûtée et livide aux yeux humides.

— Que voulez-vous ? demanda-t-il avec réserve. Qui êtes-vous ?

— Je m'appelle Karoline Albrecht, je suis la fille du Pr Dieter Rudolf, dit-elle. Vous vous souvenez peut-être de moi.

Le vieil homme la scruta, puis l'expression de son visage ridé indiqua qu'il la reconnaissait.

— Bien sûr. La petite Karoline. Gehrke esquissa un sourire et lui tendit une main décharnée et couverte de taches de vieillesse. Ça fait longtemps, dit-il.

Il ouvrit un peu plus la porte et fit un geste pour l'inviter à entrer.

— Sûrement plus de vingt ans, confirma Karoline.

— Pose tes affaires et entre donc, dit-il d'un ton amical. Elle enleva son manteau et le suspendit à l'un des cintres avant de le suivre dans le couloir jusqu'à un petit salon.

— Je ne suis pas ici par simple politesse, dit-elle après avoir pris place sur un fauteuil inconfortable. Ma mère a été assassinée par le même meurtrier que votre fils.

— Je sais. Fritz Gehrke s'assit également et posa sa canne contre l'accoudoir de son fauteuil. Je sais. Je suis vraiment désolé. C'était une femme merveilleuse.

Karoline avala sa salive.

— Je… je n'y comprends rien, dit-elle d'une voix étranglée. Et je veux savoir pourquoi il a fallu que ma mère meure.

— Il n'y a souvent pas d'explication, hélas, répondit Gehrke. Il faut parfois accepter les choses telles qu'elles sont, si difficile que ce soit. Crois-moi, je souffre moi aussi beaucoup de cette perte. Max était la seule personne qui me restait. Il s'est simplement retrouvé au mauvais endroit au mauvais moment.

Karoline regarda le vieillard avec étonnement. Ne lisait-il pas les journaux ? La police ne lui avait-elle rien dit des dessous de l'affaire ? À moins que Gehrke ne soit déjà un brin sénile ?

— Mais c'est faux, le contredit-elle. Ce tueur n'abat pas les gens au hasard ! La police pense que les meurtres sont en lien avec la mort d'une femme nommée Kirsten Stadler il y a dix ans. Mon père m'a dit qu'elle est arrivée à la clinique avec une hémorragie cérébrale aiguë et qu'elle est devenue donneuse d'organes après avoir été déclarée en état de mort cérébrale. Après chacun de ses crimes, le meurtrier a envoyé à la police un faire-part de décès dans lequel il fournit une explication. Il reproche à mon père d'avoir tué par avarice et orgueil, c'est pourquoi maman a dû mourir.

Fritz Gehrke la fixait, comme hypnotisé.

— Je vous en prie, monsieur Gehrke, dites-moi ce qu'il s'est passé il y a dix ans, si vous le savez, demanda Karoline. Mon père prétend que c'était de la routine, mais je n'arrive pas à le croire.

Elle vit avec effroi que le vieil homme avait les larmes aux yeux. Gehrke avala sa salive, tenta de faire bonne figure et de trouver les mots justes.

— Y avait-il aussi un… un faire-part de décès pour Maximilian ? dit le vieil homme d'une voix rauque. Ses yeux humides reflétaient une expression craintive.

— Oui. Karoline hésita, puis elle ouvrit son sac et en sortit la copie du faire-part qu'elle lui tendit. Gehrke attendit un instant avant de saisir la feuille et d'en lire le contenu.

Maximilian Gehrke devait mourir parce que son père s'est rendu coupable de mise en danger de la vie d'autrui et de corruption.

Son visage perdit toutes ses couleurs, il poussa un cri torturé. Sa main se mit à trembler violemment.

— Je peux le garder ? chuchota-t-il.

Karoline acquiesça avec angoisse.

Il fallut un moment à Gehrke pour retrouver ses esprits.

— Maximilian a reçu le cœur de cette fameuse Kirsten Stadler, dit-il d'une voix éraillée et Karoline n'en crut pas ses oreilles. Comment son père avait-il pu lui cacher ce détail ? Maximilian était très perturbé de savoir qu'il fallait que quelqu'un meure pour qu'il puisse vivre, dit Gehrke. Mais moi, je… j'étais juste content d'apprendre qu'il serait guéri.

— Oui, mais… pourquoi a-t-il été abattu, alors ? L'information avait complètement déstabilisé Karoline.

— Nous avons fait des choses que nous croyions légitimes. Nous tous, dit Fritz Gehrke d'une voix cassée. Et nous devons payer pour ça aujourd'hui.

— Ma mère a payé pour quelque chose dont elle n'était pas responsable, répliqua Karoline. Tout comme votre fils ! Vous comprenez, monsieur Gehrke, j'aimerais croire que mon père n'est pas impliqué dans la mort de ma mère. Mais si c'est le cas, alors… alors… je ne pourrai pas le lui pardonner.

Sa voix se brisa, elle serra un instant les lèvres et secoua la tête.

Gehrke saisit sa canne et se leva tant bien que mal. Il alla à la fenêtre et regarda la pénombre brumeuse.

— Je crois qu'il vaudrait mieux que tu t'en ailles, dit-il à voix basse. Karoline prit son sac à main.

— Je suis désolée. Je ne voulais pas vous…

— Tu n'as pas à être désolée, l'interrompit le vieil homme en levant la main. Je te suis très reconnaissant. Maintenant, au moins, je ne suis plus torturé par la question de savoir pourquoi mon fils a dû mourir de cette façon.

Elle le regarda et comprit ce qu'il voulait dire. Si dure que soit la vérité, Karoline s'était sentie soulagée, elle aussi, lorsque Faber lui avait montré le faire-part. Il y avait néanmoins une différence entre Fritz Gehrke et elle, et elle espérait vivement que cela ne briserait pas le vieil homme : le reproche du tueur s'adressait à lui, de même qu'à Renate Rohleder et à son propre père. Gehrke devait savoir si cette affirmation était juste ou si ce n'était que le délire d'un psychopathe.

Une nuit en garde à vue dans une cellule éprouvait quelqu'un qui n'avait pas l'habitude de se retrouver enfermé et seul. L'isolement soudain et ce sentiment d'impuissance, lorsque la porte de la cellule se refermait dans un bruit métallique, laissaient rarement les gens indifférents. Erik Stadler était nerveux et il n'avait pas très bien dormi. Pia menait souvent les interrogatoires dans son bureau, pour créer une atmosphère aussi détendue que possible et mettre le prévenu en confiance. Elle avait appris dans des formations et séminaires les tactiques d'interrogatoire les plus diverses et elle savait quelles méthodes employer pour faire parler son interlocuteur, car il était essentiel que les prévenus s'expriment. Il était fréquent qu'ils mentent et plus ils parlaient, plus ils s'empêtraient dans leurs mensonges, surtout en situation de stress. Quant à Erik Stadler, elle l'avait fait venir non pas dans son bureau, mais dans une des salles d'interrogatoire sans fenêtre. La petite pièce ne comportait qu'une table avec un magnétophone et trois chaises, deux caméras au plafond et un miroir sans tain à travers lequel on pouvait suivre l'interrogatoire depuis la pièce voisine sans être vu.

— Pourquoi me retenez-vous ici ? voulut savoir Erik Stadler après que Pia eut branché le magnétophone et inscrit les mentions obligatoires au procès-verbal.

— Vous le savez déjà, répondit-elle. Vous rappelez-vous maintenant ce que vous faisiez lorsque les crimes ont eu lieu ?

— Je vous l'ai déjà dit hier. Je suis allé courir.

Stadler se donnait beaucoup de mal, mais il n'arrivait pas à se tenir tranquille. Il était très stressé. Cela voulait-il dire qu'il était coupable ? Je n'ai assassiné personne ! dit-il. Pour moi, toute cette affaire est terminée depuis longtemps. La vie doit continuer et je veux vivre. En liberté.

— Qui ne le voudrait pas ? rétorqua Pia. On fait parfois des choses dont on ne mesure pas la portée *a priori*, et on se retrouve coincé sans pouvoir faire machine arrière.

— Je – n'ai – assassiné – personne ! martela Stadler. Je suis allé courir. Je cours souvent, je pratique des sports qui exigent une parfaite condition physique.

— Où êtes-vous allé courir ? Quelqu'un vous a-t-il vu, avez-vous parlé à des gens ?

— Non, je l'ai déjà dit, ça aussi ! dit l'homme d'un ton rebelle. Je cours toujours seul. Personne ou presque ne peut suivre mon rythme.

— Quels étaient vos rapports avec votre sœur ?

— Avec ma sœur ?

— Oui. Pia acquiesça. Votre sœur Helen, qui s'est suicidée en septembre.

— Helen et moi nous sommes toujours très bien entendus, répondit Erik Stadler. L'affaire de ma mère l'a ébranlée psychologiquement, et elle s'est persuadée d'être responsable de tout. Ces dernières années, nos liens n'étaient plus aussi étroits. J'avais mon entreprise, Helen ses études et son petit ami. J'avais l'impression qu'elle s'en était sortie.

— Pourquoi s'est-elle suicidée ?

— Je ne sais pas. Peut-être était-elle différente de ce qu'elle affichait en apparence.

— Connaissez-vous bien le fiancé de votre sœur ?

— "Bien", c'est beaucoup dire. Stadler haussa les épaules. Je le connaissais, il était tout le temps avec elle ces dernières années, il ne la quittait presque jamais. Il allait là où elle allait.

— Vous l'appréciez ?

— Oui. Il est bien. Il veillait sur ma sœur, il la maternait. Elle en avait besoin. Avant c'est mon père qui s'en chargeait, puis Jens-Uwe a pris le relais.

Le portable de Pia se mit à vibrer. Elle jeta un œil à l'affichage. Henning venait de lui envoyer par mail le rapport d'autopsie d'Helen Stadler !

— OK, dit-elle en se levant. Je vous envoie un collègue auquel vous voudrez bien indiquer vos parcours de jogging sur la carte. On reparlera ensemble plus tard.

Elle fit un signe à Nicole Engel, qui n'avait pas ouvert la bouche, toutes deux allèrent à la porte et Pia frappa pour qu'on leur ouvre de l'extérieur.

— Minute ! Stadler se leva d'un bond. Quand me laisserez-vous partir ?

— Quand je serai convaincue que vous n'êtes pas celui qui a abattu quatre personnes ces dix derniers jours, répondit Pia avant de sortir.

Ce n'était pas le premier rapport d'autopsie d'un suicide sur la voie ferrée que Pia lisait, mais elle éprouvait chaque fois de l'incompréhension face à l'égoïsme des suicidés et une profonde empathie envers le conducteur du train et les pompiers volontaires qui devaient ramasser des bouts de cadavre souvent éparpillés. Helen Stadler, dans son inconscience, s'était jetée d'une passerelle au moment où arrivait un train. Son corps gracile d'à peine cinquante-deux kilos avait été déchiqueté en plusieurs morceaux, mais le torse et les extrémités supérieures étaient relativement préservés.

Pia venait de finir sa lecture sur l'écran lorsque Bodenstein passa la tête par la porte.

— Bonjour, patron. Que dit le fiancé ? demanda Pia.

— Quantité de choses, répondit Bodenstein. Je crois que nous avons beaucoup avancé. Fais venir tout le monde, s'il te plaît, et retrouvez-moi dans mon bureau.

— Je vais chercher la mère Engel. Pia bondit de sa chaise, Kai saisit son téléphone pour appeler Cem et Kathrin. Un peu plus tard, ils se retrouvèrent tous assis ou plutôt debout dans le bureau de Bodenstein à écouter le compte rendu de son entretien avec Jens-Uwe Hartig.

— Il était médecin, mais il a dû abandonner son métier après avoir dénoncé son chef et ses collègues à la Chambre fédérale des médecins pour avoir enfreint à plusieurs reprises les procédures dans le cadre des prélèvements d'organes.

— Ah ! Pia était surprise. Hartig était chirurgien en transplantation ? N'est-ce pas un drôle de hasard ?

— Non, pas du tout, la contredit Bodenstein. Il est actif chez HAMO, ce groupe d'entraide, parce qu'il n'appréciait pas le manque d'éthique de nombreux médecins vis-à-vis des donneurs d'organes. C'est là qu'il a connu les Winkler et Helen Stadler.

— Dans quel hôpital travaillait-il ? demanda Pia.

— Au centre de cardiologie de Dortmund, répondit Bodenstein. Kai, vérifie l'info dès que tu peux. Et cherche où il a fait ses études.

— Ça roule. Kai acquiesça et se fit une note. Si le soupçon se confirme qu'on a laissé mourir Kirsten Stadler à la clinique pour récupérer ses organes, nous avons au moins le mobile pour tous les meurtres et il ne nous reste plus qu'à découvrir qui trempait dans l'affaire à l'époque. Je suppose que ce n'était pas l'ensemble du personnel, mais une poignée de gens au maximum.

— As-tu interrogé Hartig au sujet des noms ? demanda Nicole Engel.

— Évidemment, répondit Bodenstein. Il prétend ne pas se rappeler au bout de dix ans, sauf pour Rudolf et Hausmann, mais eux, on les connaît déjà.

— Alors posons la question à Erik Stadler, proposa Pia.

On frappa à la porte et une collègue du poste de garde entra.

— Le courrier est passé, dit-elle en tendant à Bodenstein une enveloppe décachetée. Et il y avait ça avec, ajouta-t-elle.

— Merci. Posez-la sur la table. Bodenstein mit ses lunettes de lecture, enfila une paire de gants en latex et sortit la lettre de l'enveloppe. Un faire-part de décès avec une simple croix, comme les trois précédents.

Un silence tendu régnait dans l'assemblée réunie autour de la table.

“In memoriam *Hürmet Schwarzer*, lut Bodenstein à voix haute. *Hürmet Schwarzer devait mourir parce que son mari s'est rendu coupable d'homicide involontaire pour conduite en état d'ivresse et donc de mise en danger de la vie de deux personnes."*

— De toute évidence, il sait que nous sommes chargés de l'enquête et il s'adresse directement à nous, constata Cem.

— Pourquoi *deux* personnes ? demanda Kim.

— Bonne question. Bodenstein posa la lettre devant lui sur la table. Je suppose que c'est une allusion à Kirsten Stadler et à sa fille Helen. L'autre question qui se pose, c'est de savoir qui tenait aux deux femmes au point de commettre des crimes.

— Le père et le frère, répondit Pia.

— Et Hartig, ajouta Bodenstein. Un grand poster d'elle est accroché dans son bureau, et il se rend chaque matin au cimetière avant le travail.

— Nous devrions soumettre les faire-part à Erik Stadler, suggéra Pia.

— On va le faire tout de suite, approuva Bodenstein en se levant. Pia alla dans son bureau, imprima le rapport d'autopsie et le glissa dans le dossier.

— Quelle impression te fait Hartig ? demanda-t-elle à Bodenstein en se rendant au rez-de-chaussée. C'est quel genre de type ?

— Un homme sensible. Une sorte de bon Samaritain. Bodenstein lui tint la porte vitrée qui menait à la cage d'escalier. Il était accroché à Helen de façon presque obsessionnelle. Sa mort l'a complètement déstabilisé.

— Assez pour flinguer des gens ?

Bodenstein réfléchit un moment.

— Je pense que c'est quelqu'un qui mène à bien ce qu'il entreprend. Et, même si je viens de le décrire comme un bon Samaritain, je crois que c'est un battant, pas un souffre-douleur. Il se bat pour ce qui lui tient à cœur.

— Il connaît les tenants et les aboutissants, et sûrement aussi le nom de tout le monde, fit remarquer Pia. Nous devons absolument le considérer comme un coupable potentiel et lui demander ses alibis pour les heures des crimes.

— Et il faut qu'on en sache plus sur Helen, acquiesça Bodenstein. Où habitait-elle ? Où sont passées les affaires qui se trouvaient chez elle ?

— Posons la question à son frère. Pia fit un signe de tête au policier posté à côté de la porte de la salle d'interrogatoire, et il les fit entrer.

Erik Stadler mentait et Bodenstein se demandait pourquoi. Qu'avait-il à cacher ? Était-il le sniper ? Il était temps de passer à la vitesse supérieure et de faire pression sur cet homme. Il ne fallait plus lui laisser le loisir de réfléchir.

— On n'avance pas comme ça, dit Bodenstein. Alors on recommence depuis le début. Que s'est-il réellement passé, à l'époque, avec votre mère ?

— Vous le savez déjà, répliqua Stadler, visiblement énervé. Mon père et moi, nous vous avons déjà tout raconté l'autre jour !

Il massait ses poignets, tirait sur ses doigts et semblait de plus en plus nerveux.

— Nous avons des raisons de mettre en doute cette version des faits, dit Bodenstein. Donc ? Dans quel état vous et votre sœur avez-vous trouvé votre mère ? Qu'avez-vous fait précisément ? Comment allait-elle lorsqu'elle est arrivée à la clinique ?

— Quelle importance aujourd'hui ? Une lueur de méfiance apparut dans les yeux de Stadler, comme s'il craignait d'être attiré dans un piège. Quelqu'un évoquant, de façon conforme à la vérité, un événement qu'il avait vécu dans le passé n'était pas censé ressentir une telle crainte.

— Nous pensons que c'est déterminant.

Erik Stadler réfléchit, puis il haussa les épaules. Ses yeux faisaient des va-et-vient, il se mit à transpirer. Il finit par frotter ses mains contre ses cuisses, ce qui montrait clairement à quel point il était stressé.

— Ma mère est allée courir et elle n'est pas revenue. Helen et moi sommes partis à sa recherche, on connaissait son circuit habituel. Lorsqu'on l'a trouvée, elle gisait au bord du sentier, le chien assis à ses côtés. J'ai appelé les urgences avec son téléphone portable, puis je me suis occupé d'elle.

— Vous pouvez préciser ? Bodenstein prit un ton plus sec. Ça veut dire quoi ? Vous lui avez tenu la main ?

— Non, j'ai tenté de la réanimer. Je venais de suivre une formation aux premiers secours pour le permis de conduire et je savais comment faire.

— Votre mère respirait-elle encore de façon autonome à ce stade ? demanda Pia.

— Non, dit Erik après une petite hésitation. Mais j'ai quand même continué le massage cardiaque et le bouche-à-bouche. Jusqu'à l'arrivée des urgences.

— Votre mère a-t-elle repris connaissance pendant ce temps ? C'était à nouveau Bodenstein.

Ils posaient les questions à tour de rôle, sans laisser à Stadler le temps de s'habituer à l'un ou à l'autre.

— Non, répondit-il, sans éviter cette fois le regard de Bodenstein.

— Et ensuite ?

— Ensuite le médecin urgentiste et les secouristes ont pris le relais. Ils l'ont transférée dans l'ambulance et sont partis avec elle.

— Pourquoi ne les avez-vous pas accompagnés ?

— Je… j'avais le chien ! Et Helen était complètement hystérique. J'ai appelé mon grand-père, qui est arrivé avec ma grand-mère, puis Helen et moi sommes allés avec eux à la clinique. Erik Stadler se détendit un peu, sans doute parce qu'il disait maintenant la vérité.

— Que s'est-il passé là-bas ?

— On n'a pas vu ma mère pendant un bon moment, seulement après aux soins intensifs. Elle était branchée à une quantité de tuyaux et à un respirateur artificiel. Personne n'a voulu nous dire ce qui lui arrivait. Mon grand-père a fait tout un cirque.

— Où était votre père ?

— À l'étranger. On n'arrivait pas à le joindre par téléphone.

— Qu'est-il arrivé ensuite ?

— Écoutez. Erik Stadler se pencha en avant. Je ne me souviens plus des détails. Ça fait dix ans ! Ma mère se trouvait en état de mort cérébrale, son cerveau était resté trop longtemps sans oxygène !

— Vous avez retrouvé votre mère au début ou à la fin de son circuit habituel ? insista Pia.

— Quelle importance ? Erik Stadler la regarda d'un air déconcerté.

— Peut-être qu'elle s'est effondrée seulement quelques minutes avant que vous et votre sœur ne la trouviez. Et peut-être qu'elle n'a pas perdu connaissance sur-le-champ. Auquel cas son cerveau n'était pas encore privé d'oxygène depuis très longtemps.

— Je ne vois pas où vous voulez en venir.

— Le point-clé est le suivant : son cerveau avait-il réellement subi des dégâts irréversibles à cause du manque d'oxygène, ou pas ? expliqua Pia. Vous prétendez avoir tout de suite pratiqué la respiration artificielle, avant que les secouristes prennent le relais. Et, à la clinique, elle était même branchée à un respirateur artificiel.

Erik Stadler haussa les épaules.

— Peu importe. C'était comme ça, dit-il. Les médecins ont diagnostiqué la mort cérébrale. L'hémorragie avait causé des dégâts irréversibles au cerveau. Elle ne se serait jamais réveillée.

— Votre grand-mère nous a raconté que vous avez disjoncté en comprenant que les médecins ne se souciaient plus du tout de la vie de votre mère. Ils ne la considéraient plus que comme une donneuse potentielle.

— J'avais dix-sept ans ! répondit Erik Stadler avec véhémence. J'étais complètement sous le choc. Ma mère est morte sous mes yeux ! Et je ne comprends pas pourquoi on en reparle aujourd'hui. Au bout de dix ans ! Elle est morte !

— Je vais vous dire quelle différence ça fait, dit Pia. Il y a quelqu'un qui erre dans les parages et abat des innocents pour punir leurs proches de ce qui s'est passé à l'époque avec votre mère. Quelqu'un qui sait ce qu'il s'est *réellement* passé ! Quelqu'un qui croit qu'on aurait pu lui sauver la vie. Si elle était bel et bien restée deux heures dans le champ et qu'elle était déjà en état de mort cérébrale en arrivant à la clinique, ce serait un terrible coup du sort auquel personne ne pouvait rien, et puis voilà. Mais ce n'est pas le cas !

Erik Stadler perdit alors contenance. Il plia sous la pression croissante des questions qui s'abattaient sur lui comme le feu d'une mitrailleuse depuis un quart d'heure.

— Et si je vous disais qu'on a laissé mourir ma mère parce qu'on lorgnait ses organes ? cria-t-il soudain. Vous me prendriez pour un dingue qui n'a toujours pas digéré la mort de sa mère au bout de dix ans ! Pour un type qui débite des histoires sordides !

— Non, répondit Bodenstein d'une voix posée. On rechercherait ceux qui ont fait et autorisé cela à l'époque et on leur demanderait des comptes. À notre avis, c'est mieux que de laisser quelqu'un abattre leurs femmes et leurs enfants innocents !

— Vous pouvez sauver des vies, dit Pia.

— J'ai déjà entendu ça ! Erik Stadler partit d'un rire cynique. C'est exactement ce qu'ils ont dit à mon grand-père à l'époque. Signez et donnez-nous la permission de prélever ses organes ! Votre fille est morte, certes, mais elle peut encore sauver des vies. Ils ont vraiment amadoué mes grands-parents. Ils ont cité des exemples : ce jeune garçon vivra s'il reçoit un nouveau foie dans les quinze jours, cette jeune mère de trois enfants va mourir si elle ne reçoit pas un nouveau rein dans la semaine. Et ainsi de suite !

Des gouttes de sueur se mirent à perler sur son front. Il respirait difficilement.

— Calmez-vous, dit Bodenstein d'un ton conciliant. Nous ne voulons pas remuer le couteau dans la plaie.

— C'est pourtant ce que vous faites ! répondit Erik Stadler. J'essaie d'oublier toute cette horreur depuis dix ans. Ma sœur est morte parce qu'elle n'arrivait plus à vivre avec son sentiment de culpabilité, alors qu'elle n'était responsable de rien !

Il se tut, secoua la tête et ferma les yeux un instant.

— Quand est-ce que je peux partir ?

— Pas encore.

— Quand ? Vous n'avez pas le droit de me garder ici plus de vingt-quatre heures sans motif !

Bodenstein se leva, Pia saisit le dossier.

— Nous avons un motif, dit Bodenstein. Tant que vous n'avez pas d'alibi pour les heures des meurtres, nous vous considérons comme suspect, je vous l'ai déjà dit hier soir. Vous avez le droit de garder le silence pour ne pas vous incriminer, et vous pouvez faire appel à un avocat.

— C'est une plaisanterie ! s'énerva Stadler. Je n'ai tué personne ! Je n'ai pas besoin d'avocat !

— Si. Il me semble qu'il vous en faut un. Ou bien quatre alibis.

— Il n'a rien digéré du tout, dit Pia à ses collègues dans le couloir, tandis qu'on emmenait Erik Stadler. Elle était déçue, ayant espéré que l'entretien donnerait plus de résultats. Du concret. Un indice révélant qu'Erik Stadler était le Juge.

— On ne digère jamais un truc pareil, répondit Kim qui avait suivi l'interrogatoire depuis la pièce voisine, en même temps que Nicole Engel, Kathrin, Kai et Cem. En tout cas, dit Kim, il ne dit pas la vérité au sujet de la mort de sa mère, comme nous l'indique son comportement. En termes de profil, il pourrait être le tueur, il a un mobile et la capacité.

Pia ne voulait plus entendre parler de ces profils à la noix. Elle regrettait presque d'avoir associé sa sœur à l'enquête. Quelque chose leur échappait. Mais quoi ?

— Il ne nous dit pas tout, constata Kim. Mais pour quelle raison ?

— Peut-être parce que c'est la version officielle sur laquelle ils se sont mis d'accord avec la clinique à l'époque, supposa Bodenstein. Et on a acheté leur silence.

— Et ils n'en ont pas parlé à Helen, ajouta Kai. La jeune fille a cru toute sa vie être responsable de la mort de sa mère.

— Attention, les avertit Bodenstein. Ce ne sont que des hypothèses. Nous savons simplement que quelque chose cloche dans cette histoire. Une tension énorme s'est accumulée chez un membre de la famille ou de l'entourage, et elle se libère maintenant.

— Le mobile est peut-être bien plus prosaïque que ce qu'on croit. Pia mordilla sa lèvre inférieure en tentant de rassembler les bribes de pensées qui lui traversaient l'esprit.

— En tout cas, Stadler sait tirer, remarqua Kathrin.

— Les biathlètes visent une cible située à quelques mètres, dit

Cem, sceptique. Notre homme a abattu quelqu'un à presque un kilomètre de distance ! Ça n'a rien à voir.

— Qu'est-ce que vous comptez faire ? s'enquit Nicole Engel. Le laisser filer ?

— J'aime autant pas, admit Bodenstein. Mais nous ne pourrons pas le retenir très longtemps sans nouvelles preuves.

— Alors trouvez-en !

— Le fait qu'il n'y ait pas eu d'autre mort depuis qu'il est en prison en est une, dit Kathrin Fachinger.

— Ça ne suffit pas. Bodenstein secoua la tête. On va le laisser partir, mais pas tout de suite. Kai, tu te charges de le placer sous surveillance. Il devra nous laisser son passeport et se présenter une fois par jour aux collègues de Niederhöchstadt. Cem et Kathrin, vous allez parler à la femme ou la petite amie de Stadler. Je veux savoir comment Stadler se comportait ces derniers temps, s'il a changé d'une manière ou d'une autre… vous voyez ce que je veux dire.

— Oui, on voit. Cem acquiesça avec sérieux.

Tous sentaient la pression croître d'heure en heure. Tous attendaient en secret du nouveau, un appel d'urgence, un cinquième faire-part au courrier. Un policier du poste de garde apparut dans le couloir.

— Une certaine Mme Wenning vous attend devant l'entrée, elle souhaiterait vous parler, dit-il à Bodenstein. Elle est accompagnée par un avocat.

— Merci. On arrive tout de suite. Bodenstein acquiesça, puis s'adressa à Cem et Kathrin. Voilà qui annule votre visite à la petite amie de Stadler. Allez à Francfort vous entretenir avec les voisins de Stadler. Mais faites d'abord une deuxième visite à Patrick Schwarzer. Peut-être est-il en état de vous parler aujourd'hui. Montrez-lui le faire-part. Il faut qu'on établisse un lien entre lui et Kirsten Stadler.

Le regroupement se dispersa dans le couloir, seule Pia ne bougea pas.

— Qu'y a-t-il ? demanda Bodenstein.

— On ne pose pas les bonnes questions, répliqua Pia.

— Qu'est-ce que tu veux dire ?

— Exactement ça. Elle regarda son supérieur. Stadler a des

choses à cacher, mais ce ne sont pas forcément les meurtres. Tu te souviens de l'affaire Kaltensee, Markus Nowak et Elard Kaltensee, le professeur ?

— Oui, bien sûr. Bodenstein la regarda d'un air interrogateur. Quel rapport ?

— On les trouvait suspects parce qu'ils mentaient et nous cachaient de toute évidence quelque chose, dit Pia. Or ce n'étaient pas les homicides, comme on le supposait, mais leur liaison. Erik Stadler a lui aussi un secret qu'il ne veut en aucun cas révéler, mais ce n'est pas lui le Juge.

— Comment peux-tu en être aussi sûre ?

— Ma foi. Pia haussa les épaules. Juste un sentiment. Lorsqu'il a dit tout à l'heure qu'il tentait d'oublier tout ça depuis dix ans et qu'il voulait retrouver une vie normale, il disait la vérité. D'un autre côté, je pense moi aussi qu'il est obligé de s'en tenir à une version officielle qui a dû être clairement définie à l'époque. Sa nervosité provient simplement du fait qu'il ne doit pas cafter.

Bodenstein, songeur, fronça les sourcils.

— Tu pourrais bien avoir raison, admit-il. Mais pourquoi prend-il le risque d'être soupçonné et placé en détention préventive ?

— Il y a plusieurs raisons à cela. Ce qu'il passe sous silence lui semble plus grave que le fait d'être accusé de meurtre. Ou alors – et c'est le plus probable, à mon avis – il veut protéger quelqu'un.

Ils se regardèrent un moment.

— On commence par Stadler ou la petite amie ? demanda Pia.

— La petite amie, répondit Bodenstein.

Lis Wenning, blême et visiblement inquiète, attendait dans le sas de sécurité. À côté d'elle se tenait un homme élancé et moustachu en costume-cravate, connu de n'importe quel officier de police dans la région de Francfort. Le simple fait de prendre M. Anders comme avocat revenait à s'avouer coupable, car ce spécialiste du droit pénal ne défendait presque que les gens inculpés dans des affaires criminelles spectaculaires qui lui permettaient d'étaler son nom dans la presse, et il était évident qu'il ne pouvait pas passer à côté du sniper du Taunus.

— J'aimerais m'entretenir avec mon client, exigea-t-il aussitôt.

— Vous pourrez le faire dès que nous aurons parlé à Mme Wenning, répondit Bodenstein. Attendez ici, s'il vous plaît.

L'avocat protesta. Lis Wenning lui demanda d'être compréhensif et Pia remarqua qu'elle le tutoyait.

— Où avez-vous fait la connaissance de M. Anders ? demanda-t-elle avec curiosité à la femme brune, tandis qu'ils longeaient le couloir et entraient dans la salle d'interrogatoire où se trouvait à l'instant encore Erik Stadler.

Bodenstein ferma la porte et invita Mme Wenning à prendre place. Elle s'assit sur le rebord de la chaise en tenant fermement la bandoulière de son sac à main. Ses grands yeux sombres étaient remplis d'inquiétude.

— C'est un de nos clients à la salle de gym, répondit-elle. Je ne connais pas d'autre avocat et, quand votre collègue a emmené Erik hier soir, j'ai compris que ça devait être sérieux. Où se trouve Erik en ce moment ? Que lui reprochez-vous ?

Pia scruta la femme et décida de ne pas la ménager.

— Nous soupçonnons M. Stadler d'avoir abattu quatre personnes, dit-elle.

— Vous plaisantez ! Lis Wenning pâlit davantage et porta la main à son cou. Pourquoi ferait-il une chose pareille ?

— Pour venger la mort de sa mère et de sa sœur, répondit Pia. Malheureusement, il ne s'est pas montré très coopératif pour l'instant. Il n'a pas d'alibis pour les heures des crimes et prétend qu'il est allé courir. Peut-être pouvez-vous l'aider, et nous aussi, par la même occasion.

La petite amie de Stadler était encore sous le choc de ce qu'elle venait d'entendre. Elle secoua la tête, interdite.

— Où était M. Stadler le 19 décembre entre 8 heures et 10 heures du matin ? demanda Bodenstein. Le 20 décembre vers 19 heures ? Et le jour de Noël à 8 heures du matin ? Et hier vers midi ?

— Je… je ne sais pas, balbutia Mme Wenning. Le 19 et le 20 décembre, il était sûrement dans son entreprise. Le jour de Noël, il était déjà parti quand je me suis réveillée. Il n'est revenu que dans l'après-midi.

Elle s'arrêta, prise d'hésitation.

— Il ne m'a pas dit où il était. Et je ne lui ai pas demandé. Hier aussi, il a voulu aller à l'entreprise, ils sont en plein bilan de fin d'année et sa comptable a démissionné.

— Il n'était pas à son entreprise. Il a dit là-bas qu'il faisait du télétravail.

Désemparée, Lis Wenning regarda alternativement Pia et Bodenstein.

— Madame Wenning, M. Stadler s'est-il comporté de façon différente ces dernières semaines ? Bodenstein parlait à voix basse en pesant ses mots. Avez-vous noté un quelconque changement chez lui ?

Elle lutta un instant contre sa loyauté, puis elle acquiesça.

— Il a changé, dit-elle avec sincérité. Beaucoup, même. Depuis la mort d'Helen. Son suicide l'a bouleversé. Lui et Helen ont toujours été très proches, j'étais presque un peu jalouse parfois.

Elle afficha un sourire triste qui disparut aussitôt de son visage.

— En quoi a-t-il changé ? Qu'est-ce qui était différent ? voulut savoir Pia.

— Il a cessé de rire, répondit Lis Wenning. Il est toujours plongé dans ses pensées, il a la tête ailleurs. Et il s'adonne de façon excessive à son sport. Erik… est accro au risque et aux sensations fortes. Je ne l'accompagne plus quand il fait ses trucs de dingue, je ne le supporte plus.

Lis Wenning se tut. Elle serra les lèvres et semblait soudain perdue.

— Il paraissait toujours inquiet ces derniers temps, murmura-t-elle en baissant la tête. J'avais comme l'impression qu'il me cachait quelque chose. Il s'est mis à arriver en retard, il dissimulait son téléphone portable.

— Avez-vous une idée de ce qui pouvait le préoccuper à ce point ? demanda Bodenstein.

— Je… je me suis dit qu'il avait peut-être une autre femme dans sa vie. Une larme glissa sur sa joue. J'ai abordé le sujet plusieurs fois, mais… mais il ne voulait pas en parler. Alors qu'il n'est pas du tout comme ça en temps normal et… et récemment, il m'a dit que… qu'il m'aimait.

Elle ne savait vraiment plus où elle en était. Si elle avait pu, elle lui aurait fourni un alibi, voire même essayé de mentir pour lui, mais ce n'est pas ce qu'elle faisait.

— M. Stadler possède-t-il un fusil ?

— Oui. Plusieurs. Il les garde dans une armoire à son entreprise.

— Ce serait très aimable à vous si vous pouviez les apporter dès aujourd'hui à nos collègues, dit Bodenstein en mettant un terme à l'entretien. Nous allons vérifier les armes et nous espérons que M. Stadler sera plus loquace lundi. D'ici là, il doit malheureusement rester en garde à vue.

Lis Wenning acquiesça et se leva.

Bodenstein et Pia la raccompagnèrent auprès de son avocat qui attendait avec impatience de pouvoir s'entretenir avec son client. Mais Bodenstein voulait d'abord reparler à Erik Stadler. Il demanda à Cem de conduire Mme Wenning à Sulzbach pour saisir les fusils.

Erik Stadler était assis sur l'étroite banquette de sa cellule, les yeux fermés, la tête appuyée contre le mur.

— Monsieur Stadler, dit Bodenstein, tandis que Pia restait à la porte. Pourquoi ne nous dites-vous pas la vérité ? Pourquoi risquer d'être soupçonné et inculpé de meurtre, alors que vous êtes innocent ? Vous voulez protéger quelqu'un ?

Pas de réponse.

— On va vous transférer aujourd'hui à la maison d'arrêt. Et il est possible que vous y restiez un bon moment.

Erik Stadler ouvrit les yeux et Pia espéra, l'espace de quelques secondes, qu'il allait cracher le morceau. Mais ses espoirs furent déçus.

— Faites ce que vous voulez, rétorqua en effet Stadler. Je ne dirai plus rien sans avocat.

Lorsque Bodenstein et Pia s'engagèrent dans le cul-de-sac où se trouvait la maison de Dirk Stadler, ils manquèrent de se faire renverser par une femme qui déboula au pas de charge, tête baissée. À la lueur jaunâtre du réverbère, Pia reconnut avec étonnement la comptable d'Erik Stadler.

— Madame Fellmann ?

La femme se retourna, prise de peur, et s'arrêta. Ses yeux étaient tout gonflés, son visage humide de larmes.

— Je… j'étais chez M. Stadler et je lui ai remis les clés de l'entreprise, après avoir essayé en vain de joindre Erik toute la journée, expliqua-t-elle. À vrai dire, c'était hier mon dernier jour de travail, mais il m'avait promis qu'on irait boire du mousseux ensemble. J'ai fini le bilan comptable – toute seule parce que mon patron m'a complètement laissée tomber ! Je n'ai même pas eu droit à un coup de fil de sa part !

Elle fondit en larmes, profondément blessée et déçue.

— Depuis combien de temps travaillez-vous pour Erik Stadler ? se renseigna Pia.

— Depuis le début ! dit Franka Fellmann en sanglotant. Octobre 2009. À mi-temps au départ puis, lorsque les affaires ont commencé à bien marcher, il lui a fallu une comptable à plein temps. Elle fouilla dans son sac à main, en sortit un paquet de mouchoirs et se moucha bruyamment. Ma mission principale était de faire en sorte que les clients règlent leurs factures. C'est le genre de petits détails dont les génies de l'informatique n'aiment guère se préoccuper.

Elle partit d'un rire amer, fit de nouveau la grimace et pleurnicha.

— Erik a toujours été un super-patron et ça me plaisait de contribuer au développement de l'entreprise, mais maintenant… ça ne peut plus continuer ainsi. J'ai un fils qui a besoin de moi et voilà plusieurs mois que je fais tourner la baraque seule. Depuis cette histoire avec la sœur du patron.

— Connaissiez-vous sa sœur ? demanda Bodenstein.

Son visage arbora une expression fugitive de mécontentement.

— Oui, bien sûr. L'ambiance était très familiale dans l'entreprise. Il nous arrivait de faire la fête ensemble, et Helen se joignait souvent à nous.

— C'était quel genre de personne ?

Franka Fellmann réfléchit un instant, avant de se remettre à pleurer.

— Je sais qu'on ne doit pas dire du mal des morts, lança-t-elle. Mais Helen était une sale hypocrite. Tout le monde prenait des gants avec elle. Alors qu'une claque de temps à autre lui aurait sans doute fait plus de bien que ces égards continuels. Si vous voulez mon avis, Helen a terrorisé et détruit sa famille avec son obsession liée à l'affaire de sa mère.

Bodenstein et Pia échangèrent un bref regard, se gardant bien d'interrompre le flot de paroles de Franka Fellmann.

— Dès que l'atmosphère d'une fête ou d'une soirée barbecue se détendait, Helen mentionnait sa mère, ça plombait l'ambiance et elle se retrouvait au centre. C'était vraiment maladif chez elle, ce besoin d'attention. J'avais parfois l'impression qu'elle aimait bien ce rôle, cette façon de contrôler son entourage. Un jour, je lui ai dit qu'elle devrait aller voir un psy et elle s'est jetée sur moi, une vraie furie. Après quoi elle ne m'a plus jamais adressé la parole. Elle faisait semblant de ne pas me voir, comme si j'étais transparente !

— Quel était le métier d'Helen ? Travaillait-elle aussi dans l'entreprise de son frère ? s'enquit Pia.

— Elle aurait sans doute bien voulu, mais elle ne savait rien faire ! répliqua Mme Fellmann avec mépris. Le patron l'a placée un temps à l'accueil téléphonique mais, même ça, c'était au-dessus de ses capacités. Elle arrivait à l'heure qui lui plaisait, elle passait des appels privés, on ne pouvait pas se fier à elle. À un moment donné, j'ai dit : c'est elle ou moi ! Bien sûr, ça m'a complètement grillée auprès d'elle et de Jens-Uwe mais après ça, l'entreprise est repartie et c'était l'essentiel pour moi.

Franka Fellmann était jalouse d'Helen Stadler, elle la détestait, mais sa mort n'avait rien amélioré pour elle. La sœur de son patron avait fini par détruire, au-delà de la tombe, tout ce qui comptait pour Mme Fellmann.

— Et qu'a-t-elle fait ensuite ?

— Aucune idée. Elle a dû s'inscrire à la fac. En socio et psycho, je crois. Mais elle n'a jamais obtenu de diplôme.

— Où habitait-elle ?

— Ici, chez son père. Mme Fellmann fit un signe de tête derrière elle. Helen ne voulait pas partir d'ici, même si l'appartement de Jens-Uwe était plutôt spacieux.

— Vous connaissez son petit ami, Jens-Uwe Hartig ?

— Oui, bien sûr. Drôle de type. Elle tapota ses yeux avec le mouchoir dans lequel elle venait de se moucher. Il a clairement le syndrome du bon Samaritain, dit-elle. Il n'avait d'yeux que pour Helen, il était toujours autour d'elle, il la maternait, une vraie mère poule, comme le patron et son père. Mais ce que je trouvais vraiment bizarre, c'est que ces deux-là parlaient sans arrêt du passé. Comme deux petits vieux à la maison de retraite ! Ils ne vivaient pas au présent. Au lieu de la remettre sur les rails, Jens-Uwe ne faisait que la conforter dans ses délires !

— Le couple voulait se marier, n'est-ce pas ?

— Début octobre. À l'église et à la mairie de Kiedrich, d'où est originaire Jens-Uwe. C'est moi qui ai fait imprimer les faire-part, voilà pourquoi je le sais. Je crois qu'en secret ils étaient tous contents, Erik, sa petite amie et le père d'Erik, parce qu'ils n'auraient plus eu besoin de s'occuper de cette tordue d'Helen. Elle sanglota. J'ai la sale impression de laisser Erik et les autres dans le pétrin, mais je ne peux plus continuer comme ça. Cela fait des semaines qu'il ne vient quasiment plus au bureau, il ne me dit pas où il est, ne répond pas sur son portable. Ce n'est pas une façon de travailler ! Et il n'est même pas venu pour mon dernier jour, alors qu'il me l'avait promis pas plus tard qu'hier !

— Était-il au bureau hier ? demanda Pia.

— Non. Je ne l'ai pas revu depuis avant Noël, répondit Franka Fellmann.

— Vous a-t-il dit où il était ? À l'étranger, peut-être ?

— Aucune idée. Il ne m'a strictement rien dit.

Un portable se mit à sonner dans son sac. Elle regarda l'affichage.

— Mon fils, dit-elle en s'excusant et elle essuya ses larmes. Je dois aller le chercher chez un ami.

— Une dernière question, demanda Pia. Savez-vous par hasard si Jens-Uwe Hartig sait tirer ?

— S'il s'est tiré ? Franka Fellmann resta perplexe un instant, puis son visage s'illumina. Ah, s'il est bon tireur, vous voulez dire. Non, désolée, je n'en sais rien.

— Pourquoi nous avoir débité une histoire pareille la dernière fois ? demanda Pia à Dirk Stadler lorsqu'ils se retrouvèrent face à lui quelques instants plus tard. Il avait enlevé la décoration du sapin de Noël qu'il avait mis sur la terrasse, et il était en train de passer l'aspirateur.

— Quelle histoire ? Stadler les regarda d'un air étonné. Il boita jusqu'à un tabouret, s'assit et massa sa jambe.

— À propos du jour où votre femme est morte. Ça ne s'est pas passé comme vous nous l'avez dit.

— Bien sûr que si. Pourquoi dirais-je autre chose ?

— Parce qu'on vous a payé pour vous taire, répondit Pia. Pour laisser tomber, ne rien dire et surtout pas que votre femme était encore consciente au moment où votre fils a pratiqué la respiration artificielle sur elle pour la réanimer. Combien d'argent avez-vous reçu ?

C'était une interprétation osée des propos d'Erik Stadler, mais Pia tenta quand même le coup en s'attendant à ce que Stadler proteste avec véhémence, or il se contenta de soupirer.

— Cinquante mille euros. Mais ce que vous dites est absurde. Erik n'était pas en mesure d'aider ma femme. Elle était inconsciente et ne répondait plus.

— Comment le savez-vous ? Vous n'étiez pas là.

— C'est Erik lui-même qui me l'a dit, affirma Stadler.

— La vérité et la justice valaient cinquante mille euros à vos yeux ?

— C'est peut-être dur à comprendre pour vous. Stadler haussa les épaules. Ce n'était la faute de personne. Mais mon beau-père n'assumait pas le fait d'avoir donné l'autorisation au prélèvement d'organes. C'est lui qui voulait à tout prix porter plainte et je me suis laissé persuader, alors que c'était perdu d'avance. La partie adverse détenait sa signature sur le consentement, c'est pourquoi je n'aurais jamais pu gagner un procès. On m'a proposé de l'argent si je retirais ma plainte. J'ai accepté. Mettez-vous à ma place. J'étais à bout de forces. Une plainte contre un hôpital qui n'avait aucune chance d'aboutir et se serait sans doute étalée sur des années en me ruinant ! Et cela n'aurait pas rendu la vie à Kirsten. Il fallait que je retrouve du travail et que je m'occupe de mes enfants, surtout d'Helen, qui avait tout juste quinze ans à l'époque. J'ai accepté la transaction et j'ai pris l'argent. Ça m'a au moins permis de donner à Erik et Helen un petit capital pour débuter dans la vie.

— Sur quoi reposait votre plainte ? demanda Bodenstein. Où aviez-vous obtenu les informations vous permettant de conclure que les choses ne s'étaient pas déroulées comme prévu ?

— Je vous ai donné les pièces du litige, répliqua Stadler.

— J'aimerais bien avoir plus de détails, insista Bodenstein.

— Je ne voulais pas porter plainte. Stadler étira prudemment sa jambe en faisant la grimace. Je souhaitais clore le sujet pour mes enfants et faire le deuil de leur mère avec eux. Mais mon beau-père ne lâchait pas prise. Il était comme obsédé, échafaudait de sombres théories de conspiration, et ce que Jens-Uwe lui avait raconté ne faisait qu'apporter de l'eau à son moulin, évidemment.

— Attendez ! l'interrompit Bodenstein. M. Hartig nous a dit qu'il avait fait la connaissance d'Helen il y a quatre ans. Comment est-il censé avoir raconté quoi que ce soit à votre beau-père à l'époque ?

Stadler leva les yeux, déconcerté.

— Il est possible qu'il ait connu Helen seulement plus tard. Il connaissait mes beaux-parents depuis longtemps, par le biais de ce groupe d'entraide qu'ils ont découvert peu après la mort de Kirsten. Jens-Uwe leur a raconté avoir vu de ses yeux comment les médecins pratiquaient certains examens sans respecter l'intervalle de rigueur, faisaient disparaître ou falsifiaient délibérément des comptes rendus opératoires. Il était très convaincant et j'ai accepté de porter plainte. Après quoi le sujet a monopolisé notre vie de famille – pendant des mois et des années. Les blessures n'ont jamais pu guérir. Personne à part moi n'a remarqué à quel point Helen en souffrait. C'était une jeune fille en pleine puberté, très susceptible et sensible, mais aussi radicale dans ses vues, comme souvent les jeunes de son âge.

Elle était persuadée qu'on avait laissé mourir sa mère exprès pour pouvoir transplanter ses organes.

— Helen connaissait-elle la vérité ? demanda Bodenstein.

Dirk Stadler s'effondra et poussa un soupir.

— Mais je vous dis qu'il n'y a ni vérité, ni contre-vérité. Ma femme a subi une hémorragie cérébrale pendant son jogging et elle en est morte. Helen n'aurait rien pu faire, même si elle s'était trouvée à côté d'elle. Peut-être que ma femme aurait végété encore quelques jours ou semaines aux soins intensifs, branchée à des machines assurant sa survie, mais elle n'avait plus aucune chance de se réveiller. Son cerveau était mort. L'ECG montrait un tracé plat. Helen a toujours refusé de l'entendre. Elle était désespérée, prisonnière d'une idée fixe selon laquelle elle était responsable. Ces dix dernières années, elle a tenté six fois de se suicider. Elle lui arrivait de disparaître plusieurs jours d'affilée. Je ne savais pas où elle était et, chaque fois que le téléphone sonnait, je craignais qu'on n'ait retrouvé son corps. Mais elle finissait toujours par revenir en disant qu'elle était juste chez un ami. Puis, il y a quelques années, elle est tombée amoureuse de Jens-Uwe. Tout semblait aller mieux, elle était plus calme et s'intéressait à d'autres choses. Son suicide nous a pris totalement au dépourvu. Elle venait de reprendre pied, elle était contente à l'idée de se marier…

Dirk Stadler se tut et se frotta les yeux.

— Je n'arrive toujours pas à comprendre. Elle a essayé sa robe de mariée à Francfort et elle s'est suicidée le soir même.

— Pourquoi à Kelsterbach ? Que faisait-elle là-bas ?

— Je l'ignore moi aussi, hélas. Je me demande encore pourquoi elle y est allée et comment.

— A-t-elle laissé une lettre d'adieu ?

— Hélas, non.

Pia songea à la lettre que le Juge avait envoyée au journaliste du *Taunus Echo*. *Car je suis venu pour juger les vivants et les morts*. La phrase provenait du Credo.

— Êtes-vous croyant ? demanda Pia pour cette raison.

— Non. Dirk Stadler secoua la tête. Cela fait des années que j'ai cessé de croire à un Dieu juste.

— Pouvons-nous jeter un œil aux affaires d'Helen ?

— Si vous voulez. J'ai tout laissé tel quel dans sa chambre là-haut.

— Savez-vous où se trouvait votre fils ces derniers jours ? demanda Bodenstein.

— Non. Le brusque changement de sujet sembla surprendre Stadler. Je l'ai vu pour la dernière fois le soir de Noël, Lis et lui étaient chez moi. Tout à l'heure, sa comptable m'a apporté la clé de son entreprise parce qu'elle n'arrivait pas à le joindre. Il lui est arrivé quelque chose ?

— Nous l'avons mis hier en garde à vue, dit Bodenstein. Un soupçon initial pèse sur lui.

— Sur Erik ? Dirk Stadler était stupéfait. Vous… vous croyez que mon fils serait capable d'abattre des gens ?

— Ma foi, c'est un bon tireur. Il a clairement un mobile. Et aucun alibi pour les heures des crimes.

— Mais quand même pas Erik ! Il ne ferait jamais… une chose pareille !

Son hésitation infime n'échappa ni à Bodenstein, ni à Pia. Dirk Stadler ne serait-il pas entièrement convaincu de l'innocence de son fils ?

Stadler se hissa avec peine de son tabouret et alla dans le salon en clopinant. C'en était fini de sa complaisance.

— Vous voulez voir la chambre d'Helen ? demanda-t-il. C'est la deuxième porte à droite au premier étage. Ne m'en veuillez pas, s'il vous plaît, si je reste en bas, ma jambe me fait particulièrement souffrir aujourd'hui.

— Oui, bien sûr, dit Bodenstein.

Stadler se pencha vers l'aspirateur, mais quelque chose sembla lui traverser l'esprit.

— À votre place, j'irais parler à Jens-Uwe. Ou Mark Thomsen.

— Mark… qui ?

— Le président d'HAMO, répondit Stadler avec un sourire amer. Le… père de substitution d'Helen. Comme s'il lui en avait fallu un.

Le centre commercial de Seerose à Eschborn était en pleine effervescence. Un véritable tourisme macabre avait vu le jour.

Les gens venaient de près et de loin, non pas pour faire des courses, mais pour voir et photographier l'endroit où était morte Hürmet Schwarzer. On avait déjà remplacé la vitrine du magasin de chaussures qui portait l'impact de la balle, et la boulangerie où travaillait la victime était ouverte. Comme s'il ne s'était rien passé.

— Incroyable, dit Pia, écœurée, tandis qu'ils longeaient en voiture l'attroupement qui s'était formé autour de la tache de sang. Pourquoi les gens font-ils ça ?

— Je ne comprendrai jamais, moi non plus. Bodenstein secoua la tête. J'ai une faim de loup. On va manger quelque part ?

— Bonne idée, approuva Pia. Qu'est-ce que tu dirais de Burger King, là-devant ?

— S'il le faut.

Bodenstein n'était pas un fan de fast-food, elle le savait, mais elle avait envie de calories, de viande et de mayonnaise. L'alternative était Kentucky Fried Chicken, mais elle n'aimait pas ça. Peu après, ils se placèrent dans une file d'attente devant les caisses.

Bodenstein étudia les affiches d'un air sceptique et semblait complètement à côté de la plaque.

— S'il vous plaît ? Le jeune homme derrière la caisse posa avec énergie un plateau devant Pia, qui passa commande.

— Tu as trouvé quelque chose ? demanda-t-elle à son supérieur.

— Pas encore. Bodenstein réfléchit, puis s'adressa au vendeur. Qu'est-ce que vous pourriez me recommander aujourd'hui ?

— Euh… qu'est-ce que t'aimes en général ? répondit le jeune homme qui s'était vite ressaisi après un instant de trouble. T'es végétarien ?

— Non. Vous avez encore ce Filet-O-Fish au menu ? se renseigna Bodenstein.

— Non. C'est Burger King ici.

Pia faillit éclater de rire, tandis que Bodenstein se faisait décrire les différents hamburgers et la liste de leurs ingrédients, tout en posant des questions de temps en temps. Les gens à côté et derrière eux les fixaient d'un air incrédule. Il finit par se décider pour un Big King XXL avec des frites et de l'eau minérale. Pia le laissa payer, prit le plateau et se dirigea vers une table vide.

— Pourquoi est-ce que tout le monde me dévisage ? demanda Bodenstein en s'asseyant en face d'elle.

— Je n'ai jamais vu ça ! pouffa Pia qui riait aux larmes. *Qu'est-ce que vous pourriez me recommander ?* Mais qui pose une question pareille dans un fast-food ?

— Je ne suis pas très au courant de leur offre, rétorqua dignement Bodenstein en laissant échapper un petit rire. Le Filet-O-Fish, ce n'est pas ici, n'est-ce pas ?

— Non ! Pia secoua la tête et essuya ses larmes avec une serviette. Oh, la façon dont ce type t'a regardé, je ne l'oublierai pas de ma vie !

Bodenstein sortit le burger de son papier en souriant, l'examina d'un œil critique et mordit dedans.

— Humm, c'est pas si mal, constata-t-il. Même si ça n'a pas le même aspect que sur la photo.

Pia secoua la tête en mâchant. Ils avaient passé presque une heure dans la chambre d'Helen Stadler sans trouver quoi que ce soit qui puisse les aider. Des quantités de livres et de vêtements, des albums photos, du maquillage, des papiers de la fac. Une boîte dans l'armoire contenait de vieilles peluches, les tiroirs de son bureau étaient remplis de souvenirs tels que des tickets de concerts, des cartes postales, d'anciennes photos de sa mère et toutes sortes de babioles qu'on garde parce qu'on ne se résout pas à les jeter. Il n'y avait rien d'inhabituel, mais il manquait néanmoins ce qu'on trouve dans n'importe quelle chambre de jeune aujourd'hui, à savoir un ordinateur portable ou de bureau.

Stadler avait confirmé qu'Helen possédait un ordinateur portable. Le jour de sa mort, elle l'avait sur elle comme d'habitude, dans son sac à dos, or Dirk Stadler ne l'avait jamais revu. La police lui avait certes rendu le sac à dos avec son contenu après vérification, mais il manquait l'ordinateur. Bizarre. Peut-être que, comme le supposait Dirk Stadler, Helen l'avait laissé chez Jens-Uwe ce jour-là.

Pia était en train de picorer ses dernières frites lorsque Kai l'appela. Elle lui avait demandé de se renseigner sur Mark Thomsen, qui était membre d'HAMO.

— Négatif, dit-il. Il n'y a personne qui se nomme ainsi dans la région.

— Mais son nom figure dans les mentions légales du site d'HAMO, lui rappela Pia en coinçant son téléphone entre l'épaule et l'oreille.

— Exact. Son nom est indiqué. Et Eppstein comme lieu de résidence. Mais rien de plus, répondit Kai. D'après le bureau de déclaration de domicile, il n'y a aucun Thomsen à Eppstein. Je ne le trouve pas non plus dans notre fichier informatique.

— Voilà qui est intéressant. Pia essuya ses doigts gras sur une serviette propre. Tu pourrais appeler Lydia Winkler. Elle en sait peut-être davantage.

— C'est ce que je vais faire. Ah, et on a du nouveau sur Patrick Schwarzer. Figure-toi qu'il était ambulancier durant son service civil.

— Laisse-moi deviner, dit Pia. Il était en service le 16 septembre 2002.

— Bingo, confirma Kai. Il avait fêté son anniversaire la veille et la fête était sûrement bien arrosée, vu la quantité d'alcool qu'il avait encore dans le sang le lendemain. En faisant demi-tour, il a conduit l'ambulance transportant Kirsten Stadler dans le fossé, ce qui les a retardés d'au moins trois quarts d'heure.

Cem et Kathrin avaient montré au veuf d'Hürmet Schwarzer le message du Juge, qui lui avait rafraîchi la mémoire. Il avait totalement oublié cet épisode vieux de dix ans et insignifiant pour lui. Une seule faute en deux ans et demi. En comprenant que cet incident si banal à ses yeux avait coûté la vie à sa femme, il avait craqué et déclaré vouloir se suicider, c'est pourquoi Cem avait appelé un psychologue en attendant l'arrivée du père et d'un des frères de Patrick Schwarzer.

— *Les coupables doivent ressentir la même douleur que celle qu'ils ont causée par leur indifférence, leur avarice, leur orgueil et leur inconscience*, dit Pia en citant la lettre du Juge que leur avait remise le journaliste.

— On dirait que le tueur a atteint son objectif, dit Kai d'un ton sec. L'homme est au bout du rouleau.

En retournant à leur voiture, Pia raconta à son supérieur ce que Kai lui avait dit sur le passé de Patrick Schwarzer.

— Encore un argument en faveur de la culpabilité d'Erik Stadler, songea Bodenstein. Il a sûrement dû entendre parler de l'incident à l'époque.

— Et si on avait affaire à un tueur à gages recruté par un des Stadler ? suggéra Pia en frissonnant. Il était quasiment impossible de pincer un professionnel qui venait peut-être de l'étranger et repartait ni vu, ni connu dès son crime commis.

— Dans ce cas-là, il faut remonter au commanditaire. Bodenstein regarda le brouillard qui s'épaississait à nouveau.

— Mais alors toutes nos hypothèses sur le profil du tueur ne tiennent plus, fit remarquer Pia. Même le vieux Winkler, ou Stadler avec sa jambe raide, auraient pu commanditer les meurtres.

— Nom d'une pipe, jura Bodenstein. On en est au même point qu'il y a une semaine ! Le temps nous file entre les doigts !

— Non. Nous savons au moins de quoi il retourne, à présent, le contredit Pia. L'estomac plein, sa lucidité était revenue. Kirsten Stadler et sa fille sont le mobile des homicides, dit-elle.

— Mais pourquoi seulement maintenant ?

— Le suicide de la fille a dû être l'élément déclencheur, supposa Pia. Elle leva la main et compta les suspects sur ses doigts. Erik Stadler. Dirk Stadler. Joachim Winkler. Jens-Uwe Hartig. Voilà nos principaux suspects, à surveiller de près. Mais il est encore plus important de repérer les autres victimes potentielles, c'est pourquoi il faudrait faire davantage pression sur Stadler junior, Hartig et la clinique.

— C'est ce qu'on va faire, confirma Bodenstein d'un signe de tête. On va le coincer, ce salaud.

Dimanche 30 décembre 2012

Une pénombre grise filtrait à travers les lamelles des volets roulants lorsque Bodenstein ouvrit les yeux et attendit que son esprit se détache des dernières bribes de rêves d'un réalisme troublant. Il était rare que les affaires sur lesquelles il travaillait le jour le préoccupent aussi la nuit mais, cette fois, quelques-uns de ceux qui leur posaient des énigmes, à lui et à son équipe, depuis des jours, s'étaient glissés dans ses rêves, comme pour lui dire quelque chose. Il se retourna sur le dos et savoura le calme absolu qui régnait dans la maison. Pas d'enfant qui l'appelait, pas de chien qui réclamait sa promenade. Et pas non plus d'Inka. Le lit voisin n'était pas défait. Elle lui avait envoyé un SMS en fin d'après-midi lui annonçant qu'elle devait se rendre à Limburg pour une urgence et qu'elle ne savait pas quand ça finirait. Ne voulant pas le réveiller, elle comptait dormir chez elle. L'argument cousu de fil blanc attristait Bodenstein car, par le passé, elle l'avait souvent rejoint en pleine nuit, elle possédait une clé de la maison, après tout. Pourquoi faisait-elle ça ? Que s'était-il passé ? À Noël, tout semblait aller bien, et voilà qu'elle s'éloignait de lui. Se sentait-elle délaissée ? À moins qu'elle n'ait des doutes quant à leur avenir commun ? Il savait qu'elle ne s'entendait pas avec Sophia, mais il avait espéré que les liens qui les unissaient suffiraient à surmonter le problème. Avec Cosima, à l'époque, ils avaient souvent eu des différends et des discussions, alors qu'il ne se disputait jamais avec Inka. Quand quelque chose ne lui convenait pas, elle se taisait, tout simplement. Ce qu'il avait pris au départ pour de l'harmonie lui apparaissait de plus en plus comme le signe de son incapacité à résoudre les conflits, voire, pire encore, de son indifférence. Inka était une personne fière et indépendante qui n'avait jamais connu de relation longue et cela ne lui avait visiblement pas manqué, alors pourquoi changerait-elle maintenant, au début de la cinquantaine ? Se sentait-elle trop à l'étroit, trop encadrée ? S'ennuyait-elle avec lui ? Bodenstein jeta un œil à l'affichage digital de son réveil. 8 heures. Ce matin, il avait prévu de rendre visite à Fritz Gehrke pour évoquer avec beaucoup de précaution les reproches formulés par le Juge dans le faire-part. Il s'assit, fit pivoter ses jambes sur le bord du lit et alla se doucher.

Pourquoi Inka n'avait-elle pas répondu au SMS qu'il lui avait envoyé pour lui souhaiter une bonne nuit ?

Quelle était la vraie nature de leur relation ? Sans doute pas de l'amour, du moins pas ce sentiment profond, chaleureux et palpitant qu'il avait si longtemps éprouvé pour Cosima, même si ce n'était pas forcément réciproque. Sa relation avec Inka n'était pas née d'un amour passionnel, elle avait évolué presque par hasard, comme une affection de longue date ravivée par le mariage de leurs enfants. Chacun d'eux avait son travail et sa vie, et il n'y avait jamais eu de déclaration explicite, de décision concrète. Inka s'était peu à peu installée chez lui, mais sans aller jusqu'à louer sa maison et officialiser ainsi leur relation, et il l'avait accepté. Après sa séparation d'avec Cosima et sa brève liaison avec Annika Sommerfeld, Inka lui avait prêté une oreille attentive, ils passaient des heures à se parler au téléphone. À un moment donné, ils avaient fini par atterrir dans le même lit. Ça se passait bien avec elle. Ils étaient proches. Mais rien de plus, hélas, il fallait l'avouer.

Tout en se rasant, il songea qu'il connaissait à peine Inka, en réalité. Il existait une frontière qu'elle ne le laissait pas franchir. Il y avait cette retenue, cette zone interdite dans son for intérieur. Ils pouvaient parler de tout, mais pas d'elle-même. Elle ne lui avait jamais révélé l'identité du père de Thordis. Elle n'évoquait pas le temps passé en Amérique et ne mentionnait ni connaissances, ni amis.

Cela le gênait d'avoir des pensées pareilles. Avait-il le droit de remettre en cause leur relation, juste parce qu'elle n'avait pas dormi chez lui deux nuits d'affilée et ne lui avait pas envoyé de SMS ? Elle avait sûrement beaucoup de travail à la clinique équine, lui aussi de son côté, et elle respectait cela. Point barre. Mais les doutes le rongeaient néanmoins. Était-il une fois de plus en train d'enjoliver les choses parce qu'il était trop lâche pour regarder la vérité en face ? Était-il vraiment satisfait du caractère accessoire de leur relation ?

Bodenstein s'habilla et descendit, actionna la cafetière, perdu dans ses pensées, et glissa deux tranches de pain de mie dans le grille-pain. Pas de message d'Inka sur son portable. Il tartina ses toasts de fromage frais et de confiture de fraises, puis mangea debout dans la cuisine en buvant son café. Derrière la fenêtre se profilait une nouvelle journée nuageuse et sans soleil. Il avait lu récemment dans le journal que le mois de décembre 2012 était le plus sombre depuis le début des enregistrements météorologiques en 1951. Peut-être étaient-ce simplement le manque de lumière et cette affaire embrouillée qui lui pesaient et lui faisaient voir tout en noir. Il resongea alors à la proposition de la mère de Cosima, dont il n'avait toujours pas parlé à Inka, ayant déjà presque écarté l'idée. Or, plus il attendait pour aborder le sujet, plus ce serait difficile. D'un autre côté, il ne voulait pas débattre d'un thème aussi crucial entre deux portes, d'autant qu'Inka était très susceptible dès qu'il s'agissait de la famille de Cosima.

Il décida de se laisser un peu de temps. Le lendemain, c'était la Saint-Sylvestre, le surlendemain une nouvelle année avec de nouvelles perspectives et opportunités. Pour l'heure, il devait mettre la main sur un criminel.

Il faisait froid dans la maison, à tel point que son souffle lui apparaissait comme un nuage blanchâtre. Mais il était bien au chaud sous les deux couvertures et retarda le moment de se lever, même si sa vessie pleine lui faisait mal. À part ça, rien ne pressait. Les journées s'étaient transformées en une longue attente de la météo idéale. Il fallait espérer que le brouillard se dissipe bientôt ! La veille, il avait lu un polar jusqu'à en tomber de sommeil. C'était jadis un de ses livres préférés à elle, et la lecture était sans aucun doute captivante, mais la description détaillée de la violence de ce psychopathe envers les femmes lui répugnait.

Son regard erra sur l'horrible papier peint délavé et le chambranle de la fenêtre dont la peinture s'écaillait.

Il repoussa les couvertures d'un air décidé, saisit sa veste polaire posée sur une chaise à côté du lit, et enfila ses bottes fourrées. Il faisait aussi froid dans la salle de bains et au salon que dans la chambre, et la réserve de bois près du poêle était vide, quelle poisse ! Il alla aux toilettes, puis il mit écharpe et blouson, saisit le panier et sortit couper du petit bois. Les marches en bois craquèrent sous son poids, une corneille s'envola en croassant d'un grand sapin entouré de deux autres. Le brouillard flottait encore au-dessus du lotissement et enveloppait tout dans un froid humide. Il fit le tour de la maison, prit quelques bûches et retira la hache du billot. Un peu d'exercice matinal ne lui ferait pas de mal. Au bout de dix minutes, il eut assez de bois pour deux jours et il traîna le panier dans la maison. Peu après, le feu crépitait dans le poêle en répandant une chaleur agréable. Il remplit d'eau la cafetière bon marché, versa du café en poudre dans le filtre et brancha la machine. L'été dernier, il avait déjà eu l'intention de briquer la baraque de fond en comble, mais quelque chose de plus important s'était profilé. À présent, ça ne valait plus la peine. La police retrouverait sa trace tôt ou tard, on l'arrêterait et on le jugerait. Les gens le détesteraient et le prendraient pour un malade, un psychopathe dérangé et il ne pouvait pas leur en vouloir après ce qu'il avait fait et ce qu'il allait encore faire. À leurs yeux, rien ne pouvait justifier ses actes, mais il s'en fichait. Ceux qui devaient mourir avaient été condamnés par leurs propres pères, maris et enfants, lui n'étant que leur bourreau. Il avait tout documenté avec minutie. Il punirait les vivants et rendrait justice aux morts. Sans exception.

Il était 9 heures pile lorsque Bodenstein se gara devant la maison de Fritz Gehrke et descendit de voiture. Personne ne réagit à son coup de sonnette, c'est pourquoi il ouvrit le portail, gravit les marches et suivit l'allée jusqu'à la porte d'entrée. Les volets roulants étaient baissés dans toute la maison, et Bodenstein eut un mauvais pressentiment. Tandis qu'il se demandait qui appeler pour jeter un œil sur Fritz Gehrke, une petite voiture blanche portant l'inscription *Sœur Hildegarde* s'avança. Une femme trapue aux cheveux coupés court et teints en rouge cerise descendit, jeta un sac noir sur son épaule et monta les marches d'un pas énergique. Elle portait une sorte d'uniforme blanc et des chaussures assorties sous une épaisse doudoune.

— Vous ne respectez même plus le dimanche, bande de fouille-merde ? l'enguirlanda-t-elle avant qu'il puisse dire quoi que ce soit. Dégagez ! Sinon j'appelle la police !

— Je ne fais pas partie de la presse, mais de la police judiciaire, répondit Bodenstein en lui montrant sa carte professionnelle. Et vous êtes ?

— Oh, je ne pouvais pas savoir. Moi, c'est Karin. Karin Michel. Une expression penaude se dessina sur son visage empourpré.

— Pas sœur Hildegarde ? dit Bodenstein d'un air entendu.

— Sœur Hildegarde, c'est nous toutes. Mme Michel afficha un sourire malicieux. Sept personnes. Avant, nous étions pour la plupart aides-soignantes, mais travailler en maison de retraite, c'est plutôt frustrant à la longue. Le stress, on connaît ici aussi, sauf qu'on a davantage de temps pour les personnes âgées. Et elles nous en sont reconnaissantes.

Tout en parlant, elle s'avança et sortit un gros trousseau de clés de la poche de sa doudoune. Bodenstein la suivit.

— Les volets roulants sont encore baissés, dit-il. Et personne n'a réagi à mon coup de sonnette.

— Ah, c'est normal, répliqua Karin Michel. Je suis désolée de vous avoir crié dessus comme ça. Mais, ces derniers jours, il y avait sans arrêt des journalistes ici et ils ont vraiment harcelé ce pauvre M. Gehrke. Comme si ce n'était pas déjà assez dur pour lui.

Elle mit une paire de lunettes accrochée à une cordelette autour de son cou, puis elle chercha la bonne clé. Bodenstein avait beaucoup de respect envers les gens tels que Karin Michel. Ce n'était pas une tâche facile de s'occuper de personnes âgées et malades en restant gai, aimable et compatissant.

— C'est déjà oublié, lui assura-t-il. Quelle est la fréquence de vos visites chez M. Gehrke ?

— Je viens matin et soir. C'est pas bon pour le vieil homme de rester seul, jacassa-t-elle. Max venait voir son père tous les jours et ils faisaient souvent un truc ensemble. C'est atroce, ce qui s'est passé. Vraiment atroce.

Elle avait enfin trouvé la bonne clé et elle ouvrit la porte d'entrée. De l'air chaud leur arriva au visage. Cela sentait le renfermé et la fumée. Le mauvais pressentiment de Bodenstein ne faisait que croître, mais Karin Michel ne semblait rien trouver d'inhabituel.

— Bonjour, monsieur Gehrke, c'est moi, Karin ! s'écria-t-elle. Ah, il est encore assis dans la pénombre ! Ça lui arrive souvent. Il oublie d'allumer la lumière et de remonter les volets roulants. C'est comme ça qu'il est tombé un jour, mais rien de grave, un coup de chance. Elle appuya sur un interrupteur et les volets électriques se levèrent avec fracas dans toute la maison. J'avais dit à Max de faire installer des détecteurs de mouvement, reprit-elle, mais M. Gehrke ne voulait pas en entendre parler. Ça consomme trop d'électricité ! qu'il disait. Il est né en 1931, la génération qui a connu la guerre. Ils sont tous économes, il faut dire que j'en ai beaucoup, des patients comme M. Gehrke.

Cette femme était bavarde, mais pas curieuse. Elle ne chercha pas à obtenir la moindre information auprès de Bodenstein.

— Juste un instant, s'il vous plaît. Je vais le voir et lui dire que vous voulez lui parler.

— D'accord. Bodenstein acquiesça. Merci.

— De rien. Karin Michel partit d'un pas leste et appela le vieil homme à voix haute.

Bodenstein, inquiet, faisait les cent pas dans l'entrée. Il entendit un cri soudain et se mit aussitôt en mouvement. Karin Michel arriva vers lui dans le couloir, blanche comme un linge.

— Oh mon Dieu ! Mon Dieu ! lança-t-elle. M. Gehrke ! Venez voir !

Bodenstein l'écarta en douceur et entra dans le bureau. Son pressentiment ne l'avait pas trompé. Fritz Gehrke était mort. Il était affaissé à sa table, le menton sur la poitrine. Au premier coup d'œil, on aurait dit qu'il s'était assoupi et avait rendu l'âme paisiblement dans son sommeil, mais Bodenstein remarqua la seringue que le défunt tenait encore à la main. Il mit le bras autour des épaules de Karin Michel et conduisit la femme tremblante à la cuisine.

— Asseyez-vous, dit-il, puis il fouilla les placards à la recherche d'un verre, qu'il remplit d'eau du robinet et lui tendit. Quand avez-vous vu M. Gehrke vivant pour la dernière fois ?

— Hier. Hier soir, vers 18 heures, murmura-t-elle, hébétée, et elle but une gorgée d'eau. Sa main tremblait. Il était comme d'habitude, dit-elle. Il m'a souhaité une bonne soirée.

— M. Gehrke était-il diabétique ? se renseigna Bodenstein.

— Oui. Le diabète lié à l'âge, type 2. Mais il s'en sortait bien. C'est… c'était quelqu'un de très discipliné. Elle éclata soudain en sanglots. Ce n'est pas le premier mort que je vois. Elle essuya ses larmes de la main. Mais M. Gehrke était si gentil. Si courageux. Cette histoire avec son fils lui a tout simplement brisé le cœur.

Bodenstein soupçonnait autre chose, mais il ne voulait pas enlever ses illusions à cette femme et ne fit donc aucun commentaire.

Karoline Albrecht s'engagea sur l'A3 au niveau de Niedernhausen. Elle mit le clignotant et appuya sur l'accélérateur. La Porsche 911 S prit de la vitesse comme un avion, les quatre cents chevaux se mirent à hurler dans son dos et, en quelques secondes, l'aiguille du compteur indiqua 150. Karoline avait toujours aimé conduire vite ; sa toute première voiture, reçue juste après son permis, était une Golf GTI. Elle roulait maintenant en Porsche, ayant droit à un véhicule de cette catégorie en tant que cadre supérieure associée, mais c'était au fond aussi superflu que son imposante maison. Si Greta retrouvait réellement du plaisir à l'équitation, qu'elle avait abandonnée en entrant à l'internat, Karoline pourrait lui offrir un cheval. Auquel cas un robuste 4×4 équipé d'un attelage de remorque ferait sûrement mieux l'affaire qu'une voiture de sport. L'espace de quelques minutes, Karoline s'adonna à ses projets d'avenir et imagina la maison qu'elle achèterait pour Greta et elle : une vieille ferme dans un jardin enchanté avec de vieux arbres immenses, des buissons de roses, voire un étang, bordé par un saule pleureur dont les branches toucheraient l'eau. L'argent qu'elle obtiendrait en vendant la bicoque de luxe à Kelkheim lui permettrait de ne pas travailler pendant quelques années et elle hériterait aussi quelque chose de maman. Penser à sa mère la ramena brutalement à la réalité. À hauteur de Montabaur, elle dut faire redescendre la Porsche à cent kilomètres-heure. Carsten l'avait appelée la veille au soir pour l'inviter à passer la Saint-Sylvestre avec eux, chez ses parents, au bord du lac de Starnberg. Grâce à Nicki, sa seconde femme, qui avait accepté Karoline en tant que mère de Greta dans sa famille sans la moindre rancune, elle était toujours la bienvenue chez ses ex-beaux-parents, mais elle avait poliment refusé l'invitation. Elle ne pouvait pas partir comme ça, pas maintenant. Elle devait préparer l'enterrement de maman. Et il fallait absolument qu'elle découvre ce qu'il s'était passé dix ans plus tôt, sinon l'incertitude la torturerait jusqu'à la fin de ses jours.

Elle se regarda un court instant dans le rétroviseur, vit le chaos qui faisait rage en elle, deuil, chagrin, colère et douleur, tous ces sentiments qu'elle prenait soin de réprimer par peur de ne plus rien contrôler. Combien de temps tiendrait-elle encore, avant de s'effondrer comme un château de cartes ? Quand allait-elle perdre son énergie, sa parfaite maîtrise d'elle-même ?

Elle avait toujours été douée pour se concentrer sur un point précis en faisant abstraction du reste, une aptitude dont elle avait besoin en ce moment. Le Pr Hans Furtwängler, chez qui elle arriverait à 11 h 26 selon le GPS était un de ceux auxquels son père avait téléphoné plusieurs fois ces derniers jours. Les entretiens menés la veille avec Gehrke et Janning ne s'étaient pas révélés très instructifs, et elle avait peu à peu la sombre certitude que quelque chose, une vieille faute, reliait son père à ses amis et collègues. Karoline n'espérait pas en apprendre beaucoup plus auprès de Furtwängler, mais la moindre information était un morceau du puzzle qui, avec un peu de chance et de talent d'assemblage, allait former une image.

— La mort de Max l'a tellement ébranlé qu'il ne voulait plus vivre, sanglota Karin Michel, bouleversée, en tordant un mouchoir mouillé entre ses doigts.

Bodenstein et Pia échangèrent un regard. Les piles de classeurs vides et les cendres encore chaudes dans la cheminée du salon indiquaient autre chose. On avait soigneusement enlevé et brûlé les étiquettes sur le dos des classeurs, si bien qu'il était impossible de savoir ce qu'ils avaient contenu. Fritz Gehrke avait tout bonnement supprimé des dossiers avant de se suicider en prenant une surdose d'insuline. Il n'avait pas laissé de lettre d'adieu, mais la copie du faire-part envoyé par le sniper se trouvait sur son bureau. Bodenstein le lui avait caché à dessein, il voulait faire les choses en douceur et le montrer seulement aujourd'hui au vieil homme. Quelqu'un l'avait devancé – mais qui ? Il ne pouvait s'agir que de Faber, ce journaliste, qui avait dû enquêter de son côté. C'était sans aucun doute le contenu du faire-part qui avait poussé Gehrke au suicide. Faber allait avoir une mauvaise surprise aujourd'hui !

— M. Gehrke avait-il des proches parents que nous devrions informer ? demanda Pia, déjà équipée de sur-chaussures en plastique bleu clair et de gants en latex.

— Autant que je sache, il a encore une sœur quelque part, répondit Karin Michel, qui s'était un peu ressaisie. Mais elle vit à l'étranger et elle a dans les quatre-vingts ans, elle aussi.

— Merci, nous allons sûrement la retrouver. Pia nota l'information. Vous pouvez partir, madame Michel. Merci pour votre aide.

L'aide-soignante se leva de sa chaise et se laissa raccompagner par Pia. Avant de s'en aller, elle enleva de son trousseau la clé de la porte d'entrée et la remit à Pia.

— On n'en a plus besoin maintenant, dit-elle d'un air triste en prenant congé.

Pendant ce temps, l'équipe de Kröger avait photographié et examiné à fond le cadavre et les lieux, tandis que Frederick Lemmer, arrivé peu après Pia, avait récolté de nombreux bons points auprès de Kröger en attendant avec déférence que la police scientifique ait fini son travail. Pia retourna dans le bureau au moment où deux hommes soulevaient prudemment le vieil homme de sa chaise pour le déposer sur le tapis.

— On peut déjà jeter un coup d'œil dans la pièce ? demanda Bodenstein à Kröger.

— Oui, on a terminé ici, confirma le chef de la police scientifique, magnanime.

Ils fouillèrent le bureau et s'étonnèrent à peine de ne rien retrouver sur la surface, ni dans les tiroirs. Fritz Gehrke avait soigneusement fait place nette.

Lemmer mesura la température du cadavre, repéra les taches caractéristiques gris violacé sur les fesses, le dos, la face postérieure des cuisses et la partie inférieure des jambes du mort car le sang, dès qu'il s'arrêtait de circuler, s'accumulait dans les parties déclives du corps en raison de la gravité.

— La rigidité cadavérique n'a pas encore disparu, dit-il à Bodenstein et Pia. Selon moi, la mort est survenue entre 22 heures et 1 heure du matin. On peut exclure *a priori* l'intervention d'un tiers.

Pia appuya de son doigt ganté sur l'enregistreur du téléphone. Le dernier numéro, composé à 20 h 48, avait l'indicatif d'Oberursel et, juste avant, Gehrke avait appelé quelqu'un à Cologne.

— Je parie que c'est le numéro du Pr Rudolf, le mari de notre victime n° 2, dit Pia.

— Qu'est-ce qui te fait dire ça ? s'enquit Bodenstein, surpris.

— Juste une intuition, répondit Pia.

Soudain, le téléphone sonna. Pia s'apprêtait à décrocher, mais Bodenstein lui fit signe d'attendre. Un numéro avec l'indicatif de Francfort. Le répondeur se mit en marche à la troisième sonnerie.

— Fritz, c'est moi, dit une voix masculine après le signal sonore. Je viens seulement d'écouter ton message. Fritz ? Tu es là ? Bon, je réessayerai tout à l'heure.

— Pourquoi est-ce que tu ne voulais pas que je décroche ? s'étonna Pia.

— Pour éviter que quelqu'un d'autre ne détruise des documents, répondit Bodenstein avant de s'adresser à Christian Kröger.

— Pouvez-vous vérifier tous les numéros mémorisés, s'il vous plaît ? Les appels entrants et sortants ?

— Aucun problème. Kröger acquiesça. On va emporter le téléphone, ce sera mieux.

— Est-ce qu'on peut aussi maintenir la ligne et rediriger les appels entrants ? demanda Bodenstein. Tant que personne ne sait que Gehrke est mort, il recevra peut-être des appels qui pourraient nous fournir des informations.

— Bien sûr. Je m'en charge.

— Ce serait bien si ça pouvait aller vite. Et donne la liste des appels à Kai pour vérification.

— Oui. Vite, vite, vite, rétorqua Kröger, agacé. Il faut toujours que ça aille vite. Tu sais bien que je fais ce que je peux.

— Christian, tu es le meilleur d'entre nous. Tout le monde le sait. Bodenstein tapa sur l'épaule de son collègue.

— Si c'est pour se payer ma tête, j'y arrive très bien seul, maugréa le chef de la police scientifique, qui s'en alla en secouant la tête.

Le portable de Pia se mit à vibrer.

— C'est Kai, dit-elle à son supérieur, et elle activa le haut-parleur pour que Bodenstein entende leur conversation.

— J'ai trouvé Thomsen, dit Kai avant même qu'elle ait le temps de lui dire bonjour. Lui qui, d'ordinaire, ne perdait pas facilement son calme était en ébullition. Il s'appelle en fait Markus de son prénom et Brecht-Thomsen de son nom de famille, dit-il, c'est en tout cas ainsi qu'il est enregistré. Pas étonnant que je ne l'aie pas trouvé hier au bureau de déclaration de domicile.

— Où habite-t-il ? demanda Pia.

— Au 12 Lärchenweg à Eppstein-Vockenhausen, répondit Kai.

— Merci, dit Bodenstein. On va aller le voir maintenant.

— Attendez ! s'écria Kai. Ce n'est pas tout ! Mark Thomsen est un ancien collègue à nous ! Il était dans le Corps fédéral de protection des frontières et même l'unité d'assaut du GSG 9 ! On peut donc supposer que ce n'est pas un trop mauvais tireur.

Bodenstein et Pia quittèrent la maison de Fritz Gehrke, où ils n'avaient plus rien à faire. Plus tard, Cem et Kathrin pourraient parler aux voisins pour savoir si Gehrke avait eu de la visite ces derniers jours, et notamment la veille au soir.

— Tu ne trouves pas étrange que, dans cette histoire, on ait uniquement affaire à des gens qui savent tirer ? Pia rejoignit Bodenstein dans sa voiture. Elle avait garé la sienne un peu plus haut dans la rue, où elle pouvait rester encore un temps.

— Question de point de vue, répondit Bodenstein, qui recula pour laisser passer le fourgon mortuaire. Je crois qu'en Allemagne aussi, beaucoup de gens sont en contact avec des armes. Les chasseurs, les tireurs amateurs et nos collègues de la police. Il n'y en a pas autant qu'en Amérique, bien sûr, mais un bon nombre quand même. D'habitude, on n'interroge pas les suspects là-dessus parce que ça ne joue aucun rôle dans l'enquête.

— Ça paraît logique. Pia se pencha pour entrer dans le GPS l'adresse donnée par Kai. Je suis curieuse de rencontrer le père de substitution d'Helen Stadler et d'entendre ce qu'il va nous dire.

La maison située au 12 Lärchenweg à Vockenhausen était un bungalow qui avait dû être charmant par le passé. Aujourd'hui, il était délabré, le crépi abîmé, le toit recouvert de mousse et le petit jardin de devant, laissé à l'abandon.

Bodenstein appuya sur la sonnette. Personne n'ouvrit, mais un 4×4 noir et crasseux était stationné sur la montée du garage et des coups de hache retentissaient dans le calme dominical.

— Quelqu'un est en train de couper du bois. Viens, on va faire le tour, proposa Pia en entrant dans la propriété. Ils longèrent le garage pour accéder au jardin qui méritait à peine ce nom, n'étant guère plus reluisant que celui de devant. La pelouse n'avait plus été tondue depuis le début de l'hiver, toutes sortes de déchets et de vieilleries s'entassaient contre le mur de la maison et derrière le garage. Devant les marches d'une véranda en bois effritée se trouvait un homme, vêtu d'un simple jean et d'un tee-shirt malgré le froid, et il coupait du bois. Il faisait cela avec une grande agilité, fendait les grosses bûches et jetait le petit bois dans un panier posé sur le perron de la véranda. Un rottweiler couché à ses pieds tourna soudain la tête et bondit sur ses pattes.

— Génial ! râla Bodenstein en s'abritant derrière Pia.

— En voilà, un preux chevalier ! se moqua Pia. Elle resta debout tranquillement tandis que le chien, un colosse tout en muscles, se dirigeait vers eux en aboyant d'un air menaçant.

L'homme laissa tomber la hache dans le billot et se retourna.

— Ça suffit, Arko ! dit-il d'une voix tranchante. Le chien se tut et se figea sur place.

— Monsieur Thomsen ? Bodenstein réapparut derrière Pia. Pardon de vous déranger un dimanche, mais…

Il sortit sa carte professionnelle, mais Mark Thomsen lui fit signe que c'était inutile.

— Vous êtes flics, dit-il. Pas besoin de le prouver. Ça se voit illico. J'ai fait aussi partie de la maison, il y a un temps. C'est pour quoi ?

Il était à la fin de la quarantaine, il avait un corps sec de sportif. D'épais cheveux noirs, une grosse moustache bien taillée et plusieurs tatouages sur ses bras musclés.

— Nous enquêtons dans l'affaire du sniper, expliqua Bodenstein.

— Ah bon, dit Thomsen sans grand intérêt. Et quel rapport avec moi ?

— Lors de notre enquête, nous sommes tombés sur le site d'HAMO et nous avons vu que vous en étiez le président. Vous avez un peu de temps à nous consacrer ?

— Si ça peut vous aider. Thomsen haussa les épaules, attrapa le panier et siffla le chien qui avançait à ses côtés sans quitter des yeux les inconnus. Entrez, dit-il.

Ils traversèrent la véranda et le suivirent dans la maison, où il faisait froid.

— C'est l'inconvénient d'un poêle qui sert de cheminée, dit Thomsen. Ça va se réchauffer tout de suite. Allez déjà à la cuisine.

Il alimenta le poêle qui se trouvait au salon. L'intérieur de la maison n'était pas en meilleur état. Les portes et les chambranles étaient éraflés, le carrelage sale, les fenêtres presque opaques. La cuisine, en revanche, était rutilante et bien rangée. Au mur se trouvait le portrait encadré d'un jeune garçon d'environ quatorze ans, en maillot de foot, et qui arborait un sourire joyeux.

— Qu'est-ce que je peux faire pour vous ? Mark Thomsen les rejoignit dans la cuisine. Vous voulez du café ?

Bodenstein et Pia déclinèrent l'offre.

— Que signifie exactement HAMO et de quoi s'agit-il ? s'enquit Pia.

— Nous sommes un regroupement de gens partageant les mêmes idées, expliqua Thomsen, qui se versa un café et mit du sucre dans sa tasse. Une communauté d'intérêts. Le sigle signifie "Aide aux proches des victimes du trafic d'organes".

— Les victimes du trafic d'organes ? s'assura Bodenstein. Qu'est-ce que ça veut dire ?

— Les médecins en chirurgie transplantatoire sont de vrais vautours. Dès qu'ils flairent la possibilité de mettre la main sur un organe, ils ne respectent plus rien. Et ce qui se passe lorsqu'on prélève des organes, c'est du meurtre pur et simple, dit Thomsen avec conviction en s'appuyant au plan de travail. Seul, on n'a aucune chance contre eux mais, en nous regroupant ainsi, nous arrivons à nous faire entendre et pouvons prévenir les gens qui se retrouvent dans la situation où nous étions tous.

— Dans quelle situation ? demanda Pia.

— Perdre un proche parent dans un accident est déjà assez horrible en soi, mais quand l'hôpital fait pression sur vous, c'est l'enfer, répondit Mark Thomsen. Impossible de s'en remettre.

— Vous avez vécu cela vous-même ?

— En effet. C'était il y a quinze ans. Mon fils a eu un accident de vélo. On a diagnostiqué la mort cérébrale à l'hôpital. Ma femme était en état de choc et les médecins se sont donc tournés vers moi. Ils ont exercé une pression énorme pour que j'accepte le prélèvement d'organes sur mon fils. Le regard de Thomsen se posa un bref instant sur le portrait accroché au mur. J'étais contre, dit-il. Benni n'avait pas l'air mort, je n'acceptais pas l'idée qu'il ne reprendrait jamais connaissance. Mais ils ont tenté de m'amadouer dans les règles de l'art. Ils m'ont dit que la mort de Benni était terrible, mais qu'il n'y avait, hélas, plus rien à faire. Qu'il pouvait néanmoins aider d'autres malades grâce à ses organes. Je voulais y réfléchir, en parler tranquillement avec ma femme, mais ils me harcelaient sans cesse. Ils affirmaient qu'ils ne pourraient plus maintenir l'état de Benni très longtemps, que le temps pressait. À un moment donné, j'ai craqué, j'étais à bout de nerfs et j'ai donné mon accord. Ce que je regrette encore aujourd'hui. Mark Thomsen poussa un soupir. Je n'ai pas pu accompagner mon enfant dans la mort. Ils l'ont conduit des soins intensifs au bloc et, lorsqu'on l'a revu le lendemain à la morgue, ce n'était plus notre fils. Une simple dépouille grisâtre, les traits déformés, les yeux collés par du scotch, parce qu'ils avaient même prélevé les rétines ! Thomsen avait une voix posée, mais la souffrance était toujours là. Quinze ans n'avaient pas suffi à l'atténuer. Mon enfant est mort de façon indigne, dit-il, sur une table d'opération. À quinze ans. Si vous avez des enfants, vous pouvez sans doute comprendre ce que j'ai ressenti à l'époque et ce que je ressens encore aujourd'hui.

— Oui, je comprends tout à fait. Bodenstein acquiesça. J'ai moi-même trois enfants.

— Mon mariage n'y a pas résisté. Ma femme m'a quitté deux ans après et j'ai perdu mon boulot.

— Quelle est votre profession actuelle ? se renseigna Pia.

— Je travaille pour un service de sécurité privé. Thomsen émit un rire forcé. Mes compétences ne me permettent pas de faire autre chose.

— Vous étiez au GSG 9, fit remarquer Bodenstein.

— Ça fait un bail. Je n'y suis plus depuis douze ans.

— Tirer, ça ne s'oublie pas.

— C'est juste, répondit Thomsen, et une lueur d'ironie passa dans son regard. C'est comme faire du vélo, ajouta-t-il.

Il dit cela d'un ton si sec et impartial que Pia se rappela qui était au juste cet homme en jean et tee-shirt debout devant elle. N'importe quel policier n'entrait pas au GSG 9. Après un entraînement physique extrêmement dur, les membres de cette troupe d'élite apprenaient à aller jusqu'à leurs limites psychologiques et ils étaient souvent amenés à les dépasser lors des interventions. Ils étaient formés pour devenir des machines de combat à l'efficacité redoutable et ne connaissant ni doute, ni remords. De parfaits tueurs.

— Vous connaissiez Helen Stadler ? voulut-elle savoir.

Le visage de Thomsen prit un air encore un peu plus impénétrable, mais ses commissures tressaillirent une fraction de seconde.

— Évidemment, dit-il. Ses grands-parents sont eux aussi membres d'HAMO. Pourquoi ?

— Vous savez sûrement qu'elle est morte.

— Bien sûr. J'étais à l'enterrement. Pourquoi m'interrogez-vous à son sujet ?

— Nous supposons que le sniper commet des meurtres à cause d'elle et de sa mère, répondit Bodenstein. C'est pourquoi nous en concluons qu'il vient de l'entourage proche d'Helen Stadler.

— Ah ah. Et vous vous êtes dit qu'une épave telle que moi, un ex-tireur de précision du Corps fédéral, fait ce genre de trucs. Mark Thomsen souffla avec mépris et posa sa tasse dans l'évier à côté de lui.

Pia tourna la tête et vit le rottweiler mâle couché dans le couloir, braquant ses yeux ambrés sur elle. Un chien aussi dangereux qu'une arme chargée. À l'instar de son maître.

— Dirk Stadler vous a décrit comme le "père de substitution" d'Helen, répliqua-t-elle. Vous deviez donc être plutôt proche d'elle.

Thomsen croisa les bras sur sa poitrine et lui lança un regard scrutateur qui donna la chair de poule à Pia. Cet homme lui faisait peur et son intuition lui disait que quelque chose clochait chez lui.

— Joachim Winkler était chasseur, dit-il. Il tire plutôt pas mal. Comme Hartig, le petit ami d'Helen. Et son frère était biathlète. Ils étaient tous beaucoup plus proches d'Helen que moi.

— Winkler a Parkinson, répondit Pia. Sans ses cachets, il peut à peine tenir un verre d'eau et encore moins réussir un tir de précision à presque un kilomètre de distance.

Un téléphone se mit à sonner quelque part dans la maison. Thomsen sursauta et se redressa.

— Excusez-moi un instant, lança-t-il, et il disparut avant que Bodenstein ait eu le temps de protester. Le chien s'était levé et leur barrait maintenant le passage. Lorsque Pia fit un pas vers la porte pour écouter ce que Thomsen disait au téléphone, un grondement sourd s'éleva du gosier du rottweiler.

— C'est bon, dit-elle à l'animal. On reste cool.

Mark Thomsen revint juste après. Il tapota la tête de l'animal en passant et lui donna l'ordre de se recoucher.

— Possédez-vous une arme, monsieur Thomsen ? demanda Bodenstein.

— Comment ça ?

— Répondez à ma question.

— Je possède un permis de détention. Mais j'ai vendu toutes mes armes au cours des dernières années parce que j'avais besoin d'argent.

— Vous avez gardé les reçus ?

— Ça va de soi.

— Comment s'appelle votre employeur ?

— Topsecure. Thomsen jeta un bref coup d'œil à sa montre. Il semblait soudain nerveux.

— Où étiez-vous le 19 décembre entre 8 et 10 heures du matin, le 20 décembre vers 19 heures, le jour de Noël à 8 heures du matin et le 28 décembre vers midi ?

Les yeux de Thomsen se plissèrent.

— C'est quoi, ces foutaises ? demanda-t-il, furieux. J'en sais rien, moi. Ici, j'imagine. Quand je suis de nuit, je dors dans la journée.

— Vous travaillez le jour ou la nuit depuis le 19 décembre ?

— La nuit.

— Ce qui veut dire que vous n'avez pas d'alibi pour ces horaires, en conclut Bodenstein. Cela fait de vous un suspect. Mobile, moyen, occasion – vous connaissez la chanson, en tant qu'ancien collègue. Je vous prie de nous suivre.

Thomsen ne répondit pas. Une lueur passa dans ses yeux, son regard erra un instant sur la petite cuisine avant de revenir à Bodenstein.

— Non, finit-il par dire.

— Qu'est-ce que ça signifie ?

Thomsen se retourna et ouvrit un tiroir. Avant que Pia ait le temps de comprendre ou de réagir, il braqua un pistolet sur sa tête. Pia sentit la bouche froide du canon contre sa tempe.

— Déposez vos armes de service et vos portables sur la table de la cuisine. Le ton autoritaire ne laissait aucune place au doute. Sur-le-champ, dit-il.

— Qu'est-ce que vous faites, monsieur Thomsen ? Vous allez vous attirer des ennuis, protesta Bodenstein, mais Pia retira en silence l'arme de sa gaine et la posa sur la table avec son téléphone. Ses mains tremblaient et son pouls battait la chamade. Thomsen ne donnait pas l'impression qu'il hésiterait une seule seconde à appuyer sur la détente.

— Posez votre arme, dit Bodenstein avec un calme surprenant. Il ne s'est encore rien passé et, si vous me remettez votre arme et venez avec nous, on oubliera ça.

— En tant qu'ancien collègue, je sais que c'est faux, rétorqua Thomsen. Et ce baratin pour désamorcer la situation, ça ne marche pas avec moi. Alors on s'exécute !

Bodenstein lança un regard à Pia, puis il déposa lui aussi son arme de service et son portable.

— Il ne vous arrivera rien, du moment que vous ne faites pas de bêtises, leur assura Thomsen. Maintenant avancez dans le couloir et descendez à la cave.

Chaque geste la rendait heureuse. Quoi de plus beau que de posséder sa propre maison ? Ils avaient passé des mois à tout prévoir, à choisir les revêtements de sol, les papiers peints, le carrelage pour la salle de bains, la rampe de l'escalier, les dalles de la terrasse. Il n'y avait au début que les plans et une prairie, avant que les travaux démarrent et donnent peu à peu réalité à son projet. Bettina Kaspar-Hesse s'était rendue tous les jours sur le chantier, prenant des photos pour documenter les différentes étapes : le coffrage en béton pour la cave, la dalle, les murs, le rez-de-chaussée, le premier étage et le grenier. Elle avait longtemps pataugé dans la boue, équipée de bottes en caoutchouc, elle s'était concertée avec le maître d'œuvre et l'architecte, elle avait fait de menus changements et d'autres plus importants, en attendant impatiemment le jour où ils pourraient enfin s'installer et s'approprier leur rêve. Leur vieil appartement de la Sterngasse était devenu beaucoup trop petit, il fallait aux enfants plus de place que les quelques mètres carrés qui leur avaient suffi jusque-là. Et la place ne manquait pas dans la nouvelle maison ! Des chambres spacieuses, une salle de jeux à la cave, et un jardin avec une balançoire, une piscine et un grand trampoline ! Bettina appréciait le luxe de pouvoir entrer en voiture dans le garage pour accéder ensuite directement à la cuisine. Elle n'était plus obligée de traverser tout le parking avec ses courses et de les traîner jusqu'au troisième étage ! Elle sourit en passant la main sur le plan de travail en chêne. Dès le matin, elle se réveillait avec un sentiment de profonde satisfaction lorsqu'elle regardait la forêt depuis son lit, à travers les fenêtres qui descendaient jusqu'au sol, et elle remerciait le destin pour la bonne tournure qu'avait prise sa vie ces dix dernières années. À l'époque, jamais elle n'aurait cru possible que les choses s'arrangent aussi bien, alors qu'elle venait de s'affranchir d'un horrible premier mariage avec l'énergie du désespoir, et de retrouver par hasard Ralf, son amour de jeunesse. Il l'avait soutenue, et non freinée comme son ex, lui qui n'avait jamais rien réussi et qui, par frustration, s'était mis à boire et à la frapper. Les ombres du passé s'étaient dissipées depuis longtemps. Avec Ralf, le calme était entré dans sa vie, et il lui avait offert deux merveilleux enfants, alors qu'elle n'espérait plus être mère à son âge. Cette demeure représentait désormais l'apogée de son bonheur. Leur maison. Leur chez-soi. Leurs meubles. Tout était exactement comme Ralf et elle l'avaient imaginé durant les soirées passées à échafauder, ressasser, et rire de leurs projets. Un jour, ils auraient fini de rembourser leur prêt et ils vieilliraient ensemble ici. Âgés, grisonnants et toujours très amoureux l'un de l'autre.

Bettina sourit et se consacra à la pâte qu'elle venait de sortir du frigidaire pour la quiche lorraine. Il restait des quantités de choses à préparer pour la Saint-Sylvestre le lendemain soir. Sur la plaque, le ragoût de bœuf mijotait dans une grande marmite. Elle s'était longuement demandé ce qu'elle devait cuisiner et ce plat était très facile à faire et encore meilleur réchauffé.

— On fêtera Noël dans cette maison, avait dit Ralf durant l'été, alors que le chantier semblait au point mort et que, dans son for intérieur, elle s'était mise à en douter. Mais il avait eu raison. Ils avaient emménagé le 24 novembre, défait tous les cartons à la vitesse de l'éclair, rangé les vêtements dans les armoires et les livres sur les étagères.

La clé tourna dans la serrure de la porte d'entrée.

— Nous revoilà ! s'écria Ralf juste avant que les enfants se précipitent dans la cuisine, les yeux brillants et les joues rouges, débordant de joie après la visite de la faisanderie où Ralf les avait emmenés pour qu'elle puisse travailler sans être dérangée. Ils ouvrirent avec entrain la porte du frigo, en sortirent une bouteille de jus multivitaminé et grimpèrent sur les tabourets de bar devant le comptoir de la cuisine américaine.

— Coucou, trésor. Ralf arriva en chaussettes à la cuisine, enlaça Bettina et l'embrassa. Humm, ça sent déjà drôlement bon !

— C'est pour demain. Le cœur de Bettina battait la chamade chaque fois qu'elle voyait entrer son mari. Mais j'ai une surprise au four pour la meute affamée.

— C'est bien ce que j'ai senti. Ralf regarda à travers la vitre. Pizza !

— Pizza ! Pizza ! dirent les enfants en poussant des cris de joie. Avec quoi dessus, maman ?

— Tout ce que vous aimez. Bettina sourit. Mettez vite le couvert et lavez-vous les mains, comme ça on peut manger tout de suite.

Elle regarda son mari, qui lui rendit son regard.

— J'aime cette maison, dit-elle. Mais ce que j'aime plus encore, c'est toi.

Il la prit dans ses bras et frotta tendrement sa joue froide contre la sienne.

— Moi aussi je t'aime, chuchota-t-il. Jusqu'à la fin de mes jours.

— Nom d'un chien ! jura Bodenstein. Ce n'est pas vrai ! Il nous a vraiment enfermés ici !

Thomsen les avait conduits dans la chaufferie. La porte coupe-feu s'était refermée derrière eux dans un bruit sourd, puis l'homme avait donné un tour de clé. Ils étaient coincés ! Bêtement, le chauffage était arrêté et il faisait froid dans la petite pièce, froid et sombre.

Pia s'efforça de contrôler ses tremblements. La frayeur lui avait coupé bras et jambes. Thomsen lui avait paru menaçant, mais elle ne s'attendait pas le moins du monde à une telle situation.

— Ostermann sait où nous sommes, dit Bodenstein pour la rassurer, et il palpa le mur à la recherche d'un interrupteur. En vain. Il devait se trouver à l'extérieur. Un filet de lumière passait à travers une minuscule lucarne dans une gaine d'aération grillagée.

Pia ne voulait pas réfléchir aux conséquences possibles. Et si ce type incendiait la maison au-dessus de leurs têtes pour effacer les traces ? Auquel cas ils allaient griller ou mourir étouffés par les gaz de combustion ! À moins qu'il n'inonde la cave, comme cette cinglée de Daniela Lauterbach, à l'époque !

Pia respira à fond et se força à rester calme. Il avait dit qu'il ne leur arriverait rien. Il fallait s'en tenir à cela.

— Tu penses que c'est notre homme ? demanda-t-elle. Ses yeux s'habituaient à la pénombre et elle trouva un seau vide qu'elle retourna pour s'asseoir dessus.

— Ça pourrait bien être lui, répondit Bodenstein. Il est clair qu'il sait tirer.

— Et il n'a rien à perdre, ajouta Pia. Quelle poisse, alors !

— Qu'est-ce que tu veux dire ? demanda Bodenstein, perplexe.

— Ah, si seulement j'étais allée avant aux toilettes ! J'ai une envie assez pressante.

— Prends donc le seau, suggéra Bodenstein. Je ne regarderai pas.

— Non, je peux encore attendre. Pia tenta de descendre les manches de sa doudoune sur ses mains gelées. Thomsen appréciait beaucoup Helen Stadler, dit-elle. Lorsque je l'ai interrogé à son sujet, son visage a tressailli.

— Eric Stadler aimait lui aussi beaucoup sa sœur, objecta Bodenstein.

— Oui, comme on aime une sœur, dit Pia. Il a souffert toutes ces années que la famille se soit brisée. Mais il a monté une entreprise qui marche bien, il est en couple, il a des loisirs, des amis.

— Cela dit, le profil établi par Neff lui correspond.

— Ce profil, c'est du vent ! affirma Pia. Et puis Stadler est bien trop nerveux et impatient. J'en crois plutôt Thomsen capable. Il n'a aucun scrupule. Et c'est un pro.

— N'oublions pas non plus Jens-Uwe Hartig. Bodenstein, les mains dans les poches de son manteau, allait et venait d'un pas nerveux dans la pièce, cinq mètres d'un côté, cinq mètres de l'autre, et Pia tournait la tête de droite à gauche, telle une spectatrice assistant à un match de tennis. À y regarder de près, dit-il, il a tout raté dans sa vie. Sur le plan professionnel, privé, dans sa mission. Le désir de vengeance bouillonne en lui. Et, à en croire Thomsen, il sait tirer, lui aussi ! Hartig et Helen n'ont fait qu'évoquer le passé durant toutes ces années. C'est pathologique, selon moi. Les gens normaux finissent tôt ou tard par aller de l'avant et surmontent les épreuves. Or Helen Stadler semble en avoir été incapable. Hartig également.

— Helen a placé sa prétendue culpabilité au centre de son existence. Pia hocha la tête. On dirait presque qu'elle voulait se sentir responsable, dit-elle.

— Cela faisait d'elle une personne à part, comme lorsqu'on a une maladie grave. Bodenstein s'adossa au mur. Il y en a, dit-il, des gens qui tombent sans arrêt malades, histoire d'attirer l'attention.

— J'ai du mal à croire qu'on puisse se monter la tête ainsi, pendant des années.

Pia secoua la tête et serra les genoux. Ses tremblements se dissipaient peu à peu. Thomsen les avait enfermés pour pouvoir s'éclipser et non pour leur faire du mal.

— La réalité, répondit Bodenstein, c'est qu'ils ont tous surmonté ce coup du sort et vécu leur vie, sauf Helen. Il faut qu'on interroge plus précisément Hartig. Peut-être se croit-il obligé de se venger des gens qui ont poussé Helen au suicide.

— Et les grands-parents, les Winkler, dit Pia en réfléchissant tout haut. Ils se sentent coupables d'avoir accepté le prélèvement d'organes sur leur fille décédée. Cette décision et ses conséquences ont aussi complètement déstabilisé Thomsen à l'époque.

La vessie de Pia était sur le point d'éclater. Si elle n'avait pas été enfermée ici avec Bodenstein, mais avec Kai ou Christian, elle aurait été nettement moins gênée d'uriner dans le seau mais, devant son supérieur, cela lui était des plus pénibles.

— Quatre suspects, donc : Jens-Uwe Hartig, Mark Thomsen, Joachim Winkler et Erik Stadler, résuma Bodenstein. Les trois derniers savent se servir d'une arme, et cela reste à confirmer chez Hartig. Tous les quatre ont un mobile plus ou moins solide, sans doute les moyens et, le cas échéant, la possibilité. Hartig et Stadler travaillent à leur compte et peuvent s'organiser comme bon leur semble. Winkler est retraité et Thomsen fait les trois-huit.

— Mais il faut un certain temps pour observer les victimes et leurs conditions de vie, puis repérer le bon emplacement pour le crime. Pia frotta ses paumes l'une contre l'autre et étira sa jambe gauche qui menaçait de s'endormir. Et on ne doit pas non plus perdre de vue Stadler senior, dit-elle. Il reste celui qui a été le plus touché. Bon sang, je n'en peux plus. Regarde ailleurs, chef, s'il te plaît.

Pia se leva, retourna le seau et baissa son pantalon.

Le commando de libération débarqua à 16 h 40, quatre heures et demie après que Thomsen les avait enfermés dans la chaufferie. Cem Altunay, accompagné de quatre policiers en uniforme, ricana en poussant le verrou pour ouvrir la porte.

— Mais où diable étiez-vous ? Bodenstein réagit comme si Cem lui avait posé un lapin.

— Il a fallu, hélas, qu'on attende d'être informé par téléphone de l'endroit où vous vous trouviez, répliqua Cem. Kai croyait que vous étiez allés tranquillement déjeuner quelque part.

— Pardon ? Pia dévisagea son collègue avec stupéfaction.

— Oui, Thomsen a appelé au poste de garde il y a une demi-heure pour nous dire qu'il vous avait enfermés dans la chaufferie, répondit Cem. Il a ajouté que la porte de derrière était ouverte et que la clé se trouvait dans la serrure. Après quoi il a raccroché.

— Qu'est-ce que ça veut dire ? se demanda Pia, qui étira ses membres douloureux.

— Il a remarqué que ça sentait le roussi et il a eu besoin d'un peu de temps pour se tirer, supposa Bodenstein. On va fouiller la maison. Cem, préviens la police scientifique, s'il te plaît. Qu'ils mettent tout sens dessus dessous. Et que Kai lance un avis de recherche contre Thomsen.

— Il l'a déjà fait, dit Cem.

Ils retrouvèrent leurs armes de service et leurs portables sur la table de la cuisine, exactement là où ils les avaient laissés. Le poêle du salon répandait autant de chaleur qu'un sauna et Pia, gelée jusqu'aux os, se réchauffa vite. Elle arpenta la maison avec Bodenstein et Cem. Après la séparation d'avec sa femme, Thomsen avait aménagé les lieux de façon pratique pour lui : au salon, quelques appareils de remise en forme et un tapis de course remplaçaient canapé et fauteuils, une autre pièce comportait un bureau vide, un lit défait et une armoire dont les portes étaient ouvertes.

— Il a enlevé des affaires, constata Pia. Et emporté des vêtements.

— Thomsen a pris la fuite, confirma Bodenstein d'un air mécontent.

— Hé ! s'écria une policière depuis l'escalier. Venez voir un peu ça, là-haut !

À l'étage, les trois chambres et la salle de bains semblaient inutilisées, elles n'étaient pas chauffées et sentaient le renfermé. La jeune fonctionnaire conduisit Pia et Bodenstein dans la pièce qui partait du couloir à côté de la salle de bains, et qui était sans doute l'ancienne chambre de Benni, le fils de Thomsen. Un lit junior se trouvait sous la pente du toit, des posters jaunis du club de foot Eintracht Francfort datant de la saison 1997-1998 ornaient les murs. Six panneaux vides en liège étaient fixés côte à côte sur le mur près du bureau. À l'évidence, quelqu'un avait arraché en hâte les feuilles qui s'y trouvaient, car des punaises retenaient ici et là des bribes de papier, toutes les autres jonchant la moquette en dessous.

— On a retrouvé ça par terre, derrière le bureau. La policière, tout excitée, afficha un sourire et tendit une feuille à Bodenstein. Elle a dû lui échapper et il ne s'en est pas rendu compte, dit-elle.

— Visez-moi ça ! Bodenstein survola les annotations et poussa un léger sifflement. On dirait un compte rendu de filature, dit-il.

Il le donna à Pia.

— En effet ! Elle acquiesça. Un dossier, rédigé à la main, sur Maximilian Gehrke. Le détail de son emploi du temps de mai à août 2012 ! Quelqu'un l'a littéralement espionné – pendant des semaines !

— Thomsen est notre homme, dit Bodenstein, convaincu.

— Mais regardez l'écriture. Pia fronça les sourcils. Elle ne correspond pas à celle d'un homme, dit-elle. Plutôt à celle d'une jeune fille.

— Qu'y avait-il encore là-dessus ? Bodenstein contempla les six panneaux en liège de plus près. Ils sont criblés de trous, dit-il.

— Ils sont au nombre de six, fit remarquer Cem, songeur. Est-ce que ça signifie quelque chose ?

— Quelle est ton hypothèse ? s'enquit Pia.

— Il y a peut-être un panneau pour chaque victime, répondit son collègue d'un ton grave. Auquel cas, dit-il, le sniper a encore deux personnes dans son collimateur.

Les choses bougeaient enfin dans cette affaire !

Après douze jours sans aucune piste, ni indice, ni une quelconque avancée, l'équipe se mit au travail avec une ardeur fébrile, remotivée et mue par une euphorie prudente. Dans la plus grande tension et une concentration totale, on rassemblait les moindres détails, éliminait les théories contradictoires et récapitulait les faits, mais l'image formée à partir des éléments du puzzle restait encore assez abstraite.

— Au fait, le journaliste du *Taunus Echo* nie avoir pris contact avec Gehrke, dit Bodenstein à ses collègues. Il affirme que Karoline Albrecht, la fille de la victime n° 2, est venue lui rendre visite pour voir le faire-part de sa mère. Il lui a sans doute aussi montré les deux autres dont il disposait. Et il lui a donné des photocopies.

— Qu'en dit Mme Albrecht ? se renseigna Pia. Pourquoi aurait-elle rendu visite à Gehrke ?

— Peut-être qu'elle le connaissait. Bodenstein haussa les épaules. Il devait faire partie des relations de son père.

— Je n'ai pas réussi à la joindre pour l'instant. On n'a malheureusement pas son numéro de portable.

L'obscurité était tombée depuis longtemps derrière les fenêtres, mais personne ne songeait à rentrer chez soi. Pas maintenant, alors qu'on était peut-être sur une piste ! Quelqu'un commanda des pizzas pour tout le monde chez l'Italien situé dans l'Elisabethenstraße et on mangea debout ou assis sur les tables de la centrale d'intervention de la commission spéciale, tandis que Kai Ostermann résumait les résultats obtenus.

Contrairement à l'affirmation de Mark Thomsen, on avait retrouvé dans le grenier de sa maison deux fusils et des munitions, rangés en bonne et due forme dans une armoire. Il manquait néanmoins, selon son permis de détention, un pistolet et une arme longue. On avait également saisi quelques classeurs, mais Bodenstein n'espérait pas en retirer des informations nouvelles, Thomsen ayant emporté tout ce qui lui semblait important. Il faut dire qu'il en avait eu le temps. L'avis de recherche était lancé contre lui et son chien, son signalement transmis à la presse. On avait interrogé son ex-femme, dont les propos confirmaient non seulement les motivations de Thomsen, mais aussi le profil que Kim avait dressé du tueur : après la mort de son fils, Thomsen n'avait plus songé qu'à dénoncer le manque d'éthique des médecins, furieux de n'être entendu par personne. C'était en outre un excellent tireur de précision, capable de garder son sang-froid et son calme en situation de stress. L'entretien avec son ex-femme avait révélé la vraie raison de son départ de la police. Un incident, dont elle n'avait pas précisé la nature, avait conduit à sa suspension, puis à un procès et à sa radiation.

Dans le vague espoir que Thomsen ait commis une erreur et soit allé chercher refuge chez le couple Winkler à Glashütten, on avait placé leur maison sous surveillance discrète. D'autre part, tous les membres d'HAMO identifiés sur le site web avaient été contactés par téléphone. Mais personne ne savait rien. Mark Thomsen semblait avoir disparu de la surface de la terre.

Même si tout concourait à désigner Thomsen comme coupable, Bodenstein ne négligeait pas les autres suspects pour autant. Erik Stadler leur avait confirmé l'histoire de Patrick Schwarzer et le fait qu'un grand nombre de gens étaient au courant de sa faute. Le médecin urgentiste et les infirmiers, par exemple, étaient en rage lorsque Schwarzer avait conduit l'ambulance dans le fossé sous l'emprise de l'alcool.

Pendant ce temps, Ostermann faisait des recherches au sujet de Jens-Uwe Hartig. Les requêtes adressées à l'armée et à la police avaient fait surgir quelques nouveaux noms, mais sans lien avec Kirsten Stadler – excepté pour Mark Thomsen.

Dans la maison de Fritz Gehrke, on n'avait rien trouvé d'intéressant. Le vieil homme avait soigneusement fait le ménage avant de se suicider. Il n'avait pas laissé de lettre d'adieu, mais une allusion à son testament, dans lequel il avait désigné, deux jours après la mort de Maximilian, la Fondation allemande pour le don d'organes comme unique héritière de sa fortune.

— L'ironie du sort veut que, bien qu'étant docteur en médecine et directeur d'un grand groupe pharmaceutique, il n'ait rien pu faire pour son fils unique, fit remarquer Neff, qui s'était installé comme par hasard au bureau à côté de Kim. Tous ses millions ne lui ont servi à rien, ajouta-t-il.

— Bien sûr qu'il l'a aidé, le contredit Kim. Son fils a tout de même reçu un nouveau cœur.

Pia regarda sa sœur. Une pensée soudaine lui traversa l'esprit.

— Où Gehrke a-t-il fait ses études de médecine ? demanda-t-elle.

— À Cologne, répondit Neff.

— Dis-moi, Kai, avez-vous déjà analysé les numéros provenant du téléphone de Gehrke ?

— Oui. Par chance, il n'aimait visiblement pas appeler sur des portables, il préférait les lignes fixes, ça nous facilite la tâche. Kai chercha une liste qu'il donna à Pia.

— Le dernier appel qu'il a passé avant sa mort était bel et bien destiné au Pr Dieter Rudolf, constata-t-elle. Et, avant cela, il a appelé un certain Pr Hans Furtwängler à Cologne. Qui est-ce ?

Kai entra aussitôt son nom dans l'ordinateur.

— L'appel de ce matin avec l'indicatif de Francfort, poursuivit Pia, provient de la ligne fixe du Pr Peter Riegelhoff.

— Ce nom me dit quelque chose, dit Bodenstein, songeur.

— Un avocat, expliqua Ostermann. J'ai déjà vérifié.

— Exact ! Bodenstein hocha la tête. Ce type du *Taunus Echo* qui m'a adressé la parole après la conférence de presse a mentionné son nom. Riegelhoff était l'avocat de la clinique de traumatologie qui a élaboré la transaction avec la famille Stadler ! Mais quel rapport avec Fritz Gehrke ?

— C'est ce qu'on va découvrir, dit Pia en se penchant de nouveau sur la liste des appels. Gehrke a parlé quatorze minutes avec Hans Furtwängler, puis il a appelé sur la ligne fixe d'un certain Pr Burmeister à Bad Homburg, la conversation n'a duré que douze secondes.

— Répondeur, supposa Kai. J'ai trouvé Furtwängler ! Né en 1934, professeur émérite, ancien interne et oncologue, spécialisé en hématologie.

— Et Simon Burmeister, annonça Neff qui avait cherché le nom en parallèle sur Google, est chef du service de chirurgie transplantatoire à la clinique de traumatologie de Francfort.

Qu'avait voulu Fritz Gehrke de ces quatre hommes ? Quel lien les unissait ? Il avait tutoyé l'avocat, ce qui laissait supposer un rapport de confiance entre eux, car un homme tel que Gehrke n'aurait pas proposé d'emblée le tutoiement à une personne plus jeune.

— Y avait-il des points communs ? s'enquit Pia. Étaient-ils tous membres du Rotary ou du Lions Club, ou d'une autre association ?

— Au fait, Simon Burmeister travaillait déjà à la clinique en 2002, dit Kim, qui venait d'ouvrir la page de l'établissement. Burmeister doit être le successeur du Pr Rudolf. D'après son CV, il y travaille depuis 1999.

— Ce qui pourrait faire de lui une future cible du sniper ! Bodenstein saisit un téléphone. Donne-moi son numéro, s'il te plaît, Pia.

Pia le lui dicta, mais Bodenstein tomba lui aussi sur le répondeur de Burmeister. Il laissa un message, lui demandant de le rappeler en urgence et composa ensuite le numéro de l'avocat Riegelhoff. Il joignit seulement sa femme, qui ne s'offusqua pas de l'appel tardif un dimanche soir. Elle lui dit que son mari était à son cabinet et lui donna le numéro fixe et celui de son portable. Riegelhoff ne répondant nulle part, Bodenstein laissa un message sur son répondeur au bureau et sur la boîte vocale de son portable.

Peu après 22 heures, Nicole Engel arriva dans la salle de réunion et leur annonça que le juge compétent avait validé une mise sur écoute de la ligne fixe des Winkler, ainsi qu'une perquisition chez Erik Stadler et Jens-Uwe Hartig.

— Très bien. Bodenstein était satisfait. Il se leva et regarda à la ronde. Pour Stadler, ça ne presse pas, mais on fera une petite visite à Hartig dès demain matin à 5 heures. D'abord chez lui, puis dans sa boutique. Terminé pour aujourd'hui. C'était une journée éreintante pour nous tous et demain, on démarre tôt.

On éteignit les ordinateurs, referma les portables. Pia s'étira et bâilla. Elle vit que Kim regardait la commissaire divisionnaire et elle remarqua aussi le regard de Neff qui suivait celui de Kim. Le collègue de la PJ cherchait de plus en plus souvent à se rapprocher de sa sœur, il lui apportait même du café ou des croissants au chocolat de sa propre initiative. Plus Kim l'ignorait, plus il faisait des efforts pour lui plaire. Lorsque Neff ne se sentait pas observé, on pouvait lire sur son visage comme dans un livre. Et ce que Pia y voyait la mettait mal à l'aise. Neff était un pauvre type prétentieux, et sa transformation ne lui inspirait pas confiance. Était-il en train de manigancer quelque chose ?

Karoline Albrecht massa son cou tendu. Après des heures passées à surfer sur Internet pour glaner des informations sur le Pr Furtwängler, auquel elle avait rendu visite aujourd'hui à Cologne, elle n'avait rien trouvé de suspect. Durant ses quarante années d'activité en tant que médecin, Furtwängler semblait n'avoir strictement rien fait de déshonorant ou de répréhensible. Il avait été chef du département d'oncologie et d'hématologie dans une grande clinique de Cologne et, une fois la limite d'âge atteinte, il avait ouvert son propre cabinet. Dans son domaine, il avait introduit quelques nouvelles méthodes thérapeutiques, courantes aujourd'hui dans le traitement du cancer du sang. Il avait reçu de nombreuses récompenses, parmi lesquelles la croix fédérale du Mérite, il était membre de plusieurs syndicats de médecins, du Lions Club, de quelques associations caritatives. Aucun scandale, aucune plainte. Rien. Karoline avait ensuite répété la démarche pour le Pr Arthur Janning, le meilleur ami de son père à l'époque, mais en vain. Janning, directeur des soins intensifs à la clinique de traumatologie de Francfort, était aussi irréprochable que Furtwängler.

Elle avait espéré trouver dans la biographie des deux hommes quelque chose permettant d'éclairer les rares allusions faites par Furtwängler et Janning. L'entretien avec Furtwängler, un octogénaire agile avec un teint hâlé tout juste rapporté des Caraïbes, qui lui avait adressé ses condoléances avec la juste dose de compassion, s'était déroulé de façon très naturelle – Karoline avait prétendu être par hasard à Cologne et se souvenir du temps qu'elle avait passé, enfant, dans son beau jardin –, mais l'évocation de Kirsten Stadler avait ensuite dissipé toute bienveillance. Karoline s'était soudain heurtée à un mur de silence et la conversation s'était vite tarie.

Karoline jeta un œil sur la pendule du four. Presque minuit!

Découragée et déçue par l'inefficacité de ses recherches, elle s'apprêtait à abandonner et à monter se coucher lorsqu'elle eut une idée soudaine. Aucun anniversaire n'avait autant compté pour Greta que celui de ses treize ans, car elle avait enfin eu l'âge d'ouvrir un compte sur Facebook. Depuis, elle semblait passer la moitié de sa vie sur les réseaux sociaux, elle téléchargeait des photos, postait chaque jour des billets insignifiants et définissait sa cote de popularité par le nombre de "likes".

Karoline avait déjà vu Greta bouder un week-end entier parce que quelqu'un l'avait retirée de sa liste d'amis, ce qui devait revenir à ne pas être invité à un anniversaire autrefois. Greta, prétendant qu'on n'existait quasiment pas en ce bas monde tant qu'on n'était pas inscrit sur Facebook, lui avait récemment ouvert un compte d'utilisateur en lui expliquant les rudiments. Karoline, à sa grande surprise, avait bel et bien reçu des demandes d'amis venant de diverses connaissances et d'anciens copains de classe. Elle se resservit un verre de vin blanc et se connecta à Facebook. Elle trouva Helen Stadler tout de suite grâce à la fonction de recherche d'amis. Elle s'étonna de voir que son compte était encore actif, personne n'avait visiblement songé à le fermer ! N'en revenant pas d'avoir autant de chance, elle cliqua sur la liste d'amis d'Helen Stadler qui n'en comportait que cinquante-quatre, ce qui allait lui faciliter la tâche. N'étant pas amie avec elle, Karoline ne pouvait voir que quelques photos et posts, mais elle nota le nom de ceux qui avaient commenté ou "liké" les contributions d'Helen. Un nom revenait plus souvent que les autres : Vivien Stern. Karoline alla sur sa page et décida spontanément de lui envoyer un message. Elle doutait que la jeune femme lui réponde, mais il fallait saisir l'occasion.

Lundi 31 décembre 2012

Ce jour marquait le dernier jour de l'année, une journée particulière. C'était, pour nombre de gens, l'occasion de passer en revue l'année écoulée et de faire un bilan. Qu'est-ce qui s'était bien déroulé, mal déroulé ? Qu'est-ce que je veux changer ? Où serai-je l'an prochain à la même date ? Pour sa part, les choses étaient claires. Étant donné que personne ne serait jamais en mesure de comprendre pourquoi il avait dû faire tout cela, il croupirait en prison ou rôtirait en enfer. Les deux options devaient plus ou moins revenir au même.

La plupart des gens fêtaient le passage à la nouvelle année, bien entourés de préférence. Ils mangeaient, buvaient, faisaient comme s'il s'agissait d'une nuit très spéciale, alors qu'elle ne sortait pas de l'ordinaire. Dans d'autres cultures, le 31 décembre était une date parfaitement normale. Toutes ces célébrations, ces coups de canon, ces fusées, cette hystérie du Nouvel An le laissaient de marbre. Désormais. Autrefois, c'était différent. À l'époque, il avait coutume de boire une coupe de mousseux avec ses collègues, avant de rentrer faire la fête en famille. Raclette ou fondue pour accompagner le champagne. Mais cela remontait à loin. Aujourd'hui, il était seul. Et, la nuit prochaine, il allait tuer quelqu'un. Nombreux étaient ceux qui avaient hâte de changer d'année, mais ne connaîtraient pas la suite. Il survenait davantage d'accidents dans la nuit de la Saint-Sylvestre et les personnes âgées mouraient comme elles le faisaient toujours. Mais quelqu'un allait mourir, alors que son heure n'avait pas encore sonné. À moins que ? Cet individu était-il destiné depuis sa naissance à être tué le 31. 12. 2012 par une balle expansive de calibre .308 Winchester provenant d'un Steyr SSG 69? Ou était-ce la suite logique de diverses décisions prises au cours de sa vie et le menant là où il mourrait cette nuit?

Il ne ressentait aucune compassion. Personne n'en avait jamais eu à son égard. Lui aussi avait dû accepter et surmonter ce qu'il s'était passé. Lui aussi s'était retrouvé seul, sans avoir son mot à dire. Le destin frappait d'un coup, sans pitié et sans prévenir. Après quoi on n'avait plus qu'à se débrouiller. Pour le restant de cette misérable vie.

Pia avait mal dormi. Une pensée la travaillait, mais elle ignorait laquelle et cela l'exaspérait. À 4 heures moins le quart, elle se leva, s'habilla, descendit à la cuisine et se fit un café. La veille, elle avait parlé à Christoph sur Skype, se gardant bien de mentionner l'incident avec Thomsen et le pistolet chargé contre sa tempe. Il se faisait déjà du souci pour elle, craignant qu'elle ne se nourrisse mal et ne dorme pas assez, elle ne voulait donc pas l'inquiéter davantage. Christoph lui manquait de tout son cœur. Dans la journée, elle avait à peine le loisir de songer à lui, tant elle était occupée par cette affaire mais, la nuit, elle restait éveillée dans son lit et désirait sa présence familière, l'odeur de sa peau et son souffle dans l'obscurité. Comme on s'habituait vite à une autre personne, dont l'absence était si douloureuse! Dans son cas ce n'était que provisoire, heureusement, mais que ressentait-on quand on perdait un être cher qui disparaissait d'une seconde à l'autre? Quel effet cela faisait-il d'apprendre que son conjoint, sa fille, sa mère ou son fils venait de mourir sans qu'on ait eu le temps de faire ses adieux? Pia pensa à Dirk Stadler, qui avait dû affronter deux nouvelles désastreuses de ce genre, ayant perdu sa femme, puis sa fille. Et à Jens-Uwe Hartig, contraint de porter son épouse dans la tombe juste avant leur mariage. Mark Thomsen, lui, avait perdu son fils, puis sa femme et son métier.

Pia se remémora l'effroi de Renate Rohleder et du Pr Rudolf en comprenant que les personnes les plus proches d'elles étaient mortes à cause d'une faute qu'eux-mêmes avaient commise! Quant à Fritz Gehrke, un homme âgé et malade, le sniper lui avait enlevé ce qui comptait le plus dans sa vie. Et Patrick Schwarzer, coupable d'une erreur minime à ses yeux, pour laquelle on l'avait si durement puni dix ans plus tard.

L'expression *pire que la mort* avait un grand fond de vérité. La perte en soi était une catastrophe qui ouvrait des blessures inguérissables, mais le sentiment d'en être responsable était un châtiment vraiment diabolique. Était-ce la raison pour laquelle Gehrke s'était suicidé?

Juste au moment où Pia tartinait deux tranches de pain de mie avec du beurre salé et du Nutella, Kim apparut.

— Bonjour, murmura-t-elle en se traînant vers la machine à café. Comment fais-tu pour être déjà aussi en forme?

— Bonjour. Pia émit un petit rire. Le gène des lève-tôt. Je suis une alouette et tu tiens plutôt de la chouette. Tu veux manger quelque chose avant qu'on parte?

Elle colla les deux tranches l'une contre l'autre et mordit dedans.

— Impossible d'avaler quoi que ce soit à cette heure-ci. Kim secoua la tête, écœurée, et sirota son café.

— Mark Thomsen n'a pas réellement de mobile, dit Pia, la bouche pleine. À moins qu'un élément que nous ignorons ne le lie aux Stadler.

— J'y ai pensé, moi aussi, répliqua Kim. Stadler a reçu de l'argent de la clinique, à l'époque. Et s'il avait recruté quelqu'un?

— Un tueur à gages, tu veux dire?

— Oui, c'est ça. Un vrai pro.

— L'idée m'a traversé l'esprit, avoua Pia. Et toi, tu penses depuis le début que le tueur est un professionnel. Dirk Stadler a les mêmes mobiles que ses beaux-parents et son fils. Et, quand on a les bonnes relations, on trouve des gens qui se chargent du sale boulot. Des Lituaniens, des Russes, des Albanais du Kosovo – ils font ce genre de choses pour trois fois rien.

— Pas la peine de chercher aussi loin. Kim se réveillait peu à peu. Réfléchis! Peut-être que la famille Stadler paie Thomsen afin qu'il exécute leur vengeance.

Pia médita en avalant son sandwich. Mark Thomsen était-il disposé à se faire engager comme tueur ? À quoi lui servirait l'argent sale s'il se faisait pincer et restait en prison à perpétuité ? Non, quelqu'un de sa trempe agissait par conviction, ou pas du tout. Ce n'était pas un type qui se laissait manipuler.

— Attendons de voir ce que donnent les perquisitions. Pia regarda sa montre et rangea assiette et couteau dans le lave-vaisselle. Je vais sortir les chiens et nourrir les chevaux. On se voit plus tard au commissariat ?

— Bien sûr, répondit Kim en bâillant à nouveau. J'y serai à 9 heures. Et, avant, j'irai faire les courses.

— T'es un ange, dit Pia avec un sourire. Pas question de fêter le Nouvel An sans notre traditionnelle fondue à la viande.

— Tu veux aussi que je rapporte un kit pour faire fondre le plomb* et quelques feux d'artifice ? lui demanda Kim dans son dos, tandis que Pia allait dans le vestibule pour enfiler ses bottes d'écurie.

— Surtout pas ! Pia rigola. D'ici, on voit les feux d'artifice de tout Francfort et jusqu'aux contreforts du Taunus. Ce serait jeter l'argent par les fenêtres !

Bodenstein sut tout de suite que la fouille de l'appartement de Jens-Uwe Hartig ne donnerait aucun résultat. À 5 heures du matin, Hartig était déjà ou encore habillé, pas rasé, il ouvrit la porte et déclina d'un geste lorsque Bodenstein s'apprêta à lui montrer le mandat de perquisition.

— C'est bon, dit-il avec philosophie. Je peux me faire un café ?

— Je vous en prie. Bodenstein et Pia suivirent l'homme dans la cuisine. Vous n'avez pas dormi ?

— Un peu. Hartig suivait d'un œil indifférent les policiers qui, armés de paniers à linge, passèrent devant lui et allumèrent les trois pièces de l'appartement. Puis il se tourna vers

* *Bleigießen* : coutume allemande de la Saint-Sylvestre, qui consiste à faire fondre du plomb dans une cuillère à la flamme d'une bougie, à le verser dans de l'eau froide et à lire l'avenir dans les formes ainsi figées. *(N.d.T.)*

la cafetière et prit la verseuse qu'il remplit d'eau. Mon sommeil est perturbé, reprit-il, depuis la mort d'Helen. En général, je regarde des documentaires ou je me rends à l'atelier. Le travail change les idées.

— Vous y êtes allé cette nuit ? Le moteur de votre voiture est encore chaud.

— Oui. Je suis revenu il y a une demi-heure. L'esquisse d'un sourire passa sur son visage fatigué. Il ouvrit un placard. Comme si j'avais pressenti que vous alliez venir, dit-il. Vous en voulez ?

— Non merci, répondirent Pia et Bodenstein d'une seule voix. La cafetière se mit à gargouiller. L'odeur de transpiration et de cigarette céda la place à l'arôme du café.

— Vous connaissez Mark Thomsen ? s'enquit Pia.

— Oui. Hartig hocha la tête. Une sacrée tête de plomb.

— Une quoi ? demanda Bodenstein.

— Un idiot.

— Étiez-vous jaloux de lui ?

— Pourquoi l'aurais-je été ? demanda Hartig en répondant par une question.

— Parce que votre fiancée avait un lien plutôt étroit avec lui, dit Pia. Dirk Stadler a décrit Thomsen comme le "père de substitution" d'Helen.

— C'est absurde. Mark s'est imposé à Helen dès la première fois où elle est venue à HAMO avec ses grands-parents. Au début, son côté attentionné lui a plu mais, à la longue, elle a commencé à trouver ça… gênant.

— C'est-à-dire ?

— Il a joué au père, il voulait toujours avoir raison, il lui prodiguait sans arrêt des conseils. Hartig secoua la tête, comme pour chasser un souvenir désagréable. Il lui avait même aménagé une chambre dans sa maison.

— Vous pensez qu'il voulait obtenir quelque chose d'elle ?

— Vous avez vu le portrait d'Helen, répondit Hartig avec une pointe d'amertume. Elle était très belle et avait toujours l'air démuni. Des machos bruts de décoffrage du genre de Thomsen aiment bien ça. Ils se sentent grands et forts, alors que ce sont des ratés. Thomsen est un pauvre type qui se complaît dans ses fantasmes de vengeance. Il n'a pas cessé d'importuner Helen avec ça. Il lui a même carrément monté la tête.

— Quels fantasmes de vengeance ? s'enquit Bodenstein.

— Il veut punir ceux qui, selon lui, sont responsables de sa misère.

— Croyez-vous Thomsen capable d'abattre quelqu'un ? demanda Pia. En parler et le faire, ce n'est pas du tout la même chose.

— Bien sûr que je l'en crois capable ! Hartig se versa du café et fit la moue. Son seuil d'inhibition est comparativement bas, dit-il. Il a déjà tué des gens au GSG 9. Et il a affirmé plus d'une fois que ce n'était pas une grande affaire de flinguer une personne à quelques centaines de mètres de distance. Il disait que c'était comme un jeu vidéo, rien de plus.

Pia ne répondit pas. Elle ne pensait pas que Thomsen les aurait réellement abattus, elle ou Bodenstein, mais il n'aurait certainement pas hésité à tirer, peut-être dans sa jambe, pour donner du poids à ses ordres.

— Savez-vous tirer, monsieur Hartig ? demanda Bodenstein.

— J'ai su autrefois. Mon père était un fanatique de la chasse et il nous traînait, mon frère et moi, dans la forêt quand on était petits. La première fois qu'on a eu un fusil en main, on était au jardin d'enfants. Hartig partit d'un rire triste. Voilà comment notre père s'imaginait transformer de jeunes pisseux en durs à cuire.

— Tirer, c'est comme faire du vélo, ça ne s'oublie pas, dit Pia en citant la phrase prononcée la veille par Mark Thomsen.

Le regard d'Hartig glissa sur le visage de Pia, il haussa les épaules.

— Je ne saurais même plus charger un engin pareil, prétendit-il.

Le bref regard jeté par ses yeux sombres avait suffi à Pia pour se rendre compte qu'Hartig leur jouait la comédie. Son indifférence apparente, son air impassible, son apparence négligée – tout cela était soigneusement étudié et avait pour seul but de les tromper. Jens-Uwe Hartig était un homme très intelligent, pour qui toute forme d'échec revenait à une offense personnelle et qui faisait activement avancer les choses quand elles lui tenaient à cœur. Il avait montré jusqu'où il était prêt à aller en se révoltant contre les méthodes de ses collègues, quitte à ficher en l'air sa carrière prometteuse dans la médecine.

Pia contempla cet homme aux cheveux gras et mi-longs qui, les épaules tombantes et le geste alangui, s'efforçait de donner l'image d'un homme endeuillé au cœur brisé. Il s'en sortait très bien et Pia se serait fait manipuler, si elle n'avait pas perçu cette étrange lueur dans son regard, qui ne correspondait pas au reste du personnage. Il recelait quelque chose de calculateur et d'impénétrable qui causait un vague malaise à Pia.

Tandis que les collègues emportaient tout ce qu'ils jugeaient nécessaire d'examiner, Bodenstein reçut un appel. Lis Wenning désirait lui parler et il fut donc décidé que Pia assisterait seule à la perquisition suivante dans la boutique d'Hartig. Pendant ce temps, Bodenstein comptait se rendre à l'entreprise d'Erik Stadler, où le travail commençait à 7 h 30, avant d'aller au commissariat où il s'entretiendrait avec la petite amie de Stadler.

— Où étiez-vous au juste lorsque les meurtres ont eu lieu ? se renseigna Pia lorsqu'elle se retrouva seule avec Hartig dans la cuisine.

— Si vous me dites quand c'était, je pourrai vous répondre, répliqua Hartig. Ça vous dérange, au fait, si je fume ?

— Non, je vous en prie. Vous êtes chez vous, dit Pia en énumérant les dates et les heures des quatre meurtres.

Hartig écouta avec attention, puis il alluma une cigarette et inspira une grande bouffée. Il avait des poignets fins et de jolies mains graciles. Des mains de chirurgien. D'ailleurs, Jens-Uwe Hartig était un bel homme.

— Je ne m'en souviens plus avec précision, concéda-t-il en plissant les yeux. *A priori,* je n'ai pas d'alibi. Voilà sûrement pourquoi vous faites fouiller mon appartement. Vous me soupçonnez, n'est-ce pas ?

De nouveau cet étrange regard à l'affût.

— Possible, répondit Pia. Nous espérons trouver chez vous des informations dont nous avons besoin en urgence, mais que vous ne voulez pas nous révéler.

Cela ne correspondait pas tout à fait à la réalité, mais c'était une des raisons ayant conduit à la perquisition.

— Quelles informations ?

— Au sujet des employés de la clinique de traumatologie de Francfort qui ont eu affaire à Kirsten Stadler. Des noms vous sont-ils revenus en mémoire ?

— Non, hélas non, regretta Hartig. Je ne me souviens que des professeurs Rudolf et Hausmann.

— Ne nous racontez pas de salades ! Pia ressentait ce désarroi qu'elle avait maintes fois éprouvé en interrogeant des suspects qui mentaient ou ne disaient rien. Vous et Helen ne parliez quasiment que de cette affaire, alors vous avez bien dû citer des noms ! Pourquoi est-ce que vous ne nous aidez pas ? Ça vous est égal que d'autres innocents y passent ?

— Vous êtes carrément désespérés, constata Hartig avec un sourire moqueur. Alors que vous ne les connaissez même pas, ces gens. Pourquoi est-ce que ça vous touche autant ?

Pia le dévisagea, stupéfaite. Était-il sérieux ou avait-il un humour bizarre ? Pourquoi n'arrivait-elle pas à déceler ce qui la gênait chez Hartig ?

— Il est rare que je connaisse personnellement les gens que je rencontre dans mon métier, répliqua-t-elle. Mais cela ne change rien au fait que je n'aime pas voir quelqu'un s'ériger en juge et s'octroyer le droit de vie et de mort sur autrui. Nous vivons dans un État de droit, dont je suis une représentante. Si chacun d'entre nous pouvait faire tout ce qui lui passe par la tête, ce serait l'anarchie.

— L'État de droit est une farce. Hartig fit une grimace de mépris. Pour moi, le sujet Stadler est clos depuis le jour où Helen m'a quitté. À partir de là, j'ai rompu le contact avec sa famille et je me suis tourné vers un avenir où Helen et ses démons n'ont pas leur place. Est-ce que vous pouvez comprendre ça ?

— Oui, tout à fait. Mais je ne vous crois quand même pas. Pourquoi aller chaque matin au cimetière, dans ce cas ?

Hartig soupira.

— Je n'ai jamais aimé quelqu'un autant qu'Helen, répondit-il. J'ai été très affecté par le fait qu'elle ait préféré mourir plutôt que de vivre avec moi et je n'arrive toujours pas à le comprendre. C'est sans doute ce qui me pousse à me rendre tous les matins sur sa tombe.

Pia le scruta d'un air sceptique et attendit en vain un geste qui le trahirait, un tic compromettant sur ses lèvres, un signe quelconque révélant qu'il mentait. Elle décida de le faire sortir de sa réserve.

— Vous vous entendez bien avec Erik Stadler et sa petite amie ? dit-elle sur un ton anodin.

— Je n'ai plus de lien avec eux depuis la mort d'Helen. Mais, avant, on s'est toujours bien entendus.

— Et avec le père d'Helen ?

— Dirk m'était très reconnaissant de tout ce que j'ai fait pour Helen.

Ce n'était pas une vraie réponse à sa question.

— Qu'avez-vous donc fait pour elle ?

Hartig hésita un instant avant de répondre.

— Je l'ai protégée. Dans la mesure du possible et tant qu'elle le voulait. Helen était une femme pleine de contradictions. Il contempla d'un air rêveur le bout incandescent de sa cigarette. D'un côté, dit-il, elle était courageuse et sûre d'elle, mais, de l'autre, rongée par l'angoisse et le doute. La perte de sa mère et les circonstances de sa mort l'ont toujours hantée. Elle s'accrochait aux gens auxquels elle tenait avec une obsession qui était parfois dure à supporter pour certains. La peur d'être à nouveau abandonnée était profondément enracinée en elle.

Il écrasa sa cigarette et passa la main sur son visage. Pia repensa à ce que Franka Fellmann leur avait raconté au sujet d'Helen Stadler.

— Nous avons entendu dire qu'Helen avait de graves problèmes psychologiques, mais refusait de suivre une thérapie.

— Elle souffrait d'un syndrome de stress post-traumatique. Elle n'avait pas besoin de thérapie, mais d'amour et d'un sentiment de sécurité. C'est ce que je lui ai donné.

— Cela ne lui a pas suffi, on dirait. Sinon, elle ne se serait sûrement pas suicidée. Pia était curieuse de voir comment Hartig allait réagir à cette provocation. Elle s'attendait à ce qu'il se mette en rage et la contredise avec colère, or ce fut l'inverse.

— Oui, dit Hartig d'une voix calme. Cela ne lui a visiblement pas suffi. Voilà le pire, pour moi, dans toute cette histoire. J'ai échoué.

— On nous a raconté qu'Helen ne faisait aucun effort pour surmonter son traumatisme et qu'au contraire, elle le cultivait littéralement. Et que vous la souteniez en ce sens. L'été dernier, Helen et vous êtes allés dans la boutique de Renate Rohleder, dont la mère était la première victime du sniper. Que comptiez-vous faire là-bas ?

— Je n'ai pas entretenu le traumatisme d'Helen, je l'ai aidée à l'assumer.

— En menaçant des gens ?

— Personne n'a menacé personne, dit Hartig en secouant la tête. Mais Helen a perdu le contrôle d'elle-même quand elle s'est retrouvée en face de cette femme. J'ignorais totalement de qui il s'agissait avant qu'on entre dans la boutique.

Pia lui posa encore quelques questions sur Helen, Dirk et Erik Stadler, Mark Thomsen et les grands-parents d'Helen. Hartig répondit avec calme et sans hésiter. Tout ce qu'il disait semblait parfaitement crédible et sincère. L'expression de son visage correspondait à ses propos, il ne cherchait pas à enjoliver, ni à dissimuler quoi que ce soit. Aucune contradiction, aucune exagération. L'homme endeuillé parfait, encore affecté par la perte, mais désireux de se reconstruire. Un peu *trop* parfait. Pia s'étonna que Bodenstein, un excellent connaisseur de la nature humaine, se soit laissé berner par Hartig. Il l'avait qualifié de bon Samaritain, complètement déstabilisé par la mort d'Helen. Or l'homme qui se tenait devant elle ne semblait pas le moins du monde déstabilisé. Ou bien il s'efforçait en effet de surmonter le deuil de sa petite amie adorée, ainsi que son propre échec, ou bien c'était un psychopathe calculateur et sans scrupule qui les menait tous en bateau.

Lis Wenning était venue sans avocat. Elle semblait fatiguée, mais calme. Bodenstein la conduisit dans son bureau, où elle prit place sur une des chaises réservées aux visiteurs, en face de lui.

— Je me porte garante pour Erik, commença-t-elle. Cela fait six ans que nous sommes en couple et nous avons connu des hauts et des bas, surtout depuis le suicide d'Helen. Erik aimait beaucoup sa sœur, sa mort l'a ébranlé, mais il voyait aussi ses failles de façon objective. Helen était traumatisée par l'affaire de sa mère et davantage encore par l'éclatement de la famille. Elle s'accrochait à son père, l'accaparait entièrement et lui, à son tour, s'appuyait sur sa fille. Elle était vraiment malade, avait des crises d'angoisse, une peur extrême de l'abandon et elle ne supportait pas le moindre changement. Lis Wenning secoua légèrement la tête. Quand son père a voulu s'acheter une nouvelle voiture, elle a piqué une crise, s'est enfermée dans l'ancienne, a pleuré comme une petite fille. Elle avait peur du mobilier neuf, d'un objet qui changeait de place. Dirk la laissait faire et ne touchait à rien. Il l'idolâtrait, il faut dire qu'elle pouvait être adorable.

— La comptable de votre compagnon nous a raconté tout autre chose au sujet d'Helen, fit remarquer Bodenstein.

— Franka ? Oui, je vous crois. Erik a fait travailler Helen dans son entreprise quelque temps, lorsque son père était très pris par son métier. Franka était totalement jalouse. Elle préférait travailler douze heures par jour, plutôt que d'accepter la présence d'une autre personne. Elle s'est emparée de tout dans l'entreprise et Erik l'a longtemps laissée faire parce que c'était pratique pour lui. Mais elle s'est mise à lui dicter sa conduite, elle enguirlandait les clients au téléphone parce qu'elle était débordée et n'y arrivait plus. Alors il a fini par la licencier.

— Ah ! Elle nous a dit que c'était *elle* qui avait donné sa démission, précisa Bodenstein.

— Oui, cette fois-ci, c'est venu d'elle, confirma Lis Wenning. Lorsqu'Erik l'a congédiée, il y a deux ans, elle a promis de s'améliorer et il est revenu sur son licenciement, tout en embauchant une standardiste.

— Revenons à Helen. Bodenstein étira ses jambes. Quels étaient ses liens avec Mark Thomsen ?

— Elle l'aimait beaucoup, se souvint Lis Wenning. Je dirais presque qu'elle le vénérait. Il a longtemps été le seul auquel elle se confiait. À partir d'un certain âge, les jeunes filles ne racontent plus tout à leur père. Elle esquissa un sourire, mais reprit aussitôt un air grave. Puis Jens-Uwe est entré dans sa vie et les autres ont cessé d'exister. Elle le connaissait déjà depuis un moment, mais il ne s'intéressait quasiment pas à elle au début parce qu'il était encore marié.

— Je l'ignorais. Bodenstein, étonné, prit des notes.

— Aucun de nous n'a connu sa femme, mais il semble que ce soit elle qui l'ait quitté. Il en a beaucoup souffert, ce qui l'a rendu attirant aux yeux d'Helen. Il est ensuite tombé amoureux d'elle. Le grand amour. Pendant un temps.

— Comment cela? Je croyais qu'ils voulaient se marier? demanda Bodenstein, surpris.

— *Lui* voulait, pas elle. Elle faisait toujours semblant d'être heureuse, mais elle ne l'était pas. Je crois qu'elle avait peur de lui.

— Pourquoi aurait-elle eu peur de lui? Son père nous a raconté que Jens-Uwe lui avait fait du bien, qu'elle était beaucoup plus équilibrée.

— Il lui donnait des cachets. Étant médecin, il pouvait rédiger des ordonnances. Je n'y connais pas grand-chose, mais j'en ai vu une, un jour, et j'ai cherché le nom du médicament sur Google. Le Lorazépam fait partie de la classe des benzodiazépines, il est utilisé en cas de crise d'angoisse, d'épilepsie et de troubles du sommeil et il rend très vite dépendant. J'en ai parlé à Erik, qui a abordé le sujet avec Helen, mais elle a tout nié en bloc. Je reste persuadée qu'elle prenait des cachets, parce qu'elle n'était plus la même. Elle avait souvent l'air absent, fatigué, elle vivait pour ainsi dire au ralenti.

— Pourquoi Hartig lui aurait-il donné ces cachets? demanda Bodenstein.

— Pour mieux la contrôler, répliqua Lis Wenning. Jens-Uwe était un maniaque du contrôle. Il l'appelait sans arrêt, lui envoyait des SMS en exigeant une réponse immédiate. Et Helen lui obéissait. Jusqu'au jour où Mark l'a su. Il l'a poussée à arrêter les cachets. Elle était en manque, une vraie torture. Et elle a dû remarquer que Jens-Uwe ne lui faisait pas du bien. Au lieu de la convaincre de suivre une thérapie, il la mettait sous tranquillisant. Helen tentait de sortir de cette relation, mais il l'en empêchait. La seule chose qu'elle pouvait faire, c'était de ne pas vivre avec lui. Elle était très malheureuse.

— Une voisine m'a raconté qu'il avait acheté une maison

dans laquelle il prévoyait de s'installer avec Helen après leur mariage, observa Bodenstein.

— Cela fait quelques années qu'il possède cette maison. C'est là qu'il habitait avec son ex. Rien que pour cette raison, Helen ne voulait pas y emménager.

— Croyez-vous que Jens-Uwe Hartig soit capable de tuer des gens ? demanda Bodenstein après une courte pause.

Lis Wenning hésita, réfléchit.

— C'est vrai qu'il a quelque chose d'étrange, admit-elle. De fanatique, de solitaire. Mais serait-il capable d'assassiner quelqu'un ? Je ne sais pas.

— Et Mark Thomsen ?

— Cela faisait partie de son métier, autrefois, répondit-elle d'un air songeur. En tant que policier du Corps fédéral de protection des frontières. Il est clair que Mark aimait beaucoup Helen. Comme une fille, je dirais. Son suicide l'a bouleversé. Oui, peut-être qu'il en serait capable. Il n'a plus grand-chose à perdre.

— Il paraît que lui et Helen avaient des projets de vengeance, dit Bodenstein. Cela vous dit quelque chose ?

— Non. Lis Wenning secoua la tête, navrée. Helen ne m'a jamais parlé de la triste histoire de sa mère. Tout ce que j'en sais vient d'Erik et de Dirk.

— Et qu'en est-il de l'alibi de votre compagnon ? Pourquoi ne nous dit-il pas où il se trouvait aux heures en question ? s'enquit Bodenstein.

— Peut-être qu'il n'en sait réellement rien, répondit Lis. Quand il court, il est dans ses pensées. Et il ne se contente pas de faire le tour du parc, comme tout le monde. Quand il en a envie, il lui arrive de courir trente, quarante kilomètres.

— Le croyez-vous capable de tuer quelqu'un ?

— Jamais de la vie ! répliqua Lis Wenning avec assurance. Erik est peut-être un peu fou avec ses loisirs dangereux, mais il aime sa liberté par-dessus tout. Ne serait-ce que pour cette raison, il ne ferait jamais rien qui puisse le conduire en prison ! Et puis, c'est un… égoïste. Le suicide d'Helen a beau lui avoir causé un chagrin terrible, il ne se mettrait jamais en difficulté à cause d'elle.

Henning appela Pia au moment où elle bifurquait dans la cour de la brigade criminelle régionale.

— Je suis désolé de ne pas t'avoir fait signe plus tôt, dit-il. Je n'ai encore aucun élément concret. Les gens sur lesquels je comptais sont partis pour les fêtes, ou alors ils se taisent. Mais j'ai fait des recherches et j'ai parlé à quelqu'un qui travaillait déjà à la clinique de traumatologie de Francfort du temps du professeur Rudolf.

Pia se gara au fond du parking, devant les garages qui abritaient les véhicules de service, et elle coupa le moteur.

— Il semblerait que Rudolf ait bel et bien contourné quelques directives pour aider le fils d'un ami. Le garçon souffrait d'une maladie cardiaque et seule une greffe pouvait le sauver.

— Laisse-moi deviner, dit Pia en l'interrompant. Maximilian Gehrke.

— Aucun nom n'a été cité, répondit Henning. L'incident s'est produit à l'été ou l'automne 2002. Une patiente est arrivée à l'hôpital. Et le hasard a voulu qu'elle ait le groupe sanguin…

— … O, ajouta Pia. Kirsten Stadler. Que s'est-il passé ensuite ?

— Mon informateur ne témoignera pas à la barre et il niera avoir abordé le sujet avec moi, souligna Henning, mais il jure qu'on a laissé mourir la patiente à l'époque, alors qu'on aurait encore pu l'aider. Il affirme en outre que la famille de cette femme a reçu une somme d'argent considérable.

— Cinquante mille euros représentent-ils une somme considérable ? demanda Pia.

— J'ai plutôt entendu parler d'un million, répliqua Henning.

Combien de cœurs avait-on greffés dans cette clinique à l'été ou l'automne 2002 ? Et combien de femmes en état de mort cérébrale et ayant le groupe O étaient hospitalisées durant cette période ? Pia ne pouvait pas en déduire automatiquement qu'il s'agissait de Kirsten Stadler, mais la probabilité était grande.

Une BMW argentée s'avança dans la cour et s'arrêta à quelques mètres de distance. Pia vit Andreas Neff en sortir et rester un instant à côté de la voiture pour téléphoner, puis il saisit son attaché-case et s'éloigna à pas nonchalants.

— Nous sommes désormais convaincus que l'assassin se venge sur les proches de ceux qu'il juge coupables de la mort de Kirsten et Helen Stadler, dit Pia. Si ton informateur est activement impliqué dans l'affaire Kirsten Stadler, lui ou ses proches se trouvent en grand danger ! Si tu nous révèles son identité, nous pourrons le protéger.

— Je vais le lui dire, promit Henning. Pour le cas où on ne se parle plus d'aujourd'hui, je te souhaite une bonne année ! Ah, et si tu n'as rien de mieux à faire – on va festoyer avec quelques personnes chez Ralf et Tina, tu es la bienvenue.

Pia éprouva un petit élan de jalousie en apprenant qu'Henning célébrait le réveillon avec Miriam, sa deuxième épouse et l'ancienne meilleure amie de Pia, exactement comme elle-même en rêvait autrefois : sur la terrasse de l'appartement en attique du frère d'Henning, avec une vue fantastique sur le quartier des affaires et le feu d'artifice. Mais, à l'époque, Henning n'en avait jamais le temps ni l'envie, c'est pourquoi Pia passait la plupart des réveillons dans une des deux salles de dissection de l'institut médicolégal ou bien seule à la maison sur le canapé. Il n'y avait pas eu beaucoup de changements depuis. Ce soir, elle serait à nouveau avachie sur le canapé mais, au moins, pas toute seule.

— Merci pour ton aide, Henning, dit-elle en ouvrant la porte. Bonne année à vous aussi.

Songeuse, elle traversa le parking jusqu'à l'entrée de la brigade criminelle régionale. Elle ne comprenait pas pourquoi tous ceux qui étaient en lien avec la clinique de traumatologie de Francfort étaient aussi peu loquaces. Il devait bien y avoir une raison expliquant ce laconisme collectif, ainsi que le passage du Pr Rudolf de cette institution renommée, disposant de tous les moyens médicaux et financiers, à une clinique de second ordre. Que s'était-il réellement passé à l'époque ? Il ne pouvait s'agir uniquement du cas de Kirsten Stadler, il y avait sûrement autre chose là-dessous. Et Pia était énervée de constater qu'en ce qui concernait la clinique de traumatologie, ils se heurtaient toujours à un mur de silence.

— Je n'accepte de vous parler que parce qu'Helen aurait été d'accord, avoua Vivien Stern à Karoline Albrecht, une fois assise en face d'elle à une petite table dans l'angle du café Laumer.

Elle avait répondu dans la nuit au message de Karoline sur Facebook et, à la grande surprise de celle-ci, accepté sa proposition de boire un café ensemble. Karoline ayant précisé qu'elle paierait la note, la jeune femme avait commandé sans vergogne le petit-déjeuner le plus cher avec un verre de *prosecco*, tandis que Karoline qui, pour la première fois depuis des jours, avait retrouvé un peu d'appétit, se décida pour une brioche et un café au lait.

— Vu ce qu'Helen avait découvert, elle comptait de toute façon contacter la presse. Mais on l'a assassinée avant.

— Pardon ? Karoline, stupéfaite, regarda la jeune femme. Vivien Stern avait vingt-cinq ans et étudiait les sciences de la vie et de la Terre à l'université de Williamstown dans le Connecticut depuis un an. Si elle avait affirmé qu'elle passait le bac au printemps prochain, Karoline l'aurait crue sans hésiter. Elle était très mince, avec une chevelure lisse blond cendré et un joli visage. Je croyais qu'elle s'était suicidée ?

— Jamais de la vie ! rétorqua Vivien, sûre de son fait. Helen était sur la piste d'un truc énorme, elle était hyper-enthousiaste. Dans ce cas, on ne se jette pas sous un train.

— Quel truc ? s'enquit Karoline. Elle eut un haut-le-cœur en voyant Vivien poser une tranche de saumon fumé sur un croissant et mordre dedans.

— Helen était obsédée par l'idée qu'on avait laissé mourir sa mère pour récupérer ses organes, lui dit-elle, la bouche pleine. Je trouvais ça un peu absurde, mais elle a rassemblé des preuves et elle a fini par me convaincre. Elle voulait élucider ce qui s'était passé à l'époque. Elle disait que tout le monde lui mentait et qu'elle finirait par disjoncter si elle ne révélait pas la vérité sur cette affaire. Et elle soupçonnait son petit ami de vouloir l'empoisonner.

— Vous vous connaissiez bien, Helen et vous ?

— Très bien. On était déjà les meilleures amies à l'école et on a fait ensuite nos études ensemble à Francfort. Vivien Stern, après avoir englouti le croissant au saumon fumé, enchaîna avec l'œuf dur. Elle semblait littéralement affamée.

— Hum hum. Karoline regarda son bloc-notes. Elle avait rédigé quelques questions qu'elle comptait poser à la jeune femme, mais celle-ci la devança en lui racontant qu'Helen était dominée par son petit ami qui l'abrutissait avec des médicaments.

Karoline Albrecht posa son stylo et soupira en son for intérieur. Vivien était un vrai moulin à paroles, elle tendait à abuser des détails pour l'effet mélodramatique et avait un faible pour les superlatifs. Karoline perdait son temps. Elle devait en outre faire des efforts considérables pour comprendre son chuchotis de conspiratrice parce que le bruit de fond était immense. À la table voisine, plusieurs dames entre deux âges gloussaient à intervalles irréguliers.

— Helen était complètement démolie, psychologiquement, c'était grave. Vivien secoua la tête et prit une grande inspiration. Je lui ai dit de venir en Amérique avec moi, pour poursuivre ses études pendant un an. Une nouvelle vie, de nouveaux amis, de nouvelles têtes. Laisser toute cette merde derrière elle. Elle trouvait l'idée géniale et on s'est mises à tout planifier. On n'en avait parlé à personne, mais Jens-Uwe a dû en entendre parler, d'une façon ou d'une autre. Peut-être qu'il a contrôlé son portable ou son ordinateur. En tout cas, il s'est retrouvé devant chez moi un soir. Il m'a dit que si je donnais encore des idées tordues à Helen, j'allais le regretter. Il a ajouté qu'elle l'aimait et n'irait pas en Amérique. Alors je lui ai dit d'aller se faire… et ça l'a rendu complètement dingue, il m'a tapé dessus. Quand j'en ai parlé à Helen, elle n'a plus rien dit. Son portable sonnait sans arrêt. C'était lui. Il voulait toujours savoir où elle était et avec qui. Cela faisait horriblement peur à Helen, surtout depuis qu'elle avait découvert qu'il faisait déjà la même chose avec sa première femme. Il l'avait harcelée jusqu'à ce qu'elle obtienne une ordonnance du tribunal. Lorsqu'Helen m'a dit ça, je l'ai encore plus incitée à m'accompagner en Amérique et à raconter l'incident à son père et à Mark.

— Mark ? Karoline avait de plus en plus de mal à situer tous ces gens, dont les noms ne lui disaient rien et qui n'avaient aucune importance.

— Une sorte d'ami paternel. Elle a dû faire sa connaissance à ce groupe d'entraide qu'elle fréquentait souvent avec ses grands-parents. Mais elle refusait d'en parler à Mark. Elle disait qu'il ferait la peau à Jens-Uwe si jamais il l'apprenait. Et que le mieux serait de disparaître du jour au lendemain. Vivien soupira et but une gorgée de *prosecco*, fit une grimace de dégoût et but une rasade de jus d'orange pressé pour en faire passer le goût. Donc, reprit-elle, j'ai tout organisé en cachette. Visa d'études, appart, inscription à la fac du Connecticut, billets d'avion et ainsi de suite. On devait partir le 1er octobre. En attendant, Helen jouait à la fiancée épanouie pour que Jens-Uwe se tienne tranquille. Elle s'est même acheté une robe de mariée ! En même temps, elle parlait en secret à toutes sortes de types, certaine de pouvoir faire quelque chose contre ce médecin qui avait sa mère sur la conscience.

Ça devient intéressant, pensa Karoline et elle sentit qu'elle commençait à vibrer d'excitation. Allait-elle finalement être récompensée pour sa patience ?

— Vous avez des noms ? dit-elle en posant la question décisive.

Vivien hésita.

— Hélas, non.

Ce n'était pas possible !

— Bon, eh bien, je vous remercie de m'avoir consacré du temps. Karoline se força à sourire et prit son porte-monnaie pour payer l'addition. Peut-être que ce que vous m'avez raconté m'aidera un peu.

— Pourquoi ne laissez-vous pas la police trouver l'assassin de votre mère ? voulut savoir Vivien.

— C'est ce que je fais, répliqua Karoline. Ils le trouveront, j'en suis sûre. Mais ce n'est pas ça qui m'importe.

— C'est quoi, alors ?

Karoline hésita. Elle ne décelait pas de curiosité malsaine dans les yeux de la jeune femme, plutôt une sorte de méfiance. Vivien Stern ne voulait pas de détails sanglants, elle désirait comprendre pourquoi Karoline avait pris contact avec elle et s'intéressait à l'histoire d'Helen. Elle avait soudain l'impression de subir un interrogatoire, même si c'était complètement idiot.

— Après chaque meurtre, le sniper a envoyé un faire-part de décès à la police, dit-elle en toute franchise. Il y expose ses motivations. Il ne tue pas les coupables, mais leurs plus proches parents. Mères, fils, épouses.

— Pourquoi ça ? Vivien semblait réellement ébranlée.

— Pour que ceux qui restent ressentent la même douleur que celle qu'ils ont causée par indifférence ou avarice. C'est ce qu'il a écrit dans une lettre anonyme adressée à la police.

— Oh, mon Dieu.

— Il a donc fallu que ma mère meure parce que mon père s'est paraît-il rendu coupable d'avarice et d'orgueil. Karoline trouva plus facile que prévu de prononcer ces mots. Mon père est chirurgien en transplantation, dit-elle. Il a explanté la mère d'Helen.

Vivien la dévisagea, bouche bée.

— Je veux connaître la vérité, étant donné que mon père ne me la dit pas, poursuivit Karoline. Je dois savoir ce qu'il s'est réellement passé à l'époque, ce que mon père et ses collègues médecins ont fait. Ma fille de treize ans se trouvait dans la cuisine à côté de ma mère quand le sniper l'a abattue. Vous imaginez dans quel état elle se trouve.

La jeune femme, émue, acquiesça.

— Si je découvre que ce que le sniper a écrit est vrai, dit Karoline en baissant la voix à son tour, je ne pardonnerai jamais à mon père. Je ferai en sorte qu'il atterrisse en prison.

Elle prit une grande inspiration. Vivien Stern ne la quittait pas des yeux, puis elle saisit son sac et en sortit un carnet noir abîmé.

— Voici le carnet d'Helen, il contient tout ce qu'elle a découvert. Elle me l'a toujours laissé parce qu'elle ne faisait confiance à personne. Je devrais peut-être le remettre à la police, mais j'ai peur. Vivien eut soudain les larmes aux yeux. Je… je crois que le sniper, c'est Jens-Uwe. Il… Il était médecin autrefois, et il était impliqué là-dedans, d'une manière ou d'une autre. Vivien fouilla à nouveau dans son sac pour en retirer un paquet de mouchoirs. Karoline attendit qu'elle ait fini de se moucher. J'ai une peur bleue depuis qu'il m'a frappée ! Ce type est capable de tout. Dans trois jours, je serai de nouveau aux États-Unis et je ne risquerai plus rien mais, d'ici là, vous devez me promettre que vous ne citerez mon nom nulle part. Vous ferez ça ?

Karoline voyait bien que sa peur n'était pas feinte. Elle n'avait aucune raison de mentionner le nom de Vivien Stern. À moins que ? Le commissaire ne voudrait-il pas savoir d'où provenait le carnet ?

— Je vais être honnête avec vous, répliqua-t-elle. Si c'est important pour la police, je le donnerai au responsable de l'enquête et je lui dirai qui me l'a remis.

Vivien la scruta et avala sa salive. Puis elle hocha lentement la tête.

— Au moins, vous ne me racontez pas d'histoires, dit-elle. N'importe qui d'autre m'aurait promis tout et n'importe quoi. Elle fit glisser le carnet noir sur la table. Prenez-le. J'espère que ça vous aidera. La jeune femme la regarda d'un air grave. Ça permettra peut-être à la police de trouver le salaud qui a tué Helen.

Pia ouvrit la porte vitrée et fit un signe de tête au policier de garde, qui la laissa franchir le sas de sécurité. La réunion dans le bureau de la commission spéciale au rez-de-chaussée avait déjà commencé. Pia s'assit sur une chaise libre près de Kai. Bodenstein était en train de raconter son entretien avec Lis Wenning. Puis ce fut au tour de Pia.

— Je suis sûre qu'Hartig ment quand il prétend ne plus se souvenir d'aucun nom, dit-elle.

— Pour ma part, je ne vois qu'une seule explication au fait qu'il ne veuille pas nous aider : c'est lui le sniper et il veut accomplir l'objectif qu'il s'est fixé, répliqua Kathrin. Pourquoi est-ce qu'on ne l'arrête pas ?

— Parce que nous n'avons aucune preuve contre lui, dit Bodenstein.

Pia aurait aimé être aussi convaincue que Kathrin de la culpabilité d'Hartig, mais ce n'était pas le cas.

— Je viens d'avoir Henning au téléphone, reprit-elle, il a parlé à un médecin qui travaillait à la clinique de traumatologie à l'époque. Il a confirmé que tout n'a pas été transparent dans l'affaire Kirsten Stadler, mais il ne veut pas révéler son identité. On est face à des contradictions et j'ai de plus en plus l'impression que personne ne nous dit l'entière vérité ! Pourquoi ?

— Les crimes du sniper cachent une haine profondément enracinée et accumulée depuis longtemps, dit Kim. Le suicide d'Helen a dû être l'élément déclencheur, l'étincelle qui a mis le feu aux poudres.

— Je suis d'accord avec vous. Andreas Neff acquiesça et sortit une feuille d'une chemise en carton. Il donnait l'impression de détenir une masse d'informations et d'attendre juste le bon moment pour les révéler. Je me suis d'ailleurs renseigné sur Dirk Stadler, dit-il. À la PJ, nous avons accès à tous les circuits d'information.

— Frimeur, chuchota Kai.

— Stadler est né à Rostock, en ex-RDA, mais il a vécu à l'Ouest après avoir fui la République en 1982. Ingénieur des travaux publics. Il a travaillé comme chef de projet dans l'entreprise Hochtief, il était souvent à l'étranger. Casier judiciaire vierge, solde de quatre points sur son permis de conduire. Un véhicule est enregistré à son nom, une Toyota Yaris gris métallisé, immatriculée MTK-XX 342. Il est employé par la ville de Francfort depuis 2004. Il possède une carte d'invalidité à jour.

— Très bien. Bodenstein acquiesça, reconnaissant. Vous avez recoupé toutes ces informations ?

— Évidemment ! Je me suis aussi permis de me renseigner sur Mark Thomsen. Ça a été un peu plus dur d'accéder aux infos, mais j'ai fait jouer mon vaste réseau.

Il ménagea une courte pause, regarda à la ronde et, voyant qu'il ne recevait aucun applaudissement pour ses efforts, il poursuivit son récit.

— Selon la version officielle, Thomsen a été contraint de quitter le Corps fédéral en 2000 à cause d'une expertise psychiatrique défavorable, après qu'il eut abattu deux personnes lors d'une intervention sans menace concrète. Dans les faits, il a été suspendu et radié de la police dans des conditions tout sauf honorables. D'ailleurs, il a abattu dix-sept personnes au total pendant le temps passé là-bas.

L'information étayait la première place de Thomsen au hit-parade des suspects.

— Je me suis dit qu'il serait peut-être intéressant aussi de jeter un œil sur les comptes bancaires d'Hartig, Stadler et Winkler. Et sur leurs mails.

— Alors il nous faut un mandat du procureur. Bodenstein fit non de la tête.

— Pas s'il y a péril en la demeure. Neff afficha un sourire innocent. Comme je vous le disais, j'ai quelques relations haut placées et je m'en suis chargé, voilà tout.

— Sans me consulter au préalable ?

— Vous avez déjà assez à faire. Je ne voulais pas vous importuner avec ça, répliqua Neff. Vous devriez être content qu'une personne de votre équipe prenne des initiatives personnelles.

— Non, je ne suis pas content ! aboya Bodenstein. Il y a un gouffre entre initiative personnelle et acte d'autorité ! C'est une violation franche des droits fondamentaux et le tribunal n'en tiendra pas compte, de toute façon.

— Ne vous inquiétez pas. Neff ricana. On obtient toujours un mandat après coup.

Bodenstein lutta un instant contre lui-même. Il savait que Neff avait raison, mais sa façon de procéder ne lui plaisait pas. En tant que commissaire chargé de l'enquête, il était responsable des moindres faits et gestes de ses collaborateurs. D'un autre côté, il devait bien se l'avouer à contrecœur, les informations provenant des mails et des appels téléphoniques pouvaient leur être d'une aide précieuse dans leur situation désespérée. Il finit par se décider à inclure les résultats de Neff dans l'enquête.

— Bon, qu'avez-vous découvert ? demanda-t-il.

Neff, un sourire triomphal aux lèvres, sortit de son attaché-case une liasse de feuilles imprimées.

— Thomsen a passé très peu d'appels ces derniers jours et semaines, commença-t-il. Nous avons examiné toutes ses communications. Il a appelé les Winkler deux ou trois fois depuis sa ligne fixe. Je pense qu'il utilise en général un portable prépayé, mais on n'a pas les moyens de le vérifier, hélas. Hier à 12 h 44, on l'a appelé sur sa ligne fixe, pour la première fois depuis longtemps.

— Exact, confirma Pia. Il a reçu un appel pendant qu'on était chez lui. Et, juste après, il semblait plutôt nerveux.

— Avez-vous réussi à identifier le numéro ? demanda Bodenstein.

— Pas encore, hélas. Neff secoua la tête en guise d'excuse. Le numéro provenait du réseau mobile hollandais, dit-il. Thomsen n'a pas envoyé beaucoup de mails non plus. Étant autrefois un des nôtres, il sait ce que nous sommes capables de faire, donc il a dû se méfier. Il possède un seul compte, domicilié à la Caisse d'Épargne, avec un avoir de 2644,15 euros. Son salaire y est versé et les frais de téléphone, d'électricité, le remboursement du prêt pour sa maison, un abonnement à une revue, les montants correspondant à sa mutuelle et à sa carte de crédit sont prélevés régulièrement. Il a une Mastercard avec laquelle il paie visiblement tout : essence, courses, petits achats. Pas grand-chose à signaler.

Bodenstein avait beau savoir jusqu'où pouvait aller la surveillance de nos jours, il était une fois de plus effaré de voir le genre de détails que l'État était en mesure d'obtenir, sans grande difficulté et en un temps record, sur n'importe quel citoyen.

— Cela devient intéressant en ce qui concerne Jens-Uwe Hartig. De toute évidence, Neff savourait l'attention absolue que lui portait l'assemblée. Hartig possède plusieurs comptes, dit-il, mais il est criblé de dettes. Les emprunts pour son appartement de Kelkheim et sa maison d'Hofheim sont très élevés. Quant à sa boutique, il se contente de la louer. Il paie une pension alimentaire à une ex-femme vivant à Brême. Mais voici le clou : jusqu'en septembre, Dirk Stadler lui versait mille euros par mois avec la mention "Helen". Peu après le suicide d'Helen, Stadler et Hartig se sont souvent parlé au téléphone, jusqu'à plusieurs fois par jour. Hartig a aussi appelé Erik Stadler. Or, depuis novembre, les échanges ont cessé net, comme s'ils avaient rompu tout contact.

Pia lança un regard à son supérieur, qui le lui rendit. Cela confirmait ce qu'Hartig lui avait raconté tout à l'heure.

— Mais, il y a trois jours, dit Neff, les yeux brillants, le 28 décembre, Stadler et Hartig ont parlé au téléphone de

19 h 45 à 21 h 09 ! J'ignore malheureusement le contenu de leur conversation, étant donné qu'on n'a pas mis la ligne sur écoute.

— Alors on va demander à Stadler de quoi ils ont parlé pendant une heure et demie, proposa Pia, et Bodenstein acquiesça.

— Je doute qu'Helen n'ait pas laissé de lettre d'adieu, dit Pia. Peut-être que Stadler et Hartig l'ont dissimulée parce qu'elle contient des informations embarrassantes pour eux. Je pense que nous devrions prendre Helen comme point de départ. Elle semble être le pivot et la clé de voûte de toute cette affaire.

Personne ne la contredit. Kai fit le compte rendu des indications reçues sur la ligne d'urgence. La révélation des détails sur les meurtres lors de la conférence de presse avait déclenché une véritable marée d'appels, chaque indication recevant un numéro de suivi interne. On examinait toutes les pistes, ne serait-ce que pour pouvoir les déclarer stériles et les écarter. Huit policiers des sections recherches, effractions et fraudes se chargeaient du matin au soir d'appeler les informateurs ou de leur parler en personne.

— Aucune piste sérieuse pour l'instant, hélas, dit Kai en conclusion.

Cem et Kathrin s'étaient entretenus avec le gérant du service de sécurité pour lequel travaillait Thomsen. Il n'avait fait aucune remarque négative au sujet de son employé : Thomsen était ponctuel, fiable, il s'entendait bien avec ses collègues et tous les clients le tenaient en haute estime. Les endroits où il était intervenu n'avaient plus jamais été cambriolés. À la demande de Cem, le gérant lui avait imprimé le planning de Thomsen, qui indiquait les lieux d'intervention et ses horaires de travail. Les employés devaient signaler, plusieurs fois par jour, l'heure et leur emplacement, puis les données étaient enregistrées dans l'ordinateur de l'entreprise. Toute la flotte des véhicules de Topsecure était en outre équipée de GPS, si bien que chaque voiture était localisable à tout instant.

— Ce qui est intéressant, ce sont les sites sur lesquels Thomsen est intervenu, dit Cem. Par exemple le centre commercial de Seerose à Eschborn, là où Hürmet Schwarzer a été abattue. D'ailleurs, il ne travaillait jamais en journée lorsque les crimes ont été commis.

— Le chien que vous avez vu hier chez Thomsen appartient à son employeur, ajouta Kathrin. Topsecure possède cinq chiens entraînés, Thomsen a souvent ramené Arko chez lui, personne n'ayant rien contre.

— Où se trouve le chien en ce moment? demanda Pia.

— Il semblerait qu'on l'ait enfermé hier au chenil, répondit Kathrin. Malheureusement, personne ne sait quand ça s'est passé exactement mais, ce matin, il était là.

— Ce qui voudrait dire que Thomsen est encore dans le coin et qu'il se planque quelque part, dit Pia.

— Au fait, as-tu eu le temps de jeter un œil sur le rapport d'autopsie d'Helen Stadler? demanda Bodenstein à Pia.

— Juste à la va-vite, répondit-elle. C'est Kathrin qui s'en est chargée.

— Le train n'a pas laissé grand-chose d'elle, enchaîna Kathrin. Mais elle avait une sacrée quantité de barbituriques dans le sang au moment de sa mort.

— Voilà qui est intéressant, jugea Bodenstein. La compagne d'Erik Stadler vient de me dire qu'Helen avait suivi une cure de désintoxication après que son petit ami l'avait quasiment empoisonnée avec des tranquillisants et des antidépresseurs.

Son regard tomba sur Peter Ehrenberg, de la section des effractions, qui était debout à la porte, bras croisés, et les écoutait.

— Qu'y a-t-il, Ehrenberg? demanda-t-il.

— On a quelque chose, répondit Ehrenberg, dont la nonchalance énervait Bodenstein depuis toujours. À propos de l'immeuble d'Eschborn, dit-il. Une femme affirme avoir vu le tueur sur l'échafaudage.

— Pardon? Quand nous est parvenue l'information? Bodenstein était comme électrisé.

— Samedi, je crois.

Le silence tomba dans la grande pièce, tous dévisageaient sans rien dire l'homme chargé d'analyser les appels reçus sur la ligne d'urgence.

— *Samedi ?* demanda Bodenstein, incrédule. Aujourd'hui, c'est lundi ! Pourquoi est-ce que vous ne vous en êtes pas aperçus plus tôt ?

— Sais-tu combien de pistes on doit vérifier ? rétorqua Ehrenberg, vexé. Le téléphone n'arrête pas de sonner.

— Mais personne n'a visionné les enregistrements de la caméra de surveillance ? La consigne était pourtant claire, il me semble !

— Bien sûr qu'on l'a fait, dès vendredi ! dit Ehrenberg pour se défendre. Mais l'immeuble compte trois cent douze appartements, où habitent des centaines de gens, et les ouvriers entrent et sortent sans arrêt ! Quand on ne sait pas ce qu'on cherche, on ne trouve rien !

Bodenstein eut toutes les peines du monde à contenir sa colère. Il aurait aimé saisir ce petit rondouillard par les épaules et le secouer, mais Ehrenberg était capable de se faire aussitôt porter pâle. Bodenstein prit le combiné et informa Nicole Engel.

— Voici. Ehrenberg tendit une clé USB à Kai d'un air renfrogné qui cachait mal son sentiment de culpabilité. À partir de 11 h 33, dit-il.

Ostermann prit la clé sans piper mot et l'introduisit dans son ordinateur portable. Les autres se regroupèrent autour de son bureau et regardèrent avec attention l'écran, sur lequel apparaissait maintenant la porte d'entrée vitrée de l'immeuble.

— Qu'a vu exactement le témoin ? s'enquit Bodenstein.

— C'était une femme, répondit Ehrenberg. Elle habite au huitième étage et elle l'a vu sur l'échafaudage, devant sa fenêtre. Il devait être en train de redescendre. Comme la façade est en cours de rénovation depuis des mois, les habitants de l'immeuble sont habitués à voir passer des ouvriers. Ce qui a frappé la femme, c'est qu'il portait un sac sur l'épaule.

Des pas se rapprochèrent dans le couloir, Nicole Engel entra dans la pièce.

— Une femme a observé quelque chose dans l'immeuble d'Eschborn et elle a appelé dès le samedi, lui expliqua Bodenstein en lançant un regard foudroyant à Ehrenberg.

Malheureusement, nos collègues ne s'en sont aperçus qu'aujourd'hui.

Nicole Engel ne fit aucun commentaire, mais Ehrenberg s'empourpra.

— Que montre l'enregistrement ? se contenta-t-elle de demander.

— Un instant. Kai fit avancer un peu la bande. L'enregistrement était en noir et blanc, et le grain plutôt épais. À 11 h 33, un homme entra dans le hall et alla d'un pas déterminé vers les ascenseurs, à droite. Il portait un casque de chantier de couleur claire, une capuche en dessous, et il veillait à détourner le visage de la caméra. Il portait un sac de sport foncé sur l'épaule.

— Je n'arrive pas à y croire, lança Bodenstein entre ses dents. Nicole Engel lui adressa un regard d'avertissement.

— Le témoin a-t-il dit autre chose ? se renseigna-t-elle.

— Sa description est très précise, mais cela ne nous avance guère, hélas, poursuivit Ehrenberg. Environ un mètre quatre-vingts ou un mètre quatre-vingt-cinq, la femme n'a pas vu de cheveux parce que l'homme avait relevé le col de son blouson jusqu'au nez et portait une capuche sous son casque. Gants, jean, blouson noir, casque blanc. Il avait une allure sportive, souple et ne portait pas de chaussures de sécurité, mais des baskets.

La description correspondait aussi bien à Erik Stadler qu'à Mark Thomsen et Jens-Uwe Hartig.

Kai tenta d'obtenir une meilleure qualité d'image.

— Comment l'homme est-il entré dans le bâtiment ? s'enquit Nicole Engel.

— Il a sonné au hasard. Ehrenberg haussa les épaules. Il s'est sans doute fait passer pour le facteur. De plus, l'immeuble est en travaux depuis des mois. Les portes restent souvent ouvertes et, au bout d'un moment, plus personne ne fait attention aux gens inconnus, ni aux ouvriers. Il a dû s'y rendre plusieurs fois pour repérer l'accès au toit et trouver un coin où attendre et tirer en toute tranquillité.

— Bien, merci, Ehrenberg, dit la commissaire divisionnaire. Vous pouvez vous remettre au travail.

— Ça fait trois jours que je suis pendu au téléphone, grommela Ehrenberg. Quand est-ce qu'on va nous remplacer ?

— Jamais. Nicole Engel le regarda sévèrement. Chaque policier disponible dans la maison travaille jusqu'à ce qu'on ait trouvé le tueur, dit-elle.

— Mais je…, commença Ehrenberg.

— Vous avez une prime pour les dimanches et les jours fériés, et les heures sup sont payées ! Qu'est-ce que vous voulez de plus ? dit-elle en le coupant. J'exige un travail plus minutieux à l'avenir ! Une bourde pareille ne doit pas se reproduire.

Ehrenberg tourna les talons en silence, non sans lancer un regard haineux à Bodenstein, comme s'il était responsable de l'incident.

— L'enregistrement nous permet de cibler nos recherches, fit remarquer Pia, une fois qu'il eut disparu. À l'époque de l'affaire Nixe, c'est l'émission *Aktenzeichen XY* qui nous a fourni l'information déterminante. Peut-être que quelqu'un a vu l'homme monter dans une voiture. Une photo rafraîchit toujours la mémoire !

— OK, approuva Nicole Engel. Je vais voir ce qu'on peut faire. Rassemblez toutes les informations dont vous disposez. Bodenstein, nous devons relâcher Erik Stadler si nous n'avons pas d'autres preuves contre lui.

— Il n'y a pas eu de nouvelles victimes depuis qu'il est en garde à vue, observa Bodenstein.

— Aucun juge au monde ne validera l'argument. Nicole Engel secoua la tête.

— Dans ce cas, je veux au moins qu'il soit mis sous surveillance, demanda Bodenstein. Nous avons certes d'autres suspects, mais il n'est pas complètement blanchi.

— Je m'en charge, promit la commissaire divisionnaire et elle se détourna pour partir. Faites-le relâcher et tenez-moi au courant.

Peter Riegelhoff n'avait toujours pas fait signe, l'avocat ne se trouvait ni à son cabinet, ni chez lui et son portable était éteint.

— Si quelqu'un fait tout pour nous éviter, c'est qu'il trempe dans cette affaire ! Bodenstein avait rarement été aussi en colère.

Ce qui l'énervait plus encore que la vérification tardive de l'information donnée par le témoin de l'immeuble, c'était la réaction d'Ehrenberg. Chacun des membres de la commission spéciale travaillait d'arrache-pied et une seule nouille démotivée réduisait tous leurs efforts à néant. On avait gaspillé un temps précieux, qui allait peut-être coûter une vie humaine! Les instructions données par Ostermann aux collègues qui analysaient les appels sur la ligne d'urgence étaient des plus explicites : le moindre indice pouvant être mis en relation avec une des scènes de crime avait une priorité absolue!

— Peut-être que Riegelhoff est en congé, supposa Pia. Beaucoup de gens sont partis pour les fêtes et…

— Va à Liederbach, s'il te plaît, dit Bodenstein en la coupant, tandis qu'ils roulaient sur l'A66. Je veux reparler à Stadler senior.

Pia mit le clignotant et quitta l'autoroute. Quelques minutes plus tard, ils trouvèrent Stadler en train de charger un sac de voyage dans le coffre de sa voiture.

— Vous partez en voyage? se renseigna Pia.

— Oui, je vais chez ma sœur dans l'Allgäu, répondit Stadler. On ne devrait pas rester seul pour la Saint-Sylvestre. Je reviens mercredi. Il faut bien se remettre au travail.

— Donnez-nous, s'il vous plaît, l'adresse de votre sœur et un numéro de portable où on peut vous joindre, le pria Pia.

— Bien sûr. Venez, je vais vous noter ça.

Stadler claqua le hayon du coffre et se dirigea en boitant vers la maison. Pia et Bodenstein le suivirent. Il faisait sombre à l'intérieur, tous les volets roulants étaient déjà baissés. Stadler ouvrit le tiroir du buffet dans le vestibule, en sortit carnet et crayon, puis nota une adresse et plusieurs numéros de téléphone.

— Qu'en est-il de mon fils? demanda-t-il en tendant le bout de papier à Pia.

— Il devrait pouvoir rentrer chez lui aujourd'hui, répondit Bodenstein. Monsieur Stadler, nous avons une question à vous poser. Savez-vous tirer?

— Moi? Non. Dirk Stadler secoua la tête en esquissant un sourire. Je suis contre les armes. Je suis un pacifiste convaincu.

— Vous avez fréquenté l'armée fédérale ?
— Non.
— Encore une chose, dit Pia. Quand avez-vous parlé à Mark Thomsen pour la dernière fois ?
— Cela fait longtemps. Stadler fronça les sourcils et réfléchit. Deux ou trois semaines après l'enterrement d'Helen.
— Il n'a pas tenté de prendre contact avec vous ces derniers jours ?
— Non.
— Et Jens-Uwe Hartig ? Lui avez-vous parlé récemment ?
— Non. Jens-Uwe a rompu tout contact après la mort d'Helen, répondit Stadler. En un sens, je comprends sa réaction. Notre lien, c'était Helen.
— Pourquoi avez-vous versé de l'argent chaque mois à M. Hartig ? demanda Bodenstein.
— C'était une contribution aux dépenses du ménage et aux études d'Helen, répondit Stadler. Officiellement, elle habitait encore ici mais, en réalité, elle était presque toujours chez lui. Elle-même ne gagnait pas d'argent et je ne voulais pas que Jens-Uwe soit obligé de subvenir à ses besoins tant qu'ils n'étaient pas mariés.

Cela semblait logique, Stadler ayant arrêté les versements après la mort d'Helen.
— Merci beaucoup, monsieur Stadler, c'est tout pour aujourd'hui. Bodenstein hocha la tête. Bonne route et bonne année.
— Merci, bonne année à vous deux aussi. Stadler sourit. Espérons que vous aurez droit à une nuit tranquille. Et, si vous avez d'autres questions, n'hésitez pas à m'appeler.

C'était la cohue au centre commercial. Les gens traînaient fusées et pétards jusqu'à leurs voitures, faisaient des réserves de nourriture et de boissons comme si demain n'existait pas. À la boulangerie voisine, les affaires avaient repris normalement, Hürmet Schwarzer semblait déjà oubliée. La direction n'avait même pas jugé utile de rappeler la mort tragique d'une employée par une photo avec un ruban de deuil, alors que cela remontait seulement à trois jours et qu'on distinguait encore la tache de sang devant le magasin de chaussures. C'étaient désormais d'autres jolies jeunes femmes qui vendaient des pains et des pâtisseries à sa place, arborant le même sourire factice que la belle Hürmet. Ainsi était l'humanité. Refouler et oublier.

Il porta les sacs de courses dans sa voiture garée au bout du parking, et jeta un bref coup d'œil à l'immeuble, comme le faisait presque tout le monde en frémissant secrètement depuis vendredi dernier. Les gens en parlaient encore, ils contournaient la tache de sang, près de laquelle se trouvaient quelques bougies et des petites fleurs gelées, certains allaient même jusqu'à la photographier – mais ils n'étaient guère émus parce que cela ne les concernait pas personnellement, eux et leur petite vie médiocre. Ils apaisaient leur mauvaise conscience par des adages idiots du genre "la vie doit continuer", car ils savaient au fond d'eux-mêmes que leur manque de compassion, leur égoïsme et leur soif de sensationnel étaient répugnants. Il regarda le visage de ces gens et y vit des animaux impitoyables qui ne pensaient qu'à eux, qu'à bouffer et à se reproduire, comme si leurs gènes en valaient la peine. Il supportait de moins en moins les autres, il était content de pouvoir leur échapper et de ne dépendre de personne.

Il fourra les sacs de courses et la caisse d'eau minérale dans le coffre de sa voiture, puis il passa sous l'autoroute et roula en direction de Sossenheim, dans le quartier des affreux immeubles. Son garage était l'un des quelque deux cent cinquante alignés sur de longues rangées. Elles comptaient toujours vingt portes en tôle à gauche, et vingt à droite. Ici, on se fichait des autres. Il s'arrêta devant la porte du numéro 117 dans la quatrième rangée, descendit, ouvrit la porte et enfila ses gants avant de faire sortir l'autre voiture en marche arrière. Il laissa le moteur allumé pour que le chauffage se mette en route. Il rentra ensuite sa propre voiture, transféra ses courses et referma la porte du garage. Une opération un peu compliquée, certes, mais sûre. Depuis que la police avait informé l'opinion publique et que les journaux, la radio et la télévision faisaient des reportages quotidiens sur lui, il devait se montrer encore plus prudent qu'avant, car il lui restait un certain nombre de choses à faire. Il avait abandonné l'idée de s'adresser au grand public par le biais de ce journaliste pour révéler ses motivations. Seul un procès contre lui permettrait sans doute de révéler la vérité au grand jour mais, d'ici là, il avait tout réglé. Quelle aubaine que cette maison, ce refuge ! Il s'engagea sur l'A66 et regarda l'heure sur le compteur de vitesse lorsqu'il bifurqua sur la B8 à hauteur du centre commercial du Main-Taunus. 13 h 48. Encore dix heures. Puis ce serait au tour du numéro 5.

— Je ne suis pas allé courir, mais je… je ne pouvais pas vous dire ce que j'ai fait. Lis m'aurait quitté sur-le-champ.

Après trois jours de détention préventive, Erik Stadler avait l'air plutôt vanné.

— Vous étiez avec une autre femme ? demanda Pia.

— Non ! Stadler baissa la tête. Je… j'ai grimpé avec un ami sur le bâtiment nu de la BCE et… on a sauté de là-haut.

Bodenstein et Pia le dévisagèrent, sans voix.

— Pourquoi, Dieu du ciel, ne pas l'avoir dit plus tôt ? Bodenstein fut le premier à retrouver une contenance. On vous a pris pour un assassin ! Mais, surtout, nous avons gaspillé notre temps avec vous ! Du temps qui nous aurait peut-être permis de retrouver la trace du tueur !

Il était hors de lui.

— Je suis désolé, répondit Stadler, confus. Je n'ai pensé qu'à moi. On a planifié l'opération pendant des mois.

— Mais on peut y laisser sa peau ! Pia n'en revenait toujours pas.

— Je n'ai pas peur de la mort, répondit Stadler. Maintenant que c'était dit, il semblait soulagé. Une vie ennuyeuse, ce serait bien pire pour moi.

Bodenstein soupira et se frotta le visage, exténué. Jamais il n'avait vu un truc pareil ! Voilà quelqu'un qui préférait négliger ses affaires et se faire accuser de meurtre, plutôt que d'avouer un délit vraiment ridicule en comparaison ! L'intuition de Pia ne l'avait pas trompée. Comme pour le Pr Kaltensee et Markus Novak à l'époque, les motifs expliquant le comportement suspect d'Erik Stadler étaient de tout autre nature !

— Vous pouvez vous en aller, dit Bodenstein, déprimé.

— Vous n'allez pas me dénoncer ?

— Non. Il fit glisser un carnet et un crayon vers Stadler.

Donnez-nous, s'il vous plaît, le nom de votre ami… fatigué de l'existence. Puis fichez le camp avant que je change d'avis.

— Ah, encore une chose, dit Pia. De quoi avez-vous parlé vendredi avec Jens-Uwe Hartig ?

— Jens-Uwe ? Stadler leva les yeux du carnet, surpris.

— Oui. Le fiancé de votre sœur.

— Je n'ai pas eu de ses nouvelles depuis des mois, répondit Stadler. Voici le numéro de mon copain.

— Vous étiez au téléphone avec Hartig de 19 h 45 à 21 h 09 vendredi dernier, insista Pia. Pour quelle raison ?

— Je vous jure que c'est faux ! la contredit Stadler. La dernière fois que je lui ai parlé, c'était à l'enterrement d'Helen !

Bodenstein eut soudain un soupçon. Il se leva brusquement, ouvrit la porte en grand et sortit dans le couloir. Pia saisit le carnet sur le bureau, fit un signe de tête à Stadler et courut après son supérieur. Elle le rattrapa dans l'escalier menant au premier étage.

— Qu'est-ce qui se passe ? demanda-t-elle, à bout de souffle.

Bodenstein ne répondit pas. Furieux, il tourna à gauche et ouvrit d'un coup la porte de la salle de réunion. Ostermann, Neff, Kim et Kathrin levèrent les yeux avec étonnement.

— Neff ! aboya Bodenstein. Avec qui Jens-Uwe Hartig était-il au téléphone ce vendredi soir ?

— Euh… un instant… Napoléon, fébrile, fouilla dans ses papiers. Ça vient tout de suite… une seconde !

— Dépêchez-vous ! gronda Bodenstein d'un air mauvais. Une ride verticale s'était formée entre ses sourcils, signe qu'il était réellement mécontent.

— Là ! Voilà ! Neff afficha un sourire gêné. De 19 h 45 à 21 h 09, M. Hartig était au téléphone avec Dirk Stadler.

— Avec *Dirk* Stadler ? s'assura Bodenstein.

— Oui, c'est ce que je viens de dire.

— Mais vous ne l'avez pas dit explicitement à midi. Bodenstein était à deux doigts de perdre son sang-froid. Prenez vos affaires et quittez ce bureau, Neff ! J'en ai jusque-là de vos méthodes fumeuses et de votre travail bâclé !

— Mais… commença Neff, et ce fut la goutte d'eau qui fit déborder le vase.

— Pas de “mais” qui tienne ! Quand je dis quelque chose, je le pense ! hurla soudain Bodenstein. Déguerpissez ! Sur-le-champ ! Et remettez votre badge visiteur en bas au poste de garde ! Je ne veux plus vous voir ici !

Il tourna les talons et claqua la porte derrière lui, laissant son équipe stupéfaite. Neff, visage cramoisi et lèvres serrées, prit son attaché-case, se leva, attrapa son blouson et quitta la pièce sans dire un mot.

— *Good bye*, Napoléon ! chuchota Kai. Ne reviens jamais, plus jamais, s'il te plaît !

— Waouh, je n'ai jamais vu le patron dans un tel état, murmura Kathrin, puis elle se mit à ricaner. Les amis, cette éjection ne vaut pas une simple bouteille de mousseux, mais une caisse entière ! Comme je suis contente qu'on soit débarrassé de cet individu mielleux !

Son père n'était pas chez lui lorsqu'elle entra dans la maison d'Oberursel en début d'après-midi. Depuis leur dispute, il semblait l'éviter et cela lui convenait parfaitement. À 16 heures, Karoline avait rendez-vous avec Irina, la femme de ménage russe de sa mère, pour parler de la suite. Avant, elle venait deux fois par semaine pour éliminer le plus gros et maman se chargeait du reste. Mais son père avait maintenant besoin de quelqu'un qui s'occupe aussi de son linge et lui fasse la cuisine. En attendant la femme de ménage, elle examina le courrier que son père avait posé comme toujours dans la coupelle argentée sur le buffet du vestibule. Tout ce qui l'intéressait, il avait dû l'emporter dans son bureau, tandis que les nombreuses lettres de condoléances non décachetées s'entassaient là. Parmi elles se trouvait une enveloppe ouverte contenant un courrier de la mairie d'Oberursel, les informant que le corps de maman était à leur disposition pour l'enterrement. Même cela n'avait pas incité son père à lui téléphoner, songea-t-elle avec colère. Il ne s'occupait de rien, comme d'habitude. Elle fouilla dans la coupelle et trouva la carte de l'entreprise de pompes funèbres qui avait transporté le corps de maman à l'institut médico-légal. Elle tomba aussi sur la carte de visite du commissaire que son père avait laissée traîner avec la même négligence que le courrier. Karoline appela les pompes funèbres, les chargea de s'occuper de l'enterrement de sa mère et de toutes les formalités, et promit de leur faxer l'accord de la mairie. Là-dessus, Irina sonna à la porte et, à peine Karoline avait-elle eu le temps de lui dire bonjour qu'elle éclata en sanglots. Au bout d'une demi-heure, elle avait tout clarifié et elle écrivit un petit mot à son père pour le prévenir qu'Irina viendrait désormais de 9 heures à 12 heures un jour sur deux. Et que, si cela ne lui convenait pas, il n'avait qu'à appeler la femme de ménage et régler les choses lui-même.

Karoline s'assit à la table de la salle à manger, où elle s'installait jadis si souvent avec sa mère, et elle décacheta les lettres de condoléances. Une fois la date de l'enterrement fixée, Karoline allait devoir chercher les adresses auxquelles envoyer le faire-part que l'entreprise de pompes funèbres allait ébaucher pour elle. Il fallait qu'elle choisisse une citation appropriée et s'entretienne avec le pasteur, loue un local pour le repas d'enterrement et commence à désinscrire maman de toutes les associations et organisations dans lesquelles elle s'était engagée. Ses yeux la piquaient et son dos lui faisait mal, mais elle ne s'accorda pas de pause. Depuis des jours, elle exécutait les tâches à la chaîne, ce qui lui permettait de tenir le coup. Sa quête de la vérité dans le passé de son père avait quelque chose de vain, elle en avait conscience mais, sans cette mission, elle aurait sans doute perdu la raison ou se serait effondrée.

L'obscurité était déjà tombée derrière les fenêtres. La nouvelle année commencerait d'ici quelques heures. Il était encore temps de prendre la voiture pour rejoindre Greta. Il lui faudrait quatre heures grand maximum. C'est alors qu'elle repensa au carnet que Vivien Stern lui avait remis ce matin. Karoline se leva et alluma la lumière. Elle sortit le carnet de son sac et se mit à le feuilleter avec curiosité. Il s'agissait d'une sorte de journal intime, dans lequel Helen Stadler avait noté jour après jour la moindre insignifiance lui passant par la tête. Karoline avait trouvé Vivien Stern un rien survoltée, même si sa peur était bien réelle, et pourtant elle ne savait que penser de l'affirmation selon laquelle Helen Stadler avait été assassinée. À partir du mois de mars, le style des annotations changeait. Karoline tenta d'élucider les dates, les nombres, les noms et les abréviations énigmatiques, sans bien voir le rapport entre toutes ces données. Mais elle tomba ensuite sur des noms familiers et ressentit une grande excitation. Helen était-elle sur la même piste à l'époque ? La jeune femme n'avait pas hésité à parler directement aux hommes qu'elle jugeait coupables de la mort de sa mère. Les Prs Ulrich Hausmann et Hans Furtwängler, Fritz Gehrke – le Pr Dieter Rudolf ! Karoline avala sa salive. Helen Stadler l'avait rencontré le 7 juin ! Pourquoi ? Que voulait-elle savoir de lui ? Lui avait-il fourni une réponse ? Elle continua de feuilleter en hâte le carnet, survola les pages et s'arrêta net.

— Oh, mon Dieu ! murmura-t-elle en comprenant ce que signifiaient les noms notés par Helen Stadler.

Elle prit soudain conscience de l'heure tardive. Son père pouvait rentrer à tout moment et elle ne voulait en aucun cas le croiser ce soir. Elle appellerait le commissaire depuis chez elle. Elle s'empressa de remettre le carnet dans son sac, posa le petit mot destiné à son père sur la table de la salle à manger, éteignit la lumière et quitta la maison.

Bodenstein dut s'arrêter devant la barrière du passage à niveau de Kelkheim et il en profita pour consulter son smartphone qui avait émis un signal il y a déjà un moment. Inka lui avait envoyé un SMS – et il avait aussi reçu un mail ! Il tressaillit en lisant le nom de l'expéditeur : Le.Juge@gmail.com ! Était-ce une mauvaise blague ou le sniper prenait-il directement contact avec lui par ce biais ? Depuis la conférence de presse, son nom en tant que responsable de l'enquête apparaissait partout dans la presse et ce n'était pas sorcier de trouver son adresse mail ! Bon sang ! Le mail était arrivé il y a une demi-heure et, dans sa rage face à la bévue de Neff, il ne l'avait pas remarqué ! Après sa gueulante et l'éviction du gaillard, il avait aussitôt tenté d'appeler Dirk Stadler, mais son portable était éteint et personne ne répondait non plus chez sa sœur. Soumis à une tension extrême depuis douze jours, il avait lui aussi les nerfs à vif. Bodenstein se dépêcha d'ouvrir le mail et la pièce jointe.

— Grand Dieu ! s'écria-t-il. L'adrénaline envahit son corps. Il ne s'aperçut pas que la barrière était levée, jusqu'à ce qu'un impatient klaxonne derrière lui. Il démarra en trombe, mit le clignotant et s'engagea sur le parking du poste de police de Kelkheim, qui ne se trouvait qu'à cinquante mètres, du côté gauche de la rue. De là, il appela Pia. Quelques pétards du Nouvel An explosaient déjà ici et là. Le monde entier ferait aujourd'hui la fête dans la joie, tandis que, on ne sait où, quelqu'un allait mourir durant la dernière nuit de l'année s'il n'arrivait pas à l'empêcher.

— Le Juge m'a contacté, par mail cette fois. Écoute, dit-il lorsque Pia prit l'appel. *Cette nuit, le numéro 5 va mourir. Toute la vérité sera maintenant révélée dans peu de temps.*

— Il faut qu'on trouve immédiatement le dénommé Riegelhoff, répondit Pia. Elle n'exprima aucune mauvaise humeur à l'idée qu'ils allaient avoir du pain sur la planche. On arrivera peut-être à le faire parler, dit-elle. Il est sans doute le seul à connaître tous les protagonistes de l'époque.

— Ainsi que le Pr Rudolf, répliqua Bodenstein. Je me trouve en ce moment chez les collègues de Kelkheim. J'envoie une patrouille chez lui. Au fait, je n'ai pas réussi à joindre Dirk Stadler, ni sur son portable, ni chez sa sœur.

— C'est la Saint-Sylvestre, fit remarquer Pia. Et je doute que Rudolf lâche le morceau aujourd'hui.

— S'il ne le fait pas, je le fais conduire au commissariat. Bodenstein était devant la porte du poste de police. Il faut absolument qu'on lui parle. Je passe te prendre.

Il mit un terme à la conversation et lut le SMS d'Inka.

Désolée, avait-elle écrit. *Urgence à Usingen. Te rejoins plus tard !*

Urgence ici aussi, écrivit-il en retour. *Te tiens au courant. Si on ne se voit pas avant : bonne année !*

Puis il rangea son portable et entra dans le poste de garde.

Après l'appel de Bodenstein, Pia était vite allée nourrir les chevaux et les chiens, puis elle avait tenté d'appeler Kim. Sa sœur ne répondant pas, elle lui envoya un SMS. Puis elle longea dans l'obscurité l'allée qui séparait les pâturages du manège, et elle pensa à Christoph, pour lequel il n'était encore que 11 h 30 du matin. Cette affaire épineuse la frustrait. Elle aurait aimé faire suivre tous les suspects et placer leur ligne téléphonique sur écoute, mais le personnel manquait et les juges compétents de Francfort étaient connus pour leur retenue lorsqu'il s'agissait d'autoriser une mise sur écoute. Et puis Bodenstein était toujours très à cheval sur le règlement, alors qu'à sa place, elle aurait été plus libérale, surtout quand on avait la possibilité d'obtenir des informations cruciales. Son supérieur avait été loin d'être ravi lorsque Neff avait avoué ce midi avoir fait des recherches pour son compte et à la limite de la légalité. Cela semblait être la première initiative vraiment utile de ce freluquet, qui avait néanmoins tout gâché parce qu'il était aussi cafouilleur et distrait qu'Ehrenberg, négligeant la piste sûrement la plus importante depuis le début de l'enquête. Pas étonnant que Bodenstein ait perdu son calme. Ils étaient tous à bout de forces et sur les nerfs.

Pia ouvrit le grand portail et le referma derrière elle. Elle entendait au-dessus de sa tête le bruit des voitures qui passaient en trombe sur l'autoroute, il faisait nuit noire et un froid de canard. Elle comprenait la réaction de son supérieur. L'impuissance à laquelle ils étaient condamnés finissait par manger leur dernière once de patience. Mais, le plus agaçant, c'était le silence obstiné de la direction de la clinique ! Après quatre morts, elle ne semblait toujours pas disposée à saisir la gravité et l'urgence de la situation, ou alors – c'était désormais l'hypothèse la plus probable – elle avait peur que cela ne fasse ressurgir des éléments soigneusement dissimulés jusqu'ici.

Une voiture s'avança sous le pont autoroutier, les phares se rapprochèrent rapidement et arrivèrent à son niveau quelques secondes plus tard.

— Riegelhoff est chez lui et il nous attend. Bodenstein enclencha la marche arrière et s'engagea sur le chemin de terre pour faire demi-tour. Par mesure de sécurité, dit-il, j'ai déjà envoyé des collègues chez lui, histoire qu'il ne change pas d'avis au dernier moment.

— Pourquoi ne nous a-t-il pas rappelés ? Pia attacha sa ceinture.

— C'est ce qu'on va lui demander. Bodenstein était excédé et tendu. La voiture cahota sur la voie ferrée.

— Pourquoi est-ce que le Juge annonce soudain ses meurtres ? demanda Pia. Qu'est-ce que ça signifie ?

— Aucune idée, répondit Bodenstein en prenant l'A66 en direction de Francfort. Peut-être qu'il veut nous embêter, jouer au chat et à la souris pour nous montrer à quel point nous sommes stupides. Ce qui m'exaspère, c'est que Faber a visiblement enquêté derrière notre dos, alors que je lui ai demandé plusieurs fois de ne pas le faire ! Ça me met en rogne !

Pia ne dit rien. Durant toutes leurs années de collaboration, elle n'avait jamais vu son supérieur dans un tel état d'énervement. Il devait y avoir autre chose, dans sa vie privée, qui lui pesait et le mettait de mauvaise humeur.

Tout ici était certes un peu moins confortable que chez lui, mais cela ne le dérangeait pas. Comme il n'y avait pas de lave-vaisselle, il rinça les deux casseroles, l'assiette et les couverts à la main. Il aimait bien faire la vaisselle. C'était une tâche satisfaisante, comme nettoyer les vitres ou tondre la pelouse. On voyait le résultat tout de suite et on pouvait travailler en laissant errer ses pensées. Il appréciait cette petite maison, la simplicité, le retour à l'essentiel. Il savourait pleinement le temps qu'il passait ici. Il serait bientôt contraint de l'échanger contre une cellule de prison, il en avait conscience à chaque instant. Il rangea la vaisselle propre et les couverts, essuya l'évier rayé avec un chiffon en microfibre. Le poêle ronflait, il faisait si chaud qu'il pouvait rester en tee-shirt. Le calme régnait, il n'était pas dérangé par les voisins, personne ne venait lui demander quoi que ce soit. Et, surtout, il avait ici les dossiers d'Helen. Dès qu'il ressentait le moindre doute sur le bien-fondé de ses actes, il lui suffisait de relire tout cela pour réveiller sa colère, son besoin impérieux de vengeance, de châtiment et de représailles. Il fallait qu'ils souffrent autant que la jeune fille à l'époque. Pour chacun d'eux, la simple mort aurait été une peine trop douce. Ils devaient endurer ce qu'Helen avait enduré, la même impuissance et le même désespoir jusqu'à la fin de leur vie et être maudits au-delà ! Il regarda la pendule. 19 h 42. Il fallait tout doucement qu'il se prépare. Il s'habilla avec soin car la nuit était froide et il ne savait pas combien de temps il allait devoir attendre. Un caleçon long, le jean noir et, par-dessus, le pantalon technique, noir aussi et sans bandes réfléchissantes. Pour le haut du corps, le pull-over noir en laine polaire et le blouson noir à capuche. Trois paires de chaussettes pour aller dans les baskets bas de gamme qu'il avait achetées exprès une pointure au-dessus de la sienne. Gants, bonnet. L'idée que la police puisse découvrir l'identité de sa prochaine victime ne l'inquiétait pas, car comment auraient-ils eu connaissance des noms sur la liste ? Son mail n'était qu'une simple provocation. Ils se rapprochaient de lui, certes, mais il avait encore une bonne avance sur eux.

Le fusil se trouvait déjà dans la voiture. Le trajet lui prendrait environ trente minutes, il avait parcouru la route plusieurs fois. Il avait fait le plein d'essence. La météo était censée rester stable cette nuit. Il y aurait peut-être une petite bruine, mais aucun vent. D'ici quelques heures, l'Europe entière célébrerait la nouvelle année, on tirerait des feux d'artifice dans le ciel nocturne pour des millions d'euros. Et cela lui convenait très bien.

Elle bifurqua à gauche dans l'Oberhöchstäder Straße lorsque son smartphone émit un bip. En gardant une main sur le volant, Karoline consulta le mail qui venait d'arriver. Il provenait de Konstantin Faber et était nettement désobligeant.

Bonjour, madame Albrecht, de quel droit diffusez-vous à des tiers des informations confidentielles ? La police m'a appelé aujourd'hui en m'accusant d'avoir transmis un des faire-part, étant donné que Fritz Gehrke, le père de la victime n° 3, s'est suicidé et qu'on a retrouvé le faire-part chez lui !

Un grand coup de klaxon retentit et elle remarqua qu'elle se trouvait sur la voie opposée. Elle tourna vite le volant à droite, puis elle mit le clignotant à gauche pour tourner au feu dans la Füllerstraße. Elle se sentit soudain très mal. Qu'avait-elle fait ? Fritz Gehrke s'était suicidé ! Ce n'était pas possible ! Et elle était responsable parce qu'elle lui avait donné ce faire-part ! Alors qu'il semblait si calme, et même reconnaissant, parce qu'il avait enfin compris pourquoi son fils avait dû mourir. La flèche clignotante passa au vert et Karoline accéléra. Ses pensées allaient à vive allure. Elle s'engagea sur la route qui menait à la B455 et réfléchit. Fallait-il déranger le commissaire à 20 heures le soir de la Saint-Sylvestre ? Où avait-elle mis sa carte de visite ? Elle fouilla d'une main dans son sac posé sur le siège avant droit, puis elle le vida complètement et alluma l'éclairage intérieur. La voilà ! Non, c'était celle des pompes funèbres. Elle avait pourtant... Quelque chose passa en trombe dans le faisceau des phares et Karoline se rendit compte avec effroi qu'elle roulait trop vite, beaucoup trop vite ! Elle freina brusquement et la Porsche dérapa sur la chaussée humide. La voiture se mit à chasser dans un crissement de pneus, Karoline donna un grand coup de volant à droite. L'arrière du véhicule se déporta, elle sentit un coup sourd sur le train arrière – la bordure du parking de la forêt.

— Merde ! jura-t-elle. Le choc lui arracha le volant des mains, sa tempe heurta violemment la vitre latérale et, l'espace de quelques secondes remplies d'effroi, elle se sentit en état d'apesanteur. Puis la voiture se coucha sur le bitume mouillé, tourna comme une toupie, continua de déraper sur l'accotement et fit une percée dans le sous-bois. Le bruit du métal en train d'éclater la fit frissonner, des branchages se fendirent sous le poids de la voiture qui finit par s'immobiliser. Il faisait soudain nuit noire, le silence total était seulement interrompu par le léger claquement du moteur. Karoline, étourdie et retenue par la ceinture de sécurité, sentit quelque chose de chaud couler sur son visage. Après quoi elle perdit connaissance.

La maison de Riegelhoff, une jolie petite villa, se trouvait dans la Waldfriedstraße, en bordure de la forêt domaniale. Un véhicule de police, stationné sur le trottoir devant la villa, prouvait que les collègues de Francfort étaient déjà là.

— C'est un scandale de nous retenir ici ! écuma l'avocat, un homme robuste dans les cinquante-cinq ans, aux cheveux gris et au nez rougeaud en patate, lorsque Bodenstein et Pia entrèrent dans la maison. Il portait un smoking et un nœud papillon sous un manteau en cachemire, sa femme une élégante robe de soirée et une cape bordée de fourrure sur les épaules. Nous sommes invités et devons partir !

Bodenstein se fit une joie de lui répondre.

— Si vous m'aviez rappelé, vous auriez pu nous éviter ça et nous serions tous en train de faire la fête, rétorqua-t-il froidement, en renonçant lui aussi aux présentations. Et, surtout, nous saurions peut-être qui le sniper a prévu d'éliminer cette nuit et nous pourrions le protéger.

— Je ne vois pas à quoi vous faites allusion, mais..., commença Riegelhoff, aussitôt interrompu par Bodenstein.

— Nous allons vous l'expliquer, dit-il. Et, si vous ne nous donnez pas de renseignements utiles, je vous garantis que vous passerez le Nouvel An dans une cellule.

Riegelhoff foudroya Bodenstein du regard, mais il dut comprendre la gravité de la situation et finit par céder.

— Dix minutes, chérie, dit-il à sa femme, qui se contenta de hausser les épaules avec indifférence, puis il fit signe à Bodenstein et Pia. Venez, je vous prie, dit-il.

Il enleva son manteau qu'il jeta sur la rampe d'escalier et les conduisit dans son bureau. Pia évoqua brièvement la prise de contact du sniper et l'hypothèse selon laquelle il se vengeait de ceux qui, à son avis, avaient causé ou accepté la mort de Kirsten Stadler.

— En quoi puis-je vous aider ? demanda Riegelhoff, espérant sans doute régler le problème vite fait et s'éclipser.

— Il y a dix ans, vous avez représenté la clinique de traumatologie de Francfort dans une plainte déposée par Dirk Stadler, enchaîna Bodenstein. Vous savez donc qui d'autre était impliqué dans l'affaire Kirsten Stadler, vous connaissez des noms. Le sniper a annoncé qu'il abattra une cinquième personne cette nuit. Et il y a de fortes chances que ce soit de nouveau un innocent.

— Il est possible que vous figuriez vous-même sur sa liste, ajouta Pia. Auquel cas votre femme serait visée. Ou vos enfants.

— Une sale blague ! Riegelhoff sourit du bout des lèvres.

— Ce n'en est pas une, répondit Bodenstein d'un ton grave.

Il a tué la mère d'une femme qui n'a pas aidé les enfants de Kirsten Stadler à l'époque, lorsqu'ils ont retrouvé leur mère inconsciente dans un champ. Ainsi que la femme de l'ambulancier parce que, ce jour-là, il avait encore de l'alcool dans le sang et qu'il a conduit l'ambulance dans le fossé. Les autres victimes sont l'épouse du Pr Rudolf et le fils de Friedrich Gehrke, qui a reçu le cœur de Mme Stadler. Vous connaissiez M. Gehrke, vous avez essayé de le rappeler samedi.

Riegelhoff devint blême. Ses doigts tripotaient nerveusement un de ses boutons de manchette.

— Comment cela, je le *connaissais* ? demanda-t-il, inquiet.

— Il s'est suicidé avant-hier, dit Pia.

— Oh… je… je l'ignorais. Riegelhoff semblait touché, mais Pia vit une lueur discrète passer dans son regard. Était-ce du soulagement ? Étrange.

— Que pouvait bien vouloir Fritz Gehrke de vous ? Pourquoi a-t-il brûlé des documents avant de se suicider ?

— Je ne sais pas, hélas, répliqua Riegelhoff de but en blanc. Il a juste mentionné son nom et son numéro de téléphone sur le répondeur en me demandant de le rappeler. J'étais plutôt étonné, n'ayant pas eu de ses nouvelles depuis au moins huit ans.

— Il devait s'agir de l'affaire d'autrefois, supposa Bodenstein. Quel rôle jouait Gehrke là-dedans ?

Riegelhoff hésita. On entendit une détonation devant la maison et l'avocat sursauta de frayeur. Il tenta de masquer sa nervosité par une remarque désinvolte.

— Votre histoire d'horreur produit son effet, dit-il avec un rire hésitant.

Pia en eut assez. Ils n'avaient plus de temps pour les manœuvres et autres dérobades.

— Monsieur Riegelhoff, l'heure est grave ! dit-elle avec insistance. Nous voulons protéger les personnes susceptibles de figurer sur la liste du sniper. Vous êtes en mesure de nous aider ! Donnez-nous les noms des médecins et responsables de la clinique en 2002. On se fiche pas mal de votre implication dans cette affaire ; quelqu'un est censé mourir cette nuit et *vous* pouvez peut-être empêcher ça ! Vous comprenez ? Voulez-vous être responsable de la mort d'autrui ?

Riegelhoff réfléchit, puis il se ressaisit.

— Les dossiers se trouvent aux archives dans mon cabinet, dit-il. Nous pouvons y aller.

— Dans ce cas, faisons-le tout de suite. Bodenstein acquiesça d'un air déterminé. Votre femme devrait nous accompagner. Il n'est pas exclu que le sniper l'ait dans son collimateur.

Il faisait sombre. Et froid. Une douleur sourde palpitait dans son corps, mais elle ne ressentait rien, si ce n'est une horrible tension dans la tête. Elle ne comprenait rien. Où était-elle? Que s'était-il passé? D'où venait cette odeur d'essence? Une lumière l'aveuglait et elle referma les yeux.

— Madame? Madame! Une voix inconnue. De la clarté. Madame! Vous m'entendez? Les urgences arrivent.

Les urgences?

— Madame! Restez avec nous! Quelqu'un tapota sa joue sans ménagement.

Cela devait être un songe.

— Allez-vous-en, murmura-t-elle, engourdie.

— Elle revient à elle, dit une voix masculine.

Karoline entendit une sirène, puis une autre. Elle s'efforça d'ouvrir les yeux. Des gyrophares clignotaient. Il faisait clair comme en plein jour. Alors que c'était le soir! La Saint-Sylvestre! Elle voulait appeler Greta pour lui souhaiter la bonne année! Greta. Maman.

Un craquement métallique juste à côté de son oreille, de l'air froid.

— Je suis gelée, dit-elle.

— Plus pour longtemps, répondit la voix masculine. On va vous sortir de là. Vous avez mal quelque part?

— À la tête. Un peu. Et au bras. Que s'est-il passé? Karoline cligna des yeux en regardant la lumière vive et reconnut un uniforme de policier.

— Vous avez eu un accident. Le policier était encore jeune, vingt-cinq ans maximum. Vous ne vous en souvenez plus?

— Si. Il y avait… un animal sur la route. Je… il a fallu que je freine, chuchota Karoline. D'autres hommes arrivèrent.

Blousons orange, combinaisons bleu foncé. Les urgences. Les pompiers.

On la dégagea de sa ceinture de sécurité qui lui avait évité le pire, et on la sortit avec prudence de l'épave de la Porsche pour l'allonger sur une civière.

— Je peux très bien marcher, protesta-t-elle d'une voix faible.

— Ben voyons, telle fut la réponse. On lui posa une minerve et Karoline put jeter un œil sur l'environnement avant d'être transportée dans l'ambulance. La rue était bloquée. Police. Pompiers. Une dépanneuse jaune vif arriva à ce moment-là. Il faisait clair dans l'ambulance, on l'avait sanglée et perfusée pour traiter l'état de choc. L'urgentiste lui demanda son nom et son adresse, la date d'aujourd'hui, le jour de la semaine, et semblait satisfait qu'elle réponde à toutes les questions correctement et sans hésiter.

Mais pourquoi avait-elle vu cet animal aussi tard ? Pour quelle raison roulait-elle trop vite ? Cela lui revint. Elle était en train de chercher la carte de visite du commissaire ! Mais dans quel but ?

— Il me faut mon sac à main et mon téléphone portable, dit-elle au cadet des deux infirmiers, qui paraissait moins revêche que son collègue plus âgé. Les deux doivent être dans ma voiture, dit-elle.

— Je vais voir si je les trouve, lui promit-il, puis il disparut de son champ visuel. Il revint peu après et lui tendit, à son grand soulagement, son sac marron Bottega Veneta.

— J'ai aussi retrouvé le portable et je l'ai mis à l'intérieur, dit-il en prenant place à côté d'elle sur le strapontin. Les portes claquèrent et le véhicule démarra.

— Merci. Et mon portefeuille et mon jeu de clés ?

Le jeune homme fouilla dans son sac à main et hocha la tête.

— Les deux y sont, confirma-t-il, sur quoi elle ferma les yeux, soulagée. Nous vous transportons à l'hôpital de Bad Homburg. Faut-il prévenir quelqu'un ?

— Non, merci bien. Karoline s'efforça de sourire. Je m'en chargerai plus tard.

Elle se laissa bercer par le véhicule, écouta la sirène et tenta de suivre mentalement leur itinéraire. Par chance, elle ne semblait pas grièvement blessée. Et le fait qu'elle ait oublié de faire les courses n'avait plus aucune importance.

Rien ne valait un plan minutieux. Il avait examiné deux fois de près la maison en chantier, qui constituait une embuscade parfaite et offrait des possibilités de fuite idéales. Il avait laissé sa voiture devant la station-service HEM, juste à côté du rond-point, d'où on parvenait en quelques minutes sur l'A5. Si la situation devenait critique, il pouvait également rouler à travers champs en direction de Weiterstadt, ou encore passer par la zone industrielle de Büttelhorn pour rejoindre l'A67. Aux alentours, ce n'étaient que prairies et terres en friche, excepté les trois maisons nouvellement construites. Il avait trouvé une position confortable et remplacé le bipied par deux sacs de ciment qui protégeaient en outre des regards. Il était seulement 21 h 15. Il avait tout son temps. Allongé, il vissa la lunette Kahles sur le fusil et regarda à travers. Une optique fantastique ! Il voyait l'intérieur de la propriété illuminée, la maîtresse de maison debout avec une autre femme dans la cuisine américaine. Elles parlaient et riaient. Une voiture immatriculée à Gross-Gerau était garée devant chez eux, c'est pourquoi il se doutait qu'ils avaient invité des amis. Mais cela ne faisait rien. Les enfants étaient assis devant la télévision au salon, un par terre, l'autre vautré sur le canapé en cuir noir. De beaux enfants. Un garçon, une fille. Il vit le maître de maison au premier étage, en compagnie d'un autre homme. Il devait lui montrer avec fierté sa nouvelle demeure. Ils avaient emménagé à peine quelques semaines plus tôt. Quelle chance ! S'ils avaient encore habité dans leur ancien appartement en copropriété, il aurait eu nettement plus de mal à trouver le bon angle de tir. Il aurait pu, bien sûr, éliminer l'homme ailleurs – dans sa voiture, sur la route du travail, sur le parking –, mais il voulait que les choses se passent ainsi. Devant ses yeux à elle. Et ceux de leurs enfants. Il fallait qu'ils voient leur père mourir et qu'ils soient aussi impuissants, choqués et désespérés qu'Helen ! Qu'ils n'oublient plus jamais ce spectacle, de toute leur vie.

Peu après 21 heures, ils arrivèrent au cabinet juridique dans la partie ouest du Nordend. Ils descendirent de voiture. Les policiers qui les avaient escortés les accompagnèrent. Il fallut un moment à Riegelhoff pour trouver la carte d'accès et la glisser dans le lecteur de la porte d'entrée vitrée, tant ses mains tremblaient. Le moindre pétard le faisait tressaillir. Bodenstein et Pia échangèrent un regard lourd de sens.

La société renommée HR & F Partner, dont Riegelhoff était un des associés seniors, occupait les quatre étages supérieurs d'un immeuble moderne dans l'Eschersheimer Landstraße. Les archives prenaient la moitié d'un étage à elles seules et Riegelhoff connaissait visiblement mal le système de classement, car il mit trois bons quarts d'heure pour trouver les vingt-trois classeurs consacrés à la plainte de Stadler contre la clinique.

Dans son bureau, une sorte d'attique avec un toit en verre et une terrasse circulaire, Riegelhoff se mit au travail. Pendant ce temps, sa femme montra aux deux policiers l'emplacement des toilettes et de la kitchenette, puis elle s'installa au bureau de son mari.

— Sors pour fumer, s'il te plaît, dit l'avocat sans lever les yeux, en entendant le claquement d'un briquet.

— Bah ! fit sa femme et elle se leva. Le taffetas de sa robe froufrouta, elle ouvrit une des portes-fenêtres, laissant entrer un tourbillon d'air glacial. Pia observa Mme Riegelhoff en train de faire les cent pas devant la baie vitrée, fumant et téléphonant, une belle femme qui se fichait pas mal des préoccupations de son mari et ne pensait qu'à la fête qu'elle risquait de rater.

— Comment se fait-il que M. Stadler ne possède qu'un seul classeur sur toute cette affaire ? demanda Bodenstein.

— Son avocat doit sûrement en avoir plusieurs autres, répondit Riegelhoff, mais le fait est que la partie plaignante n'a pas reçu l'intégralité du dossier. Il existe certains rapports internes que les Stadler n'ont jamais vus.

— Pourquoi ça ? demanda Pia, étonnée.

— Parce que quelque chose a effectivement mal tourné, concéda Riegelhoff. Le corps médical a eu un comportement déplacé. C'est pourquoi la clinique avait tout intérêt à conclure un arrangement extrajudiciaire avec les plaignants. Un procès aurait conduit à un scandale, qui se serait soldé par un immense discrédit et des pertes financières énormes pour la clinique.

— Pourquoi ne pas nous l'avoir dit plus tôt ? Bodenstein, agacé, haussa les sourcils. Tous ceux à qui il avait parlé au cours de l'enquête n'avouaient la vérité que par bribes !

— Parce que la clinique est un de nos clients, et pas des moindres, expliqua Riegelhoff. Je vais sans doute me faire incendier pour vous avoir donné accès au dossier, mais je ne veux pas être responsable de la mort d'une personne.

Venait-il de découvrir l'existence de sa conscience morale ou se pliait-il simplement à l'inévitable dans ce choix entre la peste et le choléra ?

— Combien d'argent les Stadler ont-ils reçu lors de cet arrangement extrajudiciaire ? s'enquit Pia.

— Cinquante mille euros, répondit l'avocat. Mais, autant que je sache, la famille Stadler a reçu encore plus d'argent de M. Gehrke.

— Pour quelle raison ? demandèrent Bodenstein et Pia d'une seule voix.

— Je l'ignore, hélas. Mais ils étaient satisfaits et ils ont retiré leur plainte, dit Riegelhoff en feuilletant un deuxième classeur. Le reste ne m'intéressait plus.

La sonnerie du portable de Bodenstein rompit le silence. Il tendit les feuilles à Pia pour prendre l'appel.

— Bodenstein, dit-il en guise de présentation.

— C'est… c'est Karoline Albrecht, dit à sa grande surprise une voix de femme. Je suis la fille de… du Pr Rudolf. Excusez-moi de vous déranger aussi tard.

— Je sais qui vous êtes, dit Bodenstein. C'est une bonne chose que vous me fassiez signe. Car j'ai un compte à régler avec vous.

— Monsieur Gehrke, je sais. Je suis désolée. Je ne pouvais pas savoir qu'une chose pareille allait se produire, répondit Mme Albrecht d'une voix un peu indistincte. Elle bredouillait, comme si elle s'était déjà enfilé plusieurs coupes de mousseux.

Mais je vous appelle pour une autre raison, dit-elle. Je détiens le carnet d'Helen Stadler et je pense qu'il contient quelque chose de très important pour vous, à savoir une liste noire.

— Une *liste noire*? s'assura Bodenstein. Qu'est-ce que ça veut dire?

— Une liste de noms. Elle commence par Ingeborg Rohleder. Viennent ensuite le nom de ma mère, puis celui du fils de Fritz Gehrke et encore quelques autres qui ne me disent rien. Ah oui, le Pr Burmeister et le Pr Janning figurent aussi dessus.

Bodenstein en resta pantois.

— J'ai aussi entendu dire qu'Helen ne s'est pas suicidée, poursuivit Mme Albrecht, mais qu'elle a été assassinée par son petit ami.

— Où se trouve le carnet en ce moment?

— Je ne sais pas, hélas.

— Je croyais que c'était vous qui l'aviez?

L'espace de quelques secondes, il régna un silence de mort à l'autre bout de la ligne et Bodenstein craignit que Karoline Albrecht n'ait raccroché.

— Il y a un petit problème. J'ai eu un accident et je me trouve à l'hôpital de Bad Homburg. Mais le carnet doit encore se trouver dans ma voiture et j'ignore où on l'a transportée.

— À quel endroit s'est produit l'accident? Bodenstein avait vite repris le dessus.

Les policiers de garde se chargeraient de trouver les informations manquantes. Elle lui indiqua l'emplacement, le type de véhicule et le numéro d'immatriculation, puis elle lui décrivit le carnet. Bodenstein la remercia, coupa la communication et composa aussitôt un autre numéro.

— Bodenstein, de la K11, dit-il. Il faut que je sache où on a emmené un véhicule accidenté.

Pia lui lança un regard interrogateur.

— L'accident a dû survenir tout à l'heure, sur la K772 entre Oberursel et la B455. Une Porsche noire immatriculée F-AP341. Oui, merci, je ne quitte pas.

— Qu'est-ce qu'il y a? demanda Pia en formant les mots silencieusement sur ses lèvres, mais Bodenstein lui fit signe de patienter. Nerveux, il faisait les cent pas dans le grand bureau, jusqu'à ce qu'il ait de nouveau le policier de garde au bout du fil.

— Le véhicule a été transporté par H & K, dit-il. Ils garent d'habitude les véhicules sur leur site jusqu'au passage de l'expert.

— Très bien. Donc, le véhicule se trouve où, en ce moment ?

Le policier lui donna l'adresse de l'entreprise de dépannage et Bodenstein s'adressa aux deux hommes en uniforme qui, assis sur un canapé dans un angle, sirotaient du café. Il les envoya à Höchst avec pour mission de chercher un carnet dans la Porsche de Karoline Albrecht et de le lui rapporter le plus rapidement possible. Les deux hommes acquiescèrent et disparurent, contents d'avoir quelque chose à faire. Bodenstein informa ensuite Pia à voix basse de ce qu'il venait d'apprendre.

Riegelhoff se retourna vers eux.

— J'ai trouvé ce que je cherchais, annonça-t-il en sortant plusieurs feuilles d'un des classeurs. Voici le compte rendu du prélèvement d'organes. Il comporte le nom de tous les protagonistes.

Pia s'approcha et lui prit les papiers des mains. Elle s'assit à la table et se mit à lire.

— Le Pr Rudolf, le Pr Simon Burmeister, le Pr Arthur Janning et – *Jens-Uwe Hartig* ! Pia, incrédule, en eut le souffle coupé. Chef, regarde un peu ça ! Hartig est mentionné comme un des chirurgiens ayant participé au prélèvement d'organes sur Kirsten Stadler ! Pourquoi nous a-t-il menti ? Elle fit glisser le classeur vers Bodenstein. Kai a pourtant fait des recherches sur son compte ! Comment se fait-il qu'il n'ait pas remarqué qu'Hartig travaillait à la clinique ?

— Sans doute parce que la clinique nous doit encore des réponses, maugréa Bodenstein. J'appelle Hartig et je le lui demande.

Il sélectionna le numéro d'Hartig qu'il avait enregistré sur son portable. Ce dernier ne répondit pas.

Pendant ce temps, Pia nota l'ensemble des noms et demanda à Riegelhoff le droit de consulter les autres classeurs.

— Prenez-les tous, si vous voulez. L'avocat haussa les épaules, jeta un coup d'œil à sa montre, puis à sa femme qui était toujours en train de téléphoner sur la terrasse. J'espère que ça vous aidera, dit-il.

— Il y en a beaucoup trop ! Pia, un rien désemparée, regarda sa liste qui ne cessait de s'allonger. Et je parie qu'on trouvera vingt noms de plus dans les autres classeurs ! Pourquoi a-t-il fallu douze médecins au total ?

— Il s'agissait d'un prélèvement multi-organes, dit l'avocat. Il faut que ça aille vite. Il arrive que cinq ou six équipes travaillent en parallèle sur un cada… euh… sur un donneur.

— Mais il ne peut pas vouloir les tuer *tous* ! Pia contempla les noms.

— Tu pourras peut-être t'épargner cette tâche si nos collègues retrouvent le carnet, dit Bodenstein en regardant sa montre.

— Je préfère ne pas trop compter là-dessus, répondit Pia. Elle eut une idée soudaine et regarda Riegelhoff. La plainte de Stadler ne portait pas sur le prélèvement d'organes en soi, mais sur la manière dont on a traité sa femme, n'est-ce pas ?

Riegelhoff hocha la tête.

— Nous devons donc nous concentrer sur les décideurs, dit Pia. Ceux, par exemple, qui ont donné de fausses informations à Joachim Winkler. Qui se charge de cela dans un hôpital ? Qui parle aux familles des patients ? Les médecins ?

— Aussi, répondit Riegelhoff. Mais une grande clinique comme celle-ci dispose de personnel formé pour ce genre de cas, et de gens qui organisent et coordonnent les prélèvements.

— Qui était-ce pour Kirsten Stadler ?

— Je ne me rappelle plus. Riegelhoff choisit au hasard un autre classeur et l'ouvrit.

— C'est trop long ! Il est bientôt 22 h 30. Le temps nous file entre les doigts ! Bodenstein secoua la tête. J'appelle le Pr Rudolf, dit-il. En espérant que lui s'en souvienne.

Il alla au fond de la pièce et composa le numéro de Rudolf. Cette fois, il eut plus de chance.

— Fichez-moi enfin la paix ! dit le professeur après que Bodenstein se fut présenté. Ayez la décence de respecter mon deuil !

— C'est ce que je fais, répliqua Bodenstein. L'assassin de votre femme a annoncé qu'il tuerait quelqu'un d'autre cette nuit. Nous savons désormais que les meurtres sont en lien avec des événements qui se sont déroulés à la clinique de traumatologie il y a dix ans. Nous nous trouvons en ce moment au cabinet juridique qui a représenté la clinique contre M. Stadler à l'époque, et nous sommes déjà tombés sur plusieurs noms. À qui les Stadler ont-ils eu affaire, comment s'appelait, par exemple, la personne chargée de coordonner le prélèvement d'organes ?

Le silence régnait à l'autre bout du fil.

— Monsieur le professeur, s'il vous plaît ! demanda Bodenstein avec insistance. Aidez-nous ! Évitez la mort d'une autre personne !

Rudolf raccrocha sans rien dire.

— Quel fumier ! jura Bodenstein. J'en ai marre !

— Qu'est-ce que tu comptes faire ?

Bodenstein composa un autre numéro.

— Je le fais conduire au commissariat, répondit-il. Il n'a pas le droit de se soustraire, une fois de plus, à sa responsabilité.

Il ordonna l'arrestation du Pr Dieter P. Rudolf, puis il rangea son portable et scruta Riegelhoff d'un air peu aimable.

— Ça vous revient maintenant, ce que Fritz Gehrke vous voulait ? demanda-t-il d'un ton sec.

— Non, répondit Riegelhoff en baissant les yeux.

— Espérons que vous ne le regretterez pas un jour, dit froidement Bodenstein.

— Qu'est-ce que je suis censé regretter ? demanda l'avocat.

— De nous avoir caché un élément crucial. Bodenstein se retourna. On y va. Et on emporte les dossiers.

— Et qu'en est-il de nous ? s'enquit Riegelhoff.

— Vous pouvez aller à votre fête, rétorqua Bodenstein.

— Mais si le sniper nous a pris pour cible ? A-t-on au moins droit à une protection policière ?

— Désolé, mais ce n'est pas possible. Bodenstein secoua la tête. Si vous vous étiez montré d'emblée plus coopératif, il serait peut-être déjà sous les verrous. Vous allez donc devoir vivre avec ce risque, hélas pour vous.

Ils avaient mangé, du ragoût de bœuf avec des pommes de terre et une sauce aux herbes. Ils étaient maintenant assis à la table du salon et buvaient du vin rouge californien, un cabernet-sauvignon de la Napa Valley de 2010.

Il pouvait déchiffrer l'étiquette.

Il percevait le contenu de leur assiette, l'expression de leur visage, l'arrière de la tête de leurs amis, assis dos à la baie vitrée, tout le temps main dans la main.

Il voyait le moindre détail. La femme avait un peu trop bu, elle avait les joues rouges et elle riait beaucoup. Elle ne cessait de lancer un regard amoureux à son mari, qui le lui rendait. Cette harmonie, ce bonheur – autrefois, cela l'aurait peut-être ému. Autrefois. Lorsqu'il était lui-même comme l'homme dans cette maison. Et qu'il avait encore une famille. Des rêves. Un avenir.

Des bribes de mots parvenaient à son oreille, des rires. Les enfants regardaient un dessin animé qui les amusait beaucoup. Une idylle. Une famille heureuse installée dans sa nouvelle demeure et qui, après cette nuit, ne serait plus une famille et plus jamais heureuse.

À présent, ils se levaient. Il était peu après 23 heures.

Les femmes débarrassèrent la table, les hommes disparurent dans le garage et revinrent avec toutes sortes de feux d'artifice. Les enfants bondirent du canapé et sautillèrent d'excitation. Il entendait leur petite voix claire.

Les hommes sortirent sur la terrasse et placèrent des fusées dans des bouteilles vides, ils buvaient de la bière et riaient. Ils ignoraient qu'à seulement cinquante mètres de là, la mort était à l'affût.

La mort, par son intermédiaire à lui.

La mort, c'était lui.

La première chose qui frappa Pia, ce fut l'écriture. C'était la même écriture soignée de jeune fille avec laquelle on avait rédigé le compte rendu de filature découvert chez Mark Thomsen. Pia avait regardé cette feuille si souvent que certaines de ses caractéristiques graphologiques lui sautèrent immédiatement aux yeux : l'auteur formait un petit rond à la place du point sur le *i* et l'écriture penchait nettement vers la droite, comme c'était souvent le cas chez les gauchers. Elle parcourut le petit carnet noir avec fébrilité. Que devait-elle rechercher ? Il s'agissait de noms, mais où se trouvait la liste mentionnée par Karoline Albrecht ?

Pia était assise sur le siège avant droit de leur véhicule de service, pendant que Bodenstein sortait les classeurs du bureau de Riegelhoff et les casait dans le coffre avec l'aide des deux policiers en uniforme, rentrés de Höchst en un temps record, à grand renfort de gyrophare et de sirène, pour lui remettre le carnet. Le supérieur de Pia avait jeté un bref coup d'œil dessus avant de le lui donner.

— Même avec des lunettes, je ne peux pas déchiffrer cette écriture, vu l'éclairage sous-optimal de la voiture, avait-il dit à Pia. Tes yeux sont plus jeunes que les miens.

— Pas de beaucoup, avait-elle répondu en lui empruntant ses lunettes de lecture.

Mark Thomsen n'avait pas refait surface, Dirk Stadler ne les avait pas recontactés et voilà que Jens-Uwe Hartig semblait lui aussi avoir rejoint le clan des disparus-sans-laisser-de-traces. Sa maison, son appartement et sa boutique étaient sous surveillance, jusqu'ici en vain.

Au moment où Bodenstein referma le coffre, Pia trouva la page en question. Elle bondit hors de la voiture.

— Je l'ai ! s'écria-t-elle, en ébullition. Mme Albrecht a raison ! C'est une véritable liste noire, écoute !

Elle s'empressa de lire à Bodenstein les noms qu'Helen Stadler avait numérotés et inscrits avec soin les uns en dessous des autres.

Renate Rohleder (mère, chien)
Dieter Paul Rudolf (femme, fille, petite-fille)
Patrick Schwarzer (femme)
Fritz Gehrke (fils)
Bettina Kaspar-Hesse (mari, enfants)
Simon Burmeister
Ulrich Hausmann (fille)
Arthur Janning (femme, fils)
Jens-Uwe Hartig (?)

— Elle a même noté leur adresse ! s'écria Pia. L'agitation la faisait trembler de tout son corps.

Voilà ! Ils avançaient enfin !

— Helen Stadler a espionné minutieusement tous ceux qu'elle jugeait responsables de la mort de sa mère ! Et quelqu'un est en train d'exécuter son plan ! Ce que je ne comprends pas, c'est pourquoi le nom d'Hartig figure aussi sur la liste !

— On y réfléchira plus tard. Bodenstein ouvrit la porte côté conducteur et saisit la radio de bord. Si le sniper s'en tient à cette énumération, dit-il, la prochaine victime sera liée à Bettina Kaspar-Hesse. Donne-moi son adresse.

— 118, Sterngasse à Griesheim, répondit Pia.

Bodenstein appela la centrale, transmit les informations, répéta deux fois le nom de la femme.

— Griesheim dans la banlieue de Francfort ou de Darmstadt ? demanda-t-il à Pia.

— Aucune idée, ce n'est pas indiqué dans le carnet ! s'écria-t-elle. Ils n'ont qu'à vérifier où cette rue existe !

Elle tenta d'appeler Kai et elle eut la chance de le joindre.

— Il n'y a pas de Sterngasse dans le quartier de Griesheim à Francfort, dit un des agents en uniforme. Je le saurais, après dix ans de patrouille dans la ville.

— Non, pas à Offenbach ! disait Bodenstein en même temps à la radio, la voix vibrante d'impatience. *Stern*gasse, pas Steingasse, nom d'une pipe !

— J'ai Kai au téléphone ! dit Pia à son supérieur. Il est encore au bureau et il s'en charge !

— Quand vous aurez enfin trouvé l'adresse, envoyez quelqu'un là-bas et téléphonez avant ! Ces gens doivent éteindre immédiatement toutes les lumières et descendre à la cave jusqu'à ce qu'on arrive ! Il raccrocha. Monte en voiture, Pia ! On arrivera peut-être encore à temps !

Minuit moins vingt. L'homme et son copain avaient installé toutes les fusées et le feu d'artifice, la femme était en train d'ouvrir le mousseux à l'intérieur. Il entendit le bouchon sauter à travers les portes grandes ouvertes de la terrasse. Le téléviseur glapissait, c'était la retransmission du réveillon de la Saint-Sylvestre devant la porte de Brandebourg.

Le compte à rebours avait commencé.

Les enfants traversèrent la maison en courant, ils avaient enfilé leur blouson. L'ami rentra, peut-être pour aider les femmes avec le mousseux.

L'homme était debout sur la terrasse, une main dans la poche de son blouson, l'autre tenant une bouteille de bière. Il but une gorgée, inclina la tête et regarda le ciel nocturne dégagé, où explosait ici et là une fusée précoce. À quoi pouvait-il bien songer? Quelque chose d'agréable, sans doute. Il était fier de sa maison, il passait une merveilleuse soirée, il était de bonne humeur pour les dernières minutes de sa vie. Oui, il allait sans aucun doute mourir heureux.

Le téléphone sonna dans la maison.

— Qui cela peut-il bien être à cette heure-ci ? s'écria la femme.

— Vas-y, décroche ! C'est sans doute tes parents ! répondit l'homme en riant.

Il se retourna, regarda droit dans sa direction.

Pouvait-il le voir, ici, dans la maison en chantier, derrière les sacs de ciment ?

Le téléphone cessa de sonner.

Il ne regarda plus à gauche, ni à droite.

Il posa le doigt sur la détente.

Le visage de l'homme se trouvait juste devant lui, il voyait chaque pore.

— Ralf! s'écria la femme d'une voix stridente. Ralf! Rentre !

Il inspira, expira à fond.

Il replia le doigt et appuya sur la détente.

Mardi 1er janvier 2013

Bodenstein apprit la nouvelle au moment où il quittait l'A5 au niveau de Griesheim et, arrivant sur un chantier mobile, il donna un brusque coup de frein pour rester sur sa voie.

— Vous aviez raison, patron. Kai Ostermann avait une voix découragée. Mme Kaspar-Hesse était la prochaine cible, dit-il. Son mari a été abattu. La police de Darmstadt est arrivée sur place onze minutes après avoir reçu l'information, mais l'adresse n'était malheureusement plus valable. La famille Hesse a déménagé le mois dernier et habite maintenant au 18, Tauberstraße. Nos collègues leur ont téléphoné, mais c'était déjà trop tard.

— Merde ! s'écria Bodenstein avec une brusquerie inédite, et il tapa sur le volant avec le plat de la main. Y en a marre, marre, marre !

— On dirait qu'il a réussi à s'enfuir, bien que toute la zone ait été bouclée sur-le-champ, poursuivit Kai. Où êtes-vous en ce moment ?

— On arrive dans cinq minutes, répondit Pia en modifiant aussitôt la destination sur le GPS.

La tension des dernières heures fit place à une profonde déception. Tous ces efforts, ces espoirs pour rien ! Le sniper avait, une fois de plus, une longueur d'avance sur eux.

— Et un hélicoptère ? s'écria Bodenstein.

— C'est la Saint-Sylvestre, patron, lui rappela Kai. Les vols à basse altitude ne sont pas autorisés à cause des feux d'artifice.

— OK, on te recontacte plus tard, dit Bodenstein, redevenu à peu près maître de lui. Au cas où tu arrives à joindre Kröger, envoie-le à Griesheim, s'il te plaît, même si cela risque de froisser la police locale.

— Ça marche, répondit Kai. Au fait : bonne année quand même à vous deux.

— Merci. Toi aussi, Kai, dit Pia avec lassitude.

Lorsque Bodenstein bifurqua sur le périphérique nord à l'entrée de Griesheim, les premières fusées s'élevèrent dans le ciel nocturne et explosèrent en cascades de couleurs flamboyantes mais, une fois qu'ils eurent contourné la petite forêt entre l'A67 et la ville, le feu d'artifice battit réellement son plein. À cet endroit, la route faisait un coude, derrière lequel ils tombèrent sur le premier barrage. Bodenstein abaissa sa vitre et présenta sa carte professionnelle aux collègues qui les laissèrent passer.

Au rond-point, il prit la troisième sortie en direction de l'Elbestraße, d'où partaient à gauche plusieurs impasses vers la lisière de la forêt. La Tauberstraße était la quatrième rue d'un lotissement neuf qui ne comptait encore que quelques maisons disséminées entre des terrains nus et on repérait tout de suite le lieu de la tragédie. Ils ne connaissaient que trop bien la scène, commune à toutes les scènes de crime, qui s'offrait à eux : les urgences, l'ambulance et les véhicules d'intervention de la police avec leurs gyrophares clignotant sans bruit. Bodenstein laissa la voiture devant le dernier barrage et ils parcoururent à pied les derniers mètres sur la route en partie bitumée. Une odeur de poudre à canon flottait dans l'air froid. Un fourgon mortuaire passa devant eux, tandis que les premiers badauds se rassemblaient en haut de la rue.

Il ne faisait pas le moindre doute que ce meurtre était à mettre sur le compte du "sniper du Taunus", et Helmut Möller, officier de police à Darmstadt, qui ne s'occupait jamais d'homicides en temps normal et se trouvait malheureusement d'astreinte cette nuit-là, fut trop content de pouvoir passer la main à Bodenstein. Il leur expliqua la situation et accepta que Bodenstein fasse venir sa propre équipe de police scientifique.

— Atroce, ne cessait-il de répéter. Tout simplement atroce. Je n'ai jamais vu une chose pareille. Abattu devant ses enfants et sa femme.

Le portable de Pia se mit à sonner. Christoph ! Elle s'écarta un peu pour prendre l'appel.

— Bonne année, mon ange ! s'écria-t-il avec bonne humeur. Votre réseau mobile est de nouveau en rade ?

— Christoph ! dit Pia. Bonne année à toi aussi. Je suis en intervention, hélas. Le sniper a encore frappé. Je peux te rappeler plus tard ?

— Mon Dieu, ma pauvre ! répondit Christoph, plein de compassion. J'espérais que tu serais tranquillement à la maison avec Kim, en train de boire du champagne. Pas de problème, fais-moi signe plus tard. Je pense à toi !

— Et moi à toi. Tu me manques !

Pia poussa un profond soupir, s'arma intérieurement contre tout ce qui l'attendait dans les prochaines heures et suivit son supérieur dans la maison. L'effroi et l'incompréhension, la douleur, le désespoir extrême, les cris et les larmes seraient une fois de plus au rendez-vous. Elle n'arrivait presque plus à le supporter. Bodenstein était aussi touché qu'elle, elle le voyait aux sillons profonds qui creusaient son visage depuis quelques jours. Nul n'était résistant à toute épreuve et ce n'est pas pour rien qu'il existait un soutien psychologique pour les secouristes et les policiers, car la souffrance morale des proches laissait toujours des traces, même chez les plus expérimentés et les plus aguerris d'entre eux.

Un puissant projecteur, fixé sous l'arête du toit et réagissant à un détecteur de mouvement, plongeait le cadavre de Ralf Hesse dans une lumière aveuglante. L'homme gisait sur la terrasse, devant un mur blanc, et le spectacle était en effet atroce. Le sang, le cerveau et des éclats d'os avaient rejailli sur la façade de la maison, le tir l'avait atteint en plein visage, et la balle lui avait arraché la moitié de la tête en ressortant.

Pia regarda autour d'elle. Elle vit les fusées dans les bouteilles de vin vides, enfoncées dans la terre du jardin encore vierge, ainsi qu'une bouteille de bière brisée sur les dalles en terre cuite. Derrière le terrain voisin non construit se trouvait une maison mitoyenne en chantier.

— Il a dû tirer de là-bas, supposa-t-elle. Bodenstein ne réagit pas. Il restait là, muet, les mains dans les poches de son manteau, les épaules relevées, les lèvres formant une barre, et il contemplait le mort à ses pieds.

— Qu'est-ce qui peut conduire quelqu'un à exécuter cinq personnes de cette manière ? demanda-t-il. J'arrive, dans une certaine mesure, à concevoir le meurtre et l'homicide involontaire sous le coup de l'émotion, mais ça... le massacre systématique, ce n'était jusqu'ici que l'apanage de terroristes aveuglés par l'idéologie.

Il leva la tête. Une lueur passa dans son regard.

— J'ai toujours réussi à prendre du recul. Mais, cette fois, je n'y arrive plus. Je me sens visé par les agissements de ce salaud. Il se fiche de nous avec ses mails ! S'il me tombe entre les mains, que Dieu ait pitié de lui !

Pia lui serra le bras. Elle savait ce qu'il éprouvait, elle ressentait la même rage impuissante.

— Allons parler à la femme, dit-elle et elle songea avec effroi à ce jour de juillet, deux ans plus tôt. Jamais elle n'oublierait sa peur dévorante en découvrant les chiens morts dans l'allée et Christoph en sang sur le sol de la cuisine, avant de se rendre compte que Lilly, la petite-fille de Christoph, avait été kidnappée. Cela s'était bien terminé, du moins en ce qui concernait Christoph et Lilly, mais Bettina Kaspar-Hesse n'enlacerait plus jamais son mari, elle ne pourrait plus jamais s'endormir, ni se réveiller à ses côtés.

— Oui. Bodenstein hocha la tête avec détermination. Allons-y.

Ils entrèrent dans la maison par la porte de la terrasse. Le téléviseur était encore allumé, on célébrait avec entrain la nouvelle année devant la porte de Brandebourg. Bodenstein prit la télécommande sur la table et éteignit le poste. La table du salon n'était pas tout à fait débarrassée, la vaisselle sale s'entassait à la cuisine, le lave-vaisselle était ouvert. Sur un plateau se trouvaient quatre coupes et une bouteille de champagne ouverte.

Un homme aux cheveux bruns, dans les quarante-cinq ans, s'entretenait avec un des policiers, puis il entra dans la maison.

— Je m'appelle Darius Scheffler, dit-il. Ma femme et moi étions venus fêter le Nouvel An avec Ralf et Bettina. Je viens d'emmener leurs enfants chez les voisins.

Bien qu'étant lui aussi visiblement sous le choc, il répondit à toutes les questions de Bodenstein et Pia. Scheffler avait préparé le feu d'artifice avec Ralf Hesse sur la terrasse, après quoi il était rentré pour aider les deux femmes à servir le champagne.

— Le téléphone a sonné, se remémora-t-il. Bettina se demandait qui cela pouvait bien être à cette heure-là, et Ralf a répondu que c'étaient sûrement ses parents à elle. Bettina a décroché, écouté un bref instant, puis elle est devenue livide et s'est écriée : “Ralf! Ralf! Rentre!”, et après… après… je… je me suis retourné et j'ai vu la tête de Ralf… disparaître… comme ça. Il a été projeté contre le mur et… le sang… le sang a jailli comme une fontaine.

Il se tut, prit une inspiration dans un sanglot, mais garda contenance.

— Quelqu'un d'autre a-t-il vu la scène, à part vous? s'enquit Pia.

— Oui, nous tous, confirma Darius Scheffler. Quand Bettina s'est mise à crier, on s'est retournés vers Ralf.

— Les enfants aussi?

— Non, pas eux. Ils étaient en train d'enfiler leur blouson, et j'ai pu les attraper à temps pour les empêcher de se précipiter dehors. Ils n'ont rien vu.

— Où se trouve votre femme? demanda Pia.

— Au premier étage, avec Tina. J'ai emmené les enfants chez les voisins d'en face pour qu'ils n'assistent pas à tout ça.

— Bonne initiative. Pia esquissa un sourire. Merci pour vos informations. Donnez vos coordonnées à un de mes collègues, s'il vous plaît, nous vous recontacterons plus tard.

Ils montèrent l'escalier. Le médecin urgentiste arriva vers eux et leur expliqua à voix basse que la femme se trouvait en état de choc, mais refusait d'être prise en charge.

— Son amie reste à ses côtés, dit le médecin. Et ses parents sont en route.

— Peut-on lui poser quelques questions? demanda Pia.

— Si c'est absolument nécessaire. Le médecin n'était pas enthousiaste et Pia se sentait plus mal à l'aise que lorsqu'elle devait annoncer un décès.

— Attendez ici, s'il vous plaît, demanda-t-elle au médecin. On aura peut-être besoin de vous dans pas longtemps.

Bettina Kaspar-Hesse était affaissée sur le lit de sa chambre, elle ne pleurait pas, elle était figée, comme paralysée. Son amie, assise à côté d'elle, avait passé un bras autour de ses épaules.

— Madame Kaspar-Hesse, je suis vraiment désolée, mais nous allons devoir vous poser quelques questions, commença Pia après avoir fait les présentations. Est-ce que cela vous convient ?

Question stupide. Bien sûr que cela ne lui convenait pas. Mais Pia était obligée de l'interroger, même si cela lui répugnait totalement.

— Nous avons des raisons de penser que votre mari a été victime du sniper qui a déjà abattu quatre personnes, poursuivit Pia, tandis que la femme n'affichait aucune réaction. C'est pourquoi nous aurions besoin de savoir si vous ou votre mari avez ou aviez un lien avec la clinique de traumatologie de Francfort.

Bettina Kaspar-Hesse leva la tête avec lenteur. Elle dévisagea Pia sans comprendre, puis elle acquiesça.

— J'y ai travaillé autrefois, répondit-elle à voix basse. Jusqu'à ma première grossesse. Pourquoi me demandez-vous cela ?

— Vous aviez quelle fonction ? Pia ne répondit pas à sa question.

— J'étais coordinatrice des dons d'organes, répondit Bettina Kaspar-Hesse, le regard fixe. Pendant tout juste sept mois, avant de tomber enceinte.

— Vous souvenez-vous d'une patiente nommée Kirsten Stadler ? Elle a été admise à l'hôpital le 16 septembre 2002 pour une hémorragie cérébrale, elle est décédée et ses organes ont été prélevés.

Bettina Kaspar-Hesse hocha la tête.

— Oui, je me souviens même très bien d'elle, car j'avais appris la veille que j'étais enceinte. Un sourire apparut aux commissures de ses lèvres, mais disparut aussitôt. Pourquoi ces questions ? Pourquoi voulez-vous le savoir ? Quelle importance maintenant ?

Sa voix se brisa.

— Vous rappelez-vous les noms de collègues et médecins impliqués dans le cas de Kirsten Stadler à l'époque ? enchaîna Bodenstein.

— Je… je ne sais plus… cela fait si longtemps. Bettina Kaspar-Hesse pétrissait ses doigts. Mon supérieur était le Pr Rudolf. Il y avait aussi un Pr Janning, en charge des soins intensifs, et le Pr Burmeister. Il était chef de service en chirurgie transplantatoire, un dingue, un vrai vautour. Il m'avait incendiée parce que les proches de la patiente refusaient de signer la déclaration de consentement au don d'organes. Alors je leur ai présenté un document en prétendant que ce n'était que le formulaire d'admission.

Pia et Bodenstein échangèrent un bref regard.

— Les médecins m'ont poussée à persuader les parents de la patiente d'accepter le don d'organes, par tous les moyens s'il le fallait, car le temps pressait, disaient-ils, un patient avait besoin d'un nouveau cœur en urgence. C'est ce que j'ai fait, c'était mon travail, après tout et, ce jour-là, j'étais sur un petit nuage, je voulais me surpasser. Par la suite, le mari a porté plainte contre la clinique, mais j'ignore comment ça s'est terminé, j'étais déjà en congé maternité…

Elle se tut et regarda tour à tour Bodenstein et Pia, les yeux écarquillés, puis elle sembla soudain comprendre.

— Non, chuchota-t-elle, horrifiée. Non ! Ce n'est pas possible. Je vous en prie, dites-moi que ça n'a rien à voir, que mon mari… mon mari…

Elle resta assise quelques secondes, raide comme un piquet, le regard fixe. Elle ouvrit ensuite la bouche pour former un cri inarticulé. Elle se dégagea de son amie, tomba à genoux, tambourina des poings sur le sol, cria encore et encore, jusqu'à ce que sa voix n'ait plus rien d'humain. L'urgentiste se précipita dans la chambre en jetant un regard hostile à Pia.

— On arrête le flot de questions, lança-t-il sur un ton de reproches, comme si Pia faisait cela par pur plaisir. Elle se retourna sans rien dire et sortit. Le sentiment d'être peut-être responsable de la mort de son conjoint allait accompagner Bettina Kaspar-Hesse jusqu'à la fin de ses jours.

Sur le trajet du retour, il se demanda s'il devait brûler ses chaussures dans la cheminée ou plutôt les fourrer dans une poubelle quelconque. Il avait certainement dû laisser des traces dans la poussière de ciment sur le chantier. Il pouvait néanmoins s'épargner cette peine. Ils le coinceraient quoi qu'il arrive et il avouerait tout, leur évitant ainsi d'envoyer ses chaussures au laboratoire d'analyses. L'ensemble des stations de radio évoquaient la cinquième victime du "sniper du Taunus".

Il s'inquiétait un peu de la vitesse à laquelle la police était arrivée sur les lieux, comme s'ils avaient su où il frapperait cette fois-ci. Ils devaient désormais connaître les tenants et les aboutissants, ce qui risquait de compromettre son plan.

Il bifurqua dans le lotissement, la voiture cahotait sur des nids-de-poule gelés, les amortisseurs gémissaient. Toutes les maisons étaient plongées dans l'obscurité. Il n'y avait pas âme qui vive ici pour le Nouvel An, les gens préféraient faire la fête chez eux, là où ils avaient des voisins à qui souhaiter la bonne année.

Cela lui convenait parfaitement.

Il gara la voiture et entra dans la maison. Il y faisait bien chaud, il remarqua qu'il avait faim. Après s'être changé, il posa encore quelques bûches sur les braises et prépara des œufs brouillés aux lardons. Il mangea directement dans la poêle et alluma la télévision. Aucune déclaration officielle de la police, juste des images insignifiantes du lieu du crime. Gyrophares, cordons de sécurité, un fourgon mortuaire et des journalistes à la mine déconfite qui répétaient la même chose que vendredi dernier. Ils le décrivaient à nouveau comme un psychopathe, un monstre. Ça manquait d'originalité, ce vocabulaire. Et c'était inexact. Mais ils connaîtraient bientôt ses véritables motivations. Quant à savoir s'ils les comprendraient, c'était une autre question, mais il ne doutait pas que l'une ou l'autre personne puisse concevoir, en son for intérieur, pourquoi il avait dû agir ainsi. Pour quelle raison il n'avait pas le droit de laisser ces gens s'en tirer impunément.

Quatre noms figuraient encore sur sa liste. Burmeister serait le prochain. Il était en vacances avec sa fille, mais il revenait le sur-lendemain et il recevrait alors sa punition.

Il était deux heures et demie du matin lorsque le portable de Pia se mit à sonner. Bodenstein s'entretenait encore avec Kröger dans la maison en chantier, Pia se trouvait en bas et fumait une cigarette.

— Salut, Henning, dit-elle, surprise. Vous avez passé un bon réveillon ?

— Tu peux me dire "tu", répliqua-t-il d'un ton sec. J'ai fêté le Nouvel An avec Friedrich Gehrke.

— Pardon ?

— On a eu un petit différend avec Miriam, après quoi elle a préféré aller chez des amis. Elle n'a pas apprécié que je doive encore inspecter un cadavre en début de soirée. Et comme Ronnie, qui était de garde, et moi, nous n'avions rien de mieux à faire, on s'est attaqués à quelques caissons réfrigérés.

— Tu es vraiment incorrigible. Pia secoua la tête, un brin honteuse parce qu'elle ressentait en secret une certaine satisfaction. Son amitié avec Miriam, jadis sa meilleure amie, était devenue superficielle depuis qu'elle et Henning s'étaient mariés à la va-vite deux ans plus tôt. Ce qui gênait surtout Pia, c'est que, contrairement à elle, Miriam donnait toujours l'impression d'accepter la frénésie de travail d'Henning. Or, de toute évidence, ce n'était pas le cas.

— Bon, écoute-moi, dit Henning sans s'attarder sur la dispute avec sa femme. J'ai là quelques éléments susceptibles d'être intéressants. Le rapport indique que Gehrke a brûlé des papiers dans sa cheminée avant son décès. C'est exact ?

— Oui. Une sacrée quantité, même. Pourquoi ?

— Nous n'avons retrouvé aucune particule de suie, ni dans les bronches, ni dans les poumons, ni sur les muqueuses. Ou bien il portait un masque, ou bien il n'était plus là pour la petite flambée.

— Comment ça, il n'était plus là ?

— Attends. Nous avons constaté un dessèchement de la peau et de petits hématomes au niveau du nez et des lèvres, ainsi qu'une légère irritation des muqueuses du nez et de la bouche.

— Humm…

— Les premiers résultats d'un prélèvement effectué au laboratoire montrent que Gehrke a inhalé du chloroforme. Étant donné qu'il faut huit heures, chez une personne en vie, pour que quarante pour cent d'une dose unique de chloroforme soient éliminés par les poumons, nous allons analyser le tissu pulmonaire, mais cela va nous prendre un moment.

Pia, complètement épuisée, bâilla. Elle ne voyait pas où Henning voulait en venir.

— Est-ce que cela ne suffit pas si tu nous envoies le compte rendu demain par mail ? demanda-t-elle. Je fais le pied de grue devant une maison à Griesheim. Le sniper a encore frappé.

— Je me doutais bien que tu n'étais pas en train de festoyer en petit comité, répliqua Henning, totalement éveillé et sans compassion aucune. On vient d'apprendre la nouvelle à la radio. Mais tu peux peut-être quand même m'écouter.

— Oui, bien sûr. Pia soupira.

— J'en suis venu à la conclusion provisoire que Gehrke a inhalé du chloroforme et a ensuite perdu connaissance, poursuivit Henning. Le rapport de Kröger ne mentionne pas la présence sur place d'un coton ou d'un mouchoir imbibés de chloroforme. D'autre part, des ecchymoses à l'arrière du crâne et sur la nuque laissent penser qu'on l'a maintenu, et pas franchement en douceur.

Pia finit par piger.

— Tu veux dire que Gehrke a été assassiné ?

— Cent points pour toi, même si tu as mis le temps. Mais j'accepte de prendre le mort d'aujourd'hui comme excuse.

— Et l'insuline ?

— Une tierce personne a très bien pu la lui injecter. Il était engourdi et incapable de se défendre. Henning ne semblait pas tracassé outre mesure par la dispute avec sa femme. Le chloroforme est un peu passé de mode, dit-il, alors qu'il se prête parfaitement à…

— Tu es certain de ce que tu avances ? l'interrompit Pia. Bodenstein sortit du bâtiment avec Kröger et tous deux s'arrêtèrent à côté d'elle.

— Oui, plutôt. Mais vous aurez bien sûr tous les résultats du labo.

— Merci, Henning, dit Pia en coupant à nouveau son ex-mari. Mon chef vient d'arriver. On en reparle demain.

— Que voulait donc le dieu des morts à cette heure-ci ? s'enquit Kröger.

— Comme il n'avait rien de mieux à faire cette nuit, il a autopsié Gehrke, répondit Pia. Il est à peu près sûr que son décès a été provoqué par un tiers. De toute évidence, il a été endormi au chloroforme. On n'a pas retrouvé de particule de fumée dans ses poumons, ce qui veut dire qu'il était sûrement déjà mort avant que les dossiers brûlent.

— Et un homicide de plus. Bodenstein, résigné, secoua la tête. Merveilleux ! On commençait justement à se tourner les pouces.

— Vous pouvez vous éclipser sans problème. Kröger lui tapa sur l'épaule. On va continuer ici. Ce que fait Mme Kirchhoff, j'en suis capable aussi.

— T'es cinglé, Christian, dit Pia en bâillant de nouveau. Viens, chef, on rentre. Demain, on remet ça.

Bodenstein était rentré chez lui après avoir déposé Pia au Birkenhof vers 4 heures du matin. Sa colère envers le sniper et sa propre impuissance avaient fait place à la fébrilité. Inka ayant préféré dormir dans son propre lit après sa visite d'urgence, il n'avait aucune raison de rester chez lui. Il se dit qu'il n'avait plus à tenir compte de personne. Pas besoin de se justifier, ni d'avoir mauvaise conscience en allant travailler un jour férié, point d'enfants déçus auxquels il avait promis une sortie quelconque, pas de regard réprobateur. Il pouvait éclairer toutes les pièces à 5 heures du matin, mettre en marche la cafetière, se doucher et se raser en toute tranquillité, sans craindre de réveiller autrui. Pourquoi, songea-t-il en allant jusqu'à la penderie de sa chambre, une serviette autour des hanches, devrait-il au juste changer quoi que ce soit ? Une vie de couple lui semblait nettement plus compliquée qu'une vie solitaire ; les inconvénients dépassaient de loin les avantages. Déjà à l'époque de sa séparation d'avec Cosima, il avait apprécié de vivre seul, n'étant gêné que par le confort rudimentaire du manoir sur le domaine des Bodenstein. Alors qu'aujourd'hui il possédait une belle maison et une liberté littéralement paradisiaque.

Bodenstein savoura le café fraîchement passé et contempla la plaine du Rhin-Main de nuit à travers les fenêtres descendant jusqu'au sol. Il n'était pas du genre à entamer la nouvelle année armé de bonnes résolutions qu'il abandonnerait au bout de quelques semaines. Mais, à ce moment précis, il prit trois décisions pour 2013. Premièrement, il coincerait le sniper, deuxièmement il mettrait un terme à sa relation avec Inka et, troisièmement, il accepterait l'offre de Gabriela. Au diable son manque d'assurance et d'initiative par pure paresse ! Cette année, il allait changer un certain nombre de choses et il s'en réjouissait d'avance.

Motivé de la sorte, il enfila son manteau, éteignit les lumières dans la maison et descendit jusqu'à sa voiture. Ils étaient à deux doigts d'une avancée dans l'affaire du sniper, c'est ce que lui disait son intuition, mais il craignait en même temps d'avoir négligé un élément important, et cela le rendait nerveux. L'enquête avait été chaotique dès le début, l'équipe manquait de coordination. Chaque fois qu'il pensait avoir compris quelque chose, des circonstances nouvelles survenaient, un nouveau crime, et toutes ces palabres autour du profil du tueur l'avaient complètement décontenancé. La décision de Nicole de faire appel à un profileur s'était révélée prématurée. Avant même qu'ils aient eu le temps d'analyser les tenants et les aboutissants des homicides, ils s'étaient fourvoyés dans des hypothèses psychologiques écartées dès le lendemain et ils avaient fini par perdre la vue d'ensemble. Était-ce, en fin de compte, sa faute à lui s'ils n'avaient toujours pas réussi à arrêter le tueur, condamnant ainsi de plus en plus de gens à mourir ?

Tout en longeant en voiture les rues endormies de Kelkheim, jonchées de débris de feux d'artifice, il repensa au commissaire Menzel, son ancien supérieur à Francfort, et à sa devise : *Rappelle-toi tout ce que tu as vu ou entendu, puis remonte la piste.* Le sniper ne leur avait tout simplement pas laissé le temps de réfléchir de façon approfondie et d'éliminer les théories erronées. Il les avait bousculés, mis sous pression, et ils s'étaient laissé faire, alors que rien ne nuisait davantage à une enquête criminelle que la précipitation, le stress et l'épuisement. Les gens surmenés commettaient des erreurs, tiraient des conclusions hâtives, perdaient le fil conducteur. Mais ils avaient au moins des noms et connaissaient désormais les motivations du tueur. Ils pouvaient avertir les personnes figurant sur la liste d'Helen Stadler.

Voilà des jours que Bodenstein espérait en secret qu'on lui retire en haut lieu l'affaire qui suscitait une telle attention publique et qu'on la confie à un super-enquêteur de la PJ, en vain. Ou bien on le croyait capable de résoudre le cas, ou alors aucun autre flic n'était assez inconscient pour se griller dans une affaire aussi délicate. L'échec nuisait toujours à la carrière, mais l'échec au vu et au su du grand public, c'était du suicide professionnel. Cela dit, il n'avait pas l'intention d'échouer. Au contraire ! Maintenant qu'ils détenaient presque toutes les pièces du puzzle, ils n'avaient plus qu'à les assembler correctement. Dès aujourd'hui.

Pia avait les yeux mouillés de fatigue, tandis qu'elle s'engageait, peu avant 7 heures du matin, sur le chemin bitumé et parallèle à l'autoroute qui conduisait à Hofheim. Elle était arrivée chez elle à 4 heures, Kim était absente, son lit intact. Après avoir parlé à Christoph sur Skype, Pia s'était assoupie sur le canapé, mais elle n'avait pas eu droit à une phase de sommeil profond et réparateur. Les cauchemars s'étaient succédé et, vers 5 heures, elle avait reçu sur son portable un message sibyllin de Kim, envoyé la veille à 22 heures en réponse à son SMS, mais retardé par la saturation annuelle du réseau le Jour de l'an. *Okay. Fais-moi signe si tu as besoin de moi. Zéro alcool jusqu'à 23h. Après, on verra ! ;-) Biz Kim.*

À six heures et demie du matin, Pia avait repoussé le sommeil aux calendes grecques. Elle s'était douchée, changée, occupée des animaux, puis elle était partie.

En roulant dans l'obscurité matinale, elle se demanda quelles fautes seraient susceptibles de coûter la vie à Christoph. Celles de Renate Rohleder, Patrick Schwarzer et Bettina Kaspar-Hesse n'étaient pas des crimes capitaux, plutôt des erreurs humaines, oubliées et refoulées depuis belle lurette. Mais leurs décisions prises à l'époque avaient blessé un homme au point de leur revenir dix ans plus tard en pleine figure, tel un boomerang, les punissant cruellement.

Un renard surgit sur la route, ses yeux brillaient d'un vert surnaturel dans le faisceau des phares, puis il disparut dans les ténèbres.

Nul ne traversait l'existence sans blesser de temps à autre son prochain, lui infliger des déceptions, du chagrin, voire de réelles souffrances. À chaque préjudice ou presque correspondaient des règles de réparation, à savoir le Code pénal. L'époque archaïque de l'auto-justice était révolue et, en temps normal, même une foule qui se sentait lésée par la loi ne prenait pas les armes pour se venger. Or le sniper agissait précisément ainsi. Il ne faisait pas confiance à la jurisprudence, ni à la loi. Il s'en tenait au verset biblique *vie pour vie, œil pour œil, dent pour dent, main pour main, pied pour pied, brûlure pour brûlure, blessure pour blessure*, il rendait justice lui-même. À quoi pensait-il en commettant ses crimes ? L'être qui t'est le plus cher contre le mien ?

Le portable de Pia émit un bip, chassant la pensée qui lui avait traversé l'esprit. Elle lut au volant le message envoyé par Henning. *Prof. Hans Furtwängler, Cologne*, écrivait-il. *Il était souvent en contact avec Rudolf, il pourra peut-être vous aider. Je t'envoie son tél.*

Le Pr Hans Furtwängler ! Fritz Gehrke s'était entretenu au téléphone avec lui avant sa mort et Pia avait également vu son nom dans le carnet d'Helen Stadler. Kai avait déjà interrogé le vieux médecin pour connaître la teneur de leur entretien de quatorze minutes samedi soir. Mais Pia ne se rappelait plus la réponse de Furtwängler. Il fallait qu'elle pose la question à Kai tout de suite ! Elle bifurqua sur la route qui menait à Hofheim et atteignit le commissariat trois minutes plus tard. La voiture de Kim était garée sur le parking public, et pas depuis très longtemps, car on apercevait des traces de pneus sur le sol gelé. Où sa sœur avait-elle donc passé la nuit ?

Le Pr Dieter Rudolf était hors de lui. La veille au soir, on l'avait placé en garde à vue et enfermé dans une cellule, sans lui donner la possibilité d'appeler qui que ce soit. Sur le chemin allant de sa cellule à la salle d'interrogatoire, ses chaussures lui glissaient des pieds à chaque pas car il avait dû rendre ses lacets et, comble de l'humiliation, il devait tenir d'une main son pantalon devenu trop large pour lui, n'ayant plus de ceinture.

— C'est de la séquestration ! lança-t-il d'un ton réprobateur à Bodenstein en passant devant eux, tandis qu'on le conduisait en salle d'interrogatoire. Je vais vous coller un procès, vous pouvez compter là-dessus !

— Fermez-la et asseyez-vous. Bodenstein lui indiqua la chaise située de l'autre côté de la table, où Pia avait déjà pris place.

— Dites donc, c'est comme ça que vous me parlez ? s'écria le professeur indigné. J'ai des droits !

— Dans une société où on a des droits, on a également des devoirs, rétorqua Bodenstein en toisant froidement son interlocuteur. Le fin visage du professeur avait viré au rouge, sa pomme d'Adam sautillait de haut en bas. Il n'était pas rasé et ses cheveux blancs rebiquaient sur son crâne. La nuit en cellule avait ébranlé son ego et il réagissait exactement comme Bodenstein l'avait prévu : de façon agressive et bruyante. Les hommes ayant un poste de dirigeant se croyaient volontiers intouchables. Habitués à l'obéissance aveugle de leur entourage, ils avaient du mal à recevoir des ordres de gens auxquels ils n'accordaient d'ordinaire pas la moindre attention.

— Je connais mes droits ! dit Rudolf en écumant de rage. Vos revenus annuels correspondent à mes impôts mensuels !

— Asseyez-vous une bonne fois ! hurla Bodenstein dans les oreilles de l'homme qui obtempéra, abasourdi. Je ne vous parle pas d'impôts, dit-il, mais de devoirs moraux ! Vous auriez pu sauver la vie à un homme si vous nous aviez donné hier le nom de vos collaborateurs à l'époque. Cette nuit, le mari de l'ancienne coordinatrice des dons d'organes à la clinique de traumatologie, Mme Bettina Kaspar-Hesse, a été abattu ! Voilà de quoi vous sentir encore plus coupable !

Le professeur serra les lèvres, croisa les bras devant sa poitrine et avança le menton d'un air buté.

— Nous savons désormais que vous avez enfreint le règlement pour pouvoir greffer un nouveau cœur au fils de votre ami Fritz Gehrke. Le jeune homme était gravement malade et Kirsten Stadler est tombée par hasard entre vos mains. Mme Stadler avait, hélas, le groupe sanguin O. Son cœur était donc compatible avec Maximilian, le fils de Gehrke, qui souffrait d'un problème cardiaque. Vous avez abrégé la vie de Mme Stadler en la déclarant prématurément en état de mort cérébrale, dit Bodenstein.

— Cette femme serait morte de toute façon, rétorqua Rudolf. Un jour de plus ou de moins, quelle différence ?

— Vous avouez donc avoir… ? commença Pia, incrédule.

— Je n'avoue strictement rien ! s'emporta le professeur. Il n'y a rien à avouer !

— Maintenant, écoutez-moi bien, intervint Bodenstein en se penchant vers lui. Vous êtes dans la merde jusqu'au cou. Si vous vous étiez montré coopératif dès le début, on n'aurait peut-être jamais découvert ce que nous savons aujourd'hui sur vous.

— Ma femme a été assassinée par ce… type. Le professeur campait sur ses positions. J'étais en plein deuil et complètement déstabilisé ! Vous pouvez comprendre ça, non ?

— Mais vous n'étiez pas déstabilisé au point de ne pas songer à limiter la casse en appelant Fritz Gehrke, répondit Bodenstein. Je ne crois pas un mot de ce que vous dites ! Vous avez enfreint votre serment d'Hippocrate et les lois ! Et cela s'est su. Voilà pourquoi Gehrke a offert une grosse somme d'argent à la famille de Mme Stadler pour qu'ils retirent leur plainte. Mais quelqu'un était au courant, quelqu'un qui n'a pas fermé son clapet, à savoir Jens-Uwe Hartig. Et il a dit la vérité aux Stadler.

— On voit bien que vous ne savez rien. Le professeur restait calme en apparence, mais il clignait fébrilement des yeux.

— Au contraire, nous en savons davantage d'heure en heure. Bodenstein jeta un œil sur le papier comportant quatre noms notés par Pia, et il hocha la tête. Riegelhoff, l'avocat, dit-il, nous a raconté un certain nombre de choses et il a mis à notre disposition toutes les pièces du litige entre Stadler et la clinique. Bodenstein se cala sur sa chaise et scruta le visage du professeur. Notre échange avec M. Hartig a été lui aussi très instructif, poursuivit-il. Et nous allons encore nous entretenir aujourd'hui avec MM. Furtwängler, Janning, Burmeister et Hausmann.

Une lueur d'inquiétude passa dans le regard du professeur, le masque d'indifférence mêlée d'arrogance commençait à s'effriter.

Nul ne pipait mot, Bodenstein et Pia se contentant de regarder le professeur. Le silence soudain était une tactique éprouvée. La plupart des gens ne savaient pas comment réagir, surtout après une joute verbale houleuse. Leur nervosité grandissait de minute en minute. Les pensées s'accéléraient, ils s'empêtraient dans leurs explications, justifications, excuses et mensonges.

Le Pr Dieter Rudolf perdit l'épreuve de force au bout de sept minutes et douze secondes exactement.

— Je veux un avocat, bredouilla-t-il d'une voix intimidée.

— Vous en aurez besoin. Bodenstein recula sa chaise et se leva. Je vous place en détention provisoire pour homicide involontaire sur la personne de Kirsten Stadler.

— Mais vous ne pouvez pas faire cela, protesta le professeur. Mes patients ont besoin de moi.

— Ils vont devoir se passer de vous pendant un bon moment, répliqua Bodenstein, puis il fit signe au policier debout à la porte et quitta la salle d'interrogatoire avec Pia.

Kim avait acheté des sandwiches dans une station-service et elle posa un plateau au centre de la table de réunion où étaient installés Nicole Engel, Bodenstein, Pia, Ostermann, Altunay et Kathrin Fachinger. Tous se jetèrent dessus et Pia saisit un petit pain au fromage.

— Bonne année ! lui souhaita Kim en s'asseyant à côté d'elle.

— Merci, à toi aussi. Pia sourit tout en mâchant, puis elle baissa la voix. Où étais-tu cette nuit ?

— Plus tard, chuchota Kim. Tu aurais pu me prévenir, au fait, je serais venue avec toi.

Avant que Kai ne commence, Pia prit la parole et raconta son entretien avec Henning.

— Nous devons envisager l'hypothèse que Gehrke ne s'est

pas suicidé, mais qu'on l'a assassiné, conclut-elle. Nous aurons bientôt des résultats d'analyse précis.

Kai avait décortiqué le carnet d'Helen Stadler que Pia lui avait remis dans la nuit, afin d'établir une liste de gens qu'il comptait interroger par téléphone. Il avait réussi à joindre l'ex-femme du Pr Simon Burmeister et appris que le docteur séjournait deux semaines aux Seychelles avec sa fille de dix-sept ans et que son retour n'était prévu que pour le lendemain matin.

Pia se rappela soudain sa question.

— Dis-moi, Kai, de quoi a parlé au juste le Pr Furtwängler avec Fritz Gehrke, le soir de sa mort ?

— Rien de spécial, apparemment, répondit son collègue. Il m'a dit qu'ils étaient de vieux amis et que Gehrke lui avait paru mélancolique. Il attribuait cela à la mort de son fils.

— Tu le crois ?

— Oui, jusqu'à présent. Pourquoi ?

— Henning m'a donné une information sur Furtwängler. Il semble qu'il ait travaillé en étroite collaboration avec Rudolf. Et je me demande maintenant où convergeaient leurs spécialités respectives : l'un était chirurgien en transplantation cardiaque, l'autre onco-hématologue.

— Je le rappelle tout de suite. Kai hocha la tête et prit des notes.

La maison de Mark Thomsen était toujours déserte. Elle était sous surveillance, comme celle des Winkler, ainsi que l'appartement et la boutique d'Hartig. Une pancarte fixée sur la porte de l'orfèvrerie informait la clientèle que le magasin serait fermé jusqu'au 6 janvier 2013. On avait également fouillé la maison d'Hartig à Hofheim. Elle était vide. Les voisins racontaient qu'Hartig avait entrepris de la rénover un an plus tôt, mais que les travaux avaient cessé du jour au lendemain à l'automne dernier.

Le téléphone sur la table de réunion sonna, Kai décrocha et tendit le combiné à Pia.

— Bonjour, dit une voix timide de jeune fille. Je m'appelle Jonelle Hasebrink. J'habite à Griesheim, dans la Saalestraße.

— Bonjour, Jonelle. Pia s'assit et activa le haut-parleur pour que l'assemblée puisse suivre la conversation. Je m'appelle

Pia Kirchhoff, police judiciaire d'Hofheim. En quoi puis-je t'aider ?

— Je crois, répondit la jeune fille, que mon petit ami et moi, on a vu le tueur.

Tous restèrent bouche bée et fixèrent le téléphone, comme hypnotisés.

— Il ne faut pas que mes parents l'apprennent, parce que… euh… ils ne savent pas que j'ai un petit ami.

— Quel âge as-tu, Jonelle ? s'enquit Pia en notant le nom de famille de la jeune fille et en glissant le papier à Kai. Celui-ci entra aussitôt le nom dans son ordinateur portable.

— Quinze ans.

— Tu es encore mineure. Tes parents ont donc le droit d'être présents quand tu parles à la police, dit Pia.

— Ça ne suffit pas au téléphone ? Sinon ça va barder à la maison.

— Hasebrink, Lutz et Peggy. 17, Saalestraße, dit Kai à voix basse.

— Cet homme, vous l'avez bien vu ? demanda Pia.

— Pas très bien, je crois. Jonelle tentait de faire machine arrière, songeant désormais aux conséquences possibles de son appel. Mais je l'ai vu monter dans sa voiture. Bah ! C'est peut-être pas si important que ça.

Pia lança un regard à Bodenstein. Il leva le pouce et acquiesça.

— Si, c'est très important. Pia s'efforça d'être rassurante. Tu nous aideras beaucoup en nous disant précisément ce que tu as vu. Nous aimerions passer chez toi et ce serait bien si ton petit ami pouvait être là aussi.

— Mais comment je vais expliquer ça à mes parents ? Pour Fabio, je veux dire ?

— Tu ne crois pas qu'ils seront fiers de vous si vous contribuez à élucider cette série de meurtres ? Et puis, toi et ton petit ami, vous ne seriez plus obligés de faire des cachotteries.

La jeune fille hésita.

— Hum. Ouais. Vous avez peut-être raison. Vous arrivez quand ?

— Nous pouvons être là d'ici une demi-heure.

Dix minutes plus tard, Bodenstein, Pia et Kim étaient en voiture et roulaient en direction de Darmstadt. De toute évidence, la maison en chantier avait servi d'embuscade au tireur, comme le prouvait l'analyse balistique et, pour la première fois, le sniper avait laissé des traces. Kröger et son équipe avaient retrouvé dans la poussière du chantier des empreintes de chaussures et la marque bien distincte d'un corps. Le sniper était à l'affût au premier étage, dans l'ouverture d'une fenêtre descendant jusqu'au sol, et il avait calé le canon de son fusil sur deux sacs de ciment superposés. Une planque parfaite avec une vue imprenable sur la maison de la famille Hesse.

Pia observa sa sœur dans le rétroviseur. Kim écrivait un SMS sur son smartphone et souriait dans son coin. Pia ne voulait pas interroger sa sœur sur le déroulement de la soirée de la veille en présence de Bodenstein. Mais elle était curieuse.

— Nous aimerions vous garder encore une nuit en observation, dit le chef de service. Il ne faut pas prendre à la légère une commotion cérébrale et un traumatisme cervical.

— Mais je n'ai pas l'intention de faire du ski, répliqua Karoline Albrecht, entêtée. Je peux aussi rester au lit chez moi.

— Vous avez eu un grave accident de voiture, argumenta le médecin, tout en se sachant déjà vaincu. Il aurait bien sûr aimé la garder encore un moment à l'hôpital, elle qui bénéficiait d'une assurance privée, mais Karoline était agitée. Peu après minuit, elle avait appelé Greta pour lui souhaiter une bonne année, mais en passant l'accident sous silence. Pas la peine d'inquiéter la jeune fille pour rien. Karoline n'avait pas réussi à joindre son père, son portable était éteint et il ne répondait pas sur le fixe. Il s'était peut-être couché et dormait avec des boules Quies, lui qui n'avait jamais apprécié la Saint-Sylvestre, ni les feux d'artifice.

— Je vais bien, dit Karoline au médecin. Je vous promets de me ménager. Et si je ne me sens pas bien, je reviens.

— Comme vous voulez. Le médecin lâcha prise. Je fais préparer tous les papiers, mais vous devrez signer un document certifiant que vous quittez l'hôpital à vos risques et périls.

À peine avait-il passé la porte que Karoline se leva. Elle se sentait patraque et avait mal à la tête mais, excepté quelques sérieuses contusions et une plaie ouverte au front, elle s'en était tirée saine et sauve. Elle alla dans la petite salle de bains et eut un choc en voyant son visage blême dans le miroir. La moitié gauche virait déjà au violet, un gros hématome s'était formé sous l'œil. On avait rangé ses vêtements de la veille dans l'armoire. C'était plutôt écœurant de remettre ces fringues puantes et maculées de sang, mais elle pourrait se doucher et se changer à la maison. Son portable sonna. Le numéro était masqué, mais elle prit quand même l'appel. Cela pouvait être la police ou le service de dépannage.

— Bodenstein. Bonjour. La voix sonore du commissaire retentit contre son oreille. Comment allez-vous ?

— Bonjour. Merci, je vais bien. Grâce aux airbags, je n'ai qu'un traumatisme cervical et une commotion cérébrale, répondit-elle. Je vais rentrer chez moi. Le carnet vous a servi ?

— Oui, c'est très instructif. Mais c'était trop tard pour hier soir. Le sniper nous a devancés une fois de plus, hélas.

— Oh, mon Dieu. Karoline s'assit au bord du lit. Si je n'avais pas eu cet accident et que j'avais pu vous remettre le carnet plus tôt…

— Ce n'est pas votre faute, l'interrompit le commissaire. Et vous n'êtes sans doute pas non plus responsable de la mort de Fritz Gehrke. L'autopsie a révélé qu'il a probablement été endormi, puis tué par une surdose d'insuline, avant qu'on ne brûle une grande quantité de dossiers dans sa cheminée. Nous pensions jusqu'à présent qu'il l'avait fait lui-même pour cacher quelque chose. Mais les derniers éléments de l'enquête laissent apparaître cette destruction de documents sous un jour nouveau.

Une mauvaise nouvelle après l'autre. Karoline s'était tellement endurcie ces derniers temps qu'elle ne ressentait presque plus rien quand il était question de morts et d'homicides. Elle avait lu un jour dans un livre qu'une vie touchée par un meurtre, fût-ce de façon superficielle, ne serait plus jamais la même. C'était la vérité.

— Votre père était un ami de Gehrke, poursuivit le commissaire. C'est exact ?

— J'ignore s'ils étaient amis, répondit Karoline. Ils se connaissaient en tout cas depuis longtemps et l'entreprise de Gehrke a financé les recherches de mon père.

Son portable émit un signal sonore.

— Si la communication s'arrête d'un coup, c'est que la batterie est vide. Mon chargeur se trouve à la maison.

— Dans ce cas je vais faire court, dit Bodenstein. Nous avons arrêté votre père hier soir. Il ne nous dit rien et réclame un avocat auquel il a bien sûr droit. Mais il faut que nous sachions de quoi il a parlé avec Gehrke la veille de sa mort et…

Sa voix fut coupée net, le smartphone était déchargé. Karoline se leva et le jeta dans son sac à main. Maman morte. Papa en prison. La nouvelle année commençait aussi mal que la précédente s'était terminée. Karoline prit son manteau et son sac, puis alla au bureau des infirmières où elle signa un document certifiant qu'elle quittait l'hôpital de sa propre initiative. Se doucher et dormir, voilà ce dont elle rêvait. Mais, avant de se mettre au lit, elle allait retourner dans la maison de ses parents.

Ils arrivèrent à Griesheim à dix heures et demie. La zone était encore largement bouclée, la police scientifique reconstituait l'itinéraire de fuite du sniper à l'aide d'un mantrailer, c'est-à-dire d'un chien pisteur. Les Hasebrink habitaient dans la deuxième rue transversale avant la Tauberstraße, déjà bien construite, dans une maison mitoyenne rouge. Jonelle était une jolie fille avec un nez retroussé, une longue chevelure lisse et de grands yeux vifs, son petit ami Fabio un gringalet aux cheveux en brosse, plutôt le genre de type à porter un jean trop large, des baskets et une casquette de baseball, mais qui avait mis une tenue correcte pour rendre visite aux parents de sa petite amie. Il était assis à la table en pin du salon, raide comme un piquet. Bodenstein et Pia prirent place également et les deux adolescents les dévisagèrent tels des condamnés fixant leurs bourreaux. La conversation ne démarrait pas, sans doute à cause de la mine sinistre des parents de Jonelle qui ne cachaient pas leur désarroi en découvrant le petit ami de leur fille de quinze ans. Pia finit par prier les parents de quitter la pièce, escortés par Kim, et les choses s'améliorèrent.

Voilà quatre mois que Jonelle et Fabio sortaient ensemble. Ils se retrouvaient souvent dans la maison en chantier de la Tauberstraße, les travaux étant au point mort depuis bientôt un an parce que le constructeur avait fait faillite. Le vendredi précédent, ils s'y trouvaient aussi, au deuxième étage, car les fenêtres étaient déjà installées et il y faisait un peu moins froid.

— On était en train de blablater, dit la jeune fille en écartant une mèche de son visage. Et puis, d'un coup, on a entendu une sorte de bruit en bas. On a paniqué à mort, on s'est dit, eh ! *shit*, ça doit être un agent immobilier ou le gars auquel appartient la baraque. Mais on pouvait pas non plus se barrer, alors on s'est planqués derrière genre deux trois sacs de ciment.

— Un type a monté l'escalier, enchaîna Fabio. On l'a aperçu entre les marches. Il a regardé partout, puis il est allé dans la pièce d'où on peut voir la maison d'en face. Il est resté là, genre quelques minutes, puis il est redescendu à l'étage d'en dessous. On l'a entendu déplacer des trucs. Après quoi il s'est tiré. Et nous aussi.

— À quoi ressemblait-il ? demanda Pia. Qu'est-ce qu'il portait comme vêtements ?

— Sais pas. Jonelle haussa les épaules. J'ai pas regardé de près. Mais il avait des fringues noires, un bonnet et une capuche par-dessus.

— Un jean noir et un blouson bleu foncé, précisa Fabio.

— Il avait une barbe, affirma Jonelle.

— Il était pas vraiment rasé, corrigea Fabio. Et c'était pas une barbe. Juste ça ici.

Il passa son index au-dessus de sa lèvre supérieure.

— Une moustache ? dit Pia en guise d'aide.

— Ouais. Bingo.

— Il avait quel âge, à votre avis ?

— Il était plutôt vieux. Jonelle regarda son petit ami d'un air indécis. Dans les quarante ans. Ou encore plus… aucune idée.

Plutôt vieux ! Eh bien, merci, songea Pia avec sarcasme.

— Que s'est-il passé ensuite ? demanda Bodenstein.

— Il s'est affairé pendant des lustres, répondit le jeune homme. Je me suis dit, mec, eh ! casse-toi maintenant. J'avais mon entraînement de foot à 4 heures et l'entraîneur est du genre vachement strict quand on arrive en retard. Quand il a fini par se tirer, on est descendus et on s'est taillés vite fait. Puis je suis allé en scoot à mon entraînement.

— J'avais prévu de rentrer chez moi, poursuivit Jonelle. Mais je me suis dit que j'allais m'acheter un truc sucré à la station-service HEM. Donc je remonte l'Elbestraße et, au niveau du rond-point qui traverse le périphérique nord, je vois le type monter dans sa voiture sur le parking de la station. Une vieille Opel, bleu foncé ou noire. J'ai mémorisé la plaque d'immatriculation, je sais pas pourquoi. Peut-être parce qu'elle était pas du coin. Et le type était franchement space.

Elle cita le numéro de la plaque, MTK-WM 177.

— Et tu es sûre que c'était bien l'homme que vous avez vu dans la maison ? s'assura Bodenstein.

— Oui, à cent pour cent. Jonelle hocha la tête.

— Tu es très observatrice, Jonelle. Bodenstein sourit. Un grand merci à vous deux pour votre appel.

Le duo eut un sourire hésitant, mais non dénué de fierté. Tôt ou tard, l'histoire de leur déposition auprès de la police judiciaire ferait d'eux des héros dans leur cercle d'amis. Mais Jonelle semblait encore tracassée par quelque chose.

— Euh… vous pensez que vous pourriez dire un mot à mes parents ? demanda-t-elle à Bodenstein en lui faisant les yeux doux. Pour Fabio, je veux dire.

— Je pense que Mme Freitag s'en est déjà chargée, assura Pia à la jeune fille. Vous n'avez pas de souci à vous faire.

Il fallait qu'il se débarrasse de la voiture sur-le-champ ! La police avait réussi à identifier la plaque d'immatriculation, mais aussi la marque et la couleur. Comment avait-elle fait ? Où était l'erreur ? Il s'était pourtant efforcé de ne pas attirer l'attention ! Il avait eu un choc en entendant à l'instant le communiqué à la radio et il était sur les nerfs. Ils étaient à deux doigts de le coincer.

Par chance, ils ignoraient où il se trouvait. Il devait profiter de cette légère avance, faute de quoi il pouvait faire une croix sur la suite de son plan, qu'il avait suivi si scrupuleusement jusqu'ici.

Il roulait en direction de Königstein. Il avait les mains moites, il s'attendait à être reconnu et stoppé n'importe quand. Il avait peur. Pas de l'arrestation. Ni de la prison. Il avait peur de ne pas pouvoir finir à temps, d'être pincé avant. Il n'y avait pas grand monde sur la route. Jour férié. Premier de l'an. Les gens étaient au lit avec la gueule de bois ou ils avaient peur d'être abattus par le sniper du Taunus. C'était une bonne chose, cela réduisait le risque d'être repéré. Inversement, une Opel Meriva bleue passait moins inaperçue, vu la faible circulation.

Il avait cependant un plan B pour tout, y compris pour la voiture. Et il allait s'y tenir, au lieu d'abandonner la voiture en forêt dans un élan de panique.

Il s'était mis à pleuvoir. Après quelques gouttes initiales, le ciel gris ardoise avait impitoyablement ouvert ses vannes. Les gouttes martelaient le toit et le pare-brise de la voiture, et Bodenstein actionnait l'essuie-glace toutes les deux ou trois secondes pour y voir quoi que ce soit. Cela faisait une demi-heure que Pia et lui observaient, depuis leur véhicule, la maison située au 72, Taunusblick dans la résidence de la Lande à Liederbach, où vivait officiellement Wolfgang Mieger, le détenteur de l'Opel Meriva bleue immatriculée MTK-WM 177. Personne ne fit attention à eux. La maison semblait abandonnée. Des prospectus publicitaires débordaient de la boîte aux lettres, le chemin qui menait à la porte d'entrée était recouvert de feuilles mortes. Les volets roulants étaient baissés.

La portière arrière gauche s'ouvrit d'un coup et Cem se laissa tomber lourdement sur la banquette.

— Quel temps de chien! jura-t-il en écartant ses cheveux mouillés de son front. Comme Bodenstein et Pia, il portait sous son manteau un gilet pare-balles, certes utile quand on était pris pour cible, mais à peu près aussi confortable qu'un corset orthopédique.

— Que dit le voisin? s'enquit Pia.

— Wolfgang Mieger vit en maison de retraite depuis Noël 2011, répliqua Cem. Il a perdu la tête et n'a pas de famille qui s'occupe de lui. Sa femme est morte il y a quelques années, ils n'avaient pas d'enfants. La maison est vide depuis ce temps. Il y a, semble-t-il, quelqu'un qui passe de temps à autre pour jeter un œil sur la maison et tondre la pelouse en été, mais il ne s'est jamais présenté au voisin.

— Donc, si on n'a pas de bol, notre intervention ne servira à rien, dit Pia en soufflant sur ses mains froides. Les voitures de police étaient désormais équipées de lève-vitres électriques, mais on attendait en vain des options de luxe, tel que le chauffage de stationnement. Cela dit, reprit-elle, avec un peu de chance, c'est bel et bien la maison que le sniper utilise comme planque.

L'effervescence initiale, qui s'était emparée de l'équipe lorsque le spectre du sniper s'était transformé en être de chair et d'os grâce à la déposition des deux adolescents, avait fait place à une tension insupportable. Bodenstein n'avait pas reçu de mail du sniper annonçant le décès de Ralf Hesse. Quant au mail de la veille, retracé par les informaticiens de la PJ, il avait été envoyé *via* un accès Internet non sécurisé, or il n'en existait plus tant que ça. La plupart des utilisateurs protégeaient leur accès par un mot de passe pour éviter les abus. Le sniper se sentait-il peu à peu sous pression ? Savait-il qu'ils détenaient le carnet d'Helen Stadler et qu'ils étaient plus près de lui qu'il ne l'avait cru ? Et, si oui, comment était-il au courant ?

Ostermann avait réussi à joindre le Pr Burmeister dans son hôtel aux Seychelles pour l'informer que lui et sa fille seraient attendus le lendemain matin par des policiers devant le hall d'arrivée. Kai ne lui avait pas donné d'explication et Pia avait décidé de s'y rendre elle-même afin de parler au médecin. Mark Thomsen n'avait pas refait surface, pas plus que Jens-Uwe Hartig. Kai avait contacté une de ses employées qui s'était étonnée de la fermeture du magasin jusqu'au 6 janvier. D'après elle, Hartig n'avait prévu aucun déplacement. Le parquet avait autorisé la localisation de son téléphone portable, mais il était éteint et donc tout aussi introuvable que son propriétaire.

— Mets le moteur en marche, s'il te plaît, demanda Pia à son supérieur. Je vais mourir de froid.

Bodenstein tourna la clé de contact. Le moteur démarra, la soufflerie rendit leur transparence aux vitres embuées. Son portable sonna au même moment. Il mit le haut-parleur.

— Le commando vous rejoint dans dix minutes, dit Ostermann. Et Napoléon est revenu. Je nous en débarrasse ?

— Non. La colère de Bodenstein envers Neff s'était dissipée. Il pourrait nous être encore utile, dit-il. Que révèle le carnet ?

— Il lui servait d'agenda, elle y notait chaque jour en style télégraphique ce qu'elle faisait. Beaucoup de détails du quotidien. Mais je suis tombé sur deux ou trois choses intéressantes, répondit Ostermann. Helen a parlé à Fritz Gehrke, aux Prs Ulrich Hausmann, Simon Burmeister et Arthur Janning, en notant avec précision où et quand. Elle a aussi écrit pour chacun d'eux la date marquant la fin de son ultimatum : le 19 décembre 2012. Malheureusement, elle n'a pas rédigé grand-chose sur le contenu des entretiens et ses notes sont plutôt fumeuses. Santex, barrière des groupes sanguins, groupe universel O, donneur A vers receveur O : non, l'inverse : oui, hôpital de l'Île à Berne, CHU de Zurich, et même l'adresse de la Chambre fédérale des médecins. J'y pige que dalle.

— On interrogera son père quand on aura terminé ici, proposa Pia. Il devrait bientôt être de retour.

— As-tu retrouvé la trace de Janning et d'Hausmann ? s'enquit Bodenstein.

— Non, désolé, pas pour l'instant, répondit Ostermann. Mais je ne lâche pas le morceau.

— Il faut absolument qu'on sache qui a donné ce carnet à Karoline Albrecht, dit Bodenstein.

— Son portable est toujours éteint, hélas, dit Kai. Mais je vais encore tenter de la joindre.

La radio de bord émit un bruit de fond, une voix métallique se fit entendre.

— Kai, ça commence, dit Pia. Le commando est là. On te recontacte plus tard.

Ils descendirent de voiture et longèrent la rue sous la pluie jusqu'aux véhicules de la section d'assaut. Ils évoquèrent le déroulement de l'intervention avec le chef de groupe. Trois hommes allaient pénétrer dans la propriété de Mieger par le jardin. Deux policiers s'y trouvaient déjà et veillaient à ce que personne n'entre ou ne sorte. Les quatre autres membres passeraient par la porte d'entrée avec Bodenstein, Cem et Pia, mais seulement après l'ouverture du garage. Elle s'effectua sans grand bruit en quelques minutes et la surprise fut grande. Ou pas tant que ça. Le garage abritait le 4×4 noir de Mark Thomsen ! Celui-ci avait dû faire la connaissance de Mieger, le vieux monsieur étant peut-être membre ou sympathisant d'HAMO. Thomsen devait savoir que la maison de Mieger était inoccupée et sa voiture en règle et en état de marche dans le garage. Quant à la vieille serrure de la porte d'entrée, elle ne constituait pas un obstacle majeur pour quelqu'un qui était agent de sécurité.

— Thomsen est un ancien tireur d'élite du GSG 9, dit Bodenstein au chef de groupe. Il faut donc s'attendre à ce qu'il soit armé et dangereux.

Le chef informa son équipe, puis il ordonna le début de l'assaut. En l'espace de quelques secondes, la porte d'entrée fut forcée, une grenade assourdissante vola dans le couloir sombre et Mark Thomsen, qui était en train de regarder un film sur son ordinateur portable, confortablement installé sur le canapé, fut maîtrisé dix secondes plus tard. Lorsque Bodenstein, Pia et Cem entrèrent dans la maison, il était allongé sur le ventre, vêtu d'un simple tee-shirt et d'un jogging, les poignets attachés dans le dos par des menottes plastique. Deux des hommes encagoulés relevèrent Thomsen sans ménagement. La description de Jonelle et Fabio correspondait parfaitement : Thomsen était mal rasé, mince, à la fin de la quarantaine, et il portait une moustache. Un jean noir et un blouson bleu foncé reposaient sur un dossier de chaise.

— Voilà qu'on se retrouve, constata Pia.

— Vous êtes obligés de me faire mourir de peur ? rétorqua Thomsen avec un rictus mauvais. Pourquoi n'avez-vous pas sonné, tout simplement ?

Bodenstein sentit la colère monter en lui en voyant son expression. L'atroce spectacle des victimes lui revint, il songea au désespoir extrême des proches et dut se retenir pour ne pas lui enfoncer son poing dans la figure.

— Vous êtes en état d'arrestation, dit-il d'une voix mal

contenue. Vous êtes accusé des meurtres d'Ingeborg Rohleder, Margarethe Rudolf, Maximilian Gehrke…

— Eh ! qu'est-ce que ça veut dire ? s'écria Thomsen qui ne ricanait plus. Vous n'êtes pas sérieux !

— Je n'ai jamais été plus sérieux, répliqua froidement Bodenstein. Nous avons saisi dans votre maison des preuves formelles attestant que vous êtes bien le sniper qui a abattu cinq personnes.

— Quelles preuves ? Thomsen secoua la tête.

— Par exemple le compte rendu de filature de Maximilian Gehrke.

— Des plans comme ça, il y en a encore des tas ! prétendit Thomsen. C'est Helen qui a fait tout ce repérage !

— Balivernes ! dit Bodenstein d'un ton sec. Où est l'arme ?

— Quelle arme ?

— Le fusil avec lequel vous avez commis les meurtres !

— Je n'ai commis aucun meurtre, et je suis sûr que vous avez déjà trouvé et fait examiner mes armes. Je n'ai rien à voir dans cette affaire !

— D'après votre permis de détention, il manque une arme longue. Pourquoi avoir déguerpi en nous enfermant dans la chaufferie de la cave ?

— Parce que… j'ai paniqué tout d'un coup.

Bodenstein fit non de la tête. Thomsen n'était sûrement pas le genre de type à paniquer quand la police débarquait. Il mentait.

— Comment êtes-vous entré dans cette maison ? demanda Pia. Où avez-vous fait la connaissance de M. Mieger ? Et où se trouve la voiture ?

— Quelle voiture ? Thomsen continuait de jouer l'idiot et Bodenstein en avait ras le bol.

— Ça suffit maintenant, aboya-t-il. Embarquez-moi ça !

— Je ne suis pas le sniper, insista Thomsen, mais Bodenstein tourna les talons et quitta la maison.

Dirk Stadler était encore sur le chemin du retour de l'Allgäu et n'arriverait chez lui que vers 20 heures, et Bodenstein préférait attendre un représentant du parquet pour procéder à l'interrogatoire de Thomsen. Il ne voulait pas commettre d'erreur qu'un avocat malin pourrait utiliser en faveur de Thomsen durant le procès. Sa décision s'avéra être la bonne, car ils reçurent une petite heure plus tard un appel anonyme, après l'avis de recherche lancé à la radio, leur signalant un garage dans la Toni-Sender-Straße à Sossenheim : l'Opel bleue qu'ils recherchaient était censée se trouver dans le box n° 601. Bodenstein envoya une patrouille et Ostermann trouva le nom du responsable de la location des garages. Au bout de quelques coups de fil, il parvint à joindre un membre du syndic qui lui confirma qu'un certain Markus Thomsen avait loué le box n° 601 en octobre 2012 et réglé le loyer en liquide pour un an.

Avec plus d'un millier d'appartements et presque autant de garages, on ne connaissait évidemment pas chaque locataire en personne, dit l'homme en s'excusant presque. Le garage était malheureusement vide, mais Bodenstein le fit mettre sous scellés et demanda à Kröger une expertise criminelle dans les plus brefs délais.

— Voilà qui établit le lien entre lui et la voiture, dit-il d'un air triomphal en prenant place à la table de réunion. Je suis curieux de voir comment Thomsen compte s'en sortir cette fois-ci.

— Il ne veut pas d'avocat, au fait, dit Pia à ses collègues, juste après avoir quitté le suspect.

— Alors qu'il n'en prenne pas. Bodenstein haussa les épaules, puis frappa soudain dans ses mains. Chers collègues, avec un peu de chance, on a coincé le sniper aujourd'hui et vous pourrez bientôt quitter le boulot à l'heure !

— Ce serait chouette, dit Kai. On en a tous besoin.

Bodenstein composa pour la énième fois le numéro de Karoline Albrecht et il finit par avoir du succès.

— Je viens de voir que vous aviez essayé plusieurs fois de me joindre, dit-elle en guise de présentation. Désolée, la batterie était complètement déchargée.

— Je ne vais pas vous déranger longtemps. Mais ce serait important pour nous de savoir qui vous a donné le carnet d'Helen Stadler.

Mme Albrecht hésita un instant.

— J'ai remarqué que le compte Facebook d'Helen était encore actif, répondit-elle. Et c'est comme ça que j'ai trouvé son amie Vivien Stern, nous nous sommes vues à Francfort.

— Facebook ! gémit Kai. Pourquoi n'y ai-je pas songé moi-même ?

— De quoi avez-vous parlé avec elle ? demanda Bodenstein.

— Elle a dit qu'Helen était sur la piste d'un truc énorme et persuadée qu'on avait laissé mourir sa mère pour récupérer ses organes. Et qu'elle avait l'intention d'élucider tout ce qui s'était passé à l'époque.

— Helen Stadler et Mme Stern étaient-elles proches ?

— Elles se connaissaient apparemment depuis l'école et elles ont fait leurs études ensemble à Francfort. Helen a toujours laissé son carnet chez Vivien pour que son père ou son petit ami ne le trouvent pas. Son petit ami a dû lui faire subir une pression énorme, il voulait à tout prix se marier, mais pas elle. Helen et Vivien avaient prévu de partir en secret aux États-Unis pour poursuivre leurs études. Lorsque le petit ami d'Helen en a entendu parler, il a menacé Vivien et l'aurait même frappée. Elle a une peur panique de cet homme, c'est pourquoi elle n'a pas osé remettre le carnet à la police. Elle m'a demandé de ne pas citer son nom, mais je lui ai dit que ce serait sans doute difficile à éviter.

— Avez-vous son numéro de téléphone ? s'enquit Bodenstein.

— Non, hélas. Elle retourne après-demain aux États-Unis, elle n'était chez ses parents que pour les fêtes. Et elle vient seulement de comprendre qu'il existait un lien entre les recherches d'Helen et les meurtres.

— Comment cela ?

— Elle a lu les noms dans la presse. Ingeborg R., Maximilian G., Margarethe R. Helen l'avait mise au courant. Karoline Albrecht fit une courte pause, comme pour se remémorer leur entretien. Helen semblait ne plus faire confiance à personne, reprit-elle, après avoir découvert que son père avait reçu un million d'euros pour qu'il retire sa plainte contre l'hôpital. Cela s'est su parce que son père a subi un contrôle fiscal. C'est à ce moment qu'elle s'est lancée dans ses recherches. Un ami l'a aidée, mais j'ai oublié son nom.

— Mark Thomsen ? suggéra Bodenstein, impressionné par la mémoire de cette femme accidentée la veille.

— Oui, c'est ça, confirma Karoline Albrecht.

— Pourquoi Vivien Stern croit-elle qu'Helen a été assassinée ?

— Elle est convaincue qu'Helen n'avait aucune raison de se suicider. Elle devait être absolument euphorique en pensant à l'Amérique et aux résultats de ses recherches. Vivien suppose qu'Helen a été tuée par son petit ami parce qu'elle voulait le quitter.

— On soupçonne votre père d'avoir laissé mourir la mère d'Helen pour pouvoir transplanter son cœur. Vous le savez ? demanda Bodenstein après une courte pause. Il entendit Mme Albrecht prendre une grande inspiration à l'autre bout de la ligne.

— Oui, j'en suis consciente. Sa voix prit soudain une tonalité amère. C'est la raison pour laquelle ma mère a été abattue sous les yeux de ma fille. Si c'est exact, je ne le lui pardonnerai jamais.

— Henning, c'est moi, Pia. Excuse-moi de te déranger aussi tard.

— Ça ne fait rien. Il est quelle heure, au juste ? répondit Henning.

— Bientôt 20 h 30.

— Oh, je n'ai pas vu le temps passer.

Pia ne put s'empêcher de sourire. Une réponse typique d'Henning. Miriam et lui s'étaient-ils réconciliés ? Leur dispute de la veille n'était peut-être pas la première, car Henning semblait de nouveau être à l'institut du matin au soir, ce que Pia ne connaissait que trop bien à l'époque de leur vie commune.

— Dis-moi, pourrais-tu rejeter un œil au rapport d'autopsie d'Helen Stadler, s'il te plaît ? demanda-t-elle à son ex-mari. Nous pensons qu'on l'a jetée de la passerelle devant le train et qu'elle n'a pas sauté elle-même. Peut-être que son corps comportait des traces qui ont été mal interprétées ?

— Je m'en charge tout de suite et je te fais signe, promit Henning. Vous avancez dans l'enquête ?

— On a arrêté un suspect aujourd'hui, dit Pia.

— Bravo.

— Dis-moi, ton informateur qui veut rester anonyme, serait-ce par hasard le Pr Arthur Janning ? lui demanda-t-elle.

— Pourquoi penses-tu à lui ? répliqua Henning, ce qui revenait à une affirmation pour Pia.

— Helen Stadler s'est visiblement renseignée et elle a parlé à toutes sortes de gens. C'est ce qu'elle a noté dans son carnet, expliqua Pia. Et Janning était dans le lot.

— Tu as raison, c'est bien lui, confirma Henning. Il est maintenant chef de service aux soins intensifs à la clinique de traumatologie. D'après moi, il n'était pas impliqué dans l'affaire Stadler mais, la patiente étant en réanimation, il a dû suivre les événements de loin.

— Helen Stadler a établi une sorte de liste noire comportant neuf noms et Janning en fait partie. Cinq de ces personnes, ou plus exactement de leurs proches, sont déjà mortes, l'informa Pia. C'est pourquoi nous craignons que l'homme ne soit une des prochaines victimes du sniper.

— Oh, se contenta de répondre Henning.

— Nous sommes certains qu'il s'est passé encore autre chose à la clinique et qu'Helen était en passe de le découvrir. Ce qui vient confirmer nos doutes, c'est que tout le monde a peur et que des dossiers ont été détruits chez Fritz Gehrke, par lui ou une tierce personne.

— Dans ce cas, faites attention à ce que Rudolf ne se tire pas à l'étranger, lui conseilla Henning.

— Il a loupé sa chance, répliqua sèchement Pia. Depuis hier soir, il a le droit de dormir aux frais de la princesse.

Dirk Stadler semblait tout juste rentré chez lui. Sa petite valise, non ouverte, se trouvait encore dans le couloir.

— Entrez, je vous en prie, dit-il poliment à Pia et Bodenstein.

— Merci. Pia sourit. C'était comment, dans l'Allgäu ?

— Calme. Stadler lui rendit son sourire. Quand je vois les détritus qui jonchent la chaussée, je me dis que c'était sûrement plus animé ici.

Il referma la porte.
— Il y a eu un nouveau mort la nuit dernière, dit Pia.
— C'est ce que j'ai entendu à la radio, confirma Stadler. Mais vous ne pensez plus que mon fils est impliqué, n'est-ce pas ?
— Non, répondit Bodenstein. Nous avons arrêté quelqu'un aujourd'hui.
— Ah, c'est… c'est fantastique. Félicitations. Stadler semblait aussi surpris que content. En quoi puis-je vous être utile ?
— L'homme nie évidemment être le meurtrier. Il nous faut donc davantage de preuves et un mobile. Nous savons qu'il s'agit de vengeance et de représailles. Nous connaissons aussi la motivation principale. Mais il y a sûrement bon nombre d'éléments que nous ignorons encore.
— Ah ah. Stadler appuya sur l'interrupteur du salon. Vous permettez que je m'assoie ? Ma jambe… après le long trajet en voiture…
— Je vous en prie. Bodenstein hocha la tête. Ils suivirent Stadler qui massait son genou en écoutant attentivement Bodenstein évoquer l'histoire du Pr Rudolf et du fils de Fritz Gehrke.
— Vous saviez que Gehrke était un vieil ami de Rudolf, n'est-ce pas ? demanda Bodenstein.
— Je prenais cela pour des chimères de Jens-Uwe. Stadler paraissait épuisé. Il avait les joues creuses et les yeux fiévreux. Jens-Uwe était déçu et furieux, dit Stadler, il voulait démolir Rudolf. Il voyait en moi la personne adéquate pour créer des problèmes à Rudolf et rendre l'affaire publique.
— Mais vous ne vouliez pas porter plainte. Pourquoi vous êtes-vous laissé convaincre ? demanda Pia.
— Je vous l'ai déjà dit, répliqua Stadler. Mon beau-père a exercé une pression sur moi. Il ne parlait plus que de ça. Mais plus on pesait le pour et le contre, plus il me parut évident qu'on n'avait aucune chance. Même si on avait gagné le procès, cela n'aurait pas rendu la vie à ma femme. J'ai fini par vouloir qu'on me fiche la paix.
— Vous avez déclaré avoir reçu cinquante mille euros lors de la transaction avec la clinique, insista Pia qui se rappela son entretien avec Henning au sujet de l'informateur anonyme. Était-ce vraiment tout ?

Stadler poussa un soupir résigné.

— Non, concéda-t-il. J'ai reçu un million d'euros supplémentaire de la part de Fritz Gehrke.

— *Un million d'euros ?* s'assura Pia en feignant l'incrédulité. Pourquoi cela ?

— Pour que je retire ma plainte. Un procès étalé sur des années m'aurait ruiné. Cet argent m'a permis d'assurer une belle vie à mes enfants.

— Gehrke vous a corrompu, constata Bodenstein. Pour quelle raison ?

— Je pense plutôt qu'il a apaisé sa mauvaise conscience grâce à cette somme. Son fils a survécu, mais cela a coûté la vie à ma femme, répondit calmement Stadler. Le montant ne représentait pas grand-chose pour Gehrke et j'avais besoin d'argent. Je l'ai fait verser sur un compte en Suisse, ce qui était une erreur. Un jour, le contrôleur fiscal a débarqué chez moi. Mon compte et mon nom devaient se trouver sur un CD quelconque. J'ai dû payer des taxes et une amende. Mes enfants, qui ignoraient tout de cet argent, l'ont évidemment su.

— Comment ont-ils réagi ? s'enquit Bodenstein.

— Erik s'en fichait. Il a juste dit que j'étais idiot d'accepter de l'argent sale. Helen, en revanche, était furieuse et elle m'a reproché de m'être fait payer mon silence et de me rendre ainsi complice. Nous en avons beaucoup parlé jusqu'à ce qu'elle comprenne pourquoi j'avais agi de la sorte.

— C'était quand ?

— Il y a deux ans.

Bodenstein et Pia échangèrent un regard. Il y a deux ans, Helen avait commencé à rédiger son carnet et à faire des recherches.

— Vous savez que votre fille écrivait une sorte de journal intime ? demanda Pia.

— Oui. Elle le faisait depuis son enfance, mais elle a arrêté à l'âge de seize ou dix-sept ans. Après, elle s'est contentée de prendre des notes jour après jour.

— Votre fille était persuadée qu'on n'a pas utilisé tous les moyens dont on disposait à l'époque pour s'occuper de sa mère, dit prudemment Pia. Elle pensait qu'on l'avait laissée mourir pour pouvoir prélever ses organes.

— Mais ça ne tient pas debout, répondit Stadler avec lassitude. Nous avons déjà abordé ce sujet plusieurs fois.

— Que ça tienne debout ou pas, c'était son avis et c'est pourquoi elle a pris des renseignements pour son compte, poursuivit Pia. Elle a mis des gens sous pression. Et pas qu'un peu.

— Non, je ne vous crois pas, la contredit Stadler avec insistance. Ce n'est pas possible. Ma fille était très fragile psychologiquement, elle n'aurait jamais osé faire une chose pareille !

— Elle a parlé au directeur de la clinique, à Fritz Gehrke, au Pr Rudolf et à un autre médecin de l'établissement qu'elle jugeait responsable. Elle leur a visiblement fixé un ultimatum.

— Un ultimatum ? Pour quoi faire ?

— Elle voulait sans doute que la vérité sur les circonstances de la mort de votre femme soit rendue publique. L'ultimatum devait prendre fin juste avant Noël, répondit Pia. Mais elle s'est suicidée trois jours après son dernier entretien.

Le portable de Pia se mit à sonner. Un SMS de Kai. *Trouvé Vivien Stern*, avait-il écrit. Pia se demanda si elle devait interroger Stadler au sujet de l'amie de sa fille, mais elle voulait d'abord s'entretenir avec la jeune femme.

— Elle ne comptait d'ailleurs pas se marier, ajouta Bodenstein. Il paraît qu'elle avait peur de M. Hartig qui la contrôlait et la bridait de plus en plus.

— Mais c'est vraiment n'importe quoi ! Jens-Uwe aimait Helen ! Stadler, ébahi, secoua la tête. C'est vrai qu'elle aurait aimé repousser un peu le mariage parce qu'elle voulait partir étudier un an aux États-Unis. Je trouvais ça bien, je me disais que cela favoriserait son épanouissement personnel de voir autre chose et de prendre du recul. C'était aussi l'avis de Jens-Uwe.

— Alors pourquoi l'a-t-il bourrée de médicaments ? demanda Pia.

— Qui prétend un truc pareil ? Dirk Stadler donnait l'impression de ne plus pouvoir supporter un grand nombre de nouvelles de ce genre.

— Nous l'avons appris de source sûre, dit Pia en éludant la question.

— Votre fille avait par ailleurs d'autres projets en tête, enchaîna Bodenstein. Elle a établi une liste de personnes qu'elle jugeait coupables de la mort de sa mère. Elle a observé ces gens, leur style de vie, leurs habitudes et ce, pendant des mois. Elle a dû les espionner pour de bon. Il semblerait que M. Thomsen l'ait aidée dans cette tâche, nous avons trouvé chez lui un compte rendu de filature de Maximilian Gehrke. Nous pensons qu'Helen voulait demander des comptes à ces personnes. Après sa mort, quelqu'un d'autre a pris le relais.

Stadler contempla Bodenstein et son regard exprima, pour une fraction de seconde, la douleur indicible qu'il endurait depuis plus de dix ans et dont il n'arrivait pas à se libérer.

— Et c'est censé être qui ? demanda-t-il d'une voix blanche. Qui pourrait avoir… *pris le relais* ?

— Quelqu'un qui sait très bien tirer, répliqua Bodenstein.

— Thomsen ?

— Possible. Au fait, est-ce que le nom de Wolfgang Mieger vous dit quelque chose ?

— Bien sûr. Stadler acquiesça d'un air las. Wolfgang était un de mes collègues, avant qu'il n'ait Parkinson et ne perde la tête. Sa femme est morte il y a trois ans, ils n'avaient pas d'enfants. Mais qu'est-ce qui vous fait soudain penser à lui ?

— Nous avons arrêté un suspect dans sa maison.

La nouvelle laissa Dirk Stadler pantois pendant quelques secondes. Il se releva.

— J'ai une clé de la maison de Wolfgang, dit-il à voix basse. Depuis qu'il est en institution à Königstein, je jette de temps à autre un coup d'œil sur la maison et je m'occupe du jardin. Helen s'y rendait souvent avec moi, parfois seule, elle vidait la boîte aux lettres et vérifiait que tout était en ordre quand je n'avais pas le temps d'y aller.

— Quand y étiez-vous pour la dernière fois ?

— Un peu avant Noël. C'est ça, il y a environ quinze jours, quand il a fait si froid. J'ai examiné le chauffage.

— Il vous arrive d'utiliser la voiture de M. Mieger ?

— Non. Elle est au garage, elle ne roule plus.

— C'est malheureusement faux. Quelqu'un est en train de l'utiliser.

— Mais c'est impossible ! La voiture n'a pas passé le contrôle technique et elle n'est pas assurée ! Stadler fit la grimace, se leva du tabouret et alla en boitant jusqu'au buffet du couloir. Il ouvrit un tiroir et leur présenta une clé de voiture. Si quelqu'un circule dans ce véhicule, c'est à mon insu !

— Votre fille avait-elle éventuellement une deuxième clé de la maison qu'elle aurait donnée à Thomsen ou à Hartig ? s'enquit Bodenstein.

Stadler s'appuya contre le buffet.

— Mon Dieu. Oui, c'est possible, admit-il. Il me manque une des clés de la porte d'entrée depuis des mois.

— Savez-vous où M. Hartig pourrait se trouver ? demanda Pia.

Stadler referma le tiroir d'un coup sec. Il régna un temps un silence gênant.

— Non. Stadler secoua la tête. Je n'ai plus beaucoup de contacts avec lui depuis la mort d'Helen.

— Mais vous avez parlé plus d'une heure au téléphone avec lui vendredi dernier.

— Oui, c'est vrai. Il voulait me souhaiter la bonne année. Et puis on a parlé encore un moment.

— De quoi ?

— De toute cette histoire. Stadler fit un geste vague. Du fait que vous le soupçonnez, que vous avez fouillé sa maison et son atelier. Et aussi… d'Helen. Elle aurait eu vingt-quatre ans ce jour-là.

Lorsqu'ils quittèrent la maison de Stadler, il pleuvait encore des cordes.

— À une certaine époque, je pouvais compter sur toi pour emporter un parapluie ! grommela Pia en relevant sa capuche, bien que cela ne serve plus à rien.

— J'en ai un dans la voiture. Tu veux que j'aille le chercher ? proposa galamment Bodenstein.

— Bah ! on s'en fiche maintenant

Ils coururent vers la voiture, la tête rentrée dans les épaules, en évitant les grosses flaques. Le portable de Pia se mit à sonner et elle répondit, malgré l'eau de pluie qui dégoulinait dans la manche de sa doudoune.

— Vous pourriez bien avoir raison, dit Henning à son oreille. Le corps d'Helen Stadler était plutôt amoché, mais les extrémités supérieures quasiment intactes. Étant donné qu'on a conclu au suicide à l'époque, on a dû interpréter les hématomes sur les bras comme de simples contusions. Mais il est très possible que quelqu'un l'ait maintenue. Elle était toute frêle. Un homme costaud n'aurait eu aucun problème à la pousser ou à la jeter par-dessus le parapet.

Pia sentit son cœur accélérer.

— Qu'en est-il de ses vêtements ?

— Ils doivent toujours se trouver dans la salle des pièces à conviction. Mais il y a encore autre chose.

— Ah ?

Bodenstein ouvrit la portière avant droite pour Pia qui se glissa à l'intérieur de la voiture.

— Même en cas de suicide, nous travaillons très minutieusement, comme tu sais. À l'époque, on a retrouvé et conservé des particules de peau sous les ongles de sa main gauche. Si on considère qu'il ne s'agit pas d'un suicide, mais qu'il y a peut-être eu l'intervention d'un tiers, tu devrais faire en sorte que tout soit envoyé au labo, y compris les vêtements.

— Je vais le faire illico. Merci, Henning.

Bodenstein démarra, mit le chauffage et la soufflerie à fond, tandis que Pia lui rapportait les propos d'Henning.

Ils roulèrent un moment en silence dans l'obscurité.

— J'ai un drôle de sentiment, dit soudain Pia.

— À quel sujet ?

— Je ne sais pas. Pia haussa les épaules. À première vue, dit-elle, Stadler paraît tout à fait crédible. Il était ébranlé, mais pas trop, déconcerté, et aussi sincère. Il n'y a rien qui m'ait fait tiquer. Il a avoué le pot-de-vin de Gehrke, ainsi que l'appel d'Hartig, et l'histoire de la maison de Mieger a l'air authentique. Il n'a pas semblé une seule fois pris au dépourvu ou nerveux. Et pourtant… j'aimerais bien qu'on le place sous surveillance.

— Stadler ? Bodenstein lui lança un regard surpris. Pourquoi donc ? Comment comptes-tu le justifier auprès du procureur ?

— Par le fait que c'est lui qui a le mobile le plus solide. Pia leva la main lorsque son supérieur voulut répondre. Je sais, je sais, il a un handicap physique, des alibis et, contrairement à Thomsen et Hartig, les armes ne sont pas son truc, mais tout le reste colle tellement bien.

— S'il te plaît, Pia! Bodenstein secoua la tête. Wolfgang Mieger était un collègue de Stadler, Helen connaissait sa maison, avait accès à la clé. Elle a parlé de la maison à Thomsen, lui a donné la clé. Il était tireur de précision. Il n'a pas d'alibi. Il n'a rien à perdre. *Voilà* qui colle. Thomsen est notre homme, c'est sûr.

Pia, songeuse, fixait la route.

— Stadler sait-il qu'Hartig faisait partie de l'équipe médicale du Pr Rudolf à la clinique? s'enquit-elle.

— Pourquoi ne le lui as-tu pas demandé? répliqua Bodenstein.

— Pourquoi moi? Pia interpréta la question de son supérieur comme un reproche. Tu aurais pu le lui demander toi-même!

— J'ai supposé que tu avais une bonne raison de ne pas l'interroger là-dessus.

— La seule raison, c'est que je n'y ai pas pensé. Pia se sentit dépassée par toutes les questions qu'elle avait posées ces derniers jours, sans obtenir de vraies réponses. Tant de suppositions, d'hypothèses et d'indices d'un côté, tant d'excuses et de mensonges de l'autre. Tous ces arbres avaient fini par lui cacher la forêt.

— Tu sais ce que je me demande encore? dit-elle, pendant qu'ils longeaient les thermes du Rhin-Main. Quelle conséquence la condamnation pour fraude fiscale a-t-elle eu sur la carrière de Stadler? A-t-il le statut de fonctionnaire s'il travaille à la direction de l'Équipement de la ville de Francfort?

— Possible. Il est en tout cas employé du service public. Bodenstein acquiesça. Il y a quelque temps, ajouta-t-il, le directeur d'un centre des impôts a été radié de la fonction publique pour avoir falsifié sa déclaration de revenus en mentant sur sa situation de famille pendant plusieurs années. Bien que cela ne soit pas lié à son métier, ce fut considéré comme une faute professionnelle grave.

— D'où sais-tu ça? s'étonna Pia.

— Je lis le journal, répondit Bodenstein en ricanant.

— On ne joindra personne à la direction de l'Équipement à 21 h 30 le Jour de l'an. Pia bâilla comme une carpe. Et puis j'ai une faim de loup et je suis morte de fatigue.

Elle interrompit son bâillement car elle repensa soudain au SMS de Kai.

— Mince ! s'écria-t-elle en sortant son portable. Kai m'a envoyé un SMS tout à l'heure, quand on était chez Stadler ! Il a retrouvé Vivien Stern. Il l'a peut-être déjà appelée.

— Tu pourrais arrêter de bâiller, s'il te plaît ? C'est contagieux ! dit Bodenstein d'un ton réprobateur en bifurquant sur le parking du commissariat. Nous avons encore l'interrogatoire de Thomsen devant nous.

— Oh, ça peut attendre demain. Pia bâilla jusqu'à s'en décrocher la mâchoire et elle ouvrit la portière. Il ne va pas nous filer entre les doigts, dit-elle.

— Tu as raison. Le mieux, c'est de rentrer, répondit Bodenstein. Bonne nuit !

— Bonne nuit, chef ! Pia referma la portière et alla à sa voiture. Bodenstein enclencha la marche arrière, fit demi-tour et, lorsqu'il s'engagea sur la route, il sentit qu'il avait rarement été aussi fatigué de toute sa vie.

Mercredi 2 janvier 2013

Le vol Condor DE 303 en provenance de Mahé avait atterri à 6h30 du matin, comme prévu. Il jeta encore un œil sur le tableau d'affichage. Terminal 1, porte C, ça n'avait pas changé.

L'effervescence régnait toujours à l'aéroport, alors une personne debout avec une petite valise à roulettes n'attirait pas l'attention. Il s'installa au bar situé en biais de la porte C, commanda un café et feuilleta un journal mis à la disposition des clients. Il ressemblait à un homme d'affaires en voyage, tel qu'il y en avait des milliers à l'aéroport. Il se contenta de survoler les gros titres consacrés au sniper du Taunus, le reste du journal ne l'intéressant pas davantage. Quatre policiers en uniforme attendaient devant le hall d'arrivée et Mme Kirchhoff, la policière blonde, se trouvait à côté d'eux. Elle semblait aussi fatiguée et usée que lui-même. La nuit dernière avait dû être longue pour elle et c'était grâce à lui.

Mais cela ne durerait plus très longtemps. Justice serait bientôt rendue.

Il fit tourner sa cuillère dans la tasse, bien qu'il n'eût rien à mélanger, car il ne prenait ni lait ni sucre dans son café. Mais c'était crédible de loin, quelqu'un qui remuait distraitement sa cuillère dans sa tasse, tout en lisant le journal. Kirchhoff lançait sans cesse des regards scrutateurs à la ronde, son regard glissa plusieurs fois sur lui, mais elle ne le reconnut pas. Il était passé maître dans l'art du déguisement et son visage ordinaire lui procurait un avantage. Il n'était ni particulièrement grand ni particulièrement beau, c'était la meilleure façon de se fondre dans la masse.

Une femme brune et un monsieur grisonnant firent leur apparition, la policière s'adressa à eux. Ils parlaient, la brune était nerveuse, elle tordait ses mains, tortillait une mèche de cheveux entre ses doigts, fouillait dans son sac à main. Ils se tenaient un peu à l'écart des autres personnes qui attendaient, le regard braqué sur le hall d'arrivée, d'où s'écoulait peu à peu le flux des passagers. Hommes, femmes, enfants, adolescents. Des familles, un rien fatiguées par la durée du vol, mais bronzées et visiblement reposées après leurs vacances aux Seychelles. Beaucoup d'entre eux étaient attendus. Signes de main. Rires. Étreintes, joie des retrouvailles. Burmeister et sa fille sortirent presque les derniers et furent aussitôt accueillis par la police. La jeune fille qui, comme il le savait, avait seize ans et s'appelait Leah, prit congé de son père, ils s'enlacèrent, échangèrent encore quelques mots, il lui caressa le visage et l'embrassa sur la joue. Puis Leah alla vers la femme brune, sa mère, qui n'accorda pas un regard à Burmeister, et elle s'accrocha à son bras. Kirchhoff parla à Burmeister, qui regardait fixement sa fille s'en aller. Deux policiers suivirent Leah, sa mère et l'homme aux cheveux gris, les deux autres restèrent auprès de Burmeister. Il finit son café, froid depuis longtemps. Il avait du mal à garder son calme. Tant de choses dépendaient des minutes suivantes ! On verrait bien si le plan A était faisable ou s'il allait devoir passer au plan B.

Burmeister et sa fille se trouvaient parmi les derniers passagers du vol Condor DE 303 en provenance de Mahé. Ils n'avaient pas de chariot à bagages, mais des valises à roulettes.

— La voilà ! s'écria fébrilement l'ex-femme de Burmeister, qui avait attendu avec Pia, et elle gesticula des deux bras. Leah ! Leah, par ici !

La jeune fille avait initialement prévu de prendre le train de Francfort à Düsseldorf mais, vu la situation, il aurait été irresponsable d'exposer l'adolescente de seize ans à un tel danger. Sa mère avait tout de suite confirmé la veille au téléphone qu'elle et son mari viendraient chercher Leah devant le hall d'arrivée. Le trio disparut sous les regards intrigués de la foule, en compagnie de deux policiers qui allaient les escorter à leur voiture, puis jusqu'à la jonction de Wiesbaden. Pia ne voulait prendre aucun risque.

Le Pr Simon Burmeister était un homme séduisant, au début de la cinquantaine : les épais cheveux noirs coiffés en arrière, le teint hâlé, l'allure sportive, les traits bien dessinés et le charisme d'un homme ayant conscience de sa position sociale et de son physique avantageux.

— Monsieur Burmeister ? Je m'appelle Pia Kirchhoff, police judiciaire d'Hofheim, dit Pia. Mon collègue s'est entretenu avec vous.

— Il me faut d'abord un bon café. Le jus de chaussette qu'on m'a servi dans l'avion était infect, dit-il en guise de présentation, et il fit un signe à sa fille qui lui envoya un baiser de la main. Il scruta ensuite les deux policiers en uniforme et finit par regarder Pia. C'est quoi, tout ça, au juste ?

Burmeister saisit sa valise à roulettes et alla d'un pas déterminé vers le bar situé à quelques mètres du hall d'arrivée. Pia dut lui courir après, qu'elle le veuille ou non.

— Un café allemand digne de ce nom, s'il vous plaît, dit-il au serveur en posant un billet de dix euros sur le comptoir, puis il se souvint sans doute des bonnes manières. Vous en prenez un ?

— Non, merci, répondit Pia avec agacement. Vous voulez bien m'écouter ?

Burmeister prit son gobelet et but une petite gorgée.

— Ah, ça fait du bien ! dit-il en souriant, et les petites rides ainsi formées rendaient son visage sympathique. Voilà, dit-il, vous avez maintenant mon entière attention.

La nouvelle des meurtres en série du tireur embusqué était certes parvenue jusqu'aux Seychelles, mais le sourire de Burmeister s'effaça et l'homme en oublia de boire son café lorsque Pia lui expliqua en deux mots les tenants et les aboutissants de l'affaire.

— Votre nom figure sur la liste noire du sniper qui a déjà abattu cinq personnes, conclut-elle. Il faut qu'on vous parle et qu'on vous protège.

— Vous voulez me protéger ? Burmeister la dévisagea en haussant les sourcils. Vous comptez faire comment ?

— Nous allons détacher deux gardes du corps qui vous accompagneront jusqu'à ce que nous ayons arrêté le sniper, répondit Pia. Vous aurez également…

— Hors de question ! la coupa Burmeister qui saisit son gobelet de café, sa valise et se dirigea vers la sortie. Et puis quoi encore ! Des inconnus qui vont me suivre jusqu'aux chiottes, sûrement pas ! Je m'en sors très bien tout seul !

— Vous m'avez écoutée, oui ou non ? Pia, énervée, lui barra le chemin. Vous croyez que je viens par plaisir à l'aéroport à 6 heures du matin ?

— J'apprécie votre sollicitude, répondit Burmeister. Si je vous comprends bien, le sniper a toujours visé jusqu'ici des parents de ceux qui sont sur cette liste. Vous feriez donc mieux de protéger ma fille !

— C'est bien pour ça que votre ex-femme est venue chercher votre fille directement ici. De qui d'autre êtes-vous proche, qui pourrait être en danger ?

— Je ne suis proche de personne, affirma Burmeister.

— Vous avez une petite amie ? insista Pia.

— Non, rien de solide. Le médecin finit son café et jeta son gobelet vide dans une poubelle. Je travaille beaucoup et je chéris ma liberté. J'ai fait quelques expériences négatives qui me suffisent pour le reste de ma vie. Il faut que j'y aille. J'ai rendez-vous à 10 heures à la clinique.

Ce type arrogant ne voulait pas entendre ce qu'elle lui disait, et cela l'énervait de plus en plus.

— Monsieur Burmeister, vous auriez intérêt à prendre cette affaire très au sérieux, l'avertit Pia. Nous pensons que le tueur est un proche d'une ancienne patiente à vous et qu'il cherche à se venger. À l'époque, on a prélevé le cœur et d'autres organes de Kirsten Stadler seulement douze heures après son admission à l'hôpital, mais on a falsifié les documents pour que tout soit en ordre officiellement. Ce serait sans doute passé inaperçu si un médecin de votre équipe n'avait pas jugé ces procédés incompatibles avec sa conscience, après quoi il vous a dénoncés, Rudolf et vous, à la direction de la clinique et à la Chambre fédérale des médecins. Mais on a quand même réussi à étouffer l'affaire.

Burmeister finit par contempler Pia. Son expression n'avait pas changé, mais son teint hâlé laissait entrevoir une certaine pâleur.

— Quant au mari de Kirsten Stadler, Fritz Gehrke a acheté son silence avec une grosse somme d'argent et le jeune médecin a été évincé de la clinique, poursuivit Pia. Tout semblait réglé, jusqu'au jour où la fille de Kirsten Stadler a entamé des recherches. Elle a parlé aux Prs Hausmann, Rudolf, Janning, Furtwängler et à vous, elle l'a consigné en notant la date et l'heure.

Burmeister releva le col de son blouson car les portes coulissantes laissaient passer un flot d'air froid à intervalles réguliers.

— Elle vous avait fixé un ultimatum qui prenait fin à Noël. Elle prévoyait de tout balancer à la presse si vous tardiez à avouer les magouilles de l'époque. Mais, en pratique, Helen Stadler s'est suicidée en septembre dernier.

— Je l'ignorais, dit Burmeister.

Pia tenait l'affirmation pour un mensonge, mais se passa de commentaires.

— Qu'est-ce qu'Helen Stadler vous voulait ? s'enquit-elle.

Burmeister fit un pas de côté et se gratta la tête d'un air songeur.

— Elle m'a fait d'obscurs reproches, se souvint-il. Toute l'histoire était réglée depuis longtemps, mais elle refusait de l'accepter. Elle était plutôt cinglée. Après qu'elle eut téléphoné bien trente fois à la maison, je l'ai priée de me laisser tranquille, faute de quoi je la ferais poursuivre pour harcèlement.

— Elle vous a menacé ? demanda Pia.

— Oui, mais je ne l'ai pas prise au sérieux. Burmeister eut beau balayer l'hypothèse d'un geste de la main, son apparente nonchalance s'était dissipée. Le débat était clos, comme je vous le disais, il y avait eu une transaction, la famille avait obtenu des dommages et intérêts.

Pia doutait qu'il ait vu les choses aussi sereinement à l'époque. Burmeister était un ambitieux, chef de service en chirurgie transplantatoire à la clinique de traumatologie de Francfort, jouissant d'une remarquable réputation en tant que chirurgien. S'il s'avérait qu'il avait manqué d'éthique professionnelle, voire enfreint les règles à dessein, tout serait remis en cause : son métier, son avenir, sa renommée et celle de la clinique. La curiosité d'Helen représentait certainement pour lui une menace existentielle, car un homme ayant un tel besoin de se faire valoir ne pouvait vivre sans la gloire et la reconnaissance de ses pairs.

— Vous connaissez maintenant l'histoire et nos soucis, dit Pia en conclusion. Tout ce que nous pouvons faire, c'est vous offrir notre protection, nous ne pouvons pas vous l'imposer.

— Merci pour la proposition et votre franchise. Burmeister se força à sourire. Je vais y réfléchir. Je vous ferai signe.

— Ah, encore une chose. Pia avait gardé exprès cette information pour la fin. Votre ancien chef, le Pr Rudolf, se trouve déjà en détention provisoire car il est inculpé d'homicide involontaire sur la personne de Kirsten Stadler, et nous avons parlé à MM. Hausmann, Janning et Gehrke.

— Ah bon? Et pourquoi? Le regard de Burmeister devint soudain dur comme l'acier. Mais derrière le métal transparaissait une lueur de crainte.

— Je pense que vous le savez, rétorqua Pia. Annulez votre rendez-vous et accompagnez-nous au commissariat. Vous pourrez peut-être nous aider.

La dernière phrase était une erreur, Pia le comprit au moment où l'acier et l'inquiétude firent place au soulagement dans le regard de Burmeister. Elle avait clairement signalé au médecin qu'elle ignorait ce dont il avait peur. Nom d'une pipe!

— Merci pour votre offre, mais je pense que je m'en sortirai très bien tout seul. Il jeta un œil sur sa montre. Je dois y aller. Le vol était long et il faut que je sois à 10 heures à la clinique.

Pia haussa les épaules et lui tendit sa carte de visite qu'il ignora avec un sourire de dédain.

— Comme vous voulez, dit-elle. C'est votre vie.

Kirchhoff avait parlé presque vingt minutes avec Burmeister, il n'avait malheureusement pas compris de quoi, mais elle paraissait en rogne et, à un moment donné, elle haussa les épaules, lui tendit une carte qu'il refusa et s'en alla avec les deux policiers. Il était soulagé. Le plan B aurait été beaucoup plus compliqué, et il n'était donc pas obligé de changer quoi que ce soit, ni d'improviser. Burmeister était un idiot prétentieux qui se croyait intouchable. Or, pour être honnête, c'était exactement la réaction qu'il espérait.

Il s'agissait maintenant de faire vite. Il saisit son téléphone portable à la même seconde que Burmeister et sortit. Burmeister le suivit peu après, il téléphonait à voix basse, l'air soucieux. Il devait être en train de faire dans son froc ! Une fois dehors, il s'immobilisa, repartit, regarda autour de lui. Il cherchait un taxi et il en arrivait justement un. Le véhicule s'arrêta près de Burmeister, le chauffeur ouvrit le coffre depuis l'intérieur, puis il descendit et enfourna la valise. Burmeister s'assit sur la banquette arrière, à droite. Il y avait de quoi sourire. La souris aussi ignorante qu'arrogante était tombée dans le piège, alors que Kirchhoff l'avait certainement prévenue ! Il contourna le taxi, ouvrit la portière arrière gauche et s'installa à côté de lui.

— Je n'ai pas d'alibi, répéta Thomsen qui renonçait toujours à un avocat. Je vous l'ai déjà dit.

— Et moi, je vous ai dit que, dans ce cas, c'est mal barré pour vous, rétorqua Bodenstein. Les sentiments les plus contradictoires faisaient rage en lui. Une demi-heure plus tôt, Thomsen semblait à deux doigts d'avouer, et voilà que tout était de nouveau en suspens. Or, il lui fallait un aveu de Thomsen car, même si tous les indices concouraient à le désigner comme coupable, Bodenstein n'avait pas cette certitude absolue qui bannissait les doutes.

— Vous n'avez aucune preuve qui serait valable au tribunal, répondit Thomsen avec une sérénité qui déroutait Bodenstein parce qu'elle était réelle. Les policiers de l'équipe de nuit lui avaient rapporté que Thomsen s'était allongé avec un calme olympien sur sa banquette pour sombrer quelques minutes plus tard dans un profond sommeil. Jamais un coupable n'en aurait été capable ! Cela dit, Thomsen, en tant qu'ancien membre d'une troupe d'élite, avait été à bonne école. Il savait très bien comment se comporter pour tromper son interlocuteur. Était-ce un sociopathe dépourvu de sens moral et ne ressentant donc aucune culpabilité ?

— Oh que si, à profusion ! Bodenstein mit ses doutes de côté. Vous êtes un excellent tireur, dit-il. Et nous avons la preuve que vous avez minutieusement espionné les victimes pendant des mois. Ingeborg Rohleder, Maximilian Gehrke, Hürmet Schwarzer, Margarethe Rudolf, Ralf Hesse, Simon Burmeister et Jens-Uwe Hartig. Nous avons retrouvé tous les documents dans le conteneur à papier de l'entreprise qui vous emploie. Vous vous en êtes débarrassé quand vous avez ramené le chien. La voiture de M. Mieger, dont la maison vous a servi de cachette, a été repérée à proximité d'une des scènes de crime. Et elle a été vue près d'un garage que vous avez loué à Sossenheim.

— C'est faux. Thomsen secoua la tête. Je n'ai pas loué de garage, ni utilisé cette voiture.

— Nous avons retrouvé dans le garage une bouteille d'eau vide qui porte indiscutablement vos empreintes digitales, poursuivit Bodenstein. Comment expliquez-vous cela ?

— Je n'ai pas d'explication, répondit Thomsen avec franchise. Et je n'ai aucune raison de louer un garage. Je ne suis jamais allé de ma vie à Sossenheim.

— Vous avez planifié toute l'opération de longue date. Bodenstein ne réagit pas aux objections de Thomsen. Vous avez utilisé la voiture de Wolfgang Mieger pour vous rendre sur les lieux des crimes. Mais, en louant ce garage, vous avez commis une erreur qui va vous briser l'échine.

— Je vous ai déjà dit que c'est Helen qui a suivi ces gens, dit Thomsen. Assis tranquillement sur sa chaise, les mains posées sur les genoux, il soutenait le regard de Bodenstein sans cligner des yeux, ni transpirer outre mesure. Et ce, ajouta-t-il, pendant des mois.

— Oui, on est au courant. Mais elle n'a pas fait ça toute seule, vous l'avez aidée. Et, après sa mort, vous avez mis en œuvre ses projets de vengeance. Vous n'avez d'alibi pour aucun des meurtres. Le soir où on a abattu Mme Rudolf, vous avez fini le travail à 18 heures. Lorsqu'on a assassiné Maximilian Gehrke et Ingeborg Rohleder, vous travailliez de nuit. Nous avons déjà tout vérifié. Quant à nous, vous nous avez enfermés dans votre cave pour pouvoir détruire calmement l'ensemble des documents.

Bodenstein ressentait une frustration grandissante. Ils tournaient en rond, chacun répétant presque mot pour mot ce qu'il avait déjà dit plusieurs fois.

— Où avez-vous fait la connaissance de M. Mieger ?

Bodenstein savait ce que Thomsen allait répondre, mais il le laissa néanmoins répéter. Peut-être allait-il se fatiguer à un moment, oublier un détail, se trahir.

— Je ne le connais pas personnellement. C'était un collègue du père d'Helen. Ils travaillaient ensemble autrefois dans une entreprise de bâtiment, sur de grands chantiers à l'étranger. Stadler et Helen se sont occupés de lui quand sa femme est morte et qu'il a perdu la tête. Je me suis souvenu de la maison après vous avoir enfermés dans la cave. Je comptais d'abord aller chez les Winkler, puis je me suis dit que c'est là où vous iriez voir en premier.

— Ce qui nous ramène à la question de savoir pourquoi vous avez disparu. Si vous êtes innocent, vous n'aviez rien à craindre.

— J'ai réagi à chaud, dit Thomsen en lui fournissant la même réponse pour la troisième fois.

— Comment avez-vous obtenu la clé ?

— Helen m'avait dit un jour avoir déposé une clé de la maison sous l'abreuvoir des oiseaux près du cabanon de jardin.

— Je crains que vous ne saisissiez pas la gravité de votre situation, monsieur Thomsen ! dit Bodenstein en interrompant le cycle des répétitions. Nous vous soupçonnons d'avoir assassiné cinq personnes ! Les preuves contre vous sont accablantes.

Thomsen se contenta de hausser les épaules.

— Pourquoi ferais-je une chose pareille ? Flinguer des gens ?

— Pour venger Helen.

— N'importe quoi. Mark Thomsen secoua la tête. Ma vie est assez pourrie comme ça. Je ne vais pas risquer la taule pour le restant de mes jours, juste histoire de concrétiser les divagations d'une jeune cinglée.

— Où se trouve la voiture de M. Mieger ?

— Aucune idée. J'ignorais qu'il en avait une.

— On vous a aperçu dans cette voiture, lui rappela Bodenstein, sachant bien que ce n'était qu'une hypothèse.

— Impossible. Peut-être que les témoins ont vu quelqu'un d'autre. Jens-Uwe, par exemple. Dieu sait qu'il avait plus de raisons que moi de venger Helen.

— Helen voulait le quitter, dit Bodenstein. Elle avait peur de lui et vous le saviez, vous l'avez aidée à arrêter les cachets qu'Hartig lui donnait.

Pas de réponse.

— Pourquoi Hartig a-t-il donné ces cachets à Helen ? Pourquoi contrôlait-il ses moindres faits et gestes ?

— C'est à lui que vous devez poser la question.

— Monsieur Thomsen ! insista Bodenstein. Pourquoi ne dites-vous pas enfin la vérité ? Pourquoi avoir pris la fuite et vous être caché dans la maison de Mieger ?

Thomsen soupira.

— Je ne pouvais pas risquer d'atterrir en détention préventive avant d'avoir réglé un truc urgent, dit-il, changeant ainsi la chorégraphie de l'interrogatoire. J'ai cru au début que vous alliez juste me poser quelques questions et repartir, mais j'ai compris ensuite que vous alliez m'arrêter. Vu sous cet angle, c'était vraiment une réaction à chaud de ma part.

— Qu'aviez-vous encore à régler ? demanda Bodenstein avec insistance. Et où ?

Mark Thomsen frotta sa joue non rasée.

— Ça n'avait rien à voir avec toute cette affaire. Lorsque vous et votre collègue étiez chez moi, j'ai reçu un appel, vous vous en souvenez peut-être.

Bodenstein acquiesça. Il se rappelait parfaitement les grondements du chien et la métamorphose de Thomsen après le coup de fil.

— L'appel venait de Hollande. Il a fallu que j'aille en urgence à Eindhoven.

— Pour quoi faire ?

— Pour empêcher une vacherie. Thomsen soutint le regard de Bodenstein sans sourciller. Et je voulais également parler à Burmeister dès son retour de vacances. Mais vous pouvez le faire aussi, maintenant.

— De quoi vouliez-vous lui parler ?

Thomsen le contempla longuement et Bodenstein perdit tout espoir d'arracher aujourd'hui un aveu à cet homme. Il remarqua à quel point il avait été persuadé d'y parvenir.

— J'ai appris récemment qu'il était à Kelsterbach le 16 septembre, répondit Thomsen, alors que Bodenstein ne s'y attendait plus. Ce jour-là, il s'est fait flasher en voiture sur la Kirschenallee. À seulement cent mètres de l'endroit où Helen s'est, paraît-il, jetée de la passerelle sur les rails.

Bodenstein en eut le souffle coupé durant quelques secondes.

— Comment le savez-vous ?

— Cela fait un bon moment que je ne suis plus dans votre boutique, mais j'y ai encore des relations. Thomsen haussa les épaules. La dernière chose qui me viendrait à l'esprit, dit-il, c'est de vous aider. Je n'ai pas oublié le coup de pied au cul que j'ai reçu. Après vingt années pendant lesquelles j'ai risqué ma vie une centaine de fois, ces porcs de l'unité d'assaut ont détourné mes propos et ont fait de moi leur bouc émissaire. Mais ça n'empêche que je n'aime pas voir des criminels s'en tirer à bon compte, et j'ai donc mené ma petite enquête. Je suis à peu près certain que l'insaisissable Pr Burmeister a assassiné Helen parce qu'elle avait découvert quelque chose qui lui aurait vraiment nui.

Il était 9 heures quand Bodenstein quitta la salle d'interrogatoire et entra dans la pièce voisine d'où Pia, Kai, Neff et Kim avaient suivi son entretien avec Thomsen à travers le miroir sans tain.

— Ce n'est pas lui le sniper, dit Bodenstein d'un air sombre, puis il s'assit sur une chaise libre et contempla Thomsen à travers le miroir. C'est juste un ex-flic frustré qui éprouve une sacrée haine envers nous. Bon sang, on s'est trompé de type.

Personne ne le contredit.

— Il faut qu'on vérifie s'il dit la vérité au sujet du véhicule de Burmeister.

— Je m'en charge, dit Kai.

— Ça s'est passé comment à l'aéroport ?

— Burmeister refuse toute protection de notre part, répondit Pia. J'ai tenté en vain de le persuader, il ne veut pas de notre aide. Il a rendez-vous à la clinique à 10 heures et c'est prioritaire pour lui.

— Ma foi. On ne peut pas faire plus que l'avertir. Bodenstein hocha la tête. Qu'en est-il de Dirk Stadler ? Où se trouve-t-il ?

— Il n'a plus quitté sa maison depuis hier soir, répondit Neff. Nous le surveillons vingt-quatre heures sur vingt-quatre, depuis que vous et Mme Kirchhoff étiez chez lui hier.

Silence oppressé. Ils se retrouvaient une fois de plus dans l'impasse, et non sur la ligne d'arrivée, comme ils l'espéraient.

— Je n'arrive pas à réfléchir le ventre vide. Pia se leva. Je vais à la boulangerie. Je rapporte quelque chose à quelqu'un ?

Tout le monde passa commande, sauf Kim, occupée à écrire sur son smartphone avec un sourire rêveur.

— Tu m'accompagnes, Kim ?

L'apostrophe directe fit sursauter Kim et l'expression de sa sœur prise sur le fait amusa secrètement Pia. Quoi qu'il arrive dans le monde, la vie continuait et l'amour se frayait toujours un chemin, fût-ce entre deux homicides.

— Bon, maintenant raconte-moi où tu as passé le réveillon, demanda Pia peu après dans la voiture. Je n'ai plus d'énergie pour mener un interrogatoire, alors ne me soumets pas à la torture.

— J'étais chez Nicole, répondit Kim.

— C'est bien ce que je craignais. Et ensuite ?

— Rien du tout. On a juste eu un bel échange.

— À quel sujet ?

— Toutes sortes de choses.

— Allez. Ne te fais pas tirer les vers du nez. Tu lui plais ?

— Je crois qu'elle m'aime bien, répondit Kim qui, de fait, rougit légèrement. Mais elle n'a pas d'expérience avec les femmes.

— En a-t-elle donc eu avec les hommes ces dernières années ? demanda Pia d'un ton narquois.

— Les femmes comme elle qui réussissent ont du mal à trouver un homme qui ne les voie pas comme des concurrentes, je suis bien placée pour le savoir, dit Kim en défendant l'objet de sa convoitise.

— Dans ce cas, ma non-réussite professionnelle est plutôt une chance, rétorqua Pia avec sarcasme.

— Dans votre couple, c'est équilibré, affirma Kim. Mais la plupart des hommes ne supportent pas que leur conjointe travaille ou gagne plus qu'eux. C'est pourquoi mon dernier compagnon s'est tiré. Il prétendait que mon métier était malsain et il n'acceptait pas que je passe soi-disant mon temps avec de dangereux criminels, or l'argument n'était qu'un prétexte. Ça ne l'avait absolument pas dérangé pendant deux ans. Au fait, tu savais que Nicole était jadis fiancée à Bodenstein ? Ils voulaient même se marier, mais Cosima a surgi dans le tableau.

— Oui, je sais. Pia bifurqua dans l'Elisabethenstraße lorsque la flèche passa au vert. Mais, très franchement, la vie intime de ma supérieure ne m'intéresse que dans la mesure où elle te concerne. D'ailleurs, je n'ai qu'une crainte, c'est qu'elle débarque bientôt avec toi dans les fêtes de famille.

— Quelles fêtes de famille ? Kim ne put s'empêcher de rire. On ira en tout cas manger ensemble quand cette affaire sera réglée.

— Bon, ça risque de durer encore un moment, répondit Pia. Mark Thomsen n'est pas le sniper.

— C'est aussi mon avis, confirma Kim. On peut interpréter autrement toutes les preuves accumulées contre lui.

— Je me demande juste pourquoi il nous a enfermés dans la cave et s'est éclipsé. Pia mit le clignotant et entra sur le parking situé Untertorstraße.

— Il a pourtant fourni une explication. Il savait que vous le soupçonniez et il voulait éviter d'atterrir dans une cellule avant d'avoir réglé un truc et parlé à Burmeister, répondit Kim. S'il avait vraiment des choses à se reprocher, il n'aurait pas appelé la police pour lui révéler où vous étiez.

Pia acquiesça. Bodenstein s'était tellement mis dans la tête que Thomsen était le sniper qu'il avait complètement négligé ce détail qui le disculpait.

— Comme Oliver l'a dit à juste titre, Thomsen est un exflic frustré à qui la vie a joué un sale tour, poursuivit Kim. Je le crois quand il dit qu'il n'a aucune intention de passer le reste de sa vie derrière les barreaux. Il n'est pas idiot !

— Mais pourquoi a-t-il vidé sa maison et jeté les notes d'Helen Stadler dans un conteneur ? S'il n'a rien à cacher, il n'était pas obligé de le faire ! Est-ce qu'il couvre quelqu'un ? Peut-être le vrai sniper ?

Pia regarda sa sœur comme si la réponse à ses questions se trouvait sur son visage.

— Réfléchis un peu, sœurette ! dit Kim pour encourager Pia. Qu'est-ce qui compte le plus pour Thomsen ?

Pia tambourinait sur le volant avec ses index tout en regardant l'horrible façade du centre commercial Buch.

— Ce groupe d'entraide, HAMO, dit-elle après réflexion.

— Exact. Les membres d'HAMO s'intéressent avant tout à la façon méprisante dont certaines cliniques traitent les proches des donneurs d'organes. Voilà ce qu'ils veulent dénoncer et, pour ce faire, ils ont besoin de l'opinion publique, répondit Kim. Or, à la clinique de traumatologie de Francfort, il semblerait que les choses se soient passées particulièrement mal.

— Très juste. Pia acquiesça. Bettina Kaspar-Hesse a décrit Burmeister comme un vautour. On l'a quasiment forcée à tromper les Winkler pour pouvoir prélever les organes de Kirsten Stadler. Et ce n'est sûrement pas un cas isolé.

— Je pense que c'est ça qui importe à Thomsen. Et non pas Kirsten ou Helen Stadler. Je suis à peu près sûre que lui et Helen étaient sur une autre piste, une affaire dans laquelle trempaient aussi Furtwängler, Gehrke et l'avocat. Il faut que tu reparles à ce dénommé Furtwängler. Demande-lui précisément quels étaient ses liens avec Rudolf et pourquoi celui-ci a dû quitter la clinique. Je crois que c'est la clé du secret.

L'estomac de Pia se mit à gargouiller dans le silence.

— Mais il me faut d'abord une montagne de calories, dit-elle. Viens, allons chercher de quoi grailler pour la meute.

La police avait arrêté son père parce qu'elle le soupçonnait d'avoir tué une femme, épouse et mère de deux adolescents. Il ne l'avait pas poignardée, abattue ni étranglée, non, il l'avait laissée mourir, alors qu'il aurait pu lui sauver la vie. Pourquoi avait-il fait ça ? Il était médecin, un bon médecin qui vivait pour son métier ! Comment pouvait-il avoir bonne conscience en ayant commis une chose pareille ? *Par avarice et orgueil.* C'étaient les mots du Juge qui avait assassiné sa mère pour se venger de ce que son père avait fait à cette femme. Était-ce la première fois qu'il agissait ainsi, afin que ceux auxquels il avait sauvé la vie grâce à une greffe le célèbrent comme un rédempteur ? Ou était-ce juste la première fois qu'on le surprenait en train de sacrifier une vie humaine pour en sauver une autre ? Comment une personne pouvait-elle se permettre de prendre une telle décision ? Les morts n'avaient pas de lobby. Les proches mettaient rarement en doute les propos des médecins à l'hôpital, surtout lorsqu'une pointure comme le Pr Dieter Paul Rudolf était en face d'eux et leur assurait d'un ton posé et plein d'empathie qu'il n'y avait plus d'espoir.

Karoline Albrecht était assise à la table du salon dans la maison de ses parents, abasourdie, et elle ne savait pas quoi faire. Son père, qu'elle avait admiré et aimé presque désespérément sa vie durant, était un assassin. Un égoïste éhonté qui avait abusé de sa confiance et l'avait trompée. Loin d'avouer sa faute, il avait tout fait pour la cacher. Voilà ce à quoi il s'était employé ces derniers jours, au lieu de se recueillir et d'organiser l'enterrement de sa femme. C'était minable, cette façon de mentir et de lutter par tous les moyens et sans aucun scrupule. Pourquoi avait-il fait ça ? Pour l'argent ? Pour la gloire et les honneurs ?

Karoline referma le classeur dans lequel elle avait découvert la correspondance entre le comité de direction de Santex et son père, puis elle se leva. Elle avait mal partout, mais c'est surtout son âme qui la faisait souffrir. Elle n'avait personne à qui se confier, personne qui puisse comprendre sa terrible solitude. Sa mère, son seul point d'ancrage, n'était plus là. Elle n'avait pas d'amie proche, ni d'ami ou d'amoureux qu'elle aurait pu joindre par téléphone. Elle avait une maison dans laquelle elle ne se sentait pas bien, un métier où il n'était question que d'argent et de réussite, et la tâche de s'occuper d'un enfant traumatisé.

Le mieux était d'appeler un taxi qui la ramènerait chez elle et de se recoucher, tout simplement. Elle pouvait aussi utiliser la voiture de maman, celle-ci n'aurait certainement rien eu contre. Karoline enfila maladroitement son manteau, elle n'avait pas remis son encombrante minerve après la douche de ce matin. Elle trouva la clé de la BMW dans le tiroir supérieur du buffet. Elle sortit de la maison et actionna l'émetteur, accroché à la clé, pour accéder au garage. La porte s'ouvrit avec le cliquetis habituel. Karoline sentit une odeur âcre de brûlé qui se dissipa rapidement. D'où venait cette puanteur ? Une martre coincée sous le capot d'une des deux voitures avait-elle provoqué un incendie ? Karoline hésita, puis elle alla vers la BMW de sa mère et trébucha sur quelque chose de mou.

— Mince ! jura-t-elle. Elle avait failli tomber et ce n'était pas forcément la chose à faire quand on avait une commotion cérébrale. Elle se pencha et vit un sac-poubelle bleu posé contre le pneu arrière de la Maserati noire de son père. Karoline prit le sac pour le mettre de côté et fit la grimace. C'est de là que venait l'odeur ! Elle ouvrit le sac avec curiosité et y trouva, à sa grande surprise, des vêtements de son père. Un pull en cachemire gris foncé, une chemise, le pantalon gris d'un costume, une paire de chaussures. Elle regarda les affaires sans comprendre. Pourquoi son père les avait-il fourrées dans un sac-poubelle ? Et pourquoi… ? Les paroles du commissaire jaillirent dans son esprit comme l'éclair. *Quelqu'un a brûlé une grande quantité de dossiers dans la cheminée de Gehrke.* Karoline s'appuya contre le coffre de la voiture parce que ses genoux se dérobaient sous elle. *Il faut que nous sachions de quoi il a parlé avec Gehrke la veille de sa mort.*

Il y eut un clac, la lampe du garage s'éteignit. Karoline resta immobile et réfléchit. Les morceaux du puzzle qui erraient jusque-là en désordre dans sa tête s'assemblèrent tout seuls.

Ce n'était pas évident de trouver un accès Internet non sécurisé. Même dans les restaurants de kébab, les cafés turcs et les hôtels bas de gamme, on avait pris l'habitude de protéger les réseaux par des mots de passe. Il n'avait pas le temps de se rendre aujourd'hui à un des deux endroits du centre-ville de Francfort d'où il pouvait se connecter sans problème depuis la rue, mais cela n'avait plus d'importance, de toute façon. Il entra dans un café et s'étonna d'être presque le seul client. Ce n'était pas bon, mais c'était trop tard pour s'en aller. La serveuse se dirigeait déjà vers lui. Il enleva son blouson, commanda du café et une part de ce gâteau à la crème qu'on nomme couronne de Francfort, puis il demanda le mot de passe.

— C'est facile, dit-elle en lui faisant un clin d'œil. 123456.

— Dans ce cas, je devrais même arriver à m'en souvenir, répondit-il en souriant. Merci.

Un vieux couple était assis à la table d'en face. Étaient-ils en train de le dévisager ou se faisait-il des idées ? Les gens étaient devenus très attentifs, il ne devait pas négliger cet aspect. Avec un peu de malchance, ils le coinceraient maintenant, alors qu'il avait presque atteint son objectif. Quelle bonne chose d'avoir laissé des fausses pistes partout. Si la police avait trouvé le garage, elle détenait aussi la bouteille qui portait les empreintes de Thomsen. Il envoya le mail avant l'arrivée du café et du gâteau. Son cœur battait la chamade. Les vieux regardaient à nouveau dans sa direction en faisant des messes basses. Nom de Dieu, il voyait des fantômes partout ! Il fallait qu'il sorte d'ici. Il se fichait de ce qu'ils allaient penser de lui. Il posa un billet à côté de son assiette sans avoir touché au gâteau, ni au café, il prit son blouson et s'éclipsa.

— Mais si ce n'est pas Thomsen, c'est qui alors ? demanda Kathrin Fachinger après que Pia eut exposé point par point à ses collègues pourquoi elle doutait de la culpabilité de Mark Thomsen. Ils étaient installés à des tables en formica regroupées et constellées de taches de café dans le bureau de la commission spéciale, une troupe dépitée et épuisée qui avait essuyé défaite sur défaite depuis maintenant deux semaines. L'élan des premiers jours s'était dissipé depuis longtemps, de même que l'esprit combatif et l'intime conviction de pouvoir coincer le tueur rapidement. Bodenstein prit un bretzel sur le plateau où Pia avait déposé ses achats à la boulangerie et il laissa errer son regard sur les visages fatigués de ses collaborateurs.

Depuis l'entretien avec Mark Thomsen, il ressentait un certain découragement contre lequel il se rebellait avec rage. Il avait l'étrange sensation d'être désorienté, il était en manque de sommeil et d'un emploi du temps structuré. Ce n'étaient pas les conditions idéales pour effectuer du bon travail. Il en allait de même pour les autres, tous avaient les nerfs à vif et même Kai Ostermann, un vrai roc dans la tempête en temps normal, réagissait au quart de tour.

— Je ne vois plus qu'Hartig, dit Kai en mâchant. C'est mon favori, de toute façon.

— Ou Winkler ? dit Cem sans grande conviction.

— Ni l'un, ni l'autre. Pia secoua la tête et jeta un bref coup d'œil à Bodenstein. Il y a quelqu'un d'autre. Il est passé entre les mailles du filet jusqu'à présent, alors que c'est lui qui a le mobile le plus solide.

Où donc cette femme puisait-elle son énergie ? Elle n'avait certainement pas dormi beaucoup plus que lui, mais elle avait toujours l'esprit vif et les idées claires, elle se souvenait de minuscules détails qu'il avait oubliés depuis belle lurette.

— Il y a tant d'éléments qui l'innocentent, dit-il, parce qu'il savait de qui Pia parlait.

— Vous pensez à qui ? demanda Nicole Engel. Elle était la seule à manger son sandwich au fromage de façon civilisée dans une assiette.

— Dirk Stadler. Pia s'essuya les mains sur une serviette en papier qu'elle chiffonna. Même si Mark Thomsen nous semble être le coupable idéal, j'ai le sentiment que ce n'est pas lui. Il est trop... parfait ! Ce serait trop simple et je me méfie toujours des solutions simples.

Bodenstein devait avouer que l'argumentation de Pia était convaincante.

— J'ai plutôt l'impression que quelqu'un a laissé exprès des indices qui mènent à Thomsen. Le coup du garage loué, par exemple ! C'est le genre de démarche qui se fait par mail, après quoi quelqu'un qui n'a même pas besoin de justifier son identité file quelques billets à un autre qui se fiche de tout et – paf ! – il obtient un bail de location.

— Alors comment expliquer la bouteille d'eau qu'on a retrouvée dans le garage et qui porte les empreintes de Thomsen ? s'enquit Kröger, sceptique.

— Stadler et Hartig n'auraient sûrement aucun problème à dégoter un objet portant ses empreintes, répliqua Pia. Ils se connaissent tous et ils se voyaient en permanence autrefois à cause d'Helen. Va savoir de quand date la bouteille !

— Dirk Stadler est invalide, il n'arrive quasiment pas à marcher ! fit remarquer Neff. Et puis il a des alibis pour les heures des meurtres. Il était au travail.

— Vous avez vérifié ? demanda Pia en haussant les sourcils.

— Oui. Enfin… Neff évita son regard d'un air gêné. Pas directement, dit-il.

Tous les regards se posèrent sur lui.

— Ça veut dire quoi : *pas directement* ? Bodenstein passa du froid au chaud. Il n'avait pas considéré Dirk Stadler comme tueur potentiel parce qu'il était persuadé que l'homme avait des alibis en béton pour les heures des crimes ! Vous vous êtes renseigné sur lui, dit-il à Neff, et, quand je vous ai demandé si vous aviez recoupé toutes les informations, vous avez répondu : évidemment !

— J'ai tapé son nom sur Google. Neff rougit jusqu'à la racine des cheveux. Il était indiqué sur Internet qu'il travaille à la direction de l'Équipement de la ville de Francfort. Il y avait même un numéro de téléphone.

— Vous les avez appelés ? La colère de Bodenstein, qui errait jusque-là sans but dans ses veines, forma soudain une boule de feu dans son estomac.

— N… non. Neff, mal à l'aise, se tortillait sur sa chaise.

— Internet conserve toutes les données, peu importe de quand elles datent. Kai ne put s'empêcher de lui décocher cette flèche. Si ça se trouve, c'est une page super-ancienne qui vient du cache, ajouta-t-il.

Pia prit le téléphone et demanda au standard de lui passer la direction de l'Équipement.

Il régnait un silence de mort dans la pièce, tandis que Pia attendait qu'on décroche à l'autre bout de la ligne.

— Eckel, direction de l'Équipement de la ville de Francfort, dit une voix féminine.

— Pia Kirchhoff, police judiciaire d'Hofheim, répondit-elle sans quitter Neff du regard. J'aimerais parler à M. Dirk Stadler.

Bodenstein eut l'impression qu'un gouffre béant s'ouvrait sous ses pieds en entendant la femme leur répondre qu'il n'existait aucun employé de ce nom à la direction de l'Équipement.

— Vous en êtes sûre ? insista Pia. Qui est votre supérieur hiérarchique ?

— M. Hemmer. Le chef de service.

— Passez-le-moi, s'il vous plaît.

Il fallut un moment pour que l'homme en question réponde et confirme que Dirk Stadler n'était plus employé par la ville de Francfort depuis deux ans. À cause d'irrégularités, dit-il.

— Vous voulez parler de la condamnation pour fraude fiscale ?

— Oui, c'était la raison, concéda le chef de service.

Pia remercia et raccrocha.

— Je ne pouvais pas savoir que ces données n'étaient plus d'actualité ! dit Neff pour se défendre. Je ne suis ici qu'à titre de conseiller, pas d'enquêteur. À vrai dire, cela ne fait pas partie de mes attributions et j'ai pensé que quelqu'un effectuerait une contre-vérification. Ostermann fait ça sans arrêt et…

Kai en eut le souffle coupé mais, avant qu'il puisse répliquer, Bodenstein explosa de colère et perdit son sang-froid. Il tapa du plat de la main sur la table et Neff s'arrêta au beau milieu de sa phrase.

— C'est vous qui avez assumé cette tâche de plein gré ! Vous vous êtes vanté de vos bonnes relations et je me suis *reposé* sur vous ! Dans une équipe, on est *obligé* de se faire confiance, vous comprenez ça ? Si j'arrivais à tout faire seul, je n'aurais pas besoin de collaborateurs, ni d'équipe ! À cause de votre négligence flagrante, nous n'avons accordé aucune attention à Stadler. Cela représente une faille irréparable dans l'enquête ! S'il s'avère que Stadler est le tueur, Neff, je vous promets que je veillerai personnellement à ce que vous soyez viré !

Il recula sa chaise et se leva.

— Pia, appelle tout de suite le Pr Burmeister. On va le placer en garde à vue, ordonna-t-il. Kai, Cem et Kathrin, vous rassemblez tout ce que vous pouvez trouver sur Dirk Stadler.

Les intéressés se levèrent et disparurent.

— Mais j'ai… commença Neff, qui serait sans doute allé jusqu'à plaider non coupable au tribunal si on l'avait surpris à côté d'un cadavre, un couteau ensanglanté dans la main. Bodenstein utilisa sa supériorité en taille pour prendre Neff littéralement de haut.

— Fer-mez-la, dit-il d'un ton menaçant à cet individu qui, avec sa manie de se faire valoir et son ego surdimensionné, avait semé la zizanie dans son équipe et venait même d'entraver l'enquête. Hors de ma vue, dit-il. Vite, très vite. Avant que je me lâche.

Après quoi il tourna les talons et quitta la pièce.

Pia était encore dans le couloir lorsqu'elle appela Simon Burmeister sur son portable. Le sang bruissait dans ses oreilles, si bien qu'elle avait du mal à garder les idées claires. Était-ce elle qui avait raison, en fin de compte ? Elle se souvint que le vendredi précédent, juste avant qu'Hürmet Schwarzer ne soit abattue, Stadler avait prétendu au téléphone se trouver au cimetière principal de Francfort pour vérifier la stabilité des pierres tombales. Pourquoi l'avaient-ils tout bonnement cru ? D'un autre côté, pourquoi en douter ? Ils avaient reparlé à Stadler le vendredi soir et Pia tenta fébrilement de se rappeler son attitude. Burmeister ne répondait pas sur son portable. Il était 10 h 20, il devait déjà être en rendez-vous. Pia alla dans son bureau, s'installa et Kai la rejoignit quelques secondes plus tard.

— Cet enfoiré avait bien l'intention de me faire porter le chapeau ! lança-t-il avec mauvaise humeur en se laissant tomber sur sa chaise. Faire de l'esbroufe, ça oui, il en est capable ! Brasser de l'air, ne pas se mouiller et nous sortir son baratin pseudo-psychologique !

Kai était hors de lui, mais Pia ne trouvait pas les mots pour l'encourager, car elle ressentait exactement la même chose. Elle était furieuse d'avoir fait confiance à Neff et de s'être laissé berner par Stadler, alors que son intuition lui disait autre chose depuis le début !

Elle rechercha sur son téléphone portable le message d'Henning avec le numéro de Furtwängler et appela le médecin de Cologne, mais elle n'eut que sa femme, qui affirma que son mari était sorti et ne possédait pas de portable.

Pia raccrocha sans autre forme de procès. Elle n'avait plus envie d'entendre de mensonges, ni d'excuses. Elle composa à nouveau le numéro de Burmeister. Encore en vain. Elle finit par appeler la clinique de traumatologie, demanda à parler au Pr Burmeister et passa d'un interlocuteur à l'autre jusqu'à ce qu'elle ait enfin en ligne quelqu'un de l'administration.

— M. Burmeister n'est pas encore arrivé, hélas, l'informa une dame à la voix énervée. Mais nous l'attendons d'une seconde à l'autre. Il a une opération importante à 10 heures.

Pia eut un mauvais pressentiment.

— Vous êtes sûre qu'il n'est pas là ? insista-t-elle.

— C'est ce que je viens de vous dire ! rétorqua la femme en rogne. Vous me prenez pour une incompétente ?

— Le Pr Burmeister est en danger de mort, répondit Pia, qui ne mâchait plus ses mots. Dès qu'il arrive à la clinique, dites-lui de me contacter. Il me faut à présent les numéros de téléphone des Prs Janning et Hausmann.

— Ces messieurs sont encore en vacances, je regrette, l'informa la bureaucrate d'un ton froid. Je ne suis pas autorisée à vous donner…

Pia commençait à en avoir assez.

— Écoutez, c'est une urgence ! Elle ne fit plus d'effort pour être polie, ni aimable. Au cas où vous n'auriez pas pigé : je m'appelle Pia Kirchhoff et je suis officier de police judiciaire à la brigade criminelle d'Hofheim ! Il s'agit d'élucider cinq homicides et peut-être même d'en empêcher deux autres ! Alors magnez-vous, bordel, et donnez-moi *immédiatement* les numéros de téléphone, sinon je vous fais arrêter pour entrave à une enquête de police !

La femme parut enfin comprendre. Clairement intimidée, elle lui donna les numéros. Pia se précipita dans le bureau de Bodenstein. Juste au moment où elle s'apprêtait à frapper, il ouvrit la porte et Pia lui tomba quasiment dans les bras.

— Je n'arrive pas à joindre Burmeister, lui dit-elle. Il n'est pas encore arrivé à la clinique, alors que…

— Mme Albrecht vient de m'appeler, dit Bodenstein en la coupant. Elle a trouvé chez son père des documents et des vêtements avec une forte odeur de fumée.

Pia, qui s'inquiétait pour Burmeister, ne saisit pas.

— On file à Oberursel. Bodenstein mit son manteau tout en marchant. Dépêche-toi !

— On ne peut pas y aller maintenant…, commença-t-elle, mais Bodenstein ne la laissa pas finir.

— Gehrke a brûlé des dossiers, dit-il avec impatience. Or, on n'a pas décelé de particules de fumée dans ses bronches, ni dans ses poumons. Donc, ou bien il portait un masque, ou bien il était déjà mort quand les dossiers ont flambé dans sa cheminée. Les vêtements de Rudolf empestent la fumée et Mme Albrecht a trouvé quelques classeurs qui viennent visiblement de chez Gehrke.

— Je comprends. Pia reporta les appels prévus. Donne-moi une minute, je prends mes affaires.

— On a tenté d'étouffer l'affaire et Fritz Gehrke en a fait les frais. Karoline Albrecht entra tout de suite dans le vif du sujet. Quand il a découvert les agissements de mon père, dit-elle, il a fallu qu'il meure.

Sur la grande table du salon reposaient les classeurs qu'elle avait trouvés dans la voiture de son père, à côté d'un téléphone portable et d'autres papiers. Elle avait beau paraître épuisée, elle exposait les faits issus de ses recherches avec une précision qui forçait le respect, selon Bodenstein. Il lui avait demandé poliment de ses nouvelles, ce à quoi elle avait répondu par un laconique "ça va". La moitié gauche de son visage était enflée, un hématome allait de la tempe au menton, mais même cette défiguration ne portait pas atteinte à la remarquable symétrie de son visage. À quoi devait-elle ressembler quand elle riait ?

— Ce n'est pas la traque du meurtrier de ma mère qui m'intéresse en premier lieu, dit-elle. Ça, c'est votre mission. Je veux savoir ce qu'a fait mon père et pourquoi ma mère en a été victime. Ce qui est sûr, c'est qu'à l'époque, mon père a donné l'ordre d'arrêter la respiration artificielle de Kirsten Stadler. Le diagnostic de mort cérébrale repose entre autres sur le test d'apnée, qui consiste à évaluer la respiration spontanée du patient. On le sépare de son respirateur et, si le patient ne respire pas de façon autonome au bout de cinq minutes, on considère que c'est un signe de mort cérébrale. Or, Kirsten Stadler respirait encore seule au premier et même au deuxième test, qui doivent en principe être effectués à un intervalle minimum de douze heures par des médecins qui n'ont aucun lien avec un éventuel prélèvement. Vous me suivez ?

Bodenstein et Pia acquiescèrent.

— Concernant Kirsten Stadler, la première infraction aux lois en vigueur, c'est que ces tests ont été effectués en l'espace de quelques heures. Tout cela à cause de son groupe sanguin. Lors des examens préalables au prélèvement, on a constaté qu'elle avait le groupe O, ce qui veut dire que son cœur pouvait être greffé à n'importe quel receveur.

— La barrière des groupes sanguins ! s'écria Pia. Voilà ce qui errait en marge de sa conscience depuis des jours, sans qu'elle soit capable de le formuler. Elle se rappela sa conversation avec Henning ; Kim et elle lui avaient demandé si le Pr Rudolf avait pu greffer des organes contre de l'argent, et Henning avait répondu que c'était quasiment impossible dans le cas d'une greffe cardiaque, à cause de l'incompatibilité des groupes sanguins. On ne peut pas greffer un cœur au premier receveur venu, le groupe sanguin doit correspondre. A vers A, B vers B, etc. Le groupe O représente une exception. Un greffon cardiaque issu d'un donneur de ce groupe est compatible avec n'importe qui !

— Exact. Karoline Albrecht hocha la tête. Le groupe O a condamné Kirsten Stadler. Sur ordre de mon père, et avec l'accord tacite du directeur des soins intensifs, on a interrompu toutes les mesures de maintien en vie et, une heure plus tard, le manque d'oxygène avait causé des dégâts irréversibles au cerveau.

— D'où le savez-vous ? s'enquit Bodenstein.

— Le hasard veut que ledit directeur des soins intensifs ait téléphoné, répondit Karoline Albrecht. Le Pr Arthur Janning voulait parler à mon père. Ils étaient bons amis autrefois, mais ils se sont brouillés à cause du cas de Kirsten Stadler. Il y avait déjà eu d'autres incidents, qu'il n'a malheureusement pas évoqués en détail, mais cette affaire est la goutte d'eau qui a fait déborder le vase.

— Et pourquoi votre père a-t-il ordonné cela ? voulut savoir Pia. C'était un meurtre !

— Qu'est-ce qu'un meurtre, comparé au prix Nobel de médecine ? Karoline Albrecht renifla. C'est la vision cynique de mon père. Je l'ai toujours admiré pour son savoir-faire, mais il était motivé par autre chose. Ce n'est peut-être pas la première fois qu'il laisse mourir quelqu'un avant l'heure pour récupérer un organe !

— Il a fallu que Kirsten Stadler meure pour qu'il puisse greffer son cœur au fils de son ami Fritz Gehrke, dit Pia.

— C'est ça. Karoline Albrecht acquiesça et poussa un profond soupir. Elle paraissait avoir atteint un stade, bien au-delà des sentiments, où il n'y avait plus qu'à aller de l'avant, quelle que soit l'affreuse vérité. Mais c'est sûrement encore plus complexe, dit-elle. Mon père n'a pas aidé Maximilian Gehrke par simple amitié, mais parce qu'il craignait que Santex, l'entreprise de Gehrke, n'arrête de financer ses recherches. Elle tapota sur un des classeurs. Ces classeurs proviennent du domicile de Gehrke, dit-elle. Je ne sais pas ce qu'ils prouvent, si tant est qu'ils prouvent quoi que ce soit. Ils contiennent des rapports, des comptes rendus de prélèvement et des dossiers de patients, ainsi que la correspondance complète entre mon père, le Pr Furtwängler et Fritz Gehrke.

— Quel est le lien entre Furtwängler et votre père ? demanda Pia.

— Il était hématologue. Karoline Albrecht haussa les épaules. Son domaine de spécialité, c'est le sang humain. Mon père et lui ont fait des recherches ensemble à Cologne. Mais je ne sais pas en quoi elles consistaient, hélas.

Bodenstein se racla la gorge.

— Et pourquoi pensez-vous que votre père a assassiné Gehrke ? Brusquement, après toutes ces années ?

— J'ai révélé à M. Gehrke le mobile du tueur grâce au faire-part de décès, après quoi il a dû passer un coup de fil. Le

Pr Janning m'a dit lui avoir longuement parlé samedi après-midi pour avouer tout ce qu'il avait sur le cœur depuis des années. Sur quoi Gehrke, hors de lui, a dû appeler mon père. Karoline Albrecht désigna le smartphone. C'est le portable secret de mon père, dit-elle, je l'ai trouvé dans son coffre-fort. Gehrke a appelé mon père samedi soir vers 20 heures.

— Votre père est allé chez Gehrke, il l'a endormi avec du chloroforme et lui a injecté une surdose d'insuline, poursuivit Pia en déroulant le fil. Il a ensuite parcouru tous les dossiers, en a brûlé la plupart et emporté ces classeurs. Il voulait nous faire croire que Gehrke, pris de désespoir, avait fait table rase et s'était suicidé.

— Et il a bien failli réussir, dit Karoline Albrecht d'une voix étouffée, puis elle se leva. Elle se dirigea vers la fenêtre et regarda le jardin. Mon père, par pure ambition, est passé sur des cadavres. Y compris sur celui de ma mère.

Elle croisa les bras sur sa poitrine et prit une grande inspiration en sanglotant, mais elle restait toujours maîtresse d'elle-même.

— Qu'il aille en enfer pour ce qu'il a fait à ma mère, ma fille et moi, dit-elle d'une voix étranglée. Toutes ces souffrances qu'il a imposées aux autres ne sont pas compensées par le bon travail qu'il a sûrement accompli par ailleurs. Et plus je comprends ses intentions, plus je me rends compte qu'il n'a jamais vu les destinées individuelles derrière les dossiers médicaux, mais juste les occasions qui s'offraient à lui. Il n'a jamais éprouvé de réelle compassion. Seuls la reconnaissance, la gloire et les honneurs lui importaient. J'espère qu'il finira en prison pour le restant de ses jours.

Son visage et son attitude physique reflétaient les émotions violentes qu'elle parvenait néanmoins à refouler avec une maîtrise remarquable. Colère, douleur, déception, deuil.

— Si nous réussissons à l'inculper du meurtre de Gehrke, il restera un très long moment derrière les barreaux, dit Bodenstein. Mais, pour l'instant, les indices que nous avons seraient malheureusement vite réduits à néant par un avocat malin.

Karoline Albrecht retourna à la table, ouvrit son agenda relié en cuir et en sortit un petit morceau de papier. Son visage tressaillit.

— Je sais que je devrais laisser cela entre vos mains, mais je… j'ai quand même fait quelques recherches de mon côté, dit-elle à voix basse. Voici l'adresse d'un témoin qui a vu mon père sortir de la maison de Gehrke dimanche à 0 h 35. Il s'agit d'un voisin de Gehrke qui a laissé sortir son chien dans le jardin. Il a décrit mon père très précisément. Avec ces dossiers et ses vêtements qui sentent la fumée, vous devriez avoir suffisamment de preuves.

— Qu'a donc fait Rudolf? s'interrogea Pia dans la voiture, tandis que Bodenstein mettait le moteur en marche. A-t-il essayé de franchir la barrière des groupes sanguins avec ses recherches?

— Moi, ça me fait carrément penser au Dr Frankenstein. Bodenstein était sceptique.

— Mais ce serait envisageable! Pourquoi aurait-il collaboré sinon avec un éminent spécialiste en hématologie tel que Furtwängler? Helen Stadler a très bien pu entendre parler de cette histoire, les mots-clés qu'elle a notés correspondent au sujet!

— Et Burmeister comme Hausmann sont des médecins qui tenaient à ce que la clinique de traumatologie soit à la pointe de la recherche médicale, dit Bodenstein en réfléchissant tout haut. Cela aurait pu accroître considérablement la renommée de leur établissement et se traduire en espèces sonnantes et trébuchantes. Mais Rudolf est devenu ingérable et il a dû quitter la clinique. Sans doute à cause de l'affaire Kirsten Stadler.

— Et ce Pr Janning, l'ancien ami de Rudolf, s'est confié à Gehrke et lui a révélé la vérité, dit Pia. Il figure pourtant sur la liste noire d'Helen et donc sûrement aussi sur celle du sniper. Pour quelle raison?

— Parce qu'il était complice aux yeux d'Helen, répondit Bodenstein.

— J'appelle tout de suite Hausmann et Janning! Pia fouilla dans son sac à dos et en sortit le papier sur lequel elle avait noté leurs numéros de téléphone.

— Sois prudente, l'avertit Bodenstein. Nous n'en savons pas encore assez pour les confronter à l'histoire de Rudolf. S'ils sont au courant, cela veut dire qu'ils sont impliqués et qu'ils pourraient effacer des traces.

— Ils l'ont fait depuis belle lurette ! répliqua Pia.

Elle composa d'abord le numéro de portable du Pr Hausmann, qui répondit aussitôt et avoua sans détour qu'on l'avait avisé de son appel. Ce n'était pas bon, mais elle s'y attendait. Après quelques mots d'introduction, Pia lui expliqua de quoi il retournait.

— Pourquoi le Pr Rudolf a-t-il été contraint de quitter la clinique ? Que s'est-il réellement passé ? demanda Pia.

— Un instant, je vous prie.

Elle entendit des pas, puis une porte qui claqua à l'arrière-plan.

— Il y avait des plaintes récurrentes à son sujet, dit le professeur d'une voix agréablement grave. Rudolf avait un style de management autoritaire qui ne correspondait plus à une clinique moderne, dit-il. Les récriminations se multipliaient dans le cercle des médecins et des infirmières. Je n'ai bientôt plus eu d'autre choix que de lui soumettre la résiliation de son contrat de travail, ne serait-ce que pour rétablir la sérénité dans la maison.

— Était-ce la vraie raison ? insista Pia. N'était-ce pas plutôt l'histoire de la patiente Kirsten Stadler à l'automne 2002 ?

Hausmann resta silencieux une fraction de seconde.

— Cela n'a fait que plomber l'atmosphère déjà tendue, dit-il en se tirant d'affaire avec élégance. Un jeune médecin de l'équipe de Rudolf s'est tourné vers la direction de la clinique et la Chambre fédérale des médecins parce qu'il avait critiqué les décisions de Rudolf et reçu un avertissement de sa part.

— De quoi s'agissait-il ?

— Je ne me souviens plus des détails. Il s'agissait avant tout, je crois, de motifs personnels. Rudolf était un caractériel et les jeunes médecins très sûrs d'eux n'avaient pas la tâche facile avec lui.

Les deux premières phrases étaient des mensonges, Pia le savait.

— Que vous voulait Helen Stadler lorsqu'elle est venue vous voir au mois d'août dernier ? demanda-t-elle.

— Qui est venu me voir ?

— La fille de Kirsten Stadler. D'après nos informations, elle vous a parlé il y a quelques mois.

De nouveau une légère hésitation.

— Ah oui. La jeune dame. Ça m'échappe, juste là.

— Je suppose, dit Pia qui ne le croyait pas une seconde, qu'elle a tenté de vous faire chanter parce que M. Hartig lui avait révélé des détails internes que vous préfériez tenir secrets. Mais cela n'a aucune importance pour nous à l'heure actuelle. Vous avez certainement lu dans la presse que cinq personnes ont été abattues ces quinze derniers jours. Nous connaissons désormais le mobile du tueur. Toutes les victimes étaient impliquées, par leur entourage proche, dans l'affaire Kirsten Stadler. Cela va vous mettre dans l'embarras, parce que trois des cinq victimes avaient un lien avec la clinique. Vous devriez rentrer de vacances illico et virer votre secrétaire. Car si elle vous avait informé qu'on essayait de vous joindre depuis plusieurs jours, on aurait peut-être pu empêcher deux homicides.

— Qu'est-ce que je dois faire ? demanda le professeur avec une nuance d'inquiétude réelle dans la voix.

— Révélez les circonstances du décès de Mme Stadler avant que la presse ne s'en charge ! C'est l'objectif du sniper et cela pourrait éviter d'autres meurtres.

— Mais je… ce n'est pas aussi simple que ça, répondit Hausmann.

— Pourquoi pas ? De qui avez-vous peur ?

— Je n'ai pas peur ! la contredit le professeur. Mais je suis employé par une clinique appartenant à un grand groupe étranger qui apprécie moyennement la mauvaise publicité.

— La mauvaise publicité, il y en aura de toute façon, dit Pia. Je ne peux que vous conseiller de rentrer et de limiter la casse.

— Oui, ça, je… enfin…, bégaya le directeur de la clinique.

— Ah, au fait, monsieur le professeur. Pia fit comme si elle venait de repenser à quelque chose. On n'a pas encore coincé le sniper. Donc, si vous avez des proches auxquels vous tenez, vous feriez bien de les avertir.

Là-dessus elle raccrocha et composa aussitôt le numéro de portable du Pr Arthur Janning. Il répondit à la cinquième sonnerie. Pia lui demanda ce qu'Helen Stadler lui voulait et, comme Hausmann, il tourna autour du pot.

— Votre nom apparaît en relation avec la mort de Kirsten Stadler il y a dix ans, dit Pia en énumérant une fois de plus les victimes du sniper. Vous ou quelqu'un de votre famille pourriez être le prochain sur la liste ! Vous vous en fichez, ou quoi ?

— Non, bien sûr que non, balbutia Janning, mal à l'aise.

— Le Pr Hausmann m'a raconté ce que Rudolf a fait à la clinique autrefois et pourquoi il a dû partir. L'affaire s'est ébruitée et elle va circuler dans la presse. Pourquoi est-ce que vous ne nous aidez pas ?

— Hausmann a... ? commença Janning d'un air surpris, puis il s'interrompit. Qu'est-ce que vous attendez de moi ? Qu'est-ce que je dois faire ?

— Mauvaise question. Vous devriez plutôt vous demander pourquoi votre nom figure dans le carnet d'Helen Stadler ! Que voulait-elle de vous ? Qu'est-ce que vous avez fait ou omis à l'époque ?

Pas de réponse.

— Soyez sûr qu'on va le découvrir, que vous coopériez ou non avec nous, dit Pia. Par contre, nous ne pouvons vous protéger contre l'assassin, sur la liste duquel vous figurez, que si vous collaborez avec nous.

— Quelle liste ?

Cette fois, ce fut Pia qui ne donna pas de réponse.

— Où vous trouvez-vous en ce moment ? demanda-t-elle à la place.

— À Cortina d'Ampezzo, répondit Janning. Avec ma famille. Mais nous rentrons demain.

— Contactez-nous dès que vous êtes là. On vous mettra sous protection policière.

Elle raccrocha et son portable sonna au même moment.

— On a retrouvé la voiture de Wolfgang Mieger, annonça Kai Ostermann. Elle était garée sur le parking du centre commercial du Main-Taunus. La clé est encore dessus. J'ai prévenu la police scientifique, ils amènent le véhicule au laboratoire d'analyses criminelles.

— Très bien. Bodenstein acquiesça. Autre chose ?

— Oui. Kai avait une voix tendue. Rien de bon, hélas, dit-il. J'ai réussi à joindre Vivien Stern et j'ai appris certaines choses sur Dirk Stadler qui ne vont pas vous plaire outre mesure.

Vingt minutes plus tard, ils se retrouvèrent dans le bureau de Bodenstein.

— Vivien Stern était effectivement une proche amie d'Helen Stadler et ce, depuis la fin de l'école primaire. Kai consulta ses notes. Elles passaient souvent l'été dans une petite résidence secondaire du Taunus qui appartenait à un ami de son père devenu très malade.

— Wolfgang Mieger ? demanda Pia.

— Je suppose que oui. Kai acquiesça. Comme Stadler, Mieger était originaire de la RDA. Il a fui avant la construction du Mur, ils ne se connaissaient pas, mais c'est sans doute ce qui les a rapprochés quand ils se sont retrouvés dans la même entreprise. Mme Stern nous a dit que Stadler faisait partie d'une section de nageurs de combat dans l'Armée populaire nationale et qu'il avait fui la RDA en parcourant quarante kilomètres à la nage dans la Baltique jusqu'à l'île de Fehmarn. J'ai vérifié l'information et j'ai appris que Stadler avait reçu plusieurs décorations. Il a été le meilleur tireur d'élite de l'armée est-allemande pendant trois années consécutives.

L'espace d'un instant, il régna un silence total.

— Je n'arrive pas à y croire, murmura Bodenstein.

— Après ça, poursuivit Kai, je me suis dit que j'allais essayer de savoir pourquoi Stadler détient une carte d'invalidité. On croyait jusqu'à présent qu'il s'agissait de sa mobilité réduite, mais ce n'est pas le cas. Son handicap est lié à des troubles psychiques. Ni son médecin traitant, ni le médecin du travail à la ville de Francfort n'avaient connaissance d'un quelconque handicap physique.

— Il s'est bien fichu de nous ! dit Pia, stupéfaite.

— Il n'a même pas eu besoin de mentir quand je lui ai demandé s'il avait fréquenté l'armée fédérale. Bodenstein secoua la tête. Il était dans l'armée est-allemande. Bon sang ! Pourquoi n'y ai-je pas pensé quand Neff a dit que Stadler était originaire de Rostock ?

— D'ailleurs, il n'a pas non plus de sœur dans l'Allgäu, ajouta Kai. Il n'y a personne de ce nom dans toute la ville de Kempten. Et les gens auxquels appartient le numéro de téléphone en question ne connaissent aucune Helga Stadler.

Bodenstein était aussi dérouté que Pia.

— Neff va en prendre pour son grade ! gronda-t-il, puis il saisit le combiné et composa le numéro de l'entreprise d'Erik Stadler. Mais lorsque celui-ci prit l'appel, Bodenstein raccrocha.

— Qu'est-ce que tu fabriques ? demanda Pia avec étonnement.

— Je viens d'avoir une idée, répondit Bodenstein qui appela les policiers chargés de la surveillance du domicile de Dirk Stadler à Liederbach.

— Rien n'a bougé, l'informa un de ses collègues. Les volets roulants se sont levés peu après 8 heures et c'est tout.

— OK, dit Bodenstein qui ne présageait rien de bon. Allez jusqu'à sa maison et sonnez, s'il vous plaît. Et recontactez-moi aussitôt après.

Tandis qu'ils attendaient leur appel, Pia tenta une nouvelle fois de joindre Burmeister, mais son téléphone était désormais éteint. Le portable de Bodenstein émit un signal sonore. Les deux policiers avaient sonné plusieurs fois chez Stadler, mais personne n'avait ouvert la porte. Ces malins venaient seulement de se rendre compte que, depuis son jardin, on accédait sans problème à celui des voisins situé à l'arrière et invisible de devant.

— Fouillez le garage et interrogez les voisins, ordonna Bodenstein qui avait du mal à contrôler sa voix. Et je veux un retour *immédiat*, c'est compris ?

Il raccrocha, gonfla les joues et expira lentement.

— L'oiseau s'est envolé, constata-t-il d'un ton sobre. Kai, lance tout de suite un avis de recherche contre Dirk Stadler en précisant qu'il est motorisé, s'il te plaît.

— Ça marche. Kai se leva et sortit du bureau de Bodenstein.

— Quel culot de nous mentir en inventant cette sœur dans l'Allgäu ! Pia n'arrivait toujours pas à comprendre comment elle avait pu tomber dans le panneau. Il était si… si crédible !

— En effet ! Il était persuadé qu'on ne le soupçonnait pas. Et il avait juste besoin de deux jours, c'est-à-dire jusqu'à ce matin. Jusqu'à ce que Burmeister rentre de vacances. Tu te rappelles quand il a noté les numéros de téléphone sur son papier ?

— Oui. Pourquoi ?

— Il a gardé ses gants pour écrire.

Pia réfléchit.

— Exact ! se souvint-elle. Il était en train de charger ses bagages dans la voiture et il faisait froid. Mais il aurait pu enlever les gants dans la maison.

— Il ne l'a pas fait. Parce qu'il ne voulait pas laisser d'empreintes digitales ou de traces d'ADN sur la feuille.

— Mais on aurait pu les prélever dans sa maison, de toute façon. Pia plissa le front d'un air songeur.

— Comme je disais, il voulait gagner du temps, dit Bodenstein. Il devait se douter qu'il avait laissé des traces sur une des scènes de crime, ou que nous retrouverions tôt ou tard le véhicule de Mieger, qu'il a sûrement utilisé. Mais tant que nous n'avions pas d'empreintes pour faire la comparaison, il aurait déjà fallu que nos soupçons se portent sur lui et qu'on demande un mandat de perquisition. Et il n'était peut-être pas certain que ses empreintes digitales ne soient pas déjà répertoriées chez nous.

— Nous avons entré son nom dans l'ordinateur dans le cadre de la procédure de routine, et ça n'a rien donné. À part quelques points en moins sur son permis de conduire, Dirk Stadler est une page vierge, il n'est jamais entré en conflit avec la loi. Pia secoua la tête. Donc, il a juste inventé cette sœur pour se procurer un alibi.

— C'est bien possible, dit Bodenstein. Et son fils nous aurait menti ou il l'aurait prévenu, voilà pourquoi j'ai raccroché avant qu'il prenne l'appel.

Le téléphone sonna de nouveau. Les policiers avaient interrogé plusieurs voisins, mais personne n'avait vu partir Stadler. La plupart ne le connaissaient même pas et avaient mis du temps à répondre. Son garage, situé en tête d'une rangée de maisons mitoyennes, était vide.

— Tu penses que Stadler est notre homme ? demanda Pia.

— Oui, répondit Bodenstein d'un air sombre. Ton intuition était juste depuis le début. Il a tout prévu avec minutie, sachant bien qu'il se retrouverait au centre de l'enquête. C'est pour cela qu'il n'était jamais pris de court par nos questions.

— On aurait pu découvrir bien avant qu'il ne travaillait plus à la ville de Francfort, objecta Pia.

— Mais on a loupé le coche. Bodenstein se leva et se dirigea vers la porte. Stadler a paré à ce risque en jouant le handicapé de façon convaincante et, l'autre jour au téléphone, il est même allé jusqu'à prétendre qu'il se trouvait au cimetière. Il a aussi fait en sorte qu'on n'ait pas le temps de réfléchir. Peut-être qu'Hartig et Thomsen sont de mèche avec lui et qu'ils ont attiré l'attention sur eux pour donner du temps à Stadler.

— Qu'est-ce qu'on fait maintenant ? Pia le suivit dans le couloir.

— On informe la patronne et l'équipe, répondit Bodenstein. Il faudra ensuite qu'on cherche cette résidence secondaire dont a parlé l'amie d'Helen Stadler. Et qu'on retrouve Burmeister.

Kai apparut à l'angle, son ordinateur portable sous le bras. Il avait entendu la dernière phrase de Bodenstein.

— On peut s'épargner cette tâche, dit-il avec fébrilité. Cette fois, le sniper a envoyé deux mails à la rédaction du journal. Faber vient de me les faire suivre. Le premier concerne Ralf Hesse. Quant au deuxième, il va malheureusement falloir que vous le regardiez !

Tous contemplaient en silence l'atroce photo que Kai avait ouverte sur le grand écran dans la salle de réunion de la commission spéciale. L'image montrait un homme brun en tee-shirt blanc, l'air paniqué, les traits déformés par la douleur, attaché sur une table d'opération. Bras et jambes étaient ligotés, mais sa main droite, sectionnée avec soin au-dessus du poignet, reposait sur sa poitrine et le moignon du bras était bandé dans les règles de l'art.

— C'est le Pr Burmeister. Pia combattit la nausée qui montait en elle. Elle fut submergée par une vague de colère impuissante, sans savoir à qui elle en voulait le plus : au sniper ou à Burmeister qui avait pris son avertissement à la légère.

— Ils ont dû le coincer à l'aéroport ou devant chez lui, supposa-t-elle.

— *Ils ?* demanda Nicole Engel.

— Hartig et Stadler, répondit Pia. Je parie qu'ils sont complices. Et il y a un autre élément qui tend à prouver qu'Hartig est impliqué. Pia désigna la photo. Il était chirurgien, un chirurgien plutôt doué, avant d'entrer en conflit avec Rudolf et Burmeister.

— Il a donc lui aussi une raison de se venger de Burmeister, intervint Bodenstein. Une raison très personnelle.

— OK. Nicole Engel acquiesça. On fait quoi maintenant ?

— L'avis de recherche est déjà lancé contre les deux suspects, dit Kai. Leurs maisons sont sous surveillance, les deux voitures ont été mentionnées dans l'avis de recherche. Les informaticiens de la PJ sont en train de déterminer la provenance des deux derniers mails du Juge. Et nous examinons les registres pour localiser la résidence secondaire de Mieger. Elle doit se trouver à proximité de Kelkheim, Vivien Stern s'est souvenue qu'en y allant un jour, elles s'étaient arrêtées chez un glacier situé juste derrière la voie ferrée.

Pia relut le texte du faire-part de décès concernant Ralf Hesse. *Ralf Hesse devait mourir parce que sa femme s'est rendue coupable d'attentat à la liberté individuelle et de mise en danger de la vie d'autrui en faisant usage de violence psychologique.*

Que ressentirait Bettina Kaspar-Hesse en lisant cela ? Ne valait-il pas mieux lui cacher cette accusation cynique ? Mais elle finirait sans doute par la découvrir, comme Gehrke.

— Quand est-ce que les mails ont été envoyés ? demanda Bodenstein.

— Tous les deux en l'espace d'une minute, répondit Kai. À 11 h 52 et 11 h 53.

— Burmeister a quitté l'aéroport de Francfort vers 7 heures du matin. Pia se leva et se dirigea vers la carte fixée au mur. Des épingles de différentes couleurs marquaient les lieux des crimes. À supposer qu'ils l'aient kidnappé directement là-bas, dit-elle, ils ont eu près de quatre heures pour l'emmener quelque part et lui amputer la main. Ils doivent donc se trouver dans les environs de Francfort.

— Je vais faire vérifier les caméras de surveillance devant le terminal 1 de l'aéroport. Kai acquiesça.

— Regardez un peu ça, dit Christian Kröger, qui avait retravaillé la photo avec minutie. J'ai éclairci l'image et on aperçoit là un bout de l'arrière-plan.

Tous fixèrent l'écran.

— Ce carrelage ! On dirait une boucherie ou une boulangerie d'autrefois, jugea Bodenstein.

— Ou une cuisine de collectivité, compléta Nicole Engel. On peut encore gagner en netteté ?

— Non, hélas. La qualité et la résolution de la photo ne le permettent pas, répondit Kröger.

— On devrait rechercher les bâtiments vides ayant une cuisine de collectivité ou les boucheries dans un rayon d'environ cent kilomètres, suggéra Cem.

Les choses bougeaient enfin dans l'enquête ! Tandis que l'équipe faisait des propositions et se concertait, Pia réfléchissait. C'était atroce que Burmeister soit tombé entre les mains du sniper, mais elle ne se faisait pas de reproches pour autant. Il avait dédaigné tous ses avertissements. Hartig avait disparu depuis des jours. Quant à Stadler, il ne s'était pas rendu dans l'Allgäu, mais il ne se trouvait pas non plus dans sa maison de Liederbach. Où se cachaient les deux hommes ?

L'Opel de Wolfgang Mieger était toujours restée dans le garage de Sossenheim lorsqu'elle ne roulait pas. Peut-être que le sniper avait échangé les voitures chaque fois – une brillante idée ! Thomsen n'avait pas loué le garage, c'étaient plutôt Hartig ou Stadler, qui ne supportaient pas Thomsen. On pouvait facilement en déduire que le duo avait créé une fausse piste menant à Mark Thomsen ! Chaque impasse dans laquelle on attirait la police donnait davantage de temps au sniper.

— Thomsen est-il encore chez nous ? demanda-t-elle soudain à la ronde.

— Oui. Il ne sera transféré en prison qu'à midi, répondit Kai.

— Écoutez-moi tous, s'il vous plaît ! Pia se leva. Je suis certaine que Thomsen sait où se trouve cette résidence secondaire ! Et nous devons protéger les Prs Hausmann et Janning au même titre que leurs proches, face à Dirk Stadler.

— Qu'est-ce que tu proposes ? Bodenstein se redressa.

— Inutile de mettre les maisons de Stadler et Hartig sous surveillance, répliqua vivement Pia. On ferait mieux de surveiller leurs téléphones, ainsi que la ligne fixe et le portable d'Erik Stadler, pour le cas où il est de mèche avec son père. Il faut que quelqu'un appelle Hausmann et Janning pour leur demander s'ils ont des proches qui pourraient être en danger. Il faut aussi exercer davantage de pression sur Rudolf. Amenons-le ici et montrons-lui la photo de Burmeister ! On fait la même chose avec Thomsen et on l'interroge au sujet de cette résidence secondaire !

— D'accord ! Bodenstein se leva. Commençons par Thomsen. Je veux également parler à l'amie d'Helen Stadler.

— Elle rentre ce soir aux États-Unis, dit Kai.

— Elle va devoir reporter son départ, décida Bodenstein. Qu'elle vienne ici. Sur-le-champ. Et imprime-moi la photo de Burmeister, s'il te plaît.

Nicole Engel suivit Bodenstein et Pia dans le couloir.

— Y a-t-il quoi que ce soit que je puisse faire ? demanda-t-elle.

— Oui, dit Bodenstein d'un ton sec. Garder une vue d'ensemble. Parce qu'elle commence sérieusement à m'échapper.

Mark Thomsen connaissait le "ranch", comme on surnommait la maison de Wolfgang Mieger, grâce aux récits enthousiastes d'Helen, qui y avait visiblement passé des jours heureux. La maisonnette se situait dans une zone de résidences secondaires entre Fischbach et Schneidhain, Thomsen ne se rappelait plus l'adresse exacte, mais Kai la trouva en quelques minutes grâce au bureau des registres de Kelkheim. On envoya aussitôt plusieurs véhicules de police et un commando dans l'Eibenweg à Fischbach, car il y avait de fortes chances que Stadler ou Hartig s'y cachent et soient armés. Tandis que

Cem et Kathrin appelaient Hausmann, Janning, et veillaient à ce que Vivien Stern ne s'éclipse pas en Amérique avant que Bodenstein ne l'interroge, Bodenstein, Pia, Kröger et Kim se rendaient à Fischbach sous une grisaille de plomb. Sur les bas-côtés de la route s'amoncelaient des sacs-poubelles à côté de conteneurs pleins à ras bords, les déchets attiraient rats et renards qui, même en plein jour, traversaient crânement les rues désertiques. Nombre de gens avaient décidé au dernier moment de partir en vacances, ou se barricadaient dans leurs maisons et appartements. Les rares voitures qu'ils croisaient étaient pour la plupart des véhicules de police. Bus et trains étaient annulés depuis des jours, les vendeurs de journaux et les facteurs refusaient toujours de travailler, de même que les éboueurs, les livreurs et les ouvriers du bâtiment. Quantité de magasins et restaurants étaient fermés et, dans les supermarchés, on travaillait en équipe restreinte, beaucoup d'employés préférant se faire porter pâles que d'être abattus en allant au travail.

Les températures étaient redescendues en dessous de zéro. Le givre sur les branches nues avait créé un paysage féerique, pour lequel nul n'avait d'yeux. Pia traversa Fischbach, bifurqua sur la B455 en direction de Königstein et, deux kilomètres plus loin, entra dans la zone résidentielle. Ils passèrent devant le club de tennis de Fischbach, la voiture cahota sur le chemin de terre, la glace des flaques qui s'étaient formées dans les nids-de-poule se brisa sous les roues.

— C'est là ! Kröger désigna une plaque de rue. Au numéro 19.

Les policiers attendaient comme prévu dans la rue, Pia s'arrêta derrière un de leurs véhicules. Le commando de Francfort arriva peu après et sécurisa le terrain et la maison.

— La maison est vide, dit le chef du commando à Bodenstein au bout de dix minutes à peine. Vous pouvez entrer.

— Merci. Bodenstein hocha la tête.

Le numéro 19 était une maisonnette sans prétention entre de grands sapins. Le jardin bordé par une haute haie d'ifs et un grillage rouillé prenait fin brusquement à la lisière de la forêt. Ils entrèrent dans la propriété par un portail grinçant, fixé entre deux piliers en pierre recouverts de lichen. À côté de la boîte aux lettres abîmée, un petit écriteau presque illisible annonçait le nom des propriétaires : Wolfgang et Gerda Mieger.

— C'est plutôt mort ici en hiver, affirma Bodenstein, qui avait grandi à quelques kilomètres de là. Ça a commencé par quelques bicoques, dit-il, qui sont devenues de vraies maisons raccordées au réseau électrique, mais pas au tout-à-l'égout. La plupart d'entre elles ont été construites illégalement.

— La datcha de Mieger : une planque parfaite, confirma Pia. Surtout en cette saison.

— On ne touche à rien ! leur rappela inutilement Kröger.

La demeure avait des volets battants en bois et une véranda à laquelle on accédait par deux marches. Trois roues en bois formaient la balustrade et donnaient effectivement une allure de ranch à l'ensemble. En contrebas de la véranda on apercevait un billot et des copeaux de bois frais disséminés tout autour.

Bodenstein et Pia enfilèrent sur-chaussures et gants, puis entrèrent dans la maison, composée d'une grande pièce avec une kitchenette, d'où partaient une porte à droite et une à gauche. Une odeur de renfermé et de fumée refroidie flottait dans l'air. Bodenstein se croyait dans une caisse en bois : parquet, volets battants fermés, murs et plafonds lambrissés. Il inspecta la cuisine. Il vit dans l'évier une casserole, une assiette et des couverts sales ; deux verres propres et une autre assiette reposaient sur un égouttoir en plastique. Le petit frigo était rempli de nourriture. Les cendres étaient encore tièdes dans la cheminée. Il ouvrit la porte de la petite pièce de droite. Le lit était défait, vêtements et linge traînaient par terre. Bodenstein se retourna. Des journaux se trouvaient sur la table de salon usée, un petit téléviseur cathodique était posé sur un buffet en pin.

Il s'immobilisa au milieu de la pièce, ferma les yeux et serra les poings. Il pouvait littéralement sentir la présence de Stadler. Ses paroles *Je suis un pacifiste* résonnaient tels des rires moqueurs dans les oreilles de Bodenstein. Pia, Kim et Christian Kröger explorèrent le reste de la maison, le parquet terne recouvert de tapis élimés craqua sous leurs pas.

— Chef! La voix de Pia l'arracha à ses pensées. Regarde un peu ça!

Il ouvrit les yeux, la suivit dans la pièce de gauche et se figea dans l'embrasure de la porte.

Au mur étaient affichées des photos des victimes soigneusement alignées, des cartes géographiques détaillées, des images satellites. Sur le bureau, des corbeilles à courrier contenaient des dossiers sur chaque victime et leur entourage. Une boîte en carton comportait cinq douilles vides, chacune munie d'un bout de papier avec un nom.

Ils sortirent de la maison. Kröger fit le tour de la propriété et trouva l'emplacement où Stadler se débarrassait des cendres de la cheminée. Quant aux ordures, il avait dû les emporter, car la vieille poubelle de quatre-vingts litres était vide et recouverte de mousse.

— Il a brûlé des chaussures, constata Kröger. Mais les semelles ont résisté. Nous allons les comparer aux empreintes relevées dans la maison en chantier à Griesheim.

— Qu'est-ce qu'on fait maintenant? demanda Pia.

Bodenstein réfléchit. Il n'avait plus le droit à la moindre erreur, sinon il serait grillé et la presse les descendrait en flammes, lui et son équipe.

— Nous allons l'attendre ici. Il reviendra tôt ou tard, décida-t-il. La porte d'entrée est-elle encore intacte?

— La serrure a un peu souffert, malheureusement, répondit le chef du commando. Mais nous pouvons refermer la porte de façon à ce que tout semble normal au premier abord.

— Bien. Christian, photographie-moi tout ça, mais ne mets pas le bazar.

En d'autres circonstances, les cinq derniers mots auraient suffi à faire exploser Kröger de rage, mais il se contenta d'acquiescer et se mit au travail. Les membres du commando prirent position dans les jardins avoisinants et la forêt située derrière la maison. Deux policiers en civil s'étaient déjà postés discrètement sur le parking du club de tennis de Fischbach, à l'entrée de la zone résidentielle, afin de prévenir le chef de groupe s'ils voyaient passer Stadler en voiture.

Ostermann téléphona. Les mails du Juge avaient été écrits depuis le poste Internet d'un café d'Unterliederbach. Ostermann avait déjà envoyé une patrouille pour questionner le personnel.

— Il faut qu'on interroge Erik Stadler et sa compagne, dit Bodenstein qui réfléchissait à voix haute, tandis que Pia, Kim et lui retournaient à leur véhicule. Il faut saisir leurs ordinateurs, leurs portables et leurs smartphones, dit-il. Et qu'on m'amène aussi le couple Winkler au commissariat !

— Mais s'ils sont dans le coup, ils servent peut-être de radar pour Stadler, fit remarquer Pia. Il doit se douter qu'on commencera par questionner son fils et ses beaux-parents. À supposer qu'ils sont convenus de lui faire signe régulièrement – il va se dire qu'il a encore du temps devant lui, tant qu'il arrive à les joindre. Quand ce ne sera plus le cas, il va liquider Burmeister et Hartig, avant de s'évaporer dans la nature.

Bodenstein fronça les sourcils.

— Et, de toute façon, aucun d'eux n'ouvrira la bouche s'ils sont déjà dans le secret, ajouta Pia. Rassemblons plutôt les faits et réfléchissons pour n'omettre aucun détail.

Le portable de Bodenstein sonna. De nouveau Ostermann. Bodenstein activa le haut-parleur.

— Nous avons visionné les enregistrements des caméras de surveillance de l'aéroport, dit Kai. La plage entre 6 h 30 et 7 h 30. L'avion en provenance des Seychelles est arrivé porte C au terminal 1. À 6 h 58, Burmeister est monté dans un taxi qui s'est arrêté à côté de lui lorsqu'il est sorti du hall d'arrivée. Un autre homme est apparu et il est monté à l'arrière, du côté gauche. On voit bien la plaque d'immatriculation du taxi. On travaille là-dessus.

— Donc ils l'ont bel et bien chopé à l'aéroport, dit Pia, incrédule. Le sniper devait se trouver juste à côté de nous quand je parlais à Burmeister !

Elle tenta de se rappeler la situation dans le hall d'arrivée. Ce n'était pas l'effervescence, comparé au hall de départ. Pia, tout en parlant à l'ex-femme de Burmeister et en se préparant mentalement à l'entretien avec le médecin, avait examiné avec attention les personnes qui se trouvaient aux alentours. Mais, excepté quelques membres du personnel de l'aéroport et quatre ou cinq hommes d'affaires attablés au café, il s'agissait uniquement de gens venus attendre des passagers et s'en allant avec eux au fur et à mesure. Le sniper avait donc dû se camoufler.

— Le hall comporte-t-il une caméra de surveillance qui filme la porte d'embarquement et le café ? s'enquit Pia.

— C'est bien possible, répondit Kai. Depuis l'attentat à la bombe en 1985, il n'y a quasiment plus un seul recoin de l'aéroport qui ne soit pas sous surveillance.

— Le sniper devait être un des hommes installés au café. Pia en était certaine. Tu peux vérifier ?

— Bien sûr, je m'en occupe. À plus tard.

Pia embraya et démarra.

— Je parie qu'on va bientôt recevoir un message indiquant l'endroit où on retrouvera le cadavre de Burmeister, dit-elle d'un ton amer.

— Erreur, intervint Kim, qui n'avait encore rien dit, depuis la banquette arrière. Ils ne vont pas le tuer, mais le mutiler pour qu'il ne puisse plus jamais exercer la chirurgie. En principe, l'amputation de la main droite suffit déjà.

— On n'a pas réussi à le protéger, ni aucune des autres victimes, dit Bodenstein d'une voix indistincte. On a toujours eu un temps de retard sur lui.

— En fait, on a affaire à deux histoires depuis le début. Pia ne s'arrêta pas à l'autocritique de son supérieur. En premier lieu, dit-elle, il est évidemment question des circonstances de la mort d'Helen Stadler. Le cas a beau avoir été occulté à l'époque, il figure dans un dossier, c'est-à-dire que ce n'est pas un secret d'État. Mais la raison pour laquelle la clinique garde obstinément le silence, Helen était sur le point de la découvrir et seul un cercle très restreint la connaît pour l'instant : Rudolf lui-même, Janning, Hausmann et Burmeister ! La version officielle du départ de Rudolf, c'est l'histoire de son style de management autoritaire et des problèmes que cela a entraînés. Mais Burmeister avait un regard rempli d'angoisse ce matin, avant de comprendre que je bluffais. Pareil pour Janning ! Quand je lui ai dit qu'Hausmann m'avait tout raconté, il est resté coi et n'a presque plus rien dit.

— Voilà pourquoi Helen Stadler devait mourir, supposa Kim.

— Mais, dans ce cas, l'hypothèse d'Hartig comme son meurtrier ne tient plus, objecta Bodenstein.

— Ça dépend. S'il trempait dans l'affaire, ça tient debout, répliqua Pia. À moins qu'Helen n'ait découvert qu'Hartig faisait partie de l'équipe de Rudolf et ne l'ait menacé de le dire à son père.

— À mon avis, c'est plutôt Vivien Stern qui considère Hartig comme l'assassin d'Helen parce qu'elle-même a peur de lui, dit Kim.

— C'est aussi comme ça que je vois les choses, grommela Bodenstein.

Pia bifurqua à gauche sur la B455. Ostermann rappela au moment où ils traversaient Kelkheim.

— Le taxi a été déclaré volé ce matin, dit-il. Mais – c'est la bonne nouvelle –, il possède une puce de géolocalisation, ce qui a permis à la compagnie de le retrouver à peine deux heures plus tard.

— Où ?

— Et maintenant la mauvaise nouvelle : devant chez toi, chef.

— Pardon ? Bodenstein n'en croyait pas ses oreilles. Ce fumier a le culot de se payer ma tête !

— Il affiche son sentiment d'impunité, confirma Kim.

— Le taxi est allé directement de l'aéroport à Ruppertshain, rapporta Kai. La compagnie a d'abord cru à une course régulière, jusqu'à ce que le chauffeur appelle et raconte qu'on l'a mis hors de combat en lui assénant un coup sur la tête et en l'abandonnant, ligoté, dans la forêt domaniale en bordure de l'Unterschweinstiege. Ils ont cent trente taxis en circulation et ce matin, à la centrale, il n'y avait qu'une jeune femme qui n'a pas compris d'emblée le problème.

— Il a pris un risque énorme, dit Pia. Il faut compter environ trente-cinq minutes de l'aéroport jusqu'à Ruppertshain. Ça veut dire qu'ils sont arrivés là-bas vers sept heures et demie.

Avant, il a fallu qu'ils transfèrent Burmeister dans une de leurs voitures. Le mail avec la photo a été envoyé vers midi. Il faut un certain temps pour effectuer une amputation et panser la plaie. Ils doivent donc encore se trouver dans les parages.

Cela ne les aidait pas vraiment, "les parages" étant une des régions les plus densément peuplées d'Allemagne. Plusieurs centaines de policiers avaient beau être en train de fouiller les bâtiments vides aux alentours de Francfort et dans la ville, tandis que l'avis de recherche contre Hartig et Stadler circulait à la radio, la télévision et sur Internet, cela revenait à chercher la fameuse aiguille dans une botte de foin. Encore récemment, lors d'un séminaire, Bodenstein avait une fois de plus entendu d'arrogants collègues berlinois affirmer que, comparé à la capitale fédérale, les contreforts du Taunus représentaient la "province endormie". Ce dédain l'agaçait toujours, car il n'y avait sans doute pas moins provincial que la région Rhin-Main avec son aéroport, ses nombreuses banques et entreprises internationales. Mais, aujourd'hui, il aurait voulu être au fin fond de la vraie province, où on n'aurait qu'à ratisser quelques villages composés de dix fermes, d'une école et peut-être de deux gymnases. À la seconde où il forma cette pensée, son cerveau établit un parallèle qui lui avait échappé jusque-là.

— Bon sang, mais c'est bien sûr ! s'écria-t-il avec excitation, faisant tressaillir Pia.

— Tu veux nous faire avoir un accident ? dit-elle d'un ton bourru.

— Stadler a travaillé des années à la direction de l'Équipement ! Cela signifie qu'il connaît tous les bâtiments publics de la ville. Musées, écoles, gymnases, piscines, *et cætera* ! Nous pouvons limiter nos recherches à la ville de Francfort ! Bodenstein composa le numéro d'Ostermann et s'apprêtait à prévenir son équipe mais, avant qu'il puisse dire quoi que ce soit, Kai lui transmit une autre information.

— Vous êtes en route ? demanda-t-il. On a reçu un nouveau mail ! Sans photo cette fois, mais avec une vidéo en pièce jointe.

— Je vous le dis tout de suite, ce n'est pas destiné aux âmes sensibles, les avertit Kai en lançant la vidéo de huit minutes sur le grand écran.

Le visage de Burmeister, défiguré par la peur, apparut en gros plan, ses yeux lui sortaient presque de la tête. Plus rien ne rappelait l'homme dynamique et sûr de lui qui avait des pattes-d'oie lorsqu'il riait et avait enlacé affectueusement sa fille le matin même.

— Non ! suppliait-il d'un ton désespéré. Non, pitié, non ! Vous ne pouvez pas faire ça ! Je vous en prie ! Je… j'ai de l'argent, je… je… je ferai tout ce que vous voulez, mais pas ma main, pitié !

La caméra passa de son visage à son torse et descendit jusqu'au bras gauche, fixé sur un support et soigneusement garrotté au-dessus du coude.

Pia se sentit mal. Elle détourna le regard en frémissant. Elle aurait aimé pouvoir se boucher les oreilles, car les cris de douleur de Burmeister étaient au-delà du supportable. Étant à bout, elle se fraya un chemin à travers les rangées de collègues, longea le couloir et quitta le bâtiment en passant par la porte de derrière. Une fois dehors, elle s'assit sur la marche supérieure de l'escalier, respira à fond et combattit la nausée et les larmes de colère qu'elle sentait venir. Les doigts tremblants, elle sortit son paquet de cigarettes de la poche de sa doudoune et chercha le briquet à tâtons, mais elle ne parvint pas à allumer sa cigarette. Elle aurait pu sauver Simon Burmeister ! Pourquoi ne pas l'avoir placé en garde à vue, tout simplement ? L'amère sensation d'échec s'amplifiait à chaque bouffée d'air. Pia s'adossa au mur froid, ferma les yeux et ne les rouvrit pas lorsque quelqu'un poussa la porte et s'assit à côté d'elle.

— Ce n'est pas ta faute.

Bodenstein semblait avoir repris le dessus.

— Si, répondit Pia. J'aurais dû le forcer à nous accompagner.

— On ne peut aider personne contre son gré.

— Ah, si seulement j'étais partie en Équateur avec Christoph ! Pia essuya ses larmes du revers de la main, ouvrit les yeux et tenta à nouveau d'allumer sa cigarette.

— Je suis content que tu ne l'aies pas fait. Bodenstein lui

enleva en douceur le briquet des mains et la cigarette de la bouche, l'alluma et la lui rendit. Puis il en prit une pour lui.

— Pourquoi avons-nous commis autant d'erreurs ? demanda Pia, découragée. Pourquoi n'avons-nous pas songé, par exemple, à vérifier si Helen Stadler avait des amis sur Facebook ?

— Parce que nous n'avons pas eu le loisir de réfléchir, répondit Bodenstein. Il ne nous en a pas laissé le temps et il s'est montré habile en créant de fausses pistes. Je suis certain qu'il a choisi exprès la période de Noël pour sa série de meurtres parce qu'il savait qu'un grand nombre d'informations nous parviendrait trop tard.

— Il donnait l'impression d'être si… normal. Pia exhala la fumée dans l'air froid. J'avais presque pitié de lui, quelle idiote ! Mon intuition m'a complètement lâchée.

— Faux. Bodenstein fit non de la tête. Tu as pressenti dès le début que quelque chose clochait chez lui.

Ils restèrent un moment assis à fumer en silence.

— Il ne faut pas qu'on se décourage maintenant, finit par dire Bodenstein. Toi et moi, on a déjà livré tant de batailles ensemble, on gagnera aussi celle-là. On est très proche de lui. Burmeister sera sa dernière victime, tous les autres sont en sécurité.

— J'ai quand même sans arrêt l'impression d'avoir raté un truc. Pia envoya d'une chiquenaude son mégot dans les buissons. Bodenstein écrasa la sienne et l'émietta entre ses doigts, perdu dans ses pensées.

— Je ressens la même chose, avoua-t-il. Mais je sais que j'ai fait tout ce qui était en mon pouvoir. On n'est que des humains, Pia, pas des machines, ni des superhéros. Et l'humain fait des erreurs, c'est comme ça.

Ils se regardèrent.

— Et maintenant, qu'est-ce qu'on fait ? demanda Pia.

— Rudolf vient d'arriver chez nous. On va lui montrer la vidéo, cent fois d'affilée si nécessaire, jusqu'à ce qu'il craque, répondit Bodenstein. Mais on va commencer par cuisiner Thomsen. Kai a envoyé la photo de Burmeister à Janning et Hausmann pour qu'ils comprennent la gravité de la situation.

Hausmann a une fille qui travaille dans une banque de Francfort. On va la mettre sous protection policière.

Il se leva et lui tendit la main avec galanterie. Pia la saisit en ricanant.

— Allez, on retourne au combat. Bodenstein sourit. On va le coincer aujourd'hui.

Mark Thomsen fut contraint de regarder la photo et la vidéo.

— Enfin. Un léger sourire passa sur son visage. Ce porc ne méritait rien d'autre, dit-il.

— Qu'est-ce que ça veut dire ? s'enquit Bodenstein. Vous nous cachez encore quelque chose ?

— Non. J'ignore réellement qui a abattu ces gens, répondit Thomsen. Jusqu'au coup de feu tiré depuis l'immeuble, je penchais pour Erik, mais plus après. Ce n'est pas l'œuvre d'un tireur amateur.

— Pourquoi fait-il subir cela à Burmeister ? Pourquoi a-t-il changé de stratégie ? insista Pia.

— Aucune idée. Thomsen haussa les épaules. Burmeister et Rudolf sont des mégalos ambitieux.

Pia échangea un bref regard avec Bodenstein.

— Depuis des années, Rudolf et son vieux copain Furtwängler faisaient des recherches autour d'un médicament permettant de modifier le groupe sanguin d'un être vivant. Quantité d'animaux de laboratoire y ont laissé leur peau dans des centaines de tests, ainsi que trois personnes au moins. Rudolf et Burmeister leur avaient greffé sciemment le cœur d'un donneur ayant un autre groupe sanguin, après leur avoir administré un traitement médicamenteux pendant des semaines. Les recherches étaient financées en grande partie par le groupe pharmaceutique Santex. L'engagement de Fritz Gehrke, le président de Santex, n'était pas totalement désintéressé, Gehrke comptant sur la réussite de Rudolf pour sauver la vie de son fils.

Thomsen s'arrêta un instant.

— Le médicament en était encore au stade de l'expérimentation animale, ce qui n'a pas empêché Rudolf et Burmeister de l'utiliser chez leurs patients. Ces gens étaient désespérés et savaient qu'ils allaient mourir, à moins d'un miracle. Rudolf leur a fait croire qu'il pouvait accomplir ce miracle, mais ça s'est très mal terminé dans tous les cas. Les receveurs n'ont survécu à la greffe que quelques heures ou quelques jours, avant de mourir dans d'atroces souffrances à cause de violentes réactions de rejet. Peut-être que le chiffre non officiel était encore plus élevé, mais Hartig, qui appartenait à l'équipe de Rudolf, était au courant pour ces trois-là. Après cela, Gehrke a voulu mettre un terme à son engagement. L'expérience semblait vouée à l'échec, Rudolf et Burmeister ont paniqué. Si le procédé s'avérait un jour concluant, le problème d'incompatibilité entre groupes sanguins serait réglé et on pourrait sauver bien davantage de vies. Et puis – c'était sans doute la raison principale – Rudolf aurait sûrement obtenu le prix Nobel !

— C'est là que Kirsten Stadler est arrivée par hasard à l'hôpital. Elle était du groupe O ! dit Pia.

— Exact. Thomsen acquiesça. Rudolf et Burmeister ont faussé le diagnostic de mort cérébrale, prélevé son cœur et l'ont greffé au fils de Gehrke qui se savait condamné. Tout s'est bien passé, Maximilian s'est rétabli à vue d'œil et Gehrke, auquel Rudolf avait laissé croire que les médicaments étaient efficaces, a poursuivi le financement de leurs recherches. Mais la famille de Kirsten Stadler s'en est mêlée. Rudolf voulait tout occulter et il a avoué à Gehrke que Kirsten Stadler aurait effectivement pu vivre un peu plus longtemps. Gehrke a dû se sentir coupable et il a proposé aux Stadler de l'argent, beaucoup d'argent. C'est aussi l'époque où Hausmann, le directeur médical de la clinique et ancien bon ami de Rudolf, a découvert le contexte des trois décès et il s'est interposé. Rudolf aurait peut-être encore réussi à cacher toute l'affaire si Hartig n'avait pas révélé les procédures qui avaient cours à la clinique. Cela a provoqué un clash entre les deux anciens amis et Rudolf a dû quitter la clinique. L'établissement s'est arrangé avec les Stadler en dehors des tribunaux et Gehrke a versé un million d'euros supplémentaires à Dirk Stadler pour son silence.

— Comment savez-vous tout cela ? demanda Pia.

— Je suis en contact avec les proches de deux victimes de la mégalomanie de Rudolf, répliqua Thomsen. Ils n'avaient ni le courage, ni l'argent, ni aucun moyen de porter plainte contre lui ou la clinique. Mais, grâce à leurs informations et aux récits d'Hartig, Helen et moi avons entamé des recherches.

— Vous connaissez donc des cas concrets ?

— Oui. Avec les noms et les dates, confirma Thomsen. Il y a un an environ, sans m'en parler, Helen est allée trouver Gehrke, Rudolf, Hausmann, Janning et Burmeister. Elle venait d'entendre parler du million d'euros et elle était très remontée d'apprendre que son père avait sacrifié la vérité sur l'autel de l'argent. Le fric n'avait aucune importance à ses yeux et elle ne se sentait pas non plus liée par la promesse de silence faite par Dirk Stadler. Elle les menaça de contacter la presse et d'évoquer cette histoire de groupes sanguins dont elle avait eu connaissance par Hartig et moi-même.

— Cela aurait provoqué un scandale monstre, fit remarquer Bodenstein.

— Sans aucun doute. Mais pas seulement, répliqua Thomsen. Cela aurait été catastrophique pour la réputation de la médecine transplantatoire, qui a déjà beaucoup souffert à la suite des scandales de ces dernières années. Il se frotta le menton avec le pouce et l'index. Ces mafieux de la clinique avaient peur d'Helen parce qu'ils savaient qu'elle était en contact avec Hartig, qui aurait été un témoin des plus crédibles à la barre. Par contre, ils ne savaient rien à mon sujet. Il ne leur restait plus qu'à supprimer la menace. Et c'est ce qu'ils ont fait. Thomsen se mit à rire. Un rire amer sans joie aucune. Ils l'ont assassinée, c'est évident.

— Pourquoi n'ont-ils pas menacé M. Hartig ? s'enquit Bodenstein. Il était quand même plus dangereux qu'Helen Stadler, non ?

— Hartig ne tenait pas à rendre l'affaire publique. Et il y a toujours son père, qui joue dans la même cour que Rudolf & co. C'est ce qui l'a protégé.

— Pourquoi êtes-vous aussi sûr qu'Helen a été assassinée ? Bodenstein n'était pas encore totalement convaincu.

— Vous vous suicideriez, vous, si vous étiez à deux doigts d'élucider le plus grand problème de votre existence ? dit Thomsen en répondant par une question. Elle était euphorique, ivre de joie, vivante comme jamais ! Elle était sur le point de se libérer de l'ombre qui avait pesé sur elle et sa famille pendant la moitié de sa vie. Elle avait même trouvé le courage de dire à Jens-Uwe qu'elle ne voulait pas se marier avant d'avoir passé un an aux États-Unis. Elle avait demandé un visa pour études et obtenu une place à l'université.

— Comment le savez-vous ? demanda Pia.

— Helen ne me cachait quasiment rien, répondit Thomsen.

— Mais ces plans qu'elle a forgés ! Pia secoua la tête. Helen a espionné des gens, elle a rédigé de véritables comptes rendus de filature ! Pourquoi n'avez-vous pas empêché cela ?

— Je l'ai même aidée au début, concéda Thomsen. J'ai entamé des recherches sur les personnes concernées. Nous n'avions pas l'intention de faire du mal à qui que ce soit, au contraire ! Mais Hartig en a entendu parler, et tout est parti en vrille. Il était obsédé par l'idée de mettre ses anciens collègues sous pression.

— Pour quelle raison ?

— Je crois qu'il n'a jamais encaissé la façon dont on l'a traité à l'époque, dit Thomsen. Son attitude, qui était irréprochable sur le plan éthique, lui a valu d'être puni.

— Mais je ne comprends pas pourquoi Hartig commence par tout raconter à Helen, pour la bourrer ensuite de comprimés et la surveiller au point de lui faire peur, objecta Pia. Ça n'a aucun sens !

Thomsen se tut pendant une bonne minute, puis il soupira et leva les yeux.

— Il n'a rien dit à Helen, dit-il avec abattement. C'est moi qui l'ai fait. Et c'est ce qui a déclenché cette sale affaire.

Pia lança un bref coup d'œil à son chef.

— Jusque-là, Helen était persuadée qu'elle aurait pu empêcher la mort de sa mère, poursuivit Thomsen. Elle s'est sentie comme libérée quand elle a compris que la faute ne revenait pas à elle, mais aux médecins. Elle ne serait peut-être pas allée plus loin si Hartig et moi n'avions pas été là. Jens-Uwe est tombé amoureux d'elle et elle l'a habilement incité à lui révéler les détails de l'affaire, encouragée par son père, son grand-père et moi. Nous n'avions qu'une seule idée en tête : la vengeance !

Chacun avait un motif très personnel mais, en fin de compte, nous voulions tous la même chose : que la vérité soit révélée au grand jour ! Oui, c'est de notre faute si le sujet n'a jamais été clos.

— Et Hartig ? Qu'a-t-il fait ?

— Il a dû mettre un certain temps à comprendre ce qui allait se passer si Helen découvrait quel rôle il avait réellement joué dans l'histoire de sa mère. Pour sa défense, il faut dire qu'il a amèrement regretté son geste par la suite. Mais il l'a fait.

— Qu'a-t-il fait ? insista Bodenstein.

— Le cœur de Kirsten Stadler a été le premier qu'il a prélevé et greffé, répondit Thomsen. C'était sa première greffe d'organe dans une prometteuse carrière en chirurgie transplantatoire. Il n'a commis aucune erreur, mais il ignorait encore tout du contexte.

— Comment le savez-vous ?

— Parce qu'il me l'a raconté. Il y a de nombreuses années, lorsqu'il a fait sa première conférence à HAMO. Il ne connaissait pas encore Helen personnellement. C'est un enchaînement de hasards malheureux qui a fini par entraîner encore plus de décès.

— Qui a eu l'idée de tuer les proches des protagonistes ? s'enquit Pia. Quel rôle avez-vous joué là-dedans ?

Thomsen prit à nouveau un temps de réflexion avant de répondre.

— Je voulais faire la lumière sur les expérimentations de Rudolf, dit-il. Hartig tombait particulièrement bien en tant qu'informateur. Lui et moi, nous aurions sans doute pu y arriver, nous avions des noms et des preuves dans deux cas, des témoins prêts à déposer devant un juge. Mais Helen et sa famille sont entrées dans le tableau et les sentiments ont brusquement pris le dessus. Dans ce cas précis, ils n'avaient jusque-là aucune preuve et pas de témoin crédible, et voilà qu'ils en trouvèrent un.

— Hartig.

— Exact. À partir de là, il n'a pas réussi à la freiner. Moi non plus, j'ai essayé, mais elle n'en faisait qu'à sa tête. Hartig a choisi la voie des psychotropes et moi, j'ai décidé de la soutenir dans ses plans tout en l'encadrant. Je pensais maîtriser les choses, mais, visiblement, je me suis trompé.

— Le père d'Helen était dans l'Armée populaire nationale, fit remarquer Bodenstein.

— Pardon ? Thomsen lui lança un regard surpris.

— Nous pensons que Dirk Stadler est le sniper, dit Bodenstein. Vous l'en croyez capable ?

Thomsen fronça les sourcils d'un air songeur.

— Je n'aurais absolument pas pensé à Dirk, mais maintenant que vous le dites… Il a beaucoup souffert de la perte de sa femme. Toute son existence s'est écroulée. Voilà sans doute pourquoi il s'est accroché de façon excessive à Helen. Il ne voulait pas la laisser partir parce qu'il avait peur de se retrouver seul.

Les paroles de Thomsen contrastaient nettement avec les propos de Stadler.

— N'était-ce pas plutôt l'inverse, à savoir qu'Helen se cramponnait à lui ? demanda Pia.

— Elle était trop faible pour lui dire qu'elle voulait mener sa propre vie. Thomsen soupira. Elle a passé la moitié de sa vie à espérer qu'il changerait de personnalité ou qu'il trouverait une autre femme. Qu'il serait capable de mener à nouveau une vie normale si l'affaire était élucidée et les coupables punis. Mais Dirk appréciait la situation telle qu'elle était. Lui et Helen, ensemble pour toujours. Il s'était coupé du reste du monde, ne vivait que dans le passé. Et il s'accrochait à Helen autant qu'il pouvait. C'est pour cela qu'il me détestait à ce point. Il craignait que je la lui pique.

— Hartig représentait pourtant une menace plus sérieuse, objecta Bodenstein.

— Non. Dirk l'avait sous contrôle, exploitant son complexe de culpabilité. Hartig et Helen se laissaient sans cesse manipuler par lui, il les soumettait au chantage affectif.

— Stadler savait-il donc qu'Hartig faisait partie de l'équipe de Rudolf à l'époque ?

— Oui, bien sûr. Hartig a été forcé de le lui dire lorsqu'il l'a persuadé, avec Joachim Winkler, de poursuivre la clinique en justice. Tout le monde le savait, sauf Helen.

D'un seul coup, Bodenstein et Pia virent d'un autre œil ce qu'ils savaient de Dirk Stadler. Ils lui avaient accordé si peu d'attention qu'ils n'avaient pas remarqué le côté sombre et torturé de son caractère.

— Pourquoi les Winkler ont-ils rompu le contact avec leur gendre ? demanda Pia.

— Joachim et Lydia jugeaient malsaine la façon dont Dirk vivait avec sa fille. Helen devait dormir dans le même lit que lui, ils regardaient la télé main dans la main, partageaient tout. Elle faisait certes une fixation sur son père, mais lui l'empêchait de couper le cordon. En apparence, Dirk prétendait toujours la protéger mais, en réalité, c'était exactement l'inverse. La mort d'Helen a achevé de le déstabiliser, il pensait qu'elle s'était suicidée parce qu'elle ne supportait plus l'idée d'être responsable de la mort de sa mère.

Les déclarations de Thomsen paraissaient plausibles et venaient également confirmer les suppositions de Karoline Albrecht. Le tableau était complet. Bodenstein était néanmoins furieux.

— Pourquoi est-ce que vous nous dites tout cela seulement maintenant, Thomsen ? dit-il en enguirlandant l'homme qui lui était presque devenu sympathique. Pourquoi ne pas avoir joué cartes sur table dès le début ? Vous auriez pu vous et nous éviter bien des désagréments – et peut-être épargner la vie de Ralf Hesse et la santé du Pr Burmeister !

Une lueur moqueuse passa dans le regard de Thomsen.

— Sauver Burmeister – c'est bien la dernière chose que j'aurais souhaitée, répliqua-t-il froidement. Et, vu la façon dont la maison m'a traité, avec ses entourloupes et son coup de pied au cul, je n'avais pas la moindre raison de vous venir en aide.

— Et comment expliquez-vous votre revirement ?

— Je ne veux pas qu'un de ces porcs s'en tire, avoua Thomsen. Ils doivent recevoir le châtiment qu'ils méritent.

Le Pr Dieter Paul Rudolf était assis à la table de la salle d'interrogatoire comme un homme contraint d'assister à un atelier de broderie, les mains dans ses poches de pantalon, les jambes croisées. Il avait regardé la vidéo sans broncher, totalement indifférent au sort cruel réservé à son ancien collègue.

— Quand est-ce que je sors d'ici ? demanda-t-il après avoir affiché un silence têtu face aux questions.

— À première vue, plus jamais, répondit Pia. Le parquet prépare une inculpation pour meurtre dans trois cas au moins. *Exit* les parties de golf et les opérations cardiaques, vous pouvez aussi faire une croix sur le Nobel.

Rudolf la contempla pour la première fois.

— C'est quoi, ces âneries ? Il sortit les mains de ses poches et se redressa. Savez-vous à qui vous vous adressez ?

— Et comment. Pia soutint son regard. Nous avons appris des quantités de choses sur vous. Vous nous avez menti en prétendant ne rien comprendre au mail du sniper et en affirmant qu'il n'y avait jamais eu aucun problème avec l'entourage d'un patient. Nous savons également que vous et Burmeister, votre chef de service à l'époque, avez laissé mourir Kirsten Stadler pour pouvoir greffer son cœur au fils de Fritz Gehrke. Nous connaissons vos motivations et savons que Gehrke a menacé de vous retirer son soutien financier parce que vos ambitieuses recherches n'ont pas eu le succès escompté. Nous savons que vous avez utilisé ce fameux médicament, qui en était encore au stade de l'expérimentation animale, chez des humains et que ces patients en sont morts.

Les joues blêmes de Rudolf s'empourprèrent de colère.

— Votre orgueil ne tolérait pas l'échec, dit Pia en continuant de le provoquer. Vous vous étiez mis en tête de devenir le premier médecin au monde à greffer des cœurs en franchissant la barrière des groupes sanguins. Vous aviez le Nobel en vue, la gloire, les honneurs, et beaucoup, beaucoup d'argent. Pour atteindre votre but, vous êtes passé sur des cadavres ! Kirsten Stadler, avec son groupe O, était un cadeau du ciel. Cette femme comptait aussi peu pour vous à l'époque que votre vieil ami Burmeister ou que la mort de votre femme…

— Fermez-la ! aboya Rudolf qui écumait de rage. Ses mains se mirent à trembler.

— À vos yeux, les donneurs d'organe n'étaient que de la matière première, vos patients, un simple moyen d'accomplir vos objectifs ; quant à vos collaborateurs, vous les avez traités comme des chiens. Pia ne le quittait pas des yeux, guettant la moindre réaction de son interlocuteur. Mais tous vos grands projets se sont écroulés à cause d'un petit médecin insignifiant qui ne supportait plus votre mépris d'autrui, ni votre mégalomanie autoritaire. Jens-Uwe Hartig vous a dénoncé auprès de la direction de la clinique et de la Chambre fédérale des médecins. C'est pourquoi vous avez dû quitter l'établissement.

— J'ai aidé des milliers de gens ! dit Rudolf d'une voix étranglée. J'ai fait des découvertes révolutionnaires dans le domaine de la transplantation d'organes et vous... espèce de fliquette bornée, vous traînez tout cela dans la boue ! Alors que vous n'y connaissez rien, tous autant que vous êtes ! J'ai des visions et le courage de les mettre en œuvre ! Les hommes comme moi ont toujours fait avancer l'humanité. Sans nous, les hommes vivraient encore dans des cavernes ! Et cela exige des sacrifices.

— Les hommes comme vous ternissent l'image de toute une profession ! riposta sèchement Pia. Vous avez sacrifié des innocents, des gens qui n'avaient rien à voir là-dedans ! Vous entrerez dans l'histoire de la médecine transplantatoire comme un criminel cupide et sans scrupule ! On aura honte de vous et on jettera vos bouquins dans le conteneur à papier.

Chacune de ses paroles blessait son âme vaniteuse comme un coup de poignard, Pia le voyait à l'expression de Rudolf. Il était assez intelligent pour comprendre qu'elle avait raison.

— Un médecin qui éprouve aussi peu de compassion pour ses patients, il ferait mieux de devenir menuisier, poursuivit-elle, implacable. C'est moins gênant quand l'expérience échoue.

— Je n'ai pas *échoué* ! fulmina Rudolf. Une veine palpitait sur sa tempe, des gouttes de transpiration perlaient sur son front.

— Si, dit Pia avec pitié, ce qui fit enrager le professeur. Sur tous les plans, professionnel et privé. Vous ne serez plus qu'un vieillard aigri le jour où vous sortirez de prison.

Le visage de Rudolf fut pris de spasmes, l'homme frotta ses paumes sur ses cuisses.

— Qui a jeté Helen Stadler sous le train ? demanda soudain Pia. Était-ce une façon de dissimuler votre échec ?

Le professeur lui adressa un regard haineux.

— J'aurais bien voulu que ce soit moi ! lança-t-il d'une voix rauque. J'aurais aimé liquider cette petite garce qui voulait détruire l'œuvre de ma vie, mais ce n'était pas moi, hélas !

De la salive jaillissait de ses lèvres, ses phalanges, devenues blanches, ressortaient.

— C'était qui ? demanda Pia, impassible. Dites-le-nous. Votre coopération pourrait vous servir de circonstance atténuante.

— Allez vous faire foutre ! explosa le professeur. Je veux appeler un avocat immédiatement.

Pia et Bodenstein se levèrent.

— Vous feriez bien de vous trouver un spécialiste en droit pénal, lui conseilla Bodenstein. Car vous allez devoir répondre de plusieurs homicides au tribunal.

— Vous n'avez aucune preuve contre moi ! s'écria Rudolf, hors de lui. Strictement rien !

— Oh que si. Bodenstein afficha un sourire froid. Vous avez été vu, dans la nuit de samedi, quittant le domicile de Fritz Gehrke, après l'avoir endormi au chloroforme et tué par une surdose d'insuline.

— Comment pouvez-vous prétendre une chose pareille ? Le professeur ne se laissa pas intimider. Fritz était mon ami !

— Il arrive que les amitiés se brisent quand un ami ment à l'autre, répliqua Bodenstein. Nous avons retrouvé chez vous des vêtements ayant une forte odeur de fumée. Et votre voiture contenait des classeurs qui appartenaient à M. Gehrke, ainsi qu'un flacon de chloroforme. Nous avons également trouvé dans votre coffre-fort un téléphone portable avec lequel vous avez passé de nombreux appels ces derniers jours. Votre fille s'est montrée très coopérative.

Rudolf devint blanc comme un linge.

— Elle s'est arrangée pour me faire accuser parce qu'elle me déteste, prétendit-il. J'exige un avocat. Sur-le-champ.

— Quel type répugnant. Pia eut un haut-le-corps en quittant la salle d'interrogatoire. Il se fiche complètement de Burmeister!

— Un mégalomane qui a perdu tout contact avec la réalité, répondit Bodenstein. Imbu de sa personne et aveuglé par l'ambition.

— S'il ne nous avait pas menti, on serait arrivé beaucoup plus vite sur la piste de Stadler. Ça m'a tellement énervée que je n'ai pas pu m'empêcher de le provoquer.

Ils longèrent le couloir jusqu'à la salle de réunion.

— De qui ont peur Riegelhoff et Furtwängler? L'affaire remonte à plus de dix ans! Pia s'arrêta devant la porte coupe-feu derrière la cage d'escalier.

— Je comprends la peur que peuvent ressentir Furtwängler ou le directeur de la clinique, répondit Bodenstein. Un tel scandale détruit la renommée d'un établissement, même au bout de dix ans, surtout lorsqu'on apprend qu'il a été occulté.

— Dans ce cas, c'est pareil pour l'avocat, approuva Pia. Il a contribué activement à masquer l'affaire et il doit craindre d'être radié du barreau, voire assigné en justice. Des pots-de-vin ont dû circuler, qu'est-ce qu'on en sait?

Bodenstein ouvrit la porte vitrée et ils entrèrent peu après dans la salle de réunion. Quelques policiers sortirent brièvement de leur léthargie, d'autres continuèrent à sommeiller sans afficher aucune réaction. Les tables étaient recouvertes d'assiettes sales, de verres et bouteilles vides et de cartons de pizzas éparpillés çà et là. Cela sentait le renfermé et il régnait un silence digne d'une église. En voyant sa troupe usée, Bodenstein espéra vivement que ce serait bientôt fini et qu'ils pourraient enfin se reposer.

Le procureur chargé de l'affaire, Nicole Engel, Kim et Ostermann étaient installés à une table et s'entretenaient à voix basse.

Bodenstein et Pia se joignirent à eux et leur racontèrent les interrogatoires de Thomsen et Rudolf.

— Stadler va éliminer Hartig dès qu'ils en auront terminé avec Burmeister, dit Bodenstein en conclusion. Et ce scandale ne sera sans doute jamais élucidé parce que les autres se tairont pour ne pas s'incriminer eux-mêmes.

— Mais pourquoi est-ce que Stadler ferait ça ? demanda Nicole Engel, sceptique. Hartig a tout l'air d'être son complice.

— Stadler ne se considère pas comme un meurtrier, mais comme le défenseur d'une cause juste, répondit Bodenstein. Il s'est servi des recherches d'Helen pour se venger de ceux qui leur ont fait du mal. Il a suivi son plan jusqu'au bout et sans laisser de traces. Mais ensuite, quelque chose a changé.

— Quoi donc ? s'enquit le procureur Rosenthal, un grand chauve dans les quarante-cinq ans, à la réputation de molosse.

— Il s'est attaqué directement à Burmeister, répliqua Bodenstein. Et non à sa fille, à sa petite amie ou à son ex-femme. Pour quelle raison ? Pourquoi a-t-il soudain changé de stratégie, alors qu'elle a parfaitement fonctionné jusqu'ici ?

— Il a peut-être découvert quelque chose, supposa le procureur.

— C'est ce que je pense, dit Bodenstein. Mais quoi ? Et grâce à qui ?

— Hartig ? suggéra Pia.

— Non, à mon avis, c'était Vivien Stern, l'amie d'Helen, dit Bodenstein. Une personne extérieure qui lui a donné une nouvelle perspective, l'ayant amené à inclure Hartig dans ses plans.

— Cem et Kathrin sont encore auprès d'elle, les informa Kai. Elle refuse de venir ici.

— Quand avons-nous parlé à Stadler du carnet de notes de sa fille ? demanda Bodenstein.

— Hier soir, répondit Pia.

— Si Vivien Stern a raconté à Stadler qu'Hartig voulait à tout prix empêcher Helen d'aller en Amérique, Stadler a dû supposer qu'Hartig s'est intéressé à sa fille par simple calcul, dit Bodenstein pour expliquer sa théorie. Hartig s'est servi des Stadler pour porter plainte contre la clinique, sans aucune chance de succès. Mais quand Helen, soutenue par Thomsen, s'est mise à fouiller dans cette vieille histoire, Hartig a été contraint de l'en empêcher, car cela aurait révélé son propre rôle dans le décès de Kirsten Stadler. C'est pourquoi il a drogué Helen. Je suis certain qu'il l'aurait placée tôt ou tard dans une institution psychiatrique d'où elle ne serait plus jamais ressortie. Quelqu'un – peut-être lui – a ensuite réglé le problème en jetant Helen sous un train. Mais Hartig ne se doutait pas que la famille d'Helen et Thomsen savaient qu'elle avait peur de lui.

— Cette fille est tombée entre les mains de deux psychopathes qui ont échoué sur tous les plans, ajouta Pia. Le seul qui aurait pu la sauver, c'était Mark Thomsen.

— Et pourquoi ne l'a-t-il pas fait ? demanda Kai.

— Peut-être parce qu'il a sous-estimé ce qui se tramait réellement entre Stadler, Hartig et Helen, répondit Bodenstein.

— Ce ne sont là que de simples hypothèses, intervint le procureur Rosenthal en secouant la tête.

— Pour l'instant, oui, concéda Bodenstein. Mais ces hypothèses reposent sur une enquête policière solide, comme on les faisait il y a cent ans : sans empreintes génétiques et autres fioritures. Kai, appelle Cem, s'il te plaît. Qu'il demande à Mme Stern si Stadler l'a contactée hier.

— Mais vous êtes d'avis que Stadler et Hartig ont collaboré pour Burmeister, n'est-ce pas ? insista le procureur.

— Oui, absolument, confirma Bodenstein. Hartig est un excellent chirurgien. Et Stadler a filmé le tout.

Kim n'avait pas participé à la discussion, préférant visionner plusieurs fois la vidéo de l'amputation de Burmeister sur l'ordinateur portable de Kai.

— Ce sol en linoléum m'intrigue, dit-elle. Ce n'est pas le genre de revêtement qu'on trouve dans des cuisines ou des boucheries. Beaucoup trop glissant quand on manipule de l'eau ou de la graisse. Mais quelque chose d'autre m'a frappée. Regardez !

Elle retourna le portable, sur lequel elle avait arrêté la vidéo à un endroit précis. Tous se concentrèrent sur l'image fixe.

— Là ! Kim montra un bout de l'arrière-plan. C'est un banc en bois, surmonté de patères. Et, du coup, le revêtement de sol correspond ! Ils sont dans les vestiaires d'un gymnase !

— Le gymnase d'une école ! C'est bien possible ! approuva Kai. Ce sont encore les vacances scolaires. Et les écoles ne sont pas surveillées comme les immeubles de bureaux. Ils n'ont pas d'argent pour ça.

— Bien vu ! la félicita Bodenstein. Dites aux agents partis en mission extérieure d'inspecter en priorité les écoles qui ont leur propre gymnase dans la partie ouest de Francfort. Listez les écoles concernées et rappelez-vous que Stadler n'est pas au bout de son expédition vengeresse.

— En plein dans le mille, chef ! dit Kai Ostermann en raccrochant. Stadler a effectivement appelé Vivien Stern hier soir, peu de temps après votre départ, semble-t-il. Il voulait savoir ce qu'Helen lui avait raconté au sujet d'Hartig et des événements de l'époque. Il voulait également savoir ce qui s'est passé le 16 septembre, le jour où Helen s'est jetée sous le train. J'ai posé la même question à Mme Stern et elle a admis, en larmes, qu'Helen avait prévu de rencontrer quelqu'un qui souhaitait lui dire la vérité sur la mort de sa mère. Mme Stern avait un mauvais pressentiment et elle a voulu accompagner Helen, qui a refusé. Elle a dit qu'elle s'en sortirait seule.

— Et après ? insista Nicole Engel. Qui avait-elle prévu de rencontrer ?

— Un médecin de la clinique, répondit Ostermann. Mais Helen n'a malheureusement pas révélé son nom à son amie.

On avait ouvert une fenêtre pour laisser entrer de l'air frais. Plus personne ne somnolait.

— Cela confirme les déclarations de Thomsen, dit Pia. Un meurtre de sang-froid pour sauvegarder la réputation de la clinique.

— Qui serait presque passé inaperçu, ajouta Nicole Engel.

— Nous avons une empreinte génétique provenant des prélèvements faits sur le corps d'Helen Stadler, dit Kröger. Si nous obtenons des échantillons de salive pour Hausmann, Janning, Rudolf et Burmeister, nous pourrons faire une comparaison d'ADN.

— Donc pas juste de l'enquête policière solide comme il y a cent ans. Le procureur Rosenthal eut un petit rire moqueur. Beau travail, cela dit.

— On a également reçu l'enregistrement vidéo de l'aéroport, poursuivit Kröger. Je vais vous le passer sur le grand écran.

Tous regardèrent la vidéo, fascinés. Le cadrage permettait de voir la sortie et la petite rangée de boutiques devant la porte C dans le hall d'arrivée. On voyait bien le café.

— Stop! s'écria Pia.

Kröger fit un arrêt sur image et zooma.

À une table étaient installés deux Asiatiques, à côté d'eux un homme qui lisait le journal et, tout au fond, deux hommes occupés avec leurs smartphones.

— Ce doit être celui qui lit le journal, dit Pia. Il est assis de façon à avoir tout le hall dans son champ visuel.

Kröger passa la suite au ralenti. À première vue, ce n'était qu'un homme d'affaires moustachu à lunettes d'écaille qui lisait le journal en buvant son café mais, à y regarder de plus près, on s'apercevait qu'il se contentait de feuilleter le journal sans le lire et sans toucher non plus à son café. Il portait toute son attention à ce qui se passait dans le hall.

— C'est en tout cas le même homme qui est monté à l'arrière gauche du taxi quelques minutes plus tard, dit Kai. Aucun doute là-dessus. Cravate, lunettes, moustache – ça correspond!

— Eh bien, félicitations! dit le procureur. Il n'y a plus qu'à le coincer.

À peine avait-il prononcé ces mots que le policier de garde ouvrit la porte de son bureau et hurla dans le couloir : Ils l'ont!

Tous bondirent, comme électrisés, une vague d'excitation déferla dans la pièce et emporta même le lymphatique Ehrenberg.

— Les collègues de Francfort ont retrouvé sa voiture derrière le gymnase de l'école Ludwig-Erhard à Unterliederbach!

Les choses bougeaient enfin. Bodenstein répartit les tâches et chacun sut ce qu'il avait à faire. En l'espace de trente minutes, une des plus vastes opérations de police jamais lancées dans la région Rhin-Main se mit en place. On bloqua toutes les rues, ruelles et chemins dans et autour d'Unterliederbach, on effectua des contrôles de voitures et on coupa même la bretelle menant à l'A66, ainsi que la Königsteiner Straße qui, à la sortie de la ville, conduisait à la B8 et à l'autoroute. Une souris n'aurait pas pu s'évader de ce quartier de Francfort sans se faire remarquer. Nicole Engel et Ostermann coordonnaient l'intervention, Bodenstein voulant se rendre sur les lieux.

— Christian, tu viens avec nous, mais envoie, s'il te plaît, deux personnes de ton équipe à la clinique, dit-il, alors qu'il avait déjà un pied dans le couloir. Qu'ils aillent dans les bureaux d'Hausmann, Janning et Burmeister pour récupérer un objet quelconque permettant d'établir une empreinte génétique. Le procureur te fera sûrement vite parvenir un mandat.

— C'est comme si c'était fait, confirma ce dernier en saisissant son téléphone portable. Allez-y! Bonne chance!

Quatre véhicules de police attendaient déjà dans la cour avec gyrophares et sirènes pour escorter Bodenstein, Pia et l'équipe de la police scientifique à Unterliederbach. Durant le trajet, la radio de bord fonctionnait à faible volume et Pia enchaînait les appels depuis le siège avant droit. Bodenstein lui lança un bref regard en coin. Il perçut la tension sur le visage de Pia qui, comme lui, faisait désormais une affaire personnelle de ce cas. Tout à l'heure, sur l'escalier, elle avait pleuré, ce qui l'avait profondément ému, car il ne se rappelait pas l'avoir déjà vue en larmes. Même pas au cours de cette affaire remontant à deux ans, quand la petite-fille de Christoph était tombée entre les mains du pédophile qui avait réussi à le blesser. Dès lors, Pia était devenue plus sensible. Bodenstein éprouva soudain le besoin de la prendre dans ses bras pour la consoler et lui certifier qu'ils avaient fait l'impossible ces quinze derniers jours. Mais il n'en avait pas le droit, fût-ce dans une situation exceptionnelle. En tant que supérieur hiérarchique, il devait afficher une attitude irréprochable en toute occasion.

Pia, après avoir parlé à Karoline Albrecht et envoyé une patrouille dans la maison du professeur à Oberursel, où elle se trouvait, téléphona à Hausmann pour s'assurer que lui et sa famille étaient en sécurité. Janning, lui aussi, était intimidé depuis qu'il avait vu la photo de Burmeister.

— Nous sommes tous à la maison et y resterons tant que nous n'avons pas votre feu vert, lui assura-t-il.

L'agitation était à son comble sur la fréquence radio.

— Quelle sorte de type est donc ce Rudolf? Pia coinça son téléphone portable entre ses genoux et se cramponna à la poignée parce que Bodenstein prenait les virages à la corde. Juste histoire de ne pas perdre celui qui sponsorisait ses recherches délirantes, dit-elle, il a laissé mourir une femme, et Dieu sait ce qu'on va encore découvrir ! Après quoi cet homme, qui a soixante ans passés, n'a pas le cran d'assumer ses erreurs ! Même la mort de sa femme ne l'a pas fait réfléchir !

— Bien au contraire. Par peur d'être découvert, il n'a pas hésité à éliminer son vieux compagnon de route et son soutien, ajouta Bodenstein. C'est incroyable !

Il suivait les deux véhicules de police qui passaient en trombe sur la bande d'arrêt d'urgence avec leurs gyrophares et leurs sirènes, dépassant les bouchons en formation. Ils restèrent bloqués un moment à la sortie vers Unterliederbach et entendirent à la radio que la zone de l'école était déjà bouclée.

— La porte a bel et bien été forcée, dit une voix métallique sur la radio de bord. Qu'est-ce qu'on fait ?

— Ne nous attendez pas, entrez tout de suite ! décida Bodenstein. On est coincé à la sortie de l'autoroute ! Si le blessé se trouve réellement à l'intérieur, il aura vite besoin d'être pris en charge.

— OK. C'est compris !

Les doigts de Bodenstein tambourinaient sur le volant avec impatience. Il avait chaud et froid en alternance. Il eut soudain le pressentiment qu'une fois de plus, ils arriveraient trop tard.

Lorsqu'ils arrivèrent devant le bâtiment de l'école, tout était fini, et le pressentiment de Bodenstein se transforma en certitude. On lisait clairement la déception sur le visage des policiers, voyant que les criminels s'étaient échappés. On avait retrouvé Burmeister dans un des vestiaires du gymnase et l'urgentiste se trouvait déjà auprès de lui.

— Impossible pour moi d'entrer là-dedans. Pia s'arrêta.

— Je m'en charge, répondit Bodenstein. Occupe-toi plutôt du véhicule.

Elle hocha la tête avec gratitude et disparut dans l'obscurité, tandis qu'il pénétrait dans le gymnase avec Kröger. L'odeur de transpiration typique des vestiaires se mêlait à celle, douceâtre et cuivrée, du sang. Le médecin et les infirmiers examinaient le blessé.

— Comment va-t-il ? demanda Bodenstein depuis la porte. Il se persuada qu'il restait à distance pour ne pas détruire de preuves mais, en réalité, il avait peur de découvrir en vrai ce qu'il avait déjà vu quelques heures plus tôt sur la vidéo.

— Nous avons stabilisé sa circulation sanguine et nous allons l'emmener à l'hôpital de Höchst, répondit le médecin. Ses mains ont été amputées dans les règles de l'art. Mais il est trop tard pour les recoudre.

— Pourquoi ?

— Eh bien, regardez plutôt, répliqua le médecin. Voilà maintenant quinze ans que j'exerce ce métier et je pensais avoir tout vu. Mais on peut toujours faire pire.

Bodenstein prit son courage à deux mains et entra dans le vestiaire. Le sol en linoléum était recouvert de mares de sang séché. Burmeister gisait sur un banc, ligoté avec des sangles en nylon qui servent d'ordinaire à fermer des valises, et il était inconscient.

Bodenstein ravala sa salive, il eut froid dans le dos en apercevant les moignons et les pansements ensanglantés. Durant toutes ces années à la brigade criminelle, il avait vu des choses horribles et il n'était pas facile à ébranler, mais le spectacle des mains sectionnées, jetées par terre comme une paire de chaussettes sales, le glaça jusqu'à la moelle. Cette image, qui reflétait le plus profond mépris pour autrui, se grava sur sa rétine et il fut pris de crampes d'estomac en imaginant ce qui s'était déroulé ici quelques heures plus tôt. Un des infirmiers coupa les sangles. Burmeister gémit et se mit à bouger.

— Ah, il revient à lui, dit le médecin, et Bodenstein s'enfuit à toutes jambes.

Aucune trace de Stadler, ni d'Hartig. La Toyota gris métallisé de Stadler était verrouillée et garée près de la cour d'école, juste à côté de la porte du gymnase, qui avait été forcée avec un pied-de-biche. Un hélicoptère tournoyait au-dessus du quartier, tandis que des badauds et les premiers représentants de la presse et de la télévision étaient massés comme d'habitude derrière les barrières de sécurité.

Bodenstein s'assit sur le bord d'un bac en béton et il essuya la sueur froide sur son front. Stadler s'était évadé. Le sang sur le sol du vestiaire était coagulé ; l'amputation de la main gauche de Burmeister remontait donc à plusieurs heures. Durant lesquelles Stadler et Hartig avaient pris le large. La voiture abandonnée exprès était une moquerie de plus, un message qui s'adressait clairement à lui : Tu es trop lent, Bodenstein !

La remorqueuse était arrivée et elle chargea la Toyota. Pia traversa la cour et vint lentement vers Bodenstein.

— Qui sait dans quel type de voiture il se balade maintenant, dit-elle en s'arrêtant devant lui.

— Celle d'Hartig, sans doute. Bodenstein n'avait plus une once d'énergie, il lui semblait que ses pieds étaient encastrés dans deux blocs de béton.

On conduisit Burmeister dans l'ambulance qui attendait dehors. Des flashs scintillèrent, un projecteur illumina l'obscurité. Bodenstein tenta de chasser de son esprit l'atroce spectacle des mains sectionnées.

Il songea soudain à Karoline Albrecht. Il espéra qu'elle était à l'abri de Stadler. Quelle bonne chose que Pia ait envoyé une patrouille pour la protéger ! Il ne savait pas à quoi cela tenait, mais il se sentait attiré vers cette femme courageuse et forte aux yeux d'un vert peu commun.

— Il faut bien qu'ils aillent quelque part, dit Pia à ce moment-là, davantage à elle-même qu'à lui. Il fait froid, ils ne peuvent pas passer la nuit dans une voiture. Et nous surveillons tous leurs repaires.

— Il y en a peut-être d'autres que nous ne connaissons pas.

— Viens, partons d'ici. Pia fourra ses mains dans les poches de sa doudoune. De toute façon, on ne peut rien faire, si ce n'est attendre que Stadler réapparaisse quelque part ou soit coincé lors d'un contrôle d'identité.

Oui, tu as raison. Bodenstein hissa le fardeau de déception qui pesait sur lui et il se mit debout. Allons-y.

Les barrages ayant été levés, la circulation avait repris normalement. Pia, assise au volant, mit le clignotant et s'apprêtait à quitter la Königsteiner Straße pour prendre l'autoroute en direction de Wiesbaden, lorsque le portable de Bodenstein, branché sur le haut-parleur de la voiture, se mit à sonner.

— La cible vient d'entrer dans la zone résidentielle, dit le chef du commando, qui était convenu avec Bodenstein d'utiliser non pas la radio de la police, mais le portable. Il est seul en voiture, dit-il, une Volvo foncée, immatriculée MTK-JH 112.

Pia réagit au quart de tour, enleva le clignotant, accéléra et continua tout droit en longeant le centre commercial du Main-Taunus. Elle connaissait bien la région et savait quel itinéraire leur permettrait d'arriver sur place au plus vite.

— Il est seul et conduit la voiture d'Hartig, dit Bodenstein à Pia. Cela signifie peut-être qu'il a déjà tué Hartig.

Pia, le visage blême, ne le contredit pas.

Bodenstein informa Ostermann, puis il se tut lui aussi, à la fois épuisé et survolté. La douche écossaise permanente, l'incessant va-et-vient entre espoir et déception étaient horriblement fatigants et il sentit son cœur tambouriner contre ses côtes. Malsain, ce boulot, pensa-t-il. Quelle chance d'avoir une alternative. Il en avait tellement marre de cette course-poursuite ! Il en avait assez du sang, de la mort et du désespoir, assez qu'on lui mente et le prenne pour un idiot. Mais, ce qui l'accablait le plus, c'était d'avoir fait confiance à Neff, un inconnu, quelqu'un qui ne faisait même pas partie de son équipe.

— La cible est toujours dans la voiture ! dit le chef du commando d'une voix tonnante. Le moteur est éteint. Possible qu'il se doute de quelque chose, mais il ne nous échappera plus. Tout le périmètre est bouclé, les tireurs d'élite sont positionnés.

— Il est vraiment seul dans la voiture ? demanda Bodenstein, tandis que Pia faisait monter leur véhicule de service à cent quatre-vingts kilomètres-heure sur la nationale, sans tenir compte du brouillard de plus en plus épais.

— Affirmatif. On intervient ?

— Non, pas encore, répondit Bodenstein. Laissez-le sortir de voiture et entrer dans le jardin ! Dès qu'il se dirige vers la maison, vous l'arrêtez. Et rappelez-vous qu'il nous le faut vivant !

Pia ralentit, prit le virage à gauche et, au croisement d'Hornau, elle bifurqua à droite sur le Gagernring. La visibilité ne dépassait pas quinze mètres.

— Tourne ici ! Bodenstein indiqua la gauche. On va prendre ce chemin interdit, ça nous fera gagner dix minutes.

— La cible est toujours en voiture, annonça le chef du commando. On n'y voit strictement rien ici, à cause de la brume.

— Alors arrêtez-le dès que possible, ordonna Bodenstein, en espérant qu'ils n'allaient pas croiser un bus de ligne sur l'étroit chemin, les forçant à faire marche arrière.

Il descendit, verrouilla la voiture et se dirigea vers le portail rouillé. Les gonds grincèrent lorsqu'il l'ouvrit. Il était fatigué. Extrêmement fatigué. Il avait d'innombrables nuits blanches derrière lui, il rêvait d'une douche chaude et d'un lit. Pas de téléphone, pas de gens, pas de blabla. Ne plus devoir réfléchir. Il avança sur les dalles en béton lavé jusqu'à la véranda et se pencha pour récupérer la clé sous le paillasson. À la même seconde, il fit clair comme en plein jour. Il crut que son cœur s'arrêtait de battre sous l'emprise de la peur. Il se retourna. Il fut d'abord complètement aveuglé et ferma les yeux.

— Mains au-dessus de la tête ! hurla quelqu'un, et il obéit. Par terre ! Par terre !

Tout l'environnement reprit vie. Des hommes surgirent du brouillard, habillés de noir et encagoulés. Des voix, des pas. On le saisit par les bras, le redressa sans ménagement et le fouilla. Puis il fut jeté à terre, ses bras brutalement ramenés vers l'arrière et ses poignets menottés. Son cœur battait la chamade, il eut une suée. Il avait beau s'attendre à une telle situation, c'était plutôt angoissant à vivre. Mais il allait tenir le coup. Il devait tenir. Jusqu'au lendemain matin.

Bodenstein et Pia étaient en train de traverser Fischbach lorsqu'ils reçurent la nouvelle de l'arrestation.

— Aucune résistance, les informa le chef du commando. La cible n'est pas armée.

— Très bien. On arrive dans cinq minutes. Soulagé, Bodenstein se renversa sur son siège et ferma les yeux. Il attendit que son pouls se soit calmé avant de composer le numéro d'Ostermann.

— Ils l'ont, dit-il brièvement. Il n'a pas opposé de résistance.

— On va enfin pouvoir redormir. Pia eut un mince sourire. Dieu soit loué.

Elle bifurqua dans la zone de résidences secondaires et laissa la voiture sur l'Eibenweg. Ils traversèrent l'épais brouillard jusqu'au bout de l'impasse illuminée par le projecteur. Les voitures noires du commando et plusieurs véhicules de police bloquaient l'accès, des silhouettes vêtues de noir et des policiers en uniforme allaient et venaient en tous sens. La Volvo d'Hartig était garée contre la haie de la propriété. Bodenstein et Pia franchirent le portail et remontèrent l'allée. Stadler était allongé par terre, devant les marches de la véranda, les mains menottées dans le dos.

Bodenstein, qui s'était souvent imaginé ce qu'il ressentirait en se retrouvant devant le sniper, fut surpris de ne strictement rien ressentir. Tout au plus du soulagement, mais ni colère, ni haine. Cela viendrait peut-être plus tard, au cours des interrogatoires interminables qui les attendaient. Pour le moment, il était simplement content que le cauchemar soit terminé.

— Faites-le se relever, dit-il.

Deux hommes du commando hissèrent l'homme sur ses jambes, il cligna des yeux en regardant la lumière crue. Bodenstein entendit Pia prendre une grande aspiration à ses côtés. Il dévisagea l'homme debout devant lui, le reconnut mais, pour une fraction de seconde, son cerveau refusa d'accepter ce qu'il voyait. L'homme qui leur faisait face n'était pas Dirk Stadler, mais Jens-Uwe Hartig.

Jeudi 3 janvier 2013

4 heures du matin.

Jens-Uwe Hartig n'avait pas ouvert la bouche depuis son arrestation. Assis sur une chaise en plastique dans la salle d'interrogatoire, livide et taciturne, il avait évité tout contact visuel en fixant obstinément la table de ses yeux cerclés de rouge. Il n'avait réagi ni aux demandes polies, ni aux menaces, et Bodenstein avait fini par mettre un terme à l'interrogatoire peu après minuit. On avait saisi le fusil dans le coffre de la Volvo, un Steyr SSG 69 avec lunette de tir, silencieux, télémètre à infrarouge et les munitions correspondantes. On n'avait pas signalé la fin de l'alerte à Janning, Hausmann et à sa fille, car Stadler était toujours en liberté et restait dangereux, même sans son arme de tireur d'élite.

Personne ou presque n'était rentré chez soi. Bodenstein dormait sur sa chaise de bureau, tandis que Kim, enveloppée dans une couverture, gisait sur la moquette du bureau de Pia. Celle-ci avait téléphoné à Christoph et elle était maintenant à son bureau, le petit téléviseur posé sur un des meubles-classeurs était allumé sans le son. Quant à Kai, assis en face d'elle, les jambes posées la table et le menton sur la poitrine, il ronflait doucement. Il faisait sombre dans la pièce, mis à part le scintillement bleuâtre du poste de télévision et la lumière du couloir qui passait à travers l'embrasure de la porte.

Pia ne trouvait pas le sommeil. Elle était exténuée et ses yeux la piquaient, mais son esprit en éveil l'empêchait de se reposer. Elle zappait au hasard d'une chaîne à l'autre. N-TV retransmettait en boucle les images des barrages de police, du gymnase d'Unterliederbach et des photos d'archives de Simon Burmeister. On voyait des journalistes plongés dans l'obscurité brumeuse et qui parlaient dans leurs micros, leur mimique exagérée devenait ridicule sans le son.

Ils avaient supposé que Stadler tuerait Hartig – mais était-ce finalement l'inverse ? Dirk Stadler ne serait donc pas le sniper ?

Elle ne comprendrait jamais ce qui poussait les gens à en tromper d'autres, à les duper, les maltraiter et les tuer, tout en croyant s'en tirer impunément.

Elle poursuivit son zapping en bâillant. Elle avait envie d'une cigarette, mais elle avait la flemme de se lever et de descendre au rez-de-chaussée pour fumer dans le froid. Une chaîne privée diffusait un vieux navet avec des zombies dans un cimetière. Elle s'apprêtait à changer de chaîne lorsqu'une idée subite lui traversa l'esprit. Elle eut soudain tous les sens en éveil. Elle bondit de sa chaise, alla dans le bureau de Bodenstein et le secoua par l'épaule. Il se réveilla en sursaut.

— Que se passe-t-il ? chuchota-t-il, engourdi.

— Je crois que Dirk Stadler se trouve au cimetière, dit Pia à voix basse.

Bodenstein bâilla et se frotta les yeux.

— Quel cimetière ? demanda-t-il, perplexe.

— Sur la tombe de sa fille ! répliqua fébrilement Pia. Il a rempli sa mission, sinon il n'aurait pas laissé le fusil dans le coffre. Viens, allons vérifier !

Il fallut un moment à Bodenstein pour retrouver ses esprits. Puis il hocha lentement la tête.

— Tu as peut-être raison, finit-il par dire. Ça vaut la peine d'essayer.

Ils roulèrent en silence dans l'obscurité et l'épais brouillard qui reflétait la lumière des phares en avalant tout le reste. Les essuie-glaces balayaient l'eau de temps à autre. Un quart d'heure plus tard, ils arrivèrent au cimetière de Kelkheim et Pia s'arrêta sur la première place de parking disponible. Bodenstein sortit une lampe torche du coffre. Ils entrèrent dans le cimetière et longèrent lentement les allées de tombes. La faible lueur de la torche cherchait son chemin en tremblant. Pia sentit un brusque courant d'air et quelque chose lui frôla la tête. Elle se baissa, son cœur battait la chamade.

— C'était quoi, ça ?

— Juste une chouette, dit Bodenstein qui ouvrait la marche. Attention, les branches sont basses ici.

Les branches nues d'un saule pleureur surgirent de la brume et fouettèrent le visage de Pia. Lorsqu'elle regarda autour d'elle, Bodenstein avait disparu dans le brouillard. Ce n'était plus qu'obscurité et buissons noirs autour d'elle. Son cœur s'accéléra.

— Où es-tu ? s'écria-t-elle, agacée de percevoir la peur dans sa voix. Des pas crissèrent sur le sol sablonneux gelé.

— Ici. Il la dévisagea. Tout va bien ?

Elle voulut répondre que oui, bien sûr, mais cela aurait été un mensonge. Elle frissonnait, elle effleura l'arme qui reposait dans son étui de ceinture. Bodenstein lui offrit le bras et elle l'accepta avec gratitude.

— On y est presque, dit-il en bifurquant dans un chemin plus étroit. C'est là devant !

Il leva la torche. Pia avait la bouche sèche comme du plâtre, elle s'agrippa au bras de Bodenstein, mais le lâcha ensuite pour dégainer son arme. Une silhouette inerte gisait sur la tombe, en partie adossée à la stèle.

— Monsieur Stadler ? Bodenstein dirigea le faisceau lumineux sur le visage de l'homme. Dirk Stadler était allongé sur le dos, pieds nus et vêtu simplement d'un tee-shirt et d'un jean. Il avait les yeux fermés, une pellicule de glace s'était formée sur ses cils et ses sourcils.

Pia rangea son arme.

Bodenstein s'accroupit et plaça deux doigts sur la carotide de l'homme.

— Trop tard, dit-il en levant les yeux vers elle. Une fois de plus.

Dirk Stadler était mort.

Le jour se levait. La nuit noire fit place à une grisaille qui s'éclaircissait peu à peu. Bodenstein et Pia, debout sur le chemin, regardèrent en silence les hommes des pompes funèbres déposer le corps de Stadler dans un cercueil et l'emporter. Ils avaient appelé les urgences qui n'avaient pu que confirmer la conclusion de Bodenstein. Stadler était mort d'hypothermie entre 1 heure et 2 heures du matin. Il avait soigneusement plié blouson et pull-over pour en faire un oreiller et il avait bu une bouteille entière d'eau-de-vie de grain. Les gens ivres mouraient de froid plus vite, il le savait visiblement. Dirk Stadler avait tout parfaitement planifié, y compris son décès. Hartig s'était fait arrêter exprès pour lui laisser le temps nécessaire.

L'employé des pompes funèbres vint vers Bodenstein et lui tendit une enveloppe repliée.

— Elle se trouvait dans la poche intérieure de son blouson, dit-il. Votre nom est écrit dessus.

— Merci. Bodenstein hocha la tête et regarda d'un air songeur l'enveloppe à son nom, avant de la décacheter et d'en sortir la lettre.

Cher monsieur von Bodenstein, pouvait-on lire dans une écriture soignée. *Lorsque vous lirez ces lignes, j'espère que je serai déjà mort. Ce que j'ai fait est impardonnable, mais pas inexplicable. La décision de tuer des innocents pour faire subir à leurs proches la même douleur que celle que ma fille et moi-même avons endurée n'a pas été facile à prendre, mais elle était mûrement réfléchie. Le responsable de cette tragédie est le Pr Dieter P. Rudolf, dont la course effrénée à la gloire et aux honneurs l'a conduit à passer sur des cadavres. Entre autres sur celui de ma femme, que j'aimais infiniment et qui est tombée entre les mains de ce monstre sans scrupule. Le Pr Simon Burmeister est tout aussi coupable, lui qui n'a toujours considéré ses patients que comme un moyen d'arriver à ses fins. Ma fille, qui a découvert les agissements immoraux de ces deux hommes, a payé de sa vie sa soif de vérité.*

Mais, sur le plan éthique, j'ai finalement échoué au même titre que ceux que j'ai punis. Ils se sont pris pour Dieu, tout comme moi. Je me suis rendu coupable et je dois à présent m'en remettre à l'instance suprême, avec l'espoir ténu d'être pardonné. J'ai planifié et exécuté tous mes crimes seul. Personne à part moi ne s'est rendu coupable ou n'a enfreint les lois.

Comme je n'ai jamais eu l'intention de devenir un personnage public et que je regrette d'avoir causé de tels frais à l'État qui m'a accueilli les bras ouverts et a toujours été bon envers moi, j'ai décidé – contrairement à mon projet initial de me rendre à la justice – de mettre fin à mes jours. J'ai indiqué dans mon testament que mes biens doivent revenir à l'État, afin de couvrir au moins une partie des frais occasionnés par mes crimes. Je meurs dans l'espoir que la justice demandera des comptes à tous ceux qui se sont rendus coupables.

Très respectueusement, Dirk Stadler – 2 janvier 2013.

Bodenstein secoua la tête et tendit la lettre à Pia en silence. Puis il fourra les mains dans les poches de son manteau et retourna tête baissée à la voiture en traversant le brouillard.

ÉPILOGUE

Samedi 8 juin 2013

Des chapiteaux blancs sur la prairie verte, des gens gais installés à des tables et sur des bancs, un superbe ciel d'été dégagé au-dessus de leurs têtes. Une odeur de grillade flottait dans l'air, mêlée au parfum suave de l'herbe fraîchement coupée.

— C'est tout à fait comme ça que j'imaginais notre mariage, dit Pia à Christoph en souriant. Une sacrée belle fête !

— La plus belle fête pour la femme la plus merveilleuse au monde. Christoph la prit dans ses bras et la serra contre lui.

Ils avaient annoncé officiellement leur union en février, mais ils avaient prévu de longue date une réception toute simple au Birkenhof cet été. Pia n'avait pas envie d'une robe blanche, elle trouvait cela idiot à son âge et pour un remariage. Ils étaient donc en train de festoyer avec la famille et les amis, on faisait des grillades, on buvait et on riait beaucoup depuis midi. Les filles de Christoph étaient là, Lilly et ses parents étaient venus spécialement d'Australie. Henning et Miriam, réconciliés après la crise du Nouvel An, étaient présents, ainsi que de nombreux amis et collègues de Pia et Christoph, et même les parents de Pia, avec lesquels elle avait un peu plus de contacts depuis la veillée de Noël ratée. Christoph, lors de sa première visite, avait conquis la mère de Pia par son charme.

— Je vais refaire le plein sur le barbecue, dit-il en donnant un baiser à Pia. Tu peux te passer de moi un instant ?

— Oui, mais le cœur gros, dit-elle en ricanant, puis elle se dirigea vers la table où se trouvaient ses collègues. Bodenstein était accompagné de sa fille Sophia, qui se défoulait dans la cour avec Lilly. Il s'était séparé d'Inka Hansen en début d'année.

Le procès à l'encontre du Pr Ulrich Hausmann, accusé du meurtre d'Helen Stadler, s'ouvrirait en septembre. Une fois de plus, la criminalistique avait permis de confondre un criminel. On avait établi au laboratoire que les particules de peau retrouvées sous les ongles d'Helen Stadler appartenaient à Hausmann. La Porsche de Simon Burmeister s'était certes fait flasher à Kelsterbach mais, sur la photo, on reconnaissait clairement son supérieur au volant. Lors de son arrestation, il avoua avoir jeté Helen Stadler d'une passerelle devant un train le 16 septembre 2012.

Le Pr Dieter P. Rudolf fut accusé des meurtres de Kirsten Stadler et Friedrich Gehrke, ainsi que d'homicide involontaire dans trois autres cas au moins, et il risquait l'emprisonnement à vie ; quant au Pr Simon Burmeister, même son handicap ne lui permettrait pas d'obtenir l'impunité. Il allait devoir répondre au tribunal d'au moins trois cas d'homicides involontaires. Le Pr Arthur Janning, ayant donné son accord implicite lorsqu'on avait débranché les appareils maintenant Kirsten Stadler en vie, fut inculpé de complicité de meurtre par le parquet.

Mark Thomsen, pour sa part, fut libéré le jour même où on retrouva le cadavre de Stadler. Il écrivit un livre sur la mort de son fils, l'affaire Kirsten Stadler et la révélation des intrigues de Rudolf et Burmeister, qui devint un best-seller.

Erik Stadler avait fait inhumer son père dans le caveau de sa sœur, dans la plus stricte intimité.

Jens-Uwe Hartig fut inculpé pour grave atteinte à l'intégrité physique du Pr Simon Burmeister, mais il finit par être acquitté, faute de preuves. Il vendit son atelier d'orfèvrerie et quitta la région.

Karoline Albrecht rompit définitivement le contact avec son père, Pia l'avait appris presque par hasard grâce à Bodenstein, lorsqu'il avait évoqué la proposition de sa belle-mère. Il disait se faire conseiller de temps à autre par Mme Albrecht, mais Pia supposait qu'il y avait autre chose là-dessous.

— Ça veut dire que tu vas lâcher ton boulot ? lui avait-elle demandé avec effroi.

— Seulement si tu veux prendre ma place, avait-il répondu.

— Oh non, surtout pas, avait dit Pia. Je suis très heureuse là où je suis.

— Dans ce cas, je reste moi aussi là où je suis. Il avait ricané. À moins que notre grand patron n'accepte pas mon petit boulot.

Un véhicule franchit le portail ouvert.

— Qui peut bien arriver à cette heure-ci ? demanda Kai avec curiosité.

— Plus les invités débarquent tard, plus ils sont intéressants. Pia se leva du banc. C'est la voiture de Kim, dit-elle.

— Je pensais qu'elle ne viendrait plus, dit Christoph.

— Ah, regardez un peu qui elle amène, s'esclaffa Pia en voyant Nicole Engel sortir de la voiture de Kim, dans une tenue étonnamment décontractée, composée d'un jean, de mocassins et d'un chemisier blanc.

— Vous avez aussi invité la patronne ? s'étonna Bodenstein, qui se leva également.

— L'invitation précisait qu'on pouvait venir accompagné, si tu te souviens, répliqua Pia.

Kim et Nicole s'avancèrent vers eux.

— Excusez le retard, madame Kirchh… euh… madame Sander. Nicole Engel adressa un clin d'œil à Pia. Il va falloir que je m'y habitue. Et vous êtes l'heureux élu ?

— Plus qu'heureux, corrigea Christoph en lui tendant la main. Content que vous ayez pu venir.

Il fit signe à une des serveuses qu'ils avaient engagées pour la réception.

— Chaque nouvel invité est l'occasion de lever son verre ! dit Christoph en riant et en mettant le bras sur l'épaule de Pia. On remplit les flûtes de champagne et ils trinquèrent ensemble.

— Au fait, dit Nicole Engel avant de boire. C'est une nouvelle des plus réjouissantes qui explique notre retard. J'ai reçu un appel de France et il a fallu que j'informe aussitôt le parquet. Hier soir à Paris, on a arrêté quelqu'un que nous croyions mort. Il a été reconnu et formellement identifié par une jeune femme, après quoi la police française l'a arrêté, bien qu'il ait un passeport diplomatique et un nouveau nom !

— Ne nous fais pas languir plus longtemps, dit Bodenstein.

— Le Pr Markus Maria Frey, répondit la commissaire divisionnaire en affichant un sourire décontracté, tel que Pia n'en avait jamais vu chez elle. Les meules de la justice broient lentement, mais sûrement.

— Trinquons à cela avant que le champagne ne tiédisse, proposa Bodenstein. À la vôtre !

— Hé, quand est-ce que tu embrasses la mariée ? s'écria Kai, et tous les invités reprirent gaiement la parole en chœur.

— Embrassez-vous ! Embrassez-vous ! scandaient-ils.

— Tenez-moi ça, s'il vous plaît.

Christoph enleva sa flûte à Pia et tendit les deux à Bodenstein, puis il prit Pia dans ses bras.

— Je t'aime, madame Sander, chuchota-t-il en regardant Pia tendrement dans les yeux.

— Je t'aime aussi, monsieur Sander, répondit-elle en souriant.

Le soleil rouge flamboyant déclinait derrière les montagnes du Taunus, les invités applaudissaient et sifflaient d'enthousiasme. Pouvait-il y avoir plus beau moment pour un baiser ?

REMERCIEMENTS

Mes remerciements vont d'abord à mon éditrice Marion Vasquez, qui m'a accompagnée au fil de l'élaboration de l'intrigue grâce à ses conseils éclairés. C'est elle aussi qui a peaufiné le manuscrit dans la phase finale.

Je remercie Susanne Hecker pour son retour critique durant la genèse du projet, ce qui m'a permis, comme souvent, de m'engager sur la bonne voie.

Un immense merci également à mes relecteurs pour leur soutien, leurs conseils et leur critique constructive dans les moments de doute : ma mère Carola Löwenberg et mes sœurs Claudia Cohen et Camilla Altvater, mon agent Andrea Wildgruber et mes amies Simone Schreiber, Catrin Runge et Vanessa Müller-Raidt.

Je remercie M. Reinhard Sturm pour m'avoir donné la possibilité de me rendre sur une vraie scène de crime et l'officier de police judiciaire Andrea Rupp pour ses précieuses remarques sur le travail de la police.

Je remercie tous mes conseillers techniques pour leur aide et je sollicite en même temps leur indulgence, dans la mesure où il m'arrive, en tant qu'écrivain, de prendre la liberté de modifier certains éléments factuels dans l'intérêt de l'histoire.

Merci au personnel des éditions Ullstein pour notre collaboration toujours aussi merveilleuse !

Je remercie en outre tous les lecteurs qui aiment mes livres, pour leur grand enthousiasme qui m'incite à inventer sans cesse de nouvelles histoires.

Pour finir, je remercie la personne la plus importante de ma vie : mon compagnon Matthias Knöß, pour sa prévenance, son abnégation et son soutien inconditionnel qui me permettent de me consacrer entièrement à mon travail. Merci, mon amour !

NELE NEUHAUS,
juillet 2014.

REMARQUE

Ce livre est un roman. Toute ressemblance avec des personnes ou des situations existantes ou ayant existé est purement fortuite et non intentionnelle.

OUVRAGE RÉALISÉ
PAR L'ATELIER GRAPHIQUE ACTES SUD
REPRODUIT ET ACHEVÉ D'IMPRIMER
EN JANVIER 2016
PAR NORMANDIE ROTO IMPRESSION S.A.S.
À LONRAI
POUR LE COMPTE DES ÉDITIONS
ACTES SUD
LE MÉJAN
PLACE NINA-BERBEROVA
13200 ARLES

DÉPÔT LÉGAL
1re ÉDITION : FÉVRIER 2016
N° impr. : 1505831
(Imprimé en France)